何弘
吴元成 著

命脉

南水北调与人类水文明

河南文艺出版社
·郑州·

图书在版编目（CIP）数据

命脉/何弘，吴元成著. —郑州：河南文艺出版社，
2017.3（2025.7 重印）

ISBN 978-7-5559-0495-3

Ⅰ.①命… Ⅱ.①何…②吴… Ⅲ.①纪实文学-
中国-当代 Ⅳ.①I25

中国版本图书馆 CIP 数据核字（2017）第 039812 号

责任编辑　　刘晨芳　孙晓璟
责任校对　　赵红宙　殷现堂
责任印制　　陈少强
装帧设计　　吴　月

出版发行　　河南文艺出版社
社　　址　　郑州市郑东新区祥盛街 27 号 C 座 5 楼
承印单位　　河南瑞之光印刷股份有限公司
经销单位　　新华书店
开　　本　　700 毫米×1000 毫米　1/16
印　　张　　30.75
字　　数　　397 000
版　　次　　2017 年 3 月第 1 版
印　　次　　2025 年 7 月第 3 次印刷
定　　价　　58.00 元

印厂地址　河南省武陟县产业集聚区东区（詹店镇）泰安路
邮政编码　454950　　电话　0391-2527860

目 录

命脉

引子

我①和吴元成，都来自南阳。

南阳位于河南的西南部，相当于西藏在中国的位置；淅川位于南阳的西南部，相当于南阳在河南的位置。 如果不是严重缺水的形势危及首都北京，恐怕不会有那么多人关注南水北调工程；如果不是南水北调工程，恐怕也不会有那么多人关注丹江口水库——尽管自建成起它一直是亚洲最大的人工淡水湖②。 现在，即使大家已经知道南水北调最重要的中线工程要从丹江口水库引水到北京供应首都及沿线一些重要城市，但知道淅川的人仍然不多。 多数人至今可能仍不知道，南水北调中线工程的起点——渠首——就在淅川县一个叫陶岔的地方，丹江口水库差不多一半的水面也位于淅川县境内。

吴元成的老家在淅川县盛湾镇分水岭村。 分水岭村就在丹江边上，到淅川县城有五六十公里的路程。 元成生于 1961 年，是家中的老大。 他的父亲是一位"墓生子"，也叫"过得娃"，这是南阳一带对父亲死后才出生的孩子的称呼。 1938 年，元成的爷爷吴文魁大汗后喝了一瓢凉水，结果竟感染伤寒而去世。 挺着大肚子的奶奶在族人的帮助

---

① 本书由何弘、吴元成合作完成，为了行文方便，总体以何弘为叙述人，无特别注明处，"我"即指何弘。

② 三峡水库建成后库容、水域面积超过了丹江口水库，但丹江口水库大坝加高至 176.6 米后，水域面积进一步增大，水域面积与三峡水库相当。

下，将爷爷安葬在老家附近的南栈沟。 不久，元成的父亲降生。 20 年后，1958 年夏，元成的父亲感染上了和元成爷爷当年一样的病，久卧病床，瘦骨嶙峋，眼看不久于人世。 那时，元成奶奶已在新中国成立初改嫁到埠口街赵家，而村里人人都在忙着大炼钢铁，无人照料元成生病的父亲。 奶奶听说后，跑回分水岭，找人抬着儿子到埠口街求医，将养多日后，终于康复。 当年 9 月，丹江口水库大坝在凤凰山、黄土岭开工，身体刚复原的元成父亲随着淅川民兵五师田川团，与河南邓县（今邓州市）六师、湖北天门县（今天门市）七师一起，组成右翼兵团，鏖战在丹江口右岸工地；均县师、郧县师、机械化师等在左岸、坝基处施工。10 万大军住草棚毡房，吃粗茶淡饭，手持简单的工具，胸怀火热的斗志，要把孙中山、毛泽东等人倡导的南水北调的构想变成现实。

1960 年麦收时分，元成父亲和乡亲亲手修的大坝围起的水库将要蓄水淹掉自己的家。 大批淅川库区群众要么支边青海，要么在丹江口修大坝，老家劳力不足，元成父亲和上万民工一起被抽调到尚未被淹没的淅川县古镇李官桥一带割麦。 奶奶操心儿子的婚事，趁机带着一个女孩子，从埠口街来和自己的儿子见面。 这期间，因苏联撤走专家，以及大坝因赶进度出现质量问题，暂停施工，各县民工多数返乡。 元成的父亲也返回分水岭，不久结了婚。 第二年，有了元成。

元成说，作为家中的长子，他最早的记忆始于 1966 年。 一天，父亲带着四五岁的元成过丹江，小划子走到清澈的江心时，父亲给他一枚硬币，让他扔进江里，以保平安。 这是元成第一次去丹江岸边香严寺下寺附近的古镇埠口街。 如今，老埠口街和香严寺下寺早已被丹江口水库淹没。 当元成和父亲到达埠口古镇的时候，姑父和姑姑正在房坡上揭瓦，满脸满身灰土，他们在拆除自己的家园，要移民湖北。 这年夏秋之间，元成的姑父彭德洲一家、1959 年到青海省德令哈支边刚刚跑回来的大伯吴占定一家、大姨夫乔松山一家、六爷吴文禄一家，还有此时已离婚的奶奶，随着数万移民大军迁到了数百公里外的湖北荆门县（今荆门市）、沙洋县、钟祥县（今钟祥市）。

后来，因连年天灾人祸，加上家中不断添丁增口，淅川老家分水岭生活困难，元成先后三次前往荆门，跟随奶奶生活。元成说，他记得很清楚，第一次去的时候是腊月间。天不亮，分水岭还在沉睡中，父亲就把他叫醒，母亲帮他穿上小黑棉袄，在瑟瑟寒风中离开分水岭。先步行穿过八里沟，再坐小划子，再步行，赶往张营码头买票上汽船轮渡，傍晚抵达丹江口大坝附近的河南码头，再步行到丹江口火车站，坐上前往荆门的火车。这是元成第一次出远门，也是第一次坐火车，新奇得很。第二天到达荆门县后，又坐汽车，最后步行前往奶奶所在的移民点。父亲停留了一天后，把元成撇在那里，整整一年。奶奶后来告诉他，父亲去接他回淅川时，几乎认不出他了。当时他正在村后的大渠里玩水，身上泥糊糊的。

回来不久，奶奶从湖北荆门回来探亲，临走，又把元成带往荆门。大约半年，因为要上学，父亲又把他接了回来。小时候，因为两省来回跑，元成很顽皮，不好好读书，常逃学、打架，学习自然不好。本家二大（淅川人称父亲为大大，二大就是二叔）是民办教师，曾用课本敲打他：脑袋瓜是砖头瓦块砌的，还用石灰灌过缝。当时正好大伯回淅川，大约是因为械斗要返迁，想在当时还是邓县管辖的九重公社落户。回荆门时，顺道把他带走。大伯为了省钱，从荆门火车站下火车，不坐汽车，一直哄着让他步行。这次元成在那里待了将近一年。然后，父亲在送大妹子爱菊去荆门小住的时候，把他接了回来，这才开始好好上学。

元成的奶奶有先见之明。1985年寒假，奶奶思乡心切，要正在河南大学读书的元成接她回河南。她说，我跑了一辈子了，不想死在外面。元成接到她，老人家要去北京看毛主席纪念堂。她说，毛主席活着，我没见过，我现在要去见见。从毛主席纪念堂出来的时候，元成看到她掉泪了。除夕晚上，元成和奶奶坐火车返回河南，又转汽车回到淅川分水岭。 之后几年间，奶奶身体开始变差，经常卧床不起。 她指着屋后的一棵楸树说：娃子，给我看好了，我百年后，用这个给我做枋子。 枋子是南阳方言，就是棺材。 在奶奶还能跑得动的时候，自己仄歪着小脚登上门前的山坡，在最高处选了一个能安放一口棺材的石窝子，对元成的父亲说：把我埋到这儿，娘可不想回头叫丹江水淹住了。那时候，老人已经知道，丹江口大坝还要加高，要南水北调，还要搬迁。 1994年，漂泊了一辈子、辛劳了一辈子的奶奶撒手人寰，就安葬在她自己生前选定的墓穴里。 三年后，元成的父亲因患胃癌去世，埋在同一座山的半山腰里，那是他自己生前在石缝之间开垦的一小片荒地，离元成奶奶的坟墓不过数百米。

元成虽然有移民的生活经历，但他本人并不是一个严格意义上的移民。 元成的家在分水岭村的山坡上，房子位置较高，在搬迁高程以上，因此可以留在当地。 但1968年秋，元成的父亲执意要把全家迁往荆门。 家里粮食都卖了，家具也大多送人。 就在这个时候，奶奶的弟弟，也就是元成的舅爷，从荆门探亲回来，到家就臭骂元成的父亲："人家蛮子都在拿铡刀砍咱河南人，你还去？！"元成的舅爷会有这样的责骂，是因为随着1967年、1968年大批移民进入江汉平原，淅川移民与当地群众不断发生土地纠纷，生产生活矛盾不断升级，并在1968年8月1日集中爆发械斗。 适值"文化大革命"期间，基层反应迟缓，应对失策，移民如惊弓之鸟，生产生活秩序遭到冲击。 大批移民长途跋涉，涌入当时管辖荆门的荆州行署上访，要求返回淅川。 械斗事件很快引起湖北、河南两省以及武汉军区和中央的重视，最终经过解放军进驻和两省及荆州、荆门干部做工作，将伤人性命者法办，移民情绪才得以平复。 但事件余波不断，直接造成大批淅川移民返迁，或投亲靠友，或散居于丹江沿岸，以垦荒、打鱼为生，并逐步形成了无户口、无土地、无房产的"沿江村"。 为遏制返迁潮，荆门县在车站、码头设卡堵截。没有返迁的移民也按照荆州与河南协商的办法，被分散安插到各个生产队，以便于管控，只有钟祥县柴湖镇是个例外，数万淅川移民集中安置。 元成父亲选在这时移民，当然会遭到亲人的反对，这使他家最终还是生活在淅川。

元成从出生到当民办教师时候住的老房子，现在早已倒塌，只有四周的根基还在。 元成说，他想把房子整整，退休了可以回去住。 话虽如此，住在这座丹江边的房子里，生活并不方便。 也许没人会想得到，住在这里最大的不便其实是用水。 为保护南水北调水源地的水质，库区沿岸 3 公里范围内不能住人。 元成的家离江边有 5 公里。 前些年，政府曾资助村民建水窖，收集雨水储存起来供平时生活所用，否则就要往返十来公里去江里挑水，这就是丹江岸边村民的生活用水方式。 不知道在家里打开水龙头就能哗哗流出丹江水的中国北方城市居民看到这些会做何感想？

南水北调中线工程的难点在移民。 从根本上说，丹江口水库淹没的不只是一些房产田舍，那是这里的人民千百年生生不息绵延生存的家园。 但库区水位的不断升高将把他们从这片祖祖辈辈生活的土地上无情地连根拔起。 没有移民的牺牲，就没有南水北调中线建设的成功。 对丹江口水库建设中河南、湖北两省从 20 世纪 50 年代末到 2012 年间长达半个多世纪的移民，很多资料都有描述——当然，各有不同的角度。 但作为切身经历者，元成和我在反映这段历史的时候，觉得仅宏观描述移民的过程远远不够，我们决意要一个个走近这些移民，听听他们对自身经历的描述，听听他们的心声，并把这些内容真实地传递出来，以真实地还原一段历史。

我出生于新野，新野在白河岸边。 白河和丹江一样，汇入汉水，奔向长江。 我小的时候，白河水量丰沛，清澈见底，两岸是洁白的沙滩。新野街上的茶馆，烧水泡茶一定要用白河水而不用井水，于是就有拉水的驴车不停地在白河和茶馆间往返。 随着工业化进程的加快，白河上游用水渐多，新野段白河水量锐减，加之污染严重，白河水早已不能再饮用。 当年，丹江口水库修建的时候，新野曾派出了大量劳力，原因之一就是水库建成后可修渠引水到新野以灌溉农田。 为此，当然更为了首都北京，陶岔渠首修建时，新野同样派出了大量劳力，我的父亲和叔叔都曾参与其中。 新野位于南襄盆地的底部，县虽不大，却有白河、唐河、湍河等 8 条河流过境，浅表地下水丰富。 我小的时候，记得水井深不盈丈，不像大部分北方的水井，要用辘轳提水。 在新野，挑水的人只需用扁担钩着水桶，一晃，水桶口朝下扣入水中，再提上来，即打出满满一桶水来。 正因如此，新野历史上从未因发生严重旱灾而绝收过。可如今，农作物对水的需求早已降到了非常次要的地位，人自身的需求才最重要，新野如此，全国多数地区同样如此。 于是，引丹灌区首先灌的不是庄稼而是人，丹江成了新野人饮用水的重要来源。 事情的发展就是如此吊诡，现在，我新野家乡的亲人，生活在郑州的我和生活在北京的我侄女等人，虽然都是白河的儿女，饮用的却都是丹江水。

元成和我现在都生活在郑州，没想到离开家乡几十年后却日日喝着家乡水。 当然，现在喝上丹江水的人在中国北方人数众多，足见南水北调中线工程影响之巨大。

关于这项工程，在建设过程中和通水之后，许多作家都从不同的角度进行了反映。 目前，对这项历时超过半个世纪的巨大工程以及伴随它而来的人类历史上有组织的最大移民工程，正反两方面的声音都渐渐静了下来。 在中国北方这么多人喝上丹江水的时候，大家对这项工程的关注却少了起来。 也许到此时，冷静地对这项工程进行深入认识和思考才是时候。 如何深入认识南水北调工程，如何看待人类空前的大规模调水举措，需要对南水北调及与此相关的长达半个多世纪的历史进行深入探索和深刻思索，同时更应在更为宏阔的历史背景下对水与人类的关系进行深入的考察。 如此，才能对南水北调工程有全面正确的认识。 基于此，我们期望结合个人的切身体验，以南水北调中线工程为主体，以水对人类文明的影响为参照，全面反映工程从设想到落实的整个

命脉

过程。 通过访谈实录和情景再现，深度展示南水北调中线工程艰巨而辉煌的建设历程，聚焦河南、湖北两省数县移民的迁徙和生存的情感记忆，用真实、客观而感人的文学实录命名这条全新的大运河，做到史料性、现实性、文学性的完美结合，是我们创作此书的出发点，也是落脚点。 当然，这个设想实现到何种程度，就有赖各位读后做出判断了。

认识南水北调，只把眼光盯在这个工程本身，或只考虑某个方面的问题，肯定会得出偏颇的结论。 中国人总爱讲"让历史告诉未来"，那么，我们就从人类用水、治水的历史开始，从人类水文明的发展史开始，来认识南水北调这个人类历史上规模空前的世纪工程吧。

水对文明的塑造

2014 年 5 月，我和中原出版传媒集团的王守国、耿相新一起到北京参加一部报告文学作品的研讨会，其间谈起南水北调这个重大创作题材，他们两位希望我能找位作家好好写写，结果找来找去把我这个"媒人"给绕了进去。 在谈论南水北调这个题材时，我们都感到，它不仅仅是人类历史上最大的人工引水工程这么简单，当我们在人类水文明的宏大历史背景下来理解这个问题时，才会对此有深入的认识和发现。 耿相新向我推荐了一本书，叫《流动的权力——水如何塑造文明? 》[①]。这是英国一位学者的学术著作，主要探讨了水资源管理对人类文明的影响。 我想，也许从这里开始，我们才会真正理解南水北调在人类历史进程中的价值和意义——当然，也包括其中存在的问题。

---

　　① [英]史蒂文·米森、休·米森著，岳玉庆译，《流动的权力——水如何塑造文明? 》，北京联合出版公司 2014 年 5 月第 1 版。 后面提到此书均为此版本。 本章关于国外早期水资源管理的内容主要参考了该书的观点。 特此说明并致谢!

人是水做的[①]

水是生命之源。 至少对人类这样的碳基生命来说，没有水，就没有生命，当然也就没有人类。 因此，人与水的关系如同谱写在基因图谱中的原始歌谣，它无尽的吟唱伴随着我们的终生。 认识生命，认识人类，就要从认识水开始，从认识人与水的关系开始。

尽管不断有不同的理论出现，但目前科学界一般认为，宇宙肇始于大约 138 亿年前的大爆炸。 爆炸之初的宇宙，在极短时间内暴胀，形成了一些基本粒子。 此后，宇宙继续膨胀，温度不断降低，电磁辐射的波长被拉长，相应光子能量也跟着减小。 1 万年后，物质密度追上辐射密度且超越它，从那时起，宇宙和它的动力学开始为物质所主导。 大爆炸大约 30 万年后，中性原子开始形成，此时宇宙的主要成分为气态物质。这些气态物质在自引力的作用下凝聚成密度较高的气体云块，这就为恒星和恒星系统的形成奠定了基础。

地球所在的太阳系，大约于 50 亿年以前形成于一个原始星云中。星云的成分是气体和尘埃，尘埃是多种分子结合构成的颗粒，包括很多水和水冰分子，气体的主要成分是氢。 星云的物质分布并不均匀，物质密集的地方引力大，吸引周围的物质不断向它汇聚。 随着汇聚物质的增多，温度也逐渐升高，高到 700 万 K 的时候，热核反应被触发，4 个

[①] 本节参考并综合了百度百科"地球起源""人类起源"等多个词条的内容。 特此说明并致谢。

命脉

氢原子聚变成为 1 个氦原子，并释放大量的光和热，形成一颗稳定的恒星。 星云里的其他物质围绕着中心质量旋转，慢慢地凝聚起来，成为一个个小颗粒，这些小颗粒称为星子。 星子有的是石块，有的是冰块。这些星子再进一步结合起来，形成了一系列行星，围绕中心的恒星旋转。 我们的地球连同太阳系的其他行星大约在 46 亿年前形成。

早期的地球比现在要大，经过引力收缩之后开始变小。 此后，在小行星、彗星等小天体的不断撞击和放射性元素衰变的过程中，地球温度升高，成为熔融的状态。 在熔融状态下，地球里密度较大的物质，例如铁、镍、铜、金、银等金属就沉下去，沉到地球的中心。 地球中心的铁核就是那时形成的。 硅酸盐密度较小，漂在上面，它的外层冷却以后成为坚硬的地壳。

地球在形成后的最初 3 亿到 4 亿年里，由于太阳系里面还有许多小星子没有结合为行星，其中一部分会掉落到地球上，这就是小天体撞击。 这些小天体主要是小行星和彗星，彗星主要是由水冰构成的，它的撞击给地球带来了大量的水。 那时的地球地壳还很薄，小天体撞击时，有的地方就破了。 地壳破裂，地壳底下熔融的岩浆就喷发出来。 所以那时地球上火山喷发相当频繁。 这些大量喷出的岩浆使原始地壳的厚度迅速增加，改变了原始地壳的成分和结构，奠定了地壳外层的岩石基础。 火山喷发的时候，除了流出岩浆，还释放大量气体，其中 60%以上是水蒸气。 地球是由无数星子结合形成的，许多星子本身就是一个一个的水粒，它们都被包裹在地幔里面。 地壳把地幔包起来，里面的很多水分，通过火山爆发释放到了地面。 所以归根结底，地球上的水都来自天上，来自太空。

在地球演化早期，原始大气都逃逸了。 随着物质的重新组合和分化，原先在地球内部的各种气体上升到地表成为新的大气层。 同时，原本被包裹在地球内部的结晶水随火山喷发等汽化进入大气层，后来随着地表温度逐渐下降，气态水经过凝结，又通过降雨重新落到地面。 20

世纪80年代，西方现代派文学在中国掀起了一股巨大的热潮，很多作家都开始"魔幻"起来，经常一写就是宇宙洪荒，暴雨连下七七四十九天。这些作家在当时都是以大胆敢想而著称的，但在地球演化的尺度上，他们还是想象力不够，那时的雨可是一下就不知几百几千万年的，并最终在地面上形成水圈。生命也因此在地球上孕育、演化，最终进化出人类。

地球上的生命究竟来自太空还是在地球上产生的，目前科学界的看法并不一致。因为科学家既在陨石、彗星上发现了构成生命的重要物质，包括水，还有氨基酸、乙醇、嘌呤、嘧啶等有机化合物，也发现早期火山喷发不断的地球具备形成有机物的条件。1935年，米勒实验证实，假设在生命起源之初大气层中只有氢气、氨气和水蒸气等，把这些气体放入模拟的大气层中并通电引爆后，能够产生氨基酸、糖类物质，氨基酸是合成蛋白质的基本单元，而蛋白质是生命存在的形式。实验中，米勒用一个盛有水溶液的烧瓶代表原始的海洋，其上部球形空间里含有氢气、氨气、甲烷和水蒸气等"还原性大气"。米勒先给烧瓶加热，使水蒸气在管中循环，接着他通过两个电极放电产生电火花，模拟原始天空的闪电，以激发密封装置中的不同气体发生化学反应，而球形空间下部连通的冷凝管让反应后的产物和水蒸气冷却形成液体，又流回烧瓶的底部，即模拟降雨的过程。经过一周持续不断的实验和循环之后，米勒分析其化学成分发现，其中含有包括5种氨基酸和不同有机酸在内的各种新的有机化合物，同时还形成了氰氢酸，而氰氢酸可以合成腺嘌呤，腺嘌呤是组成核苷酸的基本单位。米勒实验表明，生命起源的第一步，从无机小分子物质形成有机小分子物质，在原始地球的条件下是完全可能实现的。

从有机小分子物质生成生物大分子物质的过程是在原始海洋中发生的，即氨基酸、核苷酸等有机小分子物质，经过长期积累，相互作用，在适当条件下，通过缩合作用或聚合作用形成了原始的蛋白质分子、多

命脉

糖和核酸分子。 蛋白质是组成生物体的主要的物质，多糖、糖类是组成很多细胞的骨架、细胞壁的主要成分，核酸是遗传物质。

从生物大分子物质组成多分子体系是形成生命的又一个重要环节。苏联学者奥巴林提出了团聚体假说，他通过实验表明，将蛋白质、多肽、核酸和多糖等放在合适的溶液中，它们能自动地浓缩聚集为分散的球状小滴，这些小滴就是团聚体。 奥巴林等人认为，团聚体可以表现出合成、分解、生长、生殖等生命现象。 例如，团聚体具有类似于膜那样的边界，其内部的化学特征显著地区别于外部的溶液环境。 团聚体能从外部溶液中吸入某些分子作为反应物，还能在酶的催化作用下发生特定的生化反应，反应的产物也能从团聚体中释放出去。 另外，有的学者还提出了微球体和脂球体等其他的一些假说，以解释有机高分子物质形成多分子体系的过程。

有机多分子体系演变为原始生命，是生命起源过程中最复杂和最有决定意义的阶段，这个阶段是在原始海洋中完成的。 这个阶段，蛋白质和核酸两大主要成分相互作用，终于形成具有原始新陈代谢作用和能够进行繁殖的原始生命，以后，由生命起源的化学进化阶段进入生命出现之后的生物进化阶段。

地球上的生命大约是在 40 亿年前开始从无机物一步步演化而来的。 从原始的单细胞生物形成开始，生命的演化长期都是在海洋中进行的。 在海洋中，单细胞生物逐步分化出多细胞生物，到 6 亿年前的寒武纪，地球已进入有硬壳的无脊椎动物的鼎盛时代。 而脊椎动物从低等到高等的发展，经历了鱼类、两栖类、爬行类、鸟类和哺乳类五个阶段。 人类就是哺乳类动物进化的最高阶段。

俄国生物学家贝尔（Kal Ernst Baer）发现在不同纲脊椎动物的胚胎发育过程中，胚胎发育初期很相似，从最低等的鱼类到最高等的人类，在发育初期都有鳃裂和尾，而到了发育晚期，除鱼类外，其他动物和人的鳃裂都消失了，人的尾也消失了，这证明人和其他脊椎动物都来自用鳃呼吸的、有尾的水生动物。

生命的演化从一开始就离不开水，原始的生命就是在水中诞生并开始演化的。 对于走上陆地的人类来说，水仍然是维持生命最重要的物质。 人体中有60%～80%为水，成年人约在70%。 人可以17天不进食，但48小时不进水就可能导致死亡。 人体缺水占体重的2%时就会感到口渴，这是简单的人体需要水的调节方式。 人体在咀嚼食物时需要水，消化食物时需要胃液、胆液、胰液、肠液；吸收运送营养时需要血液；生育时需要羊水；人体中废物排泄需要水，如大便、小便、出汗、流泪、呕吐……一句话，没有水就没有生命。

从这个意义上来说，人和一切的生物，哪个不是水做的呢？

流动的权力

陶器的出现是新石器时代人类发展的一个重要事件。 在中国，最有名的新石器彩陶文化当数仰韶文化。 今天，很多人知道仰韶，知道彩陶，更多是因为仰韶彩陶坊这款酒。 陶器刚被发明的时候，主要是用来盛水，是否装酒，不得而知。 仰韶村在河南西部三门峡市渑池县，位于黄河中游。 中国新石器时代彩陶文化最早就是在仰韶村发现的，因此被命名为仰韶文化。 仰韶文化距今约7000年到5000年，分布在黄河中游地区，迄今已发现有5000多处。 仰韶文化给大家留下印象最深的就是它的陶器，比如甑、灶、鼎、碗、杯、盆、罐、瓮及其他各种水器等日用陶器。 仰韶陶器以细泥红陶和夹砂红褐陶为主，主要呈红色，表面彩绘有几何形图案或动物形花纹，所以仰韶文化又被称为彩陶文化。仰韶文化村落一般在河流两岸经长期侵蚀而形成的阶地上，或在两河汇流处较高而平坦的地方，这里土地肥沃利于农耕、养殖，既不会轻易被水淹掉，又便于取水用于生活、生产。 陶器的发明和使用，是人类用水方法进步的一个重要标志。 尽管在陶器发明前人类已经开始用骨器、石器、皮制或编制容器取水，但显然陶器更有利于水的储存和运输。 所以，人类文明的进步其实和对水的利用有着极为密切的关系。

中国如此，世界各地的文明同样如此。

耶路撒冷是基督教、伊斯兰教、犹太教的圣地。 这个地区还有个古老的名字：黎凡特。

黎凡特是一个地理概念，大致是指中东托罗斯山脉以南、地中海东岸、阿拉伯沙漠以北和上美索不达米亚以西的一大片地区，包括现在的叙利亚、黎巴嫩、约旦、以色列、巴勒斯坦等国。 由于其处于特殊的地理位置，历史上人类的先祖几次从非洲迁徙到欧亚大陆，都是以这里和阿拉伯半岛为跳板的，并在这里留下了大量历史遗迹。

200 万至 150 万年前，东非直立人就沿着尼罗河来到黎凡特，并从这里分散到欧亚大陆。 这样的迁徙并非只有一次，也许在百万年的历史进程中曾多次出现。 当然并非只是从非洲迁移到这里，也有些人是从其他地方进入欧亚大陆，从别处绕到黎凡特的。 智人大约在 45000 年前来到黎凡特并在此永久居留下来。 在 14500 年到 13000 年前，生活在黎凡特的人开始了"定居"生活。 到大约 10000 年前，农耕村落开始出现。 就目前考古所见，人类最早的农耕和城市聚落就是在黎凡特出现的。 今天，小麦是世界上很多地区最重要的主食，而大麦、小麦等农作物都是最早在这里被培育出来进而传播到世界各地的。

对于以狩猎和采摘为获取食物主要方式的先民来说，追踪猎物的足迹、寻找可食用的果实，过着流动的生活，渴了到河湖中喝些水就是，并不需要对水资源进行特别的管理。 当然，即使在几百万年前，人类的先祖也早学会了用手、树叶、动物皮等工具取水饮用。 如果有同伴受伤、生病等无法去喝水，他们或许会取水给同伴喝。 无论如何，将水从水源地以各种方式转移到居住地或其他地方，肯定很早就开始了。 进入农耕社会之后，人类开始定居下来，饮食和日常生活需要水，农业灌溉需要水，这就需要对水资源进行一定的管理。尽管人类最早的定居点一定是靠近水源的地方，但随着人口的增多和活动范围的扩大，人类必然需要以各种方式从水源地将水引至居住和灌溉的地方，这就需要以人工的方式干预水的自然流动和存在，于是水坝、水渠、水井开始出现并应用于生活和生产。黎凡特地区的考古发现就清楚地证明了这一点。

在耶路撒冷东北大约 20 公里处，有一个著名的古城遗址，叫耶利哥。耶利哥是一处著名的前陶新石器时期人类聚落遗址，它的附近有处水源——"苏丹泉"。事实上，这里其他一些村落遗址也都在水源地附近，毕竟，离开水人类是无法生存的。如果离水源地距离远，"调水""蓄水"就成为必需的事情。

迄今为止，在黎凡特地区发现的最早的水坝在约旦南部与沙特阿拉伯交界处干燥的贾夫盆地。干燥使自然水源无法满足人们生存的需要，他们必须以人工的方式引水、蓄水。在发现的距今至少 7500 年前的阿布-图雷哈谷地的一个前陶新石器时代 B 段的小村落，考古学家发现了蓄水池和横跨河道的 V 字形水坝。在距此大约 8 公里的鲁维什德谷地，考古学家发现了一处类似的水坝。这是人类进入农耕时代开始人工控制水源、水流以服务于生活、生产的直接证据。仍然是在这个时期，水井也出现在黎凡特地区。在黎凡特最西边的塞浦路斯，考古学家发现了多口水井。

黎凡特的有陶新石器时代，目前发现的最大遗址在约旦河北段，靠近叙利亚边界和雅穆克河的沙阿尔-哈哥兰。这处遗址发现有街道和院落，更重要的是，发现了水井，还有防止水土流失的护墙。水井的出现对人类的生存意义重大。就我个人的记忆，至少在我童年时期，中国的村子大约都是以水井为中心的。一眼水井维持了一村人的生活用水，并成为外出游子对家乡最深刻的记忆。乡井，乡井，故乡总是与水井联

命脉

系在一起的。 李白在著名的《静夜思》中写道："床前明月光，疑是地上霜。 举头望明月，低头思故乡。"此处的"床"，很多人理解为卧室中供人睡觉的"床"。 如此这首诗就成为李白躺在床上对故乡的思念。这样理解当然也没问题，但多少有些牵强。 实际上，此处的"床"更可能是指"井床"，即水井周围由井栏围起来的区域。《乐府诗集·舞曲歌辞三·淮南王篇》中就有"后园凿井银作床，金瓶素绠汲寒浆"的诗句。 如此理解李白的这首诗就显得非常顺理成章，他在月夜下的水井边，抬头望见天上的明月，低头看到月光下的水井，勾起对故乡的思念。 因为水井在中国的文化意象中通常代表故乡。 乡村之外，昔日的城市也离不开水井。 今天我们说到老城区，特别是北京，总会说到胡同。 据说，"胡同"一词来源于元朝的蒙古语 gudum，意思就是水井，在突厥语、满语中发音也差不多。 可见水井与昔日的城市关系也非常密切，在人们的生活中不可或缺。

人类进入青铜器时代，水利工程的修建规模大幅度增加。 在约旦和叙利亚交界处的爪瓦遗址，斯文·赫尔姆斯于 20 世纪 70 年代发现了把拉吉尔河引到城墙处池塘的水渠。 这些水渠修建于公元前 3600 年前，引来的水被分别存放在十来个池塘中，除供人畜饮用外，还可以用于灌溉。 在爪瓦城西南 200 公里处的巴杜拉，考古学家也发现了城墙内建于青铜时代的蓄水池。 在巴杜拉以北 100 公里的汉达丘克，发现了建于青铜时代早期的一座水库。 再往北 50 公里，在基伯泽拉昆，发现有在岩石中开凿的向城里输水的地下通道。 约旦峡谷西边的艾城和阿拉德城，发现有修建于城内的水库。 在今天的以色列境内，默多基、哈佐尔和贝尔谢巴，也发现有青铜器和铁器时代的地下供水系统和水库。在整个青铜器和铁器时代，水利工程发展迅速，约旦峡谷东边的迪尔阿拉废丘有一座水坝和一个水渠系统，引附近扎尔卡谷地的水用于灌溉。

黎凡特地区青铜器和铁器时代的故事，很多被描述在了《圣经·旧约全书》里。《圣经·旧约全书》描述的不仅有大洪水，也有在沙漠中找井和泉的故事。 在黎凡特，最有名的城市当然是耶路撒冷。 耶路撒冷作为三大宗教的圣地，吸引着世界各地的人去朝拜或一探究竟。 为此，我特意买了本《耶路撒冷三千年》①仔细阅读，对耶路撒冷早期的历史有了更深入的了解。 距今将近4000年前，一个定居点在基训泉附近发展起来，迦南居民在岩石中开凿隧道，将泉水引到城堡中的一个水池。 由于水是通过地下通道被引进城堡中的，使得用水安全得到了保证。 同时，迦南人还通过塔楼和厚墙保护基训泉，塔楼同时可能还充当神庙，歌颂基训泉的神圣。 到公元前700年前后，耶路撒冷已经发展成为一个重要的城市，希西家占领这里后，为保证城市被围困后的安全，派两组工匠在岩石中间开凿出一条500多米长的隧道，将城外的基训泉同大卫城下、圣殿山南部的西罗亚池连在一起。 西罗亚水道是目前所知最早从两端同时开挖的地下隧道。 希西家还在圣殿山北部的一个溪谷建坝，使毕士达的一个水池能为耶路撒冷提供更多的水。 耶路撒冷作为圣城历经数千年而不衰，水利设施的修建显然在其早期的发展中发挥了至关重要的作用。

其实，不同地区不同的民族，建设城市时都会考虑用水的问题。 对于那些战争要塞，自然还要考虑城市被围时的用水安全问题。 2015年9月，我和全国作协系统的文学院院长到贵州福泉参观，见证了古人水利设施的奇妙。 明成化二年（1466），平越卫指挥张能为解决城内用水困难，在石城另外开辟了一座小西门，将河流引入城中，称为"小西门水城"。 到了明万历三十一年（1603），知府杨可陶、指挥奚同柱又在水城外增加了一个长约170米的外城，把河流的一段围进城来，以防止敌人断绝水源。 外城的城墙与原先的古城墙连在一起，河水通过城墙脚下的孔道流进城中。 外城中还建有一道水坝，横跨在河上，坝下设计了5个泄水孔，水量小的时候，河水从孔道中流过，洪水期间，河水就从坝

---

① 《耶路撒冷三千年》，[英]西蒙·蒙蒂菲奥里著，张倩红、马丹静译，民主与建设出版社2015年1月第1版。

　　　　　　　　　　　　　　　　　命脉

上翻过。这样既可保证城中用水，又不会在发洪水时被淹，足见设计的科学。

作为人类文明重要摇篮之一的黎凡特，今天仍旧动荡不安，紧挨着它的伊拉克也不消停，不时有恐怖袭击的爆炸声响起。而在人类文明史上，这里曾如此重要，因为人类的第一个文明——苏美尔文明就诞生在这里。

苏美尔文明诞生在美索不达米亚平原的南部，位于西边的阿拉伯半岛和东边的扎格罗斯山脉之间，也就是现在的伊拉克。"美索不达米亚"是希腊人对底格里斯河和幼发拉底河之间这片土地的称呼。两条河流均发源于土耳其东南部的山脉，底格里斯河在东边，流经土耳其和伊拉克；幼发拉底河在西边，流经土耳其、叙利亚和伊拉克。两大河流在巴士拉交汇成阿拉伯河，流入波斯湾。在苏美尔文明形成的关键时期，即公元前5000年到公元前4000年，这两条河流是交织在一起的，直到公元前3000年才形成各自的河道。两条河流冲积而成的平原为农业发展提供了很好的条件。美索不达米亚北部年降水量在250毫米以上，满足了发展农业的最低要求，而南部则达不到这一要求，发展农业必须依赖灌溉。尽管美索不达米亚的农业村落最早出现的时间要晚于黎凡特，但也许正是因为对灌溉的依赖，美索不达米亚南部却早于黎凡特，也早于不依赖灌溉的美索不达米亚北部率先发展出第一个文明。

就目前考古所见，美索不达米亚南部和北部以及黎凡特，在公元前6000年至公元前5000年的时候，几乎不存在文化差异。但到公元前3900年的时候，苏美尔进入了乌鲁克文化时期，聚落形式有了重要变化：城市群落出现并有了重要建筑和公共艺术，家庭生产也被集中生产和广泛的贸易网络取代。这种变化的出现，很大程度上缘于灌溉和水道运输的广泛使用。苏美尔文明今天能被我们所了解，是因为在乌鲁克城时期他们即开始在泥板上刻写楔形文字，这些文字现在已被解读出来。乌鲁克文化的重要特点是城市的快速发展和扩张，以及贸易系统的建立。这一切的基础，也许在于他们建设了一个庞大的运河网络。

早在公元前 4000 年中叶，两河流域就有了类似古埃及的图形文字。这种文字用芦管刻在泥板上，晒干后成为长久保存的文书。芦管刻成的笔画如同楔形，因此被称为楔形文字。楔形文字后来为古代西亚各国所采用。在这一时期，口述和笔录的神话传说，成了宗教神话的衍生物，并为世界其他宗教的创立和立论奠定了基础。

苏美尔文明的最后阶段即大家熟知的"古巴比伦"时期。作为四大文明古国之一，古巴比伦重要的文化贡献之一是留下了至今仍保存完整的人类历史上最早的成文法——《汉谟拉比法典》，它以楔形文字和人像浮雕刻在一个 2.25 米高的石柱上。《汉谟拉比法典》多个条文都与水的使用相关，其中第 53 条即关于田间堤堰怠于维护破裂后造成损失的惩罚措施。古巴比伦时期水还被用于战争，一块泥板记载了阿比舒引底格里斯河水到水渠并淹没田野阻挡敌人的故事。

关于水的管理与政治制度的问题，卡尔·A. 魏特夫于 1957 年写的一本叫《东方专制主义——对于极权力量的比较研究》①的著作有过系统论述。他认为有计划地建设和维护灌溉系统，也许还应包括有计划地进行防洪，有赖于一套完整的政治和官僚体系。而罗伯特·亚当斯的调查结论则是，运河和灌溉网络的出现促进了中央集权体制的形成。无论如何，对水的控制与中央集权显然有着极为密切的关系，苏美尔文明是这样，中国古代中央集权体制的形成大约也是如此。

苏美尔文明是如此依赖灌溉，但上游降水的季节不均衡等因素，使下游的水渠、运河要么面临干旱断水的困扰，要么面临洪水的灾害。为解决这些问题，他们修建了许多水库以便在水多的时候把水存起来，等干旱的时候好有水使用。直到今天，我们的大型水利工程遵循的仍然

① 《东方专制主义——对于极权力量的比较研究》，［美］卡尔·A. 魏特夫著，徐式谷、奚瑞森、邹如山译，中国社会科学出版社 1989 年版。

命脉

是这样的思路。

　　现在的伊拉克，除了不时响起的爆炸声之外，看到的多是一个个抽取地下石油的井架。在巴格达以南，更多是荒凉的黄褐色土地，靠运河灌溉的农田只是偶尔可见。事实上，苏美尔文明依靠远程调水发展起了农业文明和城市文明，长期灌溉的一个副作用就是土地的盐碱化。水被农作物吸收之后，盐分留在了土壤里。日积月累，土地的盐碱化就会不断加重。以前，通过过量的灌溉和排水系统的建立来冲走盐分，通过休耕使土地得到恢复。但随着人口的增加，人们对土地的需求同时增加，使休耕难以持续做到。因此，对苏美尔文明而言，成也灌溉，败也灌溉。如果没有灌溉，苏美尔文明难以发展起来，但灌溉带来的盐碱化又成为苏美尔文明走向灭亡的重要原因。苏美尔人用楔形文字写在泥板上的伟大史诗《吉尔伽美什史诗》就记载了这样的情形："让黑色的田野变成一片白色，广阔的平原积满了盐。"

　　古埃及文明与苏美尔的古巴比伦文明、古印度文明和古中国文明并称为世界古代四大文明。古埃及离距两河流域并不遥远，它是以尼罗河为中心发展起来的，古希腊历史学家希罗多德说，"埃及是尼罗河的赠礼"①，没有尼罗河就不可能有古埃及文明。尼罗河流域与两河流域不同，它的西面是利比亚沙漠，东面是阿拉伯沙漠，南面是努比亚沙漠和飞流直下的大瀑布，北面是三角洲地区没有港湾的海岸。在这些自然屏障的怀抱中，古埃及人可以安全地栖息，没有蛮族入侵带来的恐惧与苦难。

　　尼罗河发源于赤道一带，主流叫白尼罗河，从乌干达流入苏丹，在喀土穆和发源于埃塞俄比亚的青尼罗河汇合，流入埃及。尼罗河全长

---

　　① 这个说法来自希罗多德所著的《历史》。《历史》一书由王以铸译，商务印书馆 1959 年 5 月 1 日出版。在《历史》上册第 2 卷第 5 节中有"希腊人乘船前来的埃及，是埃及人由于河流的赠赐而获得的土地"的说法。

6671 公里，同亚洲的长江、南美洲的亚马孙河和北美洲的密西西比河并称为世界四大河流。

尼罗河周期性的泛滥，在河两岸冲积出肥沃的平原，为农业的发展提供了得天独厚的条件。加之环境相对封闭，古埃及从公元前 3000 年到公元前 332 年亚历山大大帝征服为止，共经历了 31 个王朝。其间虽然经历过内部动乱和短暂的外族入侵，但总的来说政治状况比较稳定。古埃及人体格壮大、肤色黝黑、头发黑而有光泽，与属于阿拉伯民族的现代埃及人有着较大的差别。

过去不少人认为古埃及农业的发展并不需要发展水利灌溉，而是依赖尼罗河自然的泛滥来对土地进行浇灌。在埃及境内，尼罗河每年 6 月开始涨水，7 月至 10 月是泛滥期。洪水携带着大量腐殖质，滋养了两岸龟裂的农田。几个星期后，当洪水退去时，农田就留下了一层肥沃的淤泥，等于上了一次肥。11 月进行播种，第二年的 3 月至 4 月收获。因此，古埃及人把一年分为三季：泛滥季、生长季和收割季。据希罗多德记载："那里的农夫只需等河水自行泛滥出来，流到田地上去灌溉，灌溉后再退回河床，然后每个人把种子撒在自己的土地上，叫猪上去踏进这些种子，以后便只是等待收获了。"[1]尼罗河还有一个特性，那就是每年的涨水基本是定时定量，虽有一定的出入，但差别不是太大，从没有洪水滔天淹没一切的大灾。

古埃及这样的作物种植方式似乎并不需要发展灌溉，就可保证农业的发展。但问题其实并非如此简单。

事实上，在古代埃及，法老对全国水利灌溉系统的控制是其控制国家经济最重要的方式。古埃及人口基本都聚集在狭长的尼罗河谷地，要维持这么多人的生存，不对尼罗河进行治理和控制是不可能的，因为国家命脉全系于此。埃及一年到头几乎没有降雨，洪水过后，池塘的积

---

① 希罗多德著，王以铸译，《历史》（上册第 2 卷）第 14 节，商务印书馆，1959 年 5 月 1 日出版。

命脉

水会迅速干涸，土地逐渐干裂。 在这样的土地上耕种，需要相应的灌溉。 但单靠一家一户的力量，很难满足尼罗河两岸高处的灌溉需求。为此，必须有统一的组织力量，古埃及文明发展的原始推动力可能正来自灌溉工程的建设和管理。 就目前所知，古埃及的水利灌溉活动始于前王朝（公元前4500—公元前3100）末期。 出土于19世纪末的蝎王权标头，绘有蝎王手持锄头站在河岸（或水渠上）主持河渠奠基仪式的场面。 前王朝时期，埃及出现的最早国家"帕斯特"，其象形文字就是一块被纵横交错的灌溉渠道分隔开的土地。 从这些画面和文字看，那时埃及已经有了灌溉活动。 进入法老时代后，随着上下埃及的统一，全国范围内的灌溉网逐渐形成，这些布满全埃及的灌溉网络从一开始就被置于国家的严格控制和统一管理之下。 早在第一、第二王朝，就设专人对尼罗河水位进行观测和记录。 水位的记录一方面可供国家制定水利措施做参考，另一方面也是为预算产量和厘定税额提供依据。 在《巴勒莫石碑》铭文中关于对早王朝时期尼罗河每年泛滥高度的记录，就是一个明显的例证。 埃及历代统治者在夸耀自己功绩的时候，也总是把开凿水渠、整修堤坝放在重要地位。 相传美尼斯受人称赞的一个功绩就是修建了一道堤坝，把孟菲斯和尼罗河隔开，当他"修堤而使这个地方成为干地的时候，他就第一个在那里建立了现在称为孟菲斯的一座城"[1]。 后来，埃及历朝统治者也都常以治水有方作为自己的重要政绩。

公元前2800年前后，埃及已经有了监造水坝的"灌溉部"。 公元前2500年在开罗以南32公里的赫勒万附近，建起了长达106米、高出谷底约11.2米的卡拉法大坝。 坝基上筑有两条大堤，有23.7米厚。这两条大堤围起了一个水库，在中国良渚的水利工程被发现以前曾被认为是世界上最早的水坝和水库。 尼罗河两岸的田地，依灌渠被芦苇和

---

[1] 希罗多德著，王以铸译，《历史》（上册第2卷）第99节，商务印书馆，1959年5月1日出版。

淤泥筑成的狭长堤坝围成正方形，以存储河水，满足耕种的需要。

中王国第 12 王朝（公元前 1991 年—公元前 1768 年）的历代统治者曾征调大批劳力修复尼罗河灌溉系统，对法尤姆地区进行大规模的开发，兴建水利工程。 法尤姆位于孟菲斯西南 50 公里，低于海平面 45 米，本是一片沼泽区，中间有一淡水湖，曾与尼罗河相连。 后因尼罗河流域气候变化，干旱出现时，湖河联系被隔断，只有尼罗河暴涨时，泛滥的河水才能流入湖中。 兴修的水利工程主要是排干法尤姆湖周围的沼泽，环湖建起堤坝，并开辟渠道，使法尤姆湖与尼罗河相连，建水闸以调节尼罗河水量。 这样，每当尼罗河泛滥季节，河水便顺着水渠流入法尤姆湖，而每当尼罗河水不足时，又可将洪水泄出。 这项庞大的水利工程，从第 12 王朝开国君主阿美涅姆赫特一世（公元前 1991 年—公元前 1962 年）起，历经六代，至阿美涅姆赫特三世（公元前 1842 年—公元前 1797 年）统治时期才告完工。 法尤姆地区系统的水利工程完工，改变了这里的自然环境，沼泽变为肥田沃土，扩大耕地面积达 2500 多公顷，当地的农作物一年可多收两成，增加了农业亩产量。 随着法尤姆地区大片土地被开垦，这里的人口迅速增加，一座新兴的工商业城市——卡呼恩拔地而起，一跃成为中王国时期埃及的一大经济中心。 毫无疑问，这么大的水利灌溉工程，没有一个强有力的国家政权去组织、领导和指挥，是根本无法完成的。 在古代埃及，这一工程的实施和成功，正是由一个庞大的官僚机构统筹安排实现的，而其最高管理者自然就是人神一体的专制君主——法老。

埃及人的生活用水和灌溉用水基本全部依赖尼罗河。 而治理尼罗河，开挖沟渠建设水利工程，需要一个高度组织的社会。 随着生活组织化程度的提高，集权的政府逐渐形成。 古埃及由氏族公社向农村公社转变后，形成了由许多村社组织的"州"，希腊语读作"诺姆"。 诺姆可能是国家的雏形，是奴隶制的城邦小国。 古埃及的诺姆，可能是为适应水利灌溉和粮食集中储备的需要而建立的，其中重要的因素可能是私有制的发展导致贫富分化、奴隶出现及军事冲突加剧的结果。 无论如何，埃及王权的强大无疑与尼罗河的治理需要统一的协调组织分不开。尼罗河在埃及境内有两三千公里长，如此漫长的水道和广大的区域，水利建设的统一协调单靠一个个"诺姆"及其松散的合作是不行的，于是埃及的中央集权开始加强，将由多个诺姆组织的"联邦"转化为中央政府管辖的地方行政机构。 法老于是成为古埃及拥有最大集权的最高统治者。 古埃及国家的发展和中央集权的形成，可能与中国为治理黄河而发展起来的中央集权，有着很大程度的相似性。

在欧洲人心中，古希腊是其文化的重要源头。 但是，古希腊并未被列入世界四大文明古国，这让很多人感到不能理解。 事实上，所谓的世界四大古文明，基本都是相对独立发展起来的，是原创的文明。 相对而言，古希腊文明的出现要晚一些，即最早出现于克里特岛上的米诺斯也是受苏美尔文明和古埃及文明的影响发展起来的，其直接的文明输入地可能是黎凡特。 也就是说，古希腊文明是在外来文明的基础上发展起来的，并非一种原创的文明。

公元前 2000 多年前，克里特岛进入青铜器时代，米诺斯文明发展出了人口近 10 万的城邦，建有巨大的宫殿。 而克里特岛降水量小蒸发量大，又缺乏可用的河水和泉水等天然水源，因而水利工程建设对维持岛上这么多人的生存来说就十分必要。 克里特岛夏季几乎没有降雨，冬季雨量则比较充沛。 这就使岛上冬季时可能面临洪水的威胁，而夏季则无水可用。 为解决这些问题，克里特人修建了石渠和赤陶管道。 目前考古发现，最早的水渠从马夫洛克里特斯的一处山泉引水进入宫殿；还有一条长达 10 公里的水渠则从阿卡尼斯把泉水送到克诺索斯。 由于降雨季节分布的不均衡，克里特人需要在冬季把多余的水收集储存起来，以备夏天使用。 在法伊斯托斯，广场倾斜的地面和连接着的圆坑被认为是用来收集雨水的。 其他各处宫殿，也都存在这样的蓄水池。 用水问题解决之后，对于宫殿和城邦来说，污水的排放也是现实的问题，为此，克里特人建立了先进的排水系统。甚至在公元前1800年米诺斯国王的宫殿克诺索斯，发现有一个两平方米大小的房间，里面有一朝下倾斜的石板，通到一个坑里，坑则连着地板下的排水短沟。把水沿石板泼下去就可以进行冲刷。这被认为是最早的抽水马桶。

米诺斯文明向欧洲大陆延伸，最终发展出迈锡尼文化。荷马史诗对迈锡尼文化有着大量记载，其中引人注目的一点是对洗浴的反复描写。那里的考古也发现了大量浴盆、水罐等洗浴用品。事实上，洗浴在古希腊不只是清洁那么简单，更具有仪式和文化意义。在整个迈锡尼，都找到了灌溉和排水系统、蓄水池和卫生间、水坝和堤坝的考古证据。通过在岩石中开辟的水渠，地下泉水被引到雅典、梯林斯和迈锡尼的城堡。皮洛斯的水则通过一条1公里长的木制水渠从一眼泉水引来，再用赤陶管送到宫殿和作坊。

希腊肥沃的内陆盆地被群山环抱。多雨冬季的径流、喷涌的泉水和春天融化的雪水，从周围的山上集中流向盆地，很容易造成洪涝灾害。为此，迈锡尼人修建有大量的排水工程。他们还修建了多处堤坝和水坝以控制或疏导洪水。

迈锡尼的文化中心是伯罗奔尼撒人的阿尔戈斯平原，梯林斯是其中最大的聚落。梯林斯面临的最大威胁是发源于东边山上的马内西河。洪水泛滥时，从山上奔涌而下的洪水会冲毁房屋和农田，带来严重灾害。为了防洪，迈锡尼人在河流进入平原的地方横跨河道修建了一座大型水坝，使河流改道，不再穿越市内。水坝建在三条溪流汇合之后不远的地方——正如丹江口大坝建在丹江和汉水交汇后不远的地方，长达100米，高有10米。被拦截的水流通过一条1.5公里长的人工河道引到梯林斯以南几公里处的另一条河床，水沿着这条河床流入大海，梯林斯因此免受洪涝之害。

迈锡尼文明终结几百年之后，雅典、斯巴达和科林斯发展起来，成为希腊政治、经济、文化中心。 到公元前 6 世纪，雅典已成为希腊实力最强、文化最先进的城邦。 至今，卫城和帕台农神庙依然是希腊文明的象征。 雅典的水文明即使在今天看来也非常先进，其水利系统包括水井、蓄水池、沟渠和排水沟等，为不同用途提供不同用水：喷涌的泉水作为饮用水，不适合饮用的水放到蓄水池供洗浴之用，用过的水经仔细回收用以清洗地板、冲刷马桶、灌溉等。 除泉水之外，雅典人还挖深水井，收集雨水存在地下蓄水池，以备干旱时使用。 尽管是在 2500 多年前，这样的用水理念，如果能在今天中国北方的城市推广，用水量也会大大减少，南水北调的压力也会减轻不少。

萨摩斯岛靠近土耳其南部海岸，岛因萨摩斯城而得名。 当然对于萨摩斯城这个名字，中国人大多也都非常陌生。 但提到数学家毕达哥拉斯，知道的人就多了。 萨摩斯城就是毕达哥拉斯的家乡，后来被改名为毕达哥利翁。 萨摩斯与岛上最大的阿及亚迪斯泉间隔着 300 米高的卡斯特罗山，要解决城内用水问题，需要想办法将泉水引到城里。 于是，公元前 530 年时萨摩斯的统治者波利克拉特斯让欧帕里诺斯挖一条穿过卡斯特罗山的隧道，将水引过来。 于是一座古希腊最复杂的水利工程诞生了，至今令人叹为观止。 这条隧道宽和高均为 1.5 米，长1036 米，从山的海拔 55 米处穿过。 隧道从两端同时开挖，北面隧道开始是笔直的，后来开始弯曲，大约是为了避开天然断裂层或裂缝；南面隧道保持直线，到一半的地方突然右转，与另一端挖过来的隧道相交。在交会处，两端挖过来的隧道高度差只有 60 厘米。 古希腊人能在 2500多年前建成这样的隧道，确实是数学和工程的奇迹。

水利工程的修建，极大促进了古希腊科学的发展。 阿基米德式螺旋抽水机就是由阿基米德完成的一项伟大发明。 克特西比乌斯发明了水泵，开发和改进了水钟。 这些都是对人类文明进步有重要贡献的发明。 后来，包括希腊水利工程在内的希腊科学、文化迅速传播，中东、近东完成了希腊化的过程，希腊化王国在地中海沿岸遍地开花。

代希腊而起的是罗马帝国。古罗马人对水有一种特别的崇拜，拥有充足的水源是富裕的象征，也是权力的体现。因此古罗马人在征服一个地方之后，总会首先修建奢华的浴场。英国的巴斯就是一个例证。

当然不只是巴斯，实际上在包括欧洲、北非、小亚细亚和中东在内的古罗马帝国的各个地方，都可以看到古罗马人管理水资源的证据。古罗马人走到哪里，浴场、喷泉就会建到哪里，对水的崇拜和炫耀性使用让古罗马人对水的需求远超正常用量，单靠水井、蓄水池等远远不够。于是，古罗马人所到之处，都会有引水渠被修建起来。今天我们谈到南水北调时会感叹那么浩大的引水工程是否值得，看看古罗马人的作为，就会知道远程引水绝非今天中国人的创举。

2005年9月，我和河南省文学院的作家一起到意大利，在罗马市中心，到处都可以看到残破却依然壮观的石质建筑，其中就有高高横跨街道的克劳迪娅引水渠。这些遗迹默默地诉说着古罗马的辉煌，当然还有他们对水的热爱。在罗马帝国鼎盛的时候，罗马城的居民达百万之众。这么多人要用水，而且是带有挥霍性地使用，当然需要庞大的水量。于是从公元前4世纪末开始，罗马人花了600年的时间，建成了11条引水渠，克劳迪娅只是其中的一条。

实际上，罗马并不是一个缺水的城市，这里的地下水位很高，泉水充足，单靠水井就可以基本解决罗马城的用水需求。但罗马人从希腊人那里继承了洗浴文化，而且使之变得更加奢侈化。对罗马的城市来说，拥有大而奢华的浴场，是一件特别引以为傲的事。这种文化导致对水的需求量大大增加。从公元前312年第一条引水渠——阿庇亚引水渠建成以来，罗马的引水渠不断被修建起来，以满足大浴场和其他方面的用水需求。

古罗马帝国征服的从北非到欧亚的那么多城市，并非都像罗马城那样有相对充足的水源，但他们对水的使用并不因此消减。所以，罗马城的引水渠比起北非、中东和欧洲其他地方，规模远不算大。 在法国加尔河上，有一条横跨河流的罗马尼姆引水渠，高达 50 米，长达 275 米。尽管这种横跨天然河流的引水渡槽在南水北调中线工程引水干渠上有很多，但想到古罗马的这些引水渠建于 2000 年前，多少还是让人感觉有些震惊。

公元 216 年，罗马皇帝卡拉卡拉组织 9000 名工人，花费 5 年的时间，建成了一个巨大的浴场。 引水渠把水注入 18 个蓄水池，保证浴场用水源源不断。 浴场中心的建筑中，有 4 个水池的冷水浴室、2 个水池的温水浴室和 7 个水池的热水浴室。 整个建筑雄伟壮观，看起来像一个巨大的教堂。 冷水浴室由巨大的灰色埃及大理石柱支撑着庞大的交叉穹顶，柱廊整齐地排列着，下面是一根根彩色的大理石柱基，大理石铺就的地面上，点缀着喷泉和雕塑。 据说卡拉卡拉浴场每天可接待 6000 到 8000 名浴客。 现在，卡拉卡拉浴场的残垣断壁依然耸立在罗马市，让前来参观的游客以此推想古罗马的繁华。 而实际上，此时的罗马已开始走向衰败。 公元 306 年至 337 年在位的罗马皇帝君士坦丁决定放弃罗马，将首都迁到拜占庭。 公元 330 年 5 月 11 日，由拜占庭更名的君士坦丁堡正式成为罗马帝国的首都，并迅速发展起来，而罗马则更加衰败。 公元 395 年，罗马帝国正式分裂为东、西罗马帝国。 后来，日耳曼蛮族占领了罗马，罗马作为世界中心城市的地位一去不复返，君士坦丁堡则在此后近千年的时间里成为欧洲以至世界重要的中心城市。

君士坦丁堡即今天土耳其的伊斯坦布尔，处在欧亚两洲的交界处。君士坦丁堡相对于罗马人来说，缺乏地下水源，泉水也距离较远，供水不稳。 在哈德良执政的公元 117 年至 138 年间，这里建起了第一条引水渠，把 20 公里之外即今天贝尔格莱德森林地区山上的水送到君士坦丁堡的西北部。 公元 4 世纪，君士坦丁堡成为首都之后，自然要修建大量喷泉和浴场，原有的供水量显然无法满足急剧增长的需求。 于是，君士坦丁堡的供水必须依赖更远处的水源。 结果，他们找到了斯特兰加·

达格兰山区，即今天的色雷斯一带，那里有较为丰富的泉水和地下含水层。但这处水源的供水季节性明显，雨季水量充沛，旱季则水量有限甚至完全断绝。为此，需要解决的问题就不只是把水输送到君士坦丁堡，还需要把水储存起来以备旱季使用。储存水的目的除了解决旱季用水之外，另一重要目的是为了保证君士坦丁堡在遭受围困水源被切断时的城内用水。

输送到君士坦丁堡的水源地在今天的维泽市附近。从维泽到君士坦丁堡的直线距离大约有120公里。但引水渠曲曲折折地穿行在群山和峡谷中，渠长原来专家估计有242公里，后来经卫星和地面勘测，结合史料并对残存的钙质沉积物分析，确认引水渠实际长度竟有551公里之多。这个其实很好理解，引水渠要想从水源地自流到达目的地，必须绕开高地和低地，全程保持适当的落差。南水北调中线干渠，同样是一条全程自流的引水渠，为了保持全程水头的落差，引水渠需要沿着一定的等高线修建，在山区就会曲折迂回，同时还需要低处架高，高处深挖。如果开车从北京到南水北调中线工程的渠首陶岔，全程距离大约是1049公里，这当然不是直线距离；而南水北调中线干渠（不含天津输水干渠）的长度则为1276公里。

从维泽到君士坦丁堡的引水渠同罗马的大多数引水渠一样，是在地上挖出的沟槽中铺设石块建成的，为防止漏水渗水，管道内壁涂有灰泥，渠顶上加盖有石块。因为引水渠穿行山区，自然需要一些穿山的隧道，而越过峡谷的渡槽有60座，有些甚至长达1.5公里。今天的南水北调中线工程，穿越了长江、淮河、黄河、海河四大流域，自然也少不了隧道和渡槽，而且规模要大很多。在穿越黄河等大河时，南水北调中线干渠则利用倒虹吸原理采取了河底隧洞的方式。

2012年11月，我和陈崎嵘、肖克凡、官布扎布、陈川等作家到土耳其访问，在伊斯坦布尔阿塔图尔克·布尔瓦里公路上，曾看到过一条巨大的渡槽跨街而过。这条水渠就是当年到君士坦丁堡的引水渠，建于公元 363 年至 378 年瓦伦斯统治时期。 这条跨街的渡槽叫瓦伦斯水道桥，现在叫"灰鹰渠"，共有 89 拱。 不过当时的水源并不在今天的维泽附近，而在大纳曼第拉和皮纳萨。 到公元 5 世纪时，才把水渠延长到今天维泽附近的新水源。

伊斯坦布尔让我们印象深刻的还有著名的地下水宫。 从圣索菲亚教堂边的一个小房子后面，通过台阶走到底下，可以看到一排排柱子支撑着的巨大建筑。 柱子有 336 根，高达 8 米，分成 12 排整齐排列。 柱子就立在水中，在灯光的映照下看起来像进入了洞天府地，可以看到许多鱼在水中游动。 地下水宫建于公元 527 年到 541 年间，是在君士坦丁大帝在位时修建的一个小型蓄水池的基础上，由查士丁尼组织进行大规模扩建的，主要是为保证圣索菲亚大教堂和皇宫的供水，蓄水量可达 8 万立方米。 此外，君士坦丁堡还有其他水库和蓄水池作为城市用水的保证。

当然在伊斯坦布尔，我们还参观了古老皇宫等处的土耳其浴室。而在世界各地广泛流行的土耳其浴，就是从古罗马人那里继承下来的。古罗马人的洗浴文化被伊斯兰世界继承下来，由阿拉伯人保持了这个习惯，后来又传回欧洲。 在土耳其人那里，罗马浴发展成为现在的土耳其浴，至今仍在世界各地流行。

玛雅文明今天在很多人看来仍是一个传奇。 尽管从时间上讲要比世界四大文明晚得多，但它确实是一种独立发展起来的原创文明。 玛雅文明究竟是如何兴起的，又是如何消亡的，至今我们并不完全清楚。

玛雅文明令人惊异的不只是文明本身，还在于这个文明产生于一个极不适合人类居住的地区。 尤卡坦半岛的大部分地区都是石灰岩，极易在水的作用下溶解，形成一个个溶蚀通道，使雨水迅速下渗，难以保存。 这使尤卡坦半岛既缺乏肥沃的土壤，又缺乏饮用水和其他自然资源。 尤卡坦半岛的石灰岩在水的溶蚀下会形成一些地下洞穴。 一些洞穴顶部在水的不断溶蚀下崩塌了，形成被称为沼穴的落水井。有时落水井会深达地下水位，水位会季节性地升降，提供固定水源。任何一种古代文明的繁荣都离不开农业的发展，只有充足盈余的粮食才能维持王室和官僚系统及军队的存在。在尤卡坦这样的地方，要保证农业的发展，不进行有效的水资源管理是不可想象的。

蒂卡尔是公元 200 年到 900 年间一个兴盛的玛雅王国，位于尤卡坦半岛的中央低地，即今天的危地马拉。蒂卡尔遗址面积达 16 平方公里，建筑有 3000 多栋。蒂卡尔的神庙有 70 多米高，周围排列着宫殿、金字塔、广场、球场、行政建筑、刻字的石碑和大型水库。蒂卡尔完全没有天然水源，没有河流、没有泉水、没有湖泊。为解决用水问题，蒂卡尔人建了 6 个大型水库，以便在雨季储存更多的水。水库建在庞大的建筑群中间，最初可能只是天然的浅洼地，后来人们不断进行扩建。其中主要水库的储水量可达 90 万立方米，能满足差不多 6 万人的需求。如此巨大的工程当然需要强有力的集中领导和规划组织。此外，还有些水库从人口密集区向坡下分布，并有更小的水库作为补充，一些小水库深不到 1 米，只供单个家庭使用。

埃兹纳位于现在墨西哥坎佩切（Campeche）市东南大约 50 公里的地方，公元前 600 年开始出现玛雅人的聚落，到 750 年达到鼎盛时期，在 950 年被遗弃。埃兹纳同样没有固定的地表水源，其供水依赖一个由几条在中央建筑群交汇的大运河和一系列水库组成的网络，可蓄水 200 多万立方米。埃兹纳运河可能是利用天然地形经人工修建而成的，主河道宽达 50 米。玛雅人的做法似乎是利用埃兹纳山谷的自然斜坡，在地势高一些的地方修建水库，收集从山上流下来的水，通过控制石闸，利用运河把水引到人口中心附近低处的水库里。

卡拉克穆尔位于今天墨西哥中部的低地，离危地马拉北部边界只有大约 30 公里。卡拉克穆尔利用水资源的方法又有不同，它是通过改造地貌来贮存水的。卡拉克穆尔城市内部的面积大约有 22 平方公里，玛雅人通过改变地形，使它被一系列相连的浅洼地、运河和干涸的河床包围起来。 卡拉克穆尔周围的洼地有 13 个，能够存储约 200 万立方米的水。 其中两个洼地特别大，主要收集雨水的径流，水满之后就溢出流到第二大的洼地。 水圈内另外两个较小的浅洼地和一条运河相连。 水圈其他部分由干涸的河床组成，在雨季可以最大限度地收集径流。

由于玛雅人生活环境的多样性，使他们在水资源管理方面自然也采取了多种多样的手段。 比如位于墨西哥恰帕斯州南部低地的帕伦克，通过渡槽、水坝、水渠、排水沟等，防止流经市内的 9 条河流的泛滥和冲蚀。 而伯利兹的拉米尔帕则通过拦截分水岭上部建成的水库来调节平坦高地土壤的湿度，以利于耕种。 其他水资源管理的手段在玛雅人的遗址中也都有所发现，对玛雅人来说，水资源的管理已经渗透在他们生活的方方面面。 特别是在低地地区，玛雅王国的圣主通过对水资源的控制而拥有了强大的组织力量，使王国得以维持。

玛雅王国在历史发展过程中是不断崩溃又不断重建最后走向终结的。 对玛雅文明的崩溃，研究者有各种各样的猜测，而最可能的原因还是与水有关。 玛雅王国是依赖对水资源的管理和控制而实现统治的，当干旱造成没有水资源可以利用时，王国就失去了其统治的基础导致崩溃。 有些学者坚定地认为是干旱造成了玛雅文明的崩溃，但也有很多人相信，玛雅文明的崩溃源于他们对自然资源的破坏：为了建造巨大的神庙，他们破坏了大片热带雨林；圣主相互间的竞争造成消费的上升和对自然无止境的索取。 可话又说回来，建造神庙也许是圣主获得统治合法性的精神依据，他们由此才能动员人力完成水利工程来对水资源进行管理和利用。 否则，玛雅文明就难以发展起来。 事实是不是这样，不得而知。 但人类文明的发展往往就是这么吊诡，就是这么在矛盾和无奈中发展起来的。 今天中国的南水北调，难道不是一个在无奈中不得不建的工程吗？

告别玛雅文明，继续南行，就可以领略到印加文明。 印加文明同样是从亚洲越过白令海峡一路走到南美洲的印第安人创造的。 印加帝国的中心区域分布在南美洲的安第斯山脉上，其版图大约是今日南美洲的秘鲁、厄瓜多尔、哥伦比亚、玻利维亚、智利、阿根廷一带。 印加人的祖先生活在秘鲁的高原地区，后来他们迁徙到库斯科，建立了库斯科王国，这个国家在 1438 年发展为印加帝国，人口达 1000 万。 印加帝国最终于 1533 年被西班牙征服。

人类从亚洲经白令海峡进入北美洲，大约是在 18000 年前。 那是个冰川期，海平面下降了 100 多米，白令海峡成为人类迁徙的一个陆上通道。 后来，海平面上升，白令海峡将美洲和亚洲大陆再次隔绝，进入美洲的人类便开始了独立的发展历程，直到 15 世纪末西班牙人来到美洲，改变了美洲文明独立的发展进程。 进入美洲的人类大约在 13000 年前来到南美洲，开始在这里定居生活。 目前已知秘鲁南部海岸的克夫拉达哈圭（Quebrada Jaguay）在公元前 11000 年至公元前 9000 年间已有人类聚落存在。 但这些聚落位于海岸线附近，他们主要以海洋捕捞来维持生活，并不需要管理水资源以发展灌溉农业。 目前发现深入内陆的最早聚落是秘鲁南部安第斯山麓祖纳山谷的一处遗址，离海岸线有 60 公里。 这里曾发掘出 4 条灌溉运河，最早的至少在公元前 3400 年，甚至要早至公元前 4500 年。 更晚一些，在秘鲁离海岸线有 23 公里的苏佩山谷沙漠环境发现了卡拉尔遗址。 这个城市建筑群占地面积达 65 公顷，有 6 个金字塔及许多较小的建筑，两个广场及大批住宅和其他建筑。 其活动年代应该在公元前 2627 年至公元前 1977 年之间，与苏美尔文明早期王朝的时代相当。 在沙漠环境中，要维持这么一个庞大而复杂的聚落生存，一定要有高水平的灌溉系统。 卡拉尔的年代确定后，在附近发现的类似遗址统一被命名为"小北文明"，在公元前 3000 年至公元前 1800 年间处于鼎盛期。 此后，小北文明走向衰落，在公元前 1500 年，在干旱的沿海地带进行耕作的查文文化以及在不很干燥但非常寒冷的高地地区繁荣的蒂亚瓦纳科文化发展起来。 查文文化兴盛期在公元前900年至公元前200年，他们创建了先进的灌溉系统，将河水引到农田，并建造有排水系统。 蒂亚瓦纳科文化的兴盛期在公元前300年至公元300年间，他们在喀喀源周围挖排水沟渠修建台田，并在公元1世纪时开始修建梯田。 1世纪的时候，纳斯卡文化创建了复杂的灌溉系统，他们建立了汲取地下水的地下渠道，和运河、水库结合，维持了大量人口。550年发展到高峰的莫切文化，修建了大量的灌溉水渠，从河流中引水，建立了覆盖整个地区的水利系统。 900年的时候，奇穆人崛起，他们继承了莫切人的运河和水库，而且建造了"进入式水井"以利用地势较高处的地下水，并挖掘了被称为"豁垭"的凹田。 而印加人的直系祖先瓦里人，则修建了灌溉系统、梯田和道路网络。 到13世纪初，这些时期的文化大多终结，水利工程被兴起的印加帝国继承了下来。

"印加"的意思是"统治者"，来自古代盖丘亚语。 印加帝国的中心地带被称为"圣谷"，位于安第斯山脉高处的一个峡谷，乌鲁班巴河从中流过。 帝国的首都是"库斯科"，在盖丘亚语中的意思是"肚脐"，表示印加帝国的中心。 印加帝国的发展得益于从早期文化中传承下来的水利工程和技术，当然还有新的发展。 印加人从河流引水，控制了水源，消除了旱灾的威胁，他们巧妙地修建了梯田、复杂的灌溉系统和出色的控水水渠。 今天去秘鲁，可以看到这些安第斯山脉山坡上的梯田仍然是高产的农田。

马丘比丘是印加国王休养的行宫，因未被西班牙殖民者发现而免遭毁坏，现在已被联合国确定为世界文化遗产。 马丘比丘耸立在一道海拔2438米的山脊上，是一处易守难攻的城堡。 城堡的中央是一个巨大的广场，周围环绕着梯田、台阶、建筑物和平台。 广场除了作为大型集会等活动的场地外，更重要的作用是起到排水盆地的作用。 广场用大石头和沙砾建成，周围汇聚的流水带来的肥沃土壤，覆盖在石头和沙砾上，形成一个草地广场。 当雨水来临，雨水在此汇聚并排走。 马丘比丘周围的梯田依靠充足的雨水即可维持生长，并不需要特别的灌溉。马丘比丘的山顶上还有一眼水量充足的泉，被印加人用一条长达 749 米的水渠引到城堡，通过 16 眼喷泉为居民和王室提供生活和礼仪用水。

在库斯科以东 18 公里的一个狭窄山谷中，还有一处印加皇城遗址——蒂蓬。蒂蓬的主要区域是 13 道宽阔的梯田，总长度 400 米，沿山坡落差大约有 50 米。蒂蓬海拔接近 4000 米，位于一个陡坡的南面。这里在 5 月到 8 月间几乎没有降雨，这些梯田能够得到灌溉，依赖第三道梯田间的一眼喷泉。喷泉通过印加人的水利工程依次灌溉下面的梯田，并为人们提供生活用水。而上两层梯田的灌溉，则依赖从 1 公里外的普卡拉河引来的水。引来的河水先流经一个渡槽穿过山谷，再向下流 400 米灌溉第一、第二道梯田，然后补充进泉水供下面的梯田使用。喷泉的集水区超过 153 公顷，印加人还在山坡上修建了至少 8 条通向主泉的引水石渠以增加水量。地下的泉水被集中到渠首之后，通过一条石渠流向第三道梯田，然后水被分到两条狭窄的水渠形成瀑布流入一个水池，再通过 4 条水渠又形成瀑布流入第二个水池，并依次向下流入下面的梯田灌溉网络。蒂蓬的泉水在水渠中流淌，在瀑布跌落时会发出动听的声音，被艺术地形容为"水利之诗"。

水坝围出的良渚王国[①]

水在塑造文明中所发挥的决定性作用，并非仅仅表现在地中海沿岸和美洲，中国同样如此。提到世界四大古代文明，提到古埃及，会发现中国文明发端的时间似乎要晚一些。这让很多爱国的炎黄子孙感到不爽、不服。过去，提到治水，中国人首先想到的自然是大禹。中国人

---

① 本节内容主要参考了 2016 年 3 月 15 日《杭州日报》刊发《良渚发现 5000 年前水利系统》一文。

称颂远古伟大的明主圣贤，言必称尧舜禹，但尧舜为人称道的地方主要在于他们不图私利、禅让的伟大德行，禹实际上并非以其德行而被人称颂，而是作为一个成功治水的伟大英雄被人敬仰。 大禹治水的故事大约发生在4000年前，虽然中国各地都有关于大禹的传说和一些所谓的遗迹，但禹修建的水利遗迹并没有被保留下来，这当然可能与禹主要以疏导的方式治水有关，不像以"堵"的方式治水会有水坝等遗址留存。 尽管如此，大禹治水的故事相比古埃及建于4500年前的赫勒万的水库和水坝仍然要晚上四五百年。 可禹之前我们有鲧，传说他为禹的父亲，一直在以"堵"的方式治水。 鲧是如何"堵"水的？ 这方面以前也没有留下水坝、大堤的遗迹。 在中国史前时代，鲧治水仅仅是一个传说呢，还是治水是确实发生的事件？ 2006年以来，良渚文化遗址水利工程的发现，证明在大禹之前1000年，中国人确实已经建设了水坝类的水利工程，也就是说鲧之前中国人堵水已有千年。 这反而比古埃及最早的水坝要早上四五百年。

良渚文化遗址位于杭州西北约30公里的瓶窑镇东，这里是天目山前的一处"U"字形盆地，北、西、南三面背依天目山支脉，东面面向杭州湾的浙北平原敞开。 出自天目山脉的东苕溪自西南而东北，从城址的西北两面流过，南苕溪、中苕溪和北苕溪三条主要支流也在城址的西侧汇入东苕溪。 每到雨季，大雨过后山洪汹涌而下，对良渚城址构成极大的威胁。 在这种环境下生活的良渚人，必须有对付水患的能力才可生存下来。

良渚古城的水患主要来自西、北两面的天目山，为防水患，良渚人在城址西北的山脚和山中修筑了一个庞大复杂的水利系统，这是由堆筑在山体之间的十余个大小不同的水坝组成的。 水坝分为高低两组，高坝系统建在两条山谷的谷口位置，包括岗公岭、老虎岭、周家畈、秋坞、石坞和蜜蜂弄等坝体，相对高度15米至20米，坝体长数十米至百米。 高坝东南侧的低地建有低坝系统，最东面的塘山低坝长达5公里，是整个系统中长度最长、结构最复杂的坝体。 塘山坝通过南山、栲栳山等自然山体，向西南方向连接狮子山、鲤鱼山、官山、梧桐弄等坝体，构成低坝系统。 低坝坝体的相对高度为 6 米左右，形成泄洪区的外围屏障。 通过计算机模拟分析，高坝系统可以阻挡短期内 870 毫米的连续降水，相当于本地区降水量百年一遇的水平；低坝可以拦蓄出一座面积 9.39 平方公里的水库。 想到这些水利工程建于 5000 年前，到现场考察的人没法不受到强烈震撼。 另一方面，多级坝体形成的蓄水是当时重要的运输通道，营建良渚城址所需的产自天目山的大量石材和木材，都是通过舟船竹筏走水路运来的。 以水坝设施为主体的良渚文化时期的水利系统工程，不但在史前时期发挥过巨大作用，进入历史时期后依然发挥着作用，并且继续维修，这从 2016 年初，在蜜蜂弄水坝试掘中发现的东周时期的墓葬中，可以得到证明。

良渚的水坝高达数十米、长达数公里，在原始的条件下是如何建造的呢？ 对高坝岗公岭和低坝蜜蜂弄等水坝的考古试掘发现：坝底和坝内部采用青灰色淤泥堆筑，上部和外部包裹纯净黄土，关键位置以草裹泥堆垒加固。 这样的营造方法与建在莫脚山的良渚内城的营建方法是一样的。 具体说来，良渚人的居住地就在沼泽边上，沼泽下面全是淤泥，上面长着芦、荻、茅草之类的植物。 良渚人把地面的草割倒，在淤泥中一滚，再用芦苇绑扎，就成了筑堤的构件。 同时，由于草和淤泥都用掉了，这些地方就变为河道，直接用竹筏把"草裹"构件运过去，很轻松地就可以筑坝了。 草裹泥本身体量小，又软，可塑性好，与外面草茎贴合紧密，所以堆垒后，彼此贴合紧密，完全不会漏水。

良渚这些坝体与城址相同的营建技术、坝体内发现的良渚文化陶片，都表明这 10 余处水坝构成的水利系统与良渚城址属于同一有机整体的，碳十四测年数据为距今 4700 年至 5100 年，属于良渚文化早中期。 良渚古城设计范围超过 100 平方公里，由内而外依次为宫城、王城、外郭城和外围水利系统。 外围水利系统是中国现存最早的大型水利工程，这一与良渚城址一体的水利系统，因地制宜、就地取材，建筑技术先进，其规划视野和技术水平充分体现了良渚人高超的规划、组织和管理能力，充分证实了人们对良渚文化已进入文明社会的认识。 与同时期世界其他文明相比，良渚水利系统与埃及和两河流域早期文明旱地水利系统不同，在时间和类型上形成鲜明对照，在世界文明史和水利史上占有重要的地位。 结合对良渚古城的发掘以及大量良渚玉器的发现，考古学家相信良渚文明已进入王国阶段。

治水而王的大禹

在中国辽阔的版图上，一向被称为中华民族母亲河的黄河并非第一大河，黄河流域也绝非唯一有远古人类生存的地区。 许多人以此为由，主张把中国境内许许多多的河流与黄河一道，并称为中华民族的母亲河。 这种观点虽非全无道理，却反映了对黄河认识的肤浅。 黄河是世界上含沙量最高的河流，大量的泥沙冲积出大片良田，为农耕文明的发展提供了基本的条件；同时，黄河的泥沙又常常塞满河道，溢出堤防，给生活在这里的人民造成难以估量的生命和财产损失。 因此，生活在这片土地上的人民，需要一个强有力的统一组织来全盘处理水患问题。这使得中国早早成为一个持久统一的国家，建立了可以同等对待各方，能够整合各种资源共同整治黄河以解除常态威胁的中央集权政府。 从这个意义上讲，没有黄河，也许在亚洲东方这片广袤的土地上就不会形成中国这么一个幅员辽阔的统一国家。 因此，黄河作为母亲河的意义除了中华民族、中华文化在此发祥以外，也包含着它促成了统一中国的形成这方面的因素。 这与古埃及的情形多少有些类似。

提到治水，中国人首先想到的肯定是大禹。 禹作为治水的英雄，传说遍布中国南北。 今天我们已很难确认，究竟是全国各地上古治水的传说渐渐都附会在了禹的身上，还是禹的传说从其发源地中原随人口的迁徙和文化的传播而遍布四方？当然也可能二者兼而有之。

传说中禹的足迹遍布中国各地，而传说较为集中的地方除黄河中下游地区外，浙江、四川相关传说也比较多。传说中大禹陵就在浙江绍兴，即古之会稽。"古史辨"派代表人物顾颉刚先生认为禹就是会稽一带的人物，传说渐渐及于中原而被纳入历史。而四川的北川县有所谓的"禹穴"，被认为是禹的出生地。禹穴所在的乡名字就叫禹里乡，可见当地确信这里就是禹的故里。禹里乡有石纽山和摩崖甘泉，当地传说禹的母亲最初就住在此山并饮用甘泉的水，由此孕育了大禹。在禹穴对面，至迟从唐代开始当地人就建有禹庙来纪念大禹。其实不光这里，四川羌族地区到处都有大禹的传说，到处都是大禹的出生地。除北川禹里乡外，汶川县绵池镇、理县通化镇、什邡县（今什邡市）就联坪等地也都有"石纽山""禹穴"这些地名。因为在汉代《史记》等文献的记载中，就有"禹生西羌"或"禹兴西羌"的说法，更详细的则说"禹生广柔石纽"。① 于是"石纽山"就"纽"到了一个又一个地方。

当然在河南，关于禹的传说就更多了。河南有禹州市，以前叫禹县，被认为是禹的故里。禹州位于嵩山东南，以前曾叫阳翟。而阳翟正是记载中夏都的所在地。传说，禹，姒姓，是夏后氏的首领，被舜封为夏伯。舜以禹治水有功，禅位于禹，后来禹的儿子启创建了中国第一个王朝——夏。《竹书纪年》记载："元年癸亥，帝即位于夏邑，大飨诸侯于钧台。"《水经注》卷二十二称："颍水自竭东经阳翟县故城北，夏禹始封于此，为夏国。"因此在史籍中，早期多称禹州为夏邑。

关于禹和启的传说，河南嵩山一带也非常多。今天人们到登封市游览，大多奔着少林寺而去，而登封有历史文化的去处其实还有很多，比如嵩阳书院，比如观星台。而再往前数，则有藏匿在嵩山怀抱的启母

① 《三家注史记》第一十五《六国年表第三》："故禹兴于西羌。集解：皇甫谧曰："孟子称禹生西石纽，西夷人也。传曰'禹生自西羌'是也。"

阙、太室阙和少室阙。 作为世界文化遗产——河南登封市天地之中历史建筑群的代表，汉三阙中启母阙上的画像和文字，讲述了大禹治水的故事。 而战国时孟子在《滕文公上》中就有"禹八年于外，三过其门而不入"的说法。 这说法据说来自《夏书》，《史记》也采信此说。 屈原《楚辞·天河》也写到了禹娶涂山氏的事："禹之力献功，降省下坊，焉得彼涂山女，而通之于台桑？ 闵妃匹合，厥身是继，胡为嗜不同味，而快晁饱？"宋洪兴祖补注："言禹治水，道娶涂山氏之女，而通夫妇之道于台桑之地。""故以西日娶，甲子日去，而有启也。"洪兴祖还引古本《吕氏春秋》记载："禹娶涂山氏女，不以私害公，自辛至甲四日，复往治水。"涂，不同古籍也作"崟""塗"。《汉书·武帝纪》颜师古注引《淮南子》："禹治洪水，通轘辕山（今登封西有轩辕关），化为熊。 谓涂山氏曰：'欲饷，闻鼓声乃来。'禹跳石，误中鼓，涂山氏往，见禹方作熊，惭而去。 至嵩高山（今嵩山）下，化为石，方生启。 禹曰：'归我子！'石破北方而启生。"这是关于启母石较早的记载。 启就是开的意思，这个名字也许就是为了纪念化为石头裂开而生育孩子的母亲。当然，也可能是因为启建立了夏朝，成为历史的开创者，所以才有了启这个名字。 这处裂开的石头，就是嵩山启母阙的启母石。 我的老友孟宪明，是作家，也是著名的民俗学家，他在考察了启母阙和启母石之后，说了一句很经典的话："这是中国最古老的剖宫产啊！"

　　说这些关于禹和启的故事带有明显传说的痕迹，讲真实的历史，还需要考古的证据。 登封市东南12公里的告成镇东北，发掘有阳城遗址。 阳城城址呈南北长方形，周长约5700米，总面积140万平方米。城墙系夯土筑成，部分城墙底部铺一层卵石。 城内中部偏北有一处大型建筑遗址，基面上残留成片的铺地砖，其上堆积大量砖瓦和陶器残片，发现有贮水池、节水闸和排水管道等，反映了当时城市建设中给排水设施的先进水平。 城内出土有残铁器、铜镞和陶鬲、釜、盆、盂、碗、豆、罐等。 在一些陶器上还印有"阳城仓器""阳城"等戳记和其他陶文符号，证明这座城址是春秋战国时期的阳城。 阳城或认为即夏朝初期的都城。 除阳城、阳翟外，一般认为，夏还曾在今河南偃师二里头的斟鄩等地定都。 也就是说夏是在以嵩山为中心的一片区域活动的，都城也基本在这一带。

因此，如果我们把禹作为一个神话人物，他活动于中国任何地区都毫不奇怪。 而且更大的可能是，历史上随着中原人口的一次次迁移，他们带到全国各地的不仅有文化包括传说，甚至还有地名本身。 就像今天南水北调的移民，到迁入地后使用的仍然是原来的地名。 从这个意义上讲，或者如果把禹理解为一个历史人物，他应该活动于以嵩山为中心的黄河中下游一带。 因为无论从历史记载看，还是从考古发掘看，夏朝的都城就在这里。 之所以如此，当然有其内在的自然因素。

因为黄河的存在，治水在中国文明发展史中一直具有非常重要的地位。 夏作为中国现在可以追溯的最早王朝，其第一位君主或说是禹，或说是禹的儿子启。 禹正是因为治水建立了不朽的功勋，才能够开始家天下，建立统一的王国。 为什么中国的王朝制度诞生在这里而不是别处？ 当然并非因为上帝把骰子掷到了这里，完全出于历史的必然。 今天的河南及其周围，正是黄河走出群山，奔向一望无际开阔平原的重要地段。 因整治黄河的内在因素而促成的王朝政府当然会建立在这一带。 所以正是在这片土地上，在黄河的中下游，中国的集权政府因治水的需要而建立，并不断成长壮大，至宋建立历史上最完备的文官政府。

当然，治水的故事并非中国独有。 前边在谈到世界各种古老文明的时候，我们已经看到对水资源的管理在其中发挥的重要作用。 其中引水以解决生活和生产用水当然是保证生存的重要手段，而防止洪水带来的灾害对集权政府的建立则更为必要。 据目前可以看到的文献，在上古时代，人类可能确实曾面临过洪水带来的巨大灾难。

无论是作为古犹太教、基督教、伊斯兰教基础的《圣经·旧约全书》，还是中国的上古神话，都提到过大洪水。《圣经·旧约全书·创世记》说："起初上帝创造天地，地是空虚混沌，渊面黑暗，上帝的灵运行在水面上。"这是人类诞生之前的汪洋世界。 后来，人类诞生之后，又面临着洪水的威胁。《创世记》第6章到第9章记载了挪亚方舟的故事。 创造世界万物的上帝耶和华见到地上充满败坏、强暴和不法的邪恶行为，于是计划用洪水消灭恶人。 同时他也发现，人类之中有一位叫作挪亚的好人。《创世记》记载："挪亚是个义人，在当时的世代是个完全人。"耶和华指示挪亚建造一艘方舟，并带着他的妻子、儿子与媳妇以及牲畜、鸟类等各种动物。 方舟刚刚建造完成，大洪水席卷而来。挪亚与他的家人以及动物皆进入方舟。《创世记》如此形容洪水来临的情景："当挪亚六百岁，二月十七日那一天，大渊的泉源都裂开了，天上的窗户也敞开了。 四十昼夜降大雨在地上。"洪水淹没了最高的山，在陆地上的生物全部死亡，只有挪亚一家人与方舟中的生命得以存活。220天之后，方舟在阿勒山附近停下，洪水也开始消退。 又经过了40天，阿勒山的山顶才显露出来。 挪亚放出了一只乌鸦去查探水情，但它并没有找到可以栖息的陆地。 7天后，挪亚放出一只鸽子，鸽子立刻带回了橄榄树的枝条。 挪亚明白，洪水已经散去。 又等了7天，挪亚再次放出鸽子，鸽子没有回到方舟上。 挪亚清楚，洪水彻底退去，大地回归平安，便带领一家人与各种动物走出方舟。 离开方舟之后，挪亚将一只祭品献给神。 耶和华闻见献祭的香气，决定不再用洪水毁灭世界，并在天空制造了一道彩虹。 在《创世记》中，神如此保证："我使云彩盖地的时候，必有虹现在云彩中，我便纪念我与你们和各样有血肉的活物所立的约，水就再不泛滥、毁坏一切有血肉的物了。"

在美索不达米亚文明中，也有与《创世记》的记载类似的故事。 例如，苏美尔神话中记载一位叫祖苏德拉的人，受神明的警告而建造了一艘船舰，并因此逃过了一场将人类消灭的洪水。 此外在其他文明的传说中，都有与洪水相关的类似故事。

中国的神话传说中，同样有大洪水泛滥的故事。《列子·汤问》

记载：

"天地亦物与。物有不足，故昔者女娲氏炼五色石以补其阙；断鳌之足以立四极。其后共工氏与颛顼争为帝，怒而触不周之山，折天柱，绝地维，故天倾西北，日月辰星就焉；地不满东南，故百川水潦归焉。"

至《淮南子·览冥训》，则丰富为：

"往古之时，四极废，九州裂，天不兼覆，地不周载。火爁焱而不灭，水浩洋而不息。猛兽食颛民，鸷鸟攫老弱，于是女娲炼五色石以补苍天，断鳌足以立四极。杀黑龙以济冀州，积芦灰以止淫水。苍天补，四极正；淫水涸，冀州平；狡虫死，颛民生。"

晋代葛洪《嵇中散孤馆遇神》中说：

"纪年曰东海外有山曰天台，有登天之梯，有登仙之台，羽人所居。天台者，神鳌背负之山也，浮游海内，不纪经年。惟女娲斩鳌足而立四极，见仙山无着，乃移于琅琊之滨。"

女娲的形象应该是母系社会部落首领的缩影和典型化。也许，大洪水时代，正是母系社会向父系社会演化的转折点。

然后，我们看到的就是从神话传说向现实转化的人物：大禹。

今天我们在说到禹的时候，往往要拉扯上尧舜。而且由于尧舜分别禅让了王位，而禹则将王位传给了自己的儿子，开家天下的先河，所以比之尧舜，禹是德行有亏的。但是，从历史记载来看，禹远远比尧舜出现得早。这可能与禹确有其人，而尧舜则为后世附会的传说有关。目前所见，关于尧舜最早的记载来自《论语》，大约在春秋末年，因为孔子的生卒年代是公元前551年至公元前479年。更早的典籍中，《尚书》中的《虞夏书》中有《尧典》，讲述的是尧舜之事。但据学者考证，《尧典》是战国时的作品。因此有学者认为，尧舜是早期儒家把神话中的天帝改造成为古代圣王而产生的。但关于禹的著录就远远早于尧舜。比如：

"洪水芒芒，禹敷下土方。"（《诗·商颂·长发》）

"天命多辟，设都于禹之绩。"（《诗·商颂·殷武》）

"信彼南山，维禹甸之。"（《诗·小雅·信南山》）

"丰水东注，维禹之绩。"（《诗·大雅·文王有声》）

"来，禹！降水儆予，成允成功，惟汝贤。"（《书·虞书·大禹谟》）

"禹曰：洪水滔天，浩浩怀山襄陵，下民昏垫……予决九川，距四海；浚畎浍，距川。"（《书·夏书·益稷》）

"娶于涂山，辛壬癸甲；启呱呱而泣，予弗子，惟荒度土功。"（《书·夏书·益稷》）

"箕子乃言曰：我闻在昔，鲧堙洪水，汩陈其五行……鲧则殛死，禹乃嗣兴……"（《书·周书·洪范》）

此外，还有其他一些篇章多次提到过大禹。同时，禹的名字也见于青铜器铭文。如：

"……成唐（汤），有严在帝所，敷受天命……咸有九州，处禹之堵。"（《齐侯钟铭文》）

齐侯钟是齐灵公时的器物，要早于《论语》。秦景公的秦公簋上也有"禹赍（迹）"的字样。这些都是春秋时代器物上关于禹的文字。

还有更早的，2002 年春天，北京保利艺术博物馆的专家在香港文物市场上偶然发现了西周中期的文物遂公簋（盨），又名豳公盨、燹公盨。遂是西周的一个封国，在今山东宁阳西北与肥城接界处。遂公簋造于大约 2900 年前，其内底上有"天命禹敷土，堕山浚川"的铭文，共 10 行 98 字，记述大禹采用削平一些山岗堵塞洪水和疏导河流的方法平息水患，并划定九州，还根据各地土地条件规定各自的贡献。在洪水退后，那些逃避到丘陵山岗上的民众下山，重新定居于平原。由于有功于民众，大禹得以成为民众之王、民众之"父母"。遂公簋的发现，将大禹治水的文献记载提早了六七百年，是所知年代最早也最为翔实的关于大禹的可靠文字记录。

大禹治水的故事，虽有多种记载，但总体来说是这样的：禹的父亲鲧采用堵的办法治水，没能成功，终致被杀。禹继承父亲的使命继续治水，改用疏导的办法，终于成功。

《山海经·海内经》记载：

"洪水滔天。鲧窃帝之息壤以堙洪水，不待帝命。帝令祝融杀鲧于羽郊。鲧复生禹。帝乃命禹卒布土以定九州。"

《史记》也记载，大禹以决川疏导的方法根治水患，兴修水利。

《禹贡》对大禹治理各个河流的情况做了详细记载，关于汉水是这样说的：大禹自陕西宁强县嶓冢山开始治理、疏导汉江支流漾水及汉江后，顺江而下，来到湖北武当山下。大禹在龙巢山考察汉江流经沧浪洲的情形，又从龙巢山溯河而上，入武当山察看。传说，为导沟壑之水入汉江，大禹先疏导武当山之鬼谷涧、黑虎涧、磨针涧之水，汇入九渡河、剑河流入汉江，并到武当沧浪段，劈开堵住汉水的龙巢山，疏导沧浪之水，使其顺畅地流入长江，成功地治理了武当沧浪的水患。

《史记·夏本纪第二》也有大禹治理汉水的记载："嶓冢导漾，东流为汉，又东为苍浪之水。"嶓冢山是汉江的发源地，发源处叫漾水，到汉中始名汉江，东到楚地武当处，又名沧浪之水。汉江自陕西流经郧西、郧县、均州（今丹江口市）及沧浪之水的流经地。

武当沧浪的先民为了纪念大禹治水的功绩，在武当山下龙巢山上建起一座禹王庙，遗址在龙山宝塔下，该山口处称龙山嘴。在今天的武当山紫霄宫一带，还有禹迹池、禹迹桥、禹迹亭等，是人们为纪念大禹治水的功绩而建的。

大禹治理过的汉水，今天成了南水北调的水源。跨越4000年的时空，历史在此接续于一起，并带给我们许多思索。

鲧和禹治水的传说，其实代表了中国两种重要的文化观念：一种是儒家的，以约束的方法获得秩序，面对自然如此，面对人们的思想道德也是如此；一种是道家的，顺应自然，服从自然的规律建立秩序，由自然及于人的内心和社会，均以自然而然为最高法则。 今天，我们不断听到各种关于长江三峡、南水北调等大型水利工程的争论，有赞成的，认为其极大地改造自然并很好地为人类服务；有反对的，认为其极大地改变了自然生态因而会带来很多危害。 这些争论从本质上讲，反映的仍然是鲧、禹治水理念之争，是儒道思想观念之争。 我们不能说哪种是完全对的，也不能说哪种是完全错的，不同理论肯定都有其道理，也难免会有偏颇。 也许，综合考虑各种因素，吸取各自的优长，不绝对无为静守，也不过分勉力强取，才能制定出合乎情理的方案。

楚国的崛起

司马迁发奋著《史记》，专门有一部分是写治水的，叫《河渠书》。写治水，当然首先要写大禹，接下来呢，史迁写的就是楚人孙叔敖。

孙叔敖生活的年代在公元前 630 年至公元前 593 年间，他原本是楚国贵族，和大家近来开始熟悉的芈月是本家，但比芈月要大 300 来岁。

这孙叔敖曾做过楚国的令尹，所以后世称之为楚相。 同为楚相，据说孙叔敖死的时候连棺椁都没有，而淅川出土的子庚墓却是相当奢华。子庚是楚庄王的儿子，而孙叔敖辅佐的就是楚庄王。 假设楚国后来不是"公子执政"，而是继续任用孙叔敖这样的贤相，楚国或许真就完成了统一中国的霸业，没有秦国什么事儿了。

孙叔敖，芈姓，芳氏，名敖，字孙叔，因其父遭到陷害，而与母亲避难到了期思邑，就是现在河南信阳淮滨的期思镇，以字为氏，叫孙叔敖。 芈姓中本有孙氏，孙叔敖的名字听起来更像是孙氏，行三，名敖，并无违和之感。

淮滨顾名思义，淮河之滨嘛。 淮河这条河是中国古代所谓四渎之一，洪涝灾害频繁发生，孙叔敖就想办法治水。《淮南子·人间训》记载："孙叔敖决期思之水，而灌雩娄之野。"期思之水即现在河南信阳的史河。《太平御览·地部》也引《淮南子》记载："楚相作期思之陂，灌雩娄之野。"工程利用大别山上来水，在泉河、石槽河上游修建水陂塘，形成水藤结瓜式的期思陂，既防下游水涝，又供上游灌溉，是中国最早见于记载的大型灌溉工程。三国时，曹魏的刘馥重加整治，明代维修扩充，嘉靖时固始县境内陂塘、湖港、沟堰达932处。其遗址今又成为梅山、鲇鱼山灌区的组成部分。

孙叔敖治期思之水成功后，受到广泛赞扬，虞邱就把他推荐给楚庄王，成为令尹。主持楚国政务以后，孙叔敖息兵安民，除患兴利，发展生产，致富国民。为消除水患给农业带来的损失，孙叔敖在淮河以南，淠河以东，察看了大片农田的旱涝情况；又沿淠水而上，爬山越岭，勘测了来自大别山的水源。遂在淮南一带，征集民力，疏沟开渠，洼地除涝，高地防旱。他选定淠河之东、瓦埠湖之西的长方形地带，就南高北低的地形和上引下控的水流，合理布置工程、大规模围堤造陂，上引龙穴山、淠河之水源，下控1300多平方公里之淠东平原，号称灌田万顷。因当时陂中有一白芍亭，故名"芍陂"。《水经注》称："陂有五门，吐纳川流。"清夏尚忠在《芍陂纪事》中称："溯其初制，引六安百余里之水，自贤姑墩入塘，极北至安丰县折而东至老庙集，折而南至皂口，又南合于墩，周围凡一百余里，此孙公当日之全塘也。"芍陂自建成后，一直在淮河以南的灌溉、航运、水产养殖、屯田济军等方面，发挥着很大作用。"芍陂"又称安丰塘，历代修治规模较大的就有20余次。新中国成立后，此处又沟通淠河总干渠，引来佛子岭、磨子潭、响洪甸三大水库之水，成为淠史杭灌区一座中型反调节水库，效益得到更大发挥。除上述工程外，孙叔敖还兴建安徽霍邱县的水门塘，治理湖北的沮水和云梦泽，促进了楚国的农业发展。到现在，2600年过去了，这些水利工程仍发挥着作用。1957年毛泽东路过信阳，赞孙叔敖是水利专家。

对孙叔敖，历代记载非常之多，司马迁《史记·循吏列传》列其为第一人。他不仅能干，在政治、经济、军事各方面都显示出了过人的才华，而且人品高尚，清正廉洁。在孙叔敖的辅佐下，楚国成为春秋时期的霸主。为了与晋国争霸，北上会盟，问鼎中原，孙叔敖先后主持开凿了两条运河，这是中国历史上开凿最早的运河。

楚国国力强大后，便不断向东向北扩张。楚庄王为了和晋国争霸，需要不断从荆江边的郢都调运兵马粮草到汉水边的襄阳一带。以前，从郢都到襄阳，需要沿长江到夏口，即今武汉，由此入汉水逆流而上至襄阳，要绕一大圈，极为不便。公元前613年，孙叔敖主持在沮水和扬水之间修建一条运河。郢都附近的地形西北高而东南低，沮水发源于今湖北保康县西南的景山，向东南流至郢都西南入长江，即荆江。同时，沮水东边的漳水，发源于今湖北南漳县西南的荆山，与沮水几乎平行地向东南流至今湖北当阳东南注入沮水，使沮水水量大增。而扬水则是古汉水的一条支流，发源于郢都北边，向东北流经云梦泽地区，在今湖北潜江市西北的扬口注入汉水。扬水的源头就在郢都北不远处，离沮水不远。沮水在接纳漳水后水量较大，利用郢都北边的低洼之地，可修坝堵截沮水形成人工湖。湖的西部通沮水处设进水口，使沮水流入人工湖，在湖的东部通扬水处设出水口，使湖水流入扬水再通到汉水。这就是《史记·循吏列传第五十九》集解所谓的"激沮水作云梦大泽之池"，由此，一条沟通长江和汉水的运河就建成了，《史记·河渠书》称"通渠汉水、云梦之野"，后来就叫"荆汉运河"。它为楚国连通南北运输起到了重要的作用，通过这条运河，可由郢直达襄阳。谭其骧先生认为这条运河就是后来所谓的"扬水"[1]，"大泽之池"则成为后来的"赤湖"。荆汉运河又叫"子胥渎"，这就与伍子胥率吴师伐楚复仇有关了。伍子胥本是楚国人，父亲被楚平王杀害，他逃到吴国，一心想借吴国军队复仇。楚昭王时，伍子胥率吴国军队攻打楚国，在楚国境

---

① 参见谭其骧《黄河与运河的变迁》，《地理知识》1955年第9期。

内的柏举击败楚国主力后，为加快向郢都推进的速度，采用水陆并进的方式，利用的正是孙叔敖开凿的运河。 为满足战争的需要，伍子胥对运河进行了疏浚，这条运河因而又被叫作"子胥渎"。 在攻打郢都时，伍子胥不仅用运河来运兵马粮草，还用河水来灌城。 顾祖禹《读史方舆纪要》卷七十八《江陵县赤湖》条下引《荆州记》有如下说法："（楚）昭王十年，吴通漳水灌纪南，入赤湖，进灌郢城，遂破楚。"灌城所用的水道，可能就是子胥渎。 所以，这条运河在当时为孙叔敖辅助楚庄王称霸，也为伍子胥率吴师伐楚，都发挥了重要作用。 而从更长远的历史来看，它极大地方便了长江、汉水间的交通，为当地经济发展起到了非常积极的作用。

孙叔敖主持开凿的另一条运河即"巢肥运河"，也叫"施肥运河"，司马迁在《史记》中称之为"鸿沟"。 但这个"鸿沟"与后来楚汉争霸时划界的"鸿沟"并不是一回事。"鸿沟"把同源不同流的两段肥水连接起来，从而沟通了长江和淮河，司马迁称其"通鸿沟江、淮之间"。肥水是古淮河的支流，发源于淮阳山脉。 淮阳山脉是大别山向东的余脉，高仅数十米至百米，却是长江、淮河两大水系的分水岭。 在今合肥一带，受流水切割形成了断断续续的台地，河流出现南北窜流的情况。肥水的发源地在今合肥西北 45 里名将军岭的分水岭处，河水北流 20 里，在离现合肥市不远的地方一分为二。 一条向东南方流入巢湖，再经濡须水流入长江，俗称南肥河，又叫施水；一条向西北方向流 200 里出寿春，经芍陂东侧入淮河，叫肥水，俗称东肥河。 这两条肥水，虽然一通长江一通淮河，但由于分水岭两侧比降不同，两水的水位自然不同，不能形成水道。 要想沟通长江和淮河，只有修建水塘来调节水位。 于是，孙叔敖以前所修的芍陂再次发挥了作用。 通过芍陂，施水和肥水就连通起来，从而沟通了江淮。 因施水进入了巢湖，所以这条运河就叫"巢肥运河"或"施肥运河"。"施合于肥"正是其附近城市合肥得名的原因。

命脉

助吴争霸的运河

元成姓吴，因而对吴国有着特殊的兴趣。

3000 多年前，陕西省岐山一带，有一周族部落，首领被称为周太王。周太王生有长子太伯、次子仲雍和小儿子季历。季历的儿子就是后来的周文王姬昌，他聪明早慧，深受太王宠爱。周太王想传位于姬昌，首先得传位给季历。但根据当时传统应传位于长子，太王因此郁郁寡欢。太伯明白父亲的意思后，就和二弟仲雍一起逃到荒凉的江南，自创基业，建立了勾吴古国。商朝灭亡后，周朝建立，周武王封太伯第三世孙周章为侯①，遂改国号为吴。春秋时期，吴国被越国所灭，其王族支庶子孙不忘亡国之恨，便以国名吴为姓，泰伯（古泰通太）也就成为吴姓的得姓始祖。传说泰伯奔吴后，曾带领当地人在今无锡市东南梅村镇一带，开凿过一条短小的人工运河，史称"太伯渎"，距今有 3000 年的历史。

这是吴国很早以前的事了。到春秋时，孙叔敖开凿的"巢肥运河"，是沟通长江与淮河的第一条运河。但这条运河相对偏西，处于楚国境内，对解决东边吴国江淮间的运输并无实际帮助。

由于受西高东低自然地貌的限制，我国的主要河流基本呈东西走向，南北间缺乏自然水道。在江淮水运沟通之前，我国东南和中原水上交通非常不便，南船北上，需要由长江进入黄海，由云梯关溯淮河而上，至淮阴故城，向北由泗水到达齐鲁。这条水路不仅绕远，还需要入海航行。

春秋后期，吴王阖闾、夫差使吴国日益强大，为了西方征楚、南下攻越、北上伐齐，先后开凿了胥溪、胥浦、百尺渎、古江南河、邗沟、

---

① 传说太伯没有后代，他死后由仲雍的后代继位。

菏水等运河，其中最有名的当然是邗沟。

伍子胥辅佐吴王攻打楚国，交战的主战场在今安徽境内的江淮地区。当时，吴国的都城在姑苏，即今苏州，位于太湖边上。从姑苏运军粮到江淮前线，要么溯长江西上至安徽芜湖，再由濡须口入巢湖，沿施水北上到达前线。这条通道今天看很便捷，但当时长江航线尚未开发，加上长江在今镇江以东处水宽浪大，航行安全难以保障，因而很少走此线路。要么出长江口，沿海岸北上至淮河口，溯淮河到达前线。这条线路虽迂回绕道，加上还有出长江入海的风险，但自吴楚交兵以来是吴国经常采用的线路。为开辟最佳的运输路线，吴国发现太湖西边有一条荆溪，自西向东注入太湖，水量也适宜航行。关键是，荆溪的源头处只是些低矮的冈阜，那边就是连缀的小湖泊，有河道连通长江。因此，只要在冈阜上开凿出一条通道，将荆溪与对面的湖泊连通，即可形成一条有效的运输通道。于是伍子胥便主持开凿这条通道。太湖水系与秦淮河、水阳江水系的分水岭是茅山。分水岭大体呈南北走向，北高南低。荆溪的源头就在茅山南端分水岭的东侧，其西侧有河道流向固城湖。伍子胥主持开挖的运河，就是沿荆溪上游向西开挖河槽，凿开二三十米高、五公里宽的分水岭，使固城湖的水可向东通过这条人工河道流向荆溪，从而形成一条水上通道。这段人工河道虽然不长，但很好地解决了由姑苏向江淮的水上运输问题。水道连通后，东起姑苏，向西经木渎入太湖，溯荆溪西上，穿过分水岭进入固城湖、石臼湖，到达今安徽省内的当涂县境内，通向长江；也可以由固城湖向西，经丹阳湖之南，入水阳江支流，再沿水阳江顺流而下到达芜湖，通向长江。这条水道后人称为胥溪运河，或简称胥河。后来，为了改变干旱时水少难以行船的问题，胥溪运河上又修建了堰埭，使运河常年保持可以通航的水位。

为与楚国作战，吴王让伍子胥开凿了胥溪运河；为与越国作战，吴王又让伍子胥主持开凿了胥浦运河。公元前 496 年，越王勾践继位，吴王阖闾乘机出兵伐越，却中计兵败，自己也重伤而死。 夫差继位后，决定伐越以报杀父之仇，遂于公元前 495 年让伍子胥主持开凿一条由太湖向东南通向钱塘江的运河。 太湖以东地势低平，湖泊众多，水网密布，其中有从太湖通向大海的泄水道。 胥浦运河可能就是利用太湖的泄水道加以疏浚改造而成的。 胥浦运河开通后水量较大，后人误认为是一条自然河流。 成书于战国时期的《书·禹贡》称"三江既入，震泽厎定"。 震泽就是太湖；所谓三江，指娄江、松江、东江三条太湖的泄水道。《禹贡》所说的意思是由于有这三条江通向大海，太湖再也不泛滥成灾了。 娄江即现在的浏河，松江即现在的吴淞江，而南边的东江，可能就是胥浦运河。 东江现在也已湮没，结合历代记载推测，胥浦运河的线路大致从太湖开始，向东南延伸，经现在的澄湖、白蚬湖及淀泖湖群，再经浙江嘉善与上海金山之间，进入杭州湾，其下游就是现在的胥浦塘。

胥浦运河之外，吴越间还有另一条人工水道相通，这就是百尺渎。《越绝书·吴地传》称："百尺渎，奏江，吴以达粮。"所谓"奏江"，是到达钱塘江的意思；"吴以达粮"，大约是吴国用它来运粮的意思。 南宋咸淳年间刊印的《临安志》在"盐官县"条下记载："百尺浦在县西四十里。"这个百尺浦，即百尺渎。 南宋时盐官县治在今浙江海宁市西南盐官镇南。 由此可知，百尺渎大约是从吴越交界处的嘉兴，向南经今崇德到钱塘江。 但百尺渎究竟具体建于何时，史书没有明确记载，可能是吴国伐楚时所建，也可能是越攻吴甚至灭吴后所建。 无论如何，它都在吴越两国的军事行动中发挥了重要作用。

吴国打败越国后，开始攻打中原诸国，后来更要远征强大的齐国。为此，吴王夫差下令在长江南北分别开凿了古江南河和邗沟两条运河。

古江南河是嵇果煌先生在《中国三千年运河史》中为与后来的江南运河区别而进行的命名。 古江南河的大致路线，据《越绝书·吴地传》记载："吴古故水道，出平门，上郭池，入渎，出巢湖，上历地，过梅亭，入杨湖，出渔浦，入大江，奏广陵。"平门即当时吴都姑苏的北门；郭池就是护城河；巢湖指漕湖，即位于苏州西北的蠡湖；历地即蠡地；梅亭即古梅里，也就是今无锡东南的梅村镇；杨湖即阳湖，在今无锡、常州之间；渔浦即今江阴市的西利港；广陵在今扬州市西北蜀岗。也就是说，古江南河从苏州西北开始，穿过蠡湖，沿太伯渎向西北，经阳湖，在常州以北、江阴以西的西利港入长江，到达扬州。如此一来，百尺渎和古江南河在春秋时期就成为从长江到钱塘江之间的水道，并成为后来江南运河的前身。

吴王夫差为了北上伐齐，争霸中原，在开通古江南河，实现钱塘江和长江间通航后，更进一步向北扩展，准备将长江和淮河沟通起来。这条沟通的水道就是邗沟。《左传·哀公九年》记载："秋，吴城邗，沟通江、淮。"邗本是一个独立的方国，后被吴吞并。春秋末年，吴国在长江北岸今扬州附近修建了邗城，作为北上扩张的桥头堡。春秋时吴国的邗城就在今扬州西北 5 里的蜀岗上。蜀岗南麓是断崖，断崖之下，南面是长江，东南面就是邗沟。清《宝应图经》一书详细记录了历史上邗沟在宝应段的 13 次变迁，其中《历代县境图》有"邗沟全图"，清晰地标明了当年邗沟的线路：从长江边广陵之邗口向北，经高邮市境的陆阳湖与武广湖之间，再向北穿越樊梁湖、博支湖、射阳湖、白马湖，经末口入淮河。由于当时今苏北地区天然湖泊密布，这条航道修建时大半利用天然湖泊沟通，虽曲折多拐，却对沟通长江和淮河两大水系意义重大。邗沟修通后，公元前 485 年，吴国的两路大军一路由海上北伐齐国，一路夫差亲自率领，由新开通的运河从姑苏出发，由古江南河入长江，由长江入邗沟，由邗沟入淮河，由淮河支流泗水进入齐国境内。此次征战，使齐国杀掉国君齐悼公而降。翌年，齐国为报鲁国助吴伐齐之仇，攻打鲁国，吴王夫差再次率军北上伐齐，大获全胜。

邗沟在春秋时并没有正式的名称，后代因为这条人工挖的沟始自邗城，就称之为邗沟。这条运河在《汉书·地理志》中被叫作"渠水"，晋代杜预注《左传》中称之为"韩江"，南北朝时的《水经注》称其为"中渎水"，隋唐时代叫"山阳渎"，宋元时叫"楚州运河"，明清时叫"淮扬运河"，近代叫"里运河"。从名称的变迁可以看出，邗沟自建成之后，一直受到重视并发挥了重要作用。邗沟在东汉末年，因地方割据，加上处于三国时孙曹兵争之地，运道难以通畅。东晋时，邗沟渠化堰坝开始出现。当时引江水的方法是引江潮，潮涨时水从坝上溢流或有单闸，开门引潮，闭门蓄水。到隋朝大业年间，隋炀帝"发淮南民十馀万开邗沟，自山阳至杨子入江"[①]。这是在旧有基础上一次大规模的整修扩大，逐步形成了后代运河的规模。邗沟南端水源开发最初是疏浚塘陂，引水济运，但常淤塞。当时邗沟运道自淮阴至邵伯350里，其中邵伯至瓜洲90里，都是平水不流动，由堰坝控制，自淮安至扬州水程要四五日。受自然地形制约，邗沟北段沟底相比淮河底要高出许多，坡度较大，如果不采取办法，邗沟水就会全部快速流入淮河中，逆水难以行船，严重影响航运。为解决这个问题，当局在邗沟和淮河连接的北辰坊修建了北辰堰，也叫北神堰，后来叫"末口"，主要以堰闸调节湖水。此后，邗沟作为大运河的一部分，历代均有修建。现在南水北调东线工程，利用的正是过去大运河的河道。

吴王夫差借助邗沟北上伐齐取得胜利，回到吴国后面对反对伐齐的伍子胥有些得意忘形，逼伍子胥自尽，并投尸江中。然后，夫差就要黄池会盟，与晋国争霸中原了。吴晋会盟的黄池在济水岸边，在今河南封丘县南。吴师由邗沟到淮河进泗水而来，无法到达济水边的黄池。而当时泗水和济水之间有巨野泽、菏泽等湖泊。这对开挖运河经验丰富的吴国来说，在湖泊众多的平原沼泽地区兴修人工水道根本不是问题。其所在地鲁国对在泗水和济水间开挖运河自然也非常赞成。于是，吴国就在今山东定陶县东北由济水潴积而成的古菏泽引水向东，至今山东

---

① 见《资治通鉴·隋纪四》。

鱼县北注入泗水，形成一条沟通泗济的运河。因这条运河的河水来自菏泽，故后世称之为菏水。《国语·吴语》对此一事件有如下记载："吴王夫差既杀申胥（伍子胥），不稔于岁，乃起师北征。阙为深沟，通于商鲁之间，北属之沂，西属之济，以会晋公午于黄池。"这条运河开通的时间应该在公元前 483 年到公元前 482 年间。《左传·哀公十三年》记载："夏，公会单平公、晋定公、吴夫差于黄池。"鲁哀公十三年即公元前 482 年，由此推测，菏水的开凿时间当在公元前 483 年秋到公元前 482 年夏之间。

在菏水南面还有一条人工水道，叫黄沟。有研究者认为这才是当年吴王夫差会盟黄池时所修的水道。黄沟大概的路线是，由黄池经今河南兰考、民权，山东曹县，折向东北，经今山东成武县，再折向东南，经单县、江苏丰县，再向东至沛县入泗水。丰县以下的黄沟，又叫泡水或丰水。黄沟要比菏水长一倍以上，曲折多弯。夫差究竟开挖的是菏水还是黄沟，目前研究者意见并不一致。

吴国自阖闾至夫差，在 42 年的时间里先后开凿了 6 条运河，有效地沟通江、淮、河、济四渎和钱塘江流域，为军事扩张和经济发展发挥了重要作用。但就在吴晋黄池会盟的时候，越王勾践兴师伐吴，俘虏了吴太子友及王子、王孙一干人等，夫差回师后只好屈辱求和。后来，越国又接连伐吴，终于在公元前 473 年灭吴，吴王无奈自尽身亡。

据鸿沟以霸中原

我生活在郑州，这里的每一个看似普普通通的地名，深究起来都有着悠久的历史。河南省文学院办公室的张建刚，车开得特别好，现在虽不做专职司机了，我有事需要跑长途的时候，还会让他驾车前往。建刚的家在郑州西北黄河南岸的广武镇，归荥阳管辖，现在基本已和郑州市

命脉

区连在了一起。广武原本是一个县，由广武山而得名。广武山东西走向，由南向东北有一条巨大的沟壑穿山而过，叫广武涧，而当地人则习惯称其为"鸿沟"。鸿沟两侧有两座村庄遥遥相对，一个叫汉王城村，一个叫霸王城村。由这两个村名即可得知，这个鸿沟就是当年楚汉争霸、订立盟约"中分天下"的"鸿沟"。鸿沟以东归楚，以西属汉。至今中国象棋棋盘上的楚河汉界指的就是这条沟。

说到鸿沟，大多数人首先想到的可能都是刘邦、项羽争霸的故事。但鸿沟的历史其实比这要早得多，它的历史作用比这也要大得多。而且，鸿沟也不只是一条壕沟，而是一个庞大的水系。这个鸿沟，与前面所说的春秋时期沟通江淮的施肥运河并不是一回事。

春秋初，魏文侯及其继位者武侯两代国君，励精图治，使魏国日益强大。在几十年的时间里，魏国四处用兵，国土不断向外拓展，到魏武侯晚年，魏国南到方城北，与楚国接壤；东至淮颍，与宋齐比邻；西至黄河以西，沿洛水至上郡，与秦相接；西南与韩国为邻；北至漳水以北，接连赵国。武侯在死的前一年还攻取了楚国的鲁阳，即今河南鲁山。但也许他死得突然，未来得及立太子。魏武侯死后，魏的盟国赵国和韩国，从自己的利益考虑，曾共谋杀死公子罃以助公子缓继位。但公子罃在嗣位之争中取得了胜利，继位为魏国国君，即魏惠王。惠王对赵、韩谋杀自己、干涉魏国内政怨恨难消，即位第二年即发兵攻打赵、韩两国，使三国传统的联盟关系遭到破坏，后虽经修复，但终难和好如初。

此时的魏国，国土分为东西两个部分：西部包括今渭河以北、洛水以东、黄河以西的河西地区和今山西西南部的河东地区；东部包括今河南北部的河内地区和今河南东部的大梁地区。魏国的国土实际上是一个两头面积大、中间狭长且为黄河隔断的亚腰形。这样的地形在政治和军事上都极为不利，特别是在魏、赵、韩三国联盟关系破裂之后，魏国就处于四面受敌的局面，特别是秦国一直虎视眈眈。在几次秦魏之战后，秦国兵锋直逼魏都安邑，使魏国面临着巨大的威胁。 于是，魏惠王决定将都城迁到东部的大梁，即今河南开封。 迁都大梁，不仅可避开秦国的直接威胁，更重要的是，大梁周围有宋、卫、郑、鲁等弱小国家，伺机吞并后即可使魏国迅速壮大。

大梁处于济水和沙水的交汇处。 济水是我国古代四渎之一，原本是东流入海的，对解决大梁的东西方向运输问题很有助益。 受黄河反复改道的影响，现在济水已不复存在，只留下济源、济宁、济南等地名。 沙水是南北流向，河道宽阔但多泥沙，经疏浚改造，即可成为灌溉、航运两用的运河。 同时大梁所处的豫东平原一带，西北高、东南低，平原上的许多河流都是由西北向东南流入淮河。 同时其周围还分布有圃田泽、蓬泽等天然湖泽，形成了一个自然的水网区。 如果能有一条河流将它们相互串联，那必将沟通南北，畅达东西。 这一地理优势对帮助魏国向这片广阔的平原拓展极为有利。 迁都大梁之后，魏惠王于公元前 360 年，决定开凿鸿沟，以加强魏国东西两部分之间的联系，并改善大梁周围的水上运输条件，便于运送兵粮和人员物资往来，最终称霸中原。

鸿沟的开凿是从对大梁西边的圃田泽进行整修开始的。 魏国人引黄河水南下入泽，把圃田泽改造成了方圆 300 里的巨大湖泊，继而凿沟修渠，从圃田泽引水到大梁。 圃田泽所在的地方位于中牟县境内，现在是郑东新区。 圃田现在还是郑州市管城区一个镇的名字，京港澳高速在这里有个出口，叫圃田站。 郑东新区目前已是一片繁华的现代化都市，与大多数北方城市不同的地方在于，其中密布着人工河道和湖泊。这与古老的圃田泽还是有着隐秘联系的。 圃田泽经过长时间的淤积，巨大的湖泊已不复存在，清代以后被垦为农田，但很多地方仍然是低洼之地，大大小小的水塘分布其中。 郑东新区制定城市规划时就利用这一特点，开挖出几个湖泊并用人工河道将其连接在一起，成为一个相互连通的人工水网。 按照历史记载，当时的圃田泽显然远比现在的圃田

　　　　　　　　命脉

要大。《水经注·渠水》记载:"梁惠成王十年,入河水于甫田,又为大沟而引甫水者也。"梁惠成王即魏惠王,因迁都大梁又被称为梁惠王、梁惠成王。 甫田,即圃田。《水经注·渠水》对其有详细描述:"泽在中牟县西,西限长城,东极官渡,北佩渠水,东西四十许里,南北二十许里。 中有沙冈,上下二十四浦,津流径通,渊潭相接,各有名焉。有大渐、小渐、大灰、小灰、义鲁、练秋……牛眼等浦,水盛则北注,渠溢则南播。"

圃田泽的历史比《水经注》的记载还要早得多。 根据考古发掘,郑州古商城遗址的东面就是圃田泽,是当时商都的一道天然屏障。《周礼·职方》也记载了圃田泽:

"河南曰豫州,其山镇曰华山,其泽薮曰圃田。"

由这些记载可知,圃田泽在当时是一个水面巨大的天然湖泊。 魏国修建鸿沟,正是利用这一自然湖泊调节水量,使之在今河南荥阳与黄河连通,保证水源;进而向东连通大梁。

实现了圃田泽与大梁的沟通之后,在此后20多年间,魏惠王命人向东南继续开凿,使水系工程不断拓展,经现在的通许、太康,一直延伸到淮阳东南流入颍水,最后汇入淮河。 这段由大梁到颍水的运河,后来也被称作"浪荡渠""狼汤渠",河道可能是利用因多沙而频繁改道的沙河故道疏浚改造而成。 这些水系工程相互连接,交织成网,形成了最早沟通黄河和淮河两大流域的大规模人工运河。

鸿沟因为连接着大梁周围众多的自然河流,从而形成一条四通八达的水上走廊,成为黄淮之间的水运交通网。 鸿沟水系所沟通的范围包括今天河南省东部、山东省西南部、安徽省北部和江苏省的西北部地区。 大梁雄踞鸿沟的主干道上,控制着黄淮地区的水上交通要道,以大梁为中心,构成的济、汝、淮、泗之间的一套水运交通网,使得从大梁可以顺鸿沟南下通淮河;往东则可沿济水、丹水通往鲁国和宋国等地;也可以溯颍水而上达韩国等地。

鸿沟水系在解决水上交通问题的同时，还促进了农业的发展。《史记·河渠书》记载，鸿沟"此渠皆可行舟，有余则用溉浸，百姓飨其利。至于所过，往往引其水益用溉田畴之渠"。到现在，黄淮平原仍然是中国重要的粮仓。

如此一来，魏国延续了前两代国君开创的基业，并进一步壮大，成为中原地区的霸主。在魏惠王手里，魏国的强盛得之于鸿沟，而最后魏国的覆亡也失之于鸿沟。魏惠王称霸中原后，由于一系列决策的失误，导致国家隐患重重。而秦国经商鞅变法，已逐渐强大起来，开始发动致力于统一六国的对外战争。公元前225年，秦王嬴政派大将王贲攻打魏国的都城大梁。但大梁经魏国多年经营，墙高城坚，秦军久攻不下。王贲转而寻找其他破城之策，命秦军掘开大梁城北边的黄河河道，在鸿沟开挖沟渠，向大梁城方向引水，水淹大梁。大水过后，大梁城遭受空前浩劫，令各国艳羡的魏国繁华都城，化为废墟。与此同时，鸿沟水利灌溉系统也被破坏。清代《河南通志》记述，汴水（鸿沟）最早流经开封城北，自王贲断故渠引水东南出，以灌大梁后，水出其南而不径其北。一到夏水洪泛时，则由"是渎津通故渠"。也就是说，王贲当时水淹大梁，采用的方法是将黄河水引入鸿沟，再阻截原来流经开封北边的鸿沟故渠道，将水引到开封城内。从此以后鸿沟之水不再流经开封北边，而是从南边流走。但夏季洪水泛滥时，南边水排泄不及，水又会流入原来的渠道，由此造成了水系紊乱，使开封附近积涝不能宣泄，形成一片泽国。

水淹大梁使魏国走向灭亡，但鸿沟还继续发挥着重要的作用。秦始皇统一中国之后，鸿沟成了秦朝南北水路的咽喉，江淮地区的粮食和贡物由江入淮，再经鸿沟进入黄河，最后由旱路运往秦都咸阳。当时鸿沟与颍水交汇的古陈国，就是现在的淮阳，成为南北货物交流的重要码头，使当地人形成了重商的风气，影响直到现在。秦末陈胜吴广起义，就是抢先占领了鸿沟下游的古陈国，扼住了秦朝的南北水路，使秦朝的物资和人员调运被切断，统治力受到极大影响。

魏国控制鸿沟的时候，大梁是绝对的交通枢纽。 大梁被毁之后，鸿沟仍然是重要的交通运输线，特别是咸阳成为政治中心之后，东部和东南部与咸阳的物资运输更加依赖鸿沟。 此时，处在鸿沟与黄河交汇处的荥阳就成为南北货运的中转站，成为战略要地。 秦朝统一六国后，咸阳的粮食供给，相当一部分来自鸿沟流域和淮南地区。 于是秦人就在荥阳附近修建了一个规模宏大的敖仓，一是为了汇总运来的粮食，二是在此改换适宜在黄河航行的船只。 后来楚汉争霸，之所以在鸿沟展开争夺，并以鸿沟划界，正是缘于鸿沟重要的战略地位。 公元前204年，在彭城大战中，汉军大败于楚军，向西退守荥阳。 在这里，刘邦让士兵取来敖仓的粮食，才有了和楚军对峙的资本，并坚守了一年多。 后来荥阳失守，刘邦准备退守巩县（今巩义市）和洛阳。 谋士郦食其极力劝阻，理由就是敖仓是转运天下粮食的聚集之地，储存着大量粮食。 楚人占领荥阳而不坚守敖仓，却去攻打彭城，正是上天给大汉的最好机会。 于是刘邦率军渡过黄河，攻破城皋，收取荥阳，把持住敖仓的粮食。 项羽无可奈何，只能与刘邦再次对峙。 在两军对峙中，刘邦因为有粮，逐渐扭转了被动局面；而项羽的楚军则随着时间的流逝形势愈加不利，只好接受议和，以鸿沟为界，与刘邦中分天下。 再往后，项羽终于落得兵败乌江，让刘邦赢得天下。

在此之后，鸿沟仍然是重要的水上交通要道，到隋朝被改造成大运河的重要组成部分。

生态工程都江堰

提起中国古代的水利工程，不能不提都江堰。 人类进入机械化时代以来，以大型水坝为标志的水利工程修建了很多，极大地改变了自然生态。 这种强行改变自然的做法受到了多方质疑。 而作为全世界迄今为止年代最久、唯一留存、仍在一直使用、以无坝引水为特征的宏大水利工程，都江堰受到了各方的一致称赞。 2000 年，联合国教科文组织将都江堰列入了"世界文化遗产"名录。

都江堰位于成都平原西部的岷江上，在今四川省都江堰市城西。成都平原在 7000 万年以前原本是一个内陆大湖泊，后来由于地质运动，湖泊逐渐消失，成为一片洼地。 后来由于岷江等河流的不断冲积，最终形成了成都平原。 成都平原一带降雨量大，又是盆地地形，因此经常有洪涝灾害。 春秋时期，蜀地蚕丛氏建有王国，到蜀王杜宇时，任命鳖灵为相负责治水。 鳖灵的做法据《华阳国志·蜀志》记载是："会有水灾，其相开明，决玉垒山以除水害。"开明之相就是鳖灵，但所决玉垒山究竟在何处，说法不一。 但大致的做法是开凿人工水道，将岷江的水分流一部分到相邻的沱江，以减小水势。 据民间传说，由于鳖灵治水有功，杜宇就将王位禅让给了他。 这个说法与大禹的故事颇为相似，《禹贡》就将"决玉垒山"之功记在了大禹名下。 而四川一带大禹的传说很多，大约是后人把当地治水的故事与大禹的故事混在了一起。 蜀王杜宇号望帝，李商隐的诗句"望帝春心托杜鹃"说的就是他。 左思《蜀都赋》也有"鸟生望帝之魂"的说法，杜甫也有诗云："古时杜宇称望帝，魂作杜鹃何微细。"这些诗句说的都是杜宇失国后悲伤而死、魂化杜鹃的传说。 按此说法，杜宇肯定不是禅让而是被人篡位了。 不管怎么说，鳖灵继杜宇之后成为蜀王，将都城由郫邑（今郫县）迁到了成都，号开明帝，这就是开明蜀国。 到战国后期，蜀国被秦国所灭。

秦灭蜀之后接着灭了巴国，目的在于方便顺长江攻击下游的楚国，为统一中国扫清障碍。

秦控制巴蜀之后，秦昭王派李冰做了蜀郡太守。 李冰是位水利专家，《华阳国志·蜀志》称其"能知天文地理"。 李冰在蜀守任上，最大的功劳就是兴修了多项水利工程。《史记·河渠书》记载：

"于蜀，蜀守冰凿离碓，避沫水之害，穿二江成都之中，此渠皆可行舟，有余则用溉浸，百姓飨其利。"

李冰治水，一开始主要是疏浚航道。沫水，即郭沫若的"沫"字所指的河流，也就是大渡河。大渡河与岷江交汇时，水大流急，又有山体阻挡，激流飞湍，漩涡巨大，不便通航。李冰让人将拦江的山体凿开，辟出一条新的水道，分流江水，使水流平稳，能够通航。凿断的山体形成"离碓"，即四面环水的断崖，也就是江心小岛。今天看来，在航道中除礁，破开山体不是多大的工程，但在炸药发明之前，施工难度还是非常大的。

李冰父子在四川差不多是被当成神来敬的，二王庙就是专为祭祀他们而修建的庙宇。四川人之所以如此敬仰李冰父子，是因为他们修建了都江堰这个神奇而伟大的水利工程，至今仍在造福四川人民。

岷江发源于四川与甘肃交界的岷山南麓，有两个源头，出自弓杠岭的为东源；出自郎架岭的为西源。二源汇于松潘境内的漳腊，向南经松潘县、都江堰市、乐山市，在宜宾市入长江。长江上游的支流中，岷江水量最大，它自己就有大小支流90余条，包括上游的黑水河、杂谷脑河，中游的黑石河、金马河、江安河、走马河、柏条河、蒲阳河等，下游的青衣江、大渡河、马边河、越溪河等。岷江的水源基本都来自山势险峻的右岸，雨季来临，降水集中，岷江水迅速上涨，水流湍急；雨季过去，水位又迅速下降。而且，岷江从成都平原西侧南流，相对于地势低洼的成都平原来说，就是一条悬在头顶的河流。提起悬河大家首先想到的就是下游的黄河，相对于成都平原西侧的岷江来说，黄河就不那么"悬"了。岷江原本湍急的水流，一到成都平原，因河道骤然增宽而水速突然减慢，夹带的大量泥沙和岩石随即沉积下来，淤塞了河道。之前，每当岷江上游水量突然增多时，便洪水泛滥，成都平原一片汪洋；而上游水量不足时，又会造成干旱，赤地千里，庄稼绝收。岷江水患不除，西川就难以发展。尽管二三百年前，古蜀国的鳖灵曾在岷江出山处开凿了一条人工河流，分岷江水流入沱江，以除水害，但对于治理成都平原的水患并彻底改善农业生产状况来说，这还远远不够。

李冰就任蜀郡太守后，和他的儿子，对地形和水情作了实地勘察，决定吸取前人的治水经验，在鳖灵所建水利工程的基础上，将岷江水流分成两条，一条顺岷江河道继续下泄，一条引入成都平原，既可分洪减灾，又可引水灌田。

李冰父子主持修建的第一个工程是开凿"宝瓶口"。这个工程需要凿穿玉垒山。当时炸药还没有发明出来，靠人工硬凿完成这么大的工程比铁杵磨针不知要难多少倍。李冰便让人用火烧石头，再迅速冷却使岩石爆裂，终于在玉垒山凿出了一个宽20米、高40米、长80米的山口。因其形状像瓶口，故取名"宝瓶口"，开凿玉垒山分离在江中的山体叫"离碓"。打通玉垒山，凿出宝瓶口，就能使岷江水畅通地流向东边，减少西边的江水的流量，使西边的江水不再泛滥，而分流出的江水又能流入旱区，灌溉那里的农田。对都江堰水利工程来说，这是至关重要的第一步。

宝瓶口虽起到了分流和灌溉作用，但因江东地势较高，江水难以流入宝瓶口，为使岷江水能顺利保持一定的流量向东流，充分发挥宝瓶口的分洪和灌溉作用，开凿完宝瓶口后，李冰又让人在岷江中修筑分水堰，将江水分为两支：一支顺江而下，另一支被迫流入宝瓶口。由于分水堰前端的形状好像一条鱼的头部，所以被称为"鱼嘴"。"鱼嘴"将江水一分为二：西边称为外江，沿岷江顺流而下；东边称为内江，流入宝瓶口。由于内江窄而深，外江宽而浅，枯水季节水位较低，则六成江水流入河床低的内江，保证了成都平原的生产生活用水；洪水来临水位较高时，大部分江水从江面较宽的外江排走，这种自动分配内外江水量的设计就是所谓的"四六分水"。

为进一步控制流入宝瓶口的水量，起到分洪和减灾作用，防止灌溉区水量不稳定，李冰又在鱼嘴分水堤的尾部，靠宝瓶口处修建了分洪用

　　　　　　　　　　　　　　　命脉

的平水槽和"飞沙堰"溢洪道，以保证内江无灾害。溢洪道前修有弯道，江水形成环流，江水超过堰顶时洪水中夹带的泥石便流入外江，这样便不会淤塞内江和宝瓶口水道，故取名"飞沙堰"。飞沙堰采用竹笼装卵石的办法堆筑，堰顶做到比较合适的高度，起调节水量的作用。当内江水位过高时，洪水就经平水槽漫过飞沙堰流入外江，使进入宝瓶口的水量不至于太大，保障内江灌溉区免遭水灾；同时，漫过飞沙堰流入外江的水流产生了漩涡，由于离心作用，泥沙甚至是巨石都会被抛过飞沙堰，从而有效地减少泥沙在宝瓶口周围的沉积。

为观测和控制内江水量，李冰又雕刻了三个石桩人像，放于水中，以"枯水不淹足，洪水不过肩"来确定水位；又凿制石马置于江心，作为每年最小水量时淘滩的标志。

在李冰建堰初期，这项水利工程并不叫都江堰，而叫"湔堋"。因为玉垒山秦汉以前叫"湔山"，而那时都江堰周围的主要居住民族是氐羌人，他们把堰叫作"堋"，这项工程自然就被称为"湔堋"。三国蜀汉时期，都江堰地区设置都安县，因县得名，堰叫"都安堰"。同时，又叫"金堤"，以突出鱼嘴分水堤的作用，用堤代堰作为整个工程的名称。唐代，堰又改称为"楗尾堰"，因为当时用以筑堤的办法，主要是"破竹为笼，圆径三尺，以石实中，累而壅水"，即用竹笼装石，称为"楗尾"。直到宋代，在《宋史》中，才第一次提到都江堰："永康军岁治都江堰，笼石蛇绝江遏水，以灌数郡田。"关于都江这一名称的来源，清代陈登龙撰《蜀水考》说："府河，一名成都江，有二源，即郫江，流江也。"流江是检江的另一种称呼，成都平原上的府河即郫江，南河即检江，它们的上游，就是都江堰内江分流的柏条河和走马河。《括地志》说："都江即成都江。"从宋代开始，把整个都江堰水利系统工程概括起来，叫都江堰，才较为准确地代表了整个水利工程系统，一直沿用至今。

古代竹笼结构的堰体在岷江急流冲击之下并不稳固，而且内江河道尽管有排沙机制但仍不能避免淤积。因此需要定期对都江堰进行整修，以使其有效运作。宋朝时，订立了在每年冬春枯水、农闲时断流岁修的制度，称为"穿淘"。岁修时修整堰体，深淘河道。淘滩深度以挖到埋设在滩底的石马为准，堰体高度以与对岸岩壁上的水相齐为准。明代以来使用卧铁代替石马作为淘滩深度的标志，现存三根一丈长的卧铁，位于宝瓶口的左岸边，分别铸造于明万历年间、清同治年间和1927年。

都江堰历时8年建成，2000多年来一直发挥着防洪灌溉的作用，使成都平原成为水旱从人、沃野千里的"天府之国"，至今灌区已达30余县市，面积近千万亩。

都江堰是一个科学、完整、极富发展潜力的庞大的水利工程体系。"乘势利导、因时制宜"的原则，是都江堰治理工程的准则，人们称之为"八字格言"。都江堰的治水三字经，更是都江堰治理工程的经验总结和行为准则：

"深淘滩，低作堰。六字旨，千秋鉴。挖河沙，堆堤岸。砌鱼嘴，安羊圈。立湃阙，凿漏罐。笼编密，石装楗。分四六，平潦旱。水画符，铁椿见。岁勤修，预防患。遵旧制，勿擅变。"

正是在这个原则的指导下，都江堰以不破坏自然资源、充分利用自然资源为人类服务为前提，实现了变害为利，使人、地、水三者高度协调统一。工程充分利用当地西北高、东南低的地理条件，根据江河出山口处特殊的地形、水脉、水势，乘势利导，因时制宜，无坝引水，自流灌溉，使堤防、分水、泄洪、排沙、控流相互依存，共为体系，保证了防洪、灌溉、水运和社会用水综合效益的充分发挥。2000多年前，都江堰取得这样伟大的科学成就，世界绝无仅有，至今仍是世界水利工程的最佳作品。1872年，德国地理学家李希霍芬（Richthofen，1833—1905）称赞"都江堰灌溉方法之完善，世界各地无与伦比"。1986年，国际灌排委员会秘书长弗朗杰姆、国际河流泥沙学术会的各国专家参观都江堰后，对都江堰科学的灌溉和排沙功能给予高度评价。

助秦统一的郑国渠

郑国渠并不在郑国，而在秦国。修建郑国渠的时候，春秋时期称霸一时的诸侯国郑国早已被吞并，灭掉郑国的正是春秋时期还不存在的韩国。韩国是分晋的"三家"之一，当其灭郑之时，可谓战斗力爆棚，以至当时就有"强弓劲弩皆在韩出""天下宝剑韩为众"的说法。终于，韩国成为"战国七雄"之一。但是，韩国虽强，遇到更强的秦国进攻时，却没了招架之力。公元前249年，秦军兵发韩国，杀得尸横遍野，百姓四散逃亡，韩国面临灭顶之灾。

为了救国家于危亡，韩国人想出了一条很奇葩的计谋。这计谋不是联合别国抱团取暖共同抗秦，也不是加大军购武装自己，更不是招募雇佣军组建少年敢死队与敌人血拼。现在人们即使脑洞大开，恐怕也想不到，韩国的计谋是派出拥有专利的高级工程技术人员去帮助秦国搞基础设施建设，具体说就是修建大型水利灌溉工程。当时，东方六国都有各自的水利工程，楚国有荆汉运河、施肥运河，魏、韩一带有鸿沟，齐国有淄济运河，燕国有下都运粮河，而秦国的核心地区关中平原却没有这样的水利工程。水利是强国之本，这种思想已在东方六国得到了实践验证。对秦国来说，兴修水利可以固本培元，为其兼并六国打下坚实的基础。韩国人相信，派出专业人员悄悄到秦国，说服秦国兴修大型水利工程，他们一定能够接受。当时不像现在，军是军，民是民。那时差不多是全国皆民，青壮年平时耕地，战时拿起武器就上战场。韩国人的如意算盘是，只要秦国开始修建大型水利工程，必然要征用众多青壮年劳力，耗费大量物力财力，对外作战自然就会延缓下来。这样韩国就可以得到喘息的机会，重整旗鼓，以图再战。这个计划倒是有点像美苏冷战时期搞的登月计划、星球大战计划等，目的其实在于让对方把大量资金、技术、人员都投入这些浩大的工程中，以拖垮对方。 但不同的是，美国的计划是让苏联把力量投入军备方面使经济和民生难以维持，而韩国却正好反了过来。 这一反不打紧，韩的"疲秦"之计，实际却发挥了强秦的效果，最终要了韩国的命。

魏国主持修鸿沟的是魏惠王，韩国派人给秦国修渠的也是一位惠王——韩惠王。《逸周书·谥法解》说："爱民好与曰惠。"后来的谥法又说"兴利裕民曰惠""泽及万世曰惠""慈恩广被曰惠"等。 所以，不管动机如何，鸿沟、郑国渠的修建确实是兴利裕民、泽及万世、慈恩广被的功德，特别是韩惠王，爱不爱民不好说，"好与"是肯定的，谥一个"惠"字倒是十分贴切的。

韩惠王派出的水利工程师就是郑国。 他潜入秦都咸阳，不是像后来的荆轲一样去刺秦，而是要"疲秦"，其实是助秦。 此时秦王嬴政只有13岁，国家大事悉由丞相吕不韦做主。 吕不韦本是商人，投资秦王，回报颇丰，当上了丞相。 虽说民间盛传吕不韦是嬴政的亲爹，毕竟那时也没有基因检测，说归说，吕不韦要想立住脚还得靠自己的本事。所以这外来户吕不韦就想做成些惊天动地的大事来显示自己的治国才干，好巩固自己的政治地位。

秦国最重要的统治区域就是关中平原。 关中平原是亿万年来由泾河和渭河冲积而成的，土地相当肥沃。 但关中地处内陆，降雨量少，如果没有灌溉，只能望天收，粮食产量根本没有保证。 所以当郑国向吕不韦提出引泾河水浇灌关中平原的建议时，吕不韦大为振奋，这是秦国多少年来梦寐以求的好事啊！ 于是决定当年就开工修渠，并由郑国亲自主持。

关中平原东西数百里，南北数十里，西北高，东南低，泾河从陕西北部群山中冲出，流入关中平原。 郑国决定以泾水为水源，从今陕西泾阳西北仲山西麓的谷口修石堰抬高水位，拦截泾水入渠。 干渠沿北山南麓自西向东伸展，很自然地把干渠分布在灌溉区最高地带，不仅最大限度地控制灌溉面积，而且全部形成了自流灌溉系统，可灌田4万余顷。 为保证灌溉用水源，郑国渠采用了独特的"横绝"技术，通过拦堵沿途的冶水、清水、浊水、石川水等河，让河水流入郑国渠，以加大水量。 郑国渠流经今泾阳、三原、富平、蒲城等县，最后在今蒲城县晋城村南注入洛河，从而在关中平原北部，泾、洛、渭之间构成密如蛛网的灌溉系统，使干旱缺雨的关中平原得到灌溉。 郑国渠的主要水源泾河多泥沙，与渭河相比显得十分混浊。 所以当两水交汇的时候，泾浊而渭清，格外分明，于是留下了"泾渭分明"这个成语。 郑国渠开凿以来，泾河水的泥沙不断淤积，使干渠首部逐渐填高，水流不能入渠。 所以后来就在谷口一带不断改变河水入渠处，但谷口以下的干渠渠道始终不变。

郑国渠动工于公元前246年，即秦王政元年。 到公元前237年，郑国渠即将完工的时候，秦国识破了韩国借修渠以拖垮秦国的阴谋，郑国命悬一线。 而且这时嬴政已经亲政，吕不韦已靠边站。 本来对吕不韦这个外来户不满的秦国贵族借机向秦王建议驱逐外国人。 关键时刻，另一个外国人站了出来，就是后来秦国的丞相李斯。 吕不韦是卫国濮阳人，即现在的河南濮阳；李斯是楚国上蔡人，即现在的河南上蔡。 这两个河南老乡先后做了秦国的丞相。 当然，当时并没有现在河南的行政区划概念，他们虽说算不上老乡，但都是来自东方的外来户。 李斯得知秦王要驱逐外国人，连忙写奏章规劝秦王善用人才，于是就有了我们现在读到的散文名篇《谏逐客书》。 同时，郑国虽处在危难中，其实也有自己的主意。 他对秦王说："始臣为间，然渠成亦秦之利也。 臣为韩延数岁之命，而为秦建万世之功。"①也许郑国入秦时早已想到今天的局面，但他全力修渠，对韩国来说为其争得了时间，延缓了灭亡的时间；对秦国来说，他从根本上改变了秦国的农业状况，为其统一天下奠定了

---

① 语见班固《汉书·沟洫志》。

坚实的基础，这些消耗完全是值得的。秦国如果明白这个道理，一定会善待于他。关键是，秦国的水工技术比较落后，在技术上需要郑国，否则留下个半拉子工程损失更大。果然，秦王是明事理之人，权衡利弊，收回了驱逐"歪果仁"的决定，让郑国继续主持修渠。

公元前236年，经过十年修建，郑国渠终于全部建成。郑国渠修成后，大大改变了关中的农业生产面貌，在政治、经济、军事各层面都发挥了重要作用。《史记·河渠书》记载：

"渠就，用注填阏之水，溉泽卤之地四万余顷，收皆亩一钟。于是关中为沃野，无凶年，秦以富强，卒并诸侯，因命曰郑国渠。"

当时的一钟为六石四斗，比当时黄河中游一般亩产一石半，要高许多倍。据史学家估计，郑国渠灌溉的115万亩良田，足以供应秦国60万大军的军粮。

公元前230年，更加强大的秦国再次兵发韩国。韩国一触即溃，迅速土崩瓦解。韩惠王如果泉下有知，一定会后悔得流鼻血，质疑当时献"疲秦"之计者究竟居心何在，是卧底还是脑子进水了或被驴踢了？

郑国渠建成15年后，秦灭六国。

郑国渠开引泾水灌溉关中平原的先河，对后世影响深远。秦以后，历代继续在这里完善水利设施。汉代的时候就有这样的民谣：

"田于何所？池阳、谷口。郑国在前，白渠起后。举为云甚，决渠为雨。泾水一石，其泥数斗，且溉且粪，长我禾黍。衣食京师，亿万之口。"

歌谣称颂的就是郑国渠、白公渠等引泾水利工程。汉代之后，唐代有三白渠，宋代有丰利渠，元代有王御史渠，明代有广惠渠和通济渠，清代有龙洞渠。历史进入现代，1929年陕西关中发生大旱，庄稼绝收，饿殍遍野。这时上上下下又想起了引泾灌溉工程。于是，中国近代著名水利专家李仪祉先生亲自主持在郑国渠遗址上修建泾惠渠。泾惠渠于1930年12月动工，1932年6月放水灌田，引水量每秒16立方米，可灌溉 60 万亩土地。 新中国成立以来，按照边运用、边改善、边发展的原则，先后三次对新老渠系进行了规模较大的改善调整与挖潜扩灌，使古老的郑国渠至今仍发挥着重要作用。

打通南岭的灵渠

秦始皇统一六国是在公元前 221 年。 当年，统一后的大秦帝国立志一统四海，进一步开疆拓土，于是开始大举向岭南用兵。 当时，百越除南越和西瓯之外，都已被秦军征服。 南越、西瓯即现在的广东、广西一带，为完成对这里的最后征服，秦军共 50 万人，分五路杀向岭南。《淮南子·人间训》记载：

"乃使尉屠睢发卒五十万，为五军，一军塞镡城之岭，一军守九疑之塞，一军处番禺之都，一军守南野之界，一军结余干之水。 三年不解甲弛弩，使监禄无以转饷。 又以卒凿渠而通粮道。"

当时，秦军进攻南越的几路军队进展相对顺利，而西路进攻西瓯越人的军队却遭到顽强阻击，伤亡惨重，连统帅屠睢也被杀身亡。 继续坚持进攻，又面临补给不足的问题。 当时的岭南对中原来说，距离实在太过遥远，而且有群山阻隔，交通极为不便。 那时，最有效的交通方式是水路运输。 为了解决秦军粮饷运转的困难，秦始皇令御史监禄督工凿渠运粮。

监禄选定凿渠的位置在今广西兴安县城附近，这里是湘江上游和漓江上游的分水岭。 分水岭以东，南高北低，发源于广西灵川县境海洋坪的海洋河自南向北流到这里，始称湘江，继续向北流经湖南注入长江；分水岭以西，北高南低，发源于兴安县境内的灵河自东北流向西南，与大溶江汇合后称为漓江，再向南流入西江。 两江背道而驰，但上游分水岭处相距却不远，监禄要做的就是打通分水岭，开凿出一条越岭运河，使海洋河的部分水量流入灵河，从而沟通湘江和漓江，也就是长江水系和珠江水系。

灵渠的名称是唐代才有的，原来叫秦凿渠、零渠等，现在又称兴安运河或湘桂运河。灵渠分南北两渠，北渠连接属长江水系的湘江，南渠流向属珠江水系的漓江。灵渠的主要工程包括铧嘴、天平、渠道、陡门和秦堤等。

铧嘴位于兴安县城东南3公里海洋河的分水塘（又称渼潭）拦河大坝的上游，由于前锐后钝，形如犁铧，故称"铧嘴"。是与大、小天平衔接的具有分水作用的砌石坝。从大、小天平的衔接处向上游砌筑，锐角所指的方向与海洋河主流方向相对，把海洋河水劈分为二，一由南渠而合于漓，一由北渠而归于湘。铧嘴原来的长度在现存铧嘴30丈外的上游，清光绪年间修渠时，由于铧嘴被淤积的砂石所淹，才把它移建于现今的位置。

铧嘴下游是拦截海洋河的拦河坝，大天平即拦河坝的右部，小天平为拦河坝的左部，大天平与小天平衔接成人字形，因二者原属湘江故道，稍有崩坏，则无滴水入渠。小天平左端设有南陡，即引水入南渠的进水口；大天平右端设有北陡，即引水入北渠的进水口。

南渠自南陡口起，过严关，流至溶江镇老街的灵河口入漓江，全长33.15公里，引湘江水约3分。南渠可分为4段：第一段从南陡到大湾陡，渠线沿湘江左岸西行，大部分为半开挖的渠道。左侧沿石山或地面开挖；右侧为砌石渠堤，即通常所说的秦堤，内外坡均用条石砌筑，中间填土。第二段自大湾陡，穿过湘江与漓江的分水岭太史庙山到漓江小支流始安水止，为开挖的渠道，穿过太史庙山处深挖约30米，长300余米。第三段自始安水起，沿天然小河道，至赵家堰村附近汇入清水河，以下即称灵河。这一段是利用天然小河扩宽而成的，同时增加了渠道的弯曲段，以减缓坡降。第四段从清水河汇合处灵河口汇入大溶江处止，通称灵河，沿途有一些支流汇入，水势增大，河面宽阔，这一段除黄龙堤附近曾开凿新渠，使河水曲折迂回，以降低坡降外，均为天然渠道。南渠八九百米处，建有宣泄洪水的泄水天平。渠内水深超过泄水天平堰顶时，渠水即排入湘江。南渠近两公里处与双女井溪相汇，建有马氏桥溢洪堰，以宣泄双女井溪的洪水。南渠10多公里处有溢流堰名黄龙堤，用大条石砌成。

北渠自北陡向北，经打鱼村、花桥，至水泊村汇入湘江，俗称湘江新道，全由人工开凿而成，大致与湘江故道略成平行，渠槽在田畴间，其水位高过湘江故道，湘江水在分水塘经铧嘴分流和大小天坪坝引流后，约7分水流入北渠，在高塘村与湘江故道相汇，全长3.25公里。北渠中段连续开挖了两个S形渠段，以降低比降。北渠200多米处的溢流堰称竹枝堰，用条石砌筑。

陡门，或称斗门，是在南、北渠上用于壅高水位，蓄水通航，具有船闸作用的建筑物。秦朝修建灵渠时，并没有陡门。当时因两河间有6米的水位差，比降较大，不利航行，所以南北两渠修建得弯弯曲曲，目的就是延长流程，减小比降。灵渠的陡门最早出现于唐宝历元年（825），到唐咸通九年（868）修时，已有陡门18座。宋嘉祐三年（1058），达到36座，为有记载以来最多的。后陡门历有增建及废弃，目前南北两渠共有陡门36个，其中北渠4个，南渠32个。

灵渠的凿通，沟通了湘江、漓江，打通了南北水上通道，为秦王朝统一岭南提供了重要的保证，大批粮草经水路运往岭南，有了充足的物资供应。公元前214年，即灵渠凿成通航的当年，秦兵就攻克岭南，随即设立桂林、象郡、南海3郡，将岭南正式纳入秦王朝的版图。此后，通过这条通道，中原大批移民进入岭南，为岭南地区的开发和经济发展做出了巨大贡献。

秦末天下大乱，原南海郡龙川县县令赵佗乘机兼并桂林、象郡，自称南越武王。汉朝建立后，派陆贾前往岭南招安赵佗，封其为南越王。后赵佗又反，自称南越武帝。及汉文帝即位，再派陆贾到岭南劝赵佗取消僭称的帝号。陆贾两次到岭南，都是溯湘江过灵渠，沿漓江入西江而达番禺。

东汉建武十八年（42），岭南征侧、征贰反叛，光武帝派伏波将军马援南征。马援这次南征，走的还是灵渠水路，并对渠道进行了疏浚，以利通航。

灵渠自秦朝修通以来，对国家的统一，加强南北政治、经济、文化的交流，密切各族人民的往来，都起到了积极作用。此后，历代对灵渠都有修整，至今灵渠依然发挥着重要作用。

隋唐大运河①

提起隋唐大运河，大家首先想到的就是隋炀帝，而且把大运河的修建当作他荒淫无道的一大罪证，似乎这位无道暴君大动干戈修这么一条运河就是为了到烟花扬州玩那里温柔似水的美女。大运河的修建对隋朝来说虽有些操之过急，加重了人民的负担，并导致了隋的灭亡，但对中国的历史发展而言，绝对是大大有功的。

隋代南北大运河有规划地大规模开凿，是在炀帝时期，但其实在文帝时期，运河的修建即已开始。

从晋室衣冠南渡开始，中国社会经历了近三百年的长期分裂，到隋文帝开皇九年（589）南朝陈灭亡，中国才重新实现统一。杨坚本是北周重臣，他的父亲杨忠因辅助宇文泰建立政权有功，成为十二大将军之一，袭爵隋国公。杨坚的妻子独孤氏是鲜卑贵族八大柱国之一独孤信的七女儿独孤伽罗，伽罗的大姐则是北周明帝宇文毓的皇后。于是，明帝和杨坚就成了连襟。其实同为连襟的还有另一个大腕——唐国公李

---

① 本章参考了《中国三千年运河史》《运河史话》部分章节的内容，以下不再一一注明。特此说明并致谢！

晌，也就是唐高祖李渊的父亲。 杨坚的女儿又嫁给宣帝宇文赟成为皇后，宣帝死后登基的静帝宇文阐是杨坚的外孙。 静帝登基时只有8岁，一切大权皆在杨坚手中。 不到一年，静帝即禅位给他的外祖父。 杨坚称帝，改国号为隋，年号开皇，建都长安。

隋朝开国之初，虽定都长安，但位于龙首原之北靠近渭水的汉长安城，据《隋书》记载，此时已"凋残日久，屡为战场"，"水皆咸卤，不甚宜人"。 所以，隋文帝即命宇文恺负责规划、设计、建造了位于龙首原之南的"大兴城"作为都城，这就是现在的西安。 同时，关中虽号称"八百里秦川"，实际地狭人众，物产根本不足以满足京师之需，自秦汉以来，都要通过漕运从山东——不是现在的山东省而是指潼关以东的地区——调运。 从这些地方调运粮草物资，通过水路到洛阳一带都不成问题。 但再往上，则有黄河三门峡之险和渭水流浅沙深的问题，会阻塞漕运。 当年汉武帝为解决此问题，在渭水南岸开凿了一条人工漕渠，代替渭水进行漕运。 此时该漕渠早已淤废。 于是在开皇四年六月文帝命宇文恺在汉漕渠的基础上开挖漕渠。 该漕渠自大兴城西北引渭水，沿汉代漕渠故道向东，到潼关入黄河，长300余里，这就是广通渠。 广通渠因是在汉漕渠故道上重修的，所以工程进展非常顺利，只用了三个月就开通了。 广通渠开通后，运输问题得到了解决，同时渠道两侧的农田也可以得到灌溉，所以又被称为富民渠。 杨广即位后，为避帝讳，改称永通渠。

隋文帝在位24年，对统一中国、发展经济功劳巨大。 之后继位的杨广，即炀帝，虽然好大喜功，历史评价极差，但实际上也是一个胸怀大志，一心想有所作为的皇帝。

杨广登基之后，很快就到洛阳巡视，准备将都城迁到洛阳。 洛阳自东汉以来，一直是都城，是中原的政治、经济、文化中心，对统一的全国来说，比处于关中的大兴城更利于对全国的控制，而且水运不必经过三门峡的险关。 所以炀帝称大兴城"关河重阻，无由自达"，"关河悬远，兵不赴急"；而洛阳则是"自古之都，王畿之内……控以王河，固以四塞，水陆通，贡赋等"①。 但当时的洛阳因北魏分裂为东魏、西魏后，东魏为在邺城兴建都城，竟将洛阳的宫殿建筑等一股脑儿拆除，通过曹操开凿的白沟运到了邺城。 加之后来战火不断，洛阳已破败不堪。于是炀帝在大业元年三月让宇文恺等营建东京。 这次营建洛阳，炀帝动员劳动力达每月 200 万之众，所以尽管建了城池、街道、里坊、宫殿、花苑等，规模宏大，但整个工程只花 10 个月就完成了。 然后，炀帝又将全国的富商大贾数万家迁到了洛阳。

在营建洛阳的同时，隋炀帝又开始了一个伟大的工程，即开凿南北大运河，运河的中心自然是正在营建的洛阳。

修建南北大运河对统一了全国的隋王朝来说，无论从政治、经济还是军事方面讲，都具有重要的意义。 从政治方面讲，隋灭陈之后，江南的动乱并未停止，加强对江南的控制，需要有现实的控制手段，而修建从中原通向江南的运河自然非常有效。 从经济层面讲，当时的北方经过连年战火，经济发展已不如南方。 当时的江南，气候温和，雨量充足，土地肥沃，有大量未经开垦的处女地，发展潜力巨大。 随着北方移民的不断进入，生产方式得以改善，农业迅速得以发展，同时带动了手工业、商业贸易等各项事业的发展，江南渐趋富庶。 从军事方面讲，除了加强对江南的控制外，隋朝面临的不断侵扰来自北方的突厥和东北方的高丽。 开皇十八年（598），因高丽侵犯辽西郡，文帝派水陆 30 万大军讨伐高丽。 但陆军因遇大水，运输受阻，军中缺粮，加上瘟疫流行，不战自溃；水师则海上遇风，死之八九。 炀帝即位后，一心想惩罚高丽以雪前耻，他借鉴当年因军中缺粮导致失败的教训，决定修通到北方前线的水上运输通道，作为南北大运河黄河以北组成部分的永济渠就是在这样的背景下修建的。

---

① 语见《隋书·炀帝纪上》。

炀帝修建南北大运河是一次有计划、有组织、有设计的行动，工程从大业元年，即公元 605 年开始，先后开凿了通济渠、山阳渎、永济渠、江南运河，仅用时 7 年即全部完工。 大运河上段从洛阳开始，"发河南诸郡男女百余万，开通济渠，自西苑引谷、洛水达于河"①，再走黄河一段，向北的即永济渠，从今武陟县境内的沁水尾闾开始，向东北流去，沟通沁河、淇水、卫河，通航至今天津，再溯永定河而上，通涿郡，即今北京。 向南的即通济渠、山阳渎、江南运河，沟通黄河、淮河、长江、钱塘江，到达余杭，即今杭州。 南北大运河以洛阳为中心，向西可以通向关中平原，向东则分为南北两翼，呈"人"字形展开，沟通了海河、黄河、淮河、长江、钱塘江五大水系，总长达 2700 多公里，并把洛阳、蓟城（今北京）、汴州(今开封)、宋州(今商丘)、宿州、淮北、楚州(今淮安)、江都(今扬州)、润州(今镇江)、余杭(今杭州)、会稽(今绍兴)等区域中心联系在一起，从而加强了各地区间的联系。 大运河连接的流域面积覆盖了中国人口密集、经济文化发达的主要地区，规模宏大，在世界历史上都是空前的。

　　隋唐大运河不仅仅是一条水道，运河两岸还筑有宽阔的御道，种植成行的柳树。 炀帝乘龙舟各地巡视，兴致大发，赐柳树姓杨，从此柳树又被叫作"杨柳"。 而隋堤折柳又成为送别的代称。 这些都和大运河的修建有着密切的关系。 大运河岸边，从长安至江都，修建有离宫 40 余所。 此外，沿运河还建立了许多粮仓，作为转运或贮粮之所。 其中著名的有位于今河南浚县东南大伾山麓的黎阳仓，位于今河南巩义东北的兴洛仓②、隋唐洛阳城北的回洛仓和含嘉仓，位于今河南孟州南的河阳仓，位于今河南三门峡西南的常平仓，位于今渭河入黄河处华阴的广

---

　　① 见《隋书·帝纪第三》。
　　② 兴洛仓后改名洛口。 因全国南北粮草都在此转运，因而该仓规模宏大，有窖三千，每窖可容粮八千石。

通仓①，位于京师大兴城的太仓，位于今江苏淮安西北运河东岸的山阳仓等。

隋炀帝开凿大运河，过于庞大的消耗和繁重的劳役，使隋朝很快走向了灭亡，但对继兴的唐王朝而言，却是一笔巨大的遗产。唐代，扬州作为南北交通枢纽，溯江可至长江中上游地区，经南北大运河向南可达杭州一带，向北可达洛阳进而抵达首都长安，亦可经通济渠转永济渠抵达涿州一带。而且，当时的扬州，海船可直达城下，这使扬州成为重要的对外贸易口岸。那时，中国是全世界人民向往的天朝上国，有志青年纷纷前来留学，他们基本都是乘海船到扬州，再经大运河去往长安。唐天宝年间，鉴真和尚东渡日本，也是由扬州出发的。重要的交通位置使扬州的经济、文化发展处于全国、也可以说是全世界领先的水平，唐朝的诗人也相继来到扬州，据统计到过扬州的竟达半数以上。可见，当时如果连扬州都没到过，对诗人们来说，大约是一件不太有面子的事。大诗人李白就写有一首《黄鹤楼送孟浩然之广陵》："故人西辞黄鹤楼，烟花三月下扬州。孤帆远影碧空尽，唯见长江天际流。"李白送孟浩然，专门写到"烟花三月下扬州"，把去扬州作为一件特别美好的事来描写，足见当时到扬州去是很有面子的事。就像现在，如果是去纽约，就会高调宣称自己明天要去纽约了；如果去一个不知名的地方，就会简单地说明天要出去一趟。

历宋至元，尽管大运河在山东取直，不再绕到洛阳，而是直接北上抵达北京，但扬州的交通枢纽地位丝毫未受影响。到明清时期，扬州已发展成为一个著名的商业都会，号称"百货通焉，利尽四海"。隋唐和明清时期的扬州，集中了大量的财富和资本，在整个中国、东亚以至全世界，堪称规模最大的商业和金融中心。历史上繁华的扬州城，即今扬州市的老城区广陵区。繁华的扬州集中了大量豪商富贾，促使商业和

---

① 后改名永丰仓。

手工业经济高度发展，市民文化得到了充分发育，厨刀、修脚刀、理发刀成为闻名遐迩的扬州"三把刀"，充分显示出扬州吃和娱乐的市民文化特色。 2016年10月28日，我参加一个文学活动来到扬州，品尝了富春茶社有着一百多年历史的淮扬菜，见识了厨师精湛的厨艺表演。在东关古渡口旁的城门内，东关老街已成为一个旅游胜地，各种纪念品琳琅满目，其中就有成套的"三把刀"卖。 自古以来，一些著名的诗句如"十年一觉扬州梦""春风十里扬州路""二十四桥明月夜"等也充分描绘了扬州的这些特点。 同时，扬州由于吸引了各地的文人，成为全国重要的文化中心。 唐代以来，除扬州籍的张若虚、李邕、秦观等以外，李白、刘禹锡、白居易、杜牧、欧阳修、苏轼、孔尚任、吴敬梓等文化名人都曾在扬州生活并留下与扬州有关的千古名篇。 以"扬州八怪"为代表的扬州画派更是蜚声海内外。 扬州的经济文化发展使其成为中国雕版印刷术的发源地，并成为中国国内唯一保存全套古老雕版印刷工艺的城市。 这一切，都与大运河有着千丝万缕的联系。

开皇年间，隋文帝还在今山东兖州、济宁之间开通了一条不长的运河，即薛公兴兖渠。 这条运河改变了原来兖州、济宁间水运不通的局面，使济宁一带可以由此通过水路直达江淮，对当地经济发展意义重大。 这段河道后来成为京杭大运河的重要一段。

唐代，隋各段运河被通称为漕渠或漕河，通济渠东段则称汴渠、汴河或汴水，邗沟、江南河被称为官河。 永济渠名称依旧，但已与沁水隔绝，专以清、淇二水为源。 各段中仍以连接长安、洛阳与江、淮地区间的漕渠、汴河和淮南漕渠最为重要，构成了唐朝的生命线。 高祖、太宗之时，每年从江淮地区漕运到长安的粮食约20万石。 唐高宗以后，国用日增，到天宝中期，每年运米达250万石。 肃宗以后，中原残破，政府的财政收入主要依靠江南地区，大运河的通阻，直接关系到皇朝的存亡。 永济渠仍为河北地区运输要道，沿渠的魏州（今河北大名东北）开元时在城西建楼百余间，"以贮江淮之货"，贝州（今河北清河西北）在天宝时被称为"天下北库"。

唐末，由于农民战争和藩镇割据，汴渠没有得到有效维护，从埇桥（一作甬桥，今安徽宿州城南古汴渠上。）东南以下成为污水横流的沼泽；埇桥以上至汴口也相继因泥沙淤积变浅。这种情况后梁、后唐、后晋、后汉四代均未有改变。到后周显德二年（955年），为了出兵攻打南唐，汴渠才得到疏浚，从埇桥一直疏通到泗州城。此后又经继续浚治，东京与江淮间才通行无阻，从而奠定了北宋运河和东京繁荣的基础。

北宋定都开封，改变了长期以陕、洛为全国政治中心的格局，随着长江流域经济地位日渐提高，宋辽、宋夏对峙局面形成和北宋政权"守内虚外"政策的实行，南北水运意义重大。京师开封平畴万里，四方辐辏，在改造、疏浚前代原有水道的基础上，形成了以首都开封为中心向四周辐射的人工水运系统。作为宋代"漕运四河"之一的汴河，就是通济渠，线路基本未变。

宋代还有一条未完工的襄汉漕渠。其遗址位于河南省方城县城东南4公里处的城关镇八里沟。这是宋代兴修的"南水北调工程"，俗称"十万沟"，又称垭口。据《宋史》记载，宋太宗赵光义太平兴国三年（978年）正月，西京转运使程能上疏，建议在今南阳新店镇夏响铺筑堰，引白河水入石塘、沙河汇入蔡河，北通京师汴梁，南接湘潭之漕。朝廷批准后，征调唐、邓、汝、颍、许、蔡、陈、郑等地10余万丁夫和州兵，两度开挖白河至沙河的运河，历方城县博望、罗渠、河柘，凡百余里，达方城垭口。由于地势渐高，水虽到达，难通漕运，又赶上河水暴涨，石堰被冲，遂使此工程搁浅。在方城，人们发现了当年开挖的运河遗址。襄汉漕渠虽未成功，但给现今南水北调中线工程提供了极其宝贵的实地参考资料。现南水北调中线工程方城段的走向与宋代开挖的襄汉漕渠走向一致。

宋代，文化兴盛，得益于运河水系。北宋汴河的年运额随朝廷靡费与日俱增。 从宋初的数十万石猛增到宋真宗大中祥符初年（1008年）的700万石，以后大体维持在600万石上下，宋朝采用每10只至30只漕船为一纲的"纲运"法组织运输。 每年汴河成千上万艘公私船只往还，帆樯如林，不仅沟通全国政治中心同经济重心的联系，促进物资交流和沿岸社会经济的发展，而且对扩大中外经济文化交流发挥了重要作用。

浙东运河

李白曾写过一首很有名的诗，叫《梦游天姥吟留别》。 这首诗是李白准备离别东鲁家园漫游吴越时所写。 诗中李白极力称颂的天姥山是越东灵秀名山，后来李白到此地游历，曾取道浙东运河；杜甫、贺知章、王维等40余位唐代著名诗人也曾造访这里。 这给浙东运河平添了些浪漫的气息。

浙东运河又名杭甬运河，是浙江境内的一条运河，西起杭州，东至宁波市甬江入海口，全长239公里。 浙东运河西端起点在杭州市滨江区西兴街道，经过西兴之后进入萧山区境内，随后进入柯桥区钱清镇，与钱清江故道相交；此后运河向东南进入越城区境内，与曹娥江相交。 自西兴至曹娥江的运河又名"萧绍运河"。 过曹娥江后，运河进入上虞区境内，分为两支：北侧运河又名"虞姚运河"，从曹娥江东岸上虞百官的上堰头至余姚市曹墅桥连接姚江。 南侧运河又名"四十里河"，自曹娥江至通明坝汇入姚江，另有后新河、十八里河并行；此后主河道进入自然河道，在丈亭镇分出支流称"慈江"，在宁波市鄞州区高桥镇大西坝分出支流称"西塘河"；再后干流经姚江与奉化江在宁波三江口汇合成甬江，最后在镇海招宝山东面汇入东海。 慈江自西向东，在慈城南面分出支流"刹子港"，在小西坝连通姚江。 慈江干流经过化子闸改称"中大河"，此后从江北区进入镇海区，最后汇入甬江。 西塘河向东到达宁波老城望京门，连接护城河和城内水系，并与奉化江相连。 在自然河道形成内外江平行的格局是为了避让外江潮汐并截弯取直。

浙东属于古代的越国。 越王据说是大禹的后代，越国又是一个以船为车、以楫为马的方国。 因此，越国人对造船和水上生活自然非常熟悉。 越国在杭州湾之南，南部、西部是丘陵和山地，北面和东面则是宁绍平原和杭嘉湖平原南缘部分。 越国河流众多，大都是从会稽山发源，向北流入杭州湾。 这些河流将平原切割成许多地块，南北交流依赖舟船相当便利，而东西交通就极为不便。 为此，越国决定在国都所在的山会平原上开凿出一条东西向的运河，即山阴古水道。《越绝书·越地传》记载："山阴古水道，出东郭，从郡阳春亭，去县五十里。"阳春亭在越国都城会稽东郊，即今绍兴城东五云门外。 所以，山阴古水道起自越国都城会稽，向东一直延伸到曹娥江，中间与很多南北向的河流相交。 山阴古水道对改变越国的交通状况作用很大，但由于越国的河流大多流程短、水量不均，致使运河在越国都城迁离会稽后很快就湮废了。

山阴古水道的开凿始于春秋时期，到西晋惠帝时，为满足灌溉需要，由会稽内史贺循主持，修建从钱塘江东岸的西兴至会稽城的西兴运河。 此后，这段运河与上虞以东运河以及姚江、甬江的自然水道形成了浙东运河。 南北朝时，经过官方和民间的经营，运河的形制已经基本成型，形成西起钱塘江，东到东海的完整运河。 隋炀帝开凿南北大运河时，也对这段河道作了整治，使之与大运河沟通更畅。 唐代中叶，随着江南运河沿线航运的日益繁忙，由于东西走向的浙东运河需要穿越多条自然河流，为维持不同区域的水位并使船只能够通过水位不同的河段，运河中修建了许多碶闸和堰坝设施，并开挖新河道、疏浚鉴湖使之成为运河重要的水源。

宋室南迁之后，杭州临安成为临时首都。 南宋偏安一隅，京杭大运河北部与江南的联系中断，浙东运河和江南河成为南宋重要的生命线。南宋初年，宋高宗赵构即征发民夫修整浙东运河绍兴及余姚段。 整个南宋时期，浙东运河经过多次整饬，航运条件大为改善。据《嘉泰会稽志》记载，当时浙东运河在萧山县（今杭州萧山区）和上虞县（今上虞市）境内可通行 200 石船只，而山阴县和姚江可通行 500 石船只。南宋王朝非常重视对外贸易，庆元府（今宁波市）是当时重要的对外贸易港口，因而连接临安与庆元府的浙东运河受到特别重视。当时，由于杭州湾潮水凶猛，浙东船只多取道浙东运河前往杭州。而南宋时期的瓷器出口等对外贸易，也基本不由杭州湾入海，而是通过浙东运河运往宁波，再通过海上丝绸之路运往海外。日本、越南、高丽等地的产品也通过浙东运河运往京城，外国使节也往往从宁波登岸，再经由浙东运河前往临安。浙东运河因而成为南宋王朝对外贸易的重要通道。

元明时期，官方对浙东运河的修缮和维护仍很重视，浙东运河虽不如南宋时繁华，但一直保持畅通。明代，宁波是接待日本贡船的唯一港口，贡品通过浙东运河至杭州再运往京师。清康熙年间，杭甬运河上又大规模修筑了运道和河堤，方便了运河沿线的水路交通。

浙东运河同时还在灌溉方面发挥着重要作用，也是漕运、水驿的重要通道。历史上浙东地区征收的漕粮主要由浙东运河运达西兴，过钱塘江，经京杭大运河运抵京城。南宋时，浙东盐米和各种物资大量由浙东运河运往临安，而福建所运漕粮也自海路登岸，经由浙东运河运往临安。元代实施漕粮海河联运，宁波设立漕粮海运管理机构，浙东运河运输的漕粮经由宁波港转为海运。明代，经由浙东运河的漕运仍然较为发达。清代咸丰年间再行海漕，运河漕运功能始废。

浙东运河由自然江河利用与人工塘河建设结合而成，根据地形来设计运河线路，巧妙地把天然河道、湖泊洼地串联起来，不仅节省工程量，同时使运河水源也有了保证。运河在宁绍平原上的主干航道西段萧绍运河，也就是以前所说的西兴运河是人工疏浚、开凿而成的，东段则主要利用了余姚江天然水道，这段运河"天工人巧、各居其半"，是人与自然和谐共生、共同创造的伟大杰作。

浙东运河穿越的钱塘江、曹娥江、甬江的水位高低不一，历史上只能分段航运。 20 世纪后半叶，由于宁波港的开发，港口运输成本日渐提高，重建浙东运河被提上议事日程。 1966 年兴建了 15 吨至 30 吨级升船机多座，1979 年又按 40 吨级标准浚治航道，1983 年全线通航。 第二期运河改造工程航道标准提高为 100 吨级，钱塘江沟通运河工程实施后可直达杭州，与京杭运河联结。 2009 年，浙东运河改建工程完工。

2014 年 6 月 22 日，作为京杭大运河的延伸段和大运河与海上丝绸之路连通的通道，浙东运河作为中国大运河申遗项目，被列入世界文化遗产名录。

京杭大运河

元代以前，中国的行政中心长期位于西安、洛阳、开封，漕运和南北货物运输主要向这里集中。 以洛阳、西安为代表，元以前中国的首都处于全国中部偏西的位置，漕运的主干是东西方向，南北方向主要起沟通、辅助作用。 元代以后，国都迁到北京，处于全国北部偏东的位置。随着国家政治、经济中心的转移，航运目的地也由洛阳转到了北京。 然而，隋唐运河虽然沟通南北，但呈"人"字形结构，以偏西的洛阳为中心，实际上是绕了一个大弯子。 这条航线费时费工，运价也高。 忽必烈意识到，需要开一条直通南北的河道。 元至元十八年（1281 年），忽必烈决定对运河裁弯取直，下令开凿济州河，后再开会通河与通惠河，运河从此由江苏淮安经宿迁、徐州直上山东抵达北京。 至此，现今意义上的京杭大运河诞生了。 京杭大运河连通海河、黄河、淮河、长江、钱塘江，全长 1794 公里。 这条大运河改变了以前东西为主、南北为辅的运河格局，成为一条以南北方向为主的干线水道。

元定都大都即今北京后，粮草供应主要还是依靠南方。 江南漕船到达淮安后，因当时黄河由淮入海，所以可由此转入黄河，抵达今河南封丘县西南的中滦旱站，转陆路运输 90 公里到达御河即今卫河南岸的淇门镇，再经御河水道过临清、直沽，由白河运抵通州，从通州再陆运 22 公里到达大都。 这个运输线路从河运转陆运，再从陆运转河运，然后又从河运转陆运，装车卸舟，装舟卸车，连加折腾，费时费力，成本极高。 随着元疆域的拓展，大都机构、人口不断增多，粮食运输根本无法满足大都的需要。 为此，至元十九年（1282 年），元开通海漕，从今江苏太仓市东北浏河的刘家港出海北上，到界河口即今大沽口入河。当时海运经验技术不足，海漕经常出现溺船死人事件。 因此，元朝廷决定开通纵贯南北的大运河。

至元十七年（1280 年），元朝廷决定开凿江淮至大都的运河。 在此之前，元朝廷已派丞相伯颜和郭守敬从江淮到大都进行了访问勘察，最终决定把隋唐大运河改为直线，不再绕道河南，而是从淮北直接穿过山东，进入华平，直抵大都。 这条运河的大部分河段实际上仍然畅通，要做的就是开凿沟通山东境内泗水至御河的 300 里河段，以及沟通通州和大都的 50 里河段。

至元十八年，兵部尚书奥鲁赤等开始带人开凿从任城即今山东济宁到须城安山即今山东东平的济州河，全长 50 多里。 济州位于鲁西南，地形为略有起伏的平原，最主要的河流是南边的泗水和北边的汶水。修济州河就是利用汶水、泗水来连通淮河和大清河。 泗水发源于今山东泗水县，西流至兖州，折向西南，经济州任城境内的鲁桥镇折而东南，经徐州至淮阴入淮。 当时漕船由淮河进入泗水后最北端只能到任城。 汶水发源于山东莱芜市东北的原山，西流后下游分为南北两股水流，南股流入济州的茂都淀即今南旺湖，北股流至东阿县西南注入大清河。 泗水在南、汶水在北，将泗水和汶水连起来，即可将淮河与大清河沟通起来。 济州河的修建就是在鲁桥镇引泗水向北开凿河道，经济州至须城县以西的安山镇，使泗水和汶水连通。 为保证济州河有足够的水源可以行漕船，工程的重点是在北边的泰安建闸，将汶水导入洸水，在东边的兖州建闸，将泗水导入洸水。两股水流汇合后在任城的会源闸分别流向南北，南边的入泗水，北边的入大清河，这样泗水和大清河就被连接在了一起。

开通济州河，原本的设想是由大清河入海，走海运至大沽口。但济州河开通以后，由于大清河入海口壅沙严重，漕船无法通过。而这时的漕运实际上只有东阿到临清间的 250 余里没有打通，将这段打通，即可使由济州河北上的漕船进入卫河，进而到达通州。至元二十六年（1289年），礼部尚书张孔孙等主持开凿会通河。会通河即由济州河北端的须城安山到临清御河的一段运河。这段河道虽然不是很长，但因为是在地势高低起伏的丘陵地带新开的河道，工程量十分浩大。这项工程不仅要开挖河道，更重要的是要在沿途修建一系列水闸以调节水流。会通河共建闸 31 座，其中有些闸虽为一座，实际上有好几道闸，如会通闸就包括头闸、中闸、隘船闸三道闸。因此，会通河的开凿，工程复杂，施工量大，从至元二十六年开工，到泰定二年（1325 年），工程才完工，历时 36 年。会通河是中国运河史上工程量最大的人工运河，在中国运河史上的作用和地位也是无与伦比的。会通河的开通，使漕运粮草可直接运达通州，京杭大运河基本全线贯通。

通州到大都的距离只有 50 里，但靠陆路转运大量的漕粮仍然相当艰难。大都到通州之间，原本开凿有金口河、坝河等水道用于漕运，但很快就淤塞不能通航。至元二十九年（1292 年）到三十年（1293年），郭守敬利用大都西北昌平县的各条泉水，引而开凿了通惠河。《元史·河渠·通惠河》记载："上自昌平县白浮村引神山泉，西折南转，过双塔、榆河、一亩、玉泉诸水，至西水门（大都和义门，今北京西直门）入都城，南汇为积水潭（今什刹海），东南出文明门（今崇文门北），东至通州高丽庄入白河，总长一百六十四里一百四步。"至此，京杭大运河全线贯通，漕粮物资可由江南直接运到大都城内。

元代京杭大运河分为下列各部分：自北京至通州的通惠河；自通州南下大沽河、西南接御河的通州运粮河；自天津南至临清，接会通河的御河即卫河；自临清至东平须城安山、接济州河的会通河；自须城安山到济州、接泗水入黄河的济州河；自黄河到扬州入长江的扬州运河；自镇江经苏州、嘉兴达杭州的江南运河。

元代京杭大运河较之以前的运河，一个重要的区别就是闸河技术的广泛使用。京杭大运河长江以北部分，地势起伏，有爬坡，也有下坡，为保证运河的畅通，就需要在河流水面不同的地方建闸堵水，使两闸间的河段在水深和水宽方面能满足通航的要求。这种技术虽自唐代起已有使用，但到京杭大运河修建时才得到系统性广泛应用，这也反映了我国运河修建技术的进步和成熟。

南宋建炎二年（1128 年），东京留守杜充决黄河以阻金兵，造成黄河由泗入淮。直到清咸丰五年（1855 年），黄河在兰考县铜瓦厢决口，才又复道直接入海，形成今天的黄河水道。元以前的运河，除利用黄河作为水道外，还多以黄河作为水源。元代的大运河虽中间交叉过黄河，但不再以黄河作为水源。元代，黄河也有过几次决口。元至正十一年（1351 年），元顺帝命工部尚书贾鲁治河，成功后，黄河由封丘、开封之北，经今河南、山东两省间，向东至徐州入泗水，再一并进入淮河。贾鲁还主持开凿了贾鲁河，从郑州引水经朱仙镇在周口入沙河，这条河至今尚在，历史上曾发挥过巨大作用。但治河大量调用民夫，也引起了百姓的不满，元末红巾军起义的发端，就源于河工造反。韩山童宣称："天下乱，弥勒佛下生，明王出世。"河南和江淮之人皆信之不疑。韩山童与刘福通、杜遵道等人决定在颍上（今属安徽）发动起义，事泄韩山童被捕杀，刘福通带韩山童之子韩林儿杀出重围，占领颍州（今安徽阜阳），许多百姓纷纷加入，逐步波及全国。朱元璋就是加入这支队伍并最终取胜，建立了明朝。

元代开通的京杭大运河，其中的会通河所经山东地段地势较高，河道较窄,加上水源不足,水浅胶舟,不堪重负。明成祖朱棣迁都北京,派平江伯陈瑄疏浚江淮运河。又命工部尚书宋礼修治会通河、济州河,京杭大运河才又畅通起来。

清代继续疏浚和整治大运河,河道仍然大致分为七段:北京至通州段称通惠河,漕称"里漕河";通州至天津段称北运河,也称白河、潞河或外河,漕称"白漕""路漕""外漕河";天津至临清段称南运河,也称卫河或御河,漕称"卫漕";临清至台儿庄段称会通河,也称山东运河,共设节制闸 40 余座,故漕称"闸漕";台儿庄至淮阴段利用黄河,漕称"河漕";淮阴至扬州段称里运河,也称淮扬运河、南河或高宝运河,中经宝应、高邮、邵伯等诸湖,故漕称"湖漕";镇江至杭州段总称江南运河或转运河,又以苏州为界分为南北两部分,北段称丹徒运河,漕称"江漕",南段称浙江运河,漕称"浙漕"。

清代治理运河的重点是山东境内会通河和江苏境内里运河。会通河地处鲁中山地,南旺号称"水脊",地势高耸,水源缺乏。明代在戴村筑坝,导汶南旺,分水济运,以解决水源问题,又置水柜陡门,以调节水源,节制水流,才保证了会通河的顺利通航。但到了清代,水源多被填塞,会通河淤浅,安山、南旺、马踏、微山等湖,逐渐淤淀,或被豪户侵占,辟田耕种,以致湖水日少,加以民田灌溉与漕运争夺用水,更影响蓄水济运。清代治理会通河,除遵循明代旧例,修筑戴村坝,疏浚河道,培护堤岸,引水蓄湖,严闸启闭外,又申饬地方疏通泉源;竖立湖塘封界,禁止侵占,将山东诸湖开浚筑堤,或增高培厚原有堤岸,蓄积湖水;严禁百姓截流灌溉,违者治罪严惩。经康熙、雍正、乾隆三朝连续治理,会通河百余年畅通无阻。

明清两代都高度重视运河漕运,设置漕运总督和河道总督,分别掌管运河漕运和运河水利。运河沿线的城市也因漕运而繁荣,除东南地区的淮安、扬州、苏州、杭州并称运河沿线"四大都市""东南四都"外,北方的天津、德州、沧州、临清、济宁等城市也迅速发展起来。

济宁在京杭大运河中有着极为重要的地位。大运河济宁段拥有运河全线科技含量最高的"心脏工程"——南旺分水枢纽。济宁城北被称为"水脊"的南旺，为运河全线海拔的最高点，因地势高经常断流。明初，工部尚书宋礼建设了南旺分水工程，形成了"三分朝天子，七分下江南"的分水奇观，又在主河道建闸 31 座，从根本上解决了大运河济宁段因地势落差大造成的水源不足和管理不便等问题，保证了京杭大运河一年四季南北贯通。济宁因处在济州河的重要位置，成为大运河中段的交通枢纽、水旱码头，迅速发展成为鲁西南的经济中心，商业、手工业相当发达。特别是从明末开始，随着烟叶、棉花的传入，这里的烟草、棉花种植和贸易非常发达，其他杂货贸易也随之兴盛，钱庄也开始出现。

临清在明代之前根本无城，大运河贯通之后，却迅速发展成为明清时期很有名气的都会。元代大运河贯通后，临清因处于会通河与卫河交汇的地方，地理位置十分优越。但明初定都于南京，且洪武二十四年（1391 年）黄河在原武（今河南原阳市）决口，洪水一路向东漫流过去，使会通河淤塞。朱棣即位之后，思谋迁都北京，永乐九年（1411年）命浚理会通河，到永乐十三年（1415 年），运河南北运道复又畅通。明政府始在临清建转输仓库，临清成为南北漕运转输中心之一。明正统十四年（1449 年），临清始建城镇。此后，临清因其特殊地理位置，工商业不断发展，城市规模不断扩大。到弘治二年（1489 年），临清又升为州，城外形成新的商业区，后发展成横跨汶、卫二水的新城，成为名噪全国的商埠。

我上大学时，经常坐火车从天津回河南，途中经过德州。每到德州，总会在火车站听到叫卖德州扒鸡的声音。相信很多人和我一样，对德州最初和最深的记忆就是德州扒鸡。其实，德州还有其作为"神京门户""九达天衢"高大上的一面。明以前，并没有德州这个名称。明初，陵县县城被废弃，迁到运河边新建了德州卫城。因为运河的缘故，金元以来德州就是仓储基地。 元代的漕仓原在御河西岸，明洪武三十年（1397 年），截取运河的一个河湾筑城，将运河西移，这就是德州卫城的遗址。 洪武年间修筑的德州卫城储存有河南、山东两省的大量粮食，朱棣发动"靖难之役"的时候，就把德州当作了进攻的重点。 正是因为在德州仓"收粮百余万石"，朱棣才笑到了最后，取得了战争的胜利，坐上了皇位。"靖难之役"共进行了 4 年，但在德州就打了 3 年。当时建文帝几乎把全部的兵力都投到了德州，朱棣因有德州的粮食做后盾，在德州先后击败了建文帝的 80 万大军，随后一路南下，势如破竹攻克了南京。 因此，夺取政权的朱棣非常重视德州，在永乐年间建立了德州仓，储存河南、山东之粮。 明清 500 年间，德州仓一直是京杭大运河沿岸淮、徐、临、德四大名仓之一。 德州也因此有了重要的军事地位和商业地位，这里一方面有大量军户管河、管护漕和护仓，一方面有众多百姓从事商业和手工业。 由于德州特殊的地理位置，朱棣迁都北京后，这里便有了"神京门户"的称号。 又由于这里不仅位于京杭大运河要道上，同时北京通往九省的御道也经过这里，所有德州还有"九达天衢"的称号。

接下来该到天津了。 我读大学在天津生活了 4 年，自然对天津昔日作为商埠的繁华有所了解，却不清楚她的繁华其实是由大运河抚育的。天津的得名是在明代，因朱棣发动"靖难之役"时曾在此渡河，他做了皇帝后便将此地赐名天津。 在此之前，宋金对峙时，在这里设了直沽寨。 元朝时漕粮无论是走海路还是河路，都要由直沽转运通州，再到大都。 因转运之需，这里自然聚集了相当多的人员以接运、护仓等，遂开始繁荣起来。 元延祐三年（1316 年）在此设海津镇。 明永乐二年（1404 年），作为海运和河运漕粮的必经之路，朱棣在此筑城设卫并赐名天津。 明代，由于大运河的畅通，天津地当九河要津，路通七省舟车，除漕运方面的重要作用外，在交流南北经济、文化方面的作用也日益突出，很快发展成为繁华的商埠。"卫"是一种军事建制，具有守屯结合的性质。当时的军户除一人从军成为"正军"外，还需由一名"馀丁"以帮助生活。因此"卫"里除正式军人外，还有随行来的家人。天津卫的设立最初主要是为了护漕运、守仓等，及首都正式迁到北京后，又有着拱卫京师之责。当时天津卫的"正军"及"馀丁"主要来自皇帝的家乡安徽一带，他们把口音也带到了天津，使天津话至今仍有着与周围地区截然不同的特点。从明代筑城到清道光年间的400多年中，天津从漕运转输基地，逐步发展成为盐业中心、粮食商业中心，最终成为北方著名的商埠和商业中心。

最忆是杭州

2016年9月，G20峰会在杭州召开，这里的繁荣和美景吸引了世界最重要的20位元首的目光，也引起了全球人的注意。9月4日晚，为二十国集团领导人杭州峰会呈上的大型水上情景表演交响音乐会在杭州西湖岳湖景区内上演，晚会的名字叫"最忆是杭州"。

"最忆是杭州"是唐代诗人白居易有名的诗句。晚年的白居易定居在洛阳，一座与杭州通过大运河联系在一起的城市。66岁的白居易每每忆起当年在杭州时的情景，便写下了著名的《忆江南》词三首。其中第二首写道：

"江南忆，最忆是杭州。山寺月中寻桂子，郡亭枕上看潮头。何日更重游？"

杭州在今天还能吸引世界的眼光，细细说来，应该算上白居易的一份功劳。

杭州位于钱塘江畔南北大运河的南端。杭州的崛起与兴盛，皆拜运河所赐，被称为"流成的杭州"。

杭州是江南名城，这里水资源充沛，是有名的水乡。5000年前的良渚文化已经在水资源管理和利用方面显示出高超的水平，带来了人类文明的曙光。杭州的"杭"字，就是方舟的意思。传说夏禹治水而王天下，将全国分为九州，长江以南的广阔地域均泛称扬州。公元前21世纪，夏禹南巡，大会诸侯于会稽即今绍兴，乘舟航行经过这里，舍杭于此，故名"余杭"。也有种说法是，禹到此地造舟渡河，越人遂称此地为"禹杭"，后来，口口相传，讹"禹"为"余"，就叫成"余杭"了。不管怎么说，杭州既名为"方舟之域"，自然与水、与河流、与水运关系至为密切。

杭州最早是秦朝在灵隐山麓设县治，称钱唐，属会稽郡。这是史籍最早记载"钱唐"之名。这个时期，今天的杭州还是随江潮出没的海滩，西湖尚未形成。当年秦始皇为东巡会稽，疏通了从今嘉兴到杭州的水道，走向大致与今天杭州至嘉兴的上塘河一致。

直到东汉，杭州一带农田水利建设初具规模，从宝石山到万松岭修筑了第一条海塘，西湖才开始与海隔断，成为内湖。

杭州这个名称的正式出现是在隋朝。文帝开皇九年（589年），钱唐郡被废为州，始称"杭州"，州治初在余杭，次年迁钱唐。开皇十一年（591年），在凤凰山依山筑城，"周三十六里九十步"，这就是最早的杭州城。炀帝大业三年（607年）从洛阳到江都的通济渠、邗沟已经修通，朝廷与江南已密切地联系在一起，炀帝即改置余杭郡。大业六年，杨素凿通江南河，从江苏镇江起，经苏州、嘉兴等地而达杭州，全长400多公里，自此，拱宸桥成为大运河的起点。隋代南北大运河贯通，杭州成为大运河终点。大运河杭州段河道总长度约为100公里，包含6个遗产点、5段河道。重要的是，这里的遗产不是仅供陈列参观凭吊的遗址，而是水运繁忙的活态景观。

唐代，这里一会儿叫杭州郡，一会儿叫余杭郡，钱唐也因避国号讳，于武德四年（621年）改为"钱塘"。但不管怎么改，杭州处于大运河南端重要的地理位置，使其融入了全国的政治、经济、文化圈，快

　　　　　　　　　　　　　　　　　命脉

速发展起来。 杭州能有人间天堂之称，离不开西湖美景。 但西湖并不是一个自然的湖泊，从某种意义上说，更是人工之湖、人文之湖。 从唐代开始，将大运河与西湖沟通，建立杭州城内水系、西湖、运河相互作用的完备体系，不仅促进了杭州商业、贸易的发展，也使其成为一座自然与人文完美融合的生态之城、文化之城，令世人向往。 唐代，白居易任杭州刺史时，开始将西湖水引入运河，并为我们留下了白堤这道著名的景观。 五代十国时，吴越王钱镠非常重视水利，将西湖水引入城内运河，以满足城内之需。 为防止咸水倒灌，减轻潮患，他又在钱塘江岸修建了龙山、浙江两个闸口，还用"石囤木桩法"修筑百余里的护岸海塘，动用民工凿平江中的石滩，使航道畅通，促进了与沿海各地的水上交通。

"苏堤春晓"被称为西湖十景之首，苏堤即是北宋元祐四年（1089年）著名文学家苏东坡任杭州知州时所修。 苏东坡对西湖的治理，不只是简单疏浚那么简单。 人们通常认为，苏轼因疏浚西湖，挖出的葑泥无处堆放，于是就堆成了自南屏山麓到栖霞山下的长堤，这才有了苏堤这道景观。 苏东坡对西湖治理更大的贡献在于，他修建大小二堰隔绝江水，使之不流入城，城内各条河道专用西湖水，因咸水不再流入城内，人们的生活用水更加方便。 北宋时，靠近杭州的这段运河叫浙西运河，"穿钱塘市而入于江"，即从杭州市内穿过，通到钱塘江。 由于运河用的是钱塘江水，含沙量大，容易淤塞。 苏轼对西湖和运河的治理，最主要的就是修堰隔截江水，运河水也由此只用西湖水，从此变得清澈起来，淤堵大大减轻。 北宋时，杭州经济繁荣，纺织、印刷、酿酒、造纸业都较发达，对外贸易进一步开展，是全国四大商港之一，居民有 20 余万户，为江南人口最多的州郡之一。 由于大运河的开通，杭州融入了全国整体，才有了如此的发展和地位。 靖康之变后，宋室南迁，选定杭州临安为行在，奠定了其今天作为全国八大古都之一的地位。

南宋时，运河重新进行了开挖疏通，直通城里，因此叫作"新开运河"。

元代京杭大运河全线贯通，杭州与北京又紧密地联系在一起。 明正统七年（1442年），巡抚都御史周忱从新桥起一直到崇德县界，修筑塘岸13272丈，建桥72座，水陆并行，称"运塘河路"，即市区菜市河与运河沟通的路线。 下塘河是菜市河的分支，二河相通，因此下塘河可以作为运河水道。 明成化十二年（1476年），从涌金门北开水门引西湖水，流入城河。 此后，经过不断疏浚治理，杭州形成了今天4条主干河道并纵横沟通、联系运河的城内水系，原本独立的西湖、城内水系、运河被连接为一个整体，奠定了今天杭州城区的基本格局。 杭州的城内水系，一头连着西湖，一头连着大运河，既满足了居民的生产生活用水需要，又可便利地将货物向全国各地转运。 杭州处在大运河的南端，杭州及东南沿海的货物多由杭州装船运往北方，而北方货物则由杭州下船转运各处，杭州自然成为中国东南部的货物集散中心。

明初，京杭大运河在永乐年间经疏浚全程畅通无阻。 据《明太宗实录》记载，永乐十三年（1415年）一年之中通过运河送到北京的粮食就有6462990石。 此后，通过运河漕运到京的粮食每年都有数百万石。据记载当时每年的漕船达6419只，往返漕船次数每年在12000只以上。当时官方允许漕船军夫带货沿途贩卖，漕船也可搭客、代运货物、从事贸易。 这些举措极大地促进了杭州一带的经济发展，杭州周围的市镇迅速发展起来。 由于有运河的便利，杭州的丝绸等可以销往全国各地，于是丝织手工工场发展迅速，随之而来的是染炼业的发展，形成了以丝织业为中心的手工业体系。 此外，锡箔、杭扇、杭线、杭烟、茶业、藕粉、杭剪等也渐次发展起来。 手工业的发展又进一步促进了商业的繁荣，全国各地的豪商大贾纷纷聚集于此，进行远距离大规模贸易。 杭州工商业的发展，使当地形成了重商的传统，据《仁和县志》记载，"杭民多半商贾耳"。 这种传统影响至今，使杭州的商业氛围非常深厚，马云和阿里巴巴能在杭州出现，就是一件再正常不过的事情了。

命脉

大运河漂来的北京

北京是京杭大运河的北端城市，也是漕运的终点。今天的南水北调工程同样如此。所不同者，以前需要的是水路送来的物资，今天需要的是水本身。无论如何，北京的存在离不开南方水的滋养。

北京作为统一国家的首都始自元朝。但在此之前，北京最早作为一个王朝的首都是在金朝。公元1115年，女真族完颜氏部落首领阿骨打称帝建立金国，定都上京，即今黑龙江哈尔滨市阿城区。金建国后即出兵伐辽，兵锋所指，如摧枯拉朽，辽国不堪一击。阿骨打病死后，其弟完颜晟继位，于1125年灭掉辽国，1127年消灭北宋。公元1150年1月9日，即金熙宗皇统九年十二月丁巳日，完颜亮弑杀其堂兄熙宗，夺取帝位。完颜亮为巩固其非法夺取的政权，一方面大肆杀戮，一方面决定避离上京，迁都燕京。公元1153年，海陵王贞元元年，金朝正式迁都燕京，改称中都。由此，北京开始了作为中国王朝首都的历史。

北京作为首都的优势在于，自隋朝大运河开通起，这里就有着漕运通达的便利。金迁都燕京时，已统治了淮河以北大半个中国。正是利用北宋的御河，即隋唐的永济渠，以及今海河水系的众多河流，金朝才能将华北的粮食、物资漕运至信安海壖即今天津一带集中，然后溯潞河即今北运河运到通州。为解决从通州到中都的运输问题，金朝曾先后开凿了北郊的运河、金口河和闸河。最早开通的运河基本用的是三国时车箱渠的旧道，从今什刹海、德胜门一带，沿北护城河向东，经安定门到东直门外，再沿今亮马河向东延伸至西坝村，然后顺着坝河遗址向东延伸到温榆河。这条运河使用的是高梁河的水源，主要来自地下泉涌，水量不足，加之北京地区西高东低，落差很大，使运河之水入不敷出，极易断流、淤塞。金口河是从卢沟河即今永定河引水，在今石景山北麓的山岩间开出一道石槽，以此作为渠首，即金口，然后从金口向东开凿渠道，经今八宝山、玉渊潭南，折向东南，经今木樨地，连接中都北护城河，向东到通州北的温榆河。 这条河道在原运河的南边，其水源卢沟河水含沙量很大，而且流量极不均衡，因此极易造成渠道淤塞和决溢，威胁中都的安全。 这个时候，原来北边已淤塞的运河又被想了起来。 这条运河的主要问题是高粱河水源不足和运河比降过大。 高粱河的源头在金中都西北，今海淀区紫竹院一带。 那里有很多地下泉涌，汇流成河，流向中都北郊，再折向东南，在中都东北的低洼地带，积聚成一连串的小湖泊，当时名叫白莲潭，其实就是什刹海、北海和中海的前身。 白莲潭水继续向东南流，注入今北京东南的凉水河。 高粱河水量虽小，但因来自泉水，水质清澈，此后历代宫苑用水基本都取此水。 以高粱河为运河水源，水量显然不足，要想供运河使用，必须补充新的水源。 金章宗泰和年间（1201 年—1208 年），紫竹院西北十多里外的玉泉山麓，发现有许多泉水涌出，水量较大，四季不断。 这些泉水汇流成河，向东流到三里开外的瓮山即今颐和园万寿山下，积成一个湖泊，就是现在的昆明湖。 湖泊南面地势较高，湖泊出水即向东北流入温榆河的支流清河。 因此，只要在昆明湖与中都城之间的台地上开凿出一条引水渠，将昆明湖与紫竹院高粱河上源连接起来，玉泉山的泉水即可源源不断地流入高粱河，再引入运河，满足航运需求。 这条从昆明湖到高粱河的引水渠就是现在的长河，使高粱河水量大增，同时白莲潭也有了充足的来水。 在白莲潭周围筑堤修闸，即可对运河水量进行有效的调节。 从白莲潭凿渠到中都北护城河，即接上了金口河的河道。 为解决比降大的问题，当时工程的主持者韩玉在河道上修建了五六座水闸，以保持水量，分段行舟。 正因这条运河上建有很多水闸，所以就叫闸河。 元时郭守敬主持开掘通惠河，用的就是闸河旧道。 上面提到的地名很多用的是现在的名称，因当时这里都是郊外，没有正式名称。

公元 1215 年，金中都被蒙古国攻克。 但蒙古军队攻城并非为了占领，而是要掳掠人口、财富。因此，蒙古军队在大肆烧杀、掳掠之后，将金中都的皇宫等放火烧毁。由此，金中都变成了一座破败不堪的城市。40多年后，蒙古国大汗忽必烈才开始重建中都，并有了迁都的打算。公元1265年，郭守敬向忽必烈提出重开金口河以供漕运及运输营建皇宫所需的建材。为免重蹈金代时金口河建而复废的覆辙，郭守敬在金口以西渠首处开凿出一条较深的溢洪道，使汛期洪水回泄到卢沟河内，以免洪水在金口河决溢，影响大都。至元三年（1266年）大都开始营建，到至元二十年（1283年）完成，其间所需的大量木材、石材等建筑材料，大部分都是通过金口河运送到城内工地的。

金口河开通后，从通州到大都的漕运主要由其承担。后来，随着在京机构的增加和人口的增多，特别是南宋灭亡后全国统一，南粮北运量大增，金口河已无法满足运输需要。于是，郭守敬又主持修建了坝河。坝河起于大都西北部的积水潭，即金白莲潭北部的水域，今德胜门西海一带，从德胜门、安定门外护城河向东，至和平里南口一带折向东北，沿今坝河东行至通州以北的温榆河。同样因为比降的问题，这条河上建有很多堰坝，所以叫坝河。

通惠河是京杭大运河最后完成的一段。之所以要开凿通惠河，自然是因为之前从大都到通州的运河均无法满足巨大漕运量的要求。修建通惠河最重要的是水源问题。卢沟河含沙量太大，水量不均衡，既易淤堵河道，又威胁大都的安全。高粱河水加上从金朝开始从玉泉山引来的泉水，虽然清澈，但满足大运河的需要仍有不足。这时，郭守敬经过实地勘察，发现大都以北的昌平境内分布着大量水量丰富的地下泉。其中，今凤凰山麓的白浮泉等泉各自顺着地势向低处流动，最后形成以关沟为主的一条自北向东南流的小河，即温榆河的另一上源北沙河；北沙河以东也有些泉汇流成一条自北向南流的小河，即温榆河的又一上源东沙河，今十三陵水库就建于该河上；白浮泉西南一带也有许多泉，汇流成一条自西南向东北流的小河，即温榆河的又一上源南沙河。北沙河与东沙河在昌平沙河镇交汇，向东南流不远即与南沙河汇合，汇合处即现在的沙河水库。 郭守敬设计的引水方案就是把这些泉水汇聚引向瓮山泊即今昆明湖，然后利用原来的水道浚治即可。 自白浮泉至瓮山泊的引水渠道，为防山洪暴发时冲毁渠道，专门沿渠道修了道长堰来保护，所以该引水渠被叫作白浮堰。 白浮堰长约60里，并非直线，而是呈弧形。 之所以如此，重要的原因是，白浮泉海拔约为60米，如果走直线，穿越的北沙河和南沙河河谷只有40米，无法使水流向海拔50米的瓮山泊。 而这条弧形引水渠大致沿海拔50米的等高线延伸，使水流可平缓地流向瓮山泊。 新中国成立后，为解决北京用水问题，修建的从密云水库到北京的京密引水渠道，走向与白浮堰基本一致。 而当时的瓮山泊，即现在颐和园的昆明湖及其以西的团城湖，是元代北京城内用水的基地，也是现在北京的大水缸，京密引水渠的终点在这里，南水北调中线工程的终点也在这里。

从瓮山泊到紫竹院，金代韩玉即开有引水渠，名玉河，即今之长河。 郭守敬将这段水道拓宽加深，使水在紫竹院接上高梁河，二水汇合后从西水门，即今新街口豁口入城，汇为积水潭。 元朝时的积水潭和太液池即金代的白莲潭，金代时在中都的东北郊区，水域呈不规则的长条形，面积很大。 元建大都时将白莲潭包在了城内，并在其南部营建皇宫，白莲潭被一分为二：北部为积水潭，但比现在的积水潭和什刹海加在一起还要大得多，一眼望去，"汪洋如海"，所以被称为"海子"；南部被划入宫苑，成为元皇宫内的太液池，即现在的北海和中海。 积水潭和太液池用石岸隔断，开金水河直接引玉泉水入太液池专供皇宫使用，排水渠道接入通惠河。 积水潭以下的通惠河河道即金所开闸河旧道，因此积水潭就成为京杭大运河在大都的起点和漕运码头。 元代的积水潭从现在的德胜桥西到北海，天水一片，很是壮观，从京杭大运河驶来的船只可直接进入积水潭，因而出现了"舳舻蔽水"的景观。 元代画家王冕曾有诗云："燕山三月风和柔，海子酒船如画楼。"一语写尽了当时

命脉

大都城内的繁华。 当时汪洋十里的积水潭岸边，是南北货物交易的大码头，北京很快发展成为繁华的商业中心。

元朝统治的历史不足百年。 明洪武元年（1368 年），徐达攻克元大都，改称北平。 当年，朱元璋考虑到统一王朝的首都基本都在中原，准备迁都汴梁，于是下诏以汴梁为北京，以金陵为南京，次年又在故乡凤阳营建中都。 于是徐达将北平城中部分居民迁往开封，毁掉了元朝的宫殿，在其旧址堆土筑成景山。 这时由于运河淤塞，南方的物资主要改由海运和陆运转运，原本繁华的元朝京师大都开始凋敝。 但是开封和凤阳因久经战乱，破败不堪，朱元璋于是放弃了迁都的打算，于洪武十一年罢北京，改南京为京师。 洪武三年（1370 年），十一岁的朱棣被封为燕王。 洪武十三年（1380 年），燕王就藩，在北平设立王府。 徐达死后，明朝北部的边防部队多由燕王节制，北平成为北部边防的中心。朱元璋死后，遗诏由皇太孙朱允炆继位，即建文帝。 后朱棣发动"靖难之役"，登上皇位，改元永乐。 朱棣一即位，下边的官员就开始琢磨圣上的心意了，礼部尚书李至刚等立即奏称北平是皇上"龙兴之地"，应效仿明太祖对凤阳的做法，将北平立为陪都。 朱棣当然同意了，马上下诏改北平为北京，改北平府为顺天府，称为"行在"。 这时，朱棣内心其实已有了迁都到自己的根据地北京的打算。 永乐四年（1406 年），朱棣下诏以南京皇宫为蓝本，兴建北京皇宫和城垣。 永乐八年（1410年），朱棣下令开掘会通河，打通南北漕运，并于永乐十三年（1415年）完工，这使营建北京所需的物资可以非常方便地从水路运达。 永乐十四年（1416 年），明成祖召集群臣，正式商议迁都北京的事宜。 次年，以南京紫禁城为模板的北京紫禁城正式动工。 营建北京皇宫及城墙、陵寝等所需的建材基本都是通过大运河运来的。 今天我们看到的北京故宫三大殿内所铺的金砖、天坛等处的铺地方砖，都产自苏州北边大运河畔的陆慕镇御窑村，通过大运河运到北京。 北京建城所用的砖主要产自临清，今天我们到故宫等处游览，还能在砖上发现"临清"字样。 朱棣为营建北京，下诏在临清设立了砖官窑，并一直延续到清末，前后近 500 年。 因此明清两代修建北京皇宫各大殿和紫禁城城墙用砖，以及明代修建的北京十三陵和清代修建的东陵、西陵等皇陵用砖，绝大部分是山东临清砖。 这些砖，包括建筑用的木材、石材等，都是经大运河运来的。 正因如此，才有"大运河漂来的北京"之说。 很难想象，如果没有大运河，是否会有作为明清都城北京的那些金碧辉煌的宫殿、建筑？ 不仅如此，在北京作为首都的数百年间，维持其生存与发展的各种物资，也大多依赖大运河的运输。

明代以后，从大运河南来的漕船和商船不再直接进入北京城内，而是到张家湾和通州土坝、厂坝卸货，再转运北京，通州因此成为京杭大运河的北起点，是盛极一时的皇家码头和水陆都会。 清代有王维珍赋诗赞通州曰："云光水色潞河秋，满径槐花感旧游。 无恙蒲帆新雨后，一枝塔影认通州。""一枝塔影"所指的燃灯佛塔正是通州城及京杭大运河北端的标志。 如今，随着人口的高度集中，北京城区虽不断扩大，却仍不堪重负，通州作为北京行政副中心的地位已经确定，这座依靠大运河兴起的城市迎来了新的发展机遇。

命脉

调南水以解北渴

人类的生存离不开水。从原初的生存需要，到生活需要、生产需要，人类对水的消耗量在不断增加。地球上的水资源是有限的，而人类对水的需求却是无限的。这对矛盾日益加剧，已成为制约人类发展的一大重要因素。

　　　　　　　　　　　　　　　　命脉

水之困

从太空看，地球是一颗蔚蓝色的星球，因为地球表面有约四分之三的表面被水覆盖。 地球上水的总体积约有 13 亿 8600 万立方千米，其中96.53％分布在海洋，淡水只有 3500 立方千米左右。 而这些淡水并非全部可用，其中有很多分布在冰川和高山冰冠中，还有些分布在盐碱湖和内海中。 陆地上淡水湖和河流的水量之和不到地球总水量的 1％，而这1％，却要养育地球上几十亿的人口。

尽管从太空中看地球似乎是一颗水的星球，但实际上相对来说地球上的水资源并不算多。 最近，网上流传着一张形象的图片，是一个蓝色的小水滴挂在地球边上的样子。 这张图显示的是美国地质勘探局的勘测结果，即将地球上所有的水全部聚集起来的体量与地球的对比。 相对于地球 12742 公里的平均直径来说，这个水滴的直径仅约 1384 公里。这些水绝大多数都是存在于海洋中的咸水，而能为人类所用的淡水实在是少得可怜。 地表淡水主要来自降落的雨雪，其中的 2/3 左右经植物蒸腾和地面蒸发进入水循环，可供人们用于生活、生产的淡水资源每人每年约 10000 立方米。 而地球上人口分布与淡水资源的分布并不成正比例，加上水资源污染和使用过程中的浪费，世界上许多国家和地区存在着淡水资源紧张的情况，像中东地区淡水资源严重短缺，有人戏称那里的水比油贵。 在农业文明时代，除生活用水之外，生产用水主要是灌溉。 但进入工业时代之后，工业用水量巨大，使人类对水的需求一下子成倍增长，同时工业带来的污染又加剧了可用水资源的紧张。 因此，随着经济社会的不断发展，人们对淡水的需求不断增加，淡水资源紧缺已成为世界很多国家普遍面临的严峻问题。

中国是一个水资源短缺、水旱灾害频繁发生的国家。 按水资源总量计算，中国居世界第六位。 但中国的事情就怕人均，以 13 亿以上庞大的人口基数计算，中国人均水资源占有量只有 2163 立方米，约为世界人均水资源占有量的 1/4，在世界排第 110 位，已经被联合国列为 13 个贫水国家之一。 同时，由于我国各流域面积不同，加上自然地理条件的差异，水资源在各地的分布极不均衡，全国年降水总量为 61889 亿立方米，多年平均地表水资源（即河川径流量）为 127115 亿立方米，平均地下水资源量为 8288 亿立方米，扣除重复利用量以后，全国平均年水资源总量为 28124 亿立方米。 这些年，我国已经出现了五个明显的干旱中心：东北干旱区，主要集中在 4 月到 8 月的春夏季节；黄淮海干旱区，经常出现春夏连旱，甚至春夏秋连旱，是全国受旱面积最大的区域；长江流域地区，以 7 月至 9 月出现干旱概率最高；华南地区，干旱主要出现在秋末、冬季及初春；西南地区，范围较小，主要出现在冬春季节。中国历史上旱灾频繁发生，新中国成立后，旱灾发生的频率总体上小于水灾，但自 20 世纪 20 年代初期华北、西北大部分地区开始出现的干旱化趋势，从生态系统变化的角度来看，也是不容忽视的问题。

就中国总体自然条件来说，西北、华北传统上就是缺水、干旱的地区，江南、华南、东北是传统的多水湿润地区。 但近年来，干旱也开始出现在传统多水的地区，甚至在 2011 年和 2012 年，向来以雨量充沛著称的海南省，上百座水库、山塘干涸，几十万人饮水困难。 重庆前几年更是出现了百年不遇的四季连旱情况。 我国最大的淡水湖鄱阳湖，近几年连续出现低水位，昔日烟波浩渺的水面变成了"大草原"，部分湿地草滩出现沙化，湖区出现不同程度旱情。 我国其他几大淡水湖也都出现了水量减少、湖面变小的情况。 干旱缺水已经发展成为全国性的问题，影响范围也不断扩大。

总体来说，淡水资源短缺，对中国，对世界来说，都将是今后面临的一个十分严峻的问题。

按人均水资源计算，中国是世界上的贫水国家。同时，中国的水资源分布又极不平衡，长江流域及其以南河流的径流量，占全国的80%以上，北方地区河流稀少、降雨量小，属于自然的干旱和半干旱区，部分地区的人均水资源仅为世界平均水平的1/16。北方水资源短缺，主要原因是北方气候干旱少雨，而人口增长和经济社会发展更加剧了水资源短缺的形势。

20世纪80年代以来，中国北方地区降雨量逐年减少，频繁遭受干旱，地下水储备也已经达到了临界状态，再加上密集的农业、快速的城市化发展、严重的水体污染，使得北方地区供水问题变得越来越严峻。如果不采取任何措施，科学家们估计，到2030年，中国北方自身的供水资源将完全枯竭。

进入21世纪，北方的干旱情况愈演愈烈。2008年冬，华北、黄淮等地降水量较常年同期偏少七成至九成。据中国气象局的气象干旱监测显示，西北东部、华北中南部、黄淮中部和西部、江淮西北部、江汉北部、江南东南部、华南东部等地存在中到重度气象干旱。干旱造成土壤失墒加快，部分地区粮食作物受旱严重，其中冬小麦受旱灾影响最为严重，河南、山西等地最为突出。2011年春，"我国北方遭遇历史罕见严重干旱"的消息出现在各大网站头条位置。2月6日，在中国气象局召开的"抗旱气象服务"专题新闻发布会上，有记者就此提问，并质疑气象部门此前没有预报。中国气象局预测减灾司司长翟盘茂解释说，干旱不是突发事件，从干旱、严重干旱到历史罕见的严重干旱，是相当长的过程，约经历了4个月左右的时间。其间，气象部门一直都在关注和监测，并就此发出了7份气象专报，也引起了中央有关部门的重视。早在1月20日，国家防汛抗旱总指挥部召开北方冬麦区异地抗旱会商会，国家防总副总指挥、水利部部长陈雷宣布启动三级抗旱应急响应机制，各地按照抗旱预案启动相应等级的应急响应机制。 这场历史罕见的特大旱情已经让全国近43%的小麦产区受旱，370万人、185万头大牲畜饮水吃紧，冀、鲁、豫、皖、晋、陕、甘等冬小麦主产省旱情最重。 中国气象局表示，此次旱情持续时间之长、受旱范围之广、受旱程度之重，均为新中国成立以来少有。 据国家防总发布的《2014年全国干旱灾害情况》，2014年，全国旱情发展主要经历了冬春旱和夏伏旱两个阶段，其中冬春旱主要发生在山西、河南、河北、山东、甘肃等冬麦区以及湖北、四川、云南等地，夏伏旱主要发生在辽宁、吉林、河南、内蒙古等北方地区。 据统计，2014年全国作物受旱面积3.4亿亩、受灾面积1.8亿亩、成灾面积8516万亩、绝收面积2227万亩，因旱造成粮食损失2006万吨、经济作物损失276亿元，直接经济总损失910亿元，共有1783万人、883万头大牲畜因旱发生饮水困难。 专家分析，造成西北、华北地区持续干旱，有地理环境方面的原因：西北内陆距海遥远，湿润气流很难到达。 西北内陆周围多崇山峻岭，湿润气流受山地阻挡严重。 由于受地心偏转力的作用，从印度洋吹来的西南季风和太平洋吹来的东南季风顺时针向东北偏转，由于西北内陆处于其西部，无法到达。 从自然气候方面来说，这里属温带季风气候，全年降水少，河流径流量小；降水变率大；春季蒸发旺盛。 从社会发展方面来说，这里人口稠密、工农业发达，需水量大；水污染严重；浪费多，利用率低；春季播种用水量大。

目前在华北平原，有两个超大城市，一个是北京，一个是天津，都对水资源有着极大的需求量，而华北地区自身，根本无法负担其用水需求。

北京地处华北，属于温带季风气候，大陆性也比较强，冬季降水稀少，虽然夏季降水较多，但由于森林覆盖率低，储水功能不好，雨季也很短暂。 根据潮白河、北运河、蓟运河、大清河、永定河、拒马河6条主要河流的总径流量统计，20 世纪 60 年代为 46.38 亿立方米，至 90 年代，降至 12.94 亿立方米；密云、官厅、怀柔、海子四大水库总库容 88 亿立方米，2000 年年末蓄水量只有 20.18 亿立方米。 地表径流量大幅度减少除气候因素影响外，主要与上游水库层层拦截、上游水资源大量消耗、缺乏统筹规划和科学管理等有关。 这种水资源的紧张，很大程度上是人为造成的。 近 20 年来，北京城市面积急剧扩大，人口数量迅速增加。 北京 20 世纪 90 年代人口是 1000 多万，到 2016 年北京市常住人口已达 2170.5 万，其中主城区人口 1282.8 万，如此发展下去，用水量肯定会大大增加，加剧水资源供需矛盾。 官厅水库作为北京两大水库之一，因上游污水排入，好多年不能用；北京市区 7 个水厂中的一个也因水质污染而减产；水污染的面积由过去的 200 多平方公里扩大到现在的 300 多平方公里。 进入 21 世纪，北京人均水资源量已下降到 100 立方米左右，不足全国人均值的 1/20，不足世界人均值的 1/80。 北京市水务局的数字表明，近年来北京以年均 21 亿立方米的水资源量支撑着年均 36 亿立方米的用水需求，年用水缺口达 15 亿立方米。 而连续的干旱和城市人口的快速增长，已让水资源短缺成为北京人口规模增长的根本性制约因素。 缺水的北京，只能通过超采地下水来稳定市内水源。 付出的代价是，北京平原区地下水埋深从 1999 年的 12 米下降为 2013 年的 24.5 米，水源地地下水埋深已下降至 45 米至 47 米，地面沉降日益加剧。

与北京相距 100 多公里的天津，气候条件也差不多，相对北京，天津的水资源更匮乏。 处在海滨的天津，自身几乎没有理想的淡水资源可以利用，在以前很早的时间里，天津人的饮用水都苦咸难以下咽，后来通过引滦入津等工程暂时缓解了一下用水紧张。 目前用水依然主要依靠外调。 对于北京、天津这两个距离如此之近的超大城市来说，自身的水资源绝对无法维持这么大规模的人口。 一个时期以来，网上不断爆出"迁都"的议论，实际反映了大众对北京作为首都发展模式的质疑。 就北京的水资源状况来说，要么从别处调水以解决需要，要么将部分人口向外地迁移，除此别无他途。

前些年，为解决北京用水困难，曾从河北调水入京，调水总量占城市用水总量的10％。然而问题是，河北其实更加缺水。从人均水资源占有量来看，河北在全国排名倒数第四位，是全国人均值的1/7，甚至比不上以干旱缺水著称的中东和北非。这个缺水严重的省份，同时亦是粮食的主产区。为应对缺水，河北的主要办法，也是超采地下水。无限制地超采地下水已成为过去30年华北地区的无奈之举。北京奥运会时，曾临时引黄入京。但这都只能是临时性措施，无法解决根本问题。

长期以来的干旱灾情和城市人口、工业用水增加，使地下水超量开采，导致地层塌陷。生态用水与生产生活用水如何协调，已成一个不可回避的问题。流域生态需水量是指维持流域正常的生态和环境功能所必需蓄存和消耗的水资源量。长期以来，由于对生态需水的重视不够，生态需水被大量挤占，生态和环境质量恶化问题非常严重。大西北地区，水资源环境本就脆弱，但过度开采情况反而更加严重，如塔里木河、黑河、石羊河，由于水资源的过度开发利用，导致了其河流下游水资源量锐减，河道断流，湖泊沼泽萎缩。台特玛湖、居延海、青土湖等已干涸，地下水位下降，胡杨、红柳等植被枯死，生物栖息地破碎、消失。据北方地区实测的样本资料，目前西北五省区草地总面积11975万公顷，因各种因素造成的退化草地总面积为6960万公顷，占草地总面积的58％。其中轻度退化面积3020.9万公顷，占退化总面积的43.4％；中度退化2650.7万公顷，占退化总面积的38.1％；重度退化面积1289万公顷，占退化总面积的18.5％。与20世纪80年代和90年代的调查结果比较，草地退化有加剧的趋势。与此同时，沙尘暴灾害与荒漠化成为摆在我们面前的严峻问题。2000年及随后几年我国北方地区沙尘暴灾害的加剧，引起各界对我国生态状况的广泛关注。

面对严重缺水的现实，北方农民想到的最直接的办法就是向地下更

命脉

深处找水。于是，一口口深水机井开始了对地下水的掠夺性开采。目前，华北平原上越挖越深的机井超200万口。这种长期无节制掠夺性开采的结果就是，华北平原已经成为世界上最大的地下水"漏斗区"。2011年中国地质科学院水文地质环境研究所发布的一项数据表明，包括浅层漏斗和深层漏斗在内的华北平原复合地下水漏斗，面积为73288平方公里，占华北平原总面积的52.6%。其中，河北境内形成的7个深层地下水漏斗区，总面积就达4.4万多平方公里。2006年，河北邢台柏乡县出现了一条超过8公里长的大裂缝。根据《河北日报》当时的报道，这条裂缝出现于当年6月底的一场暴雨后，最宽处达0.7米，最深处达1.5米。经地震专家考察，发现裂缝两壁参差不齐，无水平扭动与垂直位移，属于纯粹的张裂现象，与地震无关，是地面不均匀沉降引起的，与地下水超采有关。在此之前，2000年左右，付学功在沧州市青县的水文站工作，目睹了水文站旁一座深机井"长高"了40厘米，脱离了地面。其实，机井是不可能生长的，它的"升高"其实缘于地面的沉降。这一切都表明华北地区的用水已远远超出了当地自然环境所能承受的极限，没有外来水源的补充，长此以往，必然出现灾难性的后果。

目前，南水北调中线工程已经通水，北京这个以前靠大运河运粮以解决市民生活之需的城市，如今开始靠南方调来的水来解决生活之需。目前看，北京的用水紧张状况得到了缓解，但南水北调能一劳永逸地解决问题吗？我们不得而知。但有一点很明确，如果目前的城市发展模式不加以改变，用水方式不加以改变，问题肯定会再次出现。

前所未有的征服

没有水，人类就无法生存。从最初逐水草而居，到农耕、定居，这种变化其实始于对水的运输、引调和存储。作为人类最早文化标志物的陶器，最初正是为运输和储存水而发明的。 人类文明的进步是和水资源的管理、使用能力密切相关的。 世界上绝大多数城市都无法单纯依靠城区自身的水源满足生活、生产用水的需求，都需要从周边的水源调水——只是距离远近不同罢了。 随着人类对水资源管理和远程调节能力的提高，城市规模不断扩大。 人类进入现代社会之前，对水资源的使用主要是生活用水、灌溉、运输，或者作为水车等简单机械的动力。1878年，法国建成世界上第一座水电站。 从此，人类对水资源的使用出现了一个巨大的飞跃，大坝、水库的规模不断扩大，达到了令人瞠目结舌的地步。 20世纪是大型水库发展最为迅速的时期，其令人震惊的规模及其所带来的巨大现实利益，使其成为人类驯服自然的标志，成为人类文明从昧于自然、迷信自然到征服自然、主宰自然的象征。 大型水坝百年的发展，使其成为工业化、现代化与都市化最重要的推动力。 但与此同时，大型水库带来的负面影响也日益突显出来，其中包括生态问题、气候问题、社会问题、经济问题等。 为此，一个名为"国际反水库运动"的组织成立起来，他们主张较为永续、公平与有效的水资源科技和管理措施，反对破坏性的水资源开发计划。 1997年3月，来自包括巴西、智利、莱索托、阿根廷、泰国、俄罗斯、法国、瑞士、美国及中国台湾等20个国家及地区的代表在巴西东南的省城屈里替巴（Curitiba）集会，举行"第一届受水库危害者国际会议"。 会议期间，3月14日，巴西当地的环保团体针对日益危急的亚马孙河水库滥建问题，组织了"巴西反大型水坝行动日"，以游行、民众剧场、演说及演唱的方式表达巴西各地受水库计划威胁的弱势社群所发出的愤怒之声。 会议最后一天，与会者共同发布《屈里替巴宣言》，除了批判国际水库工业的盲点，汇整国际反水库运动的诉求、成就与指导性原则外，并宣布每年3月14日为"国际反水库日"。 对这些不同的声音，我们不能选择性失聪，不能听而不闻，当然也不能因噎废食。 所以，对人类如何更科学地管理和利用水资源，我们应该有更深入的思考，有更积极的应对措施。

中国和印度是目前发展中国家经济增长强劲的两个国家，都是所谓的"金砖"国家。两个国家的现代化进程也非常相似。1947年8月15日，印巴分治，印度独立，1950年1月26日，印度共和国成立；1949年10月1日，中华人民共和国成立。在新政权成立之后，两个国家同样都开始进入了修建大坝的狂热中，至今未能停下脚步。对于刚刚获得独立的印度人民和沉浸在翻身解放喜悦中的中国人民来说，修建现代水坝是改造自然、征服自然成就感的最好体现，防洪、发电、灌溉、供水等诸多功能，使大坝成为现代化的最好象征。目前，中国是世界上拥有水坝最多的国家，除了怒江和雅鲁藏布江，几乎所有大小江河的干流或支流上都建有水坝，总数超过8.6万座。目前，人口的膨胀和经济的发展对水、电资源的需求不断增长，而生态影响和资源分配所引起的问题又招致对大型水库建设的一片讨伐之声。因此，对于中国的水库建设，我们有必要进行新的审视。

中国文明的发展与水有着密切的关系。《易·系辞上》说："河出图，洛出书，圣人则之。"这是对中国文明源头、元典的古老记述。所谓"河图"，指的是上古伏羲时洛阳东北孟津县境内的黄河中浮出的龙马背负之图。因出自黄河，故称"河图"。据说此图献给了伏羲，伏羲依此而演成八卦，后经周文王姬昌演而成为《周易》。所谓"洛书"，指的是大禹时洛阳西洛宁县洛河中浮出的神龟背驮之书，因出自洛河，故称"洛书"。据说此书献给了大禹，大禹依此治水成功，并依此定九章大法，以治理社会，流传下来收入《尚书》中，就是《洪范》篇。这些与治水有关的传说，表明中华文明的发展和治水是分不开的。中国治水筑坝的历史源远流长，有着像都江堰这样成功的典范。但历史进入现代，中国在水利设施建设上明显处于落后状态。1949年新中国成立时，中国建成并能维持运行的大中型水库大坝只有23座，其中起防洪作用的只有松辽流域的二龙山、闹得海和丰满水坝。

"水利是农业的命脉。"毛泽东的这条语录20世纪中国人几乎无人不知，只是大家想当然地认为这是毛泽东在新中国成立后针对农业提出"八字宪法"时的说法，其实这句话是毛泽东在 1934 年第二次国内革命战争时期提出来的。所以，毛泽东对于水利的重视远非一日。新中国成立后，毛泽东和他的战友们，把与敌人斗争的激情转化为大规模建设的热情，全国大规模治理江河、兴修水利的运动蓬蓬勃勃地开展起来。

北京成为新中国的首都之后，城市供水问题也就被提上了重要议事日程。1951 年 10 月，位于河北怀来和北京延庆交界处永定河上的官厅水库动工，1954 年 5 月竣工，这是新中国成立后我国建设的第一座大型水库。此后很长时间里，官厅水库一直是北京重要的城市供水水源地。20 世纪 80 年代后期，官厅水库受到严重污染，90 年代水库水质继续恶化，1997 年水库已不再能够满足饮用要求，被迫退出城市生活饮用水体系。南水北调也因此显得更加迫切。

不只是官厅水库，此一时期，全国各地都纷纷开始兴建拦河大坝，为"把淮河的事情办好"，河南境内建有石漫滩、白沙等水库，安徽建有梅山、佛子岭水库等，这都是当时有名的防洪水坝。在中国南方，像四川狮子滩、福建古田一级、江西上犹江和广东流溪河水坝等，则是以发电为主的水坝。1958 年，全国开始"大跃进"，水库建设是除大炼钢铁以外最能体现宏大劳动场景的项目，全国各地许多小水坝在水量、流域面积、库容、地质情况"四不清"的情况下开始边勘测、边设计、边施工。这就是后来总结的当时水库建设的"四不清"和"三边"。1958 年前后，全国开工建设的水库不计其数，其中就有南水北调中线水源地丹江口水库。

当时，全国人民修建水库的热情是如此之高，河流峡谷地段修，甚至平原上也要修。河南驻马店就在汝南修建了一座巨大的平原水库。在平原修水库，不像在峡谷，在河流狭窄的地方建座坝，利用两岸山体即可把水围住，在平原建水库需要很长的坝体才能蓄下不深的库水。宿鸭湖水库自建成起，大坝就不断出现塌坡、坝身土沸、裂缝渗水等问

　　　　　　　　　　　　　　　　　　　　　　命脉

题，于是大坝就不断被除险加固、加长，终于，宿鸭湖水库大坝的坝长达到了惊人的 37 公里，该水库成为亚洲最大的平原水库、平原人工湖。

20 世纪 50 到 70 年代，各地都有自己的小水库，而新安江、密云、三门峡、柘溪、新丰江、丹江口、刘家峡等则是全国知名的水库。就说其中的三门峡水库吧，实际上，它并非一个单一的工程，而是当时治理黄河系列工程中最重要的一个。早在 1950 年到 1951 年，黄委会就会同河南省水利局对洛河进行综合性查勘，1953 年，黄委会在《治理黄河初步意见》中将故县水库作为水电开发项目列入开发方案，拟定故县水库任务是调节洪峰，配合三门峡水库、小浪底水库，使黄河千年一遇洪峰流量控制在下游河道安全泄量以下。

在长江干流，最著名的自然是三峡水利枢纽工程，它一举成为世界之最。

引滦入津

1984 年 9 月，我从河南新野的白河岸边来到天津上学，最初的印象就是天津的水喝起来咸咸的，甚至喝粥时也有这种感觉。但天津的同学说，你不知道以前天津苦咸的水喝起来是什么感觉，现在的水多甜啊，这是引滦入津调来的甜水。

于是我就知道了引滦入津，知道了这喝起来咸的水其实是天津的"甜水"。

天津是一个位于渤海之滨、海河入海口的特大型城市，先天资源型缺水。随着经济的迅速发展，人口激增，用水量急剧加大，而主水源海河的上游由于修水库、灌溉农田等原因，流到天津的水量大幅度减少，造成天津供水严重不足。20 世纪 70 年代末，天津遭遇半个世纪以来最严重的水荒，城市用水量由原来的每天 180 万立方米降到 100 万立方米，后又压缩到 70 万立方米。 人民生活用水由原来每人每天 70 升降到 65 升，并且还是每升含 1000 多毫克氯化物的苦涩咸水。 工业生产用水由原来日用 77 万立方米降到 45 万立方米，天津第一发电厂被迫停止发电，纺织、印染、造纸等用水大户随时面临停产威胁。

1981 年 8 月，党中央、国务院决定兴建引滦入津工程。 滦河在距天津几百里外的河北省迁西县和遵化地区，引滦入津就是把滦河上游、河北省境内的潘家口和大黑汀两个水库的水引进天津市。 引水渠全长 234 公里，中间还要在滦河和蓟运河的分水岭处开凿一条逾 12 公里长的穿山隧洞，需治理河道 100 多公里，开挖 64 公里的专用水渠，全部工程开凿出的岩石达 140 万立方米。 引滦入津工程于 1982 年 5 月 11 日开工建设，1983 年 9 月建成，工程总投资 11.34 亿元。

引滦入津工程由引水枢纽、引水隧洞、河道整治工程、于桥水库、尔王庄水库、泵站、输水明渠及其渠系建筑物等 215 项工程组成。 水源地位于河北省迁西县滦河中下游的潘家口水库，由潘家口水库放水，沿滦河入大黑汀水库调节。 引滦工程自大黑汀水库开始，通过输水干渠经迁西、遵化进入天津市蓟县于桥水库，再经宝坻区至宜兴埠泵站，全长 234 公里。 分两路进入天津市：一路由明渠入北运河、海河；另一路由暗渠、暗管入水厂。 输水总距离为 234 公里，年输水量 10 亿立方米。 引水线路施工中最艰难的是要穿越中国地质年龄最古老的燕山山脉，在 200 多条断层中修建一个 12394 米长的引水隧洞，这是中国最长的一条水利隧洞，也是引滦入津的"卡脖子"工程。 铁道兵第八师和天津驻军 198 师担负其中 7210 米的施工任务。 时任铁道兵第八师师长的刘敏说，在当时的条件下，如果按正常挖掘速度，即便两头同时挖也需要 15 年时间才可以挖通，但官兵们用了 1 年零 4 个月就将隧洞打通，创造了当时全国日掘进 6.8 米的纪录。 在整个引滦工程中共有 22 名战士献出了宝贵的生命，其中就有 17 名战士是在打通引水隧洞时牺牲的。在引滦工程最关键的时刻，当时天津市 700 万人民也纷纷行动起来，以自己的行动来支持引滦工程，据资料统计，仅当年参加义务劳动的就有20万人。

1983年9月5日上午8时，潘家口水库、大黑汀水库和引滦枢纽闸依次提闸放水，全长234千米的引滦入津工程正式向天津送水。 9月11日，人们打开自来水管，甘甜清澈的滦河水流进千家万户，天津人民结束了喝咸水的历史，这一天也成为引滦通水纪念日。

引滦入津工程建成通水结束了天津人喝咸水、苦水的历史，工业生产缺水的被动局面得到扭转，不仅使用水较多的缺水企业全部恢复生产，而且使天津港获得了新生，新港船闸得以重新开启使用，停产三年之久的内河港区码头恢复了生产；同时新建企业有了可靠水源，加速了工业发展，改善了投资环境，成为天津经济和社会发展赖以生存的"生命线"。 工程减轻了天津地下水开采强度，使天津市区地面下沉趋于稳定。

引黄济京津

作为一个严重缺水的城市，北京人均水资源占有量不足100立方米，是国际公认1000立方米缺水警戒线的十分之一。 这使北京不得不依赖于无限度的地下水开采，最高时地下水占使用总量的72%，使北京已处于一个2000多平方公里的地下水大漏斗上。 在南水北调中线工程通水前，北京市的年用水总量约为35亿立方米，而密云水库只能供给不足6亿立方米，另一水源官厅水库早在1997年就因为污染严重退出了供水序列，加上再生水供4亿到6亿立方米，其余23亿到25亿立方米主要来自地下水。 目前北京城区仍像"摊大饼"一样在不断扩大，到2020年常住人口将超过2500万，水资源成为最大的瓶颈。

南水北调工程的一个重要目的就是解决首都北京的供水问题。 在工程竣工前，北京就开始想方设法从周边调水。按正常引水工程的建设规律，工程应该从上游建起，以便使建成的工程可以尽快发挥效益。但南水北调中线工程先建成的实际上是最下游的北段。为保障2008年奥运会时北京的供水，南水北调中线工程先将北段修好，以便利用渠道从河北或黄河调水。

实际上在2008年前后的几年里，北京每年都要从河北、山西紧急调水，年调水量超过3亿立方米。南水北调中线工程河北到北京段早已建好，实际上在中线正式通水前，北京一直在通过这条渠道从河北调水。

北京原本的水源是密云水库和官厅水库，水的来源潮白河、永定河大部分的流量都在河北境内。当初在修建这两座水库时，两地约定用水量各分一半，即河北拥有密云水库6亿、官厅水库3亿立方米的使用权。但后来由于首都缺水，河北服从大局放弃了两座水库的用水权。尽管如此，北京仍然喊渴，结果，河北岗南、黄壁庄、王快、安格庄四座水库又以紧急调水的名义归北京使用。

实际上远在南水北调之前，北京已提出"引黄济京"计划，拟从山西万家寨调水，通过永定河流向官厅水库，使已成为北京备用水源的官厅水库，重新成为北京的水缸。

但这个计划北京虽然热衷，国家层面一直没有松口。因为这些年黄河天然径流量连年下降，本身尚需要调水补充，再调水出去，对沿黄其他地区的影响就太大了。因此，黄河水作为应急调水的来源，保障北京水资源安全，没有问题，但要用于日常供水，代价实在太大。结果很可能是，北京的问题解决了，沿黄各省的问题全出来了。

盯着黄河水的当然不只是北京，水资源更加紧缺的天津同样打着黄河的主意。实际上远自20世纪70年代前期，天津就不断引黄河水以解燃眉之急。

1972年11月11日，为解决天津市的水源危机，国务院决定从河南省人民胜利渠引黄济津，途经卫河、卫运河、南运河至天津九宣闸，自

命脉

11 月 20 日起共放水 1.37 亿立方米，至 1973 年 2 月 15 日，天津市九宣闸实收黄河水 1.03 亿立方米。

第一次引黄济津后不到三个月，天津用水又处于严重紧张状态，1973 年 5 月 13 日，中央决定再次引黄济津。 和第一次引水的线路一样，这次引水到 6 月 28 日共放水 1.6 亿立方米，天津市九宣闸收水 1.08 亿立方米，缓解了人民生活和工业用水的紧张局面。

1975 年 9 月，北京用水出现紧张局面，水电部在北京召开有关省市水利负责人会议，确定密云水库只供给北京，通过河南省人民胜利渠引黄济津。 自 1975 年 10 月 18 日至 1976 年 2 月 15 日按原线路供水，共放水约 6.4 亿立方米，天津市九宣闸实收水 4.37 亿立方米。

1981 年入春以后，华北地区持续少雨，京津用水出现严重危机，国务院决定引黄济津。 途经卫河、卫运河、南运河至天津九宣闸，1981 年 10 月 27 日至 1982 年 2 月 4 日，从人民胜利渠、位临渠、潘庄渠三线引黄河水 10 亿立方米，天津市九宣闸实收水 4.47 亿立方米。

1982 年国务院决定引黄济津，从位临渠、潘庄渠、漳河三线引黄河、漳河和卫河上游来水 9.28 亿立方米，途经卫河、卫运河、南运河至天津九宣闸，1982 年 10 月 1 日至 1983 年 1 月 5 日，天津市九宣闸实收水 6.02 亿立方米。

这次引黄济津之后不久，引滦入津工程投入使用，天津的用水紧张问题得到缓解。 但此后因引滦工程水源受到污染等问题，天津用水再次面临严峻形势。 于是，建设新的引黄济津工程提上日程。 2000 年 8 月 15 日，引黄济津工程在山东、河北两省和天津同时开工。 引黄济津主要是利用现成的渠道和河道，从山东省聊城市东阿县的黄河位山闸引水，经位山三干渠到临清市引黄穿卫枢纽，进入河北省境内的临清渠、清凉江、清南连渠，在泊镇市附近入南运河，在九宣闸进入天津市境内。 入境后分两条线路，北线沿南运河、子牙河经西河闸进入海河干流，全长 60.5 公里，设计输水流量为每秒 20 立方米；南线由马厂减河、马圈引河进入北大港水库，再经十里横堤、独流减河北深槽、洪泥河进入海河干流，全长85.4公里，设计输水流量为每秒30立方米。引黄济津工程总长586公里，其中天津境内长146公里。

2000年10月13日15时05分，温家宝副总理在黄河位山闸亲自开启闸门，引黄济津工程开始向天津送水。10月21日14时整，黄河水到达天津静海县九宣闸，比原计划提前9天。2000年11月1日，滦水与黄河水实现平稳切换。2001年2月2日10时，位山闸关闭，历时112天的引黄济津输水圆满结束。位山闸累计放水8.66亿立方米，天津市九宣闸收水4.01亿立方米。这次引水同时向河北省大浪淀水库补水0.576亿立方米。

2002年10月31日，为解决天津用水危机，位山闸开始提闸放水，至2003年1月23日停止，历时85天，位山闸累计放水6.03亿立方米，天津市九宣闸累计收水2.02亿立方米。

2003年，鉴于天津市面临水资源短缺的严峻局面，国务院决定再次实施引黄济津应急调水，黄河位山闸2003年9月12日15时58分提闸放水，引黄水头2003年9月22日8时48分到达天津市九宣闸，至2004年1月6日引黄调水结束，历时116天，位山闸放水9.25亿立方米，天津市九宣闸累计收水5.1亿立方米。

2004年，海河流域再次遭遇干旱，造成天津城市供水水源严重不足。国务院高度重视天津城市供水问题，批准再次实施引黄济津应急调水。黄河位山闸于10月9日开始放水，至2005年1月25日，位山闸累计放水8.99亿立方米，天津市九宣闸累计收水4.3亿立方米。

2000年位山引黄线路启用后，原潘庄线路多年未再使用。因位山引黄线路同时承担着向河北省沧州市、衡水市等城市供水，向白洋淀生态补水以及沿线农业灌溉等多重任务。后来，随着引滦来水减少和城市供水需求不断增加，天津市供水形势越来越严峻，位山引黄线路已经不能满足天津市的引水需求，重新开辟引黄济津应急调水线路，势在必

命脉

行。 2010年10月24日上午，引黄济津潘庄线路应急调水工程正式通水，这是为满足天津市供水需求而新辟的应急调水线路。 该工程主要是利用原有渠道，从山东省德州市境内的潘庄闸引黄河水，经潘庄总干渠入马颊河，再经沙杨河、头屯干渠、六五河，通过倒虹吸穿越漳卫新河后进入南运河，最后到达天津市九宣闸，输水线路总长392公里。 该线路与位山线路相比有其明显优势：一是潘庄闸闸底高程低于黄河河底1.8米，在黄河低水位时也能引水，可减少黄河水资源浪费，大大提高引水保证率；二是潘庄干渠沿线地势低洼，当地群众可以利用引黄泥沙造地压碱，泥沙处理成本较低；三是潘庄线路比位山线路长度缩短近50公里，可减少沿途输水损失。

随着南水北调中线工程的开通，天津城市供水问题大大缓解，引黄济津潘庄线路、位山线路可互为备用，除作为天津及山东、河北的应急输水渠道外，还可以作为沿途地区日常农业灌溉和生态补水渠道。

无论如何，严重依赖调水解决用水问题的北京、天津总是有着难解的干渴，总是要有可靠的备用水源才能保证用水安全。

向海洋要淡水[①]

地球这颗蓝色的星球，四分之三的表面覆盖着水，但其中的96.5%都分布在浩瀚的海洋中，是苦涩的咸水，无法直接使用。 而世界上70%以上的人口都居住在离海洋120公里以内的区域，因此，如果能以可接受的较低代价将海水淡化，世界上绝大多数人的生活用水和生产用水就可得到有效解决。

海水淡化简单说就是给海水脱盐使之转变为淡水。 由于地球上的

---

① 本节参考了2016年10月13日《中国海洋报》的文章《海水淡化产业增势不减　产业发展路在何方》。 特此说明并致谢！

淡水处于一个大的循环过程中，资源总量大体上是固定的。 过去对水资源的管理总是通过调水等措施对资源分配进行调整。 而目前面临的形势是淡水资源总体上不足，单靠调水等措施已经出现左右为难的局面。 相对而言，海水淡化不占用已有的淡水资源，是一种开源增量的方式，可以增加淡水总量。 如果成本能够得到较好的控制，沿海地区的饮用水、农业用水、工业用水等就可以得到有效的解决。

想一想，置身在无垠大海包围下的海岛上，一望无际的全是水，干渴得嗓子冒烟却无法饮用，那是种什么滋味？ 因此，对于生活在海边，特别是海岛以及长年在海上航行的人来说，海水淡化是一个古老的梦想。 据说早在400多年前，英国王室就曾悬赏征求经济合算的海水淡化方法。 16世纪是大规模航海探险的世纪，欧洲探险家在漫长的航海旅行中，开始用船上的火炉煮沸海水产生水蒸汽，冷却凝结以得到纯水。这是海水淡化最初采用的方法，是从日常生活经验中总结出来的。 但直到第二次世界大战后，现代意义上的海水淡化才开始发展起来。 战后，随着人类社会全面进入工业化的时代，石油需求不断增长，中东地区因石油储量丰富而成为热点地区，国际资本不断涌入，使这一地区经济迅速发展，人口快速增加。 但中东原本是一个干旱的地区，淡水资源极度匮乏。 因石油而带来的巨大财富、人口增加、淡水缺乏，这些因素叠加使海水淡化成为该地区现实的选择。

全球海水淡化技术超过20种，包括反渗透法、低多效、多级闪蒸、电渗析法、压汽蒸馏、露点蒸发法、水电联产、热膜联产以及利用核能、太阳能、风能、潮汐能海水淡化技术等，另外还有微滤、超滤、纳滤等多项预处理和后处理工艺。 这些技术总体来说主要分为蒸馏法和膜法两大类，简单说一种是蒸发冷却，一种是用膜过滤。 其中低多效蒸馏法、多级闪蒸法和反渗透膜法是全球主流技术。 一般而言，低多效的优点是节能、海水预处理要求低、淡化水品质高等；反渗透膜法的优点是投资低、能耗低等，缺点是海水预处理要求高；多级闪蒸法的优点是

命脉

技术成熟、运行可靠、装置产量大等，缺点是能耗偏高。 就目前的情况看，低多效蒸馏法和反渗透膜法是未来的发展方向。 就目前海水淡化技术的发展趋势看，今后三四十年在工业应用上，仍将以多级闪蒸、反渗透和多效蒸发为主，但反渗透的比重将越来越大。 从地区上来讲，中东海湾国家仍将以多级闪蒸为首选，因为它具有大型化和超大型化、适应污染重的海湾水以及预处理费用低的优势。 但中东以外地区将以反渗透或膜法为首选，因为膜法的能耗和成本都具有优势，北美在淡化和水处理方面就以膜法为主。 美国佐治亚州的一家公司研制出了一种新型海水淡化设备，据称淡化过程的费用只有现有技术的三分之一。 这种新设备使用了一种称为"迅速喷雾蒸发"的技术，含盐的水通过管道喷雾进入分离室，形成非常细小的水滴，在分离室的热空气中，水滴迅速蒸发，水和盐分等杂质分离，水蒸气输入凝结室成为纯水，而盐分则落在分离室的底部，而传统技术盐分回收后集结在管道上面，很难取下。 新技术效率比现有的反向渗透等技术要高得多，试验表明，它能处理含盐量高达 16% 的水，大大超出了一般海水的浓度。 平均算来，它生产 1000 升淡水的成本是 16 至 27 美分。 对大型海水淡化工程来说，无论采用哪种方法，都存在着能量的优化利用与回收，设备防垢和防腐，以及浓盐水的正确排放等问题。

我国在 1967 年就由国家科委组织了全国海水淡化会战，参与者包括水处理和分析化学、材料化学、流体力学等各个学科的专家。 1970 年，会战主力在杭州市组织了全国第一个海水淡化研究室。 在此期间，他们一直用电渗析技术进行海水淡化，研制成功海洋监测专用微孔滤膜，建成了世界上最大的电渗析海水淡化站——西沙永兴岛海水淡化站。 但经历"文革"十年浩劫，我国的海水淡化技术一直止步不前。 1982 年，中国海水淡化与水再利用学会经中国科学技术协会学会部批准在杭州成立，而此时美国已开始采用全芳香族聚酰胺复合膜及其卷式元件。 1984 年，国家海洋局以海水淡化研究室为主体，组建国家海洋局杭州水处理技术研究开发中心，开始重视膜技术。 1992年，为缩小膜方面技术与世界的差距，国家科委决定，以国家海洋局杭州水处理技术研究开发中心为依托，组建国家液体分离膜工程技术研究中心，并开始研制国产反渗透膜。 1997年国家海洋局杭州水处理技术研究开发中心在浙江省重大科技专项经费支持下，在浙江舟山市嵊山镇建造了每天500立方米的反渗透海水淡化示范工程，吨水耗电5.5度以下，技术经济指标具有同等容量的世界先进水平。 2000年杭州水处理中心在国家科技部重大科技攻关计划支持下，同时在山东长岛和浙江嵊泗建成日1000吨的反渗透海水淡化示范工程，率先应用国际先进的功交换式能量回收装置，产水能耗下降到每吨4度，达到国际先进水平。 2002年，该中心又在国家发改委产业化项目支持下，在山东荣成建设了万吨级反渗透海水淡化示范工程，通过优化设计设备投资大幅度下降，工程的经济性进一步提高，形成了具有我国自主知识产权的专有技术，取得了显著的经济和社会效益，推动了我国膜分离技术特别是反渗透海水淡化产业的快速发展。 2004年6月由国家海洋局天津海水淡化与综合利用研究所设计每天3000吨的低温多效蒸馏海水淡化工程在山东黄岛发电厂一次试车成功，并通过9个多月的运行考验。 该海水淡化装置系国内第一台完全自主知识产权的多效蒸馏海水淡化装置，装置的国产化率达99%。 唐山曹妃甸阿科凌海水淡化有限公司于2010年3月12日成立。公司已经在曹妃甸工业区投资建设一期日产5万吨反渗透海水淡化厂，并负责在30年的运营期内为曹妃甸工业区生产淡化水。 这是中国目前最大的商业运营海水淡化项目之一。 目前浙江六横水务每天10万吨的海水淡化工程已完成一期建设，建成后将成为国内最大的海水淡化同类工程。 截至2015年底，全国已建成海水淡化工程121个，产水规模每天100.9万吨，仅2015年，全国新增海水淡化工程产水规模每天6.66万吨。

由于《中华人民共和国水法》未能将海水淡化列入水资源配置，海水利用也缺乏系统的法律规范，因此海水淡化的相关政策很难推进。若国家能给予海水利用工程与国家公益性水利工程同等的地位，将海水淡化纳入国家水资源配置体系和区域水资源规划，必将极大地促进海水淡化产业的发展。 目前，水利部正在考虑是否将海水淡化纳入水利部整体规划以及地方水资源配置等相关规划中。 为此，水利部 2014 年的一项重大课题就是"我国海水利用现状、问题及发展对策"。 从 2011 年 7 月 25 日开始，水利部组织相关课题组赴天津、大连、青岛、浙江、厦门以及唐山等六大沿海省市展开为期一月的调研。 此次调研是我国有史以来关于海水利用现状、存在问题的一次最大规模的调研。 除国内调研外，调研组还将特聘海水淡化专家对以色列、美国、日本、西班牙等海水淡化发展比较发达的国家进行调研。 业内人士分析，相关调研报告将为海水淡化纳入国家规划以及地方水资源配置提供决策支撑。2012 年初国务院办公厅正式发布了《加快海水淡化产业发展的意见》。2012 年底国家又出台了《海水淡化产业"十二五"发展规划》，作为配套措施，国家发改委印发了《关于公布海水淡化产业发展试点单位名单（第一批）的通知》，多个城市、工业园区及海岛等入选，并提出要大力发展海水淡化产业。

海水淡化技术现在已经相当成熟，能否广泛应用主要取决于其经济性。 目前我国海水淡化的成本已经降至每吨 4 元到 7 元，苦咸水淡化的成本则降到了每吨 2 元到 4 元。 比如，天津大港电厂的海水淡化成本为每吨 5 元，河北沧州的苦咸水淡化成本为每吨 2.5 元左右。 如果进一步综合利用，把淡化后的浓盐水用来制盐和提取化学物质等，则其淡化成本还可以大大降低。 相对于远程调水来说，这个价格已经具有了相当的竞争力。 远程调水，除巨大的工程投资费用外，还有水源地水库建设移民及水源补偿问题，耕地占用问题等，实际成本要高得多。 仅就日常运行费用、管理费计算其成本，实际费用也已经很高，和海水淡化成本接近。

我国海水淡化工程主要分布在沿海9个省市，其中北方以工业用海水淡化工程为主，主要集中在天津、河北、山东等地。南方地区以民用海岛海水淡化工程居多，主要分布在浙江、福建、海南等地。目前天津等北方城市对海水淡化表现出强烈的兴趣，希望通过海水淡化解决自身用水长期依赖外调的局面，并设想将来可将淡化的海水供应北京。但目前关键的问题可能在于浓盐水的排放问题。特别是对于渤海这个相对封闭的内海来说，浓盐水如果排放入海，会导致渤海湾海水盐分急剧升高，带来严重的生态问题。目前的海水淡化技术，每2吨海水除淡化出1吨纯水外，还同时副产1吨浓盐水。浓盐水被限制排放，只能免费提供给附近的盐场用来晒盐。目前，我国每年固定的食盐市场需求为6000万吨，而一个日产200万吨的海水淡化项目每年就能产出1亿吨的盐，比整个食盐市场的需求还多出许多。因此，在浓盐水找到完善的市场出路之前，海水淡化的产业化仍将受到严重制约。

根据联合国教科文组织的水资源标准，到2030年全球半数人口将在缺水的环境中生活。我国的用水形势更是不容乐观，到2030年，沿海地区年缺水量仍将达到214亿立方米。目前北京、天津等城市主要依靠南水北调中线工程从丹江口水库调水，总有一天，会没有那么多的水可调，调水也不能满足需要。这时，海水淡化可能是最后的出路。

中国水资源南北分布极不均衡。北方是我国相对缺水的地区，人口、经济的承载能力相对有限。而华北地区又是中华人民共和国首都所在地，也是自元代以来中国长期的政治中心所在地。历史进入现代社会，经济社会明显呈现加速发展的态势。特别是新中国成立以来，以首都北京为中心，中国北方地区的经济社会发展势头强劲，对水资源的需求不断增加，北方由此出现了严重缺水的残酷局面。单靠北方自身的水资源已根本无法满足如此大规模生活、生产用水的需求，从南方调水以解决北方之干渴成为不得不如此的选择。于是，孙中山、毛泽东两代伟人调南水以解北渴的梦想开始变为现实。

世纪梦想

南方水多，北方水少。这是对中国水资源状况最直接的认识。实际上，中国南方的水资源也不能说非常多，因为平均到全国，人均水资源量只有2163立方米，是世界人均水平的1/4。黄淮海流域是我国水资源承载能力与经济社会发展矛盾最为突出的地区，人均水资源量462立方米，仅为全国平均水平的21%，其中京津两市所在的海河流域人均水资源量仅为292立方米，不足全国平均水平的1/7。黄淮海流域总人口4.4亿，约占全国人口的35%，国内生产总值约占全国的35%，人口密度大，大中城市多，在中国经济格局中占有重要地位，而水资源量仅占全国总量的7.2%。由于长期干旱缺水，这一地区有2亿多人口不同程度存在饮水困难，700多万人长期饮用高氟水、苦咸水，一批重大工业建设项目难以投资落产，制约了经济社会的发展。由于不得不过度利用地表水、大量超采地下水，挤占农业及生态用水，造成地面下沉、海水入侵、生态恶化。黄淮海流域水污染严重的形势进一步加剧了水资源的短缺。由于资源性缺水，即使充分发挥节水、治污、挖潜的作用，黄淮海流域仅靠当地水资源已不能支撑其经济社会的可持续发展。

于是，前辈领导人南水北调的设想再次引起了当代决策者的重视。

早在20世纪初，孙中山在"建国大纲"里提出了"引洪济旱""引江济河"的主张。他是20世纪第一个长江水调黄河的倡导者，这个设想在今天看来也极具气魄、极具想象力的。1931年，当长江洪水无情地淹没武汉，知名人士翁文灏、孙越琦和张冲等人怀着"治洪救民"的激情，向国民政府提出了导出部分长江之水的"川水济渭"方案。他们说："像我们这样一个水资源十分贫乏的国家，怎么能每年放几千亿立方米洪水泛滥成灾、害人之后，白白流入大海。一定要实行孙文的主张：

引洪济旱、引江济河!"但是，由于当时时局动荡，生产力水平有限，这一设想只能是想象而已，无法付诸实施。

毛泽东更是一个有着非凡想象力的领导人。远在长征时期的1935年，有天毛泽东要亲自去找驻扎在阿坝的张国焘，途中经过一个叫麦尔玛的村子。在村头的一个山丘上，他看到了山脚下的两条河流，一条往南，一条往北。有人告诉他，南面的流入长江，北面的则流入黄河。毛泽东突发奇想说，从山中打个洞，长江的水就流到黄河了。这是这位伟人第一次有引长江水入黄河的调水设想。后来，他和他的战友们转战陕北，面对干旱的黄土高原，又一次提到他在四川看到那个山丘时形成的设想。新中国成立后，水利工程建设成为萦绕在毛泽东心头的一件大事，在他看来，这种征服自然、改变自然的伟大举动是"与天斗"的具体体现，也是现代化的重要标志。1952年10月，毛泽东决定视察黄河，他乘专列到济南，又到兰封(今河南兰考部分地区)、开封、郑州等地，沿途多次登上黄河大堤，提出"一定要把黄河的事情办好"。在专列上，毛泽东也许又一次想起了长征途中在麦尔玛经过的那个山丘。他对当时的黄河水利委员会主任王化云说："南方水多，北方水少，如有可能，借点水来也是可以的。"他还说，隋炀帝一辈子挨骂，但大运河这件事他做对了……今天，我们可以考虑从长江借点水到黄河来。根据水利部黄河水利委员会的档案，当时，王化云向毛泽东汇报完之后，毛泽东询问了他关于从长江通天河引水的问题，问从通天河能引多少水，多大工程。王化云说据查勘回来的资料，可能引水100亿吨。毛泽东说，引水100亿太少了，能从长江引水1000亿就好了。1953年，毛泽东在武汉长江边对长江水利委员会主任林一山再次提起同样的话题。当年2月，毛泽东从武汉乘坐军舰，溯江而上进行考察，同行的还有水利部长江水利委员会主任林一山。他问林一山，南方水多，北方水少，能不能借点水给北方，这个问题，你研究过没有。1953年5月22日，毛泽东再次批示："南水北调工作要抓紧。"在毛泽东强烈关注和持续推动下，南水北调工程的规划进入了快车道。

1958 年可以被称为"南水北调元年"。 这一年在北戴河中共中央政治局扩大会议上，通过了《中共中央关于水利工作的指示》，明确指出，全国范围的较长远的水利规划，首先是以南水（主要指长江水系）北调为主要目的，即将江、淮、河、汉、海各流域联系为统一的水利系统规划。 这是"南水北调"一词第一次见之于中央正式文献。 1958 年到 1960 年，中央先后召开了 4 次全国性的南水北调会议。 同时决定动工兴建丹江口水库作为向北方调水的水源地。 至此，南水北调西线与中线工程的雏形开始形成。

1959 年，中科院、水电部在北京召开了"西部地区南水北调考察研究工作会议"，确定南水北调指导方针是："蓄调兼施，综合利用，统筹兼顾，南北两利，以有济无，以多补少，使水尽其用，地尽其利。" 1978 年，五届全国人大一次会议通过的《政府工作报告》正式提出"兴建把长江水引到黄河以北的南水北调工程"。

1979 年 12 月，水利部正式成立南水北调规划办公室，统筹领导协调全国的南水北调工作。 1987 年 7 月，国家计委正式下达通知，决定将南水北调西线工程列入"七五"超前期工作项目。 1991 年 4 月，七届全国人大四次会议将"南水北调"列入"八五"计划和十年规划。 1992 年 10 月，中国共产党第十四次全国代表大会把"南水北调"列入中国跨世纪的骨干工程之一。 1995 年 12 月，南水北调工程开始全面论证。 2000 年 6 月 5 日，南水北调工程规划有序展开，经过数十年研究，南水北调工程总体格局定为西、中、东三条线路，分别从长江流域上、中、下游调水。

2002 年 10 月 10 日，中共中央政治局常务委员会会议审议并通过了经国务院同意的《南水北调工程总体规划》。 2002 年 12 月 23 日，国务院正式批复《南水北调总体规划》。

南水北调工程主要解决我国北方地区，尤其是黄淮海流域的水资源短缺问题，规划区人口 4.38 亿。 经过 50 多年的勘测、规划和研究，在分析比较 50 多种规划方案的基础上，分别在长江下游、中游、上游规划了三个调水区，形成了南水北调工程东线、中线、西线三条调水线路。通过三条调水线路，使长江、淮河、黄河、海河相互连接，构成我国水资源"四横三纵、南北调配、东西互济"的总体格局，形成中国的大水网。 南水北调工程规划最终调水规模 448 亿立方米，其中东线 148 亿立方米，中线 130 亿立方米，西线 170 亿立方米，建设时间需 40 年至 50年。 建成后将解决 700 多万人长期饮用高氟水和苦咸水的问题。

东线工程利用江苏省已有的江水北调工程，逐步扩大调水规模并延长输水线路。 东线工程从长江下游扬州江都抽引长江水，利用京杭大运河及与其平行的河道逐级提水北送，并连接起调蓄作用的洪泽湖、骆马湖、南四湖、东平湖。 出东平湖后分两路输水：一路向北，在位山附近经隧洞穿过黄河，输水主干线全长 1156 公里；另一路向东，通过胶东地区输水干线经济南输水到烟台、威海，全长 701 公里。 规划分三期实施。

中线工程从加坝扩容后的丹江口水库陶岔渠首闸引水，沿线开挖渠道，经唐白河流域西部过长江流域与淮河流域的分水岭方城垭口，沿黄淮海平原西部边缘，在郑州以西李村附近孤柏嘴处穿过黄河，沿京广铁路西侧北上，可基本自流到北京、天津。 输水干线全长 1427 公里（实际建成的线路终点为团城湖，干线全长 1432 公里，其中天津输水干线154 公里）。 规划分两期实施。

西线工程在长江上游通天河、支流雅砻江和大渡河上游筑坝建库，开凿穿过长江与黄河分水岭巴颜喀拉山的输水隧洞，调长江水入黄河上游。 西线工程的供水目标，主要是解决涉及青海、甘肃、宁夏、内蒙古、陕西、山西等 6 省区黄河上中游地区和渭河关中平原的缺水问题。结合兴建黄河干流上的大柳树水利枢纽等工程，还可以向临近黄河流域的甘肃河西走廊地区供水，必要时也可相机向黄河下游补水。 规划分三期实施。 南水北调三条调水线路互为补充，不可替代。 到 2050 年三条线路调水总规模为 448 亿立方米，其中东线 148 亿立方米，中线 130 亿立方米，西线 170 亿立方米。 整个工程将根据实际情况分期实施。

就南水北调工程建设问题，国务院成立了南水北调工程建设委员会，主要任务是：决定南水北调工程建设的重大方针、政策、措施和其他重大问题。 建委会由国务院常务副总理担任主任，分管副总理担任副主任，成员包括国家发改委、水利部、国土资源部等有关部委和工程沿线有关省、直辖市政府主要负责同志。 建委会下设办事机构国务院南水北调工程建设委员会办公室，简称南办。 相关省份成立了南水北调工程建设领导小组，由省长担任组长，有关副省长担任副组长，省发改委、省财政厅、省国土厅、省水利厅等有关厅委以及工程沿线省辖市政府主要负责同志为成员；领导小组下设办公室，作为日常办事机构，协调推进南水北调工程建设。 相关市县也成立相应机构。

根据国务院南水北调工程建设委员会批准的《项目法人组建方案》，南水北调工程建设阶段，对于主体工程，分别组建南水北调东线江苏水源有限责任公司、南水北调东线山东干线有限责任公司、南水北调中线水源有限责任公司和南水北调中线干线有限责任公司（南水北调中线干线工程建设管理局）；汉江中下游治理工程由湖北省组建项目法人，负责相应工程建设和运行管理。

国务院南水北调工程建设委员会第二次全体会议明确，要按照政企分开、政事分开的原则，严格实行项目法人责任制、建设监理制、招标承包制和合同管理制。 南水北调工程建设在项目法人的主导下，实行直接管理与委托管理相结合，大力推动代建制管理的新建设管理模式。 为发挥工程沿线各省市的积极性，对部分工程项目建设采用委托制，由项目法人以合同的方式将部分工程项目委托项目所在省市建设管理机构组织建设。 对工程技术含量高、工期紧的跨河、跨路大型枢纽建筑物以及省际、市际边界工程，减少建管环节，由项目法人直接管理，以利于控制关键节点工程的建设。 不论是实行直接管理还是委托制的项目，都要积极推行代建制。 通过市场选择，充分发挥社会管理资源在工程建设中的作用。 工程建设管理及运行管理，委托有资质有经验的建设管理单位或运行管理单位承担。 代建制的推行，不仅有利于促进管理水平的提高，也为今后运行管理的资源配置预留了空间。 采取新的建设管理模式是南水北调工程建设管理的实际需要，有利于发挥地方积极性，有利于提高工程建设管理的效率、降低建设管理成本和提高管理水平。

南水北调东线一期工程可研总报告批复，按照 2004 年第三季度价格水平，东线一期工程静态投资为 383 亿元，其中主体工程为 260 亿元，治污工程为 123 亿元。 按照建设期物价上涨指数 2.5%、贷款利率 6.84%计算，动态投资为 114 亿元，其中主体工程为 82 亿元，治污工程为 32 亿元。 静态和动态投资合计，东线一期工程总投资为 497 亿元。另按 2008 年 1 月 1 日开始实施的耕地占用税暂行条例，增加耕地占用税约 36 亿元。

南水北调中线一期工程可研总报告批复，按照 2004 年第三季度价格水平，中线一期主体工程静态投资为 1365 亿元，丹江口水库及上游水污染防治和水土保持工程投资 70 亿元，合计静态投资共 1435 亿元。 按照建设期物价上涨指数 2.5%、贷款利率 6.84%计算，动态投资为 388 亿元。 静态和动态投资合计，中线一期工程总投资为 1823 亿元。 另按 2008 年 1 月 1 日开始实施的耕地占用税暂行条例，增加耕地占用税约 190 亿元。

南水北调工程的投资来源包括国家财政资本金、南水北调基金和银行贷款，东、中线一期工程可研阶段总投资合计为 2546 亿元。

2002 年 12 月 27 日，南水北调工程正式开工。 江苏段三潼宝工程和山东段济平干渠工程成为南水北调东线首批开工工程。 2003 年 12 月

30 日，南水北调中线京石段^①应急供水工程动工，标志着南水北调中线一期工程正式启动。 2005 年 9 月 26 日，南水北调中线标志性工程——中线水源地丹江口水库大坝加高工程正式动工，标志着南水北调中线工程进入全面实施阶段。 2008 年 9 月 28 日，南水北调中线京石段应急供水工程建成通水。 2008 年 11 月 25 日，湖北省在武汉召开丹江口库区移民试点工作动员会议，标志着南水北调中线丹江口库区移民试点工作全面启动。 2009 年 2 月 26 日，南水北调中线兴隆水利枢纽工程开工建设，标志着南水北调东、中线七省市全部开工。 2010 年 3 月 31 日，丹江口大坝 54 个坝段全部加高到顶，标志着中线源头——丹江口大坝加高工程取得重大阶段性胜利。 2012 年 9 月，南水北调中线丹江口水库移民搬迁全面完成。 2013 年 5 月 31 日，南水北调东线一期工程江苏段试通水圆满成功。 2013 年 8 月 15 日，南水北调东线一期工程通过全线通水验收，工程具备通水条件。 2013 年 8 月 28 日，南水北调中线丹江口库区移民安置正式通过蓄水前最终验收，标志着库区蓄水前的各项移民相关任务全面完成。 2013 年 8 月 29 日，丹江口大坝加高工程通过蓄水验收，正式具备蓄水条件。 2013 年 11 月 15 日，东线一期工程正式通水运行。 2013 年 12 月 25 日，中线干线主体工程基本完工，为全线通水奠定了基础。 2014 年 6 月 5 日，中线黄河以北总干渠开始充水试验。 2014 年 7 月 3 日，中线黄河以南总干渠开始充水试验。 2014 年 9 月 15 日，中线穿黄工程隧洞充水试验成功。 2014 年 9 月 29 日，中线一期工程通过全线通水验收，具备通水条件。 2014 年 12 月 12 日，中线一期工程正式通水运行。

---

① 石家庄至北京。

东线工程

南水北调东线工程是我国南水北调总体布局中的重要组成部分，从江苏扬州江都水利枢纽提水，途经江苏、山东、河北三省，向华北地区输送生产生活用水的国家级跨省界区域工程。

东线工程供水区地处黄、淮、海诸河下游，跨北亚热带和南暖温带，多年平均降雨量从南方的 1000 毫米向北逐步递减至 500 毫米。受季风气候影响，降水量年内、年际不均，丰枯悬殊，连续丰水年与枯水年交替出现。

东线供水区人口密集，城市集中，交通便利，地势较平坦，矿产资源丰富，是我国重要的能源化工生产基地和粮食等农产品主要产区。经济增长潜力巨大，但水资源供需矛盾日益突出，缺水制约了经济社会的发展并对生态环境产生严重影响。黄河以北供水区处于海河流域下游，大部分河流已经干涸，可利用的地表水日益减少。由于长期超采深层地下水，引发了水质恶化、地面沉降等多种地质灾害。海河地表水已高度开发，地下水又严重超采，已到了仅仅依靠当地水资源难以解决缺水问题的程度。胶东地区是沿海经济发达地区，也是我国严重缺水的地区之一，干旱连年出现，经济损失严重。各城市供水普遍紧张，地下水持续超采，烟台、龙口、莱州等地海水入侵。当地水资源已难以解决缺水问题。南四湖地区在偏旱年份已无法维持供需平衡，生活和工业供水也无法保持稳定。黄河持续断流和引黄泥沙堆积的严重环境后效，使引黄供水受到威胁，必须补充新水源。如不抓紧实施东线工程，在黄河水资源及其利用状况发生变化时，供水区内将产生无法解决的严重后果。

江苏省江水北调工程经过 40 年的建设已初具规模，为苏北地区灌溉、排水和航运发挥了重要作用，取得了显著经济和社会效益。 由于规模偏小、设备老化、配套工程落后和管理体制问题，限制了整体效益的发挥。 干旱年份和用水高峰季节不能满足要求，急需扩大引江和向北调水的规模。 东线供水区面临着地表水过度开发、地下水严重超采、水体污染、环境恶化的严峻形势。 在积极采取节水措施和相继建设引滦入津及引黄、引江等供水工程情况下，对局部地区水资源不足虽起到缓解作用，但难以从根本上扭转缺水的局面。 因此，在进一步节约用水、合理利用现有水资源的基础上，建设东线工程已十分必要和紧迫。

1972 年华北大旱后，水利部组织有关部门研究东线调水方案，1976 年提出《南水北调近期工程规划报告》上报国务院，1990 年提出《南水北调东线工程修订规划报告》。 在此期间，还完成了东线第一期工程可行性研究报告及其修订报告；广泛开展了有关环境影响专题研究、大型低扬程水泵的研制、穿黄工程勘探试验以及农业灌溉节水、水量优化调度方面的研究，取得许多重要成果，为科学比选东线调水方案打下了坚实基础。

《南水北调东线工程规划》于 2001 年修订完成。 东线工程通过江苏省扬州市三江口江都水利枢纽从长江下游干流电力提水，基本沿京杭大运河逐级翻水北送，向黄淮海平原东部、胶东地区及京津冀地区提供生产生活用水。 供水区内分布有淮河、海河、黄河流域的 25 座地市级及其以上城市，包括以天津、济南、青岛为主的特大城市和沧州、衡水、聊城、德州、滨州、烟台、威海、淄博、潍坊、东营、枣庄、济宁、徐州、菏泽、泰安、扬州、淮安、宿迁、连云港、蚌埠、淮北、宿州等大中城市。 据 1998 年统计，区内人口 1.18 亿，城市化率 23.6%，耕地 880 万公顷，工农业总产值 1.75 万亿元，粮食产量为 15576 万吨。

长江是东线工程的主要水源，质好量丰，多年平均入海水量达 9000 多亿立方米，特枯年 6000 多亿立方米，为东线工程提供了优越的水源条件。 淮河和沂沭泗水系也是东线工程的水源。

东线工程从长江引水，有三江营和高港两个引水口门，三江营是主要引水口门。 高港在冬春季节长江低潮位时，承担经三阳河向宝应站加力补水任务。 从长江至洪泽湖，由三江营抽引江水，分运东和运西两线，分别利用里运河、三阳河、苏北灌溉总渠和淮河入江水道送水。 洪泽湖至骆马湖，采用中运河和徐洪河双线输水。 新开成子新河和利用二河从洪泽湖引水送入中运河。 骆马湖至南四湖，有三条输水线：中运河至韩庄运河，中运河至不牢河，中运河至房亭河。 南四湖内除利用湖西输水外，在部分湖段开挖深槽，并在二级坝建泵站抽水入上级湖。 南四湖以北至东平湖，利用梁济运河输水至邓楼，建泵站抽水入东平湖新湖区，沿柳长河输水送至八里湾，再由泵站抽水入东平湖老湖区。 穿黄位置在解山和位山之间，包括南岸输水渠、穿黄枢纽和北岸出口穿位山引黄渠三部分。 穿黄隧洞设计流量每秒 200 立方米，在黄河河底以下70 米打通一条直径 9.3 米的倒虹隧洞。 江水过黄河后，接小运河至临清，立交穿过卫运河，经临吴渠在吴桥城北入南运河送水到九宣闸，再由马厂减河送水到天津北大港。

从长江到天津北大港水库输水主干线长约 1156 公里，其中黄河以南646 公里，穿黄段 17 公里，黄河以北 493 公里。 胶东地区输水干线工程西起东平湖，东至威海市米山水库，全长 701 公里。 自西向东可分为西、中、东三段，西段即西水东调工程；中段利用引黄济青渠段；东段为引黄济青渠道以东至威海市米山水库。 东线工程规划只包括兴建西段工程，即东平湖至引黄济青段 240 公里河道，建成后与山东省胶东地区应急调水工程衔接，可替代部分引黄水量。 根据东线工程供水范围内江苏省、山东省、河北省、天津市城市水资源规划成果和《海河流域水资源规划》、淮河流域有关规划，在考虑各项节水措施后，供水范围需调水量为 45.57 亿立方米，其中江苏 25.01 亿立方米，安徽 3.57 亿立方米，山东 16.99 亿立方米；2030 年水平需调水量 93.18 亿立方米，其中江苏 30.42 亿立方米，安徽 5.42 亿立方米，山东 37.34 亿立方米，河北 10.00 亿立方米，天津 10.00 亿立方米。

第一期工程多年平均抽江水量 89.37 亿立方米，比现状增抽江水 39.31 亿立方米；入南四湖下级湖水量为 31.17 亿立方米，入南四湖上级湖水量为 19.64 亿立方米；过黄河水量为 5.09 亿立方米；到胶东地区水量为 8.76 亿立方米。第二期工程多年平均抽江水量达到 105.86 亿立方米，比现状增抽江水 55.80 亿立方米；入南四湖下级湖水量为 47.18 亿立方米，入南四湖上级湖水量为 35.10 亿立方米；过黄河水量为 20.83 亿立方米；到胶东地区水量为 8.76 亿立方米。第三期工程多年平均抽江水量达到 148.17 亿立方米，比现状增抽江水 92.64 亿立方米；入南四湖下级湖水量为 78.55 亿立方米；入南四湖上级湖水量为 66.12 亿立方米；过黄河水量为 37.68 亿立方米；到胶东地区水量为 21.29 亿立方米。

南水北调工程开工典礼于 2002 年 12 月 27 日在北京人民大会堂和江苏省、山东省施工现场同时举行，朱镕基总理宣布南水北调工程开工，最先实施的是东线工程。东线工程以京杭运河为输水主干线，并利用三阳河、淮河入江水道、徐洪河等分送。在现有工程基础上扩挖三阳河和潼河、金宝航道、淮安四站输水河、骆马湖以北中运河、梁济运河和柳长河 6 段河道；疏浚南四湖；安排徐洪河、骆马湖以南中运河影响处理工程；对江都站上的高水河、韩庄运河局部进行整治。抬高洪泽湖、南四湖下级湖蓄水位，治理东平湖并利用其蓄水，共增加调节库容 13.4 亿立方米。新建宝应（大汕子）一站、淮安四站、淮阴三站、金湖北一站、蒋坝一站、泗阳三站、刘老涧及皂河二站、泰山洼一站、沙集二站、土山西站、刘山二站、解台二站、蔺家坝、台儿庄、万年闸、韩庄、二级坝、长沟、邓楼及八里湾 21 座泵站，共增加抽水能力每秒 2750 立方米，新增装机容量 20.66 万千瓦。更新改造江都站及现有淮安、泗阳、皂河、刘山、解台泵站。穿黄工程为打通一条洞径 9.3 米的倒虹吸隧洞，输水能力每秒 200 立方米。同时开挖胶东地区输水干线西段 240 公里河道。鲁北输水干线自穿黄隧洞出口至德州，扩建小运河和

七一、六五河两段河道。专项工程包括里下河水源调整、泵站供电、通信、截污导流、水土保持、水情水质管理信息自动化以及水量水质调度监测设施和管理设施等工程。南水北调东线一期工程输水干线长1467公里，全线共设立13个梯级泵站，共22处枢纽、34座泵站，总扬程65米，总装机台数160台，总装机容量36.62万千瓦，总装机流量每秒4447.6立方米，具有规模大、泵型多、扬程低、流量大、年利用小时数高等特点。该工程是亚洲乃至世界大型泵站数量最集中的现代化泵站群，其中水泵水力模型以及水泵制造水平均达到国际先进水平。

2012年5月30日，江苏省南水北调办公室确认，南水北调东线第六梯级泵站皂河站工程通过机组试运行验收，标志着南水北调东线一期江苏段输水干线——运河线工程建成通水。2013年11月15日，南水北调东线一期工程正式通水。习近平总书记、李克强总理、张高丽副总理等中央领导对南水北调东线一期工程通水做出重要指示。

第二期工程增加向河北、天津供水，需要在第一期工程基础上扩大北调规模，并将输水工程向北延伸至天津北大港水库。黄河以南工程布置与第一期工程相同，再次扩挖三阳河和潼河、金宝航道、骆马湖以北中运河、梁济运河和柳长河5段河道；疏浚南四湖；抬高骆马湖蓄水位；新建宝应（大汕子）、金湖北、蒋坝、泰山洼二站、沙集三站、土山东站、刘山及解台三站、蔺家坝、二级坝、长沟、邓楼及八里湾二站等13座泵站，增加抽水能力每秒1540立方米，新增装机容量12.05万千瓦。穿黄工程结合第三期工程，按每秒200立方米完成。黄河以北扩挖小运河、临吴渠、南运河、马厂减河4段输水干线和张千渠分干线。

第三期工程，黄河以南长江至洪泽湖区间增加运西输水线；洪泽湖至骆马湖区间增加成子新河输水线，扩挖中运河；骆马湖至下级湖区间增加房亭河输水线；继续扩挖骆马湖以北中运河、韩庄运河、梁济运河、柳长河；进一步疏浚南四湖；新建滨江站、杨庄站、金湖东站、蒋坝三站、泗阳西站、刘老涧及皂河三站、台儿庄、万年闸及韩庄二站、单集站、大庙站、蔺家坝二站、二级坝、长沟、邓楼及八里湾三站等 17 座泵站，增加抽水能力每秒 2907 立方米，新增装机容量 20.22 万千瓦。扩大胶东地区输水干线西段 240 公里河道。 黄河以北扩挖小运河、临吴渠、南运河、马厂减河和七一、六五河。

东线工程跨越江苏、山东、河北、天津 4 省、直辖市，挖压拆迁影响范围涉及 4 省、直辖市的 18 个地市 59 个县（区）。 由于输水工程主要利用现有河道，对不能满足输水要求的河段进行扩挖，因此主要占用河滩地，人口迁移数量较少，征地拆迁和移民安置问题相对容易解决。输水河道线路长，拆迁量相对较少，移民分散，主要采取后靠方式在附近安置。 新扩建水库占压土地较多，但主要利用荒废洼地。 东平湖蓄水工程是移民最多、最集中的地区，涉及历史遗留问题，投资较大。 第一期工程永久占地 1.06 万公顷，临时占地约 2670 公顷，拆迁房屋 101.34 万平方米，迁移人口约 2.53 万人。 征地及移民安置补偿静态投资约 27 亿元。 第二期工程在第一期工程的基础上，增加永久占地 1.28 万公顷，临时占地近 3000 公顷，拆迁房屋 73.13 万平方米，迁移人口约 1.83 万人。 增加征地及移民安置补偿投资约 28 亿元。 第三期工程在第二期工程的基础上，增加永久占地约 7730 公顷，临时占地约 2600 公顷，拆迁房屋 113.65 万平方米，迁移人口约 2.84 万人。 增加征地及移民安置补偿投资约 24 亿元。

东线工程的成败在于治污。 治污规划划分为输水干线规划区、山东天津用水保证规划区和河南安徽水质改善规划区。 主要治污措施为城市污水处理厂建设、截污导流、工业结构调整、工业综合治理、流域综合整治工程 5 类项目。 根据水质和水污染治理的现状，黄河以南以治为主，重点解决工业结构性污染和生活废水的处理，结合主体工程和现有河道的水利工程，有条件的地方实施截污导流和污水资源化，有效削减入河排污量，控制石油类和农业面源污染；黄河以北以截污导流为主，实施清污分流，形成清水廊道，结合治理，改善区域环境质量，实现污水资源化。为体现先治污后通水的原则，按照工程实施进度要求，将污染治理划分为 2007 年和 2010 年两个时间段。2007 年前以山东、江苏治污项目及截污导流项目为主，同时实施河北省工业治理项目；2008 年至 2010 年以河北、天津污水处理厂项目及截污导流项目为主，同时实施河南、安徽省治污项目。规划项目实施后，预测输水水质可达到Ⅲ类或优于Ⅲ类水标准。治污工程总投资 240 亿元，由东线工程分摊截污导流工程投资 24.9 亿元，其中第一期工程 17.25 亿元，第二期工程 7.65 亿元。

东线工程的环境影响是利大于弊，不利影响也可采取措施加以改善。工程实施后，有利于改善北方地区水资源供需条件，促进经济社会的可持续发展；有利于改善供水区生态环境，提高人民生活质量；有利于补充沿线地下水，对地面沉降等起到缓解作用；有利于城镇饮水安全，改善高氟区居民饮水质量；有利于改善供水区投资环境，具有显著的社会效益。

对可能产生的不利环境影响，进行了多年监测试验和分析研究，结论是：东线工程调水量占长江径流量的比重很小，调水对引水口以下长江水位、河道淤积和河口拦门沙的位置等影响甚微；第一期工程仅比现状增加引江每秒 100 立方米，不会因此而加重长江口盐水上侵的危害，遇长江枯水年的枯水季节，可采取避让措施，不加重长江口的盐水上侵。黄淮海平原已经形成比较完善的排水系统，并积累了丰富的防治土壤盐碱化的经验。北方灌区土壤次生盐碱化能够预防和控制。根据实验和调水实践，调水不会把南方的血吸虫扩散到北方。调水对输水沿线湖泊的水生生物是有利的，对长江口及其附近海域水生生物不会有明显影响。

东线工程的直接效益主要有工业供水、农业供水、除涝和航运供水等几方面，按照净增供水量和综合经济指标估算，第一、二、三期工程效益分别为 97 亿元、167 亿元和 156 亿元。 东线工程的实施，将促进地区经济发展和社会进步，有效扼制生态环境不断恶化的状况，改善人民生活质量，此外，东线工程疏浚和治理河道、湖泊，还将极大改善防洪、航运和生态环境条件，有着巨大的综合效益。

《人民日报》2016 年 5 月 29 日刊发记者赵永平的报道《南水北调东线年度调水完成》，称南水北调东线一期工程 2016 年度调水任务完成，4.06 亿立方米长江水调入山东，有效缓解了供水沿线 8 座城市和南四湖上级湖、东平湖缺水问题，惠及人口约 4000 万。 南水北调东线一期工程自 2016 年 1 月 8 日开始向山东省调水以来，共有 13 个梯级 18 座泵站参与调水运行，截至 5 月 24 日，安全运行 106 天。 自 2013 年 11 月 15 日正式通水以来，南水北调东线一期工程已安全顺利完成 3 个年度向山东省供水的任务，江苏累计抽江水百亿立方米，其中累计调水入山东 10.91 亿立方米。 供水期间，工程运行平稳，经环保部监测，水质稳定达标。 东线一期工程完善了江苏省原有江水北调工程体系，增强了受水区的供水保障能力，有效缓解了鲁南、鲁北及山东半岛用水紧缺问题。 山东省通过东线工程向南四湖、东平湖补水，极大地改善了"两湖"的生产、生活和生态环境。 近 3 年来，山东省地下水开采得到遏制，局部地区地下水位上升，大部分地区地下水位下降速率减缓。

中线工程

南水北调中线工程在整个南水北调三条线路中目前处于最重要的地位。 由于东线工程治污难度很大，而且需要一路提水，导致用水成本太高且水质难以保证，西线开工还没有时间表。 因此，中线工程是目前弥补华北地区生活用水缺口最重要的保障。 中线工程是从长江最大支流汉江中上游的丹江口水库东岸引水，经长江流域与淮河流域的分水岭南阳方城垭口，沿唐白河流域和黄淮海平原西部边缘开挖渠道，在郑州西北部通过隧道穿过黄河，沿京广铁路西侧北上，自流到北京颐和园团城湖的输水工程。 相对于东线工程利用京杭大运河等河道逐级提水的调水方式，中线工程全程为新修的专用封闭渠道自流到北京，水质更有保证，成本也可得到有效控制。

南水北调中线工程的前期研究工作始于 20 世纪 50 年代初，自 1952 年开始，长江水利委员会几代技术人员坚持开展中线工程的勘探、测量、规划与设计工作。 1953 年，长江水利委员会主任林一山就根据毛泽东的要求，开始筛选从汉江自流引水，经河南、河北抵达天津、北京的线路。 他首先组织了引汉济黄线路的查勘。 这次考察，使得丹江口在与其上游其他坝址的比较中占了绝对的优势。 丹江口水库也因南水北调这一伟大工程，从一个一般性的水库，在功能上得以扩展。 更令林一山欣慰的是，汉江的防洪规划与南水北调计划在拟建的丹江口工程中得到高度的统一和密切的结合。 规划中，林一山发现，丹江口水库的引水路线与宋代襄汉漕渠的设想不谋而合。 在研究丹江口工程时，同时进行了引汉引丹工程渠首枢纽的选址工作，确定在河南邓县陶岔（现属河南淅川）开挖建设引水渠首工程。 他将这些成果写信告诉了毛主席。 毛主席看了信件，得知引水路线找到了，非常高兴。 这一年，周恩来总理把丹江口水利枢纽视为五利（即防洪、发电、灌溉、航运、养殖）俱全的水利工程，期望建设者们创造新中国水利史上的又一次辉煌。

1958 年 9 月，水电部在批准丹江口水利枢纽初步设计时，明确了引汉灌溉唐白河流域和引汉济黄济淮的任务。 1959 年《长江流域利用规划要点报告》中，提出南水北调总的布局是从长江上、中、下游分别调水。 中线工程从丹江口水库引水，远景从长江干流调水。

1968 年丹江口水库下闸蓄水，1973 年建成清泉沟引丹灌区渠首（输水能力每秒 100 立方米），1974 年建成引汉总干渠陶岔渠首（设计引水流量每秒 500 立方米，后期可达每秒 1000 立方米），同时兴建了闸后 8

公里长总干渠。 1978 年 10 月，水电部以急件发文《关于加强南水北调规划工作的通知》，要求抓紧进行南水北调的规划修改补充工作上报。各有关单位进一步开展了南水北调规划工作。 1980 年，水利部组织有关省市、部委、科研部门及大专院校的领导、专家、教授对中线工程水源区及渠首到北京的线路进行了全面查勘。 查勘前后，长江委提出《南水北调中线引汉工程规划要点报告》和补充报告。 制定了中线工程规划科研计划，由水利部在 1981 年正式发文下达。 之后，按照该计划长江委和地矿部分别开展了黄河南、北的工程地质勘查工作，中科院地理所进行了江、淮、黄、海丰枯遭遇分析。 1983 年，国家计委将南水北调中线工程列为国家"六五"前期工作重点项目。 长江委与各省市协作，1987 年完成了《南水北调中线规划报告》，重点研究了丹江口水库初期规模引水方案。 水利部组织审查，按计划分两阶段进行，第一阶段审查后，长江委按会议要求作补充研究，于 1988 年正式上报，并向部主管领导做了汇报，但第二阶段审查未进行。 1990 年 10 月，水利部发文要求"抓紧完成丹江口水利枢纽后期完建工程及调水方案的可行性研究和设计任务书工作"。 1991 年 11 月长江委提出了《南水北调中线规划报告（1990 年 9 月修订）》和《南水北调中线工程初步可行性研究报告》，明确了中线工程以城市生活及工业供水为主，兼顾农业及其他用水，不再要求通航，供水范围应包括天津市，并推荐加高丹江口水库大坝的调水方案。 水利部对上述两个报告组织了审查，原则同意，也指出下阶段工作中需要补充研究的问题。 1992 年底，长江委提出中线工程可行性研究报告，由水利部和国际咨询公司分别组织对重大问题如可调水量、调蓄措施、总干渠、穿黄工程、投资估算等专题评审后，水利部于 1994 年初审通过了可研报告，同意加高丹江口水利枢纽、年均调水147 亿立方米的调水方案。 此方案也得到国家计委和北京、天津、河北、河南及湖北五省、直辖市赞同。 1995 年国家环保局也正式批准了《南水北调中线工程环境影响报告书》。

1995年，国务院决定对东、中、西三条线由水利部组织论证、国家计委组织审查，到1998年3月，结论为：南水北调东、中、西三条线都是必要的，中线工程以加高丹江口水库大坝、总干渠设计引水流量每秒630立方米、加大流量每秒800立方米、调水145亿立方米为最佳比选方案。21世纪伊始，根据中国经济、社会、生态环境以及水资源的变化，长江委按照"先节水后调水，先治污后通水，先环保后用水"的原则，以科学、严谨、求实的态度，广泛征求各方面的意见，再一次对中线工程规划进行了修订。

中线工程可调水量按丹江口水库后期规模完建，正常蓄水位170米条件下，考虑2020年发展水平在汉江中下游适当做些补偿工程，保证调出区工农业发展、航运及环境用水后，多年平均可调出水量141.4亿立方米，一般枯水年，可调出水量约110亿立方米（保证率75%）。供水范围主要是唐白河平原和黄淮海平原的西中部，供水区总面积约15.5万平方千米，工程重点解决河南、河北、天津、北京4个省、直辖市沿线20多座大中城市生活和生产用水问题，并兼顾沿线地区的生态环境和农业用水。配水方案为，河南省37.69亿立方米（其中刁河引丹灌区分配水量指标为6亿立方米），河北省34.7亿立方米，北京市12.4亿立方米，天津市10.2亿立方米。

南水北调中线工程从丹江口水库引水，使适时供水调度安全可靠。丹江口水库具有巨大的调节能力，主汛期除了保证防洪外，调节库容达98亿立方米，汛后达190亿立方米。总干渠两侧已建成大量的水库，可以承担"充蓄"调节和"补偿"调节的任务，另有瀑河水库作为"在线"调节水库。通过总干渠并采用已有成熟经验的现代化控制技术和先进的调度管理手段，可确保供水调度安全可靠。同时，丹江口水库具有丰富的后备水源，视远景需要可以从长江三峡引水。引水总干渠位于平原的西部，居高临下，控制范围广，与受水区已建成的水利工程连接简单，供水调度灵活机动。中线工程在给渠道沿线城市供水的同时，

命脉

可以通过穿黄工程南岸分水闸在黄河中游给黄河中下游流域补水。 结合黄河调水调沙等工程联合运作，在黄河中游以补充长江清水的方式稀释泥沙，冲刷河床，补给水源解决黄河中、下游缺水及水沙关系不协调的问题。

南水北调中线工程于 2003 年 12 月 30 日开工，此前中线北京石家庄段应急供水工程已经开工。

南水北调中线一期主体工程由水源区工程、输水工程和汉江中下游治理工程三大部分组成。 水源区工程为丹江口水利枢纽后期续建；输水工程即引汉总干渠和天津干渠。 中线一期工程平均每年可调水 95 亿立方米，远期将达到年均 130 亿立方米。 为减少中线工程从丹江口水库调水后，汉江中下游水量大幅减少对湖北中部地区的不利影响，修建湖北省引江济汉等四项生态建设工程。

中线工程总干渠沟通长江、淮河、黄河、海河四大流域，需穿过黄河干流及其他集流面积 10 平方公里以上河流 219 条，跨越铁路 44 处，需建跨总干渠的公路桥 571 座，此外还有节制闸、分水闸、退水建筑物和隧洞、暗渠等，总干渠上各类建筑物共 936 座，其中最大的是穿黄河工程。 天津干渠穿越大小河流 48 条，有建筑物 119 座。 输水以明渠为主，局部渠段采用泵站加压管道输水的组合，与沿途河流全部立交。 明渠渠首位于丹江口水库已建成的陶岔引水闸，北京段位于总干渠末端，流量最小，全段采用管道输水，终点为北京市的团城湖；天津干渠线路起点为西黑山，终点延伸至外环河，采用明渠与管道结合的输水方式。

中线工程的难点在移民。 中线工程需要对丹江口水库的大坝进行加高，由原来的 162 米加高到 176.6 米，水位从 157 米提高到 170 米。为此，丹江口水库上游地区需要淹没面积 144 平方公里，移民 34.5 万人。 其中河南省 16.4 万人、湖北省 18.1 万人，安置区涉及上述两省 16 个市 60 个县区 287 个乡镇，2000 多个村。 丹江口库区移民从 20 世纪 50 年代末丹江口水库大坝建设开始，有过一段曲折的历程，能否顺利完成移民工作直接决定着工程的成败。 这次移民总结以往的经验教训，本着以人为本的原则，不仅要解决移民迁得出的问题，更要解决安得住的问题。 从 2009 年 8 月完成试点移民搬迁开始，至 2012 年 5 月，河南省 16 万多人的移民搬迁全部完成，加上湖北完成的 18.1 万移民搬迁安置，南水北调中线工程 34 万多人的移民工作全部完成。 2012 年 9 月 18 日，在郧县柳陂镇移民安置点，湖北省省长王国生宣布："南水北调中线工程湖北省移民搬迁任务圆满完成。"至此，中国南水北调中线工程移民搬迁全部结束。

2014 年 12 月 12 日 14 时 32 分，南水北调中线工程正式通水。 选择 14 时 32 分开，寓意着南水北调中线工程总干渠长度 1432 公里。 习近平总书记、李克强总理分别做出重要指示、批示，高度评价了南水北调的重要价值，充分肯定了征迁群众的牺牲奉献和工程建设者的顽强拼搏精神，并对南水北调后续工作提出了殷切希望。

据"中国南水北调网"2016 年 11 月 1 日转发中工网记者蒋菡的消息，2016 年 10 月 31 日，南水北调中线一期工程 2015 年至 2016 年度调水结束。 调水年度从 2015 年 11 月 1 日至 2016 年 10 月 31 日，年调水量 38.3 亿立方米，接近首个调水年度的两倍。 水质各项指标稳定达到或优于地表水 Ⅱ 类指标。 2015 年至 2016 年北京分水量 11 亿立方米，达到一期工程设计分水量（10.5 亿立方米）的 104.8%；天津分水量 9.1 亿立方米，达到一期工程设计分水量（8.6 亿立方米）的 105.8%。

中线工程自 2014 年 12 月 12 日正式通水以来，已经平稳运行 689 天，输水总量 58.5 亿立方米。 工程惠及北京、天津、石家庄、郑州等沿线 18 座大中城市，4000 多万居民喝上了南水北调水。 其中，北京 1100 万人，天津 850 万人，河北 500 万人，河南 1600 万人。 中线一期工程通水两年来，北京、天津、河北、河南沿线受水省市供水水量有效提升，居民用水水质明显改善，地下水水位下降趋势得到遏制，部分城市地下水水位开始回升，城市河湖生态显著优化，社会、经济、生态效益同步显现。 中线工程为受水区开辟了新的水源，改变了供水格局，提高了供水保证率。 北京市城区供水中南水北调水占比超70%。 据统计，共有超过2亿立方米的南水北调水储存到密云水库、怀柔水库、十三陵水库和大宁调蓄水库。 "存"下的南水北调水将对北京市水资源调配、水源丰枯互济，扩大南水北调供水范围起到重要作用。 天津市中心城区和滨海新区、环城四区、静海区、武清区等城镇居民全部用上南水北调水，经济发展核心区实现了引滦、引江双水源保障。 2016年汛期，南水北调工程作为稳定的水源，为河北省石家庄、保定、邯郸等沿线大中城市提供了可靠的饮用水保证。 河南省南水北调工程供水范围涵盖了南阳、漯河、平顶山、许昌、郑州等10个省辖市，共计36个县，农业有效灌溉面积115.4万亩，供水效益逐步扩大。

中线水源区及沿线地区采取强有力的治污环保措施，中线一期工程通水之后，水质保持稳定。 特别是丹江口水库，一直保持在Ⅱ类水质。为保障"一渠清水持续北送"，南水北调中线建管局加强沿线水质保护，建立了完善的水质保护与监测网络体系。 北京市自来水集团的监测显示，使用南水北调水后，自来水硬度由原来的每升380毫克降至每升120~130毫克。 清冽、甘甜是河北居民用上南水后的普遍感受，沧州市民用上了优质的南水后，告别了祖祖辈辈饮用苦咸水、高氟水的历史。 河南省受水区城市不少家庭净水器具下岗，居民家庭中对水质要求较高的观赏鱼也不再使用桶装水，而直接使用自来水。

北京市遵循"喝""存""补"的原则，利用南水北调水向中心城区河湖补充清水，与现有的再生水联合调度，增强了水体的稀释自净能力，改善了河湖水质。 向怀柔、潮白河、海淀山前等应急水源地试验性"补"入2.5亿立方米南水。 各应急水源地日压减地下水开采26.5万立方米，累计压采超过1亿立方米，地下水下降速率减缓，补水区生态环境得到明显改善。 两年来，天津市加快了滨海新区、环城四区地下水水源转换工作，共有80余户用水单位完成水源转换，吊销许可证73

套，回填机井 110 余眼，减少地下水许可水量 1010 万立方米。 在河北，南水北调工程先后向石家庄市滹沱河、邢台市七里河生态补水 7000 万立方米，提升了生态景观效果。 在河南许昌市，向北海、石梁河、清口河生态补水 615 万立方米。 郑州市利用置换出来的黄河水，用于生态水系建设，因缺水而萎缩的湖泊、水系重现生机。 鹤壁市淇河从南水北调补水 1050 万立方米，淇河湿地成为市民休闲的好去处。 河南已有 15 座水厂水源由开采地下水置换为南水北调水，14 座城市地下水水源得到涵养，地下水位得到不同程度提升。

西线工程

南水北调工程总体包括东线、中线、西线三部分，其中东线工程一期和中线工程一期已建设完成并投入使用，而西线工程仍处在前期论证阶段，还没有明确的建设时间表。

西线工程是计划从四川长江上游支流雅砻江、大渡河等长江水系调水至黄河上游青、甘、宁、内蒙古、陕、晋等地的长距离调水工程，是补充黄河上游水资源不足，解决我国西北地区干旱缺水，促进黄河治理开发的重大战略工程。

随着社会经济的发展，长江、黄河中下游流域的用水量大增。 由于受气候变化等因素的影响，地表荒漠化日益严重，长江、黄河上游来水也日益减少。 另外，多地大量开采地下水，如今，北至哈尔滨，西到乌鲁木齐，东达上海，南到海口，几乎所有大中城市都因超采地下水而出现地下漏斗。 而青藏高原、云贵高原上的雅鲁藏布江、怒江和澜沧江等江水在我国境内开发利用很少，大部分都流到境外东南亚和印度等国家。 专家预计，西线调水可以从根本上改变西北的沙漠状况，减少沙尘和沙尘暴的发生，使西北土壤干旱变湿润，西部地区的生态环境将发生

命脉

显著变化。

黄河是我国西北、华北的重要水源。 黄河多年平均天然河川径流量 580 亿立方米，流域内人均水量仅为全国的 25%，耕地亩均水量仅为全国的 17%，水资源贫乏；黄河泥沙含量大，多年平均输沙量 16 亿吨。黄河以其占全国河川径流 2%的有限水源，承担本流域和下游引黄灌区占全国 15%的耕地面积、12%人口及 50 多座大中城市的供水任务，同时还有向流域外部分地区远距离供水的任务，黄河水资源不仅要供给流域内外国民经济用水，而且还要留有一定的水量维持流域的生态环境用水和河道输沙用水。 据 20 世纪 90 年代资料统计，黄河流域河川径流供水量 375 亿立方米，河川径流消耗量 300 亿立方米，除上述已统计的地表耗水量之外，还有其他方面的因素直接或间接地消耗了河川径流量，估计为 50 亿至 80 亿立方米。 因此，黄河地表水实际消耗量已达 350 亿至 380 亿立方米，占全河多年平均天然河川径流量的 60%以上。 国际上通常认为用水超过河川径流的 40%，水环境就严重恶化，黄河的水资源利用情况已大大超过了这个限度。 近十几年来，黄河流域降雨径流量偏少，而国民经济各部门耗用黄河水量增多，导致黄河下游及支流河道断流加剧，水环境日趋恶化，河道萎缩，河槽泥沙淤积加重，这是黄河水资源供需失衡的集中表现。 黄河下游河段断流从 1979 年的 21 天，延长到 1997 年的 226 天；河道断流的长度从 1978 年的 104 公里，延伸到 1997 年的 704 公里。 同时主要支流渭河、汾河、伊洛河、沁河、大汶河等都出现过断流，其中沁河、汾河 20 世纪 90 年代平均每年断流 228 天和 55 天；大汶河曾出现全年断流的情况。 入海水量减少，排沙水量和滨海地区生态环境用水严重匮乏。 据黄河近海河段的利津水文站实测径流量，1950 年至 1959 年年均 480 亿立方米，1960 年至 1969 年年均 492 亿立方米，1970 年至 1979 年年均 311 亿立方米，1980 年至 1989 年年均 286 亿立方米，1991 年至 2000 年年均 120 亿立方米。 入海水量越来越少，维持河流水沙平衡和生态环境用水的缺口越来越大。 1999 年对黄河干流实行水量统一调度以来，断流的现象虽有缓解，但黄河流域属资源性缺水地区，随着经济社会的发展，西部大开发的实施，需水量不断增加，黄河流域未来缺水的形势更为严峻。

目前黄河流域城市缺水日趋严重，如呼和浩特、西安、太原、咸阳、铜川等城市都存在不同程度的缺水和地下水超采现象。城市缺水已给人民生活用水、工农业生产造成了严重的影响，地下水超采给城市带来严重的生态环境问题。

为实现我国第三步发展战略目标，黄河流域经济必将快速发展。预计到2050年，黄河流域人口由现在的1.07亿增加到1.36亿；城市化率由23.4%提高到50%，工业总产值由6015亿元增加到128748亿元，人均拥有粮食400千克，灌溉面积少量增加，并维持目前对黄河流域外的供水任务，预计国民经济需水总量有新的增长，当地水资源已不能满足新增的需水要求，在生态环境低限需水量和大力节水的条件下，通过供需平衡，生态环境用水、城镇生活用水、工业用水的缺口还很大，预测黄河上中游的青海、甘肃、宁夏、内蒙古、陕西、山西等6省区，正常来水情况下2010年、2020年、2030年、2050年的缺水量分别为40亿立方米、80亿立方米、110亿立方米、160亿立方米，中等枯水情况下上述年份的缺水量分别为100亿立方米、140亿立方米、170亿立方米、220亿立方米。其中2030年正常来水情况下的缺水构成是河口镇以上缺水50亿立方米，河口镇至龙门区间缺水20亿立方米，龙门至三门峡区间缺水40亿立方米。

黄河邻近的河西走廊黑河、石羊河等地区，气候干旱，年降水量仅100毫米左右，而年蒸发量却高达2000毫米，流域内缺水十分严重。缺水的危害主要表现为：河道断流加剧和尾闾干涸长度逐年递增，地下水位下降，天然林衰退，草场退化，土地沙漠化和沙尘暴危害加剧，生态环境的破坏已经到了相当严重的程度。

西北地区战略地位十分重要，但是水资源短缺是制约该地区经济社会发展的重要因素。 西北地区大力开展节约用水和高效利用当地水资源，是缓解水资源短缺的重要措施，但从当地严重缺水的状况和合理配置水资源考虑，根本措施还是从邻近具有丰沛水量的长江，调部分水到黄河，为干旱少雨的西北地区增辟水源，恢复绿色的生机，促进西北地区经济社会的可持续发展。

缺水是黄河流域和相关地区经济社会可持续发展的制约因素，实施南水北调西线工程是解决缺水的根本途径。 南水北调西线、东线、中线调水工程，使长江、黄河、淮河和海河形成东西互济、南北调配的水资源网络，共同解决我国北方地区的缺水问题。

早在 1952 年，黄河水利委员会就组织从通天河调水入黄河的线路查勘。 根据毛泽东的指示，黄委会在中科院的配合下，在 1958 年至 1961 年间进行了西线调水查勘工作，涉及怒江、澜沧江、金沙江、雅砻江、大渡河等，范围约 115 万平方公里。 70 年代到 80 年代初，黄委会又组织了几次西线调水查勘。 1978 年以后的研究认为，西北地区缺水是一个不断增长的过程，与之相适应，调水工程也应从小到大，分期开发，逐步扩展。 因此调水工程规模要控制在一个适当的限度内。 基于这样的认识，国家计委 1987 年确定的工作基本思路，就是在原来大范围、大工程规模、大调水量的总体布局框架下，缩小研究范围，提出从距离黄河较近的通天河、雅砻江、大渡河调水 200 亿立方米左右的方案进一步勘查。 工作中根据隧洞开凿技术的发展和青藏高原寒冷缺氧、人烟稀少的特点，将输水线路从明渠为主转变为以隧洞为主，从着重研究抽水方式转变为着重研究自流方式。 1987 年国家计委决定在"七五""八五"期间开展南水北调西线工程超前期规划研究工作，研究从长江上游通天河，支流雅砻江、大渡河调水入黄河上游的方案，调水工程区范围缩小到 30 万平方公里，这项任务历时 10 年，于 1996 年完成。

1996 年 7 月开始规划阶段的工作。 结合超前期的研究，工程方案研究范围确定北到海拔 4500 米左右的黄河源头，南到海拔 3000 米左右的四川省甘孜一带，按照"下移、自流、分期、集中、渐进"的思路，最后推荐位于海拔3500米左右的工程总体布局方案。海拔3500米左右的地区，自然环境相对较好，有森林、农田，适于人类活动，对勘察、设计施工、运行管理都有利。2001年5月，水利部组织专家审查通过了黄委会提交的《南水北调西线工程规划纲要及第一期工程规划》，同意工程分三期实施的方案。第一期调水40亿立方米，第二期调水达到90亿立方米，第三期调水达到170亿立方米。南水北调西线工程供水目标是，与西部大开发紧密结合，主要解决西北地区缺水问题，基本满足黄河上中游6省区和邻近地区2050年前的用水需求，同时促进黄河的治理开发，促进上中游的河道治理，并相机向黄河下游供水，缓解黄河下游断流等生态环境问题。2002年12月国务院批准的《南水北调工程总体规划》中西线工程的是"从长江上游的通天河、雅砻江、大渡河引水入黄河上游"，以解决黄河上、中游的青海、甘肃、宁夏等省区的用水问题。不过到目前为止，南水北调的西线工程具体方案仍未定稿。

西线工程论证初选了12个有代表性的调水线路方案，其中自流方案9个，抽水方案3个。

抽水方案可缩短穿越分水岭的隧洞长度。3个抽水方案输水隧洞总长204.5公里。自然分段最长洞段30公里，在枢纽坝高的选定上也有较大机动；主要缺点，建设大流量、高扬程的大型泵站有难度，扬程425米至428米，装机427万千瓦，年用电203亿千瓦时，若按每千瓦时0.4元计，年用电费81.2亿元，运行费用高；南水北调西线工程受水区多处于西北老、少、边、穷地区，如此高的年运行费，沿线居民难以承受。再者，多种类型建筑物，建设地点分散，管理维护困难，冬季输水受冰冻的影响。

自流方案的隧洞避开了地表大量的交叉建筑物问题，比较单一，工作环节少，故障率低，管理人员少，年运行费少；长隧洞输水有利于冬季保温，可延长引水期；减少输水工程规模；深埋长隧洞避开了地表的冻害作用和岩体的物理风化作用，以及滑坡、泥石流等不良地质现象的影响；深埋隧洞与地面建筑物相比在抗地震破坏方面也有较大优势，据有关资料统计分析，地表的地震烈度随深度增加而衰减，大体上深50米至100米衰减0.5度。主要缺点是输水隧洞长。

根据历次专家咨询会和审查会，众多院士和专家不赞成抽水方案。根据当前开凿隧洞技术水平和已建的长隧洞工程，权衡利弊，目前采用自流方案。如果几十年后，随着西部地区经济的发展，电力供应条件发生变化，也不排除个别调水河流采用电网供电的抽水方案。

根据方案的工程规模、可调水量、工程地质条件、技术可行性、海拔高程、施工条件及经济指标等因素，经过综合比选，西线工程总体布局为：

四川大渡河、雅砻江支流达曲—贾曲联合自流线路，调水40亿立方米。自雅砻江支流达曲开始调水，建阿安引水枢纽引水7亿立方米，通过输水隧洞穿过分水岭到泥曲；建仁达引水枢纽引水8亿立方米，再通过输水隧洞穿过雅砻江与大渡河的分水岭到杜柯河；建上杜柯引水枢纽引水11.5亿立方米，再通过输水隧洞穿过分水岭到麻尔曲；建亚尔堂引水枢纽引水11.5亿立方米，再通过输水隧洞穿过分水岭到阿柯河；建克柯引水枢纽引水2亿立方米，再通过输水隧洞穿过大渡河与黄河的分水岭到黄河支流贾曲；在贾曲隧洞出口后，沿贾曲左岸开挖明渠，输水到黄河。

四川雅砻江阿达—贾曲自流线路，在雅砻江干流建阿达引水枢纽，调水50亿立方米。开凿隧洞通过雅砻江干流和支流达曲的分水岭，输水穿过达曲，此后输水线路和达—贾联合自流线路基本平行，走向一致，输水到黄河贾曲出流。

通天河侧仿—雅砻江—贾曲自流线路，在通天河干流建侧仿引水枢纽，调水80亿立方米。自侧仿水库引水，过歇武沟沿通天河及其以下的金沙江左岸开凿隧洞，到邓柯附近穿越金沙江与雅砻江分水岭到雅砻江浪多，顺河道而下进入雅砻江阿达水库，然后从阿达水库引水到黄河贾曲，自阿达引水枢纽以后的输水线路和阿—贾自流线路基本平行，输水到黄河贾曲出流。

三条河调水 170 亿立方米，基本上能够缓解黄河上中游地区 2050 年左右的缺水。西线工程调水量约占引水坝址径流量的 65％至 70％，还有 30％至 35％的水量下泄，从当地生态环境角度考虑，规划的下泄水量和调水量都是合适的。从全河看，调水所占比例不大，通天河调水 80 亿立方米，占金沙江渡口站径流量的 14％；雅砻江调水 65 亿立方米，占全河径流量的 11％；大渡河调水 25 亿立方米，占全河径流量的 5％。

但从发展战略考虑，要实现西北地区经济、环境的可持续发展，尚需扩大水源。因此，规划时还研究了从西南的澜沧江、怒江向黄河调水作为西线后续的远景水源工程。初步研究结果认为，从澜沧江、怒江可以自流调水到黄河，后续水源可调水量 160 亿至 200 亿立方米，后续线路均能与目前规划的三条河引水线路相衔接。后续水源调水拟从怒江东巴水库引水，串连澜沧江吉曲、扎曲、子曲，在玉树以上入通天河侧仿水库，与南水北调西线工程相衔接。也有专家提议从西藏的雅鲁藏布江调水，顺着青藏铁路到青海省格尔木，再到河西走廊，最终到达新疆。同时实现引雅鲁藏布江水，穿怒江、澜沧江、金沙江、雅砻江、大渡河，过阿坝分水岭入黄河。

南水北调西线工程从水量丰沛的长江上游，向干旱、半干旱的西北地区调水，具有显著的生态环境效益、社会效益和经济效益。但该线工程地处青藏高原，海拔高，地质构造复杂，地震烈度大，且要修建 200 米左右的高坝和长达 100 公里以上的隧洞，工程技术复杂，耗资巨大，因而目前仍处于可行性研究过程中。

命脉

是与非

中国传统的文化观念主要有两种：一种是儒家的，主张以积极有为的态度面对自然和社会，使一切都进入人为设定的有序轨道；一种是道家的，主张顺应自然，认为服从自然规律就会有良好的秩序。这两种观念反映在中国社会的各个方面，甚至在儒家、道家学说形成之前，这两种观念其实就已存在。比如大禹以疏为主和乃父鲧以堵为主的治水理念，其实就是两种观念的体现。

中国儒道两种观念在今天关于水文明方面的反映，就是秉持儒家观念的主张以积极的姿态改变自然，通过各种水利工程，变害为利，使水资源按自己的意愿得到有效管理；秉持道家观念的主张顺应自然，不要盲目修建大型水利设施，使自然生态以大自然内在的规律运行。

因此，当三门峡工程建成时，我们听到了很多赞美，也逐渐听到了很多批评；三峡工程竣工后，赞美者有之，批评的更是大有人在；南水北调中线工程通水后，喝到甘甜丹江水的数千万人内心自然由衷高兴，但批评的声音也是一浪高过一浪，其中甚至就包括很多在北方喝着丹江水的人。

我觉得，有不同的观念存在，能听到不同的声音，绝对是一件好事，可以让决策者从不同的侧面考虑问题，完全有利无弊的事是没有的，重要的是，要各方面的利弊得到有效的平衡。

对于南水北调工程，网上曾流传过几篇批评长文，几乎是彻底否定了这项工程。综合起来看，其观点大概包括这几个方面：

首先是从经济角度分析，认为南水北调工程投资量太大，而引水量达不到设计预期，使末端单位水价过高，完全是得不偿失。这种观点当然并非毫无道理。对于如此巨大的项目投资和如此长距离的输水线路，考虑到投资回收周期、利息和输水管理费用，南水北调终端水价确实很高。但对于资源性缺水的华北地区来说，特别是对于北京、天津这样的巨无霸城市来说，即使水价偏高，不用行吗？因此从某种意义上讲，南水北调其实是一个无奈之下不得不为的工程。当然很多人提出了迁都等极端的建议，认为不应在缺水的华北地区发展自身无法承载的巨大城市，与其花巨资调水让水适应人，何不在水源充沛地建都，让人适应水呢？但迁都又岂是一件轻易之事，相对于南水北调这样巨大的工程，迁都的成本恐怕更是高得离谱。话虽如此，北京大而全的发展思路确实应该转变，把首都之外的职能剥离出去，使人口规模得到有效控制，还是比较现实的，也是顺应自然规律的做法。有些人是从经济成本的角度考虑问题，认为南水北调成本已经高于现有的海水淡化成本。目前最低的海水淡化成本约为 3 元每吨，而南水北调的成本约为 10 元每吨，有报道称已经达到 18 元每吨。但目前华北地区海水淡化面临的主要问题是提取淡水后浓盐水的排放问题，对于封闭的渤海湾来说，大量浓盐水排回海中，会导致海水盐分不断升高，带来严重生态灾难。当然，随着海水淡化技术的发展，这些问题也许都可以得到解决。那时，海水淡化就会在华北地区得到大规模应用。但目前显然存在一定的障碍。至于投资规模过大的问题，单就工程本身而言确实如此，由此导致终端水价过高也是事实。但如果不把眼光仅仅局限在这项工程本身，就会看到，这项工程的意义，它的建成，为北方经济发展提供了保障，由于水资源条件的改善，使华北地区潜在生产力得到促进。而工程的投资，对扩大内需、提振国内 GDP 都起到了积极的作用。同时，工程建设也成为促进经济结构战略性调整的良好契机。

其次是从生态环境角度分析，认为南水北调如果调水太少，这么大的投资难以得到应有的效益，如果"三线"同时大规模引水，将导致整个长江流域的沿江生态发生难以估计的变化，不利于保护沿江现有生态，并有可能导致长江枯水期时航道的承载能力更低，其生态影响范围和程度大大超乎中国专家们的理解范围。 有专家认为，自三峡工程竣工以来，三峡下游三省湖南、湖北、江西遭遇了史无前例的旱情，仅湖北省就有1300余座水库低于死水位，鄱阳湖、洞庭湖、洪泽湖水位严重偏低，我国最大的淡水湖鄱阳湖只剩下水域面积的十分之一。 如果南水北调远期规划最终落实，上游从长江引水到黄河补给西北，中游再从长江引水到丹江进而到华北，下游从长江干流引水到山东、天津，长江水量将进一步减少，会严重影响长江河道的航运，使长江口的咸潮加深，更有可能引发长江流域自然环境生态危机。 所以，南水北调的结果是救了京津，牺牲了极具经济活力的上海、武汉等长江中下游城市群。这些当然是必须重视的严重问题，但相对于华北面临的严峻形势来说，长江中下游的问题总体还在可控范围，而黄淮海地区的生态环境却迅速得到改善：北方一些地区地下水因自然原因造成的水质问题如高氟水、苦咸水和其他含有对人体有害物质的水源问题得到有效解决；北方地下水得以回补，有利于保护当地湿地和生物多样性；北方因缺水而恶化的环境得到改善；北方地区的生态和环境特别是水资源条件得到较大改善。 将南方的水调往北方，对南方的生态肯定会有不利的影响，但综合估价，南水北调确实是一个两害相权取其轻的无奈选择。

再次是从社会角度分析，南水北调中线工程湖北省、河南省共有34.5万人搬迁，搬迁给移民生活带来颠簸动荡。 水库移民作为被动移民，虽然国家有各种措施进行补偿，有利于其中一部分人脱贫、改善生活条件，但这总是一件违背这些人意愿的事。 对移民来说，能否很好地改变自己的生活习惯、融入当地生活，还有待于长期的实践检验。 所以有人就说了，与其让库区的人移民，再修水库长距离引水，何不在水源地直接建设大城市分担北方城市的职能呢？ 当然这种质疑有其道理，说明我们之前几十年在城市发展的思路上存在诸多问题，但现实如此，我们必须正视。 而且南水北调在解决城市用水问题的同时，根本上是增加北方水资源承载能力，提高资源的配置效率，使中国北方地区逐步成为水资源配置合理、水环境良好的社会，缓解水资源短缺对北方地区发展的制约，促进当地城市化进程。 如果因为北方缺水就任其缺下去不再发展，也是一种消极的不可行的态度。 就东线工程来说，它还为京杭运河济宁至徐州段的全年通航保证了水源，使鲁西和苏北两个商品粮基地得到巩固和发展。 单说移民，虽说被动移民不是移民自己主动的选择，但移民与人类发展的历史相始终，在现代化、全球化、城市化的进程中，移民已经成为一种常态，并非难以解决的问题。

还有一个问题，就是有不少人质疑南水北调的输水能力，认为输水渠道，特别是全程自流的中线工程，远远达不到设计的输水能力。 有人认为，南水北调中线工程渠首引水处高程海拔 150 米，终点团城湖海拔大约 50 米，全程 1000 多公里落差只有 100 米，全程自流输水，会造成水流缓慢，泥沙淤积，从而进一步影响流速，形成恶性循环，使输水能力远低于设计标准。 还有人认为中线总干渠和天津干渠全长 1432 公里，沿途地域气候差别很大，安阳以北渠段存在冬季渠道结冰的问题。干渠结冰后，输水能力自然下降，影响输水；另外，如冰期总干渠运行不当，可能造成冰塞、冰坝事故，威胁渠道安全。 通水之初有网友称"河北西黑山处渠道表面已经结冰，靠近冰水面的黏滞系数特别大，最终完全结冰，一滴水可能也到不了北京"。 对此，南水北调办公室称，北方冰冻情况在设计施工中早有考虑，工程不但有相应的防冻设备，而且还有除冰措施。 建设部门在设计施工中充分考虑到北方气温因素，受到河南安阳以北地区明渠表面结冰的影响，输水能力将下降到正常情况的 60%，但可以正常输水。 根据方案，冰期输水方式为：对于具备形成冰盖气温条件的渠段，控制沿线节水闸使渠道尽早形成冰盖，因为冰盖是相对稳定和安全的；对于不能形成冰盖的渠段，则通过设置拦冰索、排冰闸，分段及时清理冰块，防止形成冰坝或冰塞。 这些措施可充分确保沿途水流的通畅。 丹江水进入北京城区后将流入卢沟桥暗涵和西四环暗涵，这些管线平均深度在地下 8 米左右，而且水一直处于流动的状态，水温平均在 10 摄氏度左右，不会上冻结冰。 然而当江水从暗涵走到地上，进入团城湖调节池后，将形成明水水面，调节池水面可以结冰，但对于露在外面的闸门和闸室，都加装了融冰泵，搅动池中 5 米深的水，防止水面结冰。 现在南水北调东线、中线通水已差不多两年，实践证明，输水能力是没有问题的，网上一些质疑、吐槽的声音也渐渐消失了。

南水北调的直接目的是解决我国北方资源性缺水的问题，其重要意义在于形成"三纵四横"的中华大水网，实现水资源的南北互济和东西调配，因而是优化水资源配置、促进区域协调发展的基础性工程、战略性工程，对中华民族长远发展意义深远。 在南水北调中线工程通水的时候，习近平总书记指示："南水北调工程功在当代，利在千秋。 希望继续坚持先节水后调水、先治污后通水、先环保后用水的原则，加强运行管理，深化水质保护，强抓节约用水，保障移民发展，做好后续工程筹划，使之不断造福民族、造福人民。"李克强总理批示："南水北调是造福当代、泽被后人的民生民心工程。 中线工程正式通水，是有关部门和沿线六省市全力推进、二十余万建设大军艰苦奋战、四十余万移民舍家为国的成果。"李克强向广大工程建设者、广大移民和沿线干部群众表示感谢，希望继续精心组织、科学管理，确保工程安全平稳运行，移民安稳致富。 充分发挥工程综合效益，惠及亿万群众，为经济社会发展提供有力支撑。[1]

南水北调，负面影响不能说不存在，但从全局和长远考虑，肯定是一项利大于弊的世纪工程，体现出了中国人民的胸襟、气魄和意志、能力。 南水北调从移民搬迁到工程建设的整个过程，形成了具有丰富内涵的南水北调精神，简单说就是牺牲精神、奉献精神、担当精神、拼搏精神、创新精神和协作精神。 南水北调精神也是一笔宝贵的精神财富，

---

[1] 见新华网北京 2014 年 12 月 12 日电《习近平：南水北调工程功在当代，利在千秋》，当日中央电视台《新闻联播》全文播发。

将在中华民族实现伟大复兴中国梦的征程中，发挥积极的作用。

2014 年春天，习近平总书记发表了关于保障水安全的重要讲话，提出了"节水优先、空间均衡、系统治理、两手发力"的治水思路，这是在总结以往治水经验教训的基础上提出的兼顾经济、社会、生态等各方面平衡的治水理念，中国的水文明将由此迈上一个新高度。

支边青海

南水北调中线工程，难点在于移民。从 1958 年开始修建丹江口水库起，南阳于 1959 年就开始组织实施支边性移民。许许多多的人因为搬迁和返迁命运发生改变。丹江口水库移民总体分两个阶段：从 1959 年开始的支边性移民以及从 1961 年开始的早期丹江口水库移民，到 1980 年基本结束，河南、湖北两省总共动迁 48万人；从 2009 年开始的南水北调中线工程移民，到 2011 年基本结束，湖北、河南两省总动迁人口 40 多万，均由两省在省内安置。52 年中，两省总共动迁安置移民 88 万人之多。从几十年丹江口水库移民政策的变化，可以看到党和国家的政策制定从以前的过分强调集体利益到以人为本、以人民为中心的理念转变。

　　南水北调中线工程建设始于 1958 年丹江口大坝的动工兴建。丹江口水库一期工程的移民始于淅川青年的青海支边。从此时开始，丹江口库区几代人经历了一次又一次的搬迁。

　　淅川之所以叫淅川，是因为古淅水在亿万年沧海桑田的地质运动中在河道两侧冲积出了百里平川。淅川其实包括三大平川，即顺阳川、丹阳川、板桥川，这是处于大山包围的这片大地上"一脚踏出油"的富庶之地，淅川县的耕地良田基本都集中在这里。在传统的农业社会中，它对一个地方的重要性可想而知，因而历史上，淅川的政治经济文化中心一直设在丹淅平原上。

丹江是淅川的母亲河，古称丹水，发源于秦岭深处，于陕西商南县月亮湾入河南淅川县境，从香花镇西南出境进入湖北，在丹江口注入汉江。至于淅川因以得名的古淅水，有人认为就是古丹水，但严格说来，古淅水只是丹江的一条支流，今名老鹳河，在今已没入丹江口水库的古马蹬镇注入丹江。所以，丹江也好，淅水也罢，说的基本是同一个水系。

随着丹江口水库的蓄水，丹淅平原54.84万亩土地静静地躺在了烟波浩渺的湖底，其中耕地面积28.5万亩。随同她一起沉入湖底的还有淅川建于明成化年间的古县城等4个古城镇，以及7个镇（区）2396个村庄。1959年，淅川老县城所有机关、商店、医院、学校和淅川县委、县政府一道撤离，前往30公里外一个叫"上集"的山间小镇，老淅川人只能在县志和梦境里去回味往日的辉煌与乡愁。

丹江口水库兴建正好处于"大跃进""文革"这一时期。丹江口水库一期工程，淅川县的直接经济损失高达7.4亿元，而国家给予的补偿只有1.2亿元。曾任长江委主任、水利部副部长的黄友若也说，赔偿还要照价计算，用于移民的钱连赔偿都算不上。库区人民就是在这样的情况下离别他们的家园的。

丹江口水库一期工程以前官方数字是需要移民38万人，其中淅川20.5万人。在当时，这意味着每3000个中国人、每250个河南人、每30个南阳人中，就有一个是淅川移民。对丹江口水库这个国家直接抓的大型水利枢纽工程来说，面对如此庞大的移民群体，当时国家的政策是：移民问题由当地党委、政府自行解决。

1958 年 8 月，中央北戴河会议决定动员中原人口密集地区青年到西北支边。这给正为移民问题愁肠百结的南阳地区领导人拨云见日般透出了一丝亮光：让移民到西北支边，岂不是一举两得的事？

1959 年 1 月，南阳专署召开支援边疆建设会议，决定把支边任务分一部分给淅川，这样既可完成支边任务，又可解决部分移民的安置问题，实施"移民支边"，一举多得。南阳的提议很快得到河南省政府和中央的批复同意，把本无支边任务的山区县淅川列为支边县，分配任务 8000 人，其他平原地区县 2000 人，淅川为全南阳之首。淅川县为了完成支边任务，专门成立了淅川县移民委员会，制定了《动员支边青年支援边疆建设的意见》，将 8000 人的任务分解到县内有关区、公社。与此同时，还组织、选拔出近百人的先进典型，到各社队和丹江口大坝建设工地巡回演讲，鼓动宣传，引导报名。

很快，全县共有 34893 人报名申请支边。他们均来自淅川县即将被淹没的丹江口库区所在的三官殿、埠口、李官桥①、宋湾②、滔河、城关（今淅川老城镇）、马蹬、大石桥、仓房等区、公社。经过筛选、审定，淅川县委确定了符合青海支边条件的 8008 人名单，其中男青

---

① 三官殿、埠口、李官桥 3 个区、公社后因丹江水库蓄水被淹没，今已不存。
② 宋湾原集镇已被淹没，该公社后被迁到盛湾，改名盛湾，现为淅川县盛湾镇。

年 5565 人，女青年 2443 人。 细分，其中还包括干部、技术骨干、能工巧匠等 1428 人，分别是：农技员 619 人；炼铁工 19 人，邮电工 10 人，商业职工 19 人；缝纫师 11 人，理发师 25 人，铁匠 27 人，木匠 72 人，泥水匠 213 人，竹匠 44 人，石匠 24 人，窑匠 28 人，粉匠 38 人，酿酒师 101 人，油匠 8 人，皮鞋匠 3 人；教师 34 人，医生 18 人，护士 14 人；豫剧演员 130 人，伴奏琴师 34 人；脱产干部 24 人。

随即，8008 人按照军事编制建立农场（团、兵团），团下设营、连、排、班建制。 团部设 200 余人的警卫连，还成立宣传队、医疗队、邮电所等。 各连建炊事班、理发室、卫生室、缝纫室等。

24 名脱产干部中，淅川县委委员、县检察院检察长、时任丹江口工程总指挥部淅川五师政委王海申任政委，淅川县委监委副书记李纪奎任副政委，下设若干营级机构，分别由支边人员所在区、公社副职和县人武部几位科长担任营级领导。 其中，侯富润任一营教导员，喻明洲任一营营长，江有成任一营副营长；高克强任二营教导员，曹德勇任二营营长；祁程任三营教导员，黄宗荣任三营营长；两个军马场的营长分别由杨大洲、王德胜担任。 根据青海和河南的协议，8008 名支边青年需要有 3 个副县级干部带队。 因为淅川县抽调不出第三人，邓县县委委员、县委办公室主任、时任南阳桐柏炼钢厂厂长的张道善奉命成为带队领导之一。 张道善到青海后先后任德令哈县（今德令哈市）副县长兼怀头他拉农场书记，海西州农垦局副局长、局长。

临行前，这些舍弃了自己家园要去西北的青年，得到了政府为他们配发的一件大衣、一套棉衣、一套被褥，其他衣物自备，简单家具自带，粮种自带，2 斤干粮也是自带。 他们胸前佩戴大红花，在丹江与鹳河交汇处的马蹬镇集中，经汽车转运，到许昌乘火车，分三个批次向着高原，向着雪山，向着风沙依次出发。

1959 年 4 月 3 日，王海申带领老城、马蹬、大石桥、仓房 4 个公社的支边青年 3121 人，抵达青海黄南藏族自治州循化撒拉自治县，与信阳专区汝南县（今河南省驻马店市汝南县）2000 人合编为文都建设兵团，团长由汝南县人许振乾担任，王海申任政委。 1960 年，青海文都建设兵团改为文都总场，营改为分场。

1959 年 5 月 3 日，李纪奎带领宋湾、滔河两个公社的 2765 名青年，到达青海黄南藏族自治州贵德县，当年 9 月又调往海南藏族自治州贵南县过马营军马场。

1959 年 5 月 13 日，张道善带领李官桥、埠口等公社的青年 2122 人，到达青海海西蒙古族藏族自治州德令哈县。

1960 年 3 月，青海省组织慰问团到淅川县慰问。当年冬，淅川县又组织支边青年及其家属共 4909 户 14334 人，迁往青海省相关州县安家落户。

以上支边青年和家属共计 22342 人。

这是淅川的第一批大规模外迁移民。 只是那时候还不叫"移民"，叫支边。

这些青年来到青海，在高原严酷的生存环境中，由于气候恶劣、水土不服，不少人患病，很多移民就这样死在那里。 据统计，武洲村移民 197 人，64 人命丧青海；党子口村移民 76 人，36 人魂断高原……

经历过青海悲惨遭遇的移民只想回到生养他们的丹江边，尽管家已经不在了，但那里仍是他们心中神圣的故乡。然而移民的苦难并未到此结束。有一些带着农具去青海，带着伤病回淅川的移民，赤手空拳返回时很多变卖掉了自己的衣服、被褥，而且基本体弱多病，根本无法从事生产劳动。回到淅川后，他们没了自己的家，没有房住，也没一件农具，甚至连生活炊具都没有。在很多地方，这些返回的移民，连吃饭的锅碗都得向邻居借，常常到半夜还吃不上饭。同时，缺衣少裤也是个普遍现象，一些人把仅有的被褥改成了衣裤，有的更改无可改。

而这样的例子还有很多。

麦梢儿黄了

李华庄在河南省淅川县厚坡镇，就在丹江水库的边上。

2015 年 4 月 5 日，正是清明时节，元成回到家乡，去李华庄看望他的堂姑吴秀云。

吴秀云和元成的大伯等人都参加过青海支边，也经历了修丹江口大坝、支边青海、南下荆门的全过程。吴秀云又返迁回了河南，可元成的大伯早年已经埋骨湖北荆门，已经无法得知他和大妈在青海德令哈支边的详细过程，更不太可能知道他们是如何风餐露宿、历尽艰险从高原上偷跑回来的。好在元成和堂姑吴秀云近年来多有走动，她又介绍了当年一起支边的"老战友"，进而又通过他们找到了许多亲历者，让我们得以了解那段让他们刻骨铭心的历史。

那天，75 岁的吴秀云趔趄着来到村头，张望着一辆驶过乡间泥泞小路冒雨而来的小车。从青海回来迁移湖北荆门，再从湖北荆门返迁回来后，她就一直生活在这个村子里。

屋外，细雨霏霏。屋内，她额头上的皱纹在颤抖，干瘪的嘴唇在颤抖，眼里的泪花在颤抖。56 年过去了，那一切的一切恍如昨日。

吴秀云是 1959 年春天去的青海。1958 年她已经结婚，丈夫姓梁，是埠口街人。埠口街是原淅川县埠口区埠口公社所在地，后来被淹没在丹江口水库之下。吴秀云的娘家是宋湾公社分水岭村吴家，和元成是本家。吴秀云说，她妈妈不喜欢她，而二妈尚士荣也就是元成的奶奶，喜欢她，把她介绍到埠口街老梁家。吴秀云的妈妈并不情愿，但也没办法。她二妈那时候在埠口街上住，过一条街就是梁家。

1958 年，吴秀云刚结婚，6 月开始大炼钢铁，炼钢厂在毛堂公社那边的山里。高级社也改了，成立人民公社，开始吃大食堂。

那年八九月间，吴秀云正在山里炼钢铁，接到通知让去丹江口修大坝，担挑子运土石。老梁没去丹江口。吴秀云的堂兄弟吴占定、吴占盛兄弟俩，也就是吴元成的大伯和父亲，也去了丹江口修大坝。吴秀云和元成的大伯吴占定一个营、一个连、一个排，在一个锅里吃饭。吴占定结婚了，家在埠口街詹楼，倒插门，和吴秀云一个公社。

吴秀云在丹江口羊山工地那里爆破、挑运石头，没几个月，县里来人到工地宣传发动支援边疆建设，18 岁以上都让报名。当时的口号是："祖国大建设，青年是主力军！""到大西北去开发，为国家做贡献，光荣！""那儿美得很，雪山、草原、成群的牛羊，到了那儿，不用再吃大食堂，不用饿肚子，顿顿吃香的喝辣的！"吴秀云那年正好18 岁。

县里来人说："吴秀云啊，你得上青海。"但连长对她说："吴秀云啊，你可去不得。你搁这儿好好干，干好了转正。"跟吴秀云在一起要好的、没去青海的姑娘们，后来都留下来转正，成丹江口市民了。

吴秀云年轻，思想进步，还想着上青海支边，就不在丹江口干活儿了。吴占定也报名了，他们到青海也在一块儿，但是没在一个连。分水岭村不属淹没区，村民没去支边。吴元成的父亲吴占盛那年 17 岁，年龄不够，没去支边。如果去了，也许就没了元成。

1959 年过罢春节，吴秀云们准备上青海。从埠口街到马蹬的时候，快要割麦，麦梢儿都黄了。

马蹬位于鹳河、丹江交汇处，是一个古镇，这个时间马蹬又热闹起来。丹江码头的石板街，到处都是人，跟上庙会赶集一样。汽车轰轰响着，农具、种子、干粮堆得到处都是。

青海有人来，接吴秀云他们上青海的人是部队上的，个子很高，长得很黑，他给大家开会说："你们别害怕，我们是接你们去支边的。"淅川也有带队干部。

汽车发动了，家里人跑啊，追啊，哭啊。 吴秀云他们在车上大声说啊，笑啊，唱啊，高兴得不得了。 就这样跑了一天，到许昌才坐火车。火车是闷罐子车，绿色的，慢车，"咣当，咣当"，坐了八天八夜。 到甘肃的河口，有个招待站，到那儿有人接，安排吃饭。 兰州到西宁那时候不通火车。 于是大家又坐汽车到西宁，再转车到德令哈县。

吴秀云一家人都去了青海，老梁和他尚未结婚的弟弟都去了。

到青海后，按军队编制分成农垦师、团、营、连、排。 女的住一排房子，男的住一排。 住的房子是用芦苇盖成的。

到1960年大批家属才去青海。 元成的大伯吴占定夫妻就是那年去的。 他们从青海回来后，搬迁到湖北荆门，后来返迁淅川九重公社，又折回荆门。 吴占定在那里给一个小水库看配电房，后来病死在荆门。他们的几个儿女有的在荆门市、钟祥县，有的在淅川住。

吴秀云等第一批人到青海去的地方叫德令哈农场①。

到那儿后，部队里的人带着训练，说是要打仗。 每天早晨起来跑操。 才开始也没发枪。

南栈沟是属于分水岭村的一个自然村，从那个村去青海的吴宗斌，是吴秀云本门本家哥，在老家就是个干部，他到那儿后是个站长、书记，管一个站。 站就是开始时的营。 吴宗斌从青海回来后也搬迁到湖北荆门。 埠口街支边青海的人组成一个连，4个连算一个营。 埠口公社去的人多，淅川全县第一批去了8000多人。

到了德令哈，组织上让吴秀云当妇女队长，吴秀云死活不愿意。 吴宗斌说："秀云，你□当！"实在推卸不掉，吴秀云当了几年妇女队长。

---

① 今青海省海西蒙古族藏族自治州辖区还有德令哈、尕海、怀头他拉、巴音河4个州属国有农场。 其中，德令哈农场位于柯鲁柯镇。

命脉

训练以后，部队的人离开了。 吴秀云他们开始挖地、种地，主要是种洋芋，就是土豆，也种麦，种青稞。

吴秀云等人才去的时候，生活还好，一个月面粉给 80 斤。 吃着吃着，只剩 20 斤了；再吃着吃着，只剩 18 斤了。 其中还有杂粮、野菜、树根。 后来，到 1960 年 9 月，支边青年和家属去得多，种的粮食都上缴了，不够吃。 没啥吃的，也没啥菜，就吃土豆。 没办法，大家就到山上挖一种又粗又长的树根，当地叫胡盖子，切得薄薄的，放锅里煮煮、漂漂吃，吃得人们拉不下屎来。 胡盖子可能就是锁阳，现在成了稀罕物，被当成养生的宝贝。 吴秀云他们还到山上摘一些树或草的叶子，摘回来放锅里焯焯，以此充饥。

吴秀云在那儿并没受太多罪。 生活困难的时候，吴宗斌怕她饿着，说："你不当队长了，你做饭。"

锅台很高，吴秀云得上到锅台上做饭。 吴秀云负责给一个连做饭、打饭。 五分钱，一个很小的馒头。 饭票有五分的、一毛的、二毛的、三毛的、四毛的、五毛的，没有一块的。 有时候，看人家那些生活困难、吃不饱的人可怜，晚上睡觉，吴秀云会偷偷塞几张饭票。

有天早上，快要打饭的时候，有个人饿得走不动，爬着往那儿去，到吴秀云跟前说："秀云啊，你给我个馍吃！"吴秀云说："你别吭啊，恁些人，我给你，这个也认得我，那个也认得我，都给咋中？"那人也挺聪明，蹲到厨房角落里，等人都走了，吴秀云塞给他俩馍，也不大，但能救命。

德令哈就在西宁西边的柴达木盆地里，一眼望不到边儿。 由于不适应当地的环境，生活又特别困难，人们不断上告。 最后国家决定把这批人送回来，此前已有很多人自己偷跑回来了。

吴秀云在那儿连去带回来，四年，没有生小孩儿。 到 1964 年从青海回来，才生的第一个小孩儿。

和吴秀云一起去的人，个别也有留在青海的。 埠口街詹楼村的詹清杰，在那儿的凤楼公社。 吴秀云等大批人离开后，他在那儿当会计，他一家人没回来。

老子缺那口气

2015 年 11 月 10 日，吴秀云给吴元成打来电话说，淅川香花镇贾沟村的贾登华，当年他们一起上青海，想来郑州见我们。 12 日，他们到了，想着是俩人，却来了 5 个人：吴秀云、贾登华、马祥瑞、李玉芳、吕中英。

秋雨淅沥。 12 日是农历十月初一，豫西南叫"十来一"，是一个和清明一样的鬼节，要为故去的亲人烧纸送钱。 南阳的风俗，清明烧纸可以早些，"十来一"烧纸可以晚些，当地俗话叫"前清明后十来一"。

送 5 人出饭店的时候，看到很多人在十字路口烧纸。 马祥瑞说："这些都是给远处的亲人烧纸的，没办法上坟，只能找个十字路口，画个圈儿烧。"

在饭店吃饭的时候，身着皮衣的马祥瑞口齿伶俐，说起支边似乎有一肚子话要说。 马祥瑞也参加了丹江口大坝建设，回来后又服从上级要求去青海支边。 快要走的时候，家里的房子都给扒了。

上青海的时候，马祥瑞家属于淅川县埠口区埠口公社苏庄大队。那时候，苏庄归埠口公社管。 埠口现在没有了，被水淹了，剩下的土地和人口划归香花、厚坡、马蹬镇了。 苏庄划归了马蹬镇，就在淅川丹江大观苑附近。

马祥瑞他们走的时候是 1959 年农历三月二十七。 当时马祥瑞还小，高兴得乱蹦。 他也是从马蹬坐的车，货车，前面扎着旗，锣鼓喧天地敲着。 他们头一天到南阳，吃吃饭，第二天才到许昌，坐闷罐子车，到河口停了三天。 河口在甘肃和青海之间，在那儿等汽车。 在河口才给发的衣裳、被子。男的黄军装，女的蓝色的。从河口出发，经日月山、象鼻山过去，再经过倒淌河，才拉到德令哈县。这又走了两天。

马祥瑞是 17 岁去的，年龄不够，他识字儿，上过两天学，可以帮忙写一下，画一下。在德令哈县，马祥瑞一直干的是勤务员。那时候，他在四营，后来改成四站。那里当时都属于劳改场，支边的人去了，劳改场腾出来给支边青年住。

他们在那儿的任务是开荒，一天规定开七分荒地。那里的土很虚，一镢头挖很深，好挖。马祥瑞因为小，当勤务员，并没有干。但他印象最深的是，苏庄附近的小槽峪村的马友华姊妹俩残了。亲姊妹俩，腿截肢了，现在还活着。当时，她俩在一站。那儿苦，她们想着跑，她妈、她哥哥拉上姊妹俩跑，姊妹俩的腿冻得不会拐弯了。当时医疗条件也差，就到西宁医院给截肢了。

四站在德令哈县城，党委书记姓陈，叫陈宁杰，马祥瑞跟着他当通信员，他是邓县人，后来回到邓县，现在已经去世了。站长是李永志，原来是埠口区埠口公社社长，到青海后先当营长，后来是站长，现在也去世了。现在支边的领导在世的就只有张道善和侯富润了，另一个带队干部王海申早去世了。张道善是青海省海西州十多个农场的负责人，包括德令哈县、都兰县的所有农场都归他负责。侯富润现在住在淅川新县城上集镇。

张道善是马祥瑞的老首长。在来郑州找我们之前，马祥瑞到南阳去见张道善，见面张道善就哭了，说："你们还在啊，还能看到你们啊！"他后来一直留在青海工作，退休后异地安置回到南阳。

当时，苏庄大队去了 44 人，现在剩 11 个人。都跑回来了，也有被送回来的。马祥瑞是最后回来的，属于最后一批，是 1963 年 1 月份回来的。

马祥瑞回到淅川后才结的婚。生了五个儿子一个女儿，三个大学生，两个在上海、一个在桂林工作。

马祥瑞现在生活得不错，但他一直到处跑着落实移民身份。 淅川开始去青海8008人，接着又分几批去了支边青年带家属14334人，共22342人，现在淅川全县只有257个青年、276个家属活着，加起来500多人。 据我们了解，1959年到1964年，河南省前往青海支边的人员总数达10万人。 其中，淅川县的22342人中，因疾病、饥饿等因素死亡5400人。 已知汝南、镇平、南召、叶县、许昌、濮阳等县均在2000人左右，多数自己跑回河南，或被遣送回原籍。 当时，都属于"组织发动，自愿支边"。 由于这批支边者涉及的并非淅川一县，根据现在的政策，他们不被认定为移民。 为此，马祥瑞多次找县长、局长，和他们争论，希望能认定他们为移民。

马祥瑞的孩子不让他再跑这个事，说你啥都不缺，跑什么跑？ 可马祥瑞说："我缺那口气！ 老子缺啥？ 俺也不图啥回报。 起码你得承认这个事儿，承认这个身份。"

扛芦苇盖房子

贾登华和马祥瑞他们一起到郑州找我们，出郑州火车站的时候，他没看清路，在电梯上摔了一跤。 在秋风秋雨中，他瘦高而微驼的身材在那一刻显得十分单薄。 相对马祥瑞，贾登华话少些。

贾登华去青海的时候才17岁，是1959年阴历五月初十到马蹬开始坐车，第三批走的，五月二十三到德令哈县的戈壁，现在叫戈壁乡。 到那儿以后，他分在二营，后来叫二站，书记叫刘发子。

一下车，满目白，到处是帐篷，没有房子。 一个帐篷能住五个人。没有床，没有桌子，在帐篷内就地开挖，挖几尺深，把多余的泥土挖掉，取走，弄个窝窝儿，挖出来泥巴桌子、泥巴床，桌子也开出来了，床也开出来——土台子上铺上芦苇草，就是床，在上面睡。

才开始去的时候，他们还帮助少数民族群众割麦、割青稞。 割罢以后，搞基建，建房子，就地取土。 一部分人在场部挖房子地基，垒墙，一部分人去扛芦苇。 经巴音河上尕海扛芦苇，30多里路，去了现割，现绑，再扛回来。 一个人一天的标准是60斤的任务。 超10斤，奖励一个馍。 刚开始，生活好，一个馍4两，后来越来越小。 任务完不成，少10斤，扣半个馍。

找芦苇的半路上，又渴又饿，贾登华他们拿着馍咽不下去，芦苇棵下面的水全部是黑的咸水，也喝不成。

芦苇扛回来，他们还要连夜扎芦苇把子。 要求是，一把一丈二尺长，每人要扎好10把，才能休息。 扎不够10把，不能睡觉。

干了好多天，留在场部挖地基、垒墙的人总算把房子框架搞好了。扎好后的芦苇把子铺到上面，房子就算建好了。

还有一部分人搞开荒。 荒地一片白，都是盐碱地，用脚把芦苇踩倒，开始挖。 要求每人一天开七分地，完成不了，要扣口粮。

到1959年的10月份，贾登华转到了德令哈县的怀头他拉国营青年农场，场长姓万。 怀头他拉那儿原先是个劳改场，劳改队搬走，贾登华他们搬过去。 到那儿以后，分四部分：第一部分人还是搞基建，盖房子。 第二部分人搞水利，修坝。 从1961年的10月份，一直修到年底12月份，坝才修起。 现在这个坝还在那儿，是土坝，当时没有水泥。有的是用挑子担，有的是用抬，有的是用架子车推。 没汽车，没拖拉机。 在那儿干活，推着车子都不敢休息，天气很冷，干着活儿，还好些。 第三部分人搞野菜。 到那儿后，生活开始变坏，不够吃，每个人一顿三两，三两还是麦籽儿，囫囵的，煮煮吃。 不够吃只有指望野菜。这个连，那个连，上山挖野菜。 野菜就是碱蓬、锁阳、骆驼草，是青海的三大宝。 特别是锁阳，长得像树根一样。 锁阳是好东西，但不能多吃。 在那儿，支边的人编了新"三大宝"："青海好，青海好，青海有得三大宝：帐篷多房子少，刮风多下雨少，风刮沙子跑，风息蚊子咬，碱蓬、锁阳、骆驼草。"贾登华在营部当团支书，也挖过野菜，不挖没吃的。 最后一部分人，是整风整纪，看场，看人。 一些人受不住，开始跑。 有个排跑得只剩俩人，其他人一起跑了。 他们老家是淅川现在的香花镇黄龙岗的，到现在也不知道他们的下落。

那儿最严重的是气候特殊。 特别是一入冬月间，就上冻了，一直到第二年三月才开化。 出去干活，脸都白刷刷的。 赵寨的一个人，是老党员、老转业军人，叫赵自书，连饿带病，死了。 他在那儿死了以后，也没个棺材，他的孩子给他堆个土堆儿埋了，砍了个木棍，砍成片儿，写了几个字："父赵自书墓。"过了三天，去了以后找不到了。 风沙太大，把坟刮平了。

后来，又分一部分人去挖煤窑，万场长叫贾登华去了。 他在那儿入了党，煤窑上有三个党员，成立了党支部。

到了1960年，贾登华结婚了，妻子也是去支边的。 结婚以后，没房子住。 当时，一间房子，很窄，吴秀云两口在靠门口的地方支个床住，贾登华和老婆在后边支个床，中间拉了个布帘儿。 当时，吴秀云是炊事员。 从青海回来后，贾登华和吴秀云始终没见过面，这一次到郑州找我们，才算见上。

贾登华的妻子在那儿生了一个女孩儿。 女儿仨月的时候，他们抱着跑回了淅川。 全家回来的时候，有贾登华的父母、弟弟、妹妹，他们是家属大批去的时候才到的青海，加上贾登华三口，是七口人。

回来以后，原先的三间草房没了。 上青海后，家里的房子都被扒了。 他们坐在老宅子跟前，放声大哭。 没办法，贾登华去找大队、生产队干部，最后让先住到他二叔空闲的两间房子里，那两间房子很破，都快要倒了。

贾登华那时候年轻，又是党员，组织上给他介绍个工作，让他去县财政局上班，做协理。 干了一段，父亲给他打电话，说："房子看着马上就要倒啊，你赶紧回来，想个啥办法。"贾登华回到家，给邻村的一个熟人联系，那人说："你带一斤酒换给你一百斤黄白草。"贾登华和他父亲掂了十八斤红薯干酒，换了一车黄白草。

半路上，走到贾登华二叔家那儿，停那儿吃饭。吃罢饭出来，找不到牛车了，草也拉跑了。他们只好分头找，却怎么也找不着。结果到家一看，牛自己拉着一车草回家了，在门口那儿倒沫呢。

这才开始盖房子，草是有了，可没檩条，没椽子。结果亲戚邻居这个帮个木棍儿，那个给个葵花秆，凑合着把房子翻修好了。后来，大队有个干部叫王纪德，让贾登华回来做支书，一直干了十五年。

贾登华回淅川后又生了三个儿子、三个闺女，儿子都在家种地。

死要死到老家里

荒凉的戈壁滩上也绽放爱情之花。李玉芳是在支边期间结的婚。但李玉芳似乎大脑受过刺激，记忆时断时续，也不连贯，经常出现"断片"。

李玉芳是 1942 年的人，也是 1959 年去的青海。但在青海时她和吴秀云并不认识。吴秀云在德令哈县城附近的四站，李玉芳在怀头他拉总场的医院做护士。

去支边的人，和当地人并未融成一体，支边者自己设了医院。李玉芳在家的时候并不是护士，到那儿现培训的，主要给支边人看病。

医院没床，就在炕上，坯垒垒，弄点草一按，上面铺个破毡，就是床。当地蒙民有病了，也来看病、住院。

李玉芳因为当护士，没受太多罪。吃饭时总会有个馍或是一把麦籽儿，饿不着，也撑不着。

李玉芳的娘家并不是淅川的，是镇平县杨营乡的。淅川去青海支边是镇平的张道善和姚明堂带队去的。姚明堂是李玉芳的姑父，和她姑姑都去支边了。 李玉芳就这么跟着他们一块儿去了。 因为她识字，上过学，在那里学习做了护士。

李玉芳当时去的时候，还没结婚，1961 年在青海和刘家昌结的婚。介绍人是她姑父姚明堂。 刘家昌是赵寨村的人，全家人，奶奶、父母、俩弟弟、一个妹子，总共七个人去了青海。 去了后，他被送到西宁公安二干校财经班，培训了一年多，大概是 18 个月。 公安二干校啥都有，还有培训护士的。 培训后没有往其他地方分，他又回到农场当干部。他们在那儿没生孩子，回来到淅川老家才生。

刘家昌在青海身体不好，回来后也没人承认他的干部身份，只是在大队干了几年村干部。 他身体差，心肌缺血，一年得住几次院。 九年后，他生活难以自理。 李玉芳伺候他 19 年，端吃端喝，一直伺候到他死。

刘家昌活着的时候，七几年或者八几年，也回过青海，去找公安二干校。 公安二干校有他的档案，也承认他的身份，想给他解决工作问题。 他当年留下来的同学说："你现在不回去都可以，你的工作我们管。 只能解决你一个，家属带不了。"他想着，他一个人解决了，留那里又不能带全家，这一家人就散了，过不成了。 家里父母兄弟全指望他，孩子又小，实在不行，就又回来了。

李玉芳是 1962 年回来的，不是跑回来，而是被送回来的。 她说："都想着，死要死到河南老家里。"

党员干部要带头

2015 年 11 月 12 日，吕中英到郑州见我们的时候，已经 81 岁了，她耳朵不好，听力差，但脑子清，很有表现欲。 她当过干部，送过返回的支边人员，能抽烟，也能喝酒。

吕中英老家是埠口区埠口公社吕家河大队的，跟吴秀云是一个地方的，现在住在赵寨。　她是和吴秀云一批去的青海。　结婚也在青海，到青海才认识的丈夫。　丈夫是赵寨的，当时在埠口街进行民兵训练，吕中英那个时候在埠口粮管所，是合同工，王德胜是她的领导。　埠口粮管所连王德胜，去了8个人支边。　吕中英那时候在埠口街，吴秀云也在埠口街，她们熟识。　但是，从青海回来后，她们55年没见过面，直到这次一起来郑州。　当时，吴秀云在丹江口修大坝，吕中英是干部，去发动吴秀云一家仁人去青海。

　　吕中英1957年在河南就入了党。　支边时是带队干部，到青海先当连长，后来在一站当妇联主任。　回来后一直在农村。　吕中英连去带回，是三年。　当时她送几车人回淅川，先送到内乡县师岗，才通知各大队来牛车去接。　吕中英说，她记得当时快过"十来一"，正好这次到郑州找我们又是"十来一"，生死的界限啊。

　　吕中英是干部，在青海有非常突出的表现。　当时修怀头他拉水库，一开始质量不行，坝垮了。　吕中英"嗵"一下跳进去躺在那儿了，穿着衣裳堵到缺口里。　见她躺到水里，人们赶紧拿麻包装沙土，堵缺口。　几个人把她搀起来，她身上的冰凌都呼啦呼啦响。　然后就把她叫到柴达木去开先进分子会，说是挡水口的先进分子，开了半个月会。

　　说起在青海的生活，吕中英说："眼看民工闹坝，累哩不得了，民工吃不饱，也心疼啊。　支边的老乡挑土、抬土、拉架子车，一个排都在一块吃，同吃同住同劳动。　你不带头谁带头？　一你是党员，二你是干部，不带头能中？"

　　吕中英在农场，也都是种地。　在青海，说的是扎根发芽，当"老祖先"哩，结果待不下去。　当时她在粮管所的时候，合同工一个月18块，到那儿说是按级翻一番。　结果，吕中英从淅川的合同工、青海的国家干部，回来后啥也不是了。

　　回来后移民下湖北，吕中英没去，她妈妈与李官桥、三官殿的人一起，从埠口搬迁到湖北了。 她妈妈搬迁到荆门县拾回桥区，跟吴秀云一个大队。 吕中英因为嫁到赵寨，没有搬迁去湖北。

福气都积到我身上了

2016 年 1 月，连日雾霾，浓得比牛奶还稠。 通过朋友辗转联系上搬迁到原阳县狮子岗村、裴岭村、石门村的村支书邓章峰、安荣泽、毕学勤，他们都来自淅川县的老城镇。 狮子岗村的邓章峰说，他们村里没有活着的见证者。 安荣泽在电话中说，十分遗憾，那个上过青海，下过湖北，又搬到原阳的叶山高老人去年已去世，不过还有个全天多。

1959 年三月，全天多从淅川老县城出发，去青海支边。 车很多，阵势很大，支边青年穿着新发的黄军装，喜气洋洋的。 他们先坐汽车到的南阳，再到许昌坐上火车。 路上走了七天七夜，过兰州以后下火车，在那儿住的帐篷。 再转汽车，来到青海省黄南州，住在中库沟，这里现在属于循化撒拉族自治县。

全天多是 16 岁去的青海，走之前，上到三年级，五册书没念完。走的时候，到处都在吃大食堂，正值生活困难时期，吃不饱饭，全天多和比他大五岁的二哥一起去了青海。 家里只剩下妈妈和两个妹妹，他父亲那时已经去世。

到中库沟那儿，当地人都已经迁走了，全天多他们就住在当地人留下的房子里。 房子的墙都是夯土打成的，发白，下雨也不垮。 屋顶用木柴架起来，上面还是土，用碌子碾碾，也不漏雨。 那里一年种一季粮食，主要是洋芋，就是土豆，也种小麦和青稞。 全天多他们也去帮藏民割麦，干了活，藏民会煮牛奶给他们喝，把青稞面炒炒，搁碗里一和，在手里捏成团吃。

　　　　　　　　　　　　　　　命脉

全天多在中库沟住有一年，后来还去同仁县山里伐过木，用马车运。 也到黄河南岸蒙古族自治县修过路，便于从黄河对岸往河这边运粮。 那段黄河很宽，水大，十来月间就结冰，天也冷，雪下得很大。全天多他们住在帐篷里，弄点儿草垫着。 当地海拔高，缺氧，饭做不熟。 全天多他们一个人一天有一斤干粮，但没法做饭，没办法就偷当地人的牛粪当柴烧。 藏民"啊鲁啊鲁"地喊，不让弄，撵得他们直跑。当地气候恶劣，经常一到晚上，太阳还有一竿子高，就开始下冰雹。 全天多他们没经历过这样的气候，几天下来脸上就冻起一层黑壳。 因为天太冷，冻得全天多他们受不了，就撤回了农场。

后来，全天多念着家里的母亲和妹妹无人照顾，当地气候又让他难以适应，就偷跑回了淅川。 全天多是从铅矿跑的，他的哥哥也在铅矿上干活，全天多跑之前，告诉了二哥。

全天多从铅矿跑出来，跑了一天两夜，路上没有吃的，就拾点儿麦穗，揉揉吃。 跑到青海平安镇火车站，花三块多钱买张车票，坐到了兰州，然后再坐火车到许昌。 因为来时走的就是这条路线，全天多大致知道。 然后从许昌步行跑回淅川。 全天多从青海走的时候身上带了40多块钱，在火车上，一天吃一顿饭，回来还有些剩余。

和全天多一起跑的是淅川滔河公社的一个老乡，也在矿上干活，他也想走，全天多他俩一商量就一起跑了。

全天多跑回来的时候是1960年的冬天，第二年春天，他二哥也一个人偷跑回来了。 回来后，全天多的二哥1963年结了婚，到1967年全天多才结婚。

回来以后，全天多给队里看庄稼，经常睡在湿地里，得了寒湿腿。病重的时候，用烧热的锥子扎很深，都不知道疼。 也找人扎针，往嘴里扎一麦那么深，嘴里不断流清水。 安荣泽说，那还是在青海落的病根儿，是骨寒。

后来村里在外面医院工作的一个医生叫石宝清，回到村里，用针灸治好了全天多的病。 石宝清用一尺二的织毛衣针，隔着衣裳，扎透全天多的病痛处，竟逐渐把他的病治好了。

全天多一生得过很多病，1945 年他才两三岁，日本兵侵犯时他正出天花。 16 岁上青海，回来得了腿寒。 到 49 岁，又得绞肠痧，肠子转筋儿，第二年又得，还是绞肠痧，上下不通气。 医生给他开的方子，都有一指多厚。 在搬迁来原阳的时候，他路上在车上喝点儿凉水，又犯病，花了不少钱才治好。

全天多的二哥叫全猫娃，这不是他的小名，是大名。 他出生的时候，猫跑到屋里了，就给他起个这个名，家里人觉得这样好养。 全猫娃出生时，接生婆还把他小指头咬掉一节儿，不知道有什么讲究。 全猫娃从青海回到淅川后，可能因为干活太重，45 岁就去世了。 在猫娃之前，全天多还有个哥哥，26 岁就在老家去世了。 他肚子里长个瘤子，长得像小孩脑袋那么大，当时也没钱做手术，就去世了。

说到这些，全天多呵呵地笑了，说福气都积到他身上了。

一路儿①去了 5 个同学

热心的安荣泽开车带路，一路曲里拐弯，穿过村舍、田野，走过大道小路，终于在夜色深沉中来到石门村支书毕学勤家。 毕学勤早已把76 岁的刘荣华、72 岁的孙章荣叫到了他家里等着。

从淅川移民到青海的人，很多已经去世，现在活着的也都七十多快八十了，当年的小伙子，现在都成老头儿了。

2016 年 1 月 10 日，我们见到刘荣华的时候，他快到 77 岁了，耳朵聋，让他说可以，别人说话，他基本听不见。

---

① 方言。 一起，一块儿。

刘荣华是和几个初中同学一起从学校去青海支边的。学生总是对新事物反应敏锐，学校一号召，他们一个班 5 个同学，就一起报了名。当时，淅川县成立了职工干部学校，在老县城的娘娘庙。当时已经开始修丹江口水库了，县城要搬迁到上集，娘娘庙已经扒了。刘荣华他们到职工干校没几天，说要支边，他们就报名去了青海。

刘荣华他们到青海后，被分配在湟源县扎藏寺那儿，在铁路局里当工人，在第四工程局第三工程队第五工班，住的是帐篷。当时那里正修铁路，他们的工作就是炸山，弄石子儿。当时，淅川老家生活困难，吃不上馍，整天吃红薯，喝稀糊涂汤。在青海修铁路，生活要好很多。到青海湟源县以后，吃的是青稞面，比较黏，也有米饭吃。隔些天，青海湖里打出来的鱼，也会给工地上一些，改善生活。这在当时那个困难的年代，算是很不错的了。

后来，刘荣华也去了农场。因为那里天气很冷，刘荣华身体不适应，就去了铁路局成立的农场。1961 年 11 月份，可能上面有指示，有病的可以回老家。组织上给买了车票，另外给了七八十块钱，刘荣华就回到了淅川。和刘荣华一起去的同学，后来都回来了，现在大都已经去世。

刘荣华从青海回来，一直在老家，直到 2011 年这次搬迁到原阳，中间隔了 50 年。

一辈子跟着黄河转

正是腊月天，残雪未消，寒风刺骨，格外的冷。2016 年 1 月 24 日，我们沿着中州大道向北，走北四环，与邙山、黄河并行向西，过古荥镇，再向西，还没到广武镇，忽然看见路边的牌子：移民葡萄采摘园。但细看地名，是冯庄村。立即停车打听，再向南直行两公里，即淅川县上集镇搬到广武镇的东魏营移民村。

进得村来，见三五老者在向阳的墙脚晒暖，上前让烟，打听是否有人去过丹江口大坝和青海。有人说，支书魏国钦的大大魏福才就去过青海。赶紧进村寻找，遇一中年妇女，指点了支书家。敲门片刻，一女性开门，却是支书的蒙古族爱人。她领着我们去村南头找到了魏福才老人，他正在一家农户看人打牌，玩得很小，一块钱的牌底。

魏营 2009 年搬迁到了郑州西北郊荥阳县（今荥阳市）的广武镇，因为地不够，被分成两个村，一个叫东魏营，一个叫西魏营。

魏福才 1938 年出生，我们见他的时候他刚过罢生日，77 岁了。魏福才从青海回来后没再去湖北，而是一直后靠，直到这回搬迁到荥阳。

和魏福才一个村一起去过青海的有五六个，在迁往广武前都已去世，只剩下他一个了。当时，老家正吃食堂，生活比较紧张，1959 年冬天，农历十月间，他们就一起去了青海。和淅川大多数人走的路线不同，魏福才他们是步行到陕西商南县，从商南坐汽车到西安，再坐火车去往青海。

魏福才他们到西宁的时候，到处招人："是来青海的，支边的，找工作的，你往这儿来！"魏福才他们到的时候天已经黑了下来，他们就被领到一座山脚下。那里到处都是帐篷，他们就住在帐篷里，挖石头，背石头。就这么干了几天，说是要给他们找工作，又把他们带到西宁，去盖房子。他们去的时候，房子已盖了一半儿。他们一直把房子盖起，还不让走。因为只管饭，不给工钱，他们就去找人说理，这以后才给找了工作。

当时，化隆县缺人，人事干部来招人。给劳动局分配股一报，给分了单位。魏福才被分配到化隆县商业上，先学习了一个月，再根据文化程度高低安排，程度高的、有能力的就坐办公室了。当时从河南去的还有武陟县、许昌县的，都在那儿培训。培训主要是搞思想教育，因为商业上不是吃的，就是用的，组织学习，就是提高大家的觉悟，不能私拿多占，更不能贪污钱。 一个山西省来的保管，吃葡萄糖，拿东西，结果给逮捕了。 培训就是要提高大家的觉悟，公家钱，免占！ 学罢以后，根据能力，才分工作。

培训罢，魏福才被分到化隆县食品公司，叫食品科，做豆腐，做粉条。 才开始去的地方远，吃住不方便。 到吃饭时候，让人弄个茶缸给带点，搁煤炉上热热吃。 很快，魏福才又被调到县城里头的东关旅社，在城墙大门里边。 这个旅社属于化隆县食品公司，是服务行业，还有门市啊，主要卖吃的用的，还有食堂、理发店，都属于这个单位。

魏福才在青海化隆县县城里的那个旅社当服务员，经常遇到夜里有公安人员去查店。 公安人员通常在夜里 12 点左右查店，魏福才就会被喊起来。 当时他也没秋衣秋裤，就是单裤子，穿个大裤衩子，袄一披，就起来了。 当时年轻，想着没事，公安人员让穿上衣服他也不在乎。结果就落下个腿寒的毛病。

魏福才在旅社当了一段服务员，身体不太好，又遇上要成立农场，他又被安排去挖荒地。 那里天冷，下雪早，他们住在帐篷里。 地冻得坚硬异常，根本挖不动，他们就拾牛粪，放帐篷里拢火。 在那里生活也紧，就是土豆多。 吃不饱，也饿不着，比在淅川老家强。

后来，中央下达文件，哪儿的人归哪儿，让回家。 当地也不想让走，也做工作。 但中央有文件，当地也没法阻拦。 因为那里是高原，风多，魏福才身体也不太好，不适应，就要求回淅川。 1960 年腊月，他就坐火车返回河南。 先坐火车到许昌，再坐汽车到南阳，在南阳过的腊月二十三，二十四到淅川。 走的时候，组织上给买了车票，还补了俩月的工资。 魏福才回来的时候带了八十块钱，他高小毕业，一个月二十六块二毛五，高中文化程度的是二十八块二毛五。 火车票只买到郑州，剩下的路程算成钱给个人，到许昌，再到南阳，管到家。

魏福才在化隆的时候，县城靠近黄河。 到 2009 年农历七月，魏福才又搬迁到荥阳，还是靠近黄河。 他说："这就是命啊，人这一辈子就是跟着水走，南水北调不就是水嘛。 黄河就从青海发源。 咱年轻时候去青海支边，在黄河边儿。 这老了，又来到黄河边儿，跟着黄河转。"

命脉

南下返迁

现在，丹江两岸一些村子的山岩上，很多地方都可以看到巴掌大的混凝土中间，固定着一个大拇指粗细的铜帽标头，这是当年的测量标志。几十年来，当地群众专门用石头、瓦块遮盖，不允许顽童们去敲打玩耍。

元成老家分水岭村老宅子后面的一块巨石上，就有一个这样的测量标志。这也是20世纪60年代开始的移民大搬迁的见证之一。

1961年，丹江口大坝开始围堰壅水，库区124米高程以下的居民需全部迁走，淅川需要动迁26725人，其中包括那些刚从青海返迁的移民。这次移民据说是接受了支边的教训，政策更为人性化一些。具体方案是：除三官殿区4310人统一迁往邓县安置外，其余移民允许在本省、本县、本地范围内投亲靠友，自由选择搬迁地点，每人平均搬迁费是170元。这次移民一共只给了几个月的准备时间，就在很多移民还没找到安置地点的时候，丹江水即汹涌而来，上涨成库。于是，庄稼地成为汪洋，居住的小屋漫进了库水，并慢慢被淹没。无可奈何中，他们只好在江水的步步进逼下步步后退，不断把他们的茅草庵往后移。现在，我们经常可以在媒体上看到一些城市中所谓的钉子户，以成百上千万的巨额赔偿作为搬迁的交换条件，否则绝不搬迁，于是他们成了

命脉

"牛人"。这170元搬迁费，在1961年是个什么概念呢？那时正是国家经济最困难的时期，170元大约只能买一百个馒头，很快就被这些身无长物的移民为保命吃掉了。

1962年3月，靠大干快上、土法上马修建的大坝因质量问题被迫停工，移民们欣喜若狂，以为丹江口水库不再修建了，便纷纷在水边搭个草棚住了下来。虽然此后水库水位不断上涨迫使他们多次迁移，但他们心里感到踏实。尽管他们的土地被淹，在水边烂泥里种的庄稼常常颗粒无收，因而不得不时时拉棍要饭，可"金窝银窝，不如自己的狗窝"，毕竟他们回到了属于自己的故土。但两年后，丹江口大坝再次动工，他们又一次面临搬迁的问题。天下之大，何处是他们的栖身之所？

1964年底，丹江口水利工程恢复施工，水库大坝开始节节攀高，更大一轮移民潮开始了。这次移民，淅川共动迁73844人，其中除4977人在淅川投亲靠友进行安置外，其余68867人分三批迁往湖北荆门、钟祥两县，迁往湖北的移民中有4.9万人被整体安置在钟祥县柴湖镇。

《淅川县移民志》记载，1965年春，长江水利委员会的专家小组进驻河南淅川和湖北的均县、郧县、郧西县等地，对库区淹没线下高程实地打桩、定界，调查登记淹没区实物、人口。最终，第一批外迁移民涉及的淹没区测定完毕，并设定了界标。在淅川县淹没区，上自大石桥公社，下至丹江口大坝，沿江沿线测量全长531公里，确定测量点2729个，设定界桩801个，安置固定标志120个。

很快，145 米高程以下水位线淹没指标被确定下来：

淅川要搬迁三官殿、埠口、城关、宋湾 4 个区，13 个公社，207 个大队，662 个生产队。还将淹没县城 1 座；古镇 5 个：李官桥、埠口、三官殿、宋湾、马蹬；中小集镇 7 个：下寺、双河镇、关防滩、龙城、凌楼、当子口、泉店。淹没区涉及人口 14860 户，66333 人，耕地 133852 亩，房屋 41020 间，各种果树 13007 棵……

各家各户的财产也开始详尽地予以登记造册。有许多是没有登记在册的，如道路、桥梁和电力、通信、农田水利设施等。当时有规定，大型生产工具一律归公。

元成当年曾见到过埠口古镇的拆迁场景。白天，人们上房揭瓦，灰头土脸。入夜，古镇终于安静下来，但梦境里，依然是家人的絮叨、叹息和惶恐。千年古镇把自己拴在丹江边许多年，听闻过屈原的行吟、范晔的史笔、欧阳修的辞章。现在它系住数千移民的梦境，支离破碎的片段刻着荆门、钟祥、柴湖的字眼。

搬迁的日子快到了。

不久，老宅不在，土街也终将消弭于龙宫。他们将把一个家字背上，就像丹江、汉江向东南流逝……

这惶恐的梦正沿江传布，三官殿、李官桥的老寨墙、青石桥也模糊起来。庇佑过唐宣宗李忱的香严寺也将面临新的命运。

1966 年的夏天，听说因为影响未来的航行安全，要炸掉下寺那一片琉璃塔林，老方丈也只有默然合十：拆就拆吧，炸就炸吧，凡所有相，皆为虚妄……

当亲人们陆续迁往湖北荆门县，淅川人拥有了大批的"湖北亲戚"。元成和他的妹妹、弟弟也先后被父亲送到荆门去讨生活。

活着的都还活着，而且都已经会说湖北话了。死去的已经死去，他们是元成的祖母，六爷、六奶奶，大伯、大妈，大姨父、大姨、大老表，姑父……

其实，豫西南人、鄂西北人原本就是一家人，都曾经是楚国的子民。

公元前740年，楚武王之子楚文王建都于郢，其遗址纪南城位于今湖北省荆州市北郊。也就是说，2700多年前，楚国的王公贵族和百姓自淅川丹阳故都沿江南下，前往长江边的纪南城以图霸业。如今，荆州郊外的纪南城唯余一带土岗，高大的城门早已颓败为荒丘，萋萋衰草中白色的野菊怒放。几乎没有人来此遗址凭吊，更没有人想到由此最先流放汉丹流域，而第二次流放沅湘流域并自沉汩罗江的屈原，更没有人去品味三国烟云和盖世英雄关羽的末世凄凉，更没有人去辨认荆州古城宾阳楼城砖上刻画的顺治年工匠的姓名。

2700年后，淅川人将踏着先人的足迹泪别故乡。淅川移民搬迁从20世纪50年代开始，历时半个世纪，先后动迁近40万人。其中在丹江口水库建成前后的1966年至1986年，淅川搬迁20.2万人，动迁人口占库区搬迁总人口的一半以上，除了近安河南省邓县和本县后靠外，湖北省的荆门、钟祥、沙洋县成为主要的安置地。他们也许不知道，这里曾是他们祖先的第二故乡，祖先们曾经在这里创造过楚文化的辉煌，也遭遇过无数的磨难。

从河南淅川到湖北荆门，大约 360 公里。 楚人的后裔要重新用脚步、用车轮、用舟楫丈量祖先曾经走过的路程。

然而，这些沿着先人的足迹南下荆门的移民，不少很快又返迁回了老家。 从 20 世纪 70 年代初期开始，每逢过年，吴元成都会跟着父亲到与分水岭一江之隔的九重，给他大伯家拜年。 也到过厚坡，去见堂姑吴秀云。因为，那个时候，大伯家、堂姑家都从湖北荆门返迁回来。 为了返迁落户，元成的堂姐还嫁给当时还属于邓县管辖的九重公社的周家。 直到元成 1982 年考上河南大学，往返路上都要在那里歇脚。 只是元成的大伯、大妈和堂兄吴长安后来又迁回荆门。

从 1969 年开始，大批淅川人踏上了返迁之路。

当然，引发迁往湖北的淅川移民大规模返迁的直接原因看似是发生在荆门十里铺的"械斗事件"和因此实施的移民插队安置，其实，其中原因相当复杂，既有当初移民安置的政策性偏差和实际执行中出现的工作失误，更因浓浓的思乡情。

有搬迁，就有返迁。 从 1969 年开始的移民返迁风潮，一直持续到 20 世纪 80 年代初。 据不完全统计，自湖北返迁的移民，加上安置在邓县又返迁淅川的移民，以及县内自安后靠的移民，先后有近 10 万人次经历过返迁之苦，有的甚至经历过数次搬迁、返迁、再搬迁的历程。 很多返迁的淅川人在接受采访的时候说道，想不到，从青海返迁回淅川，再迁湖北、邓县，又返迁回淅川、邓县。 据赵学儒著《向人民报告》①记载，截至1982年，淅川县移民从湖北省返迁回淅川的有1240户7305人，其中自荆门县返迁的就有1052户6324人。这些人里面，就包括元成的大伯吴占定一家、堂姑吴秀云一家。

没有永远的家园，只有永远的故乡。

不断的迁徙，隐含持续的疼痛。

返迁大军中，不仅有元成的许多亲戚，还有更多像李德才、何兆胜、吴德功这样的"移民样本"。

当时，从河南焦作到湖北枝城的焦枝铁路刚刚开通。 一开始返迁的时候，很多移民都通过荆门县火车站乘火车经襄樊到丹江口，再乘船返回淅川。 很快，荆门县政府发现了这个苗头，在火车站进行拦截。 移民们只好到钟祥县汉江码头乘船，但又被拦截。 很多不得不改道沙洋，拟从沙洋绕道荆州返迁。 但沙洋也是风声鹤唳，船只都被管控起来。 一些移民拖家带口在沙洋东躲西藏，流浪多日才悄悄租赁了木船，一路风雨，一路拉纤，沿汉江上行，经丹江口折返淅川。

好不容易返回故乡，但田地不再，房舍不存，生活无着落，很多人成了"沿江部落"。 也有例外的，干脆到别处投亲靠友。

丹江口库区河南淅川和湖北均县、郧县三县的移民，官方数字38万多，实际有48万人，其中有17万人远迁至湖北京山、嘉鱼、武昌、汉阳、宜城、襄阳、枣阳、南漳、沔阳、荆门、钟祥、沙洋和河南邓县，其余

---

① 《向人民报告》，赵学儒著，江苏文艺出版社，2012年10月第1版。

在本县后靠安置。 这些远迁移民中,淅川的有大批返迁,湖北均县、郧县怎么说都安置在本省,情况相对要好一些,返迁人口较少,但并非没有。 梅洁在《大江北去》中的《返迁之泪》一节写道:"2005 年 4 月、5 月,我在湖北郧县、丹江口市采访获知,那里仅城区返迁的移民即达 1.8 万余人! 因生活的艰难、语言的不通、生活和劳动方式的改变,以及无法与当地人融和,大批迁往外县的移民又从异乡逃难般回到了故乡。 直到 20 世纪八九十年代依然有举家返迁的。 至今,在郧县的城边、江边、码头边以及柳陂镇的河口店村布满了移民的油毡房,当地人叫棚棚区。"

　　　　　　　　　　　　　　命脉

河南管迁，湖北包安

南水北调中线工程始于 20 世纪 50 年代前期，中国北方虽不像现在这样缺水到了焦渴的地步，但面对日益干旱的局面，忧心忡忡的共和国的第一代领导人就把目光盯向了丹江、汉水。 因为从这里调水救济北方，是一个最为可行的选择。 同时，汉江由于流程短、水量丰、落差大、河床窄，致使下游江汉平原水患不断。 在 1822 年到 1949 年的 128 年间，有 65 年汉江堤溃决，故有"三年两溃，十年九淹"之说。 1935 年使柴湖变为沼泽的那场大水，共使汉江两岸 10 多个县市成为汪洋，淹没耕地 670 万亩，370 多万人流离失所，8 万多人命丧水中。 史书记载："汉江水涨，堤防悉沉于渊。 飘风刮雨，长波巨浪，烟火渐绝，哀号相闻。 沉溺死者，动以千数，水面浮尸，累累不绝。"灾民因此"沿村乞讨，鬻儿卖女，屡见不鲜"。 正是为了减少下游的水灾，同时调水支援北方并兼顾发电，中国领导人和水利部门决定在丹江、汉江交汇处修建丹江口水库大坝。 就丹江口水库的修建目的来说，丹江口水库库区受淹而不受益，直接的受益者是湖北江汉平原。 正因此，也才有当时的"河南管迁，湖北包安"的方案。

新中国的淅川移民，始于青海支边，而规模最大的当属自 1966 年开始的移民湖北。

旧中国时期，丹江人若遇到灾年，讨荒要饭去得最多的地方是关中腹地渭河平原一带。 20 世纪 60 年代，因为修丹江口水库要搬迁，淅川县委派王玉贵等人前往陕西联系移民之事，但因两地没有因果关系，陕西没有答复淅川的要求。

时任淅川县委书记的山东汉子梁西崑在淅川工作多年，对淅川的山山水水有着特殊的感情。他在县委扩大会议上不仅要求领导干部"要关心群众生活，注意工作方法"，还郑重地向大家表态："移民问题解决不好，我自动辞职！"

1965年4月21日，中南局召集鄂豫两省负责人在武汉召开特别会议，共同研究丹江口库区移民安置问题。会议由中共河南省委第一书记刘建勋主持。经过讨论协商，双方达成迁安协议。时任河南省省长文敏生、湖北省省长张体学在协议上签字，其中最主要的关键词是："河南管迁，湖北包安。"

消息传到北京，周恩来总理连声说好，立即指示，要尽快据此落实。中南局特别会议结束后，两省相关领导留下来继续开会，商讨"迁""安"的具体事项。此时，两省意见却出现了分歧。

迁出方河南代表认为：襄（襄樊）北地区与库区较近，两地生产生活的习俗差异不大，希望把外迁的移民安置到襄北一带。

安置方湖北代表则认为：襄北地区与库区相邻，安置移民有有利的方面，但是考虑到土地、受益、基础等情况，以及移民的持续发展和长居久安，打算把移民安置到荆（荆州）北地区。

"千万不能大意失荆州哟！"双方代表在笑声中做出了最终的决定，安置移民到荆北的荆门和钟祥两县。

当年9月1日至4日，两省在荆州古城再次召开会议，具体研究"河南管迁、湖北包安"的落实办法。会议根据丹江口工程预计进度和蓄水情况，详细地列出了迁往荆、钟两地移民的时间表。会议还对"组织领导""建房问题""搬迁运输工作""经费材料问题""大柴湖围垦工程问题"提出了详细要求。这次会议还形成了《会议纪要》："淅川淹没区147米高程以下的65000人迁移湖北，由荆门县、钟祥县各安置一半；安置在钟祥县大柴湖的办集体农场，以公社或大队为核算单位试办；安置在荆门县的，根据当地情况，适宜办集体农场的就办农场，不适宜办农场的以生产队或大队为单位，成建制插社建队。"

会后，河南代表徐世杰、吕华、刘彤、迟金续、齐熙俊在湖北代表王海山、汪进先、梁忠宏、饶民太、王宪卿、刘天德及长江委沈济安等人的带领陪同下，登上了荆州古城墙。

实际操作的时候，却发现困难重重。湖北需要给移民选好安置点，划拨土地，建好房屋。至于通信、道路、农业基础设施建设，乃至生产农具配备，都需要移民入住后自力更生。

这对河南、湖北两地来说，都是一场前所未有的严峻考验。

而对于河南移民来说，他们对未来的家园并不那么熟悉。他们只知道：他们要下荆门，下钟祥！

先期到荆门和钟祥踩点的干部回来后介绍说："那里靠近武汉，临近长江和汉江，是鱼米之乡，那里地肥水多，啥都能种。""那里犁地不用牛，点灯不用油，吃穿都不愁。"

农民最关心的是种地，是活命，是能过上温饱的日子。

据《淅川县移民志》记载，淅川县专门成立了移民指挥部，下设办公室等部门，负责接待移民来信来访、协助联系运输车辆、审查办理移民户口，也曾护送移民到湖北安置区。

1966 年 4 月初，南阳行署专员吕华、秘书长柏灿枝带领工作组到淅川县三官殿公社灵官殿大队搞第一批移民外迁试点，淅川县委抽县委办副主任陈洪范，移民办干部袁文斌、桂德成、桂振富、岳文华等参与。

工作组对三官殿公社灵官殿大队 4 个生产队 154 户 687 人进行了一个星期的思想摸排，及时掌握消极因素，并对发动搬迁中存在的主要问题进行排查。工作组还通过召开大队生产队干部会、党团积极分子会、群众大会，大力宣传兴建丹江口水库的重大意义，宣传移民安置政策。并在此基础上逐户排队，成熟一批走一批。在运输移民物资上，为不浪费运力，采取以生产队为单位，逐户编号，合并装车、装船，有计划指挥上车。由于思想政治工作做得比较扎实，灵官殿大队的 687 名移民在 6 天时间内，全部搬到湖北钟祥大柴湖，没有出现遗留问题。

到 6 月 10 日，第一批迁钟祥、荆门两县移民工作基本结束，共迁移 14868 人。其中，涉及三官殿区的 3 个公社、18 个大队、68 个生产队、10973 人（实迁 10976 人）；埠口区的 1 个公社、6 个大队、22 个生产队、3895 人迁往钟祥县、大柴湖区。

1966 年 9 月 18 日，豫鄂两省为安置好丹江口水库库区移民，由王海山、吕华、汪进先等同志主持，在武汉召开移民工作会议，就 1967 年度第二批移民任务及有关问题进行研究，并出台《丹江口水库移民工作会议纪要》，明确了淅川迁湖北钟祥 8000 人、荆门 15000 人，今冬明春完成任务。迁安经费标准，到钟祥平均每人 395.94 元，到荆门平均每人 388.03 元，建房每人平均 16 平方米。移民居住地点要统一规划，按照有利生产、方便群众的原则，做好思想政治工作，处理好迁前有关遗留问题。动迁时要周密计划，充分准备，分期分批按时完成移民搬迁安置任务。并对有关移民工作中几个具体问题都提出了处理意见。这次会议，河南参加人员有省移民办黄士奇、王秀仁，南阳行署秘书长柏灿枝、移民办主任罗瑞堂、刘聚相、马林朴，淅川革委会主任张成柱，淅川县移民办主任余元贞等。

会后，淅川县先后两次组织移民代表到钟祥、荆门两县看点、定点，确定移民建房位置，规划移民土地，确定冬季组织建房，并拟定移民迁前组织双方对新建房进行验收。因大柴湖芦苇地未能全部开垦，围堤还没修好，钟祥县委、县政府不愿再接收淅川库区移民。淅川县移民代表到达钟祥县后，对方不积极接待，并因安置移民土地问题发生了争议。

1967 年 3 月 27 日，国务院、中央军委下发《关于解决丹江口水库移民问题的通知》，同意水电部《关于丹江口水库移民问题的报告》，要求有关领导立即主持召开会议，协助湖北、河南两省解决这个问题，以保证移民群众的生活和防汛安全，保证丹江口工程的胜利建成。 按照国务院、中央军委的通知，武汉军区积极协助，豫鄂两省根据移民工作会议纪要商定的移民迁安原则，各自主动做好有关工作。 湖北省革委会在丹江口建立移民搬迁总指挥部，在丹江口大坝附近设立移民物资中转站，在襄樊汉江边设立移民接待站。 淅川也成立了移民搬迁领导小组，由县委副书记迟金续、齐熙俊和张明伟、冯锁义、尚英俊、柴国翰6人组成。 领导小组下设移民指挥部，县长王干卿任指挥长，迟金续、齐熙俊任副指挥长，下设办公室，齐熙俊兼任主任，袁文武任副主任，办公室设组织、秘书、运输、财务、卫生、保卫6个科室。 各区设移民指挥部。

1967年4月20日至6月5日，淅川县第二批移民动迁工作顺利完成了任务。 移民总人数23311人，涉及三官殿区、埠口区，其中8424人迁至大柴湖区，其余在荆门县安置。

不久，国务院、中央军委以（67）国农字310号文批转水利水电部军管会《关于丹江口工程蓄水发电问题的报告》，要求确保丹江口大坝于1967年10月底下闸发电，切实落实好移民的生产生活安排，决不要马虎了事，希望库区移民群众顾全大局，积极支援社会主义建设，努力做好移民工作。

为落实好这个310号文件，淅川县委、县革委会加快组织淅川库区第三批移民搬迁。 县里迅速成立了移民搬迁防汛指挥部，杨书林任政委，张显才、王玉贵任副政委，张成柱任指挥长，齐熙俊、罗继续、崔正国任副指挥长。 指挥部下设政工、武装、保卫、财粮、运输、卫生6个科室和一个办公室。 政工科干部岳文华等人负责移民宣传、移民人口计算、人口核查、移民代表赴湖北选点定点，处理有关难点遗留问题，参加第三批移民动迁试点。 在移民搬迁结束后，还对三官殿、埠口、仓房、宋湾、马蹬等公社的5039户31539名移民登记户口，逐户逐人填写，一式四份，经审核于 1968 年底送交给钟祥县公安局和钟祥县移民局。

截至 1968 年底，第三批移民三官殿、埠口、仓房、宋湾、上湾、马蹬 6 个公社 18 个大队 220 个生产队，5039 户，31539 人全部迁入钟祥县大柴湖。

据不完全统计，1966 年到 1968 年，淅川共动迁、安置到湖北荆门、钟祥县移民约 10 万人。

发动搬迁之初，一位参加过抗美援朝受过伤立过功的汉子站出来，质问包队干部："对于国家建设，我们可不是不理解、不支持。 修丹江口大坝，我们去了；往青海移民，我们去了；现在叫下荆门，这也好似军令，我们应该去，也必须去，只是还有好多事闹不清楚，不知道该问不该问？"

包队干部当即表态："欢迎提问题，能答复的当场答复，不能答复的向上级反映请示。"

问题提了一大堆，当时淅川县移民指挥部设在三官殿，10 天之内指挥部归纳移民要求作答的问题 90 多个，后来归纳为"63 条"。 但限于当时的历史原因，许多"具体问题"，有的不予答复，有的答复不近人情，有的意见"仅作内部掌握，不作口头宣传"。 移民档案上显示有这样的对话：

问：移民要求自行投亲靠友，一切经费不让国家开支，房产自己处理，是否可以？

答：按照国家规定的政策"整搬整迁"，不许自行迁移，房产由国家统一处理。

问：主要直系亲戚都属于淹没区，这次搬迁，一方去荆门，另方迁钟祥，双方要求同迁一处，是否可以？

答：不允许。

问：投亲靠友行不行？

答：不允许，必须按要求整搬整迁。

问：线上线下高低错几厘米，兄弟能否在一块儿？

答：不允许。

问：干部家属或儿女在外工作的人，能否迁到儿女所在地落户以便养老？

答：不允许。

问：从规划登记到搬迁还有一段时间，人口有增加是否随搬迁变化而变化进行登记？

答：不允许。

问：同一排房或一个院里住的兄弟姐妹，搬一个地方怎么样，总不能一个搬荆门，一个搬柴湖吧？

答：不允许！

当时正处于"文化大革命"初期，由机关干部、工人、农民、军人、红卫兵组成的督促搬迁工作队，日夜敲锣吆喝："水马上就要涨上来了，快搬迁哟！"红卫兵、红小兵们手持广播筒，一边喊着口号一边顺墙刷写标语：

"为革命搬迁有功，抗迁有罪！"

"让搬不搬，房扒人关！"

"快走吧，人生何须桑梓地？ 哪里黄土不养人？"

不让讲条件，不能提要求。 谁提意见、谁有异议，就涉嫌破坏搬迁，便被拘禁。

1969 年 6 月 25 日，淅川县军管小组的《6 月份敌情社情报告》显示，当时的阻力是巨大的：

1969 年 6 月 2 日，宋湾公社兴华寺大队社员杨林修，系历史反革命，当过国民党防奸小组组长。 搬迁中，正当群众有思想顾虑时，他借机煽动说："你们这登记叫人怀疑，为什么不先说个点？ 我们就是不登记。"以至于这个队吵闹拖拉十几天，使全县全盘搬迁工作延期一月有余。　在对此人批判后，群众基本上消除顾虑。

半个世纪后，一些移民的手里还保存着这样一份并不完整，却铭刻着老家和新家名字的《淅川县1966年搬迁到湖北省荆门县移民安置点一览表》（破折号后相连的地名是移民安置地湖北省荆门县当年的区、公社、大队的名字）：

迁出地(淅川)　　　　安置地(荆门)　移民人口

三官殿区龙城公社桑树庙大队李岗——子陵牌楼新生　353

三官殿区龙城公社桑树庙大队杨岗——子陵革集双河　319

三官殿区龙城公社桑树庙大队垭子——子陵革集荆中　288

三官殿区龙城公社桑树庙大队小街——子陵革集龙泉　263

三官殿区龙城公社黑龙大队李园——子陵革集营兴　491

三官殿区龙城公社黑龙大队朱营——子陵革集龙泉　347

三官殿区龙城公社黑龙大队凌营——子陵革集革集　455

三官殿区龙城公社北门大队荔庄——子陵革集双河　102

三官殿区龙城公社北门大队小张沟——子陵革集荆中　213

三官殿区龙城公社北门大队全南——子陵革集双河　31

三官殿区龙城公社北门大队全北——子陵革集荆中　129

三官殿区龙城公社西门大队沙庄——子陵革集荆中　84

三官殿区龙城公社西门大队闵庄——子陵革集荆中　49

三官殿区龙城公社西门大队大张岗——子陵革集荆中　133

三官殿区龙城公社西门大队陈湾——子陵革集花园　119

埠口区埠口公社街西大队街西——沈集麻城龙泉　211

埠口区埠口公社街西大队清风——沈集麻城向店　115

埠口区埠口公社街西大队程前——沈集麻城关堰　138

埠口区埠口公社街西大队吕河——沈集麻城向店　208

埠口区埠口公社街西大队菜园——沈集麻城福兴　93

　　　　　　　　　　　　　　　　命脉

埠口区埠口公社街西大队程后——沈集麻城中山　143

埠口区埠口公社街西大队孙坑——沈集麻城陈院　94

埠口区埠口公社街西大队十字——沈集麻城火山　236

埠口区埠口公社街西大队街东——沈集麻城蔡庙　226

埠口区埠口公社街西大队街中——沈集麻城蔡庙　205

埠口区埠口公社埠口大队王营——沈集麻城蔡庙　238

埠口区埠口公社埠口大队黄营——沈集麻城裴庙　161

埠口区埠口公社埠口大队街北——沈集麻城阮安　228

埠口区埠口公社埠口大队吴营——沈集麻城阮安　70

埠口区埠口公社埠口大队朱东——沈集麻城明星　109

埠口区埠口公社埠口大队朱西——沈集麻城明星　116

埠口区埠口公社杨岗大队堰前——沈集麻城青山　111

埠口区埠口公社杨岗大队堰后——沈集麻城青山　108

埠口区埠口公社杨岗大队马营——沈集麻城明星　116

埠口区埠口公社石界大队王营——拾回桥十里铺黄堰　195

埠口区埠口公社石界大队裴家窑——拾回桥十里铺黄堰　165

埠口区仓房公社田湾大队谢庄——拾回桥十里铺石牛　17

埠口区仓房公社田湾大队徐坡——拾回桥十里铺石牛　68

埠口区仓房公社张湾大队营底——拾回桥十里铺石牛　85

埠口区仓房公社汪庄大队周庄——拾回桥十里铺九堰　154

埠口区仓房公社党子口大队6个队——拾回桥十里铺彭场　784

埠口区仓房公社磊山大队杨坑——拾回桥十里铺包堰　134

埠口区仓房公社磊山大队王庄——拾回桥十里铺包堰　133

埠口区仓房公社姚沟大队徐楼——拾回桥十里铺王场　101

埠口区仓房公社姚沟大队姚沟——拾回桥十里铺王场　121

埠口区仓房公社姚沟大队桥东——拾回桥十里铺王场　34

埠口区仓房公社姚沟大队桥西——拾回桥十里铺王场　82

南下返迁

埠口区仓房公社姚沟大队聂庄——拾回桥十里铺王场　73

埠口区仓房公社刘营大队刘后——拾回桥十里铺黎明　109

埠口区仓房公社刘营大队刘前——拾回桥十里铺黎明　108

埠口区仓房公社刘营大队郭庄——拾回桥十里铺黎明　100

埠口区仓房公社郑庄大队李营——拾回桥十里铺黎明　168

埠口区仓房公社郑庄大队粮前——拾回桥十里铺黎明　146

埠口区仓房公社郑庄大队农场——拾回桥十里铺黎明　166

埠口区仓房公社郑庄大队高家——拾回桥十里铺黎明　127

埠口区仓房公社郑庄大队郑庄——拾回桥十里铺黎明　168

埠口区仓房公社郑庄大队何庄——拾回桥十里铺黎明　181

埠口区仓房公社郑庄大队熊庄——拾回桥十里铺黎明　118

埠口区仓房公社上湾大队南山根——拾回桥十里铺石牛　208

埠口区仓房公社上湾大队梁东——拾回桥十里铺石牛　246

埠口区仓房公社南湾大队粮后——拾回桥十里铺九堰　221

埠口区仓房公社南湾大队石庄——拾回桥十里铺九堰　221

埠口区仓房公社南湾大队南沟——拾回桥十里铺九堰　105

（以上为第一批）

三官殿区桑树庙公社太山大队曹东——拾回桥丁岗古林　202

三官殿区桑树庙公社太山大队曹西——拾回桥更新更新　156

三官殿区桑树庙公社太山大队前河——拾回桥朱老红光　123

三官殿区桑树庙公社太山大队李洼——拾回桥四方郭庄　171

三官殿区桑树庙公社太山大队白洼——拾回桥更新郭场　169

三官殿区桑树庙公社太山大队后河——拾回桥更新金桥　114

三官殿区桑树庙公社山头大队郭庄——后港乔姆三河　189

三官殿区桑树庙公社山头大队黄庄——后港乔姆陈巷　101

三官殿区桑树庙公社山头大队赵河——后港西湖新生　140

三官殿区桑树庙公社山头大队李开——后港广坪新巷　173

　　　　　　　命脉

命脉

埠口区埠口公社磊山大队王沟——后港广坪李坪　29

埠口区埠口公社汪庄大队李庄——拾回桥杨场草店　52

埠口区埠口公社汪庄大队鲁沟——拾回桥杨场王人　45

埠口区埠口公社汪庄大队汪庄——拾回桥杨场泉井　147

埠口区埠口公社汪庄大队杨坑——拾回桥杨场周店　83

埠口区埠口公社汪庄大队胡岗——拾回桥杨场罗庄　78

埠口区埠口公社汪庄大队下赵沟——拾回桥杨场王人　150

埠口区埠口公社凌楼大队水磨——沈集雷集白仓　130

埠口区埠口公社张湾大队马东——沈集雷集雷集　123

埠口区埠口公社张湾大队疗崖——沈集雷集横店　196

埠口区埠口公社张湾大队田湾——后港付场付场　128

埠口区埠口公社张湾大队马西——后港付场民主　117

（以上为第二批。两批共计 166 个生产队。）

　　吴元成的中学同学石成宝曾长期担任淅川县移民局党支部书记，现供职于淅川县农业局，他的老家就在丹江边，距离知名的"沿江村"也就十几公里远。多年来，他对淅川移民史有过深入的研究，对移民有着深厚的情感。谈到移民时，石成宝说："124 米，134 米，140 米，145 米，155 米，157 米，170 米……这是不断抬升的丹江口大坝的高度，这是不断上涨的水位线的高度；这是海拔的高度，也是移民精神的高度。这是淹没线、水位线、搬迁线，也是移民的生命线。"

没啥，习惯了

　　从 1959 年到 2011 年，在长达 50 多年的时间里，何兆胜辗转青海、湖北、河南三省数地。2012 年秋天，他长眠于最后一站：辉县市常村镇沿江村。 何兆胜是我的本家，是一个淅川移民的标本。 在移民到辉县常村镇之后，他长眠在了这块土地上，终于结束他一生到处漂泊的生涯。 何兆胜葬在常村后的丘陵上，和他一起长眠的，已经有好几位移民。 他们的墓都还保留着淅川的形制。 我和元成去采访那天，临近何兆胜的忌日。 为这位四处漂泊的本家，我买了火纸，在他的坟前焚烧，给他送去纸钱，愿在天国的他能够安居，不再漂泊。 何兆胜的坟旁新起的坟头已有一排，无一例外，每个坟墓都是淅川的样式，其中长眠的都是何兆胜的移民伙伴。

《光明日报》记者刘先琴是淅川县滔河乡人，也是在丹江边长大的，多年来一直关注南水北调，并组织过多次活动。 2009 年秋天，在淅川县仓房镇沿江村的一间土坯房里，伴着淅淅沥沥的秋雨，刘先琴采访了何兆胜。 何兆胜 50 多年来颠沛流离，几乎没怎么过上安稳的日子。 而几个月后，他全家将再一次踏上搬迁之路：全村人要迁到豫北辉县市常村镇。 不同的是，这次有了单门独户的两层新房小院，孩子们也能进工厂就业，出门就是水泥马路。 "这次出门放心了吧？"刘先琴问何兆胜，老人的回答和表情却是令人吃惊的平静："没啥，习惯了。"这让刘先琴多年之后记忆犹新。

何兆胜是 1959 年 4 月 25 日离家去往青海的，他记得很清楚，那天是农历三月十八。 何兆胜在淅川的老家叫下寺公社何家庄。 那年他 25 岁，已经结婚，有了女儿，在生产队当会计，有三间房子，十多亩地，和老人分开住。 那天，有位公社干部说上级号召年轻人支援边疆建设，问何兆胜去不去。 他想都没想，说去。 几天后就只身一人去了公社集合，每人发了一身棉衣、一条被子，到许昌上了闷罐火车，五天五夜后到了兰州。 那时一些人已经开始难受，头晕，吐酸水，后来何兆胜他们才知道这就是高原反应。 到了循化县，被安置在文都农场，他们住进大荒地里的排房，早上中午馒头咸菜，晚上喝稀面汤。 吃的青稞他们最初以为是小麦，但总觉得味道和家里的不一样，蒸的馍又黑又黏，面汤有一股霉味。 他们每天开荒，必须完成任务。 一直到 1960 年，允许家属来，他的家人带着镢头、锄头还有菜籽、粮种来了。 这时，何兆胜想，这下可以让一家人单独开伙了吧，谁知道还让分开吃。 晚上实在太饿，就煮野菜汤喝。 何兆胜的媳妇倒很知足，说能到一起就是福。

农场四面都是光秃秃的黑石山，不见树，不见草，不见人，空空的土坯房里只有冰冷的土炕。 他和老乡们一起开荒种田，每天至少要挖 7 分荒地，要么拾回 80 斤柴火。 高原反应、繁重的体力劳动，加上长期营养不良，何兆胜从年轻力壮变成了面黄肌瘦。 后来，不断有人生病，头疼、拉稀，十几天就不行了。 老乡们都说这里"邪"，悄悄返回。路程太远了，不少人把命丢半路上了。 1961 年政府让支边人员返乡，何兆胜全家 5 口人，带着 3 个铺盖卷，逃荒似的回到淅川，在村里没被淹的破房里住了 5 年。 回来后在仓房老家，何兆胜还干过生产队长。

1966 年 4 月，他们这些返迁户住的地方将被淹没，仓房公社何家庄44 户 183 人，和其他村的 1000 多名乡亲，迁入荆门县拾回桥区十里铺公社黎明大队 14 生产队。

那时，何兆胜他们从青海回来还没有安稳住，就又要搬迁，大家都有抵触情绪。 但在带队干部的催促下，大家只好上船南下。 船离开码头的时候，村里的 40 条狗叫着追到江边。 船顺江而下，狗沿岸追着，不停地吠叫。 船渐渐远去，狗仍沿江跃沟跳坎，拼命追赶。 7 天后，何兆胜他们到达十里铺。 第 10 天，40 条狗靠嗅觉追赶，不知道怎么过的丹江和汉江，怎么找到了荆门，追到了十里铺。 狗们刚刚看见自己的主人，就倒下死了 37 条。 移民们哭着把自己的干粮，喂给 3 条奄奄一息的生灵。

到荆门后，开始的生活很艰难，没吃的，没住的，很苦。 但无论怎么艰苦，何兆胜都能忍，因为他是生产队长，是大家的主心骨。

但不久，因为和当地人习俗不同语言不通，双方发生了大规模械斗。 那时何兆胜已有 6 个孩子，三天两头不敢出门，他下决心带全家人

命脉

悄悄又往回走。

这次，身上没有一分钱，一路要饭，说好话搭车，回到老家一看，全淹了，亲戚家、村边都不敢去，怕查出来再让走。何兆胜一家人只好在库区边一个叫乔家沟的地方搭起窝棚，慢慢打土坯、垒墙，开荒种地，打猎捕鱼。这种没户口、没耕地、无政府管理，不通公路、不通电的游民生活一直持续到1985年。当时，返迁回来的移民搭起的棚子慢慢连在一起，成为村子，慢慢被纳入地方政府管理，成为沿江村。

何兆胜的堂弟何兆富1971年返迁回淅川，在丹江边谋生。他说，回来可怜得很，掏钱买红薯干都买不来。只好挖点小片荒，也没个像样的地，种不成粮食，有的也逮点鱼。一直在江边干了二十多年。直到成立沿江村，一开始吴丰金当村支书，后来才是何兆胜当。

2011年6月27日，何兆胜离开仓房沿江村，搬迁来到辉县常村镇沿江移民村，现在这里有了个新名字，叫常春社区。

对于过往那些苦难的经历，何兆胜生前不大愿意提及。

沿江移民村的妇女主任陈春霞是何兆胜的儿媳妇。2015年11月14日，我们到移民村采访，陈春霞帮助联系了一些了解情况的老移民，也介绍了一些情况。陈春霞说，搬到辉县一年之后，2012年9月24日，农历八月初九，何兆胜因患肺气肿病故，活了76岁。尽管生前他希望能落叶归根，回到丹江边葬在母亲身边，但这个愿望最终未能实现。村民抬着盛殓着他的红椿木棺材——这还是何兆胜从淅川搬迁时带来的，安葬在村外的元山脚下。这个几乎一生都在迁徙着的老者，终于埋骨太行，不再漂泊。

大柴湖

说到丹江口水库库区移民，了解些情况的都会想到大柴湖。

迁往湖北的 10 余万淅川移民中，先后有 4.9 万移民被整搬整迁到湖北省钟祥县一个叫"新建区"的地方。 这个"新建区"就是现在的钟祥市柴湖镇。

　　当时，荆门、钟祥均为荆州地区所辖的县。 1979 年，分设荆门县、荆门市。 1983 年，荆门县并入荆门市，升为湖北省辖市，下设东宝区、沙洋区。 1996 年，荆州市所辖京山县、钟祥市划归荆门市。1998 年，沙洋撤区设县。 2001 年，将东宝区麻城镇、团林铺镇、白庙街道办事处、何场乡与掇刀经济技术产业开发区合并成立掇刀区。 2011年 9 月份，成立漳河新区，托管原东宝区漳河镇、原掇刀区双喜街道办事处。

　　钟祥作为楚文化的重要发祥地之一，春秋战国时为楚别邑，称郊郢，系楚国陪都，战国后期为楚国都城。 西汉初置县。 自西晋至清末1600 多年间，钟祥一直为历代郡、州、府治所。 因是明世宗嘉靖皇帝的故里，明世宗生养发迹于此，御赐县名为"钟祥"，取"钟聚祥瑞"之意。 新中国成立后，属荆州地区行署管辖。 1992 年 5 月撤县设市。1996 年 12 月 2 日，划归荆门市代管。 2003 年 6 月，钟祥市成为湖北省第一批扩权市县。

　　淅川老移民说："刚刚离开青海湖，转眼来到岗柴之湖。 刚刚离开丹江边，转眼来到江汉之滨。"

　　汉江自丹江口南下，经襄阳向东，到钟祥北开始拐弯南行，再向东南流去，至武汉汉口汇入长江。

　　这一拐，河床开始在江汉平原上散漫而肆意起来，形成了钟祥市的柴湖湿地和沙洋县的长湖。 从 1967 年开始，它开始用它那无边际的荷塘和茂密的芦苇、蒲草，栖息飞翔的水鸟，迎接即将入住的淅川移民。

　　1967 年，淅川人又上路了。 在柴湖，他们编了这样的顺口溜：

大柴湖,臭水窝,

　　出门就得把鞋脱。

　　蚊子多得绣成蛋,

　　把人咬得无处躲。

　　男人怕咬上房坡,

　　女人怕咬烤大火……

　　据史书记载,1935 年 7 月,汉江的一场大水使柴湖 3 万名百姓葬身鱼腹,10 万亩农田成为汪洋。 30 多年过去了,这里还是一片沼泽泥潭,污水浊流中一望无际的满是芦苇、岗柴。 新中国成立后,有关部门曾想在这里建一个劳改农场,但终因条件太过恶劣而放弃。 如今,这里要成为淅川移民的家园。

　　移民在暮色中涉过污水泥浆,到芦苇荡中寻找自己的家门。 但那是什么样的"家"啊:10 间连成一排的房子,每排相距只有 10 米,墙是就地取材用芦苇糊上泥巴做成的。 甚至连芦苇泥巴都想省掉,房间和房间之间没有隔墙,户与户之间共用山墙。 屋内地面坑坑洼洼,有的地方长着芦苇,有的地方积着污水。 这样的房子,人均不到半间,不少家庭只好四世同堂、人畜同室。 有近万人还未分到。

　　采访中,我们也了解到,有人不愿意搬往柴湖,一直往后靠,直到南水北调中线工程实施,最终还是离开了家乡。

　　2015 年国庆节期间,我和元成等人为采访丹江口水库库区移民,从淅川出发,经丹江口,来到钟祥,走进柴湖寻访。

　　那天,我们出湖北丹江口市区,过汉江大桥沿着汉江右岸公路,前往谷城市上武十高速,再转二广高速,午后进入荆门市所辖的钟祥市。 一路上,和淅川移民后裔、钟祥市委宣传部部长李定建,淅川籍柴湖老移民、钟祥市作协副主席全淅林保持着电话联系。 全淅林正好到市区参加当年他在柴湖文化站工作时的同事、柴湖剧团一位老乡儿子的婚礼，我们约好在市区一个十字路口碰头。车刚停好，就见高高瘦瘦、精神矍铄的全淅林走了过来。全淅林这些年在研究移民，河南老家来人访问移民，都是他出面接待。

全淅林说，淅川移民刚来大柴湖的时候，啥都不习惯，不爱听湖北戏，就爱听老家的豫剧和曲剧。1969年刚过罢年，南阳军区司令员王有成、南阳地委秘书长杨伦、淅川县革委会主任张成柱、县革委会副书记迟金续带领南阳市文工团、名角"二十万"邢树青所在的淅川县曲剧团来到大柴湖慰问演出。演出开始前，迟金续站在舞台上说："我们是代表家乡的父老乡亲来看望你们的啊，家乡人想念你们啊……"

话音未落，几个移民"哇"的一声哭了起来，看演出的数万移民随之跟着放声大哭，现场成了泪水的海洋。台上的演员也啪啪掉泪，抹了把脸开唱。

演出结束后，区政府找到全淅林，吆喝了几个热心人，整了个柴湖曲剧团。台上演，喇叭里唱，移民几乎人人都会哼几句《朝阳沟》《卷席筒》《柜中缘》。

当时从淅川到柴湖移来了几万人，现在柴湖人口已经增长到10万人，多数是淅川移民及其后代，是全国最大的移民镇。

去往柴湖镇的途中，我们经过大片工地和正建的厂区。全淅林指着说："这是湖北省的大动作。"

为扶持移民大镇发展，湖北省在这里设立高规格的大柴湖经济开发区。2014年1月27日下午4时30分，中共荆门市大柴湖经济开发区工作委员会、荆门大柴湖经济开发区管理委员会正式挂牌。荆门市委书记、市人大常委会主任万勇，钟祥市委书记马朝辉都出席了揭牌仪式。大柴湖经济开发区的挂牌，是柴湖历史上具有里程碑意义的大事。

但当年这里可不怎么样，一片片的芦苇荡，一排排兵营式的民房。

大柴湖本身就是一个水乡泽国，芦苇丛生，沼泽泥泞。大柴湖当时是新建区，属沙宝镇。大柴湖一带游民很多。当地人说，1935年，汉

命脉

江发大水，这里的居民基本全被淹死。死里逃生的人当了游民，靠砍岗柴芦苇、拉驴车度日。这样的说法更吓住了移民代表。

但水电部已批准设点，国家还投资861万元修围堤挡水。1967年冬开工，调派2万人加紧修筑并竣工，让先期到达的移民"无话可说"。

即便如此，1967年第二批前往湖北的移民代表去大柴湖看后，仍然很有情绪。在淅川县召开的一次移民工作会上，移民代表和干部吵了起来，他们说柴湖的地下水严重污染，吃了对身体有害，要求另选安置地。对此要求，淅川县政府当然不会同意，安置权在湖北，淅川没有改变安置地的权力。马蹬公社马北大队干部柴扶振、柴炳乾和移民代表周建林商议，每人带头出资200元，再发动群众募捐，派人到北京向中央反映情况。结果在周建林的带领下，移民王月汉、余喜全跑到了北京，找到了水电部。一位军管人员认真听取了他们的情况反映，答应由两省协商解决。

当时，来大柴湖的移民分好几批，第一批是城关区的全坑、鱼池村人，第二批是双河镇、马蹬镇南北街人，第三批是老城公社的武家洲、侯角、官福山、田坑村人。其间，搬迁过来的还有盛湾等镇的人。走的时候人货混装，一家一辆车，三家一条船。360多公里的路程，车队、船队经过几天颠簸才到达。

大柴湖到处都是芦苇荡，当地政府安排人力盖房子，民工就地取材，把芦苇一扎一夹用泥巴里外一糊，就成了前后墙，房顶用油毡遮盖，一排十几户，像火车皮一样。由于先盖房后搬迁，割下的芦苇扎根长到屋里，满屋青。

有人，就得有政府。两排小民房，一块木牌子，一枚公章，是柴湖区政府的全部家当。供销社、食品所、粮管所什么也没有，有的只是蚊虫肆虐的水泊柴湖。

除了区政府，还有个移民接待站，专门管移民搬迁接待，当时还没有撤。 接待站的人住在一家农户的闲置房子里，房子的主人是个老汉，死活不往大柴湖搬迁，后靠在淅川没来。 接待站东边的一家搬来的宋善夫75岁，他老婆72岁，守寡的儿媳妇50多岁。 一天，天擦黑儿的时候，在移民村忙活了一天的接待干部黄益洲回到接待站，看见72岁的老太太坐在接待站门前。 还没等黄益洲开口，老太太说："你们出门时没锁门，我怕丢失东西，一直给你们看门。"进门一看，抽屉里用细绳捆着的1000多斤全国流通粮票和全省流通粮票，还有5000多块现金，竟一张不少。 因为刚开始准备不足，有发生先到的个别人偷门、偷砖瓦的现象。

当初中央投资围垦大柴湖，为的是安置丹江口水库移民。 但是，移民发现许多土地被挪作他用或被占用。 1967年，芦席场村在得不到耕地的情况下，40多岁的大队党支部书记姜文山背起被子，进京上访，要见毛主席，要见周总理。 芦席场村的土地后经中央出面协调得到了解决，但柴湖移民大片土地被占却成为历史遗留问题。 许多移民村与当地老户村因土地权属问题产生矛盾，经常发生一些摩擦。

再加上生产基础条件差，荒水荒湖治理难，也加重了移民的情绪。1967年秋，湖北省军管会领导曾召开专题会调配拖拉机帮助移民垦荒，但并没有完全到位，当地还是一片荒湖。 地里勉强种上庄稼，也是"远看一片青，近看分不清，蹲下仔细看，几棵苗根根，逢雨一片水，季季都落空"。

柴湖这儿也有个李官桥，都是从河南带来的老地名。 村里现在还有几个上年纪的老移民，张口闭口都是当年的李官桥。 淅川的李官桥紧靠丹江，当时比淅川县城还繁华，号称"小汉口"，水旱码头，人来人往，工商业也很发达。 家里的人，不是在单位上班就是做生意。 李官桥的人大部分都住的是五脊六兽的大瓦房。 要搬迁了，除了可以带走的家具之外，房上的一片瓦也不让带，全部充公了。

柴湖移民的精神可以用两个字来概括，就是"奉献"。 为建设丹江大坝，曾奉献过鲜血甚至生命；为支援边疆，在天寒地冻的青海，又遭遇了令人发指的待遇。 从青海落荒而逃，逃回来的人已是一担两筐一贫如洗。 就这样，他们又服从国家的安排再度搬迁来到了700里外的大柴湖。 大柴湖当时只有遮天蔽日的芦苇岗柴，除了飞鸟走兽出没，几十年都渺无人烟。 来了，4.9万移民就住在低矮的小屋里，每个人只有半间房。 当时有句顺口溜说得形象："三棱檩子机瓦房，芦苇夹的防风墙。 大柴湖算个球，苇子长在屋里头。"

国家当时应发给移民的搬迁费是300元，可是除去建房费、运输费、集体建公房费、打灶费，七折八扣，落到移民个人手中的钱不足20元。 全淅林在连续几年的访谈中，见过很多老移民，他们对当初到柴湖的情况记忆犹新。 移民杨吉夫说，刚搬来那几年，没啥吃的，河里那野荒荽呀、嫩扎藻呀，捞回来掺点米糁就那样吃。

尽管这样，柴湖移民们仍没有过多的牢骚，他们割去了门前屋后的芦苇，用国家发给的每家200块红砖砌起锅灶，就在这里落地生根安营扎寨了。

一年后的一天，湖北省领导同志在北京向周恩来总理汇报这个"新建区"的工作时，周总理说："新建新建，几十年后难道还叫新建？"他问那里有什么特产，湖北省的同志说那里现在还是一片芦苇岗柴。 周总理沉吟片刻，说："那就叫大柴湖好嘛。"

从此以后，这个全国最大的丹江口库区移民集中安置区就有了"大柴湖"这个地名。

此后，在党和政府的正确领导下，柴湖的安置工作进展顺利。 不但返迁潮被有效遏制，受柴湖安定团结的局面所吸引，从荆门和淅川又以投亲靠友形式追迁进来了2000多人。 如今，柴湖已经发展成为拥有10万人口的超级移民大镇。

下午两三点钟，早已过了饭时。 在柴湖镇一路走来，全淅林熟悉的酒店都被包了，不接散客。 这几家酒店都在接待婚宴，这里的规矩是，待客从中午到晚上，要持续一两天，被承包的酒店不再对外接待散客。我们只好继续找饭店，全淅林也继续介绍大柴湖的情况。

全淅林说，这儿的前营村可了不得，出人！ 淅川老移民干部、柴湖当年的第一任区委书记李纪奎，是这个村的人。 原湖北省政协主席、现全国政协社会和法制委员会副主任宋育英，也是这个村的人。 柴湖有今天，不能忘了他们。

李纪奎，原淅川县监委副书记，大柴湖区第一任区委书记。 由于他曾经带领淅川支边青年远赴青海，身体一直不好。 在调离柴湖的时候，他向当时的荆州地委力荐了吴丰瑞。

吴丰瑞，淅川县委宣传部原部长。 时任区长的他接替李纪奎成为大柴湖区第二任区委书记，后曾任钟祥县委副书记、政协主席。 可惜，这位老移民因积劳成疾，于前几年不幸离开了人世。

吴丰瑞在柴湖当了近十年的党委书记。 在 1968 年前后的那几年，吴丰瑞和区委一班人为柴湖移民的安置问题操碎了心。 那年，荆门的当地群众与迁入荆门的移民发生械斗。 荆门移民与柴湖移民同根同祖血脉相连，那边移民出了事，立即波及大柴湖，许多移民都吵吵闹闹着要返迁回淅川老家。 吴丰瑞的态度很坚决，他说："汉江水是不会倒流的，既然我们来到了大柴湖，我们就要落地生根，用我们勤劳的双手把大柴湖建设好，改变'一穷二白'，让她繁荣富强起来。"

为了存活，只有垦荒造田，只有学种水稻。 春节过后，吴丰瑞背起被褥住进了移民村白岗村。

白岗大队有 2000 多人口，由于地势低洼，大部分田块一遇大雨就歉收，甚至绝收，连年闹粮荒。 吴丰瑞同大队支书郑新朋一起，一块地一块地察看，一家一户发动群众种水稻。 经过一冬一春苦干，土地平整如镜，沟渠四通八达，全部插上了秧苗。 秋后算账，虽然亩产只有五六百斤，但移民们脸上都露出了笑容。 白岗试种水稻成功的经验迅速在全区推广。 红升大队支书吴文斌最先响应，1973 年也带领群众开始试种水稻，并获得了成功。

1979 年春天，改革开放了。吴文斌回河南淅川老家探亲时，听说安徽凤阳县有个村的农民秘密按下血手印，把集体的土地私分包产到户，内心十分激动。从淅川回来后，他就开始"折腾"，他在暗中把集体土地私自包给了农民。县委书记在农委杨主任、时任柴湖公社书记傅明道的陪同下来到红升大队找到吴文斌，劈头就问："你们村是不是在搞分田单干？"

见吴文斌内心忐忑，一时无语，傅明道说："老吴，你不要怕。当初，你不是同我还打过招呼吗？"

吴文斌怎么也没有料到公社党委书记主动为他担负责任，让他不知说什么好。现在，县委书记亲自下访来查，吴文斌深知事件的严重性，一口咬定没有分田单干，仅是联产计酬，是自己的主张。吴文斌随即成为反面教员，大会小会挨批，先进党支部也被取消了。但是，老百姓锅里多了一把苞谷糁，碗里多了几块红薯蛋，他觉得自己做得对，值！

1982 年 1 月 1 日，中央下发红头文件正式肯定"包产到户"是社会主义集体性质，已比吴文斌的"包田到户"晚了两年多。吴文斌一时又成为一杆红旗，成为全县学习的榜样。因为，让移民早日脱贫致富，是人心所向，是大势所趋。

宋育英，原淅川县宋湾公社前营村人，举家搬迁到钟祥柴湖。1969 年，19 岁的她就担任了大柴湖区前营大队的党支部书记。此后还担任过钟祥县委副书记，荆州地委副书记，潜江县委书记，湖北省妇联主任，省工商局局长，省委秘书长，湖北省委常委、组织部部长，湖北省政协主席，现在在全国政协工作。

1968 年 10 月到 1978 年，国家和地方共同筹资，先后在柴湖修建了倒口、金港口两个排水闸，开挖了连接倒口、金港口水闸的两条 22 公里长的北干渠、西干渠，开挖了总长近百公里的九大支渠和无数条沟渠，并修建节制闸 1 座、渡槽 4 座，基本形成了以排为主的排灌系统。

1970 年夏，一场持续几天几夜的暴雨把本来就低洼的大柴湖变成一片泽国。 柴湖地势是北高南低，刚建成的东干渠汇聚了四面八方的浊水，以万马奔腾之势向下游压来。 地处下游的红升、红旗大队已有大片良田被淹，部分房屋被冲垮。 柴湖区委决定，立即截断奔流不息的东干渠。 要阻止湍急的渠水，必须组成人墙然后再在水中打桩垒沙袋。 可是洪水滔滔，没有人敢下去。 宋育英拨开人群大喝一声："共产党员同志，跟我下！"她率先跳进了滚滚的洪流。

时任柴湖区书记的吴丰瑞看在眼里，记在心里。 经过一段考察，任命宋育英为前营村党支部书记。

大雨过后的凌楼村，家家户户都灌满了水。 一位姓高的包队干部被移民围住推搡，有人还扇了他一巴掌。 钟祥县委组织部原部长、钟祥县移民指挥部原副指挥长黄益洲听说后急忙赶到，站在没膝深的水中说："老乡们，如果打人能让这洪水退去，你们就打死我吧！"乡亲们只能无言散去，回家排水。

"一人一把锹，下雨往外跑。"老移民干部孙天中回忆当时的情况说，"那个时候，柴湖镇政府机关和各单位干部人手一把锹，同吃饭的碗筷一样，是必不可少的。 有一阵子，柴湖和周边的集市铁锹断货，我们还专门派出人员到外地采购。"

淅川移民定居下来后，开始艰难拓荒。 密密麻麻的芦苇，大拇指粗细，如竹子一样坚硬。 砍芦苇时，人们把磨刀石带在身边，砍上几刀就把刀磨一磨。 砍了大半天，也只能砍掉一小片地方。 芦苇根是除了，可是长期处于沼泽地的大柴湖，排涝工作也很繁重，移民们又开始挖沟排水。

原荆州地区调集了 4 个县的万余名民工进驻大柴湖，帮助移民修堤开渠；武汉军区也协调近百台"东方红"拖拉机，轰隆着从黄冈、宜昌开进大柴湖。 1966 年 8 月 25 日的水电部文件显示："围垦大柴湖，主要是安置丹江口水库移民。"

洪水治服了，区委又提出向荒湖宣战，男女老少齐上阵割芦苇、刨芦根。 为了给集体增加收入，每一个生产队都组织了运输队，把割下的苇子、岗柴用板车马拉人驮到天门、沔阳一带的造纸厂。 芦苇再生能力很强，主根刨出来了留一点须根在土里，第二年就又蹿出一根根的芦苇。 一连几年，移民们种的小麦等庄稼都间生在茂盛的芦苇丛里。 粮食大面积减产，移民们的生活十分困难。

在柴湖的版图上，大大小小的河汊湖泊星罗棋布。 一直是小雨涝，大雨灾，这些种不成粮食的水渍低洼田约占柴湖耕地面积的40%。 区委决定，在根绝芦苇之后，第二项任务就是在大柴湖大面积地开展铲高填低平整土地，把无法种植庄稼的低洼地变成稳产高产的良田。 但是，计划尚未实施，当时的钟祥县要修建温峡水库，建成后将会给钟祥乃至邻近县市的数万亩农田和百万人民带来福祉。 柴湖1.2万移民民工开赴温峡水库工地。 柴湖民工团在温峡工地上是响当当的硬牌军，小伙子们组成了青年突击队，姑娘们也组成了铁姑娘队，干起活来喊着号子搞劳动竞赛。 在全县的民工队伍中，常常得红旗评模范。

从温峡水库建设到一系列工厂建设项目，柴湖人每次都是一声号令，倾巢出动。 前后7年时间，耗去了柴湖人平整低洼田的最好时机。那时候是大集体，高岗也罢低洼也罢都是集体的，该挖的挖该填的填，统一调度统一使用。 1979年后实行了大包干，那种大规模的填湖造田根本行不通了。

经过柴湖移民的奋斗和周边群众的支援，昔日的荒湖滩、芦苇荡生态环境得到改善，粮食生产逐年提升：

1969年，人均产粮67斤，棉花6公斤，油料1.2公斤。

1970年，人均产粮165公斤，棉花9公斤，油料2.5公斤。

1971年，人均产粮213公斤，棉花10公斤，油料3公斤。

…………

若干年后，人们在归结柴湖移民贫困的原因时，土地瘠薄被列入几大原因之首。由于水渍低洼田过多，柴湖有些村子人均占有的可耕土地面积不足 0.8 亩。关山村是柴湖最贫困的村子之一，这个村前几年仍有近 40% 的人还居住在 20 世纪 60 年代的兵营式小瓦屋里。因为太穷了，一些人娶不起媳妇。

在柴湖镇吃完饭，我们来到全淅林的书房，接着听他谈。

1992 年，已经 70 高寿的水电部原副部长黄友若，在会见原湖北钟祥柴湖镇镇长李训灵、镇党委副书记宁官松时说："柴湖移民的问题我在任时没能解决好，是我们国家太穷了，今后如果解决不好，我上八宝山也死不瞑目啊！"

1999 年 3 月，柴湖镇党委书记陈再斌，发现全镇有过半数的移民生产生活条件还处于贫困状态，写出了近万字的《柴湖家底报告》，如实向上级反映情况。

2000 年秋天，湖北省省长蒋祝平在荆门检查工作时，听到市委书记郑少三反映柴湖移民贫困问题。蒋祝平问穷到什么程度，郑少三说，穷得令人寒心，有的移民至今人畜共居。回到武汉，蒋祝平吩咐省政府研究室主任刘良模带人赴柴湖实地考察并写出了一份调查报告：

经过几十年的努力，柴湖移民的生产生活条件明显改善，但贫困问题仍十分突出。2000 年，全镇农民人均纯收入仅 980 元，不到全省平均水平的一半，低于 800 元的贫困户占全镇总户数的 13.8%，不少移民常年缺口粮，靠政府救济度日，近万人仍居住在当年移民时的砖坯房内，有 116 户人畜同居。当地饮水和医疗卫生条件差，地方病发病率高，每年因食道癌死亡人数有数十人，目前又有 4 个重病人因无钱看病而停止治疗……镇卫生院副院长王西印说："全镇食道癌患者每年有 100 多人，高出其他地区十几倍，主要原因是柴湖地下水含有很高的亚硝酸。"

2001 年 12 月 4 日，水利部移民局局长唐传利顶风冒雪到柴湖视察。一个月后，国务院转发了水利部的文件，同意决定增加对中央直属水库移民的资金投入，用 6 年时间解决水库移民遗留问题。

2003 年 3 月份，在全国两会期间，全国人大代表、湖北金汉江纤维素有限公司董事长周家贵，曾经把解决柴湖移民贫困的问题写成议案提交给全国人民代表大会。 两会期间，省委书记俞正声专门向周家贵问起了柴湖移民的生活情况，并说，柴湖移民真是很苦。 在沉思了大约两分钟后，俞正声说："我抽个适当的机会再到柴湖开个现场办公会。"

说到做到，2004 年 1 月 8 日，中共中央政治局委员、湖北省委书记俞正声和省长罗清泉一行冒着蒙蒙细雨来到了大柴湖。 俞正声一下车就来到镇卫生院。

柴湖镇卫生院院长王瑞琴紧跟在俞正声的身旁，边走边汇报。 见王瑞琴语速很快，俞正声说："你不要急，慢慢说，我们来主要是看省里扶持项目的落实情况，有什么意见，有什么问题，你照直说！"当看到住院部三楼的一半还在闲置时，俞正声问是什么原因，王瑞琴实话实说："现在还没有那么多病人，主要原因是移民太穷，看不起病，有的人从病到死难得进医院的门，如果能把我们列为新农合医疗试点就好了。"俞正声边听边点头，听得很认真。 随后，三辆中巴车分别向李官桥村、后营村、武洲村驶去。 他们进村入户，都要看看米缸，看看锅里的食物，摸摸床上的被褥，问问生产、生活情况，送上慰问金和过冬的棉衣棉被。 当看到有的移民一贫如洗，生活非常艰难，俞正声深情地嘱咐和安慰他们："别着急啊，慢慢来，好好过啊！ 政府会千方百计帮你们的！"在场的老移民们眼睛湿润了。

次日，俞正声在湖北省委、省政府召开的柴湖扶贫现场会议上动情地说：

我们江汉平原，包括我们武汉周围，几十年的时间，汉江没有大水，得益于丹江口水库。 如果没有柴湖移民的搬迁，就没有南水北调的建设；如果没有柴湖移民的搬迁，也就没有汉江下游数百万人民的安居乐业。 当时，他们到这儿来住的是芦苇棚，一人是 300 块钱，直到现在还住在那种"兵营式"的房里，几十年啦，应该说我们对这些移民欠了账，不把这些移民的工作做好，我们受益地区对不起他们；不把他们从贫困的状态中解脱出来，我们党和政府是欠了他们情的。我们要带着感情看待柴湖的问题！祝平同志他们在这儿开了次会，我和清泉、道坤、志刚、友凡又在这儿开会，这是想把欠的情弥补一下，争取做得好一点。

会上，副省长刘友凡宣读了省政府的决定：对柴湖耕地少的1万移民实行疏散搬迁，同时，对移民危房进行改造、农业税减免、移民医疗保障、移民饮水工程等14个项目给予政策倾斜和资金支持，筹措资金5700多万元，帮助移民改善生产生活条件，力争用4年时间，扶持柴湖移民彻底甩掉贫困帽子，走上富裕之路。

当年10月23日，钟祥市政府在柴湖举办"情系移民"大型广场活动，欢送1万名移民再次搬迁。他们离开生活了近50年的大柴湖，到钟祥所属的15个乡镇的1000多个村民小组安家落户。

2001年2月起，湖北省委书记蒋祝平等在柴湖开现场办公会，到2004年1月9日俞正声书记一行到柴湖，在不到3年的时间里，省委、省政府在一个乡镇召开了两次现场会，这在全省乃至全国都是少见的。两次现场会共落实扶贫项目22个，安排资金近1亿元。柴湖卫生院、柴湖一中、柴湖二中都得到了改建扩建。

2013年3月的北京，春寒料峭，人民大会堂却春意融融。

5日下午，来自湖北的全国人大代表聚集在人民大会堂湖北厅审议政府工作报告，中央政治局常委、全国政协主席俞正声正认真听取代表们的发言。已离开湖北5年零5个月的老省委书记突然关切地询问起大柴湖移民的生活情况。他说，离开湖北是在2007年10月，柴湖的自来水厂还没建好，不知道现在移民用水满意不满意，生活得如何？

时任荆门市市长万勇马上对柴湖的相关情况做了汇报。俞正声听说柴湖移民全都用上了安全卫生的饮用水，部分移民修建了小楼房，旧

命脉

貌有了很大变化时，满意地点头，并叮嘱，明年南水北调中线工程就要向北方送水了，库区人民牺牲贡献很大，柴湖移民过去吃了不少苦，现在一定要让他们的日子过好一点，要把柴湖移民问题作为一个影响地区人民生活和长远发展的大事来抓。

会后，湖北省委、省政府领导当即到柴湖调研，现场办公，当场宣布：将振兴发展柴湖的市级战略提升为省级战略实施，成立"湖北荆门大柴湖经济开发区"。随即，省住建厅党组成员、总规划师童纯跃率省社会科学院、省城市规划设计研究院、武汉大学、华中农业大学、武汉市规划研究院、武汉市园林建筑规划设计院的专家走进柴湖，开始描绘最新的柴湖蓝图……

近年，钟祥市声名大振，不仅是因为这里是中国历史文化名城、中国优秀旅游城市、中国长寿之乡、世界文化遗产明显陵所在地、国家可持续发展实验区、全国生态示范区，更因为随着南水北调中线工程的实施，有更多的人开始关注全国移民安置大镇——柴湖，也开始深刻感受这块神奇的土地所蕴含的创造力。

全淅林的书房里摆满了书，当然其中也有他的著作《移民大柴湖》，湖北人民出版社 2014 年的新版本。他分别签名赠送给我和元成。临别，老全拿出文房四宝，要我和元成题词。我很为全淅林多年来为移民奔波、书写的精神感动，写下"书搬迁史，铸移民魂"；而曾经在荆门生活过的元成更有着切身的感受，写下"天下谁人不移民"。

来来回回折腾

械斗事件发生后，吴元成的堂姑吴秀云一家被分散插队了，元成的奶奶被儿子赵星科接到山东德州，吴秀云一家也踏上了返迁河南之路。

移民返迁，也不全是因为河南人和湖北人两边打架，主要在那儿不习惯。 吴秀云说，那里马鳖多，能把腿上爬严，钻到肉里头不出来，打都打不出来，得抹大蒜，它才出来。 马鳖就是水蛭，也叫蚂蟥，生活在水里，下田干活时会爬到人腿上吸血。

吴秀云回来就到李华庄落了户。 吴秀云丈夫的哥哥老梁，是他家之前买来的养子，亲生父母是李官桥区核桃园村的，养到 18 岁，他又回到自己的老家。 吴秀云他们从荆门回来，托他说合，才返迁到现在的李华庄。

吴元成的堂姐吴娥娃家在淅川县九重镇周岗村，距离渠首陶岔村也就五六公里。 从 20 世纪 70 年代跟着父母返迁到这儿，一晃 40 年过去了。 多年不见，她已经明显老了许多。

有多少日子，就有多少无奈。 有多少移民，就有多少生存的挣扎。

和当地人打架后，吴娥娃的父亲还没决定回来。 那时候，她大姐兰娃已经嫁给移民老杜家，娥娃和妹妹还小，弟弟还没出生。 可娥娃的大哥惹了事。 她父亲脾气不好，把她哥哥绑了，拿鞭子教训了一顿。 就这，还是怕当地人追究，就决定回来。

虽说急于回河南，但毕竟在这里也生活了几年，刚习惯了种水田，吃大米，又要重新去适应旱地的劳作，吃小麦、苞谷和红薯。 娥娃的母亲很伤心，不愿跟大闺女分开。

那时候，邓县的九重公社刚刚从邓县划归淅川。 人生地不熟，落户就成问题。 好在有个远房亲戚在九重，娥娃的父亲带着他们去投奔人家。 他白天干活，晚上托着亲戚，去找大队和生产队的干部。 最后总算把户口的事儿说定了，条件是，亲戚做媒，把娥娃嫁给周家老三，他爹是大队干部。

这么折腾了一圈，娥娃的哥哥嫌干活吃苦，还吃不饱，偷着跑回荆门，后来落户在钟祥。 听说儿子在钟祥安顿下来，娥娃的父母也返回湖北。 现在他们都去世了，都埋在那儿。 娥娃的父亲生前还在一座小水库那儿给人家看过配电房。

2015 年 11 月 14 日，我们来到河南省辉县市常村镇侯家坡村。 迁来了几年，李保山家的房子已略显陈旧，家里也只有几样简单的家具。他的老伴阮景兰说话的声音特别好听。

阮景兰的娘家是江东香花黄龙庙的。 下荆门的时候，他们刚结婚，到湖北生了两个孩子，回淅川又生了四个。 由于返迁移民无户口、无地，政府长期失于管理，自然也谈不上实行计划生育，所以普遍生有多个孩子。

在荆门发生械斗事件以后，移民大多心生恐惧，加上地也不多，生活困难，很多人就想着回来。 李保山和阮景兰那时刚结婚不久，年轻，并不愿意回来，但老人成天哭天抹泪的，求孩子们带他们返迁回老家。

没办法，他们也回来，在丹江边开点儿荒，种点儿红薯，煮个红薯疙瘩子，好歹顾个生活。 他们先在下寺江边开荒，那儿门前门后都是家里的老地方，后来才后靠到侯家坡。

搬迁到豫北太行山脚下的常村，阮景兰两口还是不太习惯。 可她说："主席那时候活着都说南水北调，国家要咱腾出那个地张儿，咱要听从国家的领导。"

搬回河南后，阮景兰夫妻再没回去过荆门，李保山的弟弟都还在荆门。 阮景兰和李保山说："咱们两个兄弟都还在那儿，去看看？"李保山不吱声儿。 不是不想去，主要是没钱。

返迁潮造成"沿江部落"

南阳市移民局纪检书记吴家宝对"沿江村"的历史沿革做过深入的调查。 说到沿江村，他对来龙去脉谈得头头是道。

丹江口水库初期工程移民期间正逢三年困难时期、"大跃进"和"文化大革命"。 在这样的环境里，移民为革命搬迁，为国家建设搬迁，政治挂帅，思想领先，背一条毛主席语录就搬迁到外地，或者后靠，或者内安。后靠是向本地海拔更高的地方搬，内安是在本县安置。

当时，信奉的是"阶级斗争一抓就灵"。但移民问题远没有这么简单。移民的后续发展很重要。按照惯例，移民的不适应期一般在3个月，安全稳定期需要3年。不适应的突出表现是集中返迁，淅川移民返迁就是个惨痛的教训。

1958年开工建设的丹江口大坝，因存在质量等问题于1962年停建，1964年12月复工。筑围堰、截江流，豫、鄂两省的丹江口库区人民陷入初迁和水撵人走、搬迁、返迁的境地。

1961年，丹江口水库围堰壅水，国家决定124米高程以下居民动迁，淅川县两个区4个公社，累计动迁26725人，其中4310人迁往南阳邓县，其余22415人在淅川县内自安，采取的办法是每人发310元安置费，让移民四处投靠，其他一概不管。很多人在外生活不下去，又都迁回原址，成群结队蜗居在丹江岸边过着野人般的生活，没户口，没生活来源，成为后来的"沿江村"首批居民。

1969年，湖北荆门的械斗事件发生后，本已迁居荆门的淅川移民有1000多户6000多人，先后陆续返迁回河南淅川，另有数千人到当时相对安定的钟祥县大柴湖投亲靠友，加剧了当地人多地少的矛盾。荆门县吴集公社(今属荆门市沙洋县高阳镇吴集村)黄金大队第四生产队共18户移民，有4户返迁淅川。尚荣保等3户移民则转迁柴湖刘庄村。械斗事件发生前，尚荣保在荆门烟墩公社(今属荆门市东宝区漳河镇)信用社当出纳，很多移民老乡到公社赶集都爱到他那里聊聊家常。械斗事件发生后，单位开生活会批判他，说他把信用社作为移民的联络站，包庇坏人。工作没法干的他，只好自己想办法转迁柴湖。

从1959年青海支边移民到1978年丹江口库区淅川移民全部迁出和内安，淅川县实际动迁移民24万人，湖北均县、郧县两县共动迁27.6万人，两省三县一共动迁48万人。这么多年来，丹江口库区移民对外公布的数字始终是 38.2 万人，比实际移民少了 9.8 万人。

这个差异应缘于统计有误，没考虑统计后到搬迁前这段时间的人口自然增长，时间节点是统计日期，而不是搬迁日期，这段时间的新出生人口没有计算，这是其一；其二是一部分人搬出后又返迁回到故乡。

这一错，导致 10 万人的庞大群体生活没了着落。

淅川搬迁到湖北的移民大批返迁，与那场械斗有直接关系。 械斗平息后，原来参与械斗的牵头者、组织者惶惶不可终日。 即使因为没有牵涉人命，也总觉得不适宜再在荆门生活了。 一时间，八仙过海，各显神通。 一些人家通过投亲靠友，陆续卖了房子迁往他处。 一些老实巴交的移民，因仍受到当地人歧视，毅然携家带口，漂泊出走。 更多的淅川移民返回淅川，搭草棚、住山洞、睡桥下、睡麦垛边，甚至睡牛圈。平日里靠打苦工、要饭度日。 这些"特殊移民"的生活、生产很长一段时间内，几乎没人过问。

还有一些人家干脆就回到淅川丹江水库边上，住草庵，开荒地，过起了"黑人黑户"的日子。 有的移民在多次搬迁之后，过着"野人"般的生活。 2005 年，吴家宝和移民局的同事去淅川境内的丹江岸边考察，看到一户返迁移民在深山里"隐居"，全家只有一件像样的衣服，更不知今夕是何年。

据统计，1971 年至 1974 年间，返回淅川仓房镇丹江沿岸的移民就超过 400 人。 他们上山开荒，种上玉米、红薯、花生。 天旱，庄稼像一把干柴；雨涝，冲出一坡大大小小的石块。 他们下江捕鱼，有一网没一网，除了吃，还把新鲜的丹江白条、鲤鱼、鲢鱼、鲫鱼卖给乘客轮来往丹江两岸的人。

有的干脆用煤油点着细麻绳，把酒瓶从中烧断，把自己用硝酸铵、锯末炒制的土炸药塞进去，做成"炸弹"，偷偷炸鱼。 一炮下去，大鱼小鱼都漂了上来，破坏生态不说，还常常被巡渔的快艇追赶，满山躲藏。 那时候，导火索质量差，有的点燃后干急不冒烟。 村民拿在手里看，突然冒出黑烟，却来不及扔出去，把手炸伤、炸掉的事时有发生。

沿江村便是由逐水而居的移民归拢到一起产生的新村落。多年的沿江苦熬，终于引起有关方面重视，沿江谋生的返迁户终于有了自己的"家"。到了 20 世纪 80 年代，淅川县才解决了这些流浪者的户口。经民政部门批准，仓房镇增设了一个新的行政村：沿江村。直到 2009 年以后，他们集中搬迁到新乡辉县市常村镇，才终于稳定下来。

命脉

新移民

沿着南水北调中线总干渠，河南淅川新移民遍及大河两岸，从南阳向北，沿线受益地区均有安置，北边最远的在新乡市所属的辉县。为此，我和元成数次前往各移民村，与移民多有交流。

　　河南内安移民，也经历过历史的阵痛。在早期移民中，除了淅川自我安置和后靠移民外，邓县也接收安置了3万多淅川移民，其中就有元成的大舅李宏业一家。而这次南水北调中线工程移民，元成的很多亲戚也再次踏上搬迁之路，好在不用远迁，都在省内安置。我的老家新野县也接收了淅川移民。

　　根据移民安置规划，2009年开始的南水北调中线工程移民涉及淅川县的16.5万人，分别安置在河南省的南阳、平顶山、漯河、许昌、郑州、新乡6个省辖市，涉及25个县（市、区）的135个乡镇（单位、农场）、698个行政村，共新建208个移民安置村（点）。

　　2008年，河南启动南水北调移民试点工作；2009年8月，1.1万名试点移民搬迁完成；2010年9月，第一批6.5万名移民搬迁完成；2011年8月，第二批8.6万多名移民搬迁完成。

　　我和元成的家乡都与湖北接壤，元成小时候还在湖北荆门生活过，因工作、亲友关系我们也多次到过湖北，但对湖北省因丹江口水库建设和南水北调中线工程建设形成的移民安置情况并不完全清楚。两年多来，我们先后数次前往湖北丹江口市、荆门市、襄阳市、十堰市的一些县（市、区）采访，试图对湖北移民安置背后的故事一探究竟。

应该说，湖北省因南水北调中线工程所产生的移民安置任务之大、压力之巨，在某种程度上还高于河南。50多年来的丹江口水利枢纽两期工程建设，湖北共移民46万多人。湖北本省的全部移民均在省内迁移和后靠，还接收安置河南淅川10万移民。两项总计，多达56万人！这还不包括三峡工程安置的22万移民。

而湖北省最大的移民输出和安置大市是十堰市[①]。十堰是举世闻名的汽车城，更是南水北调中线工程核心水源区、水质保障区、水源控制区和环保高压区。

据现存的丹江口市移民局汇编的移民资料记载，丹江口水库建成后，淹没区涉及湖北省的丹江口市（原均县）、郧县、郧西县、十堰市张湾区和河南省的淅川县共5个县（市、区），移民动迁总户数91083户，动迁总人口39.981万人[②]。其中，湖北省丹江口市、郧县、郧西县、十堰市张湾区，就移民27.8万人，多数在十堰市本地后靠安置；外迁9.1万人，安置在省内原襄阳地

[①] 1969年12月，湖北省撤销原十堰办事处，成立十堰市，为隶属原郧阳地区的县级市。1973年2月，十堰市改为省辖市，辖十堰、茅箭、白浪、大川、东风、花果、黄龙、大峡等8个人民公社。1982年4月，十堰市和第二汽车制造厂实行政企分离，十堰市独立成立十堰市委、市政府，所辖不变。1984年5月，十堰设张湾、茅箭两个市辖区。1994年，撤销郧阳地区，与十堰市实行地市合并。地市合并后的十堰市辖郧县、郧西县、竹山县、竹溪县、房县和丹江口市，以及茅箭、张湾两城区和武当山旅游经济特区。

[②] 该数据不准确。以此数据，动迁总人口39.981万人，其中湖北各县移民27.8万，加上河南淅川的20万多移民，总数超过48万。

区、荆州地区等地的 23 个县（市、区）。 仅丹江口市从 1958 年至 1980 年，先后动迁移民 5 批 34111 户160448 人，占库区动迁总人口的 41.5%。 其中内安19136 户 88573 人，外迁 14975 户 71875 人。

南水北调中线工程之丹江口水库大坝加高后，再次淹没十堰 25.2 万亩土地，占库区淹没土地总面积 46.16万亩的 54.6%，辖区水域面积由 450 平方公里攀升至620 平方公里。 新增移民 18.2 万，主要来自十堰市所辖的 5 个县（市、区）的 30 个乡镇，其中 7.8 万人被安置在省内武汉、襄樊、荆州、荆门、随州、天门、潜江、仙桃等 9 个地级市 21 个县（市、区），10.4 万人在十堰市库区内后靠安置。 十堰已经成为水库移民大市。

湖北省委、省政府向国务院承诺，湖北移民全部在省内安置。 与河南只牵涉淅川县一个县不同，湖北的此次移民主要来自十堰市所辖的丹江口市、郧县、郧西县、张湾区、武当山特区 5 个县（市、区）的 30 个乡（镇、办事处），并要迁建 13 个集镇、125 家企业，移民投资超过 250 亿元人民币。 2009 年，丹江口市均县、六里坪、习家店三镇被湖北省列为移民试点乡镇。 丹江口市全市 120 个单位，每个单位抽调 3 名干部进驻村庄，全职服务移民工作。 2009 年 3 月 30 日，丹江口市启动了规模更大的"千队进村，万人入户"移民工程，达到 1 名移民干部包 3 户的标准。 仅在 2010 年 8 月 11日至 9 月 30 日期间，十堰市的丹江口市、郧县、郧西县和武当山特区 4 个县（市、区）21 个乡镇的 15661 户64321 人，分批次安置到省内 8 个市 20 个县的 178 个移

命脉

民安置点。 截至 2010 年年底，外迁安置的 7.8 万人已全部搬迁到省内武汉、襄阳、荆州等地。 截至 2011 年年底，库区内迁安置移民 10.4 万人，以后靠和就近安置为主。

2011 年 3 月 28 日，湖北省委、省政府召开南水北调中线工程丹江口水库移民内安工作现场办公会，要求完善移民内安复建政策，迅速掀起移民内安复建高潮，确保实现"四年任务两年基本完成，三年彻底收尾"目标。 在安置点的规划选择上，湖北由过去政府定点变为移民选点，全省拿出了 13 万人的安置容量，供 8 万多移民进行选择，移民安置点数量由最初的 510 个调整为192 个。 在建设过程中，移民新村与安置区社会经济发展规划相结合，合理控制规模，科学布局。 搬迁前，湖北省库区移民人均住房面积只有 20.97 平方米。 搬迁后，外迁移民人均住房面积达到 31.3 平方米，内安农村移民人均住房面积达到 41.49 平方米，移民就医、就学、社会保障等一次性考虑到位。

我们在湖北采访时了解到，丹江口市移民干部将南水北调中线工程移民搬迁安置政策编成顺口溜，便于让移民群众明白：

移民迁建，国家拿钱，标准统一，硬性规定；
外迁一人，个人财产，补偿以外，再拿五万；
二万三千，收购耕地，一点五亩，划给移民；
基础建设，一万五千，其他细目，不再说明；
房屋拆迁，合理补偿，面积结构，区别定性；
二百多元，附属房价，土木结构，三百靠近；

砖木房屋,四百左右,五百开外,正房砖混;

过渡期间,生活补助,一千二百,老幼同等;

种肥农药,人平一千,再补二千,购买农机;

养老保险,人均三千,按时到位,二千奖金;

各种补助,咋样来领,普遍关心,但不要紧;

统一印制,移民卡片,你的财产,样样填明;

补偿资金,迁出地付,要看建房,进度才行;

分期分批,打到卡上,分文不少,给你付清。

命脉

再难也得干好

从副镇长到镇长、书记，从南水北调中线工程测量到干渠施工，到通水，到移民安置，到扶持移民致富，陈安民经历了 10 年的时光。2015 年 12 月 5 日，在河南省南阳市卧龙区蒲山镇，他让镇长去南水北调中线干渠蒲山段接待来检查干渠绿化的南阳市副市长，他专门在镇上等着我们。 一见面陈安民就向我们述说移民的艰难："哥啊，作难啊！"

除了总干渠建设占地调地难，还有就是移民安置用地难。 2011 年 8 月 5 日，蒲山镇开始接收移民，4 个点，3000 人。 搬迁持续了整整一个月。 当时陈安民是镇长，他和党委书记跑了 6 趟，每次去淅川县都带100 多辆大车，浩浩荡荡的，高速公路上排得老远，还要保障安全。 接来了，还要安置好。

移民用地有些是旱地，有些是水浇地。 蒲山镇接纳、补偿，要给3000 名移民对地。 地价不一样，南水北调中线工程建设用地，有些地方达到两三万，有些地方一两万。 南水北调中线工程一把尺子，移民用地一亩地价格 21936 元。 这地是买的，国家掏钱。 移民安置用地牵涉到蒲山镇 32 个村民小组。 很多村民小组既有干渠建设用地，又有移民安置用地，地是一模一样，可地价相差好几千元，同地不同价。 整个蒲山镇像这种情况，涉及将近 16000 亩地。 平均按 5000 元算，就是一笔很大的数字。 蒲山镇的财政收入一年也就一千二三百万元，光工资就得 800 万元。 补上这个差价，很让陈安民作难。

2010 年开始划拨地给移民。 安置地蒲山在南阳近郊，人多地少，本身人均不到一亩地，基本上都是八分地。 3000 名移民需要五六千亩地。 6 个行政村的 32 个村民小组的耕地要被占用、调整。 有一部分小组的群众不大要紧，有一部分特别是靠地吃饭、50 岁以上的人，他们不愿意给地，和商业用地相比，地又很便宜。 2010 年、2011 年，企业来征地，当时的价格，一亩地都在 8 万元左右，现在超过 10 万元。 镇政府后面一块地 20 多亩，现在炒到一亩 12 万。 那个时间商业地价是一亩地 8 万元，给移民调地，就只给原住民 21936 元，有个别的地块，最多给人家 2.8 万多元。 这个悬殊，不管怎么说，老百姓也会算账。 陈安民他们只好给群众讲政策、许愿，说："移民来咱们这儿好处大哩很，也能改善你们的生产生活条件，修路、打井、架电、绿化。"甚至还说："移民来得多了，国家给移民的政策，你们也能享受！"

让原住民对地，他们不对。 只好做工作，还得修路。 6 个行政村 32 个村民小组都在丘陵地，不是一马平川，村与村之间、组与组之间，扯得比较远，镇里给修了 50 多公里路，有的修到队部，有的连接各个村庄。 镇里当时没有钱，市里、区里，包括移民局，都表态："回来了，倾斜你们，后期扶持。"50 多公里路，压缩工程造价，一共花了 1056 万元；还有水，几个村没有自来水，镇里给打井；电力部门支持，电相对好争取，架电问题解决了。 水、电、路，镇里垫资一二百万，给原住民解决了。

现在移民也来了。 2012 年就开始给移民局汇报，这些路啊什么的，都是当地的小老板垫资修的，镇政府当时签的合同，是三年付清，到 2013 年还完。 有项目了，就有项目支撑。 没项目了，区领导当时说，那没有事儿，区里给出。 可有项目支撑的时候，又出新问题了。后期扶持，先报项目，立上项目后，再给拨钱，然后再干活，再修，打井。 这样把井也打了，自来水也使上了，却因为是意向性合作施工，没有招投标，又不符合新政策了！

当时领导给表的态，现在钱不到位。 施工队要和移民发生矛盾，其实不是和移民有矛盾，实际是给政府施加压力的。 小老板们说："我把路修好了，你现在不给我钱！""你们说的是 2013 年年底给我钱，你不给我，我修的路，我要断你的路！"这就产生了矛盾，容易引起社会不稳，移民本身就脆弱，都怕被当地人欺负。 这样看起来就像当地人有意欺负移民。

原住民也质问陈安民他们："咱们当时地比较少，为啥你们还接恁些移民？"从 2004 年开始，陈安民在这儿当副镇长，长江委来，包括镇里往市里报，准备接个一二百移民。 现在是 3000 名，多了十四五倍。 因为从移民角度说，蒲山是南阳市近郊，有公交车，花一块多钱就可以到南阳市，交通方便，他们愿意来这里。 蒲山镇有 13 万人口、140 平方公里土地。 移民来了，一个乡镇要接纳淅川县大石桥乡杨营一个村的移民。 而按照移民政策，不拆村，通俗地说就是移民"不散群"。 于是，市里特别是区里说，希望这里安置两个乡镇，上级大力支持你们。陈安民说，结果却只有精神支持。

现在，镇里外欠几千万，揭不开锅了，才向市移民局打报告。 领导也很理解。 不管怎么说，别人给干了活，钱一欠四五年，总是不对，是一个潜在的不稳定因素。

移民这块，蒲山镇前后花 3000 万元。 当时，河南提出"四年任务两年完成"。 移民新村建设一边施工一边修改，光这一项镇上垫资超过600 万。 有些钱就算不出来。 因为工期紧，2010 年那年雨下得大，到2011 年 8 月要搬迁，本来正常施工可以少花 200 万，但为了赶进度，天天评比，还得保证工程质量，加上物价提升，镇里就用奖励等手段刺激。 调整土地镇里又投进去 1800 万。 加上全国农运会修路，投资1000 多万，沿路临街的平房外观改造等，算下来就欠小老板很多钱。如果不是移民安置加上农运会，镇上的财政一年剩个二三百万，可以搞些建设。

尽管如此，陈安民说，他们坚决与上级保持一致，叫干啥还干啥，还得干好。

蒲山镇移民房屋的质量在验收评审后获得全省一等奖。 移民入住后，可以说是大局已定，与当地群众高度融合。 4 个移民村，有一个村与当地群众联姻超过 30 对儿。 全村总共 300 户，占十分之一。 其他村也都在 20 对儿左右。 移民与原住民之间基本没有大的矛盾。 有极个别的，当地人的老祖坟在移民划拨地里头，上坟的时候，会踩到庄稼，那也不叫矛盾。 即使当地人要在谁的责任田附近安葬，说说，给点儿补贴就行。 移民村内部也比较太平。

搬迁到蒲山镇的没一户返迁，总体非常稳定。 一旁的工作人员介绍说，金河镇山根村搬到郑州附近，还有 6 家闹着返迁，回到淅川搭庵子住。

按规定移民是一人一亩四分地，一家四五口人，地就不少。 但根据目前的形势，移民也不愿意要太多地。 村民小组给移民分的时候，可能分八分地，那六分都放在集体，然后统一流转出去，办起了三色鸽奶牛场、五金厂，有苗圃、采摘园、垂钓场、养鸡场，还有塑料大棚，种菜，也有种果树的，都是对外发包。 陈安民说他不主张移民办企业。国有企业、央企都在改制，让一个小小的村组弄集体企业，不符合现在的发展形势。 一办，必赔！ 所以，要么让他们走股份制，入股、控股，要么集体扶持，建个车间出租，这样没任何风险。 有风险的话，这个村就完了。 不经营，充其量参与管理，这样，风不刮，树不摇，收入稳定。 一种是土地流转后入股，财务上光显个账目，也不见钱，入股后，企业给移民分红。 还有一种是现金入股。 去年蒲山镇人均纯收入8000 多元，移民绝对超过这个数字。 因为他们手里有一亩四分地，当地老百姓地少，七八个村民小组都在人均五分以下。

对于移民土地分配的情况，南阳市移民局的刘贵献介绍说："移民搬

　　　　　　　　　　　　　命脉

迁前要评估，安置地分一、二、三等，根据原来在淅川的生产生活环境，好的安置好的，中等的安置中等的，差的安置差的。"

村村都有致富项目

与陈安民谈过，我们驱车去移民村实地考察。 不大一会儿，车子驶近杨营移民村，高高矗立的石雕牌坊内，就是靓丽的村容村貌。 蒲山镇移民办主任刘春林说起杨营、和顺园、刘家埠、泉东移民村的后期致富情况，如数家珍。

淅川移民来到蒲山，什么问题都没有，本身就在南阳，语言沟通没问题。 对接的时候，刘春林也去过淅川的大石桥乡。 2011 年 8 月，他和镇领导一起到大石桥乡杨营村把 2800 多名移民接过来，分别安置在和顺园、杨营、刘家埠、泉东四个移民村。

为了保证群众"能发展、可致富"，由包点干部负责根据移民村的实际情况，进行考察，为四个移民村引进亿元项目一个、超千万的项目两个、百万以上的六个。

杨营村和南阳市三色鸽集团合作，建成了占地 800 亩、总投资 6000 万元的"三色鸽集团农牧示范园"奶牛养殖基地，以牧草种植、奶牛养殖、景观树木种植、特色农家乐为主。 村里成立的丹源牧草专业合作社与"三色鸽乳业"养殖基地强强联手，采用"公司+农户"的模式，群众以土地入股，带动移民就业 350 人，通过参与项目生产经营，年人均可增收 4000 元。 村里还引进了由德信行洲实业公司投资的寅基五金厂项目，群众以土地入股，集体受益。 总投资 1 亿元，年产家用不锈钢五金系列产品 500 万台。 年产值可达 1 亿元，年利税 400 万元。

2011 年年底，杨陵皓鑫实业有限公司与和顺园村委会签订 30 年合同，租用梅溪河以西的 540 亩土地，投资 5000 万元兴建卧龙区蒲山镇和顺园移民新村"金果生态农业产业园"，现在项目已实施完毕。 依靠建立的顺和专业种植合作社，安置 120 名移民就业，月收入达 2000 元以上。 当年还引导该村建了一个占地 55 亩、总投资 800 万元的循环农业生态示范园，安排了 30 多名移民就业。

2011 年年底，镇政府引导刘家埂村部分群众利用该村附近养殖氛围浓厚的有利条件，建了一个占地 37 亩、总投资 490 万元的养殖基地，成立了专业合作社，舍饲蛋鸡 10 万只，年收益 200 万元，给移民提供就业岗位 30 个。 2013 年年初，该村群众李新跃带领部分移民以土地入股的形式，投资 300 万元，成立了南阳市卧龙区丰泰苗木种植专业合作社，主要种植、营销红松、石楠、桂花、香樟、广玉兰、银杏、枇杷树等品种，共安置 25 名移民就业。

泉东村虽然起步较晚，但是其养殖基地已经建成，两座大型鸡舍基础设施已完备，后续工作也已展开，规划养殖蛋鸡 12 万只，预计年收益 200 万元。

这些项目都是有效地利用了国家投入的后期扶持资金、生产开发资金。 镇政府开展农技培训，引导移民群众利用家庭式作坊开展丝毯加工、服装加工、电子产品加工、手工工艺品加工等，每年每户可增收两万多元。

说话间来到三色鸽奶牛场。 在两长排敞开式牛舍内，垂着大乳房的奶牛按部就班把头伸出栅栏外进食。 年轻的刘宪辉经理领着我们进了办公楼，一楼的 3 个大制冷罐十分显眼。 牛奶挤完会在罐内迅速冷却到 2~4 摄氏度。 二楼一间房子内安装有监控电脑，上面显示着密密麻麻的数据。 屋外的平台下是两排挤奶机。 还不到挤奶的时候，我们没有看到壮观的挤奶场面。

奶牛场是 2014 年建成的，当时进了 500 多头牛，现在有八九百头。大部分是产奶牛，少数是小牛。 一头奶牛的进购价是 1 万元。 现在一吨鲜奶的价格是四千五六，预计每年能销售鲜奶 3700 吨，价值 1800 万元，纯利润 400 万元，年综合收益可达 500 万元，还能带动周边产业的发展。

冬天也是这样，奶牛的冷应激不太敏感。粗饲料以全株玉米青贮为主，添加苜蓿、花生秧、麦秸等干草，还有精饲料。奶牛是荷斯坦品种，从澳大利亚进口，现在经过杂交，都是"中国荷斯坦"了。有的牛一天挤两次，产七八十斤鲜奶。一般的话，平均一头牛日产四五十斤。这里每头牛耳朵上都有个黄色牌子，是这头牛在本场的唯一编号。计步器安在奶牛右前腿，通过计步器在监控室的电脑上就能看到每头牛的健康状况数据。所有鲜奶都运送到南阳制奶行业龙头老大三色鸽，加工成奶制品。

到给奶牛挤奶的时候，把牛赶进挤奶室，由挤奶机统一挤奶。挤完奶是全自动标准清洗程序冲洗消毒，干干净净的。这个模式整体上是比较先进的。因为是现代化挤奶机挤奶和规模化养殖，职工很少，喂牛的是 4 个人，搅拌全混合日粮的是 3 个人，其他员工 6 个人，总共十几个人。用工主要是移民，个别的是外地人。目前整个园区占地 700 多亩，包括场区和种草基地。村里的移民主要是通过土地出租获益，目前还不到分红的时候。

刘宪辉是三色鸽派来搞管理的，他说，这里下一步还准备扩大规模。现在南阳市场上主要是销售三色鸽加工的"壹号牧场"产品，已经辐射到周边的平顶山、信阳和湖北的襄阳。

发展得有带头人

2016 年 5 月 26 日，我们来到河南省郏县白庙乡马湾村。村部与卫生室一箭之遥，中间是一片广场。村里的荣誉室内，墙上张挂着各种奖状和牌匾，更有多幅照片，既有移民当年搬离故土的场景，也有有关领导来马湾视察的情景。 村部就在荣誉室隔壁，村支书刘宏中、村民委员会主任刘海泉和郏县移民局局长胡君然、副局长汪建伟都在。 陪我们一起去的是郏县财政局的高春林，他是一位诗人，平时和我们就有很多交往。

刘宏中和刘海泉在淅川老家的时候就在一个班子里，一个支部书记，一个村委会主任，来到郏县，还是照旧搭班子。 马湾村是一期搬过来的，有1300多人，马沟、王沟两个组的300多人是二期搬来的，融到一起成了一个村。 移过来以后，就面临换届选举，两人还是全票当选。

胡君然局长原来就在这个乡当过副书记，移民对接工作他就参与了。 他去过淅川好几回。

马湾村房子盖得好，刘宏中和移民都很满意。 国家南水北调办的鄂竟平主任，省里的书记、省长、副省长，都来过这儿。 后来当地村民也照着马湾村的样子盖了新村。 各级政府、移民局、各个单位都很支持移民扶贫发展。

刘宏中说，这次移民确确实实，和20世纪60年代相比，好得多。那个时候，刘宏中才几岁，老家的人往湖北、邓县搬迁。 从那个时候，他对搬迁就有了印象。 到70年代，人们都传着说，要南水北调，又要搬迁。 大约到1991年，做过一次统计，轰动特别大。 从1991年后，整个库区，沿丹江边，就不能盖房子了，国家都不批了。 从村里建设到经济发展，库区就受到了很大损失。 好多地方，比如盛湾，是山区，人口又很密集，都不能再盖房子。 截止到这次搬迁走，哪一个院子里都住六七家、七八家人。 比如说，爷爷一代分三间房，到父亲这里就只能分到一间，一家三口人、五口人，就住这一间房子。 这种情况很普遍。

这次搬迁从2006年开始，长江委就派人到淅川登记了。 登记人口、登记房产。 试点移民是2009年，马湾村是2010年8月14日搬迁的。 当时搬迁了1300多人。 光车就去了400多辆，包括拉家具。

高春林了解情况，说："连柴火也拉过来了，怕来这儿没柴烧嘛。"

其实这里是烧气，但移民当时不知道。 刘宏中说，这次搬迁比以前好得多。 以前搬迁，砖啊，瓦啊，都往船上装，运过去，搭塑料棚住。哪像这次搬迁，国家实力强，安置、扶持也很不错。 也不像过去是插队，这次是整建制搬迁，原来叫马湾，搬过来还叫马湾。 迁过来后，在政策扶持上，党委、政府关心，老百姓就业、经济发展他们考虑得很全面。

扶持项目也有，蔬菜大棚什么的都有，政策上就是强村富民。 原来在淅川老家，就搞不成，受政策影响，集体经济弄不成。 但搬迁到这里要发展起来也不是一句话。 目前就是靠这一亩零五厘的地，大部分都流转了，流转出去，变成生态园、采摘园、塑料大棚，都是当地人承包的。 移民一是吃土地流转费用，一是劳动力解放出来，出去打工。 马湾村有五六百人在外面打工。

迁过来之后，这里离县城近，离产业集聚区近，就业机会比较多。过去在老家，中青年，特别是妇女们，在家织丝毯。 但是过来以后，丝毯价格提不起来，只好到市场里当个售货员、保洁工什么的。 基本上，只要不懒，只要能干，都能挣些钱。

现在后期发展，也有后扶资金，但是，关键得有带头人。 没有能人，没有带头人，搞不成。 刘宏中也到移民先进村去看了。 他觉得，单靠给的七十万、八十万，甚至百十万元，发展起来很难。 这些钱，大的干不成，小的不好弄，也与政策有关。 一开始，选好项目才能要资金，长江委出有白皮书。 要搞个养殖基地什么的，得有土地。 在淅川，最大的养猪场也是马湾人办的。 但没搬来，还在淅川搞。 搬来后，也想搞一个，但没有多余的土地，搞不成，有力使不上。 在老家有空闲地，那时候，水一消，还能种点江滩地。 这儿没有，没有荒坡地、江滩地。 再一个，来这儿人生地不熟，办个事儿也难。

淅川移民到郏县的就一个马湾村，包括邻近马湾的马沟、王沟组，他们来300多人。 总共移民1700多人，人口自然增长，现在过2000

了。 来之后融合得不错，不像过去在湖北还和人家当地人打架。 当地人不错，不欺生，和移民两下里互相尊重、理解。 再一个，当地人这个村就几百人，移民有 2000 人。 而且现在地都流转出去了，如果不流转，牵涉到地界儿，可能会发生冲突。

采访结束时，我们获得了一份并不完整的淅川县盛湾镇部分移民的主要安置点及迁移人口表：

马湾村：平顶山市郏县白庙乡马湾村，311 户 1347 人，加王沟、马沟共 388 户 1665 人。

贾湾村：南阳市唐河县黑龙镇贾湾村，320 户 1800 余人。

兴化寺村：南阳市新野县王庄乡，163 户 695 人。

宋湾村和马山根村：平顶山市宝丰县杨庄镇宋湾村，150 户 645 人。

姚营村：平顶山市舞钢市尚店镇姚营村，330 户 1333 人。

马川村：平顶山市宝丰县周庄镇马川村，1700 余人。

河扒村：平顶山市鲁山县辛集乡河扒村，1700 余人。

陈营村：南阳市唐河县湖阳镇陈营村。

鱼关村：南阳市唐河县东王集乡鱼关村。

单岗村：南阳市新野县溧河铺镇单岗村。

陈庄村：南阳市淅川县厚坡镇陈庄村。

这个地方还是不错的

2015 年 10 月 11 日，我们沿郑开大道向东，过雁鸣湖，入官渡镇。当年的官渡古战场，如今遍布塑料大棚。 肥实的大闸蟹在路边的袋子里、纸箱里窸窣爬动。 见路边一广告牌上写着：丹江人家。

自路口向南不足 500 米，数排整齐的二层小楼毗邻而立。 丹江人家酒店门外，几个老乡正在聊天。 见有人进村，一个中年汉子迎上来打招呼。 他叫吕自伟，也是移民，在附近的黑寨小学当老师。 饭店的老板叫吕彦，很富态，他的妻子叫吴彩虹，也很丰满，他为我们倒上了大杯的茶水。 不大一会儿，接到消息的社区主任彭建波赶了过来。

这个饭店是他们来后第二年开的，经营的都是淅川的野生鱼、大骨头什么的。 客源不错，郑州的、开封的、中牟县城的人都来。

他们属于最后一批淅川移民。 2011 年 10 月从淅川县金河镇金源社区搬迁过来。 到了没几天，赶上重阳节。 那天来的时候，省里宣布淅川南水北调中线工程移民结束。

搬来之前，他们也来看过点。 在老家的时候，全社区有 3000 多人。 总共搬来 61 户 257 人。 来的是 170 米线上移民，淹地没淹房，原来种的鹳河滩地被淹。

中牟给移民每口人划地一亩零五厘。 刚开始来的时候，当地政府没有把地协调好，第二年 3 月才到位。 多数地都流转给一家生态园了，他们开有敬老院，一年一亩地给移民 1200 块钱。 没有流转的种花生、春玉米。 目前村民收入还不错。 在老家的时候靠近县城，真正种地的不多，个别户种菜，多数都做生意。 有的还开矾土矿、大理石矿，矿口一开好，就有人来承包，千儿八百万的就转包出去了，出了不少"暴发户"。 为了确保水源地不污染，走之前很多矿都被关闭了。

这儿交通便利，东边靠近开封，西边连着郑东新区。 搬来后，40% 左右的人不在这儿长期住，都在外边做生意。 有一家的房子租给开封的一对夫妻，他们上班在开封市区，晚上下班开车过来住。

整体来说，移民收入肯定比在老家多。 也有的生意还在淅川，从中牟到淅川每天都有长途班车，车子一直开到社区里，来往很方便。社区搬来后，为发展集体经济，开有几十亩鱼塘，刚开始不会弄，后来承包出去了，一年一亩鱼塘给社区 300 块钱。 去年，还开了 65 亩葡萄园。

目前中牟人和移民倒没什么矛盾，但交往不多。 搬来快 4 年了，社区有两个女青年嫁给当地人，还没有当地姑娘嫁给移民，融入还需要个过程。现在一些小孩子哭闹的时候，还说："我不在这儿住，我要回老家，回淅川。"

这儿水电都方便，就是没通天然气，烧罐装液化气。房子统一规定每人20平方米。彭建波有两层房屋，249平方米。每平方米合600元，总共花了16万多。其中家里财产折合11万多。在金河时，离县城近，好多人没种过地，才来，猛一下不适应。但这里距开封、郑州都近，从长远来说，这个地方还是不错的。

我想上北京

2016年1月10日，我们来到河南省原阳县太平镇裴岭村支书安荣泽家，他的爱人柴富荣和三个老太太正在打牌。柴富荣很健谈，聊起来，才知道她是吴元成的中学同学柴继红的堂妹，自然亲切了许多。

柴富荣娘家是盛湾镇旗杆岭村的。她妈妈去世得早，她家搬到老城镇的小街村，离安凹村二三里。1970年，水上来了，要搬迁，柴富荣的二叔在南阳，在淅川有熟人，让他们搬到裴岭。到1972年的时候，水又要淹住屋子，三期移民，裴岭村要后靠，他们投亲靠友，后靠了几回，没有往其他处儿搬迁。柴富荣家的村子很大，搬了好几批。

2011年8月15日，他们从淅川搬到原阳。裴岭村来了一半儿，七八百人。现在他们到原阳也快习惯了，学种水稻。

正聊着，安荣泽到家了，又是让烟，又是让茶。

裴岭村在淅川是丘陵地带，在老家也种过水稻，规模小，都是开的小片儿荒地。到原阳，是黄河滩涂，稻区。他们来后也得种，修了大渠，好灌溉。

裴岭村按农业户口来了792人，随迁退休的有十来个，他们只有搬迁费、安置费，共两三千块钱。 这个村风气好，还不错。 过去这个村庄大，有两三千人。 战乱时候，有的人跑了，有的被黄河水灾淹了，所以地广人稀。 移民搬来，给一个人一亩零五厘。 南阳附近像唐河，给一亩四分。 移民搬来，国家五年扶持规划，每个人每年给 1200 多块钱后扶资金。 其他的，得靠自己去争取。 后扶资金就是让集中使用发展的。 集中使用的，一个人是二厘四的养殖用地。 现在集体建设，资金不到位。 裴岭村弄个养猪场，配套设施比较全，但资金还不到位。 院子已经圈起来了，已经建了几栋房，可水电还不通，正在弄。 去年市里开会的时候，安荣泽建议，应该根据各处的发展，报的项目，捆绑使用，一次性投资到位，当年就能建成。

元成问："我们去过常村镇的移民村，他们为啥能发展起来那些项目？"安荣泽说，辉县市财政好一些。 还有个重要原因，他们是从淅川仓房镇搬迁过来的，在老家时候山地、林地比较多，集体财产比较多，有山林补偿。 有的村有一两千万块钱资产，可以干些大的项目。

移民迁到新地方，说有困难，国家有补偿、有扶持。 但出去办个事儿，就不太顺利。 安荣泽好接触人，活动能力强，就这办事儿也不容易。 因为没有那七大姑八大姨的亲戚，没关系，事就不好办。 不像在县里，不是亲戚就是同学，问个什么事儿，好找熟人。

前些年，国家南水北调办来个女领导，了解移民后期发展情况。 安荣泽就和她说，这么大的工程，河南省是四年任务两年完成，有些急了。 当时申报的人口，2003 年后死亡的人口，出生的人口，到搬迁时候，人口变化不能如实反映，移民有多大的损失，不够准确，预算跟不上。 上边不管这些，只让下边按原来的统计预算落实，给下边带来些困难和麻烦。

新乡接收移民的这几个县都相对不那么富裕。 搬到原阳县的全是老城镇移民，有好几个村，延津县、封丘县、获嘉县，都有老城镇移民。 原、延、封，都是贫困县，好一点的长垣县不受益，不接收移民。

由于工期催得紧，房子存在质量问题，后期扶持又跟不上，老百姓就有些意见。 新乡安置移民的房子，裴岭村算是最好的。 搬来前，安荣泽在这儿监工，2009 年就在这儿盖房子，基础建设时就在这儿。 他们一共来了十来个人。

安荣泽说，当时说的是看中哪儿去哪儿，其实就是一个说法。 实际上是指好了，叫你去哪儿你去哪儿。

来之前，南水北调办主任鄂竟平，去老城镇调研，他说："老安，你想上哪个地方？" 安荣泽说："我想上哪儿？ 我说了不算。"鄂竟平说："你可以提提。"安荣泽就说："我想上哪儿？ 我想上北京！"

鄂竟平笑了，安荣泽也笑了。 他对鄂竟平说，南水北调这个工程最主要是给首都送水哩，你首都受益恁大，你可以为移民付出啊！ 你富人向穷人借粮？ 北京、天津、河北受益恁大，他们没接一个移民。 鄂竟平说："当初你们河南挺直腰板向国务院拍过腰哩，这个事儿我还当不了家儿哩！"

安荣泽说，他给鄂竟平出了个难题。

有活干谁去闲扯淡

比较而言，内安在淅川当地的移民要"安生"得多。 虽然他们从江边好地块后靠上来，获得的耕地也极其有限，但乡镇和村里想了很多办法，发展特色种植、养殖、加工，过上了小康日子。

香花镇柴沟村距离丹江口大坝只有 15 公里，搬迁势在必行。 2011 年 6 月 25 日，171 户 762 人告别老家搬迁到淅川县厚坡镇，虽然还叫柴沟，却有了个新名字：柴沟社区。 2015 年 6 月 12 日，听说我们要去采访，支书刘英文和治保主任赵志清早早地候在家里。

由于地少，光凭种植农作物肯定养活不了自己，只有发展养殖业和食品加工业，向有限的土地要效益。

香花镇是全国知名的辣椒生产区。 2012 年，村干部带头，5 户移民联合投资 1000 万元，办起了食品加工厂，生产香花辣椒酱，安置移民几十人在家门口就业，当年就实现利润 200 多万元。

2013 年，柴沟社区建起了占地 62 亩的养殖小区，先后上了养牛、养羊、养鸽项目，县移民局免费对移民培训养殖技术。 目前，已经养殖 3800 羽种鸽、优质山羊 4800 只、南阳黄牛 880 头。 村集体也见了收益，仅场区租赁费一项年收入就有 40 万元。

他们还利用养殖小区的废水，建起了沼气池，拉长产业链条。 沼气取代柴火做饭，肥水还浇地 300 多亩。 社区又建起了第二个养殖小区，年租赁费 45 万元。 其中的种猪场已经养殖 3800 头种猪，既可产小猪出售，还能出栏五六万头种猪。 都是现代化技术养殖，平时只需要雇两人看护。

南阳市委书记穆为民多次到柴沟调研，还开座谈会。 县委书记、县长说，让信用联社再给柴沟贷款 500 万元，用这个钱投资建个陶瓷厂，生产地板砖。

社区还准备打 11 眼机井，把旱坡地变成水浇地。 再种上 200 亩核桃树。 原来还有移民到外面打工，一个月几百块钱，都说划不来，便回来发展了。

2014 年，社区移民人均年收入达到 1 万余元，村集体收入已超过 100 万元。 村里已经连续两年发"红包"，群众的积极性可高了，也不上访了，也不闹事了。 刘英文说："有活干，谁去闲扯淡！"

多说说就不会有事儿

在马蹬镇熊家岗内安的移民，原来的居住地是丹江小三峡附近的关防滩村，村里多数人都搬迁到社旗县太和乡，只有云岭、余沟两个小组的 30 户 140 人内安到这里，更名云余村。 村支书王金城是个老村干部。

云余村估计是全省最小的移民村了。 王金城 1985 年就任村主任，1986 年接任支部书记，一直干到搬迁。 王金城兄弟五个，老二、老五两家搬迁到社旗县，他和老三后靠到这儿，老四留在老家没搬，他住在 172 米高程以上，不够搬迁条件。 这还不算稀奇，稀奇的是因为分家，老爹跟着大儿子搬到一处，老妈跟着老二搬到另外一处。

2011 年 5 月 20 日，王金城他们搬迁到这儿。 新村该叫什么名字呢？ 109 个云岭人和 31 个余沟人公说公有理，婆说婆有理。 王金城想了个办法，就叫云余村吧，既有云岭，又有余沟。 他对大家说，要不是南水北调，咱们也搬不到这儿，大家都要和和气气的。

搬迁前，老家那地方交通不便。 到了这儿，门前就是大公路，一边连着淅川县城，一边通往邓州。 但地不好，都是岗坡地。 王金城就搞"坡改梯"，挖土包，填大坑，把百十亩岗坡地改成了梯田。

村里建了个土元养殖场，每年还能收点承包费，去年承包人缴了18000 元，村里人均收入达到 6000 元。 王金城说，咱是当家人，就得把账算清。 啥事儿搞到一块儿多说说，老百姓就不会找你啥事儿。

云余村的土元养殖场是常新朝承包的。 土元是一种宝贵的中药材，市场上价值不菲。 养殖土元的常新朝多年在外打工，学了一身养殖技术，是个名副其实的新潮移民。 今年 54 岁的他在村西头公路边的荒坡上租赁了十几亩地，盖起了五六排养殖大棚，办起了中华土元养殖场。 大棚内一层层的架子上，整齐地排列着无数个长方形的培育箱，里边平铺着一层黑色的养殖土和饲料。 他用指头在培育箱边轻轻敲击，一个个指甲大小黑漆明亮的土元就从土层里拱了出来。

常新朝过去一直在外打工，去过河北、山东，也下过深圳。 啥活儿都干过，工程建筑，搬运卸货，土产养殖。 看人家养这养那，养的都是稀奇玩意儿，他就琢磨着啥时候自己也试试。搬迁过来后，他到处拜师学艺，学着养土元。

土元这小家伙是个好宝贝，只要掌握了技术，比较好养。常新朝雇了个人，就他们两个就办好了这个养殖场。

去年，河南市场的土元价格是每公斤 130 元，常新朝赚了些钱。下一步，他准备养毒蛇和蝎子。

湖北都是省内安置

2016 年 11 月 15 日上午，自中专毕业后，在移民战线工作了近 30 年，曾任十堰市移民局库区三科科长等职，现任十堰市移民局副局长的李全儒，刚刚从移民"双创"督办会议现场赶回办公室。他在会议间隙接到通知，要为下午出发到省里参加移民工作会议的市长准备一份发言稿，被从河南淅川赶过来的我们冒昧地"堵"在办公室里。李全儒得知我们的来意后，愉快地接受了访谈，还抓起电话安排会务组，让我们也出席中午的工作餐，借机和与会的几个县（市、区）移民局局长见面聊聊。

李全儒生于 1965 年，是湖北十堰市郧县白桑关镇高庙村人。高庙村在 172 米高程以上，住得很高，海拔在五六百米，没有搬迁。过去叫高庙乡，后来跟白桑关合并。高庙到郧县县城跟到淅川县城，远近差不多。所以李全儒对我们说，咱们实际上是一个地方的人，山水相连。当时修丹江口大坝的就是湖北的襄阳地区、荆州地区及河南的南阳地区所属县的民工，最多达 10 万人。

20 世纪 60 年代，十堰市丹江口库区移民涉及丹江口市、郧县、郧西县、张湾区、武当山特区，搬迁安置在省内 23 个县。有武汉市的蔡甸区，过去叫汉阳县；有江夏区，过去的武昌县；有襄阳市的襄州区、枣阳市、宜城市、南漳县；有咸宁市的嘉鱼县；有荆门市的京山县；有荆州市的江陵县；随州市的曾都区、随县也有；有仙桃市，过去叫沔阳县；有天门市、潜江市等。

不像河南的淅川县，湖北的库区老移民没有去西部支边，也没出省安置，都是省内安置。20世纪60年代的丹江口库区老移民，湖北现在确认的数字是27.8万人。多数是本地后靠安置，外迁了9.1万人。这9.1万人安置在省内那20多个县。这9.1万移民中也有返迁的，具体数字没有统计过。

这次南水北调中线工程涉及的移民，官方公布的数字是18.2万人，外迁、省内安置移民也牵涉21个县（市、区）。外迁、十堰市以外安置只有7.8万人，武汉市、襄阳市接收安置都将近1万人，仙桃、天门、潜江、沙洋都是几千。其余十来万人都在十堰市所属县（市、区）后靠安置。移民安置也有问题，主要是生产问题。人留多了，密度大，人均土地减少了。人均达不到一亩地，城边儿的人均只有四五分地。其实，移民来之前也达不到一亩。第一是人外迁的少了，第二是占地占多了，修路啊，建新村啊。有些地方只有四五分地，只能搞大棚，干不成别的。后靠移民点建得不错，就是耕地减少了，地也差。

让移民致富是长期工作

我们去十堰市移民局那天，十堰市有移民搬迁、安置任务的丹江口市、郧县、郧西县、张湾区、武当山特区5个县（市、区）的移民局局长都在那儿开会。十堰正开展争创移民创业之星、和谐新村"双创"活动，年终了，他们开个督办会。在国家没有相关政策扶持的情况下，他们先动起来，让老百姓创业致富，让移民点、移民村创建和谐新村，起个带头示范作用。中午，李全儒邀请我们到会上吃工作餐，顺便和各县的移民局局长进行交流。

到了开会所在的酒店餐厅,十堰市丹江口市、郧县、郧西县、张湾区、武当山特区移民局负责人和十堰市移民局另外一位负责人已经开始就餐。 座谈期间,几位局长、书记纷纷发言,甚至大倒苦水。 李全儒也不时插话。 他们感触最深的是移民工作难做,但也要做;移民干部难当,也要当好。 看似发牢骚,也在某种程度上反映了实情。

和河南提出的"四年任务,两年完成"相对应,湖北省提出"移民工作四年任务,两年基本完成,三年彻底扫尾"的总体安排。 时任副省长的田承忠曾说,外迁移民必须在 2010 年 8 月 31 日前完成搬迁,并在安置区开始新生活,不能耽误 9 月 1 日孩子们新学期上学。 否则,"不仅在河南面前没面子,在国务院也交不了差"。

为了确保圆满完成移民安置任务,十堰市这次南水北调中线工程 18.2 万移民和所有移民干部都做出了巨大的牺牲。 自 20 世纪 90 年代初,长江委就派人在库区测量水位,画下 172 米线,随后下达停建令,很多人开始等待,任房屋风雨飘摇。 老百姓都明白,迟早要搬走,没必要再翻建房屋。 怀家沟村是丹江口市均县镇库区边的一个村庄,全村共 1300 余人,因为南水北调,需要搬迁 194 户 812 人,道路年久失修,许多土砖房屋摇摇欲坠。

2010 年 3 月 25 日,当移民江成华在搬迁协议上签下自己的名字,移民干部张光荣和其他组员才松了口气。 随后,江成华和其他村民一起离开故乡,迁往湖北襄阳宜城市邓林农场。 根据政策,国家对房屋人均不足 24 平方米砖混房屋补偿标准的移民户进行差额补助,江成华可获建房困难补助 5477.67 元,其余超出面积的部分需要他自己掏钱。 村民的普遍心态是多争取一点补偿,在测量、登记时发生争议在所难免。

湖北省外迁移民除正常的补偿安置费用外,省政府还安排了房屋装修维修,院墙建设补助,移民公共服务中心建设,移民监督建房食宿、误工、交通费用补助等专项资金。 省直各部门支持移民新村建设的各项投入和政策减免资金近 15 亿元。 十堰市专门出台规定，对南水北调中线工程丹江口水库移民内安建房实施以奖代补政策。

尽管如此，线上资源如何补偿一度成为移民工作的最大问题。 比如，有的村民十几亩橘园，线上线下皆有，移民后，线上资源无法带走，他们要求获得补偿。 但当时，国家只对线下资源的补偿问题予以明确，而对线上资源没有说法。 2009 年 8 月，湖北省出台新政，线上与线下补偿标准一样，线下资源由国家出资，线上资源补偿则由本地市镇两级政府负担。 一方面，对于库区任何一个县市来说，线上的补偿都是一笔庞大的资金，只能依靠贷款解决。 另一方面，因为安置地建房进度太慢，又滋生了新的问题。 还有一些村民因少收了一季庄稼而讨要生活补助和误工费。

丹江口库区是我国柑橘生产的最北缘，柑橘是当地老百姓的主要收入来源之一。 2009 年丹江口库区试点移民时，很多地方都遇到了线上资源如柑橘林等"卡脖子"问题。 鉴于丹江口水库的特殊性，国家和湖北省政府都给移民群众提供了很多优惠措施，但部分淹没区百姓仍不愿搬迁。 因为这里的百姓收入水平并不低。 他们"靠山吃山，靠水吃水"，山上种果树，山下种粮食，河里捕鱼虾，有些农户家里还发展有养殖业。 再加上外出打工，多数人日子过得有滋有味。 受库容量影响，每年农历六七月，丹江口库区水位升高，淹没线内的一些土地被淹。 农历八月以后，水逐渐退下，那些土地又露出来。 这些地，当地人称之为"消落地"，也叫"落差地"，或者干脆简称"河地"，以和坡上的"山地"对应。 山地和河地加在一起，当地人平均每人三四亩地。冬天，村民在这些自然形成的肥沃"河地"上种上麦子，第二年农历五月收割完了，有些善于抢天时的农民就在地里种上苞谷，涨水的时候，用旧轮胎当救生圈，在水里漂浮着收获苞谷。 而搬到新地方以后，每人就只有 1.5 亩地。

2010 年 6 月 10 日，丹江口市浪河镇浪河口村 52 户 181 名移民，顺利外迁至武汉市黄陂区大潭原种场七会村安置点的新居,成为南水北调中线工程湖北大规模整体搬迁的首批移民,标志着十堰市移民大搬迁正式启动。 2012年9月18日上午10点,郧县柳陂镇卧龙岗村最后一批移民完成搬迁。 省长王国生宣布:"南水北调中线工程湖北省移民搬迁任务圆满完成。"这也标志着湖北省丹江口库区移民工作整体上由搬迁安置阶段转入后续发展阶段。

共有2200户8928名移民安置在武汉市的汉南、东西湖等5个新城区的19个移民新村。 这批"新武汉人"全住进了配套设施齐全的新农村社区,半数以上实现在家门口就近就业。 武汉市汉南区湘口街道办事处汉江村内的武汉保鑫利汽车配件有限公司是湖北省首个移民创业就业基地,由该村36岁的移民黄重保创办。 黄重保来自郧县柳陂镇山跟前村,曾在深圳一家生产汽车配件的外资企业做了10多年的管理工作。2010年移民搬迁到这儿后,他看到村里许多留守妇女、年纪偏大的男性没工作,就在汉南区移民局和湘口街道办的扶持下,筹资300余万元二度创业。

襄阳市接收的22855位移民,被安排在6个县(市、区)71个安置点。 该市开通各安置点至镇至市客运专线和各安置点至库区长途客运班车专线,方便移民出行。

潜江市接纳南水北调中线工程移民2699户,共计11309人。 他们把自然条件好、经济相对发达、交通便利、土地容量充裕作为移民安置点的必备条件。 14个移民安置点大部分位于该市广华监狱农场,这里土地肥沃,水稻亩产常年稳定在1400斤左右。 来自丹江口市均县镇关门岩村的乡亲在老家时,家家户户都有橘园、网箱。 搬到枣阳南城二郎新村时,面对起伏不平的丘陵岗地,一开始不知如何是好。 后来,移民曾涛、明海道率先学着当地百姓种蘑菇,取得收益,点燃了全村人的致富热情。

为了确保南水北调中线工程供水,丹江口大坝坝顶由原来的162米增高到176.6米，正常蓄水水位由157米抬高至170米，风浪线172米。大坝加高后，十堰市郧县柳陂镇基本全淹。柳陂区位优势非常明显。柳陂距十堰市区15公里，距郧县县城5公里，属于典型的"一肩挑两城"。而且，当地地势平坦，土地肥沃，气候适宜。用当地老百姓的话说，"插根筷子都能发芽"。镇内建有十堰市"万亩无公害蔬菜基地"，是郧县的经济重镇和农业大镇。2008年，柳陂镇居民存款达2.6亿元，相当于人均存款5000元。挖断岗村的一位从事柑橘加工的移民既种蔬菜，也加工水果。仅一亩地的大棚蔬菜，每年可以赚5000元到7000元。他和其他移民都担心，安置地能否发展蔬菜产业？种了菜能否卖出去？甚至表示到了迁入地汉南以后，不会种那里的棉花。大棚被淹还带来另一个问题，村子里很多农户当初建大棚时，都是从信用社贷的款，这些贷款还没有还完，村民的抵触情绪很大。但，他们还是忍痛割爱，为了南水北调，离开了自己的故土。

因为搬迁时间紧、任务重，安置地的房屋质量也存在一些问题。2014年11月10日，丹江口市浪河镇代湾村陈家院移民安置点的一位移民在网上向湖北省委书记反映，移民点共安置了38户移民，其中有几户房子的主梁已经断了。原本工程设计要求的是倒混凝土楼顶，工程承包方偷工减料改用木头代替，致使一些房顶出现坍塌的现象。电线质量也差。湖北省委办公厅接到网上举报后，责成丹江口市委调查处理，并在网上及时予以回复。做好移民安置点的矛盾纠纷化解，让移民融入当地，尽快脱贫致富，仍然是一项长期的工作。

一路跟着货物走

丹江口库区老移民，泛指20世纪60年代中期及其以前在丹江口库区出生的、60年代初中期为了丹江口大坝建设而搬迁的早期移民。仅老均县就涉及墉川、习家店、浪河、草店、青山港、六里坪、凉水河等区、公社。 临行前，我们搜索到了襄阳宜城市新街中学退休教师、原籍湖北均县墉川区何家湾公社的老移民潘光亮 2016 年 9 月 24 日在散文吧上贴出的文章《丹江口库区老移民的真情实感》。 潘光亮的这篇文章，很真实地反映了移民的心态：家乡什么都是好的，失去的才是最宝贵的。 因此，我们有了前往探访的兴趣。

为了寻访到潘光亮，浓雾中，我们告别十堰，驱车沿福银高速东行，转二广高速折向南，进入襄阳市所属的宜城市。 根据汽车导航，我们找到了宜城市移民局，该局综治办的一位女同志介绍，宜城市此次南水北调中线工程新接收十堰市丹江口库区移民 8400 多人，但并不清楚老移民潘光亮现在的具体住址和电话，只是告诉我们潘光亮退休前的工作单位新街中学已改名为荩忱中学。 因为，那里是张自忠将军的牺牲地，荩忱是张自忠将军的字。 驱车 30 多公里后，我们于傍晚抵达板桥店镇，一路寻访却找不到荩忱中学，后来终于打听到荩忱中学在距镇上还有十几公里的新街村。 到了新街村，找到位置偏僻的荩忱中学时，门卫拦着不让进。 反复说明来意后，他才告诉我们，潘光亮不在学校住，不是在他的女儿家，就是在襄阳的儿子家。 幸亏从校园里出来了一位姓李的老师，他说，潘老师的女儿潘明璟在板桥店镇小学工作，可去那里打听下。 既然来到了新街，我们想新街当年插队安置有丹江口库区老移民，应该顺便寻找下其他老移民。 结果摸黑打听多人，不得要领。好不容易找到一户，他却说，搬迁来的时候，他还很小，不记事儿。 我们只好折返板桥店镇，小学的门卫说，潘明璟不在小学里，回板桥店镇初中了。 初中的门卫倒很热情，领着我们找到了潘明璟的爱人，我们得以至其家等候在外面吃饭还没有回家的潘明璟。 半个多小时后，到家的潘明璟却告诉我们，她的爸爸随广东民间组织的潘氏宗亲会到台湾参加活动去了，且失去了联系，手机打不通，微信也不见回复，家人正着急呢。 这时候已接近晚上 8 点。 潘明璟执意要请我们到镇上她六姨张厚香开的小饭馆吃饭，并通过电话先后联系上了带队的广东人和导游。晚上 8 点 13 分，终于获知她爸爸在台湾南投市所住酒店的房间电话。潘明璟的手机无法打长途，元成用手机拨通了电话。 原来，潘光亮行前没带转换插头，手机没电了。 潘明璟在电话中介绍了我们的来意，让我们和她爸爸通话。 潘光亮先生很爽快，在电话中简单接受了我们的采访，感谢我们为老移民立传。

在小饭馆，张厚香接到潘明璟的电话后已炒好了俩小菜，一份青椒肉丝，一份清炒藕片。 我们一进店，她就端了过来，还端上来一小盆米饭。 边吃边聊，让我们感到格外温馨。

张厚香生于 1964 年，是 1966 年从老均县青山港区牛河公社搬迁来的。 来的时候，她才两岁，坐在筐子里，由妈妈挑着过来，移到宜城的山里边，山叫长白山。 他们住的那个地方距林场近，叫珍珠大队，属于当时的板桥店公社，就是现在的板桥店镇。 当时搬过来一个生产队，十几二十户，除了姓张的，还有姓刘的、姓汪的、姓潘的——这个潘跟潘明璟家的潘姓不是近门。

张厚香家人多，兄弟姊妹 9 个。 当时搬来的时候，张厚香有 1 个哥哥、5 个姐姐，搬过来后，又有了俩妹子，潘明璟的妈妈就是张厚香的三姐。 张厚香的妈妈 89 岁了，耳朵有点背，听不清说话。 我们去时她已经睡着，就没打扰她。

张厚香有个堂哥，叫张厚新，60 多岁了，也在这条街上住。 张厚香打通张厚新的手机，张厚新正接孙女，说把孙女送回家就过来。 过了一会儿，头发半白的张厚新骑着摩托车到了。 说起 1966 年自均县搬迁至宜城的亲身经历，68 岁的张厚新娓娓道来。

据《丹江口市移民志》记载，青山港区的 11 个公社淹没 7 个公社、28 个大队、121 个生产队，淹没耕地 26248 亩，其中水田 9908 亩。 移民 3176 户 13455 人。 张厚新是生产队的移民代表，那时候才 18 岁，是个团员。 上边说他会做群众的思想工作，就让他做了代表。

1966 年 10 月 3 日，他从老家坐汽船到老均县县城，城外头有个楼房，是均县的第二招待所，在那儿开的移民动员会。 在均县开完会后，又到襄樊，就是襄阳地区，又开会。 那时候襄阳地区移民搬迁指挥部的副指挥长张连奎，是老革命，一只眼可能受过枪伤，有问题。 他做的动员报告。 开完会后，他还领着代表们到宜城县来看点，到板桥店，那时候还是板桥区。 然后分开，就到移民点，对号入座，选点。 实际上早就定好了，就是让认认门。 房子都盖好了，大部分都是铺的小瓦、打的土墙。 这样的房子，当时在当地马马虎虎，算是中等水平。 随后，移民代表又跟着张连奎到宜城县开会。 前后几天，回去再发动群众。

　　张厚新的生产队就安置在板桥区板桥公社珍珠大队六队。 搬过来时，也不是俩人一间房，张厚新那么大一家子，搬过来也就是 3 间房子。 他上面还有两个哥哥，下面有几个妹妹，兄弟姊妹 9 个。 他大哥当时在县里工作，二哥在丹江口上技校，加上他奶奶、父母，一大家子人搬过来。 搬的那天是 12 月 5 日。 过来好几年，到 1970 年张厚新才结的婚，找的也是均县搬迁过来的移民，自己谈的。 她搬来时候，跟张厚新是一个大队，在五队。 张厚新的生产队只搬过来 93 人，五队大概 58 人。

　　12 月 5 日，张厚新他们从丹江口走的。 家里的东西都搬到船上，是汽船。 船把东西运到丹江口上火车——汉丹线当时已经通火车了。到襄樊再转运到船上，顺着汉江运到宜城的雅口。 到雅口再用汽车运到各个移民点。 据《丹江口市移民志》记载，首批移民搬迁时，襄阳行署、均县交通部门日调配汽车 40 余部，80% 以上主车带有挂车，日平均运输量达 200 吨左右。 另有 4 只轮船每天往返一次运送物资。 均县移民由均县派干部带队，物资派专人押运，医护人员随车护送到终点站。运输路线：迁往宜城县的嚣川、草店两处的移民和随身物资、木器、生猪等装汽车运至宜城，再转轮船至雅口、流水两区。 木器装汽车至老河口转木船至终点。 瓷器等由龙口装木船至丹江口，转火车至樊城，再转轮船到达终点。 青山港区的移民和随身物资，由轮船运抵丹江口，转汽车至宜城，再转轮船至雅口、流水两区；木器、瓷器、生猪则装木船至丹江口，转火车到樊城，再转轮船至终点。 迁往襄阳县的郧川区程家营公社的移民和随身物资、生猪、部分木器装汽车直达安置点。 瓷器由龙口装木船至丹江口，再转火车运至各安置点；郧川区其他公社、习家店区、凉水河区的移民和随身物资、木器、生猪、瓷器等由轮船运至丹江口，除瓷器装火车到襄阳各安置点外，余下物资和人均由汽车运达安置点。

人不随货物走，移民都是另外走。 张厚新作为移民代表，一路跟着货物走，跟押运似的。 整个生产队的东西，都得看着。 东西很杂，反正只要移民愿意盘腾的，都可以拉走。 有的甚至把磨盘、石碌子都搬来了。 牲口也有，特别是牛。 牛都是跟着车一块运来的。 到宜城这儿，水稻、麦子都种，离不开牛。 原来在均县也种水稻。 张厚新现在也是爱吃米饭，但他父母就特别爱吃面。

移民与当地人相处，矛盾有时候也会有。 但是当地政府经常在会上讲，丹江口移民都是为了国家建设才搬迁到这儿的。 那时候，下面的人还不知道南水北调。 修丹江口水库的目的是为了南水北调，但是当时提得还不是很清楚，只知道修水库是为了发电、灌溉，移民是支援国家经济建设。

张厚新跟当地人处得都不错，他后来还参加了大队革委会，分管青年工作。 1970年9月份，他到公社卫生所，参加工作了，搞财会。 搞了一段时间后，到1974年4月撤区并社，他们家那个队并到新街。 机构就改革了，原来板桥区有三个公社：板桥、新街、田集，把田集取消了。 撤区并社后，张厚新到新街公社还是搞财会。 到1979年，他才转正成为正式固定工资工人，第一年每月40多块钱工资，第二年就调到50多块。 到1982年，转为事业单位管理干部。 1987年，他调到新街公社，搞事务助理，实际上就是过去的司务长。 搞了几年，1990年10

月份，又调到民政办，是个股级干部。 后来又到计生办、多种经营办。 2000 年，新街跟板桥合到一块，成板桥店镇了，他就办内退了，待遇不变。 现在退休工资加上各种补贴，每个月拿 3000 块钱左右。

张厚新当时搬迁来的时候，这里人均水田和旱地在两亩左右。 在均县时候，地都被水淹了，有的没搬走，后靠了，找亲戚，投亲靠友了，地也不多。 走的时候，都不想走。 在那儿住好些年了。 当时他们家没搬迁到宜城的时候，水上来了，老房子都倒了，他们在老宅子后面又搭个草棚住。 上级也管，人家就来船让搬家。 张厚新的爹妈当时都不想走。 一看来船、来人了，就赶紧找个地方躲起来。 队里各家各户当家的都躲起来。 人来了，就说当家的不在屋里。 一开始是让他们往潘家湾搬，地方在丹江口大坝下面。 如果当时搬过去了，就属于现在的丹江口市区了。 张厚新的岳父参加丹江口大坝建设，后来转成丹江口枢纽局的正式工了，但他岳母非叫他回去，他就回家了。

张厚新他们在这里主要是搞香菇种植，也种桃树、西瓜。 原来珍珠大队那儿靠近长白山林场，让绿化荒山，谁的地盘谁负责绿化，现在都成森林公园了。 这里工业不行，原来这有个小水泥厂，现在也没了。

争资金，争项目

湖北枣阳和我的老家河南新野相邻。 说到新野，很多人会想到刘秀，认为刘秀是新野人。 其实刘秀因为姐姐嫁到新野，所以经常在新野住，又娶了新野的美女阴丽华，他的得力干将邓禹也是新野人，所以与新野关系密切。 但刘秀的家并不在新野，湖北枣阳才是刘秀故里。

2016 年 11 月 16 日上午，我们早饭后离开宜城。 在前往枣阳市的途中，四野仍然是大雾弥漫，一路经高速、国道、乡间小道，于中午前赶到枣阳市熊集镇檀湾村。 在村口的小卖部门前，一位姓段的老者热情地帮我们联系村支书，却被告知他在市里办事，无法赶回来。 老段随即给我们指了指副支书陈明斌的家。 敲开门，迎接我们的是陈明斌的爱人闵德翠，陈明斌去枣阳了。 虽然均县也早已改名为丹江口市，搬过来也已经五六年了，他们习惯上还说自己是均县人。

陈明斌他们是因为南水北调，2010 年才搬出来的。 到枣阳后，分一亩半地，水田有，旱地也有，水田只有几分，旱地多。 房子一个人是24 平方米，多出来的自己补钱。

闵德翠是 1966 年生人，有三个孩子，小的今年都二十四五了。 陈明斌家是均县镇关门岩村的，闵德翠娘家是均县镇闵家沟村的，那里闵姓是大姓，三道沟都是姓闵的。 她每次从枣阳回均县，都要坐车先到武当山脚下的老营，即武当山镇，再转车到均县镇。 她老家和武当山只隔着汉江。

搬到这里，闵德翠觉得不管适应不适应，好不好，也就这样了。 她说："谁想走远些？ 谁想离开老家？ 都想在老家生活。 搞南水北调，你有啥法儿哩？"到这里，人生地不熟，爷爷奶奶都在老家埋着，亲戚朋友都在那儿，来这儿了，就这几个移民熟，这是一个；再一个，经济也不行。 到这儿一个人就一亩半地，不像在老家，还有荒山可种，有汉江可以捞鱼，这儿什么都没有。 在老家种橘子，也是收入。 这儿也不是平地，是小丘陵，就是地少，发展难。 这儿基本上都是旱地，今年开始种点桃树。 品种就是小红桃、美佳、美脆，味道还可以。 价格随着行情走，也没个准儿。 种点桃树，就没法再种庄稼了，地少。 闵德翠家5 口人，总共就 7 亩多地，只能搞一个小桃园。 地远，有四五里地。会骑摩托的骑摩托去，不会骑的只能步行去。

他们的 3 个孩子，姑娘已经结婚了，嫁在均县。 两个儿子都在外打工，能顾住自己。 平常就他们两口在家生活，桃园也不是自己管理，都租出去了，一亩地一年给一二百块钱。 算下来，一年也就 1000 多块钱。 闵德翠在家没别的事儿，就搞了个小菜园。

正和闵德翠聊着，外面摩托响、小狗叫，闵德翠说，老陈回来了。果然，精干帅气的陈明斌从枣阳市区办事回来了。 相互让烟，说明来意后，陈明斌很爽快地和我们聊了起来，还把枣阳市移民局安置科科长周殿玖的电话告诉了我们。

陈明斌到枣阳是去移民局，想争取些项目和资金。

陈明斌说他去过淅川。 2014年11月中旬，南水北调中线干渠通水前夕，河南、湖北组织移民观摩团，都是100名移民代表，到北京参观，管吃管住，自己不掏钱。 河南的100人是从郑州直接坐动车到的北京。 湖北的100人分成两组，一组60人从武汉坐动车到北京。 陈明斌在的这一组40个人，11月15日在丹江口市宾馆休息了一夜，第二天到丹江口水库大坝上参观，然后坐快艇去淅川。 坐船要经过"小太平洋"，这是湖北、淅川人对丹江口库区淅川水域的称谓。 正准备走，雾大，带队的湖北省移民局副局长让折回来继续坐大巴走高速公路到渠首，中午在渠首那儿的一个农庄吃饭。 吃过饭，晚上跑到郑州。 第三天晚上，跑到河北的石家庄休息。 第四天，天黑时跑到北京，与省里那60个人在北京饭店会合。 然后参观了南水北调中线团城湖管理处，看到了节制闸等设施。 还到天安门城楼、人民大会堂、水立方、鸟巢、长城参观游览。

陈明斌进里屋翻找，捧出来一大堆各类照片。 一个塑料袋子里还装着湖北省表彰移民先进工作者的文件复印件，以及他个人的荣誉证书。

他当时去的时候，费用都是省移民局出的，不让带家属。 陈明斌觉得这趟去得很值得、很光荣，因为当时去的代表都是层层推荐的好移民和移民干部。

陈明斌本身是移民，担任檀湾村支部的副书记，又分管移民工作。当时从老家均县镇关门岩村搬过来400多人，分散安置在3个移民点，没有闹着返迁的。 现在交通方便，随时都可以回老家看看。 移民基本上是一部分人出去打工，还有的回老家做生意，实际上在这儿长期居住的不多。村里的集体经济，就是发展桃子，种的都是红桃。陈明斌愿意为南水北调干事做贡献，于是年年得先进。2014年，他被评为湖北省和襄阳市的移民工作先进工作者。

上面提出让移民"搬得出，留得住，能发展，可致富"，但这里移民后期发展只有"两区"资金，就是库区、安置区资金。陈明斌他们村"两委"班子一直在考虑，必须让移民发财致富。现在用的还是"两区"资金和以前搞基础设施没用完的节余资金，发展起来就慢些。搬是搬过来了，能不能致富，还需要各方面共同努力。

一生无悔的选择

2016年11月16日下午，离开檀湾村，浓雾中驶出熊集镇，路过吴店镇的时候，在路边店要了两份炒米，解决了午餐问题，就往枣阳市区方向前行。导航却把我们导到枣阳市南阳路尽头，没见到移民局的牌子，一位老太太说移民局已经搬走，不知道搬到什么地方了。只好打通枣阳市移民局移民安置科科长周殿玖的电话，大约陈明斌已经和他通了电话，他很客气地说了新址所在，原来搬到中兴大道那儿的综合办公楼了。七拐八拐，赶到综合大楼，到了二层的移民局办公区，一个在河南三门峡当兵转业到这里的中年人说：他也在找周殿玖，听说他下乡了。只好再打他的电话，他说正在从乡下往回赶，让我们稍等片刻。果然不大一会儿，身材魁梧的周殿玖回来了。他热情地把我们让进他的办公室，并提供了很多翔实的资料。

周殿玖下乡，是去看南水北调"两区"资金完成规划落实情况。一个项目，他们得去三次，勘察、批复、检查验收，然后还有质保金的落实。这牵涉到国家资金能否落实到位，移民能否脱贫致富，不认真

命脉

不行。

特别是丹江口库区老移民，存在很多遗留问题。据周殿玖他们调查统计，枣阳市 1968 年、1969 年先后接收安置丹江口水库移民 1160 户 5800 人，现已发展到 2018 户 9350 人，增加 858 户 3550 人。移民分散安置在 13 个镇（街道办事处）165 个村 437 个村民小组。移民承包集体耕地 22440 亩，其中旱地 12342 亩，水田 10098 亩，移民拥有园地、经济林地和用材林地分别为 3524 亩、3479 亩和 1081 亩，有养殖面积和可开发面积 3590 亩。移民现有住房 7063 间，平均每户 3.5 间，其中楼房 1424 间，砖瓦平房 4203 间，土木结构住房 1436 间。土木结构住房户有 457 户，系迁移枣阳时所建，这些户由于连年入不敷出，无力维修，住房早已成为危房。

2001 年，全市移民工副业、农业总产值 3388.44 万元，其中工副业产值 1219.84 万元，农业总产值 2168.6 万元，移民人均收入 3624 元，扣除各种费用和支出 974 元，人均纯收入 2650 元。全市 9350 名移民人均纯收入已赶上或超过当地人均收入的有 2965 人，低于当地人均纯收入的有 6385 人，其中人均纯收入在 625 元温饱线以下的有 2270 人。收入在温饱线以下的主要原因：一是家庭主要劳力常年有病；二是家底薄，缺资金，入不敷出，无扩大再生产能力；三是家庭成员痴呆，无生产技能。

根据《国务院办公厅转发水利部等部门关于加快解决中央直属水库移民遗留问题若干意见的通知》（国办发〔2002〕3 号）和省政府《关于加快陆水、丹江口水库移民遗留问题处理工作的通知》精神，按照水利部移民遗留问题处理六年规划大纲要求，枣阳市对全市移民基本情况进行逐户摸底调查，建档造册，在此基础上编制了《枣阳市丹江口水库移民遗留问题处理 2002—2007 年实施规划》，并以市政府文件上报省政府及有关部门。并按照法规，实施项目管理。狠抓财务管理，做到专款专用。2002 年，为王城镇周湾、董楼村，琚湾镇高庵村修沙石路三条，总长 2.5 公里。 2003 年，对王城、杨当、兴隆、刘升、南城、环城等 6 个镇(办事处)28 个村 320 户 1216 人实施了养鱼、养猪、养牛、水稻制种、甘蔗种植等生产项目开发。 2004 年，对刘升、王城、兴隆、吴店、平林、琚湾、杨当、西城、七方等 9 个镇（办事处）42 个村 304 户 1324 人实施种植水稻、西瓜、棉花、甘蔗和养猪、养鱼、养牛、养羊等生产项目开发。 2005 年，对王城、吴店、兴隆、南城、环城、杨当、琚湾等 7 个镇（办事处）71 个村 579 户 2590 人实施人畜饮水、农田水利、地方交通、生产开发等项目开发。 2006 年，对南城、环城、西城开发区、杨当、琚湾、平林、吴店、兴隆、王城、刘升等 10 个镇（办事处）71 个村 778 户 3881 人实施了种养殖等生产项目开发。 通过六年规划的实施，部分移民已解决温饱问题，有 610 户 2484 人走上了脱贫的道路，其中有 280 户 1120 人赶上或超过当地人均收入水平。

周殿玖家当初搬过来，是在梁集镇，现在改成南城办事处了。 南水北调这个梦想的实现，与早期移民的奉献不可分割。 周殿玖是移民，一辈子就搞移民工作。 他说，这辈子就是为移民而生。

周殿玖是 1961 年生人，当年过来的时候，六七岁，已经记事儿。1968 年 8 月份，周殿玖家从均县凉水河公社苍子沟大队搬迁。 当时搬迁到枣阳的丹江口库区移民总共 6800 多人。 加上前几年搬来的南水北调移民 4579 人，超过 1 万人。 周殿玖早年是移民，后来从民政局到移民局，一直干移民工作。

交谈沟通很融洽，周殿玖打开电脑，给我们看他参加湖北省组织的"我与南水北调移民"征文活动撰写的文章《移民工作是我一生无悔的选择》。

1968 年 8 月 6 日，农历七月十三，7 岁的周殿玖随全家从均县凉水河公社苍子沟大队汉江边迁移到枣阳县梁集公社段湾大队八小队。 让周殿玖最难忘记的是轮船驶离家门口的那一幕，送亲人的队伍和大人离别时撕心裂肺的哭喊声，无数次在他梦里出现，现在回想起来也禁不住两眼热泪。 为支援国家建设，为丹江口大坝早日建成蓄水，广大淹没区群众舍小家顾大家，举家搬迁，这也使周殿玖这一生有了一个新的名字——丹江移民。

高中毕业后，周殿玖经过考试到枣阳县梁集区公所民政办工作，1988 年，又因工作突出，被枣阳市民政局党组抽调到民政局任移民专职干部。 凭着年轻和对丹江移民的一腔热情，1988 年至 2008 年间，周殿玖骑着自行车跑遍了全市安置有丹江移民的 13 个镇（街道办事处）165 个村 437 个村民小组，丹江移民家家户户全认识他。 这期间落实了中央直属水库丹江口移民遗留问题十年规划和最后的六年规划，至此周殿玖有了新的称呼——老移民。

随着国家南水北调中线工程开始规划，枣阳市被湖北省政府确定为外迁安置区，周殿玖与分管领导历时一个月跑遍全市 23 个乡（镇、办事处），制订出了《枣阳市南水北调移民安置规划》，并且以市政府 2002 年一号文件确定了全市 425 个村土地二轮延包预留南水北调移民生产用地，根据省政府分配的移民安置任务，枣阳市三次更改规划。 最后配合长江委规划院完成了全市南水北调移民安置总规划，确定了移民集中安置的 34 个移民安置点。

2008 年 4 月，湖北省政府在襄阳市南湖宾馆召开会议，启动全省南水北调试点移民安置工作。 按照长江委规划，枣阳市试点移民 385 人，并确定在南城惠岗、惠湾、王家湾 3 个村开始征地建房、移民对接。 在对接会议上，周殿玖介绍了枣阳的基本情况、风俗人情等，得到了试点移民群众的认可，十堰市政府网站还特地登出了《老移民带动新移民》一文来介绍这次对接情况。 在枣阳市委、市政府的正确领导下，枣阳市试点移民从征地、建房到 2009 年 7 月顺利搬迁仅仅用了一年零三个月时间。 湖北省政府田承忠副省长亲自到惠岗试点，参加了移民搬迁庆典仪式。 枣阳市的试点移民安置工作得到了湖北省委、省政府的高度评价。

2009 年春季，随着试点移民的顺利搬迁，紧接着全市 31 个移民安置点大批移民搬迁安置工作启动。首先是移民安置对接工作，大批的移民来到枣阳，看安置点，看生产用地。作为移民安置科科长，在工作时间上周殿玖是"白+黑""5+2""晴+雨"模式，皮肤晒黑了，身体累瘦了，但为了早日完成移民安置任务，虽然累和苦，但他心中一直是甜的。31 个移民安置点建房用地放线，他基本每个点都去过。为督办移民建房进度，他与库区领导一天将 31 个安置点跑遍。房屋建好后接着就是移民搬迁，从 2010 年 7 月 7 日第一批开始，到 8 月 31 日第八批结束，他天天忙着移民接待方案、车队行走路线、督办各村包保名单等。经过大家辛勤的劳动，枣阳市顺利完成了 4194 名移民的搬迁安置工作。

按照"搬得出，稳得住，可发展，能致富"的要求，移民搬迁完成后，周殿玖他们的工作任务更加繁重。移民生活、生产上诸多问题，总是先到移民局上访。2010 年冬天，一大早周殿玖随分管副局长赶到襄阳市移民局开会，会议没结束，就接到南城办事处刘主任的电话，南城宋湾移民点 40 多名移民到丹江口市均县镇上访，反映生产生活问题。局领导让周殿玖与南城办事处的领导一起到均县镇接访，到达均县镇已是下午 5 点。面对群情激奋的移民群众，他们分别做几个带头人的思想工作，耐心解释政策，到夜里 10 点多钟，移民同意返回枣阳，但要求先吃饭后上车，因为人太多，去的同志分别找车找饭店，到吃完饭全部上车走已经是次日凌晨 1 点。为确保不出任何差错，几台车一起往回走，回到枣阳市已是凌晨 5 点。这样的接访对周殿玖他们来说是家常便饭。

周殿玖自己是移民，自然把移民群众当亲人、当朋友。移民们不管有什么大事小情首先打电话与他商量，特别是移民中有红白喜事，电话邀请，周殿玖都是带着礼物去捧场。移民群众也认他是老乡，是自己人。

加上试点移民，枣阳市共安置 4579 名南水北调中线工程移民，省里下拨人均 1500 元的扶持发展生产资金。怎样将有限的资金用好用活，

让移民群众得到更多的收益，经市政府批准，8 个南水北调移民安置镇
（办事处）选定了 8 个公益岗位，由 8 名移民干部牵头 8 个安置镇（办
事处）34 个移民安置点的生产发展和移民稳定工作，按照因地制宜和尊
重移民意愿的原则，全市 34 个移民点种植桃树的有 18 个点，种植面积
1095 亩；种植核桃树的有 1 个点，种植面积 240 亩；种植葡萄的有 1 个
点，面积 20 亩；种植香菇食用菌的有 4 个点，大棚面积 320 亩；发展养
猪场 5 个点，年出栏生猪 750 头；兴办养鸡场 3 个点，年产肉鸡 100 万
只，产蛋 36.5 万斤；投资入股纺织厂的有 2 个点，年人均增收 300 元。

周殿玖身为一名丹江移民，移民群众接受他。从参加工作到现在
30 多年了，周殿玖把青春贡献给了移民事业，党和政府也给了他很多荣
誉。南水北调移民之前，他连年被湖北省移民局评为"移民先进工作
者"。2012 年 9 月，他被湖北省委、省政府表彰为"南水北调中线工程
丹江口移民安置工作先进个人"。周殿玖说，移民工作是他这一生的事
业，虽苦亦甜，无怨无悔。

正聊着，我们在走廊里碰到的那位转业干部敲门进来，跟周殿玖商
量晚上到移民安置点检查验收太阳能路灯的质量情况。周殿玖说，太
阳能路灯，只能晚上验。根据合同要求，主要是看它的亮度能否达到
20 个流明。白天去，光听他说咋好咋好，看不出来，只有晚上去才能
测量出来它的亮度。达不到 20 个流明，就不合格。南水北调移民点共
安装了 455 盏太阳能路灯，每盏灯 4875 块钱，都是通过政府采购招标。

河南说"四年任务，两年完成"，湖北也只好向国务院保证，"四年
任务，两年基本完成，三年扫尾"，还都在本省安置，一个也不外迁。
时间太紧，也出了一些问题。

早期的库区老移民也存在不少问题。1968 年正是"文化大革命"
时期，属于"政治性移民"。现在提的是"以人为本，和谐移民"。那
时候是"以水撵人"。当时，湖北省的省长张体学，是毛主席器重的
人，毛主席说，张体学是全国党员干部的模范。他老家是信阳的，老革

命，是个"布衣省长"，包括全国部分农村搞"四清"，清工分、清账目、清财物、清仓库，都是他在大洪山那儿驻队搞出来的经验。移民的时候，他提出的口号是"以水撵人"。那时，周殿玖的母亲生了他最小的妹妹才三天，抱着搬来的。船靠到门口，就得走，不走不行。基干民兵配有枪，武装押运。说是保护移民，要是不走，就是反革命分子。全国都在搞抓革命，搞建设，不移民，就是现行反革命，子子孙孙都翻不得身。现在碰坏个电视机啊，掉个盆啊，得赔，是经济移民。还有人不上车，不签字，说还有个茅厕没给算。就重新把表拿出来，给他添上。树苗少算两棵，给他加上；房子少算两平方米，给他加上，一切都是用钱衡量。政府牵头搞自主建房，建起来以后，按人均不低于 24 平方米安置。那些超计划生育的，人多就沾光。没钱政府就得补，补够 24 平方米。搬迁前，把什么都给算算，橘子树、用材林、茅厕棚、猪圈，都算算，补偿的钱不在个人手里，在集体手里，打到枣阳移民局，要给施工队。比如说这一户，他的钱不够买这 24 平方米，一平方米 550 元，国家给补够，移民只管来住 24 平方米的房子。有几户说，那不行，给我算错了，不签协议，不搬家。村干部没办法，就重新算。算到最后，房子给他了，另外还得给他三五万块钱，他才利利索索签字搬迁。

1968 年到 2016 年，48 年了，人们的观念变化很大。周殿玖最小的妹妹现在已经 48 岁了，她多大，周殿玖他们就搬来多少年。按 20 年一代人算，都两三代人了。当时的政治运动，不走不行，没得扯皮的。那时间人们还吃不饱、穿不暖，眼看着水到门上了，船来了以后，先搬几户，装满了就走，客货混装。坐船到丹江口以后，全部是没牌子的老解放车，给拉到一个很大的仓库里，仓库里铺着高粱席子，住那儿编组，上火车，一节货车，一节客车，还是烧煤的火车，拉到枣阳。有基干民兵跟着，上船、下船，装车，卸车，整个公社的东西，都得看着。

有个民兵蹲在火车头上，累得很，打盹，"扑通"一声，他一头摔下去，头缩到肚子里了。 赶紧送到郧阳地区医院，不行又送到武汉医院，救活了，落了个残疾。 最后把命保住了，县长特批，让他享受城镇居民定期定量救助，一个月9块钱。 他后来搬迁到枣阳环城办事处花果园村。 周殿玖早年在民政局上班的时候，因为那人不是城镇居民，把这个9块钱取消，给他搞了个低保。 周殿玖想办法给他搞了好多救济。 他经常来找，只要一来，其他科室的人就说："周殿玖，你亲戚来了。"最后他岁数大了，有个毛病，小便失禁，带个方便袋，怕裤子湿。 他坐那儿，闻着臊烘烘的。 但想着他不容易，也不能嫌弃。 在民政局时，周殿玖总想办法给他些救济，到移民局按政策没办法给他补助了，他还来找。 周殿玖又给他所在的办事处说，想办法给他救济下。

这么说着，天色将晚，周殿玖还要下乡验收太阳能路灯，我们只好告辞。 周殿玖点开电脑里的一份通讯录文档，对我们说老河口没有1968年的老移民。 他把有老移民的县（市、区）用红颜色标注下：南漳、宜城、京山、天门、随县有，老襄阳，就是现在的襄州区有，荆州也有一些。

每个干部帮扶4户移民

2015年国庆节湖北之行前夕，我们特意和吴元成的姨家老表乔保林做了电话沟通。 我们连夜驱车前往沙洋县，并于当晚入住沙洋县城中心的商务快捷酒店。 房间相当干净，被子新而软和。 但连日奔波，更兼亲情乡情，不由得辗转反侧。 次日晨，草草在路边店吃过热干面，即驱车前往沙洋县五里铺镇，几条小街两边商铺林立。 我们把车子直接开到镇政府大院外面，等了片刻，吴元成大姨的二儿子乔保林到了。

1966年，乔保林家从淅川搬迁到荆门沙洋区后港公社广坪大队，第二年乔保林出生。

元成小时候在荆门时去过乔保林家吃住。　有一次，元成从奶奶家到后港广坪，乔保林的妈妈还给元成炖了一只小公鸡，就叫元成一个人吃，乔保林弟兄们围在一边看着。　那时生活困难，好东西总是只让客人吃。

2000年"五一"黄金周，元成到沙洋，乔保林的母亲，就是元成的大姨和大表哥还健在。　刚进村口，大表哥云平老远就喊："元成，你可来了！"抱住就哭。　中午，表兄弟大醉，一起去给埋在村外岗坡上的大姨父上坟。　这次去，元成的大姨、大表哥却都过世了。

乔保林中专毕业后，干过小管区的书记，接着当镇长，接着当镇党委书记。　我们从沙洋走后不久，2015年年底，乔保林转任沙洋公路局局长。

我们到的时候，乔保林还在乡下转。"十一"假期，也不能休息。他在忙着到各处巡察，严禁烧稻茬。

乔保林任职的五里铺，总人口5万多，过去没有接收过淅川早期移民。　这次南水北调中线工程移民工作启动，上级也给分配了任务。2010年8月，湖北丹江口市牛河镇舒家岭、小尖山、五谷庙3个村118户501人最先搬迁到沙洋。　当年，五里铺镇接收安置了来自丹江口市牛河镇的移民1000多人。　按照湖北的规定，每个乡镇的村干部要分包4户移民，帮助他们脱贫致富。　要求很严，市县还定期下来检查。

乔保林分包的4户在陈池村，我们决定驱车去实地看看。

车上，乔保林在手机里用湖北话告知陈池村村支书，我们要去移民村采访。　扭脸和我们说话，则是地道的河南话。　这是他们这一茬移民后代的特色，湖北话、河南话都会说。

半个小时后，我们来到陈池村，接到通知的村委会主任刘府成在路口等着，说支书在外有事一会儿就到，他先领着我们进村。　村里，一长排白墙黑瓦的徽式风格二层小楼，一家挨着一家。　周围是收割过的稻田，还有几座蔬菜大棚。　移民陈琳从大棚里回到家，手上和裤腿上还沾有泥土。

2010 年，陈琳从丹江口市牛河镇莲花寺村搬过来。 一起搬来的有298 人，分成俩安置点，一个点 164 人，一个点 134 人。

莲花寺村距离丹江口市很近。 陈琳和丈夫李如青都是 1967 年生的，而乔保林，还有我，也都是这一年出生。 修大坝的时候，陈琳还小，对丹江口水库老移民没什么印象。 结婚后，她在街上开店，拉三轮车做个小生意，也赚了些钱。 搬迁到这里，一下子让种地，陈琳有点不适应。 眼看快 5 年了，陈琳才慢慢融入这里，也习惯了。 毕竟还在本省安置，说话和生活习惯都相近。

在老家做生意惯了，陈琳还想做点事。 他们家从去年开始，投资了三四万块钱，建了三个大棚，两个大棚种的草莓，一个大棚种的黄瓜。三四亩草莓种苗都是在外地买的，空运过来。 陈琳说，她不缺小钱，缺的是种植技术。 她在老家，没种过草莓。 结果，土没搞碎，20 天没浇水，苗子旱死了。 村里给安排的那个技术员也不大负责，不常来，也没给她交代清楚，好在黄瓜长得还凑合。

乔保林听到这里马上交代村委会主任刘府成：“你负责督促技术员，加强技术指导，不能马虎。”边说话边来到门口，站在门框旁边的“干部帮扶责任牌”下，“来，我和陈琳照张相！”陈琳和刚刚赶回家的爱人李如青笑嘻嘻地与乔保林合影，并带我们到她家的大棚察看。

告别李如青、陈琳夫妇，乔保林带着我们去村头不远处，参观正在建设的立体农业观光园。 眼前，一条小河沿着一片稻田蜿蜒远去，稻田边种有玫瑰，开有水渠。 乔保林说，这里将在种植稻谷、油菜的基础上，实现鱼、小龙虾、鳖立体养殖。 武汉的一家企业去年就来了，要投资上千万元。 高坡下的空地修成了停车场，是为明年春天沙洋油菜花节的分会场修建的，到时候公路两边全是金黄的油菜花。 乔保林说，希望我们到时候去看看。

搬迁到这儿成了富庄

2016 年 5 月下旬，我和吴元成一起到河南舞钢市参加葵花节诗歌大赛颁奖活动。之后，元成即驱车到南阳，接住二弟浩雨，从邓州出河南境，进入湖北省襄阳市襄北区地界。一路打听，终于来到黄集镇富庄移民村。

富庄村紧贴城镇建成区，西与范庄村相邻，北、东与彭王村相邻，南为 1306 亩耕地。2010 年，安置丹江口市移民 166 户 708 人。近年来，完成小道硬化 1250 米，拓宽部分村道，对道路两旁和房前屋后都进行了绿化。村庄道路硬化率达 100%，绿化覆盖率已达 95% 以上。移民陈纯滕和几个老人蹲在村口路边聊天，我们说明了来意，陈纯滕便和我们聊了起来。

丹江口市六里坪镇位于丹江口市西部太极湖畔，东与武当山风景区交界，西与十堰市接壤，南与丹江口市官山镇相连，北与丹江口市均县镇毗邻。六里坪原来归均县，跟郧县搭界。隔着袁河，河那边是郧县的万家坪村，这边就是后湾村。大地名都属于十堰市，郧县、郧西县、丹江口市都归十堰市。搬到这儿，属于襄阳市襄北区黄集镇。搬到这里的不只后湾人，还有别的组，另起个名叫富庄，意思是富裕的村庄。

陈纯滕在修丹江口大坝时受了伤，就写个请假条，回家休息。1962 年，他当上了大队干部，一直干到 1984 年，支书也当过，大队长、村委会主任也当过，支书、主任还兼过。他 1952 年入党，党龄比现在的村干部年龄还长，有 63 年的党龄！

搬来之前，后湾也动过，后湾后靠，靠了一批，低处靠到高处，就地往后挪。这是 20 世纪 70 年代的事儿。后来又搬一回，搬在一个镇的范围里。陈纯滕因为熟悉情况，让留下来负责事，就没走。后来，

命脉

他又后靠，靠高了。 到 2010 年才全部搬完，搬到这里。 还有十几户在高处，不在搬迁范围内，没搬。 搬下来的 700 多人，是 10 月 30 日搬的。

这个地方原来是马场，兵工厂在这儿。 富庄村是新起的，说起来周围的人都不熟悉。 搬来后，他们建设了后湾路、富庄路等 5 条路。

陈纯滕他们到这里，分了一亩五分地，和河南一样，搬迁都是给一亩五。 地都流转了，公司包住了，500 元钱一亩，一年 750 元的收入。陈纯滕老伴不在 10 年了，跟着儿子住，就搞个菜园，种点辣子、茄子、黄瓜、香瓜、西瓜、豆角。 塑料大棚都是国家投资，属于后扶资金。

离开富庄村，继续驱车西行，走了多时，仍没有找到移民村，一问，走过了，折回一个三岔路口，沿着一条大渠——当年湖北修的引丹灌区工程——往北走了上千米，再问，竟然又走过了，折回小路口向西北方向驱车一两公里，不禁大呼：隔着一条公路，五峰、万家坪两个移民村比邻而居，就在眼前。

夕阳里，一位中年妇女正穿过五峰村健身广场往外走。 她说，他们是 2011 年农历九月初五，也就是国庆节那天，从郧县五峰乡搬过来的。她给我们指了个方向，说那儿有上年龄的老人。 很快，我们就在一家临街的小商店外面见到了 87 岁的刘辰礼。

刘辰礼老家在今湖北省十堰市郧县五峰乡，位于郧县西南方、汉江南岸，东与柳陂镇相连，南与鲍峡、胡家营镇接壤，西北与郧西涧池乡、青曲镇隔江相望。 他过去是驾船的，老爷、爷爷掌舵，他是摇橹的，没开过机船，就是拉纤的船。 从五峰搬迁到这儿之前，他没搬迁过，也没后靠过。

问搬到这里习不习惯，刘辰礼说，啥习惯不习惯？ 过去在山里，现在是平地。 山里也住人，平地也住人！ 到处老鸹一般黑，深山也能出俊鸟。

迁而能安

这两年，我和元成南下荆襄，北上京冀，又多在河南走动。就移民这件事来说，移民觉得自己背井离乡，是在牺牲，很委屈；接收地觉得自己本就不多的土地几乎是平白送给了别人，是在牺牲，很委屈；移民干部觉得自己无端受苦受累甚至挨打挨骂，是在牺牲，很委屈……总之我们接触的每个群体都觉得自己委屈。采访中，我们曾为移民所受的苦难、为他们的背井离乡而落泪，也曾为移民干部和接收地干部群众的牺牲而感动落泪。这么多人的牺牲和委屈，归结到一起，其实就是他们的伟大奉献。

　　受访的一些移民干部深有感触地说，黄河安澜天下安，移民安稳天下宁。但要真正实现移民长治久安，融入当地，融入新农村建设之中，还有许多工作要做。

　　"搬得出，稳得住，能发展，可致富"是愿望，更是目标，更需要付出巨大的牺牲。2011 年 4 月 13 日至 15 日，国务院南水北调办公室主任鄂竟平第四次到河南全面考察工程建设和移民征迁工作，在向省政府反馈意见时，一连说了四个"前所未有"："南水北调河南段的建设形势越来越好，移民迁安速度之快前所未有，施工环境之好前所未有，桥梁、铁路、电力等专项拆迁之顺前所未有，各项准备工作扎实程度之高前所未有。"

"鞠躬尽瘁，死而后已。 你用生命书写了对党和人民的无限忠诚。 你是一面旗帜，高高地飘扬在希望的田野上；你是一颗璀璨夺目的流星，燃烧着走完自己的生命历程。 你把群众捧在心里，群众就把你举过头顶。"这是"感动南阳"2014 年度人物组委会写给唐河县湖阳镇陈营移民新村党支部书记陈廷江的颁奖词，也是众多移民干部的写照。

　　　　　　　　　　　　　　　　　命脉

移民就是移爹，迁坟就是迁爷

南阳市区，一个不大的院落。 与其他地方不同，南阳移民搬迁、安置的指挥中枢——南阳市移民局是一个常设机构。 半个多世纪的水利工程移民历程，也锻造了一支特别能战斗的队伍。 南阳市移民局纪检组长吴家宝就是其中的一个见证者。

2009 年到 2012 年，这四年，是南阳移民工作最繁忙的四年。 作为南阳市移民搬迁指挥部，这个小院一直很热闹，前前后后开了 185 次会议。 吴家宝从 2009 年开始参与，主要搞综合协调。 他说，那四年，光经手的文字材料摞起来，也有一间房子那么高。

现在写南水北调的书不少，吴家宝说，感觉都不过瘾。 因为这个工程，这个大移民是重大历史事件，人类学、社会学、生态学等，都能在移民搬迁中找到依据。

南水北调中线工程移民是国家行动。 如何评价、定论移民和移民干部？ 当时的宣传报道感性多、理性少。 如何把握南水北调中线工程移民魂？ 如何揭示移民与安置的冲突内因？ 如何推进后移民时代的发展？ 这些都需要我们做深入的思考和实践。

世界性移民不外乎分三大类。 一是因为生存环境改变，逐水草而居形成的生态性移民；二是因为战争等形成的社会性移民；三是因为水电工程等建设形成的工程性移民。 这次南水北调中线工程移民就属第三种。

丹江、汉江流域自古以来生存条件优越，老百姓说是风水好、地气好，子孙得以繁衍，形成了自己独有的楚文化、汉文化、根文化。 更因为在搬迁中人性矛盾突出，而打上了浓重的历史烙印。

以河南淅川为例，移民搬迁可分5个大的批次：

一是1959年到1960年，淅川青年和家属共计2.2万余人支边青海省。 采取军事化管理的这批人，因为当地气候恶劣，劳动强度大，难以生存，多数偷跑回来或被遣返，其中病死、饿死、被狼咬死等竟有四五千人。

二是1961年，因为丹江口水库围堰蓄水，124米高程以下搬迁2.6万人，除4000多人安置在当时的邓县外，其余均内安淅川。

三是1966年到1968年，外迁湖北6万多人，主要安置地是湖北的荆门、钟祥两县。 其间，荆门县拾回桥区十里铺公社曾发生移民与原住民之间的大规模械斗，造成双方人员伤亡。

四是1971年到1978年，淅川县内安近10万人，邓县接收1万多人。

五是2009年到2011年，南水北调中线工程移民，淅川县16.6万人，主要在南阳市内和省内干渠沿线市县安置。 其中有6.2万人为1978年前的各种老移民。 这16.6万人中，按年龄分，三分之一是40后、50后、60后人，三分之一是70后、80后、90后人，三分之一是小孩。

移民搬迁对于有的老移民户来说无异于一场梦魇。 有一个老太太不愿意离开自己的家乡，80多岁了，5个儿女这次要搬迁到不同的地方，分散在大河南北的新乡、许昌、漯河几个市的多个县区。 第二天就要装车走了，头天晚上她去老伴的坟上告别，碰死在老伴的墓碑上。 淅川县盛湾镇姚营村的一个老头，第二天就要搬迁了，突发脑出血去世了。 这些上了年纪的人，实在是被不断的搬迁折磨坏了。

搬迁难，最难是迁坟。 穷家难舍，富村更难舍，祖坟更难舍。 香花镇有个村子，原本很富裕，村里盖了很多小洋楼。 老百姓不愿意走。

命脉

当时的镇党委书记徐虎，反反复复去做工作。 不久他调任九重镇当书记，光渠首陶岔附近就有 3000 多座坟要搬迁。 不论哪一家迁坟，他都和镇人大主席掂着火纸、鞭炮去祭拜，甚至跪下磕头、烧纸。

移民就是移爹，迁坟就是迁爷啊！ 仓房镇一个靠着丹江的村子要搬迁，天蒙蒙亮，全村人都齐刷刷地跪倒在地，祭拜养育他们的丹江。盛湾镇毛坪村、陈营村三面临水，临走的时候，人们弄个瓶子装上丹江水，弄块红布包上自家地里的土，说是带到移民新村能够治拉肚子。 有的还把小树苗、韭菜根起出来，带上。

好不容易搬走了，搬到外地了，还有个融入、融合、发展的问题。

历史上淅川的几次移民，是边缘化的搬迁，搬迁到外地的一些人受到欺负，得不到尊重和理解。 这次不同了，国家重视，地方重视，安置地更重视。 目前全省已经有 2000 多对移民青年与安置地的人结婚，其中搬迁第一年就有 500 多对，而且都是当地的女青年嫁给移民男青年。2010 年 1 月 28 日，腊月十四。 搬到新野县王庄镇的移民王耀军，高高兴兴迎娶了本地姑娘焦雪霞，成为全省库区试点移民新村第一桩婚事。时任南阳市移民局局长的王玉献赶在当天中午 12 点前，奔赴百余公里前去祝福，并送上写着"舍故土别故友扎根新土，迁新址娶新娘再建家园"的匾额。 2011 年 5 月 4 日上午，王玉献在唐河县毕店镇移民新村主持了"百对移民新人集体婚礼"，成为大批移民融入当地社会的明证。 集体婚礼上，年龄最大的移民新郎是 57 岁的范桂林。 在老家打了几十年光棍的他，迁入移民新村的第 16 天，即与毕店镇当地 52 岁的杨青群喜结连理。 据南阳市移民安置指挥部办公室不完全统计，在南阳市内安置的试点和第一批移民 4.32 万人中，已有 396 名移民与安置地村民通婚，且绝大多数是"本地姑娘嫁给移民郎"。

这在过去是不可想象的。 当年搬迁到湖北钟祥县大柴湖的移民，40 多年间，当地人不与之通婚。 那里生活条件很多年没改善。 香花镇有个黄胜发，他小时候过继给他舅舅，搬迁到大柴湖，后来返迁，又赶上这次移民。 他曾经说，当时搬迁到那里，一人半间机瓦房，墙是芦苇、岗柴泥巴糊的，猪一拱就能进屋吃东西。 床底下十天半月不用镰刀割，岗柴就拱起来，床上没法睡人。 2014 年，淅川县委领导带着各乡镇的书记、镇长到柴湖走访，了解到移民过去的艰难困苦，人人为之落泪。

初期移民的苦难，一直是淅川人心里的阴影。 在这次搬迁中，40后、50后、60后的人阻力最大，相对来说，年轻人还是愿意走的。 但搬迁到新家园后，还是存在这样那样的问题，"孤岛效应"仍然横亘在移民工作中，需要破除。

一是地理上的孤岛：全省 200 多个移民村，仅南阳市辖区就有 61 个移民村，分布在全市的 42 个乡镇，地块虽然相连，村落相对独立，傍晚灯火通明，入夜一片漆黑。

二是心理上的孤岛：淅川县大石桥乡的张湾村迁入新野县已经 5 年了，还在不断告状。 当地人基本不与他们打交道。 移民甚至在村子周围用挖掘机挖壕沟，说是方便排水，其实也是"画地为牢"。 村"两委"班子基本瘫痪，移民之间也经常发生冲突。

三是经济上的孤岛：移民被当地人认为不好惹。 银行担心回款困难，移民贷款难，产业发展乏力。 淅川多山区，耕地地块小。 到了新家后，地块相对大，适宜于农机操作。 很多移民把土地租赁出去，自己出去打工。

四是文化上的孤岛：淅川山里人说话爱"带把儿"，女的也说。 地不平，走路蹦着走，当地人也看不惯。 山里边沿江、靠山，风俗文化与平原、盆地有很大差异。 比如山里陋习，结婚三天没大小。 搬迁到唐河县凌岗村的一个老者，在新人结婚后摸了下当地一小媳妇的屁股，当地人非常不满。 搬迁到社旗县的移民与当地人还打过架，起因很简单，就是一个女移民说话"带把儿"，发生口角，进而斗殴，连当地的村支书也参与了。 多数移民和当地人还是通情达理的。 村支书带头打架被拘留后，五六十个移民反而跑去说情，要求释放村支书。

他们也是最可爱的人

1997 年酷暑时节，河南省诗歌学会在淅川县荆紫关镇召开诗会的时候，诗人王怀让为该镇镇长刘贵献题词："贵在奉献。"如今，作为南阳市移民局副局长，刘贵献和他的同事们仍在奉献。刘贵献说："没有人愿意总在路上，没有人不留恋自己的故乡。迁而不安，何来迁安？"

"搬得出，稳得住，能发展，可致富。"这是国务院提出的南水北调中线工程新的移民工作宗旨。国家南水北调办、长江委和湖北、河南两省在搬迁、安置新世纪开始的南水北调中线工程移民时，充分考虑到新的社会经济发展形势和移民需求，依法依规移民，尽最大可能消除、化解纠纷和矛盾。尽管如此，因为动迁移民之多、范围之广、困难之巨，仍然存在这样那样的问题。

因为水库淹没面积大，影响人口多，往往使几十、几百平方公里，甚至上千平方公里的土地变成一片汪洋泽国，不仅涉及大规模的原住居民跨区域迁移，还涉及淹没区社会的异地重建。水库淹没中断了移民正常的生产生活秩序，使原有的社会关系、邻里关系、组织机构、传统文化遭到毁灭性的破坏，习惯的生活方式、耕作方式和谋生技术被迫改变；迁到新的安置地后，这些社会关系网络的复建、生产生活方式和心理的社会融合以及生产生活的恢复是一个复杂的过程，也是一个漫长的过程。在此过程中，移民安置稍有失当，就会使他们失去家庭经济良性循环的能力，陷入次生性贫困和边缘化的境地。

其实，中国农民是最善良、最朴实的。他们为了国家建设，为了解京津之渴，尽管有这样那样的情绪，有这样那样的困难，仍然义无反顾地踏上了迁徙之路。他们最大的要求，就是能够在移民新村有干头、有盼头。

为解决移民的实际问题，南阳各级党委政府和移民部门、政法综治系统情系移民，以人为本，做到化解矛盾"六到户""四到位"。"六到户"即政策宣讲到户、干部走访到户、问题解决到户、矛盾调解到户、议题公示到户、群众评议到户，逐户逐人走访，倾听移民呼声，排查矛盾纠纷。"四到位"即对移民提出的问题，要求合理的，严格按政策落实到位；超出法规和政策范围的，做好耐心细致的思想政治工作，解释说服到位；属历史遗留问题、村组矛盾纠纷的，调解到位；对难以解决的疑难问题所涉及的重点户、重点人，稳控到位。 做到执行政策"五公开""一调整"。"五公开"即公开移民补偿对象、公开补偿内容、公开补偿标准、公开补偿金额、公开办事程序，确保补偿资金及时足额发放到移民群众手中，切实维护移民的合法权益；"一调整"即认真抓好土地调整工作，严格按照规划批准的地块、地类、数量等，将移民生产用地调整到位、承包到户，确保移民搬迁后生产有保障，生活有来源。

移民搬迁安置对于南阳来说，是一次严峻的考验。 事实证明，因为有广大移民的理解和支持，因为有一大批甘于吃苦、勇于奉献的党员干部，南阳经受住了这次考验，确保实现了"四年任务，两年完成"的目标。 在这次大搬迁中，豫鄂两省共有 18 名移民干部牺牲在工作一线，河南占 12 人，其中迁出地淅川县就有 10 人，南阳市其他安置地有 2人。 更多的基层干部经常带病工作，"5+2""白+黑"成为工作常态。他们也是最可爱的人。

有人说，淅川县香花镇打个喷嚏，能影响全国的辣椒价格。 时任香花镇党委书记的徐虎曾经说过："那么好的地方，你去说说、劝劝，他们就走了，老百姓最朴实。 看到一个漂亮的村庄，瞬间残垣断壁，每一个移民干部都会哭。"作为全国最大的辣椒市场，香花镇移民人数占这次淅川整体移民数量的六分之一。 香花镇刘楼村紧靠丹江口水库，村民们多从事网箱养鱼、旅游、餐饮行业，农民人均纯收入早就超过了 1.5

万元。 村民中 20 万元以上的车有 80 余部，大小运输车辆 40 余部。 他们对搬迁肯定是有抵触情绪的。 一名村干部到邓州安置地实地察看后对徐虎说："你把我撤了算了，不撤我，这个活我干不好。"刘楼村的安置地在邓州市裴营乡，20 厘米土层以下全是石头。 一天夜里，徐虎到移民家做工作。 屋外风雪交加，天寒地冻，突然被一瓢凉水泼到身上。他知道移民心里有气，有怨言。 即便如此，移民干部还是一如既往和颜悦色，继续走村串户化解矛盾。 顶住巨大的压力，徐虎和香花镇的干部对刘楼村采取分批次说服的办法，将村民分成村干部和干部亲属、民间领袖等层次，县、镇干部分包到户，终于搬迁成行。

2009 年 9 月 5 日，随着香花镇张义岗村最后 10 名移民搬迁到新家园，淅川县 1.08 万试点移民在短短 20 天时间内全部实现了平安搬迁。淅川县移民局局长冀建成已连续 20 多天每天工作 20 个小时以上。 一天深夜，冀建成正在会议室安排部署搬迁运输工作，突然头向后一歪晕了过去。

2010 年 8 月 19 日，淅川县上集镇小姚湾村民搬迁途中，鹳河突发洪水，30 多名群众被困在河道中央的沙丘上，危在旦夕。 县公安局原局长周强带领公安民警连续奋战 15 个小时，当最后一名移民平安渡河后，周强却晕倒在地。 淅川县公安局车管所所长王红负责分包仓房镇移民迁安，由于隔江路远，平时很少回家。 2009 年 6 月 5 日，是仓房镇胡坡村搬迁的日子。 当母亲去世的噩耗传来时，她再也无法抑制内心的悲痛："妈，你为啥不等等我啊！"

2010 年 6 月 26 日下午 2 点，46 岁的陈岭服务区副主任安建成在忙完为停车场铺沙子平整的任务后，顾不上休息，引领推土机进入安凹村，整修疏通货车进户道路。 安建成指挥着推土机，小心翼翼地向前推进。 突然，意想不到的事情发生了。 村民全寿山夫妻俩大声叫嚷着径直朝安建成走了过来，怒气冲冲地骂道："你真不长眼，竟敢把俺家的祖坟给挖了！"顺手拿起石头要砸推土机上的玻璃，安建成赶忙阻拦。 全寿山的两个儿子、儿媳也赶了过来，谩骂、撕扯安建成。拉扯中，安建成的上衣被撕开一道口子，脊背上还被抓出了血印。原来，全寿山家的老坟位于路边，由于不太明显，加之荒草的遮掩，导致推土机在作业时蹭到了他家的坟边。全寿山坚持说："是安建成挖了我家祖坟，非得让他亲自去磕头祭拜不可。"安建成拿来火纸和鞭炮，来到全家的坟前，烧纸、放炮，并当着现场围观者的面，双膝跪下，郑重磕头"赔罪"。

2011年6月16日，是淅川县上集镇白石崖村移民搬迁装车的日子。凌晨3点多，淅川县上集镇司法所原副所长王玉敏骑着自行车，赶到了20公里外的移民现场。中午，气温高达40摄氏度，患有严重肺气肿、浑身浮肿的王玉敏不顾医生的叮嘱，进进出出帮着移民抬家具、搬木头、扛粮食，一直忙到下午2点才吃上午饭，所长王智红看见王玉敏的手抖得连菜都夹不住了，对他说："明天就是天塌了，你都要在家里给我好好休息！"可第二天凌晨4点多，他又骑着自行车来到移民搬迁现场。"王玉敏，你不要命了？！"没想到竟一语成谶，王玉敏牺牲在搬迁现场。去世时，他的衣袋里有30元钱，外面却欠着10万元的债务。

淅川县委办公室副主任马有志1958年7月出生在淅川县马蹬镇移民后靠村马家村。因已有三个哥哥和三个姐姐，本姓曹的他被生父过继给本村无子无女的马家，从小吃百家饭，穿百家衣。多年以后，他对子女说："乡亲们把我养大，我是移民的儿子。"2010年4月15日，向阳移民村在社旗县的新房建设快结束了。马有志与在社旗督工的村支部书记电话商定，马有志第二天到向阳村就搬迁方案再征求一下乡亲们的意见。谁料，在第二天赶往向阳村途中，马有志突然倒下，再也没有醒来。

2014年8月18日下午6点18分，履职支书18年、入院18天的唐河县湖阳镇陈营移民村党支部书记陈廷江病逝，享年57岁。2010年9月1日，陈营村整体搬迁至唐河县湖阳镇。此前移民们已先后辗转陈营、大柴湖等地，经过6次搬迁，未搬迁完的3个村合并成了陈营村，矛盾多、问题多、稳定难。 陈廷江不顾妻子和儿子的反对，毅然关闭每年净赚20多万元的牛肉汤馆，从淅川来到唐河第四次担任陈营村党支部书记。 为了保证分地公平合理，陈廷江冒着高温酷暑，13天没睡个囫囵觉，开了7次群众会，逐户做工作，反复讲政策。 为了保证房屋修缮质量，他拖着疼得抬不起来的双脚穿梭于各个楼层之间，看着施工队干活儿。 经过紧张的施工建设，村里学校、卫生室、垃圾处理站、广场游园一应俱全，移民新村变身美丽家园。 2013年，陈营村建成了移民创业园，办起了肉牛场，引导群众发展养殖业、手工业、种植业，使全村群众人均纯收入从搬迁前的4000多元提升到9606元。 而他自己的身体状况却每况愈下，终于不治。

安置地的基层干部也有两人牺牲在移民一线。 邓州市张楼乡原副书记孙逊生前患有高血压，为迎接移民搬迁，整日和干部群众一起在新村工地搬砖、薅草、铲土，家人安排的体检他也一拖再拖。 2010年6月20日，早起的老孙感觉体力不支，头晕得走不成路。 他爱人说："血压又高了，请假休息吧！"他不听，硬撑着去上班，先是组织乡干部开会，然后又到派出所、司法所布置移民搬迁的安保工作，直到嘴唇发乌、说不清话，才被同事带到医院检查。 包户移民干部赶来探望，他不等人坐下，就急着打听新村建设进展情况，得知有村民因为调地闹情绪，他不顾众人阻拦，拔掉针头，赶回乡里去调解。 两个月后，孙逊终因劳累过度，溘然长逝。

为了让移民到了安置地就像到家一样，从调地到分地，南阳市宛城区高庙乡东湾村支部书记赵竹林一直忙个不停。 2011年1月2日晚上7时，赵竹林因连续工作，突发脑出血，牺牲在移民分地现场，年仅37岁。

牺牲在移民工作一线的还有：淅川县香花镇土门村组长马保庆，淅川县香花镇白龙沟村组长陈新杰，淅川县上集镇魏营村组长魏华峰，淅川县香花镇柴沟村党支部书记武胜才，淅川县九重镇桦栎扒村党支部书记范恒雨，淅川县上集镇政府干部李春英、刘伍洲，淅川县滔河乡政府干部金存泽。

各有其难

淅川籍人，时任南阳市移民局副局长，如今已经到县里任职副县长的马俊红在接受采访时，对移民后期如何实现稳定和发展，思考了很多。

按照规划，南水北调丹江口库区淅川县移民 16.6 万人中，有 9.9 万人要安置在南阳市所属的 7 个县（市、区）的 65 个乡镇，占河南安置总量的 59.6%。

2009 年年初，河南省委、省政府顺应库区移民早搬迁、早安居的要求，做出了丹江口库区移民"四年任务，两年完成"的重大决策。"四年任务，两年完成"，年均移民超过 7 万，这在世界水利工程史上绝无仅有，压力山大。

两年是基本完成了，但背后有多少血泪、多少辛酸，不身在其中，是很难完全体会的。

2009 年 8 月，试点移民开始启动。也就在这个时候，王玉献上任南阳市移民局局长。他带着移民局干部奔波于移民迁安两地，主持召开了 20 多场次问计会，记了厚厚两大本笔记。

淅川县马蹬镇中学教师杜海珍一家，随同乡亲们一起搬迁到了南阳市社旗县。因工资关系未理顺，他的工资被停发了 5 个月，全家只能依靠他打工维持生计。王玉献得知后，立即研究决定把杜海珍一家调整到社旗县移民新村，杜海珍如愿以偿地补领了工资，分到了土地。

2009 年 8 月底的一天，搬迁入住到邓州市孟楼镇张义岗村的淅川县香花镇移民张翠，突然出现早产、难产症状，经邓州市公疗医院救治产下一名女婴，但孕妇张翠却因缺氧危及生命。王玉献得知情况后，马上协调安排专车把张翠母女转到南阳市中心医院救治，保证了母女平安。

两年来，南阳及淅川县的所有已经搬迁批次都实现了"不漏、不掉、不伤、不亡一人"。但王玉献因为长期的高强度、快节奏工作，身体严重透支。2010年5月，正在开会的他肾结石病突然发作，痛得满头是汗，但他仍咬牙坚持。会后，他悄悄去医院，一个人做了碎石手术，第二天又出现在移民工作筹备会上。2011年7月30日○时35分，头部受伤还未拆线的王玉献，趁着妻子回家的空当，头戴草帽来到卧龙区蒲山镇帅庄移民新村搬迁现场。就在此时，他右手上的留置针开始回血，回到医院时，鲜血染红了右边裤兜。

大批移民住房建设和新村建设更如一只拦路虎。南阳市要在两年内完成所有移民安置点的移民房屋、学校、卫生室、超市、文化广场、村部、供排水管道、村内村外道路、供电及通信广电线路等建设，建筑面积达400多万平方米，相当于南阳市往常3年内的新增建筑总面积。在市场经济条件下推进移民工作，不得不面临"两难"：在移民安置点上，如何既让移民满意，还得让当地百姓同意；在移民建房上，如何使建设业主不错位，还得解决好当地政府后期维修的责任问题。王玉献和大家在一起反复研讨，终于有了清晰的思路：选择移民点时，坚持靠近集镇、靠近产业集聚区、靠近市场、靠近主要交通道路的"四靠近"原则，做到让移民乡亲满意、当地百姓也同意；移民建房时，采取移民户与移民迁安委员会签订委托建房协议书，迁安委员会与迁入地乡镇政府签订转委托建房协议书的"双委托"办法，确立了乡镇政府的建设主体和监督管理地位。结果，移民村建成后得到了各方好评，移民平安迁入新居。

三峡库区农村移民近40万，先后搬了18年；黄河小浪底水库农村移民先后迁了13年！南水北调中线工程移民，在2009年至2011年的211个搬迁日里，南阳市共投入搬迁服务人员15万人次，出动搬迁车辆

2.5 万台次，转运货物 25 万吨，累计行驶里程超过 1700 万公里。

在移民搬迁期间，南阳市下发通报处理文件 100 多份，多次实施一票否决，处分干部几十人。其实，处理干部也是迫不得已。很多移民干部蒙受的不仅是处理决定，更有无法诉说的委屈。

张淑兰是一个移民大镇的民政所所长。为了圆满完成移民搬迁任务，她吃住在所包的村庄。谁知道，半夜起来如厕，竟然掉进厕所里。其实，那是有意见的移民设下的"陷阱"。有的村坚决反对搬迁，只要看到移民干部，就放出狼狗，撵着不让进村。即使进村入户，也受到各种辱骂，各种干扰。你烤火，他用水浇灭火盆；你做饭，他把你的锅掀了。即便如此，移民干部也一笑了之，骂不还口，打不还手。

淅川有个村子要搬迁到唐河县。一个老移民临上车，坚决要把自己提前备好的棺材装上车。从唐河来接移民、搬运家具的司机一口回绝，老人气得瘫软在地。司机忌讳卡车拉棺材，认为是"背运"。老人的闺女撵着司机打，带队来接移民的安置地乡长追着女的喊"大姐"，请大姐理解。最后没办法，只好调换司机调换车，硬是把棺材装车运到了唐河。

搬迁有规定，大车不准带各种动物。有户移民家养了一条小狗，小孩子执意要带小狗到安置地。带队干部只好把小狗放进纸箱里，安置在随队的小车里。不承想，搬迁时正是五黄六月，天热，小狗半路被闷死了，小孩哭得哇哇叫，大人也是咒骂连天。带队干部又是赔礼道歉，又是赔钱，才算了事。

搬迁时，南阳各地采取"保姆式"搬迁法，全程跟进，全方位服务，赢得了移民信任。很多地方采取一对一帮扶，一户一干部，一村一带队，迁出方和接收方无缝隙对接，不让移民受冷落。移民搬迁到新居后，第一、第二顿饭都由当地安排解决，各种粮油蔬菜也是一应俱全。

要让搬家变成回家，南阳人做出了巨大的牺牲。

移民工作的总目标是"搬得出，稳得住，能发展，快致富"，但要真正实现，实在难乎其难。

移民难，他们要远离故土，背井离乡；安置移民难，接收地要把有限的土地、有限的资源调给移民，接收地群众要做出牺牲；移民干部更难，意想不到的情况不断出现，任务却是死的，很多问题解决起来是难上加难。

时任河南省委书记徐光春在淅川考察移民工作时就说过，没有钱办不成事儿，没有好的移民干部更难实现搬迁目标。政策再具体，也总有特殊情况，需要移民干部反复解读；各种补助款项有 40 多种，哪一项都需要移民干部能够说得移民心服口服。有的移民干部说："16 万移民都张着嘴说话，谁也不能、也不敢得罪啊！"

农民最看重的是土地。而调地、滚地之难，难于上青天。

全省涉及的移民耕地面积达 250 万亩，要从原有的 550 个村子把这些耕地调整出来，堪称又一次"土地革命"。

为调地，很多安置地干部要承受巨大的压力。政策上说的是农民土地 30 年不变，很多农民不愿意腾出自己的耕地给移民。可移民没有土地，就难以生根开花。一次次吵架，一次次群殴，一分分腾挪，皮尺扯断一根又一根，钢尺拽断一盘又一盘。一个村干部气得当场自杀。

为了给移民腾出土地，安置地往往要准备 1 至 3 套方案。调地就跟相亲一样，来回折腾是常有的事儿。社旗县一个移民村的土地上午好不容易划定"四至"，到中午吃顿饭、喝罢酒，移民喝晕了，说上午的"四至"不算，只好重新测算。

在中国农村，素来有"老婆土地不让人"的说法。要建设安置 31 个移民新村，对于人均土地面积已经很低的邓州当地农民而言，调拨他们的土地，则无异于"心头割肉"。

所幸的是，到 2012 年 3 月 24 日，河南省南水北调中线工程移民工作全部结束。

移民虽然已经搬迁到新村新居，但矛盾冲突时有发生，融入还需要一个漫长的过程。 移民乱不乱，看搬迁后一周；移民稳不稳，要看 3 年到 5 年。

移民的经济成本和社会安置成本，也是一个问题。 前期补偿到位后，后期如何跟进支持，不可能一次性完成。 整建制搬迁，尽管这次搬迁的补偿标准是新中国成立以来最高的，一个移民平均补偿将近 10 万元，也很难达到移民的预期。 而社会安置成本则无法用具体的数字来考量。 一般来说，移民搬迁到一个新地方后，很容易变成"孤家寡人"，宗族、亲情、乡情甚至信仰都可能被打破，社会关系等无形资产的缺失，需要时间来弥补。 新野县一位移民出车祸遇难后，因为丧葬习俗不同就与当地原住民发生过纠纷。 再加上移民历史上欠账较多，以 2007 年为例，库区移民人均年收入当时只有 1270 元，使得一些移民家底不够厚实，也容易产生返迁情绪。 移民无私的付出，有时候并不一定得到合理的回报。 房屋质量问题、补偿不均衡和不到位等问题，都影响着移民安置地的社会稳定。 根据国务院南水北调办公室相关规定，丹江口库区农村居民房屋补偿方式为，砖混结构的正房为每平方米 530 元、砖木结构的每平方米 479 元。 但是，和城镇拆迁，用于高速公路、高速铁路建设相比，标准就不一样。

还有个别移民村因为建房质量问题、土地问题，也不停地上访，甚至大规模返回淅川。 搬迁到唐河县昝岗乡的淅川县滔河乡双庙村移民嫌耕地差，翻耕治理难度大，于 2013 年集中返迁淅川，在老宅子上搭草庵子、塑料薄膜棚居住，还到丹江滩地上种庄稼，甚至自己买发电机发电照明。 当时正值清明节前后，雨水很多。"不能让移民有伤亡，不能让移民被上涨的洪水冲跑，不能让移民再吃苦！"市移民局副局长刘贵献等亲自带领工作队，和唐河县、淅川县有关部门开展深入细致的工作，终于使这部分移民返回唐河安居。

实践中，移民新村的选址、调地、建房等都归迁安委员会管，逐级委托，政府集运动员、裁判员于一身，一旦出现问题，就容易出现非常尴尬的局面。

试点移民工作结束后，南阳汲取了其中的经验教训，高度重视移民村的整体布局，在第二批移民房屋设计和建设上投资 130 多亿元，引入了坡顶建构和徽派民居设计风格，打造美丽乡村。 同时重视移民的主体作用，各安置地乡镇政府租赁车辆邀请农民先期参与，看地看房，甚至为移民改变户型设计。

如何固化搬迁成果，南阳市委、市政府要求市移民局转变职能，向综合部门转变，要像抓移民搬迁一样抓移民后期发展。 包括水电路，包括社区化管理，包括垃圾处理，都要考虑和实施到位。 一个移民村的基础设施建设，没有 2000 万元投资是不行的。

移民村基层政权建设也很重要。 南阳通过实施"4+2 工作法"①，实施民主管理，化解对立情绪。 迁出地原有的家族势力被打破，原来常受欺负的老实人参与到安置地村务管理当中。 通过一个为民服务中心，物业、经济合作社两个组织，民主议事会、监事会、调解会三个会，让老百姓办事不出村，把矛盾纠纷消灭在萌芽状态。

说一千，道一万，让移民村发展起来是关键。 只有大力扶持村集体经济，让所有移民村发挥自我造血功能，才能脱贫致富。 南阳目前已经发放扶持资金两个多亿，利用项目招商，利用公共土地招商，南京雨润、深圳奶羊场等入驻移民村，有三个村的村民已经转变身份，成为产业工人。 在社旗县，在卧龙区，一些移民村通过土地流转，带动了移民就业，一家一户都有活干、有钱赚。

---

① "4+2 工作法"即农村所有村级重大事项必须在村党组织领导人按"四议两公开"的程序决策实施。 "四议"是党支部会提议、"两委"会商议、党员大会审议、村民代表会议或村民会议决议；"两公开"是决议公开、实施结果公开。

隐形淹没区

1973 年，淅川县提出了库区移民"远迁不如近迁，近迁不如后靠自安"的要求，南阳地委决定将邓县的九重、厚坡两个公社划归淅川县。

参加过老渠首建设的邓州市原副市长欧阳斌生前在回忆录中写道："虽然从县到公社两级领导直到群众，从感情上不愿划过去，但为促进库区的经济发展，最终还是忍痛把两个公社包括 29 万亩耕地及其范围内的矿产资源都划给了淅川。"邓县只保留了渠首周边 500 米的行政管理权。 邓县，实质上成了移民动迁的"隐形淹没区"。

邓州不仅"割地"，更接收安置了大批淅川移民。 在邓州市林扒镇西北，有一个名为淅丹的自然村。 1971 年，邓县迅速组织安置区腾出民房 3400 间，解决移民临时住房问题，接收像淅丹村这样的淅川移民10679 人。

其他地方是安迁，安安稳稳地迁出，邓州叫迁安，不仅要接收移民，更重要的是要安置。 2009 年至 2011 年，邓州再次接收淅川移民29835 人。 邓州在境内的 28 个乡镇挤出了 31 个移民村，平均下来，一个乡要容纳一个以上的移民村。 其间，共调整土地 5.12 万亩，建房6915 座，建筑面积 104.9 万平方米，搬迁 38 个批次，动用客车 1013辆、货车 2282 辆、工作用车 846 辆，随车工作人员 4083 人，工程建设动用人力 20 余万人，动用机械 2.7 万台……

移民安置难、对接难、调地难、建房难、搬迁难、发展难、融入难、稳定难、管理难……

一切为了移民，为了移民一切，这是邓州市上上下下达成的共识。邓州市委、市政府提出，在新村位置选择上，凡是移民看不中的地方，绝不勉强，凡是移民看中的地方，坚决拿出来。 在生产用地上，坚决把位置好、距离近、质量高的耕地让出来。尽一切努力，安排好移民的居住、生活及生产工作。

邓州移民干部以高度的责任心和奉献精神，顶烈日，冒风雨，磨破嘴，跑断腿，吃闭门羹，坐冷板凳，遭白眼，听牢骚话，简直就是家常便饭。林扒镇构王营的一个老组长对调地抵触情绪很大，坚决不同意让出自己的宝贝地。时任林扒镇党委书记熊占玉几次上门做工作，老组长含着眼泪说："大道理我懂，不要再说了，我就问一句话，好地都给了移民，我们喝西北风？"这一天，熊占玉破例找了辆车，拉着老组长，一路向西开往淅川。路上，老组长一言不发，只顾看窗外。看着满眼的庄稼长势喜人，丰收在望，老组长才高兴起来。熊占玉说："这些土地就是属于移民的，马上就要被淹了。"听了这话，老组长心沉了下来，他说："熊书记，我跟你去调地。"

邓州是一个农业大市，农民人均占有的土地面积并不多。按规定，移民每人配给1.4亩耕地。必须做大量的动员工作，才能说服本地农民让出土地。而且，为调出一亩耕地，大体上要轮转调整15亩多地，涉及的村民和轮转的土地简直就是一个天文数字。为了让移民安居乐业，脱贫致富，还要多方为他们开拓就业门路，这对本地群众来说，就是个争资源争岗位的问题。可以说，迁出地是痛一阵子，迁入地是痛一辈子。

淅川县香花镇西岗村移民搬迁到邓州市西岗后，生活条件、生产条件得到了改善。在家里全部是老房子，平房，到这儿全部是楼房。土地在老家人均两亩地，在这儿人均一亩四分地，虽然少了点，但是这边的土地质量好一点、平整点，大型机械可以进行操作，收入相对要高一些。

2011年开春，十林镇党委书记鲁启先就带着班子成员，来到淅川县香花镇西岗村，给村民们做搬迁前的动员工作。他们走东家门，串西家户，凭借多年积累的基层工作经验，很快就跟乡亲们打成一片。闲聊中，他们发现，西岗村与迁入地百姓的风俗甚至方言都基本一样。 十林人说"直走"为"端走"，"天将黑"为"黑会儿"，和西岗村一模一样。 为了加深移民对新家园、新土地的认识，鲁启先让人用日深年久的大斗，装满移民新村村部最中心的土，并包上红纸彩带，彩带上写着："谨代表十林镇六万九千人民真情地欢迎你们回来发家致富幸福安康。"下面是十林镇15名市人大代表的签名。 然后敲锣打鼓，热热闹闹地送往西岗村。 当送土的大斗送到西岗，全村人惊呆了。 移民代表说："搬家变成了回家，心里也非常高兴，因为我们是一家人哪！"

为了让移民早日致富，十林镇政府帮助移民办起了农业生产有限公司，建起了千头奶牛场，种植了几百亩果树。 全村人均年收入年年攀升。 一个老移民说："将心比心，确实人家也不容易。 人家把最好的土地拿出来给了我们，我们富裕了，我们还能说什么呢？ 我们只有感谢啦。"

从陌生到熟悉，从朋友到邻里，经过几年的努力，淅川移民已在邓州落地生根，生老病死，结婚生子，都与当地相融相合，不可分割。

千难万难都要克服

我的家乡新野，位于南阳盆地的中心，一马平川，全县一个山包都没有。 南水北调中线工程移民，新野接收安置了来自淅川县的6000多人，并新成立了移民局。 担任局长的程元立，此前曾任新野县文联主席，说起来，和我曾在一个系统工作，也算是有些渊源。 谈起移民工作，他说了"四个难"，但归结起来，却是千难万难，咱都要克服。

一是对接难。

这次南水北调中线工程移民，新野县接纳了6650人。 其中，试点移民2008年11月启动，2009年3月与淅川县对接成功。 当年，淅川县大石桥乡张湾村 1501 人搬迁到新野县；2010 年 7 月，盛湾镇单岗村 3018 人入住新野；2011 年 8 月，盛湾镇兴化寺村 2136 人入住新野。

说起来，因为南水北调中线工程移民，新野县才设立了移民局这个机构。虽然是新机构，但是大家克服各种困难，迅速进入工作状态。

意想不到的问题非常多。一次，程元立到大石桥乡张湾村和移民见面协商的时候，一个上午开展不成工作，不愿搬迁的群众将工作队团团围住。当地的东岳庙小学院内，乱嚷嚷的，吵得不可开交。老头、老太太跪了一大片，随行记者的相机也被抢走。一个老头说："俺们不搬，俺们这儿的地一脚能踩出油！"有的跟着起哄："俺们这儿依山傍水，五泉汇流，种地是自流灌溉！看看你们给我们指的啥地方？是劳改场迁走后的地块，咋种庄稼？"

经过细致的说服工作，下午，程元立他们与从群众中推举出的 20 多个代表，在淅川县的楚都饭店会议室进行"谈判"、协商。群众代表在香烟盒上画了房屋设计草图，要求院子要大，房间要多，嫌统一设计的房间进深小。当时，对于房屋建设，国家每平方米补贴 450 元。如果按群众代表的意见，根本没法落实。好不容易基本达成一致，有的移民干脆自己跑到新野王庄镇挖走一包土，有的薅一把带土的花生，说是取样回去找人化验土质。

新野县移民局专门派了一名移民干部到淅川县大石桥乡挂职，便于开展移民工作。又租了两辆大巴，把移民代表接过来看房看地。谁知道，两车人到了也不细看，说："不说，说不成了！"有的甚至骂人，有的嫌地块差，还编了顺口溜："冬天一块钢，夏天一坑脓，雨天一片明！"移民代表连准备的饭也不吃了，上车就回淅川。程元立他们又连忙开车紧追，一直跟到淅川的丹阳迎宾馆。淅川县副县长王培理、大石桥乡党委书记罗建伟和新野跟去的干部一起，与移民群众座谈。淅川一位领导苦口婆心地说："过去的搬迁，是绑着搬，斗着移，大家经历了多次搬迁，心里有委屈，理解！但这次不同了，地选好，房建好，还请大家去选、去看，各种补贴也到位了，还有什么不愿意？”一席话说得移民群众低下了头。 会后，淅川县会同有关执法部门，将带头闹事的人控制了起来，同时做好其他有意见群众的工作。 终于在 2009 年 3 月 20 日这天，实现了迁出地和安置地的成功对接。

二是施工难。

对接成功只是万里长征的第一步。 大年初一，局里同志歇了一天；大年初二就上班，研究推进移民村的“三通一平”；初八，施工招标；正月十五，全局干部就上了工地。

白天在工地上，晚上也守在那儿。 周边的村庄都还在放过节的鞭炮、烟火，移民局的同志不能回家和家人团聚，就住在工地上的简易房里，外面刮着风，飘着雪花儿。 有时候回到局里，都是后半夜，看门的老师傅也经常被打扰得休息不成。 听说邓州安置点的房子第一层都盖起来了，程元立很有紧迫感，不敢耽误。 主抓移民工作的张副县长也守在工地上，夜里才回县里处理案头工作。

局里的几个女同志天天在单位处理各种报表、文件，就在办公室地上铺个被子，打地铺睡。

要盖房，就得有砖。 到处联系买砖，砖拉来了，又找质监站验收，验收合格，还要赶工期。“四年任务，两年完成。”政治压力大，下雨也不能停工。

中标进场施工的公司有 6 家。 为保证质量，局里和王庄镇抽出 4 名干部分包 6 家公司。 买砖、买水泥、买石灰要现钱，局里的同志从家里拿钱，找朋友借钱垫付。 买翻斗车没钱，给工头打借条。 为了让施工企业放心，有意无意让工头看到提包里的成捆、成沓的钱，其实是包着的废纸。

房子框架起来，开始内装修。 修卫生间的时候，民工不够，料跟不上，移民局也帮着工头去招人。 资金不到位，县长也让自己解决，说：“不管咋着，到 7 月 28 日完成了，论功行赏；完不成，我处理你！”

因为移民干扰，新野和淅川对接晚；地基施工难度大，那里原来是劳改场，为防范在押人员脱逃，地面全是钢筋水泥浇筑的；再加上那年雨水多，老下雨，所以工期就特别紧。结果，争分夺秒干了三个多月，硬是把新村建成了！县委方显中书记来了，看了四户房屋，拧开水龙头，出水了；按电灯开关，灯亮了。书记笑了，大家哭了。

三是搬迁难。

新村建好了，就开始去淅川接移民。兵马未动粮草先行。先准备移民路途中要吃的食品。1501 人，至少得备 1501 份。买、冻、分、装，搬到车上，再赶到白河桥头的发车点集合。上了车，熬了几天的几位女同志坐在那儿就睡着了。

车队开到淅川张湾，突然又下起了大雨，家具、衣被等生活用品装不成车。赶紧找宾馆，安置移民。一个老太太心脏病发作，工作人员赶紧协调淅川专门派了一辆救护车，医生、护士跟着。把移民全部安置到宾馆住下，已经是凌晨 2 点。早上 7 点半，程元立他们挨个房间去叫，请移民吃早餐。

这一天是 2009 年 8 月 28 日，程元立记得很清。

因为下雨，气温有点低，新野县王庄镇干部群众捐衣捐被、送米送面送油，提前把做饭的炉子都生着。到了王庄镇张湾移民村，移民下车一看，感动得没法说。

四是稳定难。

张湾村在淅川的时候，是 4 个自然村，历来宗族矛盾多、派系多，不稳定。在张湾村入住过程中，困难重重。调地、滚地难，更难在稳定。移民入住后，谁当村支书告谁。县委、县政府成立工作组，进村入户解释政策，理顺情绪，面对面沟通。组织部派人现场监督选举，也选不成。个别人有所企图，甚至煽动、造谣，鼓动移民返迁淅川。有的人被蒙骗，跟着起哄。有的自恃移民身份闹事。一个移民开着没牌照的摩托三轮在邓州被查，给人家闹得无法执法，也得移民局去协调解决。

移民村的基层政权建设十分重要。移民到一个新地方肯定心里不舒服，再加上赶工期，个别房子存在质量问题，矛盾纠纷不断。但是，市里、县里都很重视，最终一项一项解决、化解。

瘦了 15 斤

2016 年 11 月 5 日，平顶山市文化艺术中心、平顶山市徐玉诺文化研究会联合举办新诗百年暨徐玉诺诗歌朗诵会，我和吴元成在现场巧遇鲁山县政协副主席邢春瑜。作为当代著名诗人徐玉诺的老乡，邢春瑜从 2002 年开始在鲁山县辛集乡先后担任乡长、乡党委书记，见证了南水北调中线工程淅川移民搬迁安置全过程。

2010 年 9 月，淅川县盛湾镇河扒村移民 1700 多人，搬迁安置在邢春瑜当时任职的鲁山县辛集乡。前期对接的时候，邢春瑜去过淅川几次，淅川的群众代表也来这儿看地。他们搬过来，鲁山想给他们改个村名，群众不愿意，说，啥都连根儿给我们拔了，啥没有了，就剩下个老地名了，不能改。他们走的时候，都是一跪三磕头，舍不得走啊。

搬迁的时候，鲁山去了 200 多辆车，很壮观的车队。分了几拨儿人马，县长带队去淅川接人，邢春瑜和县委书记在家里准备接待。全县总动员，县直各局、委要分包一户两户，帮助他们安置新家。他们过来的时候，把砂石材料、砖头瓦块、椽子檩条等都拉来了。其实，这儿啥都有。后来又专门找地方放置这些杂物。才开始不理解，后来明白了，他们祖祖辈辈都在那儿住，难以割舍。

移民搬过来，接收地给他们建村、征地。征地难度比较大。当时正好亚洲最大的火电厂在鲁山建设，同时还有个水利上的增压站项目也要开工，加上移民安置用地，光征地，辛集乡要征万把亩。当时安置的原则是，把最好的地块调给移民，还要靠近集市，交通便利。可当地老百姓有抵触情绪。石庙王村的群众到乡里来上访，不愿意腾地。一个老太太弯腰用头顶住邢春瑜的肚子，说："俺们的地本来就少，你把好地又调给移民，你叫俺们咋活啊？你给俺杀了吧！俺就这一堆儿！"乡长到村里去说征地的事儿，当地群众把车子的气都放了。有个村要腾出700多亩地，村支书都撂挑子了。确实不好干。

也有通情达理的。徐玉诺先生的老家徐营村也安置移民100多人。村里一位老党员说："当年徐先生回老家拾一筐子粪，把粪随便倒到路过的庄稼地里。有人问他咋不放自家地里，他说，都是大家的地，放哪里都一样肥庄稼。难道我们不该学学徐玉诺先生吗？人家移民背井离乡，也不容易，咱们就应该把地让出来。"

1700多口移民，得调整出2000多亩耕地，牵涉好几个行政村，几百上千户当地群众。而移民呢，一个人一亩多地，少一分也不行。那么多地，都是卫星测量划定的，包含着路啊、渠啊。移民要的是净地，他们说，你把路沟、坟头给我甩了。分地时候尺子松一点、紧一点，他们嫌分得不到位，也不种了，还是乡里组织人替他们种了三季庄稼。有的移民被子一卷还跑回淅川老家了，村干部也带头跑。邢春瑜他们又去做工作，把他们劝回来。淅川领导告诉邢春瑜他们，这批移民中很多属于老移民，丹江口水库水涨一点，他们后靠一次，也是迁怕了。

邢春瑜他们做深入细致的思想工作，重新整，前后折腾一年多，才稳定下来。邢春瑜给本地群众鞠躬："移民来咱们这儿，说明咱这儿人气旺，是好事。我代表所有移民对大家的支持表示感谢！"

移民安置工作结束后，邢春瑜的体重也由原先的120斤变成了105斤，瘦了15斤。

依法移民的新时代

从淅川县教体局调到县委宣传部，从通信员到新闻科长、副部长，张本贵经历了最近 10 多年来淅川移民的全过程，也曾带队远赴青海寻访"老支边"。

2013 年，张本贵和省内几家主流媒体的记者一起，到青海寻访当年留下来的淅川老乡，尽管是少数，有的人在那里发展得也不错，从西宁到海西州，都有支边人的后代工作在重要的岗位上。

1959 年开始的淅川早期移民，以支边农垦的方式远迁青海高原，给许多移民造成了巨大的身心伤害。 当时正逢"大跃进"和三年困难时期，8008 名淅川青年响应号召前往青海。 1960 年冬，14000 多名支边青年及其家属也前往青海。 由于按部队编制、集体生产和生活，加上气候环境不适应，以及疾病和饥饿，多数支边青年和家属逃回或被遣返淅川，但仍有 6000 多人滞留青海。

除了这种支边模式的移民外，因为修建丹江口水库和实施南水北调，河南、湖北两省数县还经历了多种搬迁安置模式的探索与变化。

内安模式是在库区建设的本省内安置。 淅川 20 世纪 60 年代移民数万人内安相邻的邓县。 湖北均县、郧县等地移民安置在湖北的京山、宜城等县。 此次南水北调中线工程移民就分别整建制搬迁安置在河南、湖北本省的一些市县。

远迁模式一般是跨省安置，又分分散插队和整建制搬迁。 淅川 20 世纪 60 年代的几个批次的十几万移民，就分别以一个或半个生产队插入当地生产队，或者以生产队原班干部机构、所有群众集体迁入移民点，甚至连村名也不更改的方式，安置在湖北省的荆门县和钟祥县，其中钟祥县柴湖镇完全是一个河南淅川移民集中安置大镇，至今已发展到

10 余万人。

后靠模式是对于在淹没区水线附近的不愿意远迁的移民，地方政府采取就近安置，后靠到更高海拔地区，或者投亲靠友，在本县居住。 但因居住地自然环境条件恶劣，往往生活困难。 仅此一项，淅川县就安置本地水库建设时期移民 9 万多人。

返迁模式指一些移民外迁后因为种种原因返回故里，而户口和土地、房屋均已消失，当地在相当长时间内不予承认其合法身份。 这些人只好携家带口以沿江开荒和打鱼为生，艰难度日。 河南淅川仓房镇的沿江村就是这样的一个典型，他们中的许多人先后移民到青海、湖北等地，最终又赶上这次南水北调中线移民，再次告别故土，到新的地方生存。

从新中国第一座水电站 1957 年开工建设、1959 年建成的新安江水库到目前，中国已拥有 8.6 万座各类水库，因此产生的水库移民总规模超过 2500 万，比当下整个上海市人口的总和还要多 100 万！

三峡库区搬迁安置的人口是 113 万人，黄河小浪底水利枢纽工程移民人口只有 20.14 万人。 从 20 世纪 50 年代末期开始到今天，湖北的丹江口市、郧县、郧西县、张湾区、武当山特区，河南的淅川县，移民人数超过 80 万，安置区涉及青海、湖北、河南三省 50 余县（市、区），移民规模之大、强度之高、难度之大堪称史无前例。

丹江口水库移民基本上分两个大的阶段。 一是 20 世纪丹江口水库蓄水前后的移民，二是 21 世纪的南水北调中线工程移民。

从 1959 年支边青海，到 1961 年丹江口大坝围堰壅水、河南淅川 124 米以下 20 余万群众仓促离开家园，到 1980 年湖北郧县第五批移民最后迁离库区，鄂豫两省四县人民故园大迁徙，时间跨度长达 20 年。 移民的迁徙随着水库水位的不断上升而疲于奔波，而水库水位却在不断变动：时而 124 米，时而 134 米，时而又 145 米、155 米、157 米、159 米，每变动一次，几万个家庭就得扶老携幼走上艰难的迁徙之路。

处在"大跃进""文革"那个特殊的历史时期，鄂豫两省移民的方式也错综复杂，移民在简单、粗暴、无序或"以水撵人"中历经了太多的磨难，在人均只有几百元迁建费和 10 元搬迁补助费、湖北郧县只有 5 元搬迁补助费的情况下，移民们含泪走向异乡。有的地方即使这少得可怜的费用也是统一使用，并不发给移民本人。移民有投亲靠友的，有举家迁往外县外省的，有后靠到本地荒山野岭的。

从 21 世纪之初开始的南水北调中线工程移民赶上了好时候，迎来了依法办事、依法移民的新时代。2006 年 9 月 1 日，国务院颁布的《大中型水利水电工程建设征地补偿和移民安置条例》开始实施。与以往的政策相比，"移民新政"主要体现在，对纳入扶持范围的移民，按每人每年补助 600 元的标准，连续扶持 20 年。另外，将土地补偿费和安置补助费统一提高到相应耕地被征收前三年平均产值的 16 倍。为加强管理，用好资金，新政采取了三步走的发展战略：第一步，坚持以人为本，土地划拨到位，水利设施完善，确保移民温饱；第二步，因地制宜，调整农业结构，大力发展种植业、养殖业，使移民达到或超过原有生活水平；第三步，积极稳妥发展二、三产业，拓宽移民增收渠道，使移民能够走上致富之路。

所有这一切，都是希望移民能够变成新的"土著"，在安置地过上安稳日子。

国家利益，至高无上

南水北调中线工程建设期间，淅川再次动迁 16.5 万人，动迁人口占库区搬迁总人口的一半以上，既是河南省唯一的移民迁出县，又是全省第三安置大县。自 2009 年试点移民启动以来，先后组织移民对接近2000 次、行程 30 万公里，投入人力 110 多万人次，出动车辆 10 多万车次，维修道路 284 公里，架设供电线路 3700 多千米，开展医疗服务 2.6 万人次，建设移民新村 56 个，有 10 名同志在移民一线以身殉职。 所以，世界著名移民专家、世界银行社会政策与社会学原高级顾问、美国乔治·华盛顿大学教授迈克尔·M.塞尼博士于 2011 年 6 月 8 日至 10 日考察河南省丹江口库区移民工作后，评价说："中国有世界上最优秀的移民政策，收到了最好的效果；丹江口库区移民是一项伟大的工程，这项奇迹只有在中国能够完成，其他国家都应向中国学习！"

移民搬迁结束后，河南、湖北两省迅速把工作重点转向生态建设和水质保护。 淅川县委、县政府提出"把丰碑刻在青山上、把政绩融入碧水中"，发扬"移民精神"，以生态建设和水质保护工作统揽全局，以发展生态经济为主线，以建设渠首高效生态经济示范区为载体，强力推进生态建设产业化、产业发展生态化。 目前已经关停 350 家企业。 像淅川县丰源化工有限公司，于 2013 年 5 月被政府明令强制关停，千余名职工陷入群体性困境，目前正在转产新建厂区。 邓州为了保护水源地，仅在"十一五"期间，就关停化工、造纸、水泥、建材等高耗能、高污染企业 35 家、畜禽养殖场 30 家，直接经济损失 4.66 亿元；同时，淅川和邓州等地开展造林绿化和生态环境综合整治，通过退耕还林、丰林绿化、种植经济林等，提升森林覆盖率，库区水质及生态环境不断改善。

湖北省也开始帮扶库区企业。 2011 年 8 月，国家开发银行湖北分行将首笔贷款 3000 万元直付给省丹江口库区投资有限公司，用于右岸新城区的移民迁建企业用地整理，以安置 50 家移民企业。

1965 年 4 月 21 日，鄂豫两省领导人相聚武汉参加中南局召开的特别会议，双方达成迁安协议："河南管迁，湖北包安。"时隔 51 年，2016 年 4 月 28 日，河南、湖北工作交流座谈会在郑州举行，两省省委书记出席并讲话，两省省长代表双方签署豫鄂战略合作协议，掀开了崭新的合作篇章。

半个多世纪以来，因为修建丹江口水库和实施南水北调中线工程，湖北人、河南人做出了巨大的牺牲，形成了独特的"移民精神"。河南省社会科学院原副院长刘道兴长期跟踪研究移民，他把南水北调中线工程的"移民精神"概括为：舍己是移民精神的根本，爱国是移民精神的核心，大义是移民精神的突出特点，担当是移民精神的精髓。概括起来，那就是：国家利益，至高无上。

命脉

会战丹江口

南水北调中线工程的源头在丹江口水库。

丹江口水库由丹江口大坝阻拦形成。丹江口即丹江交汉水的入河口，位于湖北原均县境内，丹江口大坝就在入河口的下方。大坝的阻拦使上游的丹江和汉水形成了两个相连的库区，所以，丹江口水库实际由两个库区组成，一个是位于河南淅川境内的丹江库区，一个是主要在湖北境内的汉江库区。丹江口大坝的修建使原均县县城被淹没，随之在大坝边上兴起一座新城，即现在的丹江口市。

所以，南水北调中线工程的建设，说起来，应该从其早期的核心工程——丹江口大坝的修建开始。

丹江口水库并非只在丹江口修一座大坝即建成的。在河南原邓县的陶岔，还修建有一座副坝，这座副坝后来成为南水北调中线工程的引水点，即现在所说的渠首。陶岔村位于丹江口水库的东岸，地处汤山、禹山、杏山三山之间，原属邓县九重公社管辖。丹江口水库建成后，淅川县中部和南部的大面积农田和许多城镇被淹没，人口大量迁移到外地。1972年12月，邓县的九重、厚坡两个公社的56个大队、573个生产队划归淅川县，陶岔作为九重公社的一个村随之归淅川管辖。

从丹江口大坝、陶岔渠首到湍河渡槽、垭口、穿黄

命脉

隧洞工程、太行山辉县段、安阳段、河北石家庄古运河枢纽工程、滹沱河倒虹吸工程到北京团城湖南水北调中线工程的终点，一江清水在南水北调中线工程总干渠自流北上，使河南、河北、天津、北京等地的人民喝上了清冽甘甜的丹江水。几年来，我们沿途采访，在感叹工程之雄伟、繁复的同时，更为建设者的奉献而感佩。

我出生在河南新野，在汉水的一条支流白河边；吴元成出生在淅川，在汉水的另一条支流丹江边。是汉水养育了我们。《诗经》有云："汉之广矣，不可泳思。"汉，就是让汉民族得名的汉水，养育了我们的汉水，现在开始润泽中国的首都，润泽中国北部如此之多的人口，想来不由人不感慨万千。

作为长江的重要支流，汉水发源于秦岭南麓，在湖北武汉的汉口注入长江，全长1532公里。流域内崇山峻岭，河流密布，雨量充沛，径流丰富。富饶的汉江流域孕育了深厚的楚文化、汉文化。公元前209年刘邦于江苏沛县起义，后据汉水边的汉中而成大业，于公元前202年一统天下，建立汉朝，由此才有了"汉"这个伟大民族的名称。也因此，汉水与中华民族被紧紧地联系在一起。

2015年国庆节，我们从郑州出发，在察看了淅川县九重镇陶岔渠首后，驱车到丹江口市，开始了对南水北调中线工程近距离的接触。夜色里，江涛澎湃，灯火如星。市区的街道受到汉江和大坝的限制，基本无直路。到了丹江，见到热心的朋友，被拉到江边的船上，免不了小酌几杯。饭后走在街上，醉意阑珊中，几个拐弯之后，竟然摸到了一座大院的门口，大门左右的标牌文字清晰可辨：

汉江水利水电集团，丹江口水利枢纽管理局。

两个牌子是南水北调中线工程的一个缩影。站在这里，丹江口水库建设的几个关键日期历历在目：

1958 年 9 月 1 日，丹江口水利枢纽工程举行开工仪式。

1958 年 10 月，湖北、河南两省所属的襄阳、荆州、南阳 3 个地区 17 个县的 10 余万民工会集丹江口工地。

1958 年 11 月 5 日，丹江口右岸围堰工程正式启动。10 万民工发起了"腰斩汉江"的大会战。

1959 年，开始进行汉江截流，12 月 26 日成功合龙。

1960 年，开始进行大坝（坝基）建设。

1962 年，因大坝存在严重的质量问题，丹江口工程被暂停施工，大批民工被遣返原籍；后经多方努力，丹江口大坝没有下马，而是停下主体工程，开始处理质量事故。

1964 年 12 月，国务院批准丹江口工程复工。丹江口工程变成了分期进行。前期工程将大坝修建到 162 米高程。

1968 年，丹江口水库大坝第一台 15 万千瓦机组投产发电。

1973 年，大坝整体完工，丹江口水库开始全面蓄水。

1974 年，丹江口水利枢纽初期工程全部完成。此时的丹江口大坝总长 2.5 公里，坝顶高程 162 米，装机容量 90 万千瓦。

1979 年 12 月，水利部正式成立了部属的南水北调规划办公室，统筹领导协调全国的南水北调工作。

1991 年 4 月，七届全国人大四次会议将"南水北调"列入"八五"计划和十年规划。

1992 年 10 月，中国共产党第十四次代表大会把"南水北调"列入中国跨世纪的骨干工程之一。

1995 年 12 月，南水北调工程开始全面论证。

2000 年 6 月 5 日，南水北调工程规划有序展开，经过数十年研究，南水北调工程总体格局定为西、中、东三条线路，分别从长江流域上、中、下游调水。

2010 年，丹江口大坝加高至 176.6 米高程。

2014 年 12 月 12 日，南水北调中线一期工程正式通水。

经过半个多世纪的建设，南水北调中线工程终于正式通水。北京、天津、河北、河南 4 个省、直辖市沿线约 6000 万人直接喝上了水质优良的汉江水，近 1 亿人间接受益。

我和元成的父辈都与丹江口水库和陶岔渠首工程建设有着这样那样的关系，他们生前多次说起过包括沙陀营、羊山、凤凰山、煤铁垭等地名，他们和当年的 10 万建设大军一起见证了两江的截流、大坝的崛起，也曾是陶岔渠首 10 万建设大军中的一员。对于这个影响巨大的工程，这个浸润着我们父辈血汗的工程，我们希望通过亲身的行走，去穿越时空，还原历史。在采访中我们所看到的、听到的那些人和事，是那样的真实，寄托着几代水利工程建设者深深的情愫；从他们身上所能感受到的，是泱泱大国改变山河的巨大气魄，是华夏民族坚忍不拔、克难攻坚的无畏精神。采访中，我们也遇到了很多困难。有时候，好不容易获得一个线索，但去落实的时候，当事人已经病故。有时候，即使找到了当事人，却因为他们年老多病，无法接受采访而放弃。但凡知道我们要为已经逝去和活着的建设者"造像"的时候，他们总是乐意敞开心扉，告诉我们那些尘封岁月的生动往事。

命脉

梦想之始

2015 年国庆节，我们自陶岔渠首辗转抵达丹江口市，并登临丹江口水库大坝。 放眼望去，库区烟波浩渺，碧波荡漾；坝下激流喷溅，鸥鸟翔集。 因修建丹江口水库取代原均县而新建的丹江口市，高楼大厦鳞次栉比，浩浩汉江蜿蜒而去。

在丹江口水库大坝 162 米的门机上，有两个醒目的红线标记：176.6 米,2010 年。

"176.6 米"是丹江口大坝加高工程的设计高程，"2010 年"是大坝加高工程竣工时间。

这次加高从 2005 年开始，距大坝初期工程完工已经过去了 32 年。

丹江口大坝是新中国成立后自行设计建造的第一座大坝，位于湖北省丹江口市境内的汉江干流与其支流丹江汇合口下游约 800 米处。

实际上对丹江口水库建设来说，在国家尚未正式决定以丹江口水库为南水北调工程的水源地时，工程建设即已开始。 当时湖北省之所以急于建设丹江口大坝，首要的原因是防洪。

汉水由于流程短、水量丰、落差大、河床窄，致使下游江汉平原水患不断。 1954 年，长江发生了有水文记录以来的最大洪水，加速了丹江口水利枢纽的规划设计工作。 1958 年 6 月，湖北省和长江水利委员会联名向党中央、国务院报送了《关于丹江口工程鉴定会议的报告》，确定了丹江口水库正常高水位 170 米、大坝高程 175 米、电站装机容量

75.5万千瓦的设计方案。 1958年6月12日，湖北省汉江丹江口工程委员会和汉江丹江口工程局成立，湖北省省长张体学任汉江丹江口工程委员会主任，任仕舜任汉江丹江口工程局局长。

这一年，中共八届二次会议制定的"鼓足干劲，力争上游，多快好省地建设社会主义"的总路线，在实际执行中却变成了"大干快上""大跃进"。 于是，9月1日，比预定的开工日期10月1日提前了整整一个月，丹江口水利枢纽工程举行了开工仪式。

丹江口水利枢纽工程的建设，为南水北调提供了一个理想的水源地。 经过50多年的勘测、规划和研究，在分析比较50多种规划方案的基础上，国家分别在长江下游、中游、上游规划了三个调水区，形成了南水北调工程东线、中线、西线三条调水线路。 通过三条调水线路，与长江、淮河、黄河、海河相互连接，构成我国水资源"四横三纵、南北调配、东西互济"的总体格局，形成中国的大水网。

三条线路中，东线工程主要利用原大运河水道从扬州梯级提水北送青岛、天津，因水道系非封闭的开放河道，污染问题严重，且逐级提水成本也较高；西线工程目前仍处在调研规划阶段，尚无开工时间表；从丹江口水库引水自流北上至天津、北京的中线工程，渠道全封闭，水质有保证，全程自流，成本也可得到有效控制，是三条线路中最理想的一条。

十万大军

1958年9月1日，丹江口水利枢纽工程开工。

一声令下，湖北省所属的襄阳、荆州，河南省所属的南阳，3个地区的17个县117个公社的10余万民工，挑着干粮，带着简陋的工具，和全国几十个支援单位的技术人员开进丹江口。 一时间，丹江口周围的沟沟垴垴搭起了无数的简易工棚，住满了民工。 在"大跃进"的年代，人们可以食不果腹，但绝对都能够听从号令。 这也许不可想象，却是真实的历史。

丹江口大坝工程指挥部所在地，确切的地名叫沙陀营村。 丹江口大坝开建后，1959 年，均县县城迁至沙陀营。 1965 年 10 月 20 日，丹江口工区办事处成立。 1969 年 11 月 2 日，撤销丹江口工区置丹江镇。 1983 年 8 月 19 日，撤销均县改设丹江口市。 1984 年 7 月 26 日，丹江镇改设丹赵路、均州路、大坝三个办事处。 其中城区主干道沙陀营路为丹江口市繁华的街区之一。

1958 年 10 月 31 日，汉江丹江口工程局根据中央指示改编为汉江丹江口水利枢纽工程总指挥部，张体学任总指挥。 副总指挥有任仕舜、夏克、周发田等。 张体学这个经历过抗日战争、解放战争血与火洗礼的老革命，有着机智干练、坚韧不拔的工作作风。 他把会聚到丹江口的 10 万建设大军按军队编制，分成 8 个民工师和 1 个机械师：

湖北均县民工组成第一师，师长常居春，政委罗玉隆；

湖北襄阳县民工组成第二师，师长周金贵，政委李新；

湖北宜城县、光化县民工组成第三师，师长公兴厚，政委苏风堂；

湖北郧县、竹山县、竹溪县、房县民工组成第四师，师长余正才，政委祁长安；

河南淅川县民工组成第五师，师长杨富才，政委王海申；

河南邓县民工组成第六师，师长刘成秀，政委金振东；

湖北天门县民工组成第七师，师长刘启玉，政委来宾；

湖北沔阳县民工组成第八师，师长钟立权，政委韩自重；

水利电力部淮河水利委员会、武汉水利公司职工组成的机械师为第九师，师长廉荣禄，政委肖继何。

除河南淅川县五师、湖北均县一师分别多达 2.8 万、2.3 万名民工外，其余各师均在 1 万人上下。

五师师长

开工前夕，各师师长、政委从河南、湖北各县先期到丹江口报到。淅川县第五师师长杨富才就是其中一位。

2016年5月29日，我们在丹江口市均县镇采访大坝建设者周宏喜老人的时候，获悉了一条线索，已故第五师师长杨富才的后代大多在丹江口生活。当天下午，我们费尽周折才在丹江口市工商银行大楼下"堵住"了杨富才的二儿子杨建全。已过花甲之年的杨建全，身体硬朗。他虽然身在丹江口半个世纪，言谈间，还是地道的河南话、新野话。他深情地讲述了自己的父亲和淅川民工与丹江口大坝建设的不解之缘。

1958年3月份，杨富才一个人先来丹江口，大批民工等到9月份才到。杨富才是先期来对接的。来的时候，他是中共淅川县委委员、农工部部长。那个时候，县委没有常委，县委委员相当于现在的常委。

那时候这儿还没有丹江口市，大坝坝址附近只有沙陀营、朱家湾几个小村子。

大坝早期施工建设是按军事化编制。汉江丹江口水利枢纽工程总指挥部下设8个民工师、1个机械师，分成左翼兵团、右翼兵团。杨富才是淅川民工师五师的师长，赵善元副县长是五师副政委，王仲扬等任副师长。

1958年9月1日，丹江口水利工程指挥部在丹江口右岸的火星庙岗上举行了隆重的丹江口水利枢纽工程开工典礼。会议由任仕舜主持，湖北省省长张体学、河南省副省长邢肇棠分别讲话，号召全体施工人员用大无畏的革命精神，向自然挑战，让高山低头，叫河水让路，征服汉江造福人类，用三年时间完成这一伟大工程。随着张体学的一声令下，漫山遍野红旗招展，锣鼓喧天，在10万民工山呼海啸般的欢呼声中，丹江口大坝开工的第一炮在右岸的凤凰山轰然引爆。

张体学是河南人，老家是信阳新县的。那时候，炸药是紧缺物资。眼看要开工了，炸药还不到位，张体学亲自跑到光化县找到了1000多公斤合成炸药，才派上了用场。开工当天，湖北省省长张体学和河南省副省长邢肇棠还和民工一起劳动，两个人挥锤打炮眼。

杨富才的老家是新野溧河铺田口的。刚解放时，杨富才在新野一开始是民兵队长，后来当乡长。离开新野到淅川之前，他是新甸铺区的代区长，后来到淅川工作，当农工部部长，都是和农民、农业打交道。1958年到丹江口大坝工地修坝，没有经验。

当时，汉江丹江口工程建设总指挥部副总指挥周发田，是个少将，原本是湖北省军区副司令员，修大坝时候下来当副总指挥。他对杨富才说："老杨，我看你也不是个内行。我给你说，你也不明白。你明天跟我一起，到那山头上坐三天看看！"

杨富才说，行！第二天一早起来，他就到总指挥部找周发田。当时正挖基坑，就是人挑，人上，设备很少。杨富才就坐那个山头上看，看七师、八师，也就是天门、沔阳的民工是咋干的。

杨富才只看了一两个小时，就说："周总，周副司令员，我走了啊！"周发田说："哎，你看出门道没？"杨富才说："看出没看出，你看效果！"他回到师部，把淅川11个团的团长叫过来，说："我带你们去看看。"大家都没搞过这么大的工程，到那儿一看，杨富才问他们："你们看出什么没？"他们都不吱声儿。"我现在给你们说啊，免得耽误时间！"杨富才性子急，喝水都想喝凉白开。他说："你们看看人家，修的是循环路，路虽然窄，修的是一尺多宽，但人家是循环路，有重挑子路，有空挑子路，一趟去，一趟回，那圆圈儿转着走，那个担子不打架，那吼吼地转圈儿跑！"

杨富才就对团长们说了："我们修那路，虽然有一两米宽，但那是单向的，那个担子一个就是一两米，两个人加起来就是三四米，你来回喒哐地磨不开脚。咱们啥也别说了，赶紧修路！也修循环路！”

周副司令员还私下对杨富才说：“要是换别人，我都骂他了。我知道你们河南人，没搞过这事儿，没经验。你们看看，看不懂了，我再说你。”周副司令员军人出身，好骂人，但干工作没的说，给五师支了招儿。

后来，丹江口大坝工程砂石指挥部撤销了，水利电力部汉江丹江口工程局成立分局，有砂石分局、浇筑分局、开挖分局，杨富才被调到开挖分局任副局长。到了1964年的时候，开挖任务完成，开始回填，杨富才又被调到机电分局，还是副局长。后来机电分局撤销，杨富才又到右岸工区当主任，负责修右岸的副坝——小水电厂的土坝。这个时候，他是正处级干部。后来右岸工程搞完后，成立升船机管理站，杨富才当了升船机管理站的党委书记。升船机管理站跟别的单位合并后，他又调到库区管理处当处长，一直干到1982年退休。

1985年，杨富才肺癌晚期，弥留之际坚持回到了老家新野，最终魂归故土。

老船工

1959年12月，丹江口汉江、丹江截流时，李先念百忙中专门挤出时间，从北京赶赴工地，参加腰斩汉江大会战。

2015年12月26日下午，在从淅川县滔河乡搬迁到郾城区小商桥镇申明铺村的移民刘三姓家，老船工出身、支援过解放军解放鄂西的他还记得，开工典礼那天，他指挥船只摆渡李先念、张体学的情况。

刘三姓生于1932年，正当午时出生。他小时候，当地民俗有“男占正当午时，女占半夜子时”之说，认为这个时辰生人不吉利。刘三姓正当午时出生，被认为命夭，得认个干爹才行，不然活不长。刘三姓于是就认了三个干老子，小时候也常去干老子家吃住，所以就有了刘三姓这个名字。 他家里穷，9 岁时候上学，连书包也没有。 老师嘲笑他说："你喝酒也拿个擦嘴布儿！"

刘三姓旧社会就在驾船。 14 岁跟着师傅驾船，从淅川到丹江口、老河口、汉口，一直在船上。 撑篙、摇橹，啥都干过。 跟着船上的师傅，订有合同，上武汉。 驾船时的摇橹号子，刘三姓都会喊。 号子有很多种，拖号、悠号、山出头、炸号。 拖号是船上行，手捱住地，拽着、爬着，拽着、喊着，就是拉纤。 悠号是船进水了，拽住扦担，悠着，喊着，把水舀出去。 炸号是在这船上，对面来船了，有坏人，一喊炸号，就是要来打架了。

1948 年解放襄樊，刘三姓参加过襄樊战役，给解放军撑船、运粮。战争结束以后，活捉康泽。 然后又装枪炮火药，去支援解放南阳。 后来，他又驾船支援过解放军南下过江。

1954 年搞河改。 农民搞土改，河上的船家搞的叫河改。 河改中，他的船归公了。 刘三姓本来在船上，搞河改，在李官桥待了几个月，在那儿集中培训。 河道上也划分五个阶级：资本家、小业主、独立劳动者、雇工、无产阶级，无产阶级就像贫农。 那时候刘三姓家里穷，没办法才驾船，划的雇工。 河改时候，还给他发有枪，在李官桥看监狱。派出所院子里有个炮楼，坏人都在那里关着。 刘三姓那时积极，被认为是可靠人，就让他看坏人。 当时命令很严格，被关押的人解手、干什么都得报告，不报告就可以开枪打。 河改后，刘三姓单独承包了一条船。那时候有集体领导了，刘三姓驾船下汉口，一来回，不论天数，55块钱。

后来，刘三姓就到淅川县航运管理局工作了，1954 年入团，1959 年入党，老党员了。 淅川县航运局才开始把他提起来，当淅川造船厂的厂长。 淅川"一号驳子"就是他带人造出来的。

1958 年开始修建丹江口大坝，县里就把刘三姓调到丹江口。 在那儿，他属于淅川县航运管理局下面的淅川航运联络站。 初开始，只有个码头，后来还盖起了招待所，接待往返淅川的人和移民。 旅社就是刘三姓负责盖的。 所谓旅社，就是个干店，通铺，赶不上火车和汽船的人晚上就在那儿住。

1958 年刘三姓 26 岁，已经结婚了。 他在丹江口时间很长，在河南码头，河南的船只都归他管。 过去淅川移民来回走，都得从那儿上下船。 大坝修好后，也能过船，来往汉江、丹江的船通过升船机过大坝。

丹江口大坝开工典礼，刘三姓在现场，还见过李先念。 搞开工典礼的时候，他指挥船只摆渡。 指挥部在黄土岭开会，他指挥船，把李先念、张体学他们摆渡过去。

连长

2016 年 2 月 28 日，元宵节刚过，我们开始了新的采访行动。 出郑东新区，经绕城高速，在轩辕故里站下，转郑新快速路，过华南城，一直向南，见到路口竖着一个牌子：红豆杉庄。

按照电话中山根村原支书姬景文的说法，这该是到了新郑市郭店镇山根移民村了。 驱车沿着一条东西向的水泥路进村——一边是麦田，一边是大片的红豆杉，似乎刚刚栽植不久，人把高，瘦瘦弱弱的，在早春的暖阳里随风摇动。 车停村部外的广场，不远处拿着手机说话的应该就是没见过面的姬景文，我们要约见的老人姬双宝的二儿子。 元成对着手机说，到了。 他说，看见了。

村里闲散的村民打量我们。 一村民正捧着大搪瓷碗蹲在一个铁椅子上吃辣椒汁捞面条。 第二排和第三排房舍的路口，坐着一位晒暖的老者。 姬景文领着我们到第三排第三家，进到他的院子里，让烟，落座。 他说，路口那老人就是他的父亲姬双宝。 不一会儿，老人被他穿着时尚、面容姣好的孙媳妇喊了回来。 老人前几年骨折过，挂着自己做的带靠背的小椅子回到院中。 落座，我们见他右眉毛上方的额头上，有一个一厘米见方的圆形凸起物，起明发亮——那应该是皮肤病衍生的角质物。 元成问起老人的身体，姬景文说，好哩很，能吃饭，还能打牌——麻将。 86 岁的老人呵呵笑了。

姬双宝原来住在淅川下集区的姚湾，1958 年大炼钢铁，姚湾变成钢铁厂，他们搬到观沟，后来又后靠到山根村，2011 年搬迁到郭店。

和姬双宝一起到丹江口工地的有四个人，他干过很多活儿，当过连长。 姬双宝在下集区民工团一营一连，山根儿一起儿去的另外三个，叫害保、丙润、福田。 这是根据姬双宝的发音记下的名字，不知道具体是不是这些字。 后来，又去了很多人到工地上。

1958 年 9 月 1 日开工，姬双宝他们在 8 月底就先到了。 老城有个姓郭的是负责人。 姬双宝他们到了后，生活没着落。 因为下集的领导没来人，没人管他们。 姬双宝他们饿得没办法，只好去找人要些吃的。人家问他们能吃多少，他们说有四个人，一个借一斤米。 米借来后，他们跑那山上，薅了些黄白草，拿回来，自己就地垒个灶，开始做饭。 天近黄昏才吃罢。 这时工地还没开工，他们也无事可干，这么一闲下来，就想吃的，晚上的饭还没着落啊！ 一个人又借了一斤米。 第二天，他们想了个办法，商量着，报几个空头粮，先吃着，要来了去还借的米。一起来的会计跟着去团部，报了 15 个人，领了口粮，还了借的 8 斤米。现在，那个会计和一起去的俩人都不在了，只剩下姬双宝一个人还活着。

在丹江口，姬双宝他们在羊山干活，在沙陀营住，离大坝七八里。他们没有挑过土，也没打过炮眼，就是往小火车上运石头。 石头装在车上，他们跟车到坝前卸下来，然后装船，拉到丹江里围堰。 石头堵在江里后，再用草袋子装土，码在江里截流。

截流以后，淅川涨大水，水势大，工地上的人只要是能动的，都披着蓑衣，挑土垫坝，下雨也不休息。

刚开始山根村就去了姬双宝他们四个，后来大部队来了，人多口粮不够吃，也吃些蚕豆、豌豆。 姬双宝的儿子姬景文就是那个时间出生的，当时正困难，姬景文一两岁时在老家饿得眼看不行了，姬双宝是连长，赶快向营长、团长请假带了些米面回来。 姬景文浑身浮肿，肚子垂到膝盖上。 那时正大炼钢铁，吃食堂，连口锅都找不到，只好弄个小铁勺，烧了点稀面汤，才把姬景文救活。 那时家里没什么吃的，草、大雁屎、榆树皮都吃过。 那是在1959年开春，正是困难的时候。

姬双宝当连长，和大家相处得都很好，也没人捣蛋。 和湖北人打交道不多。 他记忆最深的是，天门、荆门人讲究，每天晚上都是先洗脚再睡觉。 不过就用一个盆，洗脸、洗脚都用，水涮涮，又端着去打饭。

姬双宝还说起一个民工打赌的事。 一个民工饭量大，说自己能吃一盆。 有人说他吃不了，俩人就赌。 结果好大一个铝盆子，那人吃了一盆米饭。 吃完撑得不会动弹了，下午干不成活儿。 师长晚上在羊山工地上开会，把民工都叫去，有万把人，黑压压的。 师长说，有的打赌，撑得不来干活，丢人丢到丹江了！ 这些事当时看起来挺丢人的，但这么多年过去，姬双宝讲起来的时候，让人觉得挺有意思。

1961年，大坝基本建成的时候，姬双宝才回到淅川。 临走的时候，要抽人去支援"330"也就是葛洲坝工程。 姬双宝的连只抽了俩人，一个是田庄的，一个是王岭的，他们两个去了宜昌。 后来，一个干活时候淹死在长江里了，一个干到退休，现在也去世了。

姬双宝当时想着老婆孩子一大家子，没吃的，不想去宜昌，就回淅川了。 和姬双宝最早一起去的会计，也姓姬，后来是连指导员，工作积极、能干，指挥部要调他到沙陀营的工程指挥部机关，当副营级干部，他不去。 还有个叫徐兆春的，在机务连开小火车，留他在工地，他也不干，因为他在那儿看中了一个女民工，是黄庄的，俩人好上了，急着回来结婚的。 没走的，后来都转正了，成丹江口市民了。

艰苦岁月

兵马未动，粮草先行。 开工之前，为了解决 10 万建设大军的食宿问题和施工物资，总指挥张体学、副总指挥夏克等运筹帷幄，多方筹集。 夏克亲自在襄阳地区动员、组织近百万劳力，为丹江口工程抢运急需的生活物资和施工器材，先后把 500 多万公斤大米、面粉和红薯运到工地，确保 10 万建设大军进驻后有饭吃。 丹江口周边各县也勒紧裤袋，千方百计支援工地建设。 据丹江口工程局 1959 年第 84 卷档案记载：1958 年 9 月至 1959 年 9 月，仅郧县一个县就为工地支援木材 9800 立方米、黄荆条 26615 斤、木炭 32700 斤、粮食 3025 万斤。 到 9 月底 10 月初，两省 10 万民工陆续到达工地，吃住成了大问题。 住宿，全是民工自己割草砍树搭草棚。 吃饭，各师民工自力更生，种粮种菜，种南瓜、冬瓜，以求自足。 均县一师二团民工为了解决吃粮问题，从农村拉来了一盘石磨，买了两头毛驴拉磨。 张体学到襄阳、荆州的民工食堂去检查生活，发现民工们吃清汤红薯，煮蚕豆、豌豆，立即让武汉红星面粉厂连人带厂一起搬到丹江口。 开工时放炮的炸药、加工錾子需要的六角钢都是临时从光化县找来的。 甚至，后方连红薯也支援到大坝建设工地上了。

2016 年 5 月 29 日上午，我们在湖北省郧县茶店镇花庙沟村路边，巧遇 85 岁的杨洪昌老人，他当年先后在县、区政府工作，亲身经历了后方支援丹江口大坝建设的一些事。

杨洪昌 1948 年就参加工作了。 1947 年郧县解放时，杨洪昌在老家放牛、干活。 解放军来后，杨洪昌参加了"杠杠队"，大约属于民兵组织，主要是站岗，守住路口，查路条，防范坏人。 几个月后，到区里开会，领导觉得"这个娃子还可以"，就让他参加了青年团，当通信员。

于是，杨洪昌就当了茶店区里的通信员，到18岁，给区长、区委书记当秘书。

1959年修大坝的时候，杨洪昌调到信管局，在县政府上班。那时，杨洪昌在单位上班，小他两岁的弟弟杨洪举去丹江口修大坝，干了一年多回去继续种地了。

那个时候，丹江口工程大，一个区去的民工就是一个团。当时正吃食堂，说调人就得马上走。只告诉去丹江口，不说去干什么。命令让你早上走，你不走中午就把伙停了，跑回来也不行，没饭吃。什么时候让回来，写个条，拿着回来才能吃饭。

当时家里劳力少，劳力都下丹江了，红薯挖了，倒在坡上，没人挑，就烂在坡上。杨洪昌那时还在区里，丹江口写个条子来，要吃的，要调多少红薯过去。杨洪昌就派人到坡上挑，挑了以后，装到麻袋里，运到汉江的船上装船。

现在移民到湖北省襄阳市襄北区黄集镇富庄移民村的陈纯滕，也参加过丹江口会战。

陈纯滕是1958年去的丹江口，去时是均县六里坪区东风公社干部、民兵连长。丹江口大坝10万人建设，均县当时有23600人参加，编为一师，下面一个区是一个团，一个公社是一个营，大队是连，生产队是排，军事化管理。六里坪区编在二团，后湾大队是二连，陈纯滕是连长，他们连专门负责倒水泥。

相对于在农村干活，在丹江口能吃饱，一顿半斤。工地上有10万人，每天光是粮食就得十几万斤。没有张体学，就没有丹江口水库。工程刚一开工，张体学就让襄阳专区专员夏克专管民工的生活问题。夏克跟张体学一样都是军人出身，干脆朗利，说10万人的粮油供应，均县、郧县、郧西、竹山、竹溪、房县6个县承担，每天要向丹江口集中供应10万斤粮食，少1斤都不行。那时张体学是湖北省省长，他给夏克撑腰，让他一定要保障丹江口工地的优先供应。那时候，农村都吃大

命脉

食堂，没有更多的口粮。 各个县为丹江口供应的粮食八成是细粮，其余靠红薯干补充。 附近的这几个县供应不及，宜城、随县也临时调配来一些。 1959年春节，为了让工地上的人吃上一顿饺子，夏克专门从老河口面粉厂给丹江口调来了15万斤精面。 菜也没有，夏克想法到处买，河北的大白菜，山东的大葱，河南的萝卜，四川的大头菜、榨菜，有啥吃啥。 就这还是供应不上，外地的民工有些用盐水下饭，人们编出顺口溜说："生活好，生活好，鸡蛋炒干饭，腰花、肉片、清汤饱。""鸡蛋炒干饭"是玉米和白米对半，"腰花"指蚕豆，"肉片"是红薯干。 那时候，天上的鸟儿饿得要栽下来，地上的老鼠饿得跑不动，丹江口的10万民工还能够吃饱饭，确实不容易。

那时均县一师二团住在朱家湾的一个黄土岗子上，在丹江口右岸，住的是油毛毡房。 6月间天正热，大家都受不了，才弄些树叶搭那上面，多少凉快些。 才开始，干部和民工睡在一起，后来，一个连部单独住，都是用棍子吊的床。 陈纯滕那时家里穷，只有一床被子，他出来干活没带，否则家里就没被子盖了。 还是陈家义给他弄个单子，卢友忠给弄床被子，才摊到棍子床上睡。 这两个人是因为两口子都去了，才把多出的被子给陈纯滕用。

当时工地在生活上，团长、营长、连长们和民工没什么区别。

淅川县是副县长赵善元他们几个人带队去工地，赵善元是副政委，后来政委王海申被抽调带队支边青海，赵善元接任政委。 去修大坝以前，张金锁是李营的大队长。 他带队到工地上，上集区的赵团长死活不让他走，怕他带去的人跑。 结果，张金锁就在那儿当了四五年连长。

张金锁是1958年冬天去的，去了人不够，两个团合成一个团。 他在那里四五年，就请了一次假回去探家。 那时候没车，回去都是步行。

刚去都没房子，大家就睡在野地里。 找根木棍儿，把草支起来，搭个庵儿。 晚上大家就那么一个挨一个躺在那里，找个麻包片儿，铺那里就可以当褥子。 张金锁他们一个营住在一起，都在羊山。 连长也和民工住在一起。张金锁当着连长，晚上下班了，再开开会，回到住地大家都一排排躺下睡了，怕大家冻住，还一个个给盖住被子。

那时河南生活苦，吃的都是苞谷、红薯，没有磨。一开始也给过活猪，一个连给十头八头猪，该吃了，自己杀。开始连猪也不会杀，没刀。张金锁就去找木匠，弄个凿子，照猪脖子上戳一下，戳个口子，再弄个竹片儿，那么多人，这个戳一下那个戳一下，把猪杀死。后来安定下来，国家给发些面粉、白米了，给点肉，都是腌过的。

运输工具

丹江口大坝建设初期，设备有限，运输工具也极其简陋。

2015年4月3日，赵星科在清明节期间从山东德州市返河南，为自己安葬在淅川县盛湾镇分水岭老家山上的母亲上坟。赵星科是吴元成父亲同母异父的弟弟，但他早年的经历，元成之前并不是很了解。正是在这次采访过程中，元成才对过往的一切，包括他奶奶和父辈以前的事，有了更多的了解。

作为淅川老移民的后代，曾经的丹江口市中学生和下乡知青，丹江口大坝、黄龙滩水电站、葛洲坝建设的见证者，年过花甲的赵星科说，丹江口大坝建设早期，最好的设备是捷克斯洛伐克的"泰多拉""布拉格"。

那时候，丹江口大坝施工是很艰苦的。计划供应，吃不饱，没菜，也没油。没菜吃，从外地调咸蚕豆当菜吃。吃不饱，还干重活，像打大锤、挑石头、开挖土石方、截流，都是肩膀挑出来的，没啥机械，连拖拉机也没有。

当时最好的设备，大车是捷克斯洛伐克产的"泰多拉"，载重15吨。到20世纪80年代，铁道兵还用这种车，钢板非常好。小的车叫

"布拉格"平板车，载重 10 吨。 那时候没有国产车，一汽 1958 年刚建，一年后才生产车，产量很小；二汽还没建。

那时候，丹江口还没有通铁路。 修大坝用的水泥从湖北黄石水泥厂用火车运输到襄樊，再用汽车拉到丹江口。 拉水泥的车主要就是"布拉格"。 到 1961 年，汉丹铁路丹江口到襄樊这一段通车，"布拉格"车不再拉水泥，而是拉工地上的土石。 工地的负责人想把这种车改成自卸车，是丹江汽修厂改装的。 工人们自己动手，把平板车改装成自卸车。

修丹江口大坝时，提前在预制场做好水泥模板，拉到现场。 黄石产的水泥经襄樊拉到丹江口，很麻烦。 后来，建葛洲坝，水泥也是从黄石拉的。 再后来，荆门水泥厂建成后，才用荆门的水泥。 从黄石运输，太远，成本太高。

赵星科中学毕业，作为知识青年到湖北竹溪县插队。 1969 年，国家要在十堰的堵河上游 60 公里那个地方修建黄龙滩水电站。 黄龙滩水电站 4 月开工，是丹江口大坝的配套工程，归丹江口水利枢纽管理局管。 那个时候，丹江口大坝建得差不多了，人都调到黄龙滩去了。 人不够，就在知青中招工。 赵星科从湖北竹溪县农村到黄龙滩工地上，在那儿当机修钳工，加工零件。 那个时候加工零件不像现在是用车床加工，那时候都是手工的。 他还在拌合场加工过混凝土，搅拌好拉到大坝上去。 8 月间，赶上下大雨，上游发洪水。 当时，施工设备都放在河滩上，大家都去抢运设备，三天三夜都没睡觉。 一个工友心疼设备，眼看一股大洪水冲过来，其他人都跑开了，他拽住设备不丢，被冲走了。

赵星科虽然是知识青年，但年龄相对要小一些，并没有在丹江口工地上干过活。 当时丹江口工地有铁道连和机务连，这都需要有一定文化程度的人，中专毕业的杨光显就在铁道连干过，在漯河沙河港工地，我们采访到了他。

杨光显去丹江口晚一些，干到 1962 年从丹江口大坝工地回来，先住在土桥生产队，1963 年春天才搬到分水岭生产队。

杨光显 1958 年在宋湾才上初中，那时教学质量不好，主要是缺乏师资力量。 为了培养教学人才，这才从各个学校抽学生上师范。 淅川县那时候办有淅川师范学校，就在淅川老县城，丹江口水库蓄水后已经淹了。 杨光显被抽去读师范时，初中还没上几天。 当时淅川新县城早就定在上集，到 1959 年开始搬迁县委、县政府各机关。 杨光显 1960 年毕业的时候，学校的档案装车拉着，从老城绕到马蹬的时候，有条小河，过桥时车翻到河里了，档案一下子全丢了。 一起丢的还有全县其他单位的很多档案。 档案一丢，杨光显也没办毕业证。 开始，让他在田川公社教学，他没怎么干，就到丹江口大坝建设工地了。 当时他二哥杨光法和元成的父亲已经做好 1958 年第一批去丹江口工地的准备了。

杨光显去的时候，大坝已经合龙了。 不像初开始，都靠肩扛手提。那时，机械设备多了，有个铁道连，有个机务连。 机务连负责开小火车，杨光显在铁道连，负责修铁路、砸石子、铺轨道。

机务连开的小火车，是 762 的轨道，也就是轨距 76.2 厘米，比我们常见的标准列车的轨距 135 厘米要窄。 工程上用的，包括像煤矿等，一般都是窄轨。

淅川县盛湾镇瓦房沟村的刘德榜，在机务连开过小火车。 2016 年元旦的傍晚，我们采访到了刘德榜，他因中风坐在小屋内的轮椅上。

刘德榜属龙，77 岁了，1958 年腊月去的丹江口大坝工地。 在工地上，他没挑过土，没放过炮，就是开小火车。 当火车司机，是单位挑的。 宋湾团、田川团里来人，让民工站队，看中了就挑出来。 这些人原来都没开过火车，到那儿进行培训。 车上原有个司机，新来的就跟着学。 学会了，才单独开。 刘德榜他们开着小火车往坝上拉沙、拉水泥，往拌料机里拉拌料。 小火车烧煤，是蒸汽机车。 一个火车上四个人，有烧锅炉的，有司机，后头还有个调车的。 调车的手里拿着小旗儿、信号灯，负责看信号，指挥车辆行驶。 开火车是三班倒，工地上一共只有十几列火车。

刘德榜开了 3 年火车，也开掉过轨。 掉轨是在沙陀营，没伤住人。车掉轨后，用俩千斤顶支着铁轨，想扶正，刘德榜趴在铁轨上，压着车厢往上顶，不承想千斤顶歪了，那车厢"扑通"又下去了，把刘德榜摔出好远。

刘德榜 1962 年就回来了，没有去宜昌修葛洲坝。 从丹江口回来以后，哪儿也没去，就在家种庄稼。

围堰截流

让江河改道、激流听命，需要科学的设计和严格的施工。

在汉江与丹江交汇的丹江口修建拦江大坝，必须先在汉江右岸修围堰，把江水挤到左侧三分之一的河道中去。 然后把围堰中的水抽出，清理河床坝基，再浇筑混凝土建大坝和导流孔，且必须抢在汉江、丹江枯水的冬春季节完成。

一些参加过大坝建设的老民工至今清晰地记得，就如何建右岸围堰，总指挥部拿出三种方案，并请大家讨论。 第一种是长江水利委员会根据苏联专家的建议，设计采用钢板桩。 这种钢板桩长 6 米、宽 4.5 米，预计需要 2100 吨钢材。 钢板桩方案在国外大型水利工程上经常采用，所以被称为"洋"法。 但当时我国工业基础薄弱，不能生产这种钢材。 而当时的外交形势，从国外采购也有困难。 第二种方案是用木板桩代替钢板桩。 这是对"洋"法的一种折中，但其需要的 3000 多立方米优质木材和大量施工器材，同样面临采购、运输上的困难。 第三种方案，是纯纯粹粹的"土"法，中国劳动人民治水用了几千年——水来土囤，在河道内填土石堆出一道围堰来。 提出这个方案的工程师叫杨铭堂。 这个名字很多人都印象深刻，因为当时就有人开玩笑说："明明是洋名堂（杨铭堂），偏偏出个土办法。"这种最原始的方案遭到大多数专家的反对，因为既不符合工程技术标准，又没有理论依据，难以抗衡湍急汹涌的汉江、丹江。 但施工需要的钢板桩还没有着落，只有西欧一家钢厂肯出售，但要到1960年才交货，势必延误工期。 而用木板桩进行实验时发现，在打进沙滩2米多深时，再往下打木板桩即折断，因为下方即是大卵石层。 经过专家完善，最终确定了土、砂、石组合围堰的方案。 即在围堰线上填土、中间填砂、外脚抛石，形成一个土台把水赶走。 但是，选择了这个方案，也就意味着基本放弃了大型机械化作业，要完全依靠人力移山填江。

参与过修筑大坝的一些老民工都谈到，丹江口大坝的建设分"土法上马""土洋并举""小施工、大准备"三个阶段。 在1958年至1959年的第一阶段，主要任务是在600米宽的江面上筑成一条长1300多米的低水围堰，借助围堰的保护开挖基坑。 这个艰巨的任务全靠人工打眼、人工出渣。"以土赶水"，就需要大批的生产工具和材料。 每人一件生产工具，一开始就需要10万套，加上每天用坏的，特别是土筐、篓子、扁担、绳子、草包等，都需要不断添置。 巴茅根、黄荆条、龙须草、木炭等，也是必备之物。 除靠原襄阳地区的谷城、光化、郧县、郧西、竹山、竹溪、房县供应支持外，总指挥部还派出专门人员到陕西省安康采买。

1959年7月18日，大坝工地建设开始进入"腰斩汉江，今冬截流"阶段。 在襄阳市襄北区黄集镇富庄移民村采访时，90岁的陈纯滕毫不避讳地说，闸围堰时候，他的尿道被撞坏了。

1958年11月份，开始搞右岸围堰工程。 10万人三班倒，昼夜不停工。 那时候施工现场不大，几万人在一起施工，白天人山人海。 晚上没有电，照明用火把、汽灯，从采料场到江边连成几条火龙。 人们挑着土筐，一路小跑，你追我赶；到处红旗飘，喇叭响，挑战书、应战书、决心书乱贴。 正赶上冬天，很冷，大家穿着单衣挑着担子，头顶上还冒热气，一直干到围堰修好。 50 天时间内，施工者就用土办法将黄土岭铲平填进汉江，筑起了 1320 米长的围堰，迫使江水从左侧的河道内流过。

到 1959 年夏天，总指挥部又发出了"腰斩汉江，今冬截流"的号召，并且将截流日期定在了毛泽东的生日——12 月 26 日。 这个时候工地上开始有几台施工机械，比人力强多了。 到 12 月 24 日，截流所剩的龙口只有 22 米宽。 龙口左侧，20 吨门式起重机吊起十几吨的混凝土预制块，不断向水中倾倒；83 辆自卸汽车一辆接着一辆，都往龙口倾倒石块和混凝土块；龙口右侧，上万名工人仍采用人力，向江中抛投竹笼和石块；龙口上游，木船将整船的石块倾倒在水中。 三面夹攻之下，龙口被越束越紧。 11 点 55 分，最后一块象征意义的混凝土预制块摆到了龙口边。 突击队员们赤膊上阵，从三面插入撬杠，在一片"加油"的呐喊声中，他们鼓起猛劲一下掀翻了这个 15 吨重的混凝土块。 左右两岸连成一道长堤，把汉江和丹江闸住了。

闸围堰就是先从右岸把那半边的水围住，沙土一封，让水从另外半边走，再清江底。 清到见石头，再炸进去七八尺深，一排排桩子排有半里宽，把那半边水围住，让水从另外半边走。 围堰时候总共设了 8 个水门，一半 4 个水门，这一半做好了，再做那一半。 刚开始运黄土，用挑子挑、小车推，每次只能运一点儿土。 先垫左岸，像路一样宽。 左岸垫好后，用抽水机抽水，里边搭上台阶。 水抽干后，打底子。 又从江底挑石头，清理后下桩基。 下桩前先挖开个槽，里边放置有仪器。 桩都是黄铜做的。

桩下好后倒水泥，搅拌机少，主要是人工倒的。

后来，陈纯滕转正成为正式工，每月能拿上 50 块钱工资。 那时干活，都是干部带头，连长戴着红袖标，上面写着"连长"两个字。 搞中央围堰时，陈纯滕推着小车，后边车子一个接一个，坡很陡，车往下溜，结果后面的车子就撞住陈纯滕，车把撞在他小肚子上，尿道撞坏了。 他受伤从工地回家后，陈家义接他当了连长。

和陈纯滕同村的曾玉才是 1941 年生人，起初他大哥去丹江口修坝，转成技工。 他大哥回来后，他顶替大哥去了工地。 当时他们二队去了一个排，30 多个人，住在沙陀营。

丹江口大坝工地很大，活儿重。 民工们一天要干 12 个小时，如果出了娄子，回来不准睡觉，等通知，好抢救。 当时的口号是："人在，大坝在；人不在，大坝也要在。"

截流的时候，就是用麻包堵。 截流、闸围堰不是一回事，闸围堰是清江底，江底清罢，再截流。 由于水大，把下面都涮空了。 截流截不住，就用一个船上的装满黄土的麻包，往另一个船上堆，让船往下沉。截流定有时间，大家午饭都是在工地上吃的，以免误事。 当时车上、船上都装满土，广播里一喊"截流"，大家一起把土往船上倒，船弄得满满的，连船带土沉下去。 沉了好多船，硬是把江水截流了。

在那样艰苦的岁月里，人们最不缺乏的就是火热的激情。 据《中国共产党淅川县历史》（第二卷 1949—1978）①记载：为了比学赶超，总指挥部把民工师分成左右两个兵团。 左翼兵团由淅川第五师、邓县第六师、天门第七师组成。 当时，淅川五师涌现出许多"红旗团""红旗营""红旗连"和大批先进模范人物。 淅川民工发明了手摇木制拌灰机、框子运土器、脚踏打眼机、自动卸石船、木制钻石机等，这些工具都在施工中发挥了重要作用。

杨富才的二儿子杨建全在接受我们采访时也谈到了两江截流和施工竞赛。

那个时候大家都想方设法争红旗，一天一比，两天一比。 这么一搞，慢慢河南也学会了湖北民工的施工方法，工程进度加快了。

1959 年 12 月，丹江口工程进入了截流合龙阶段。 时任国务院副总

---

① 淅川县史志研究室著，中央文献出版社 2012 年 7 月出版。

理的李先念专程赶到丹江口工地，指挥"腰斩汉江"大会战。 在截流合龙前，工程总指挥部召开了专门会议，研究布置准备方案。 李先念笑着问总指挥长："张体学，你有没有把握？ 有把握我就在这儿给你撑腰，没把握，我马上就走，我可不在这儿和你一起丢人。"张体学马上保证说："您放心，有把握，工地10万人，就这么一个口子，把10万人撂下去也能填满！"李先念高兴地笑了："那好，我可以放心了。"

1959年12月26日，由淅川五师、邓县六师、天门七师组成的左翼兵团，在800米合龙竞赛中以提前100分钟的成绩完成合龙任务而获胜。 国务院副总理李先念在轮船上亲手将合龙优胜锦标发给淅川五师政委王海申。 当晚，李先念和工地的工程技术人员一起吃了顿晚饭。 民工们在荷叶上放上点燃的蜡烛，放水灯庆祝合龙成功。 随后，淅川五师又在老虎沟与湖北民工在18跨进行填土比赛，淅川采取放大炮的填土技术，三次大炮就填土38万立方米，提前一天完成了填土任务，再次获胜。

湖北省委书记王任重还当场吟诵了一首诗：

腰斩汉江何须惊？
敢叫洪水变金龙。
他年更立西江壁，
指挥江流向北京。

爆破石头

很多淅川人也经历和见证了修筑围堰和合龙过程，一些受访者都谈到他们在羊山爆破石头。

要实现围堰合龙，必须备足70万立方米块石。 淅川第五师成为开山凿岭、爆破石头的尖兵。 吴元成的父亲当年在丹江口主要就是放炮炸石，以至于回到老家赶上学大寨造梯田的时候，还叫他负责点炮、排哑炮。 我们采访到的一些民工，就有多人说自己打过炮眼，搞过爆破、运输。

2016 年 1 月 1 日午后，我们在河南省淅川县城一条小街背后的一座破旧老楼里，敲开了三楼东户的铁门，见到了 75 岁的李太周老人。 他见我们要拍照，执意让家人去掉挂在脖子上治颈椎病的器具。 言谈间，他还不时开朗地呵呵笑。

李太周是大石桥乡西岭村人，2012 年移民搬迁到邓州市高集镇。现在邓州那儿的房子锁着门，他们两口回到淅川县城跟孩子们住在一起。

李太周是 1958 年去的丹江口工地，那时工程已经开工，大石桥乡去的人被编为五师二团。 李太周那时上学读到四年级就不让上学了，让去劳动。 那时壮劳力都在大炼钢铁，搞"大跃进"。 李太周被派到山里挖红薯。 他去丹江口的时候，虚岁才 17 岁。 到那儿就是爆破石头，因为淅川本就是山区，搞石头时间长，有经验。 所谓搞石头，先是爆破了然后拉去围堰截流，水闸起来以后，再用粉碎的石子拌混凝土进行浇灌。

那时在工地上，不管刮风下雨，冬天下着大雪，李太周他们照样干活。 打炮眼时，下雪天还脱了棉袄，穿个单衣裳干。 李太周家里不富裕，他那时主要扶钎，也没有手套，松松地捉住不倒就行，否则会震手。

围堰的时候，李太周也挑过土石往江里头倒。 每挑一担土石，到地方给发个签儿，以便计分儿，回到老家按分儿给分口粮。

张金锁在修丹江口大坝时是连长，他也谈到闸围堰和在羊山爆破石头的事儿。 他们是在羊山弄石头，运到江里，巨大的石块"扑腾"就不见了。 为炸山，张金锁他们一排掏出 8 个炮眼，像红薯窖大，一个炮装2000 斤炸药，都是用麻包装的，一个麻包塞两三个雷管，电雷管，电线连着。 一放那 8 个炮，方圆五六里都不能有人。 这么一炸，半座山都给炸下来。 然后，技术员再用风钻机把大石块切开，民工再用小炮炸，炸成百十斤大小，再用锤子砸碎，用火车从羊山往坝基那里运。

张金锁负责的连队干活卖力，被总部树为红旗连。 下雪天，雪花下得人睁不开眼，他们还在干。 天黑了，上夜班，冰天雪地，脚都冻住了，不能动。 领导去工地视察，见他们大冷天光着膀子，百十斤的石头，俩人抬起来就跑。

余德富也在羊山挑过石头。 他们每天早上 6 点上班，干到 11 点下班，打炮眼。 下班后，把炸药一灌，进行爆破。 余德富没放过炮，他的工作是挑土石，一挑有七八十斤，甚至百十斤。 那时学愚公移山，要移山闸江；学白求恩，要在工程上精益求精；学张思德，"为人民利益而死重于泰山"；要"下定决心，不怕牺牲，排除万难，去争取胜利"！大家干活时，也都是争先恐后。 标兵、模范，一个月一选，不过光发个奖状，不搞物质刺激。 这样下着雨大家光着膀子还干，飘着雪花也干。如果干不好，就插黑旗。 大家都不想落后，都想得先进，所以才会正月、二月间光膀子干活。

女民工

在 10 万建设大军中，湖北、河南两省数县还有不少青年女性参加了大会战。

河南省淅川县盛湾镇剑沟村赵庄组的赵星武、赵金焕、赵星锁兄妹三人都参加了大坝建设。 女民工赵金焕五花锤打得出色，是劳动模范，受到过张体学的接见，后来调到机务连开小火车了。 赵金焕在工地上认识了淅川滔河乡万家台子的一个小伙子，在丹江口结了婚。 她后来转正，到宜昌参加葛洲坝建设，之后就留在宜昌工作。

2016 年 5 月 29 日上午，我们来到湖北省郧县青山镇青树沟村采访。 一座陈旧的临街二层楼对面，是南水北调中线工程郧县青山镇移民工作指挥部。 隔壁的一家农户正在做午饭，一个青年女子给我们指了龚万英家的地址。 上楼敲门，屋里有了动静，躺在床上休息的龚万英起来开门，把我们让到屋里。

龚万英 1939 年生，属兔的，到丹江口工地时，二十来岁。 她也在大坝工地搞石头。 围堰时，几天几夜吃不上饭，睡不好觉，下雪天也干。 结果她的身体从那时起就一直不好。 龚万英是随丈夫一起去的丹江口工地，丈夫叫刘传豪，是会计，发工资、管伙。 她不在花名册上，没有工资。 那时他们刚结婚，还没孩子，去了在那里搭个小庵住。 龚万英在那里住了三年，在三官殿住了两年多，沙陀营、朱家湾也待过。工作就是挖土、挖石头。 挑土是从坡上往下挑；挑石头是从底下向上挑。 后来龚万英怀孕，两口子就一起回来了。

河南省淅川县马蹬镇石桥村的梁士兰，全家 5 口人都在丹江口大坝工地干过。

梁士兰娘家是唐庄的，1958 年只有 15 岁的时候，她和全家一起去丹江口修大坝，去了就和大人一样干活。 15 岁的年纪，她就在那里挑土，经常天黑了，下着雪，还得干。 梁士兰是和大她一岁的姐姐一起去的，在那里干了两年。 梁士兰刚去丹江口工地的时候，她父亲还在炼钢铁，后来也到丹江口干活。 随后，她哥哥和三叔，也到工地上干活。

当时工地上去的女的不少，和男的一起干活，吃在一起吃，住是分开住。 就是用帆布搭个一人多高的篷，地上铺些稻草，就住下了。 说是和男的分开，其实就在一排大屋里，中间画个线，用东西挡一下就是。

梁士兰在那里干了一年多，县里来人发动去青海支边，她也想去。但她父亲说她年纪小，死活不让她去。 于是她就留在丹江口工地，直到工程基本结束才回淅川。

和梁士兰同村的唐占云，也一起去了丹江口，但她那时已经结婚，是和丈夫杨久章一起去的。唐占云去的时候二十来岁，刚结婚，还没小孩儿。夫妻俩一起到丹江口后，在羊山干活，不像龚万英夫妇自己搭房住，唐占云去后就和丈夫分开住了。在丹江口干了大约一年时间，唐占云又回到淅川毛堂去炼钢铁。不久，上边动员到青海支边，不答应支边不让吃饭，晚上连住的地方也没有。没办法，唐占云就和妹妹、妹夫去青海支边了。唐占云是 1961 年去的青海，在那里几个月，受不了，又偷偷跑回来了。

大坝停工

早在 1959 年，水利部就在丹江口成立了基础验收委员会，由设计、地质、施工质检三方面技术人员组成的基础验收小组，日夜守护在水泥浇筑前的大坝基坑内，确保了坝基的质量。

1960 年，丹江口大坝进入第二期施工，开始浇筑坝体。由于受到"大跃进"、"反右倾"斗争、"左"的思想干扰，过于追求进度、赶工期，加上技术水平和经验、施工准备的不足，坝体出现了严重的质量问题：一是浇筑工艺上草率马虎使坝体混凝土振捣不扎实，出现架空，严重的部位被人们形容为蜂窝狗洞；二是混凝土质量不好，再加上温控不严，致使出现大量裂缝，最严重的由基岩裂起，向上延伸达十多米，并且从坝的一侧裂通到另一侧；三是接缝灌浆系统埋设的管道阻塞和灌区封闭失效，其中有些坝体部位与纵缝连通，出现一缝灌浆，而上下前后纵缝串通的现象。

1961 年年底，水利电力部与湖北省组成质量检查组对工程质量进行检查。检查结果令人大吃一惊:已浇筑的坝体混凝土出现架空和冷缝达 427 处，裂缝有 2463 条，其中性质较严重的基础贯穿裂缝有 17 条。

1962 年，原计划要确保完工的年份，丹江口工程不但没有建完，而且被暂停施工。当年 3 月，国务院决定丹江口主体工程正式停工。

据一些当事人的回忆文章记载，李先念副总理在周恩来总理主持的丹江口工程质量处理会议上，认真地询问了工程浇筑中出现的质量问题。会上，当一位负责人说到大坝浇筑中出现的蜂窝、麻面问题时，李先念问道："啥蜂窝麻面？浇筑还会浇出麻面，想出这么好的词？"那位负责人说："书本上是这样写的，我就这么说。"李先念说："问题是严重的，能不能补救？"回答："能补救。"李先念点点头说："能补救就行！"会后，国务院批准丹江口工程复工，确定了前期工程将大坝修建到 162 米高程，实现防洪、发电的目标。丹江口工程从此进入了以处理混凝土质量事故为中心的"小施工、大准备"阶段，机械化施工程度提高，减少和遣返民工。

2016 年 5 月 29 日，五师师长杨富才之子杨建全在接受我们采访时说，到 1962 年，苏联撤走了专家，把图纸也带走了。丹江口工程要下马，总指挥张体学不同意，说已经做这么多了，干脆跟中央打报告说，长江水利委员会按原来的印象，自己设计。然后让人该撤撤，民工少留点，"小施工，大准备"。

丹江口工程在准备不足中"土法上马"，仅用 50 天就完成了右岸围堰，旗开得胜让人们觉得"人定胜天"，啥都能干成。湖北省甚至提出了要在 1959 年建成丹江口水库大坝，放一颗大卫星，向国庆十周年献礼的口号。事实证明，这颗"卫星"放空了。那时候指挥部要施工单位保证"开门红、月月红、满堂红"，工地的全部精力都集中在一项高过一项的指标上。在没有机械化设备的情况下，施工上仍然大部分靠人力手推车、皮带运输等浇筑手段，混凝土中埋块石，只看埋入数量，石碴子、灰渣子、沙软土都往坝里填，后来竟连担土用的竹筐子都填到坝里了。现在看来，隐患在施工过程中能够被发现和承认，还是值得庆幸的。如果大坝就这样"建成"，一旦隐患爆发，就将是一场难以想象的灾难。

1962 年，中共中央召开了著名的七千人大会，对"大跃进"错误进行纠正。 这次大会的第二天，丹江口工程被要求暂停。 此后，国家也因三年困难时期元气大伤，开始对基础建设进行压缩。 水利部决定丹江口工程下马，并准备了"文下""武下"两种方案。 所谓文下，是国家再作一些投资，让已浇好的近百万吨混凝土工程对防汛能起点滞洪作用；所谓武下，是就地解散。 获知此事的张体学坐不住了。 他马上起身赶往北京面见毛主席，承担了前期所有错误，同时力陈丹江口水库的必要性。 在不久后的讨论会上，张体学又强硬表态："停工可以，但必须给我 9000 万元。 不让工程下马，我就一分钱不要。"后来经过多方努力，丹江口大坝没有下马，而是将主体工程停下来，开始处理质量事故。

杨富才已经准备回家了，周发田说他："你也没得个文化，你回家干啥?"杨富才说，不回去咋办? 周发田说："你，上武汉去给我上党校!"杨富才就去武汉了。 周发田让赵善元带着队伍走了。 淅川还有五六十个人不愿意走，就靠山上民工种的蚕豆、红薯，饥一顿饱一顿地凑合吃着，等着杨富才回来。 杨富才在武汉学习 3 个月回来，他们见面就哭："哎呀，杨师长，你可回来了! 再不回来，我们都要饿死了!"杨富才说："不是说愿意留下的留下，怎么把你们的伙食停了，在这儿饿着肚子呢?"有人说："没人反映，上面可能不知道。"杨富才就说王仲扬："你是个副师长，你干啥吃哩?"王仲扬说："我，我，我怕，我怕周副司令员!"王仲扬是当年从国民党部队解放过来的"解放战士"，周发田一见他就说他是"俘虏兵""解放兵"，搞得王仲扬一见周发田就发怵。 杨富才把包一放，就去找周发田。 他骑个自行车就到总指挥部，一见周发田就喊："周副司令员，你咋搞的? 你用着了，抱怀里;用不着了，推崖里! 我的人都快饿死了，你都不管!"周发田问杨富才干啥发那么大火，杨富才把情况一说，周发田也是个大老粗，是个老革命，性子也直，说："走，我现在就跟你去！"到了淅川民工住地，周发田就冲王仲扬发火："你这个家伙，'解放兵'！你为啥不向我反映情况？你们饿，饿死你！"然后问民工："老杨既然说了，你们谁愿意留下来的都举举手！"大家都举了手，那五六十个人都留在了丹江口，后来都转正了。这些人在淅川时大多数就是有公职的工作人员，不是民工。但也有一些是民工不愿意走，跟着留下来，都当工人了。

河南省淅川县盛湾镇剑沟村道坡组的侯新举，当年在丹江口大坝工地时，和吴元成的父亲吴占盛在一起。当时，淅川的宋湾区、阎沟公社是十一团，下寺公社是九团，田川区1000多人是三团，主要供应工地上石头用料。三团团长刘议华，原来是田川公社副社长，后来没回来，留在丹江口了。

侯新举去的时候才15岁，比元成的父亲小3岁，但个子高。刚去的时候，就睡在野地里，露天垒个灶做饭吃。后来，大家上山割黄白草、砍桦栗树，背回来盖房子。侯新举和元成的父亲就住在一个屋里，睡觉床铺还挨着。

侯新举一开始也在打炮眼炸石头，没几天让他管伙，主要负责记账、分配伙食、发工资。那时工资的发放是根据完成石方任务折算的，他们把石头搞好后堆成方堆，有人量方、收方。到月头儿，营里来人验收，再折算成工钱，把数字交给团里的会计，再把钱下发到各营、各连。工资一般都是每人每月三四十块钱，工资每月扣掉12块生活费，剩下一个月一发。侯新举负责一个连的工资发放，一个连一百三四十个人。后来人少了，合并成大伙，管一千四五百人。人减少的原因是，1959年、1960年，生活困难，年老体弱的都开始返回原籍，像侯新举这样去时候年龄小的，两年过去，变得身强体壮，就留下来继续干。

1960年夏天，李官桥的小麦熟了，那里是四十五里米粮川，小麦一眼望不到边儿。淅川五师属于砂石指挥部，在羊山采石头，壮劳力都在工地上，麦子没人割。当时，县里一级一级请示，请示到省里、水利部，最后水利部同意了，让工地上的人回去割麦。 那时李官桥区的人正在搬迁，也没搬多远，从李官桥挪到桑树庙。 这个时候，淅川县田川团的民工和湖北光化县的民工合成一个团，因为此时人已经少了，到李官桥割麦的千把人，就有湖北光化的。

那次割麦说是一个星期，结果干了一个月零几天。 麦割完了还不让走，得打麦。 这时丹江口工地上不停来人催着让民工回去，县里不让走。 丹江口工地砂石指挥部的王政委也从丹江口跑到李官桥来要人，他还带着枪。 来了以后，淅川县把王政委扣留了，要把活干完才能让人走。 王政委的证件和枪都被收了，放到侯新举这里保管。 后来王政委的随身通信员偷跑回去报信儿，上面下死命令，淅川才放人，大家又回丹江口工地干活。 走之前还让淅川县曲剧团到李官桥慰问演出。 次日早上走的时候，淅川县直机关、公安局等单位还派人在路口拦着，动员大家留下来，但民工还是漫岔野地地跑了。 元成的父亲就是在这次割麦时见到了元成奶奶领来的女子，后来结了婚，第二年有了元成。

侯新举干到 1962 年才回来，走前在公路养护上干。 回来歇了大约一年时间，开始当民办教师，后来转正，干到退休。

侯新举至今还精心保存着半个多世纪前的一张光荣证，崭新如故，上面用繁体字铅印着：

> 侯新举同志参加汉江丹江口水利工程建设，在党的领导下，对工程建设有一定的贡献，为了加强农业第一线，现回乡生产。特发给此证，以作纪念。
>
> 水利电力部汉江丹江水利电力工程局
>
> 1962 年 3 月

落款处盖有"水利电力部汉江丹江水利电力工程局"红色公章。 另有一份白纸格式化手写证明，注明其参加工作时间是 1958 年 11 月 27

日，回乡时间是 1962 年 3 月，现在工作是养路工，证书编号是"丹劳证字第 0003766 号"，同样盖有"水利电力部汉江丹江水利电力工程局"的公章，只是把侯新举的"新"字误写成了"兴"字。

脚手架垮塌

丹江口大坝建设是一个规模如此巨大、民工如此众多的工程。 而当时受"左"倾思想的影响，搞"大跃进""大干快上"，过于追求进度，而施工经验和准备都不足，自然会出现一些事故，一些人甚至献出了宝贵的生命。

为开山劈石，湖北天门七师的 200 名新老炮手腰系安全带，在悬崖上打眼放炮。 四团团长张德元突然发现一块桌子大小的悬石开始松动，下面却有几十个民工在打炮眼、刨石碴。 他高声呼喊让民工赶快躲开，自己抄起一根钢钎冲了上去，用力别住悬石，大家得救了，那块悬石却轰隆一下从他身上滚过，张德元壮烈牺牲。

小的伤亡事故不断，大事故也先后发生数次。 既有火灾、水灾、爆破事故，也有建筑垮塌事故。 其中，最大的脚手架垮塌事故发生在大坝浇筑现场。

2016 年 5 月 29 日上午，在湖北省郧县青山镇青树沟村农资小超市，我们见到了老民工何申银，他在工地上时睡湿地得了风湿，现在胳膊腿儿、手指头都变形了。 那次脚手架垮塌事故，何申银是亲历者，他给我们讲述了那次事故的前前后后。

1959 年 2 月，和何申银在一起的一个 40 多岁的民工叫胡传仁，绰号胡球三，腿脚不利落。 当时浇坝，搭有桩基脚手架。 架子很粗，两个人对抱都抱不住。 当时，胡传仁正在下面，何申银看架子竹竿是歪的，就喊："老胡！ 赶紧起来，搞不得！"胡传仁觉得下面舒服，不想动，说："不急。"何申银说："要倒了，不要命了？ 你赶紧起来！"胡传仁才起来，挑着箩头，跑到土坡上。 他刚起来走开，那架子就塌下来，扫住他了。 还有很多人不知道跑，都受伤了，还有的死了。

第二天早上，何申银跑到倒了的架子跟前看，只听见有人哼哼。 那是均县的一个人，还压在里边。 他赶紧跑去喊均县的人："小伙子，你们里边还有人啊，你们说找不着？"大家赶紧扒，是一个杆子压住那人的脖子，拽也拽不掉，底下身子也压着。 原来架子塌的时候，他当时昏过去了，快天亮了，他透过点气儿，在那里哼哼。 水到那人大腿根儿上，他在水里泡了一夜，腿泡得白花花的。 他们赶紧喊人把他救出来，送到医院，总算救活了。

王政委遇难

大坝正建，一场大暴雨，让尚未被完全束缚的丹江、汉江洪水滔滔。 砂石指挥部的政委不幸遇难，这位王政委，就是李官桥割麦时被淅川县扣在那里的那位，遗憾的是几位受访者都不知道他的名字，只知道他姓王。

当时施工的时候，大坝下面建有一座桥，是个吊桥，一边三根钢丝绳拉着，能过汽车。 桥是湖北人建的，1958 年大坝开工后，桥就开始建了。 1962 年 8 月间，丹江、汉江发洪水，桥上没车，有人。 桥两边能上人，平时都是工地上的领导啊、技术人员才可以上，一般人不让上，两边都把着。 上游发大水那天，侯新举就在江边看着。 洪水从坝上下来，栽到桥边儿，力量很大，把桥冲塌了。 据后来说是，当时设计有问题。 丹江口大坝是苏联专家设计的，建桥的工程师是自己的。 桥离大坝下游应该是 5000 米远，工程师少写了一个 0，变成 500 米，离大坝太近了。 也有人说设计是 1000 米，工程师给搞成 100 米了。

发大水的时候，侯新举他们就在江边上，如果水漫到丹江口街上，就要组织人抗洪。由于离大坝太近，桥被水流冲得已经倾斜。发大水时，桥在水流的强烈冲击下垮了。王政委并不是从桥上掉下去的，他当时在一条船上。

丹江口大坝建设时，采砂场在大坝下面，汉江里有挖沙船。下大雨涨水，杨富才穿着雨衣准备下去抢险，王政委说："老杨，你到上边去！我到下边去，你不会水，我会水！"王政委从小就是在船上长大的，为保护杨富才，他自己上了船。

王政委下到江边船上，在船头开党小组会，意思是洪水比较猛，大家要把采砂船保护住。谁承想一个大浪过来，把他们六七个人都打到水里面了。那几个人都穿着救生衣，王政委穿着雨衣和套鞋，他叫别人先上船，他自己殿后。他正扒着船帮，又一个大浪来了，把他打进了水里。王政委被大水冲跑了，一直也没有找到他的尸体。

吊桥被冲垮时，设计吊桥的工程师也被冲跑了。几天后，在光化那里的河滩上找到一具尸体，手腕上有手表，手表还在走。当时，王政委家的一个亲戚说，这就是王政委。王政委的老婆说："俺们老王没这块手表。"最后一查，是那个工程师。因为冲那么远，又在水里泡了快一个星期，人都泡得变形了，难以分辨。

火烧三官殿

会战丹江口的数年间，豫鄂两省 10 万民工中发生过数次较大的伤亡事故。据不完全统计，仅淅川县的 2.8 万人中，就有 100 多名干部和民工牺牲，1800 多人受伤致残。

1958 年 11 月的一天夜晚，淅川县五师三官殿区第五民兵团位于朱家湾的工棚意外失火，引发"火烧连营"，多人被烧伤踩伤，36 位男性民工葬身火海，年龄最大者 55 岁，最小者 18 岁，他们分别是：

刘绪艮，三官殿区沙楼大队人，36 岁；

刘传才，三官殿区沙楼大队人，37 岁；

刘聚才，三官殿区沙楼大队人，34 岁；

沙连洲，三官殿区沙楼大队人，28 岁；

沙大炮，三官殿区沙楼大队人，38 岁；

沙二炮，三官殿区沙楼大队人，30 岁；

沙富海，三官殿区沙楼大队人，18 岁；

沙连举，三官殿区沙楼大队人，21 岁；

谢吉生，三官殿区沙楼大队人，22 岁；

刘须战，三官殿区刘楼大队人，21 岁；

刘道杰，三官殿区刘楼大队人，23 岁；

刘生才，三官殿区刘楼大队人，24 岁；

刘才胜，三官殿区刘楼大队人，25 岁；

刘秀义，三官殿区刘楼大队人，27 岁；

刘义，三官殿区刘楼大队人，30 岁；

李玉清，三官殿区刘楼大队人，21 岁；

刘三娃，三官殿区刘楼大队人，36 岁；

刘奇才，三官殿区刘楼大队人，34 岁；

孙玉发，三官殿区台子山大队人，51 岁；

孙全才，三官殿区台子山大队人，53 岁；

王玉发，三官殿区台子山大队人，49 岁；

刘杰，三官殿区台子山大队人，37 岁；

陈士秀，三官殿区台子山大队人，25 岁；

王三强，三官殿区罗城大队人，45 岁；

王吉琴，三官殿区罗城大队人，38 岁；

曹三来，三官殿区罗城大队人，40 岁；

曹建玉，三官殿区罗城大队人，51岁；

刘云山，三官殿区罗城大队人，48岁；

王玉奇，三官殿区罗城大队人，49岁；

王二赖，三官殿区罗城大队人，49岁；

李三吉，三官殿区乔庄大队人，55岁；

杨玉国，三官殿区乔庄大队人，47岁；

赵玉奇，三官殿区乔庄大队人，37岁；

李双贵，三官殿区乔庄大队人，37岁；

王三定，三官殿区乔庄大队人，46岁；

付志义，三官殿区乔庄大队人，37岁。

为了摸清火灾事故的真相，我们寻访了多位老民工。虽然他们的说法并不完全相同，甚至有很大的出入，但无一例外，只要提及，他们都难以抑制内心的伤痛。

沿着淅川县城区的鹳河路出城，就能看到静静流淌的丹江支流——鹳河。远处，一座马鞍形山峦起伏着，横亘在鹳河西岸，山坡上可见一条新开的道路，山下是已经移植了数千株古树老木的淅川移民寻根园。路边，金河镇北沟村王文德老人的小儿子王大川和伙计正在临街两间门面房的馒头店里忙活着。2016年1月1日中午，王大川得知我们的来意后，领着我们来到马路对面，指着坐在一截水泥墩上晒暖的老者说，这就是他89岁的父亲，耳朵背得很。冬日的阳光照射着老人苍老黢黑的面容，王文德一动不动地坐在那里。几乎我们每问一句话，都需要王大川在他的耳旁大声重复一遍。即便如此，王文德的回忆也是断断续续，声音又低，几乎听不清他说的内容："下丹江？我在那儿干好几年啊。先是修路，干罢以后就在羊山那儿运石头，黑夜白起不识闲儿。下大雪也要去干啊。论钟头，三班倒。跟我一起在那儿干活的人，都下世完了。"

王大川大声说："失火，烧死人你知道不知道？"老人说："烧纸？"

王大川大声说:"烧死人你知道不知道?"老人的眼里涌出些许泪花:"哦,烧死人可知道,那可怜啊……"

王大川说:"你看,他心里知道,耳朵不好使,脑子也跟不上,就这吧。他年轻的时候吧,也给俺们儿女说过修大坝的事情,还说,有一次,羊山搞爆破,放炮出事故,他被炸飞的石块砸伤了腰,被送到医院里抢救,命是保住了,腰里安了块钢板。每逢阴雨天,他就腰疼。"

说起三官殿失火,淅川的很多老民工都说是因为草盖的房子太密,一排排连在一起,很容易着火,房子门又少,人跑不出来,否则也不会死那么多人。

当时有一个妇女带着小孩去工地,也是干活的。她晚上给孩子捉虱子,不小心碰倒了煤油灯,引燃了蚊帐,进而引燃草房,造成"火烧连营"。有人见着火了,就冲进去想抢些东西出来,人挤人,挤来挤去,烧死的、挤死的、踩死的都有。

当时领导们都在开会,再说住在山上,没水救火,也没电,漆黑一片,领导也没办法。

从淅川县搬迁到河南荥阳市古荥镇东魏营村的魏耕田,从淅川县搬迁到河南省原阳县路寨乡石门村的徐天平,都在第二天到现场去看过,烧死的人还在那儿摆着,没有来得及装殓。

和徐天平同村的张秀荣,还曾拿着土筐子去救火。他们跑到跟前,用土往房坡上盖。那天晚上还刮着风,火着得很大。山坡上没有水,只能扒土往火上倒。房子里的大部分人跑出来了,有的跑出来衣裳已经着了。

时任武汉水利学院丹江口教学基地办公室主任的吴国栋后来回忆说,火灾现场惨不忍睹,农民不敢收尸,最后是他带去的学生打扫的现场。

和河南省淅川县盛湾镇剑沟村退休教师侯新举一个村的侯同学,当时在师部的木工场里,他前些年已经去世了。三官殿的人烧死以后,他在那儿给做了简易棺材，把遇难者装殓起来。

曾任淅川县移民局局长、现任淅川县政协副主席的刘建国，见证了淅川新移民搬迁的过程，多次深入丹江口库区和新老移民安置点，追寻历史的印痕，先后撰写多篇文章，刊发在《淅川县文史资料》上。2014年国庆前夕，他和淅川县政协文史委的几位同志怀着十分敬仰的心情，来到了鄂豫两省交界的煤铁垭，祭拜50年前罹难的淅川兄弟。

1958年11月的火灾事故发生后，淅川民工师的领导连夜向淅川县委、县政府做了汇报，因限于道路和交通工具的制约，县里征得遇难人员家属同意就地安葬，但有一个条件，墓地要选在河南境内，因为淅川人有个民间风俗，人死了不能在外地埋。后经师部与当地的黄沟生产队协商，同意把这些遇难人员的墓地选在河南、湖北交界的这块地里。

在煤铁垭镇政府南山服务区书记杨华的引领下，刘建国他们找到了当年亲历葬礼现场的人、乔庄村村民熊邦荣。71岁的熊邦荣老人说："1958年，我还是15岁的小女孩，那年11月天气已经很冷了。一天早饭后，不时听到当时的煤铁垭公社附近有鞭炮声响。出于好奇，我不顾母亲的劝阻，跟着邻居几个大人翻过山梁，到了煤铁垭附近的一个山洼平场上，这儿早已聚集了很多人，不少人是陌生面孔。我看见我们生产队和邻队有50多个壮劳力都在那里挖大坑，有五六个身穿军大衣、干部模样的人在那儿不停地招呼，还看见大队支书熊国庆也在那里跑前跑后。我们走到近前一看，才看清新开挖的全是墓坑，共有4排，整整齐齐的，每排9个，占了好大一片地，坑前摆放着几十口白茬棺木，我们几个人当时就吓愣怔了，直觉心脏一个劲地乱跳。后来陆陆续续有人开始说话和议论。我听到熊国庆在说，前天夜里丹江口大坝工地上淅川民兵师工棚着火了，大火借着荒坡风势迅速蔓延，加上民工过度劳累都在熟睡，工棚坍塌，除十几人逃出来之外，大部分人根本无法逃生，导致36名民工当场烧死。在场的乡亲们听了不由得擦起了眼泪。"

熊邦荣说，简朴的追悼会结束后，村里的人和工地上来的民工一起，将 36 口棺木掩埋了，每个坟墓的土都堆得高高的，墓碑是用 4 尺多长厚厚的木板代替的，一律朝北即淅川老家方向，每个墓碑上面用毛笔黑墨字写着每个人的名字、年龄、性别、家庭地址。

在熊邦荣老人的引领下，刘建国他们来到了墓地。这个地方三面环山，对面是临大路的开阔地，大路旁边有一条小沟河，墓场上 4 排 9 行的坟墓依然整整齐齐地躺在那里，场地已长满了高高的树木和杂草，如果不是有人引领，一般人是摸不到这儿的。熊邦荣说，西南角单独的那个坟，是第二年夏天埋的，是一个民工团的团长，遇难的时候才 27 岁。他是夜里从师部开会归途中在羊山突遇暴风雨，失足掉下悬崖摔死的。

因为埋葬的都是外乡人，所以多年来当地人把这个地方叫"死人洼"。

"炮打李官桥"

重大伤亡事故并没有因为 1958 年 11 月的火灾而得到遏制。

1959 年 6 月 17 日，淅川县五师李官桥区第四民工团在修建羊山至大坝围堰工地道路路段时，总指挥部爆破技术员王议试用干电池，不慎提前 5 分钟接火，引爆 12 吨炸药，当场炸死 12 位男性民工，重伤 2 人。

这些死难者的父辈、兄弟、姐妹，在 1966 年开始的大规模移民中，先后搬迁到了湖北的荆门、钟祥等地，时移世易，已无法祭奠他们的亡灵。而他们的老家——三官殿、李官桥，丹江下游、楚国始都丹阳城遗址附近的两个繁华集镇，也早已经淹没在浩渺无垠的丹江口水库之中。我们所能做到的就是把他们的姓名抄录在这里，以示深切的追思。

这批死难者是：

刘绪战，李官桥区刘楼大队人，25 岁；

王方峰，李官桥区刘楼大队人，33 岁；

王吉发，李官桥区刘楼大队人，34 岁；

张玉方，李官桥区张寨大队人，22 岁；

张玉奇，李官桥区张寨大队人，29 岁；

张玉文，李官桥区张寨大队人，31 岁；

陈玉芳，李官桥区陈岗大队人，32 岁；

陈文胜，李官桥区陈岗大队人，33 岁；

张玉杰，李官桥区陈岗大队人，34 岁；

陈文跃，李官桥区陈岗大队人，35 岁；

刘丹阳，李官桥区陈岗大队人，38 岁；

李建才，李官桥区龙坡寺园大队人，34 岁。

李官桥区太山大队人刘文强等两人重伤致残，时年 28 岁。

多年后，时任武汉水利学院丹江口教学基地办公室主任的吴国栋在回忆文章里记录了这次事故。

1958 年 9 月 1 日参加工程开工典礼后，吴国栋回武汉。 学校很快正式组建了武汉水利学院丹江口教学基地办公室，吴国栋和吴荣樵任正副主任。 10 月，全部师生都到达了工地，先集中学习了一个多星期，张体学、任士舜都向同学作了报告。 同学们对工程设计和施工有了初步了解之后，都分到各基层单位去了，成了总指挥部的基层技术主力军。 教师分到各师部，负责对学生的业务指导，吴国栋担负了施工课的讲课任务。

在爆破工地上，吴国栋遇到一个爆破知识不多又缺乏实际经验的青年技术员。 有经验的爆破人员都知道，用电力起爆的话，要用导线将各炮眼的雷管脚线连接起来，按串联、并联或混联形式做成爆破网路。 网路接好后，要用测定雷管的仪表对网路进行导通检查，输出电流不得超过 50 毫安。 该技术员却想当然地用干电池检查，干电池的电流可达 1

安培，超过规定 20 倍，结果顷刻之间，药包全部起爆，当场炸死十多人，伤几十人，他自己也受重伤住院。

吴国栋还记述了另一次事故。在黄土岭上，民工团用爆破法松土，施工系学生何子璋担任技术员。为了躲炮，民工挖了一个深坑作为掩体，搭上树枝，再盖上土。这本应布置在最小抵抗线即土石抛掷方向的反面，而民工不懂理论，何子璋事前又没讲清楚，等他带领民工装药联网完毕，准备启爆时，发现掩体布置反了，时间来不及改，想将就一下，启爆后自己最后一个进掩体。不料一声巨响后，一块大石正落到他的头顶上，将松树干砸断，压在他的胸椎上。他当即昏迷不醒，需立即送武汉治疗，但怕路途颠簸将胸椎神经折断，为此事吴国栋和刘天民秘书长多方奔走，经过省政府和学院的努力，用一辆防震救护车将何送到了武汉，学院请了上海最好的医生来武汉会诊。结果，生命保住了，何子璋的下肢却瘫痪了。

吴国栋文章中说的技术员操作失误引起的炸死很多人的事故，伤亡者是淅川五师的李官桥团，民工们称这是"炮打李官桥"。

当时李官桥团从羊山弄石子儿运去浇灌丹江口大坝，为了快速取土石，他们掏了红薯窖那么大的筒子，炸药都是成麻包装的，电雷管成排。由于技术员操作失误，爆炸把半个山头都炸垮下来了。当时人还在底下干活，没有收工，很多人被埋在下面了。赶紧组织人扒都扒不及，很多人被扒出来都已经死了。

淅川县政协副主席刘建国在丹江口市煤铁垭走访的时候了解到，因工地从水路到李官桥比较方便，多数遇难者都被运回去了，也有少数就近分散埋在工地附近的雷庄。雷庄村与乔庄村相邻，也是淅川地盘。

加高大坝

牺牲者长眠于丹江口大坝，他们无法看到大坝最后的雄姿。 但是，更多的人看到了也等到了丹江口大坝建成并下闸蓄水、发电的日子。

当时的丹江口大坝坝顶的高程是 162 米。

随着南水北调中线工程的规划和实施，这样的高度就不能满足需要了。 一项新的工程将让丹江口大坝迅速"长高"。 这项工程叫"大坝加高工程"，主要包括：

混凝土坝培厚加高；左岸土石坝培厚加高及延长；新建右岸土石坝及位于陶岔附近的董营副坝；改扩建升船机；金结及机电设备更新改造；等等。

大坝加高工程完建后，坝顶高程由 162 米加高至 176.6 米，最大坝高 117 米，坝顶长由 2494 米加长到 3442 米，升船机规模由 150 吨级增加到 300 吨级，装机规模仍为 6×150 兆瓦不变。 正常蓄水位由 157 米抬高至 170 米，相应库容由 174.5 亿立方米增加至 290.5 亿立方米，总库容 339 亿立方米，枢纽的功能转变为以防洪、供水、发电、航运为主。 通过优化调度，可使汉江中下游的防洪能力由目前的 20 年一遇提高到近百年一遇，满足近期向北方调水 95 亿立方米的要求。

丹江口大坝始建于 1958 年。 到 1968 年，丹江口水利枢纽工程第一台 15 万千瓦机组投产发电。 到 1974 年，丹江口水利枢纽初期工程全部完成。 此时的丹江口大坝高 162 米，总长 2.5 公里，蓄水量 174.5 亿立方米，发电装机容量 90 万千瓦。 水库蓄水运行至今，经历过几次大洪水考验，大坝稳如磐石。

加高丹江口水库大坝，是满足向北方送水的现实要求，同时又是完善汉江中下游防洪体系，解决汉江中下游和武汉地区防洪问题的最经济、最有效、最关键的措施。

长江以北最大的支流汉江，自1935年洪灾之后至今还未发生过大洪水，其发生大洪水的概率越来越大。 就防范汉江百年一遇洪水而言，丹江口水库大坝需尽快加高。 为妥善解决汉江中下游防洪问题，湖北省迫切要求国家落实历次汉江流域规划中确定的将1935年洪水作为防御标准，进一步加强和完善汉江中下游的防洪系统，其中按原规划加高丹江口水库至最终规模、增强水库控制与调蓄洪水的能力是根本措施。据计算比较，如果丹江口水库大坝不加高，汉江中下游的近1500公里堤防须加高加固，杜家台等分蓄洪区得加强建设，其工程量和投资不仅大于丹江口水库大坝加高费用，且不能缓解长江武汉段的防洪压力。 而加高大坝既可提高向北方调水的保证率，又可减轻调水对汉江中下游的不利影响，实现南北两利。

从技术角度讲，为了能让丹江口水库的水一路自流进京，正常蓄水位将由157米提高到170米，与北京团城湖形成98.8米落差，就必须加高大坝。 加高完建后，丹江口水库的水才能一路北上，经过河南、河北，全程自流到达终点站——北京颐和园团城湖。 与此同时，工程汉江中下游防洪标准提高到100年一遇，同时满足南水北调近期年调水量95亿立方米、后期年调水量120亿至130亿立方米的需求。

丹江口大坝加高工程又被称为丹江口水利枢纽后期工程，即在初期工程的基础上完建。 由于初期工程地质勘察深度和评价及混凝土坝和厂房的基础处理都是按后期规模进行的，目前运行良好、安全可靠，大坝加高工程只是在原有基础上"穿衣戴帽"。 需要在30多年前的混凝土老坝上浇筑125万多立方米新混凝土，再加高14.6米，达到176.6米高程。 这一高度仅次于三峡大坝。 丹江口水库蓄水位由157米增至170米，库容可增加116亿立方米。 工程概算总投资24.5亿元，工期5年半。

早在2002年11月，党的十六大报告中指出"抓紧解决部分地区水资源短缺问题，兴建南水北调工程"。 12 月，国务院正式批复《南水北调工程总体规划》。 2005 年 4 月 29 日，丹江口水利枢纽大坝加高工程得到批复。 丹江口大坝加高工程于 2005 年 1 月 5 日开始进行前期准备工作，9 月 26 日举行了大坝加高工程开工仪式。 2013 年 8 月 29 日，加高工程顺利通过蓄水验收。

汉江集团的历任领导和员工也一直牢记着丹江口水库建设过程中的经验教训，对工程运行质量问题一直保持高度重视。 自 1958 年开始建设的丹江口水库，1973 年工程初期规模全部建成并投入使用。 在工程建设过程中，前段时间是 10 万大军建大坝，加上急于求成、缺乏科学管理，曾出现过较为严重的质量问题，中央随即决定停工整顿，通过采取工程措施，整顿施工队伍，将民工从 10 万人精减到几万人；推行机械化施工，以满足大型水利枢纽的建筑要求，改变过去人挑肩扛的落后生产方式。 从盲目的、急于求成的"大跃进"式建设转变为真正按科学规律、按设计要求、规范要求来建设，使得丹江口水库建设在停工整顿以后对每道工序、每个细部工程的质量要求都达到了较高标准。 20 多年的运行监测表明，丹江口水库自 1973 年建成至今，只是左岸土石坝的防渗堤在运行期间进行过加强及防渗处理，其他工程均保持安全运行。据统计，20 多年来，汉江集团仅为南水北调所作的水库维护、缺陷处理投入就达 3000 万元。

然而，加高工程最大的难题是，如何使新老混凝土紧密结合以联合受力？ 要保证新老混凝土紧密结合，丝毫不影响大坝安全挡水，在国内尚属首次，也是世界性难题。

由于新老混凝土弹性模量的差异及新浇混凝土产生的温度应力，在内外部温差的作用下，必将对结合面和坝体应力产生影响。 同时，大坝加高还面临着溢流坝段与溢流堰结合面处理、高水头下的帷幕灌浆、升船机安全爆破改造、老坝裂缝处理、施工与大坝运行协调等数十个罕见的工程难题。

命脉

对加高面临的难题，有关部门先后召开了近百场专家咨询会、座谈会和审查会，参与规划与研究工作的科技人员超过 2000 人。

幸运的是，大坝初期工程的建设者和决策者们在初期建设中，为二期工程建设做好了必要的铺垫。 大坝一侧需要培厚贴混凝土的旧坝体，在当初建设时表面并没有进行光滑处理，而是留下了一条条横截面为锯齿状的键槽，许多结合面里预埋了钢筋，以便使新老混凝土能更好地结合。

为确保加高工程万无一失，从 1994 年起，长江水利委员会、长江勘测规划设计研究院和汉江集团联手，先后在大坝背水面选择坝段，进行了三次新老混凝土结合试验，取得了理想的数据，且技术问题的研究与分析具有系统性和完备性，领先于世界同类工程。 这些试验成果，成功地运用到新老混凝土结合的具体实践中。

根据混凝土的特性，科技工作者和建设者们主要从三方面考虑新老混凝土的结合：控制混凝土热胀冷缩，使变形尽量减小；在老混凝土上切割键槽，使新老混凝土咬合在一起；在老混凝土上打一些锚筋，加强新老混凝土的结合。 为了避免外部温差的影响，按设计要求，从当年 10 月中下旬到来年 5 月为施工期，浇筑中严格控制混凝土温度，混凝土出机口温度控制在 7℃ 以下。 混凝土浇筑后，采取水库深层 20 米以下的冷水经水管冷却混凝土 15 天，保持新浇混凝土温度变化最小。 夏季气温高时，停浇大坝主体部位的混凝土，进行老坝混凝土拆除、表面凿毛、键槽切割、裂缝检查等处理。

施工单位之一葛洲坝集团公司，多年前就开始研究解决大坝加高工程新老混凝土结合技术难题，并把它列入葛洲坝集团博士后科研工作站与清华大学博士后工作站的科研重点，在新老混凝土结合机理研究与工程应用上取得多项研究成果。 葛洲坝集团成立了由 10 多位专家组成的大坝加高专家技术委员会，开展技术攻关，指导大坝施工。 葛洲坝集团公司还根据丹江口大坝加高工程的特点，制定了质量管理办法、质量奖惩规定，并安排质检人员 24 小时在混凝土浇筑现场进行质量监控，确保混凝土浇筑质量的优良。 同时编制了严格的技术规范、施工标准，并投资 4000 多万元购置了一批先进施工设备，确保高质量、高标准地完成丹江口大坝加高工程。

作为取水地的丹江口水库，因为历史上曾长时间缺水，引发了人们对南水北调中线工程未来能否稳定持续向北方供水的担忧。 这个担忧包括两方面：一是水量，二是水头。 南水北调水源公司总工程师张小厅、长江勘测规划设计研究院规划处总工程师刘子惠在接受媒体采访时说，据统计，过去丹江口水库多年平均来水量为 388 亿立方米，每年约有 200 亿立方米的水放到下游。 然而根据规划，南水北调中线一期调水后，每年将给北方"抽"水 90 多亿立方米。 要保证丹江口水库正常库容，流向下游的水量将降到 100 多亿立方米。 大坝加高之后，水库可以实现多年调节，可以将洪水实现资源化利用，一方面保证北方供水，另一方面还能减轻下游的防洪压力。 2010 年，丹江口大坝曾遭遇建坝以来第二大洪峰，弃水达到 102 亿立方米。 加高之后库容更大，完全可以将这些水利用起来。 丹江口水库坝址以上年均径流量 388 亿立方米，大坝加高后水库正常蓄水位库容将由 174 亿立方米增加到 290 亿立方米，总库容则可以达到 339.1 亿立方米。 也就是说，加高后的丹江口水库可以装下汉江一年来水的 87%。 至于水头问题，即使将来在 150 米的死水位运行，也能保证与北京形成 100 多米的水头落差，自流是完全可以保证的。

如今，通水两年多的南水北调中线工程用事实很好地解答了人们曾经的疑虑，加高工程的质量也得到了很好的检验。

今年 76 岁的丹江口大坝加高工程质量监督站站长杨凤梧，从曾经的丹江口大坝早期建设者，到加高工程质量的把关者，感同身受。

1958 年 9 月 1 日，丹江口大坝开工建设。 一年后，20 岁的杨凤梧从成都都江堰水利水电学校毕业，来到丹江口大坝的建设工地，成为一名施工技术员，在总指挥部下属的司令部担任"作战参谋"。 他至今清楚地记得，建设之初，几乎没有任何施工机械，全靠人力挑土修筑围堰、实施截流。 工程最初由苏联专家参与规划设计，中苏交恶后，苏联撤走专家，并带走了施工图纸。 丹江口大坝建设只有实行"三边政策"，即"边干、边想、边画"，在一种非常原始、初级的情况下施工，但坝体整体质量很好。 接受过我们采访的赵星科也说过，苏联人撤走后，丹江口大坝停过一段工，但坝基还行，没有被炸过。 丹江口大坝第一台机组开始发电后，杨凤梧被调到黄龙滩水电站工作，3 年后又被调往葛洲坝水利枢纽工作。 退休时，他已经是中国水电集团公司专家组成员。

2005 年，国务院南水北调工程建设委员会办公室主任张基尧邀请杨凤梧来做丹江口大坝加高工程质量监督站站长。 此时，杨凤梧已经67 岁。

在一座运行数十年的大坝上加高加宽坝体，最大的难题就是新老混凝土结合，这是世界性难题，对工程质量的要求也非常高。 而混凝土的结合关键在温度，因而要严格控制流程、时间，几乎要监控施工的每一个环节。 杨凤梧说，中午是比较容易松懈的时候。 施工期间，几乎每天中午，杨凤梧就早早吃完老婆下的面条，来到工地，监督工人施工。 有一次午饭后，他看到 14 坝段一位工人在干了的混凝土上浇生水。 因为会影响到新老混凝土结合，影响工程质量，最终威胁坝体，这种做法被严格禁止。 杨凤梧当场对施工单位罚款一万元，开除了当班班长。 有时候，他半夜还要起来到工地上看一看，发现问题就立即整改。 他有个本子记录每天检查作业发现的问题，作为工作台账，"一共 11 本"，"像病例一样，有备可查"。 仅 2013 年一年，杨凤梧就开除了几个项目经理。 工地上的人都非常怕他，大老远看到他来了就会嘟囔："杨老头来了。"

正是在像杨凤梧这样一批技术人员、建设者的辛勤劳动下，2005 年

11月25日，丹江口大坝加高工程第一仓主体混凝土开始浇筑，创造了前期准备工程和主体工程同年开工建设的佳绩。 2006年，大坝加高工程全线展开，4000多名建设者和工程技术人员、500多台各式工程车辆汇聚大坝加高工地，让人们想起了当年的决战。 2007年3月7日，第一仓大坝加高混凝土开始浇筑。 2007年6月23日，大坝加高贴坡混凝土全线达到原坝顶高程。 2008年12月28日，右岸土石坝填筑到176.6米设计高程。 2009年6月20日，混凝土坝坝顶全线贯通。 2013年5月，南水北调中线源头丹江口大坝主坝混凝土加高工程全面完工，大坝达到176.6米高程。 丹江口水库正常蓄水位由157米提高到170米，与北京团城湖形成98.8米落差，库容由174亿立方米增加到290亿立方米，丹江口水库的水可以一路自流进京。

大坝成了景区

为了深入了解丹江口大坝的前世今生，2015年10月1日，我们驱车自陶岔渠首抵达湖北省丹江口市。

第二天一大早，尚未接近大坝，远远地就听到了江涛的轰鸣声。 大坝所在地已经变成了一个4A景区，每人票价65元。 坝下电厂出水口，白浪翻涌，一群白色的鹭鸶或翔或停，在其中觅食。 有人说，江水自水轮机经过，有鱼儿被打晕，鸟儿知道这秘密，故而群集。

戴了安全帽，一行人进了大坝内的电厂，映入眼帘的是一排六台绿色的发电机。 因为汉江集团改制，一些员工告别自己熟悉的岗位，转到旅游公司。 面容姣好、文质彬彬的小杨就是其中的一位。

小杨才当导游一年多。 因为汉江集团改制，她和其他几十名员工被分流到新成立的旅游公司做导游。 她父亲当年也参加过大坝修建，像她这样的子弟，多数都在汉江集团上班，像电厂啊，铝厂啊。 她没想到会成立个旅游公司，而自己成了导游。

从 2014 年 12 月开始，为保南水北调中线供水，丹江口水利枢纽的发电站只有四台发电机在运转发电。 靠近面前的一台发电机来自苏联，最初放在河南的三门峡水库，因为那里泥沙大，磨损厉害，被转送到丹江口这里。 20 世纪 50 年代末，苏联和中国关系好，不仅送设备，还给技术指导。 丹江口大坝也不例外。

走出电厂，我们乘坐游览车前往坝上。 因值国庆节长假，游客很多。 那天天气不错，艳阳高照，高坝横亘，碧波荡漾。 左边原本是汉江，右边原本是丹江。 如今，左边靠近道教圣地武当山，是湖北十堰命名的太极湖；右边水库下淹没着楚国始都丹阳城，是河南淅川命名的丹阳湖；坝下是被束缚和控制了的汉江，是因此枢纽而诞生的新兴城市丹江口市林立的高楼和喧嚷的市区。 再向远方看是蜿蜒如线的汉江以及辽阔苍茫的江汉平原。

在加高的大坝中央，施工者留下了一方空洞，上覆铁网，便于游人观看大坝加高到 176.6 米前老坝的样子——那是 162 米的高程。

现在的丹江口水库水面最宽处在被淹没的河南淅川县李官桥一带，东西宽 20 多公里；最窄处在淅川县关防滩一带，两岸夹峙不足 300 米；库区水位最深处在湖北省丹江口市与河南省淅川县之间台子山下的省界江心，深达 80 余米。 整个丹江口水库已经成为华北和北京人的大水缸。

从丹江口大坝不仅可以眺望千顷碧湖，还可以俯瞰丹江口市区。站在大坝上，当我们在欣赏这一湖碧水的时候，不能忘记大坝施工时，湖北、河南很多民工用汗水甚至鲜血和生命做出的巨大贡献。

渠首的故事

如今，在中原大地行走，在华北大地穿行，不时会与南水北调中线干渠相遇。自流北上的中线干渠，考虑水头落差问题，要沿着一定的等高线行进，有时需高架渡槽，有时要深挖渠道，并不会直线北上，其间多处要迂回前行。渠内的水清澈异常，与我们饮用的许多瓶装农夫山泉来自同一处水源。"问渠那得清如许，为有源头活水来。"朱熹的诗句用在此处竟如此的贴切。

北京西客站内的大型显示屏上，时时会出现"南水北调，源起南阳"的广告词。因为南水北调中线的源头是丹江口水库，水库大坝在湖北十堰的丹江口市，而千里长渠的渠首却在河南南阳淅川的陶岔。

大坝壅水，渠首引水。

如果两地画一条直线，丹江口大坝到渠首陶岔有 30 公里。其间，就是烟波浩渺的丹江口水库。为了旅游开发宣传之用，河南库区部分被命名为丹阳湖，湖北库区部分被命名为太极湖。但说实话，知道这两个名字的人并不多。

2015 年国庆节期间，我和吴元成一行驱车前往河南南阳淅川县九重镇陶岔村，参观了南水北调中线工程输水总干渠渠首后，经邓州市进入湖北境内，经襄阳市襄北区、谷城、老河口到丹江口市大坝之下，车辆仪表盘上显示的距离是 150 公里。

这个渠首，熟悉它的人知道，其实有新老之分。

老渠首是河南、湖北两省引丹灌区的引水口，也是南水北调中线工程早期建设不可或缺的一环；新渠首则是南水北调中线工程输水总干渠的第一闸。

1969 年 1 月 26 日，老渠首的开工典礼在当时的邓县九重公社陶岔村石盘岗举行，先后共动员南阳地区 10 万余人参与工程建设，历时 5 年零 8 个月，于 1974 年 8 月竣工。

2009 年 12 月 28 日上午 10 时，新渠首的奠基仪式同样在淅川县九重镇陶岔村举行。只是位置略有改动，渠首闸位于老渠首闸下游约 80 米处。这一全新的渠首枢纽工程是南水北调中线引水工程的起点，又是丹江口水库的副坝，担负着向北京、天津、河北、河南等省、直辖市输水的任务。工程包括上游引渠护坡、引水闸及电站。2014 年 12 月 12 日下午 2 时 32 分，历时 10 年建设，陶岔渠首枢纽正式开闸送水。

一些邓州人至今仍说，那里曾经是邓州的陶岔，是江山之间的陶岔。

几乎每个邓州人都有一个情结：不能让当年渠首会战的场景被遗忘在历史角落。作为曾经的一名军人，刚刚退休的作家、诗人孔祥敬这两年办了几件事：参与组织全国知名诗人到邓州采风，讴歌渠首建设者，在邓州举办"南水北调邓州情"诗歌朗诵会；与知名导演黄宏莹等人一起拍摄制作了纪实电影《渠首故事》。他把首映式放在了 2015 年 12 月 12 日：南水北调中线工程通水一周年，地点选在郑州郑东新区 CBD（中央商务区）。

第二天，孔祥敬带着片子回到老家邓州放映，很多见证者在邓州影院流下了热泪。40 多年前，孔祥敬曾经从邓县县城带着放映机、发电机到陶岔工地为民工放电影，亲身感受过那火热的场面。通过拍摄《渠首故事》，他们又接触采访到一些建设者。

陶岔渠首工程当时叫引丹灌溉工程，开工的时候，邓县家里人多的多出，人少的少出，兄弟同行，夫妻并肩，甚至祖孙三代，一个个庄稼地里出来的壮劳力，还带着参加丹江口大坝建设时的那股子拼劲儿，冒着大雪，从家乡走一两天甚至三四天，拉着满载物资的板车向陶岔进发。大家说，到陶岔去，让首都人民喝上丹江水。简单而朴实的愿望，就这样在邓县人的心底里扎下了根，执着生长，义无反顾。引丹灌溉工程指挥部第一任指挥翟荣耀说："刚开始施工的时候，一分钱也没有，群众也不在乎，开工以后争着上，自带吃的，自带行李，开工就三样工具，一个是镢头，一个是铁锨，一个是架子车。施工中不断有伤亡，牺牲了很多人。"

刚到陶岔没房子住，正值寒冬腊月，土是冻土，坚硬难破，挖下去是一个白点，好多人的手都被钉耙、洋镐震得裂口。一个多月的时间，他们搭了 5000 多座低矮的草棚，勉强能御寒。吃的也不行，一天三顿都是红薯面窝窝头。喝水也要跑到几里地外，挖个小窝窝，澄点黄水，挑回伙房做饭。但大家没有怨言，还是天天晚上搞评比、搞学习，人们思想"迫切"得很，都想当第一。硬是靠民工的艰苦奋战，修成了渠首。

陶岔周围有三山：朱连山、禹山、汤山。朱连山在南，禹山在东，汤山在北。 三山鼎足而立。 三山牵涉三个人：丹朱、大禹、商汤。 丹朱被流放淅川，大禹疏导江河，商汤一统寰宇，都是和丹江、汉江有关的名人。

紧邻丹江的陶岔村，与楚国始都、已经淹没在丹江口水库之下的丹阳城近在咫尺。

当我们站在新渠首之上，回首历史烟云，回眸老渠首建设，更有些别样的滋味。

"三边"工程

2015 年 12 月 14 日，距离南水北调中线工程通水一年零两天，我们来到豫西南的邓州市，约见参加过渠首建设的屈泽江、刘殿信、吴杰岑等，他们还记得当时的拉车号子：

> 同志们嘞,哈嘿;
>
> 绑上绳嘞,哈嘿;
>
> 挂住劲嘞,哈嘿;
>
> 向前冲啊,哈嘿。
>
> 同志们嘞,哈嘿;
>
> 拽紧绳啊,哈嘿;
>
> 加把劲啊,哈嘿;
>
> 一阵风啊,哈嘿。
>
> …………

早上 6 点半，邓州城开始醒来。尽管天色仍暗，邓州宾馆九楼的窗口外，楼宇后的天边呈现一抹淡淡的橙色，橙云之上紧贴几缕黑灰色的流云，就像雁翅悬停在那儿，等着被太阳镀亮。吃过早饭，屈泽江、刘殿信、吴杰岑如约来到宾馆。他们是亲历者，是建设者，也是幸运者。在当时极其落后艰苦的条件下，为建设老渠首工程，邓州及周围其他县先后有 10 多万民工长期生活、劳动在工地上，141 人牺牲，2287 人伤残。

头天晚上，邓州市干部群众齐聚邓州影院，观看当年曾到陶岔工地放映过电影的诗人孔祥敬、影视导演黄宏莹拍摄的纪实电影《渠首故事》。 就在邓州影院里，我们与屈泽江定下了今天的采访。 谈话中，年过古稀的屈泽江不时发出爽朗的笑声。 在他的脸上，几乎读不出任何磨难和哀怨。

屈泽江 70 岁出头，1969 年 1 月从老家邓县张村公社到的九重公社陶岔大队的工地上，一开始就上去了。 从张村往西是厚坡公社，往东去就是十林公社。

大批民工去之前，邓县先去了 5000 人，那是在 1968 年年底。 先期到的人是去盖房子，分工段。 屈泽江 1969 年 1 月去陶岔，还参加了开工典礼，接着就开始干活，挖渠。

屈泽江头天晚上看了孔祥敬他们拍的《渠首故事》。 孔祥敬是文渠镇孔楼村的，喜爱写诗，对渠首很有感情。 孔祥敬他们拍片子的时候，屈泽江给了他们两盒片子，是当年引丹局拍电影纪录片的老胶卷，有施工的老镜头，像工地上飞车、爬坡器之类的都有。 屈泽江希望孔祥敬他们能把这些资料用在片子中，结果没用上。 因此屈泽江看了《渠首故事》，总有些失落感，觉得没有当时的气魄、气势。 屈泽江追问原因，黄宏莹导演说，胶卷粘住了，撕不开。 像这样的胶卷，过两年都得把片子转一下，以免粘连。 屈泽江不知道这些，只知道当宝贝一样保存着，结果粘在一起用不成了。

屈泽江中专毕业。 南阳原来有个农业机械化学校，现在早已经没有了。 屈泽江读的是南阳水利局委托南阳农业机械化学校办的专业班，让学学农田水利，再学学机械，意思是回去后能开机器，能浇地，还能规划设计。 屈泽江上了一年，毕业回到邓县水利局，干了个临时工，一个月 30 块钱，没编制，没补贴，没粮食，还得回家拿粮食吃。

"文化大革命"开始后要清理临时工，屈泽江被清回家了。临走的时候，当时的邓县水利局工程师欧阳彬说："你们走了可以，到时候有活干，你们可都要来。"

陶岔工程开工了，欧阳彬就连忙去张村跟屈泽江说："你到时候可去啊！"那时候陶岔工程在1967年已经开始运作了。当时"文化大革命"正热闹，县委、县政府都没了，常务副县长翟荣耀不管事了，他们都不能够工作，成闲人了。从省里传到区里、县里，说要搞这个工程，欧阳彬就跟着翟荣耀到长江委，参加他们的会议，提意见。刚去的时候，邓县的一线指挥部还没正式成立，开了会回来，才成立了一线指挥部，管这个事儿。1968年年底开始进驻陶岔，1969年1月份正式开工。

刚去陶岔的时候，屈泽江也拉过土方，干没几天，去搞测量了。刚到陶岔工地时，管理人员连生活都成问题。那时候没有立项，没有投资，国家干部还有点补贴，一般民工没有。屈泽江当时搞测量，只测量施工进度。当时是按各连挖的土方，每月测量后按定额算粮食、算钱。

陶岔渠首工程开始的时候，没有科学规划和管理，施工进度缺乏保证。后来也有一些具体的量化管理措施。"收剩余方"就是当时量化施工管理的办法。

那时挖渠，挖出的土要往两岸堆，渠最深处达到47米！当时也没有机械设备，就靠人力。从1月干到5月，发现工程进展远没有预计的快。工程进行到1969年年底，邓县由2万人添到3万人。上马的时候估计不足，想着简单。原来预计500万立方米土，上2万人，两年时间绰绰有余把活干完。开始的时候，四五个人推一个车子，土就从渠里推上来了。干了5个月，吃的粮食跟挖出的土方差不多。如果搁一起比，粮食堆还要比土方堆大些。烧的煤也是，一车拉13吨，一下子就被抢完了，民工做饭没烧的。后来只好动用十几辆车拉煤。开始按营吃饭，一个营一个灶，13个公社，2万人，一个营几千人一起吃饭，搞不好就吃不到饭，开一顿饭得俩小时才能结束。后来就改成一个连一个灶，几十个人百十个人一个灶，炊事员就是连里会做饭愿意做饭的民工。

刚开始吃菜也是问题，弄点捣碎的辣椒、干菜之类的，根本不行，不够吃。于是从各个大队往工地上送红薯叶，就这也供应不上。当时估计不足，像吃辣子，一个营几千人，需要很大的量，后方的辣子都收光了，只好从别处进。到1969年6月间，开始种菜、养猪，一个连开几亩荒地，种有莴苣、白菜、萝卜、冬瓜、菾菜菜。

吃饭的问题解决了，进度还是上不去。干活不用力，主要是因为"左"的思想干扰，吃"大锅饭"，没按定额分配任务。老老实实干一天，也是吃这么多。有些人干活的时候跑了，到吃饭时候回来了。有的人一开始干活，就去拉啊尿啊的。

陶岔工地指挥部第一任指挥长是邓县革委会副主任翟荣耀，副指挥长是邓县前任县长郭如泉。"文革"开始，搞"结合"，郭如泉没被结合上，闲着没事儿，就让他当了副指挥长。好在郭如泉参加过南阳鸭河口水库建设，对大型工程有经验。郭如泉让搞小包工，有个办法，就是收方，收下方！这样，屈泽江他们测量组这些人都有用处了，搞测量。一实行包工，把每个工段都量量。量了以后，确定这个工段是多少立方米。到月底，再到工地上，不量干了多少，只量还剩下多少立方米，这样就把工作量搞清楚了。比如，这个工段上个月是1000立方米，一量剩下800立方米，不用说你这个月就干了200立方米。这就叫"收下方"，收剩余方。如果收上方，今儿收多了，明儿收少了，活儿还没干完，方就干完了。收剩余方这个办法好，不把实际土方量干完，不给结算。一个工日给每个人一斤粮食，还有四五毛钱。原来长江委定的一立方米2分钱，不行，那还等于是"大锅饭"。现在定额是，比如挖引渠，从上到下是5米深，是一个价；如果挖到30米深，还运到1里之外，这个时候一立方米土就值钱了，值几个工日了。这就是采取了包干的办法，不用督促，不用再去说话，施工人员自己就知道干了。 干活多，挣得多，吃不完还可以分。

屈泽江他们搞测量的，每个月二十几日开始去给测量，量完了再算，一个连队一个连队都给算出来，再公布到连里、营里，大家都没意见了，欧阳彬再核对核对，就可以了。 欧阳彬属于技术员一类，是指挥部的高级技术顾问，在整个技术上，对外联络，上省里汇报，都是他的事儿。 领导上哪儿去，他都跟着。

收剩余方调动了大家的积极性，有些人就想办法找窍门，好尽快完成工作量，这就出现了挖"神仙土"的现象。 所谓挖"神仙土"，就是在渠岸下方挖土，往里掏，掏空，上面用木楔子钻几个洞，灌水，土"哗啦"就下来了。 两三个人，把土一下子放下来，这些土就够拉半天了，他们就蹲在那里吸烟，像神仙一样清闲。 放神仙土省力，下文件都制止不住，后来塌下来砸死人了也不行。

屈泽江他们搞测量，接触的大领导就是施工组组长欧阳彬。 欧阳彬也参与决策，他有时候想到的点子往往是领导没有想到的，补充了领导的决策。 工程每到一个环节，该干什么，他都事先把意见提出来了。每年的施工计划、施工进度、施工汇报，都是他做的。 当时已经显出来他的组织能力、宣传能力，还有规划设计能力。 他有本事，像参谋长一样。 1973 年，他被提拔为施工组副组长。 欧阳彬后来离开陶岔工地，又参加了引丹灌区建设。 再后来，当过邓州市副市长。 1974 年陶岔闸通水后，指挥部变成指挥所，机构换了。 施工范围变小了，具体了，人也少了，只留下三个营在这儿，干到1976 年，把零零碎碎的活干完。

那时候点炮，吹号，一拉警报，半个小时内人都隐蔽起来，也有核桃大的石子飞得远，砸住一个人鬓角，砸死了。 还有放炮的人手里还拿着雷管，就去点炮，结果就出事儿了。 一个人放炮的时候，摔一跤，雷管炸了，受伤了，送到南阳不行，送到省医院才保住命。 那时候管理不严，一些人想办法把雷管要出来，到丹江炸鱼，改善生活。 也有人因此出事儿，把手炸了。 炸鱼时雷管到水里就得响，所以得把导火索剪得几寸长，慢一点儿，就在手里炸了。 炸药也是自己弄的，弄点硝酸铵，弄点锯末，在锅里一炒，就是炸药。

陶岔引丹灌溉工程当时叫"三边"工程，就是边设计、边规划、边施工，线一画，就上来施工，设计的图纸还没拿出来。 然后再去设计，引渠开始上工了，渠首闸还没图纸，还在搞地质钻探，看闸的位置放到哪里合适。 那时候，工程量一开始算的是500万立方米，后来做出来一算是800万立方米。 有人说，挖出的土方如果按一米宽一米高堆积，能绕地球三圈。

当时的土方量是估计出来的，因为没有地质资料，就是根据多宽多长的坡算出来的。 结果一挖不行，挖得差不多了，滑坡了，然后得重算土方量。 原来坡度按1：3，现在按1：5都不行。 那里的土质很容易滑坡，滑坡治理是个非常严重的问题。 本来挖好了，一滑坡，渠一下子被填平了。

渠首工地上创办的《引丹济黄》报纸上说"高举红旗狠抓纲，三山脚下打硬仗"。 所谓三山，就是禹山、汤山、朱连山。 从渠首闸往里边去，向东方向有一座山，是禹山；从九重镇到陶岔去，有一个小山包，是汤山；往库区里边是引渠，4.4公里处有一座山，叫朱连山。 陶岔这个地方是个分水岭，往水库方向去，是条大沟，自然冲沟，千年万年冲出来的，挖渠就是沿着这条沟开挖。 当时计算，从这条沟开挖，可能也就是百十万立方米土。 后来发现不行，因为把土挖下去十几米后，出现了高岭土，滑坡严重，渠岸一直往后退。 那个土一干，很硬，容易开裂，下雨水一吸饱，变得稀软，有个光滑面，挖开后很容易滑坡。

引渠挖出高岭土后，长江委进行了研究，成功治理了滑坡，这为以后再挖其他渠段积累了经验。 治理的办法是用水泥管做柱桩，用钢筋套住，挖下去穿过高岭土层固定在基岩上。 管柱桩大概直径有一米，在渠岸边，现在有些地方还能看到。 现在南水北调中线干渠施工凡是遇到高岭土，都是用这个办法。

渠首闸的测量也是长江委的人负责做的，浇出来尺寸正好，误差不超过 2 毫米。 渠首是五孔闸，涵洞式的钢筋水泥结构。 闸门主体的混凝土浇筑由南阳地区水利施工队负责。

当时，还考虑，湖北、河南开一个口，都从陶岔过。 开会一讨论，湖北人要自己开一个。 这样陶岔渠首工程要全部落在河南人身上，其实就是落在了邓县人身上。 当时的原则就是"民办为主，国家投资为辅"。

爬坡器

陶岔渠首工程施工的时候，随着渠越挖越深，向上运土成了大问题，严重制约了施工进度。 后来，民工自己发明了爬坡器，使向上运土的问题得到了解决。

陶岔工程一开始是邓县人自己干的，后来，河南省革委会副主任耿其昌在南阳地区革委会主任张成国陪同下来工地视察，耿其昌了解过林县红旗渠建设，他一看说："这丹江水真好，到你们南阳人嘴边，都不知道喝？"他们回去就召开会议，要组织受益的几个县一起参加，定的标准是 3 年把丹江水引到白河边。

1970 年 1 月份，邓县之外的南阳、内乡、社旗、唐河、方城、新野6 县开始来盖营房，3 月份开始入驻施工，干到 10 月份，只干了 7 个月，就撤了。 几万人，送吃的送物资，后方承担不了。

其他县撤走了，邓县人没走，接着干。 邓县人有"二火山"脾气，认死理儿。

工程量大，大在渠越挖越深，往上运土成了难题。 这个工程之所以能够干下来，就是邓县人一到关键时刻，总能想出办法。

刚开始，用人工往上拉。先是几个人拉一辆车，后来十三四个人拉一车土也拉不动，架子车怎么也拉不上去。林扒公社沟王营民工连的民工发明了人工简易爬坡器，就是用架子车盘往固定的支架上一挂，并在支架上安装一个与地平面垂直转动的定滑轮，人拉着纤绳往下坡走，纤绳绕过滑轮牵引架子车上坡。渠沟浅的时候，两三个人推着重车，那一边挂个轻车，轻车上坐两三个人，一共6个人，一下子就把土拉上来了。以重带重，一上一下。

"土爬坡器"解决了深渠运土上坡的难题，"飞车"则解决了空车下坡的速度问题。"飞车"就是车尾向前，驾车人在后，踩住车把，靠坡的倾斜度下坡，车把划住地面，一溜烟跑，跟喷气式飞机一样。工地上有上万辆车子啊，飞速向下，就像上万架喷气式飞机俯冲而下，场面非常壮观，惊心动魄。

但是，一条直道上不止一辆飞车，车速又不能完全控制，稍不留神，就很容易撞上前面的车子；即便是到了坡下面，一刹车，一不留神，人也会一个跟头翻出几丈远，立时就头破血流。有个民工叫崔绩效，下坡的时候，眼看要翻车，他一下趴到车子上了，车把撞住他了，随后送到指挥部医院，没抢救过来，死了。那时候没有什么防护措施，只管进度，危险得很，可再危险也要干。

后来，坡长了，渠也深了，上一车子人，也拉不下去了。这时民工干活，工效低到自己不能养活自己了。

这个时候，欧阳彬就组织人搞机械爬坡器。他找了刁河营施工组长刘传让等两个人到外地去参观，这俩人原来就是邓县机械厂的，懂机械。考察回来，他们就把过去农村浇地用的链条水车的架子，拿来改装，作为支点。再用12匹的动力机带着大齿轮，大齿轮带着小齿轮，小齿轮上有个轮盘，轮盘带动钢丝绳，钢丝绳底下有个地滑轮，把它一固定，一根绳向下，一根绳往上，这就拉着运土的车子上来了。欧阳彬出名就与这个有关。如果渠深十几米，这个机械爬坡器可一下子拉动五六辆车；到 25 米，只能拉动两三辆车；再深，拉一两辆车，就不合算了。 这个机械爬坡器，一般只能拉深度在 15 米到 20 米范围内的土。

到 1969 年下半年，邓县增加人。 原来 13 个公社，又增加 8 个，其中有白牛公社的人。 白牛公社来了一个拖拉机手，叫刘子武。 他来了一看，说："你弄这个东西，不行！"他找到欧阳彬说："我可以把东方红拖拉机改造改造！"欧阳彬一听兴奋了，说："行！"刘子武说："你给我 1000 块钱，再给我点木什，就可以弄成。"所需要的钢丝绳，还是原来的。 那时候，1000 块钱是很大的数字！ 欧阳彬只是个技术员，却说："我给你，你一定得给我搞出来！"就这一句话，这个人就把拖拉机牵引爬坡器给搞出来了。

现在看，很简单，他搞一个很高的土台子，再把拖拉机的履带去掉，用木头将后桥主动轮箍紧，两边两个主动轮各缠一条钢丝绳，可以两边拉车，又可换挡，快慢还容易掌握。 把拖拉机后滑轮固定住，底下还有个地滑轮，还有个紧绳器——就是一个很粗的木轱辘，钻几个孔，用两根粗钢筋拉住。 前头再弄个前滑轮，两根钢丝绳拴在后面的转轴上。 一根钢丝绳上能拉一二十辆车，都是重车，装得满满的。 车子上到坡顶的地方，有个小平台，这边是个倒坡，车子一过坡，钢丝绳松了，很轻松把挂钩取了，把土卸下来，然后再滑下去。 拖拉机爬坡器威力很大，两条钢丝绳可以带动 40 辆架子车连续不断地向上运土，工效提高了几十倍。 就这样，75 匹马力的拖拉机发挥作用，基本把深挖方的问题解决了。 据刘子武介绍，参与改造设计的还有铁工、木工刘德秀、刘德春、刘成文等人，他自己负责画图设计，经过 20 多天反复实验，获得初步成功。 后经指挥部验收，在全工地推广，并在实践中逐步完善。

那个时候，工程已经成为南阳地区的了，可以弄来很多东方红拖拉机。 南阳到省里，再到洛阳拖拉机厂去调。 最多的时候，9 华里的引渠两岸，一字排开两列 32 台东方红拖拉机，那阵势，就像战场上的坦克方阵。

这个事儿吸引其他几个省来人参观，他们说，你们这个工程四五十米深的渠道，咋把土运上去了？ 看了爬坡器，他们才明白。 20 世纪 80 年代，外国来人参观，给他们介绍这么大的渠都是人工挖的，他们都不信，直摇头。

邓县人干渠首工程，付出了很大的牺牲。 当时干活的，牺牲的就牺牲了，生产队最多照顾下他们的遗孀和儿女；伤残的，生产队里最多给补点工分，其他也没补偿什么。 集体经济也受到了影响。 渠首会战 8 年，邓县元气大伤，生产队的家底基本上被掏光了，连向日葵秆都送到工地上了，更不要说其他了。

办报纸

工地的劳动强度之大，生活条件之苦，今天的人难以想象。 为了鼓劲凝力，工地指挥部和各民工团都先后办过报纸。

刘殿信当年在陶岔工地干一年时间就参军走了，但几十年过去了，很多细节他都能说得清清楚楚，甚至还站起来比画着演示给我们看。 听说吴元成的大舅生前就移民在邓县都司，刘殿信说，这一说越说越近了，我就是邓县都司公社大罗大队刘家村人，离都司街六里半，离县城有一百里。

开始修渠首那年，刘殿信正好 20 岁，刚刚在邓县一高毕业，回家当了 4 个月的社员，还没结婚。 他结婚很晚，1973 年结的，那时他已经参军到了部队。

刘殿信 1969 年从陶岔工地回到都司参加验兵，1969 年 12 月 7 日向领导告别去往部队。 那时候，中蒙、中苏边境很紧张，备战压倒一切。 1969 年 3 月份，爆发珍宝岛战斗，一年招了两次兵。 工地上"要准备打仗"和"愚公移山"的标语刷得到处都是。 刘殿信在工地上，给团部办公室负责人郭盛汉一说，他同意，就报了名。 邓县那年一下子有3500人参军，拉了一火车。 大罗民工连就去了刘殿信和罗平阁两个。刘殿信所在的部队是广东省军区惠阳军分区。 他当了16年兵，干到正连，到1986年1月转业回来，先到县党史办，后来到档案局，干了17年退休了，现在一个月有2300元退休金。

1968年12月15日，刘殿信来到陶岔，开始盖草房。 大队支部书记鄂长发派靠边站的大队干部王保全、朱安银带队，他俩都没被"结合"上。 王保全是连长，朱安银是指导员。 还没等到正式开工，连长、指导员抓得紧，说既然工务段已经明确了为啥还不干？ 就带着刘殿信他们先干起来了。

这个时候，飘着雪，雪铺满了地，他们冒着雪干。 冷了想想罗盛教，热了想想邱少云，渴了想想上甘岭，饿了想想过草地。

在工地干了一年，刘殿信有些吃不消了。 成天吃红薯面窝窝，北风吹着，胃里泛酸，嘴里的酸水像下粉条一样往外流，能滴到鞋上，只好探着腰，任它流。 流好一阵子，不流了，才到饭场里吃饭。 除了红薯面，还有高粱面，搅成稀饭喝。

干活，刘殿信身体差，干不动，只能挖，给刘殿信累趴那儿了。 后来就推车子，那都要功夫，累得刘殿信直喘气、出虚汗。 那些能干的、拉车子的人，在刘殿信嘴里都是"赵子龙"。"赵子龙"们喊着拉车号子，脚指头抠地，肩上的绳子拉得直直的。 军号一响，漫山遍野都大吼大叫起来，回去吃饭。 刘殿信不行，一步一步挪，别人都端碗吃上了，他还在往回挪。 好不容易挪到宿舍拿上碗，又摔一跤爬不起来。

当时劳动强度相当大，下雨都还干，除非是下得干不成了，一般的雨都不停工。 一辆车要装满800斤上下的土，装满土以后，一个人驾着辕，一边一个人背着绳。 两个手臂使劲地把握住车辕，肩膀一个劲儿地捎住背带绳，一只脚脚指头抠住地，向前蹬。 一天下来，磨破皮的、流血的，还有的鞋子扯烂的，都是寻常的事。

还有一次，团部派刘殿信骑自行车去买 30 根竹竿，拿回来插红旗用。说是彭桥公社有，他走了 8 里路，到那儿一问，早被其他连队的人一扫光了。又赶 15 里路，到林扒公社，那儿没有竹木市场。有人说，孟楼公社有，刘殿信又往南跑到和湖北搭界的孟楼，总算买到了 30 根竹竿。放到车上，又没捆好，竹竿长，好几米，一扇一扇，上不去车子。整好了，这才骑上车往回赶。这一来回七八十里路，到天黑还没赶到陶岔，就中午吃了点干粮，又累又饿。正在这个时候，王保全知道他没回来，派俩人去接，接了 4 里地。

有一天，团部办公室负责人郭盛汉来找刘殿信，说他高中毕业，让他当政工员。团里要搞宣传，请俩老师，其中一个叫丁家聚，原本在海南岛当海军，被打成"右派"回来了。刘殿信去给他做助手。他们俩把毛主席语录，像"愚公移山""下定决心，不怕牺牲，排除万难，去争取胜利"写到木牌上，刘殿信拎着油漆桶刷漆。这两人干了半个月回家了，刘殿信整天看着，也学会了写粗黑体字。标语刷完，临走，工地商量着要办《战地红花》报，郭盛汉让丁家聚写了报头。

那时候，办报纸也辛苦，别人都休息了，刘殿信还拎着马灯去核实材料。各个连队也有通讯员，他们写的材料真实不真实，都要去核实。回来，还要编辑、设计，还要在钢板上刻蜡纸、油印。报纸对开两个版。

和刘殿信一样办过报纸的，还有另一个老渠首建设的见证者吴杰岑。

吴杰岑 1948 年生人，是邓县一高六六届毕业生，学习成绩很好，在 4 个班里排前三名。那时毕业考试已经考了，吴杰岑正准备上南阳参加高考，他理科、文科都不错，报的理工科。学校让 6 月 27 日统一从邓县出发，30 日在南阳参加考试。正准备出发，6 月 22 日，"文革"工作组进驻一高，是县革委会派的。中央通知说，全国统一高考延迟半年。这一延迟，等于无限期了，"文革"爆发了，乱得很。造反派在学校闹革命，学生在学校也不上课，后来乱了，也没人管了。 到 1969 年 8 月30 日，才回农村，各回各家了。 毛主席说，让"接受贫下中农再教育"。 吴杰岑吃的不是商品粮，吃商品粮的国家统一安排下乡当知青，农村户口仍旧回家当社员。

1969 年 12 月，吴杰岑从林扒吴岗上陶岔，去建房子。 他们生产队去了五六个人，吴岗大队有 13 个生产队，总共去了百十个人。 刚去，上山砍树、拉草、盖房子。 草就是山上的黄白草，掉毛针，扎人。 墙就是山上的那些土，弄些碎麦秸和和。 房子盖好，地上铺点儿碎麦秸，人就在上面睡。 没床，也没稿荐铺，盖的是从家带的被子。 那时候，正下雪，很冷。

1969 年 1 月 26 日开工，邓县上了一万多人，吴杰岑参加开工典礼了。 典礼在陶岔的岗上，邓县革委会主任张广祥讲话，说引丹工程如何如何好，还说了些"文化大革命"那些鼓劲的话。 县里叫指挥部，也叫团，一个公社是一个民兵营，大队叫连。 吴岗连的连长一年半年就换。后来，林扒营又改成团。

房子盖好以后，最初几个大队在一块吃住，没两天，看"大锅饭"弄不成了，才按营、按连做饭。 一个连也都是百十个人，吃饭排队。细粮没有，主要是红薯面馍，人们戏称"黑桃 A"。 后方拉来红薯面，苞谷很少，有的大队还送点苞谷。 一顿一个人一个馍，三四两重。

后来各个营都安个大喇叭，广播中央指示、好人好事什么的。 广播站的人是从县里抽来的，冯其枢负责，后来还从林扒营抽去个女广播员，叫马喜云。

吴杰岑干活的时候，见大家干活挺积极，也涌现出一些好人好事，自己加工写写，送去，也不署名，最多说是林扒营或者哪个连通讯员送来的。 送两回，冯其枢认识他了，说："你高中毕业，文字功底不错，搁这儿不用改了。"林扒营也有个政工组，很快叫吴杰岑去写材料了。

指挥部原来有个《引汉简报》，油印的，满足不了需要。 到这个时候已经两万多人了，靠油印机印不了多少。 于是开始酝酿办成铅印的对开报纸，4个版，名字也改成《引汉济黄》，印量多些，不定期出版。 抽调了几个干部来办，把冯其枢从广播站要过来，还有李超瑞，后来又调来王一鸣、常士贞。 王一鸣原来在省里一家报社干过，回来在县农业局工作，他们都是干部。 人数不够，要抽点小青年，这就把吴杰岑从民工中抽到《引汉济黄》编辑部。 这是1969年10月份。 因为吴杰岑不是干部，就叫通讯员，实际就是采编员。 除了吴杰岑，还抽了史仁义，他是刁河营的，他们俩在一个屋住。 6个人办起了这一张报纸。

那时候也没公共汽车。 从邓县到陶岔工地上送货的卡车，来回跑。吴杰岑他们给司机说说，拿着稿子，坐上到县城里的邓县印刷厂去排版、校对，弄个清样，再印刷。 才上来，还不让吴杰岑看清样。 后来，他们相信了，就让他一个人去了。 印刷好了，再拿回来，也就几千份。 县城里有个陶岔工地办事处，印完，后勤上去结账。

吴杰岑在陶岔干了4年多。 邓县人在那儿主要建4.4公里的引渠，即闸以上从丹江口水库到渠首那一段。 闸以下叫总干渠。 总干渠到下洼分支到刁河，叫分干渠，那是后来干的。 总干渠是1970年3月到10月挖的。 南阳地区来了6个县的民工43000人，南阳、新野、淅川、内乡、方城、唐河6县的民工在这儿干的。 说的是邓县要上到4万人，加上6个县要上到10万人，实际不到。 因为时任河南省革委会副主任耿其昌视察渠首工地后说要大干，要上10万人，实际没那么多人。 6个县的民工到了以后，工程成全地区的了，南阳地区革委会副主任张天一也到工地上当负责人。 没干完，干了7个月，几个县吵得厉害，尤其是唐河县的领导在地区的会上说："我们永远不使丹江水！"他们认为不会受益，再加上外县到陶岔路程也远，天又冷，撤了。

南阳等6县来了以后，总指挥部也办了个报纸，叫《引汉会战》，办了没多长时间。 南阳等6县撤走后，随着渠首的基本建成，人们都撤到分干渠了，战线拉长，指挥部挪到陶营，开始搞刁南干渠。 刁南干渠是南阳引丹灌区的主要工程之一。 引丹灌区主要灌溉河南省西南部的淅川、邓州、新野三地。 这时《引汉济黄》缩小了，改成《引汉通讯》，到 1973 年停刊了。

要奋斗就会有牺牲

陶岔渠首这么大的工程，主要靠没有经验的民工来建设，难免会出各种事故，不少人为此献出了生命。

为了提高工效，民工不断搞发明创造，像爬坡器啊，飞车啊，还有一样就是挖"神仙土"。 爬坡器和飞车提高了拉土的速度，但是挖土、装车太慢；车，走得太快，挖土装车就跟不上了，往往是车子一大堆在那儿等着装土，太耽误时间。 最后没法了，就挖"神仙土"。 这还是构林营民工陈志刚发明的。

那时候，渠挖深的时候，挖得很陡，有的慢慢在顶上撬一下，掉下来一大块土。 有的从下面掏空，浇水离土。 他们管这叫挖"神仙土"。 一锹一镢头地挖，又慢又累人，这呼啦一下子，土方量大，够车装半天，人也可以歇歇，所以很多人都这么干。 指挥部施工组不让这样挖，但是阻止不了，因为省力，进度还快。

挖土方最怕塌方，挖"神仙土"实际上就是搞人为塌方。 有时候人都跑不及，就被砸里头了。 李显勇就是因为发生塌方救人牺牲的。 当时宣传李显勇的稿子是吴杰岑写的。

当时，李显勇所在的元庄公社的一个人在挖"神仙土"的时候，塌方了，被埋住了，李显勇和他们连里另一个人去救，发生二次塌方，把李显勇他们砸死了……

1970 年 11 月 17 日第 10 期的《引汉通讯》上面刊发了一篇报道，题目叫《为人民鞠躬尽瘁 为革命英勇献身》，作者就是吴杰岑。

红太阳金光万道,照耀着巍峨的三山,毛泽东思想的灿烂光辉哺育着千千万万优秀的共产主义战士茁壮成长。李显勇,这个英雄的名字,震荡在引汉工地。他为人民英勇献身的高贵品质,激励着广大引汉战士披荆斩棘,勇往直前! 1970年9月14日是元庄营全体民兵永远难忘的一天……战斗就要开始,工地上热气腾腾。李显勇推着一把车正要往爬坡器上挂,只听"噗通"一声巨响,紧接着救人的呼声。出现意外塌方了! 李显勇箭步飞跑过去,迅速投入战斗,抢救砸倒的战友。他和同志们奋力扒土。很短时间,露出了一个人的头部,徐福均得救了。李显勇迅速去救另一个战友。他用尽力气,拼命扒土。"危险! 快闪开!"有人大声喊。时间就是生命,分秒必争,快!"为人民而死,就是死得其所!"李显勇浑身热血激荡。"救人要紧!"李显勇把生命让给战友把危险留给自己。话音刚落,突然,又一声巨响,尘土飞溅,塌方相继发生了。"显勇! 显勇……"战友们从四面八方聚拢来,呼唤着英雄的名字。工地上顿时笼罩着一片哀痛……

　　这篇报道带有那个时代特有的文风,虽然有夸大之嫌,也还算真实。 当期报纸的报眼位置还刊登着这样一条毛主席语录:"要奋斗就会有牺牲,死人的事是经常发生的。 但是我们想到人民的利益,想到大多数人民的痛苦,我们为人民而死,就是死得其所。"

　　李显勇当时被扒出来的时候就不行了。 和李显勇同时牺牲的还有一个人。 吴杰岑当时去采访的时候,有人对他说,别提那个人。 因为这个人是地主成分,当时不让报道,到现在连这个人的名字也不知道了。 前些年吴杰岑整理资料,还不让提。

　　李显勇牺牲后,吴杰岑通过采访了解到,在连队,大家都知道李显勇是个闲不住的人。 重活累活抢着干,就算下大雨停工了,他也不休息,不是去工具室检修工具,就是不声不响地替炊事员挑水。 有次晚上过河给连队拉菜，他跳进齐腰深的水中捞南瓜，寒冬腊月的，脸和嘴都冻得乌青。

开追悼会那天，生产队队长拿着小半袋高粱，赶来吊唁，声音哽咽着说："毛主席教导我们，为人民而死，死得其所，李显勇是为救人民而死的，他是英雄。"听说工地工程紧张，人手不够，李显勇的母亲主动找到大队支书说："那渠不是还没有挖完吗？就叫显堂也去吧。"显堂是显勇的哥哥。李显堂把悲伤藏在心底，告别弟弟的新坟，也来到了陶岔工地上。

见出了事故，爬坡器的发明者陈志刚给指挥部写了一封遗书，建议工程技术人员尽快找到一个少出事故、不出事故的办法。他还这样写道："我今后在挖'神仙土'的过程中如果牺牲，不要追究责任，也没有什么责任可追究。即便死，也是为南水北调而死，为人民利益而死，这是光荣的。"

现在查出来的有名有姓的牺牲者是141人，还有个别牺牲的，谁也不知道，实际要超过这个数。

独臂英雄

放炮、机械故障也死伤过人。白牛营的秦永顺放炮炸住胳膊，送到郑州治，左手还是没保住。

吴杰岑没有亲眼见他们出事故。出事后，他到过爆炸现场，也采访过当时的民工。

建渠首闸基的时候，挖到20多米深，出现了石头。必须炸石头，需要打眼放炮。

那时候，邓县炸药厂生产的炸药都是土炸药。从配料到装制，每一个阶段都有技术员在严格控制，比如在装导火索或设置导火线当中，多一分钟或少一分钟，在施工当中都会出大的问题。 有一次放炮，放炮的没经验，放的是土炮，兑的炸药太多，打的石头太大，一下砸到避炮室。

秦永顺是白牛营的民工。 一般是三次警报响过，他就开始点炮。那时候也有哑炮，需要排险。 放炮时，秦永顺的手里还紧紧攥着排险时候拔掉的三个雷管。 点了七炮以后，他又到另外一个地方去，还要点三炮。 因为地不平，秦永顺脚底一滑，雷管就在秦永顺的手里爆炸了。秦永顺顾不上血肉模糊的胳膊，坚持点完最后一炮，最后晕倒在避炮室的门口。

眼见情况紧急，工地指挥部指挥长打电话向南阳求援。 救护车赶忙把秦永顺送到南阳，南阳医院一看，说有生命危险，必须转院，又开车直奔郑州。 河南医学院第一附属医院的医生们全力抢救，命是保住了，但是左手没了。 秦永顺在家里康复一段时间以后，又主动回到工地，用一只手装土。 大家见了都很感动。 上级领导到工地去视察，看到了秦永顺，对他说，你是咱们的英雄，独臂英雄。 秦永顺却说："毛主席教导我们，一不怕苦，二不怕死。"

老渠首炸了

南水北调中线工程真正需要向北方调水的时候，发现原来渠首的大坝不能满足要求，需要在下游重建新的大坝。 老渠首只能炸掉。

前年孔祥敬、黄宏莹来拍《渠首故事》的时候，吴杰岑就对他们说，你们搞这个片儿，什么事儿都要搞清楚。 一个是，邓县为啥要搞这个事儿？ 当时，邓县经济力量肯定不行。 但对于邓县来说，远景是搞南水北调，近期是搞刁河灌区，搞小的不行，必须挖那个引渠。 国家也困难，给的补贴也是很少很少。 人们编了个顺口溜："引丹引丹，把邓县引干；天拖天拖，大姑娘拖成老太婆。"天拖是天津拖拉机厂的简称，这里没什么实际意义。

后来财政部来人，专门调查这个事儿，说补偿这个事儿不好算，建议从保护水质、保护生态这个角度来操作，后来给了些。"文革"时候的水利部常务副部长刘向三是邓县人。有人给人大写个提案，想给陶岔工程立个碑。吴杰岑起草了《陶岔引汉渠首工程建设记事碑文》的草稿，市里派人到北京，找到在医院住院的刘向三，他审阅后签了名。

土方工程完成后，渠首的关键工程就是建大坝。坝基开挖好以后就预制架子，搭好再浇铸混凝土。千辛万苦，邓县人的血汗没有白流。1972 年春，渠首建成了。

但邓县人在陶岔建的老渠首闸现在已经被炸了。

老渠首就在现在南水北调中线工程渠首上面不远的地方，痕迹还在。渠首所在的地方，岩石地基牢固，所以新老闸门都建在那里。工地上的老技术员、后来连任三届邓州市副市长的欧阳彬活着的时候还给温家宝写信，意思是这个老闸当时质量不错，500 个流量，够南水北调用。北京决定，丹江口水库的水位要提高，老闸高程不行，那时候 140多米，现在 170 多米。还是炸了，没保住。

1972 年秋天，吴杰岑回到县城，先在供销社医药公司当临时工。因为医药公司划归商业局，他 1976 年年底到县商业局上班，后来转为正式职工，到 1984 年才转成干部身份。工程建好后，吴杰岑回到家里，1977 年结婚，1979 年有了一个儿子。

欧阳彬一家三代六口人，都劳动和生活在工地上。大家还送给他两个绰号："基辛格"和"坷垃党"。"基辛格"是说他专业能力强，是指挥部的高参；"坷垃党"就是说他一门心思抓生产，时间和精力几乎全部花到挖土方和渠首工程建设上了。1970 年，欧阳彬的小女儿出生，就生在工地的草棚小屋里。即便是这一天，欧阳彬照旧满工地跑。工友们看着心疼，便热情地为他的千金起名字，几天下来，竟收到 50 多个名字，最后定名为汉英。汉，就是引丹、引汉；英，就是英雄。

欧阳彬晚年在回忆录中这样写道："1969 年，在国家对引丹工程没有丝毫物质上的补助和支援的情况下，渠首建设开工，是工程建设'打得最艰苦，表现最顽强'的一年。4 万名民工在荒野沟中摆开战场，靠激昂的斗志、'玩命'的精神，'革命加拼命'，苦干中探索，完成土方167 万立方米。"

第二任指挥长

我们在采访渠首建设时，受访者不约而同地都说到引丹灌溉工程指挥部第二任指挥长曹嘉信，我们决意要找到这位老人。

经多方打听，终于得知他的住处：南阳市梅溪路 3 号，市政府家属院一套 130 平方米的居室。

2016 年 7 月 19 日傍晚，狂风暴雨中，我们从湖北采访归来，找到了他的家。开门的是他的女儿曹英，她刚刚出差回来，到家看望老父亲。曹英说，她老爸思路清晰，口齿伶俐，对当年的渠首建设者很有感情，前段一个建设者的后代因生活困难来找他，他还请人家吃饭，跑前跑后，为人家协调。不一会儿，外出买东西的老人接到电话到家。攀谈起来，才知道，曹嘉信也是一位解放初就参加革命的老同志。

1949 年，曹嘉信在淅川独立团，驻扎在老县城黉学那儿，在淅川剿匪。1948 年，南阳解放以后，解放军在内乡马山口天宁寺那里办了宛西军政干校。曹嘉信在宛西军政干校培训后到淅川剿匪，后来留在淅川县大队当支部书记。1951 年，县大队回到淅川老县城，驻扎在黉学。后来，就调曹嘉信到南阳军分区政治部当科长，因为他搞统计搞得很好，还管干部。

"文革"时候，搞"三支两军"，让曹嘉信到陶岔渠首工地上当指挥长，管生产。

丹江口大坝主体工程于 1967 年建成之后，水利电力部要求尽快建设引水总干渠和渠首闸门，并委托长江水利委员会组织豫鄂两省唐白河灌区内的地级行政区、县级行政区进行渠首及总干渠南阳段选点选线的勘查工作。 由河南省水利厅 3 人、南阳地区水利局 1 人、邓县 2 名水利负责人组成的 6 人小组，于 1967 年 6 月至 7 月开展勘查工作，7 月底形成查勘纪要。 邓县革命委员会于 1968 年 12 月开始做施工准备，分别修建从九重、彭桥公社到陶岔村的两条公路，实施"三通一平"，并在工地搭建工棚为工程建设做准备。

到 1969 年，工程就开工了。 曹嘉信去得晚些，是当年的 11 月 2 日，从南阳军分区先到邓县当常委，1970 年 10 月 8 日，才到的陶岔工地。 这之前，河南省革委会副主任耿其昌到陶岔渠首工地视察，批评南阳说："水在嘴边儿起，你们不知道喝？"所以，南阳又抽调 4.3 万人，有南阳县、镇平县、唐河县、社旗县、新野县、方城县 6 个县的民工。邓县原来有 2.3 万人，又上 2 万人。 总共合起来 8.8 万人，号称 10 万大军。 干到 1970 年 10 月，6 个县撤了，只剩下邓县的 4.3 万人继续干。 这个时候才让曹嘉信去当指挥长，赵兴金当政委，他俩都是邓县的常委。 曹嘉信找到南阳地区领导，说一是工程得挂南阳地区的牌子，二是得找个副指挥长。 这才把南阳地区的副专员张天一调去了，他懂水利。 曹嘉信在那儿干了 4 年，是拼上命干的。

按照规划，陶岔渠首近期年均引水量在 50 亿立方米上下，可灌溉南阳地区 800 多万亩土地。 其他 6 个县的民工全部撤出后，邓县 4 万多民工继续施工。 6 个县民工的撤出，并没有影响到邓县人的劳动热情。各个大队，搜空生产队粮库，往工地上运粮食、红薯干、红薯叶。 社员们推着小车，一大早向工地送；晚上到达工地，卸下，星夜又回去。 从小包干，到大包干，按劳分配，论功行补，多劳多得的政策一出台，那就不是督促民工干活的问题，而是反复强调不要早出勤、晚下班了。

渠首建设是一项浩大的挖土凿石工程，遍地是黄白草苫顶的工棚，到处是推车运土的人流。三山脚下，光着膀子的小伙儿们挥汗如雨，晴天一身土，雨天一身泥，都无所顾忌。万里万车一米渠，要把一米长的渠道修成，要运土 2000 立方米，平均拉 1 万车，往返走路就是 1 万里。

活重，伙食还跟不上。最后咬咬牙关，邓县人民有钱出钱、有粮出粮，最后硬是筹集出了 0.9 亿斤的粮食和 1.15 亿元的现金。这在 40 多年前可是个天文数字，想都不敢想。那时候没有大型的机械，全靠民工用双手一锹一锹地挖，用双肩一筐一筐地抬，用架子车一车一车地运。

任务重，强度大，条件艰苦，党员干部积极当先。有两年春节，曹嘉信都让大家放假回家过年，他留在工地上值班。平常在工地，搬石头、推拉车、装土，跟民工一样，样样都干。黄军装裤子前面都磨得发毛了。

连年被评为四好连队的楸树李大队民工连，成了渠首工地上"特别能吃苦，特别能打硬仗"的先进典型。楸树李村因过去有一片 500 亩的楸树林而得名。楸树木质坚实、抗害能力强，有着邓县人的那股子硬劲儿。刚开工那会儿，他们一天时间整治好八间房的地基。一天，根据指挥部安排，楸树李连副连长李太平率 44 名民工，带着 20 辆架子车，备好一顿干粮，凌晨 4 点钟就出发到 30 里外的湖北均县金家棚去拉荒草。上午 10 点，他们赶到金家棚一打听，有草的地方叫山根村，还得走 20 多里山路。等车上的草装满开始返程，天也黑透了，天黑路险不好走，大家拉着重车，没有人喊累；山风寒凉，也没有人喊冷。经过 35 个小时的往返跋涉，楸树李连队终于把荒草运到工地，卸完车子，回到宿舍躺倒就睡着了。

由于工程量大，设备用料损耗强，往往几天下来，后方供应就很难跟上。那时候，钢丝绳、气门芯、炸药缺得很，买都买不来，只能到北京、天津、上海等大城市去采购。气门芯，架子车轮胎上的这个小小的气门芯，一次都得购买 1 吨……还有炸药，一次都得购买 50 吨，得拉

10 车，每年都得两三次。 有一次，车队安全员杨顺昌从陕县炸药厂押运 8 车炸药、两车雷管，直接就拉到洛阳市第一招待所去了。 招待所问他拉的啥，他说是炸药，把人家吓一跳，死活不让住，他只好带着车队连夜开回工地。

到了 1972 年春，渠首工程建设土方任务完成。 一年奋战，从河岸到河底，100 多米深，开挖土石方 3470 万立方米，是人工天河红旗渠的 2 倍。 南水北调中线渠首工程是中国历史上的又一个都江堰，它不仅在中国水利建设史上是个奇迹，而且在世界水利建设史上也是个奇迹。1972 年 9 月 10 日，联合国秘书长瓦尔德海姆考察陶岔渠首工程，十分震撼，称其为世界上最大的自流引水工程。

1974 年 8 月 16 日，陶岔渠首举行通水典礼。 工人人工启动卷扬机，闸口开始泄水。 人们奔走相告，高兴得直跳。 又经过两年拼搏，灌区建设工程竣工。 8 年中，邓县共有 141 人牺牲、2280 余人负伤致残。 曹嘉信和参加过渠首建设的战友们都有一个情结，总想为参加渠首会战的邓县人立一座纪念碑。 碑文 2006 年 6 月就由吴杰岑起草、原国家水利部常务副部长刘向三审核签字了。 碑文内容是这样的：

> 1969 年 1 月 26 日，丹江口引汉渠首在邓县陶岔开工。按照南水北调中线规划要求，"当闸线水位 148.3 米时（吴淞高程），过水 500 个流量"的规模进行建设。经国务院批准，邓县组织两万民工进行 4.4 公里引水渠和渠首闸基开挖。为加快施工进度，在邓县民工增至 4 万余人的基础上，1970 年 3 月至 10 月，南阳地区革委会组织南阳、新野、镇平、方城、社旗、唐河六县民工 43000 人承担了渠首闸后至彭桥的总干渠段开挖。六县撤退后，邓县继续施工。1974 年 8 月通水，1976 年完成全部工程，并建设了河南省第一个引丹灌区。其时，国家经济困难，群众温饱尚未解决，生产力水平低下，全靠人工凿渠。邓县人民顽强拼搏，八年奋斗，完成工程量 2500 万立方米；渠道最大深

度 47 米,最大口宽 500 米;大闸净高 22 米,闸底高程 140 米。完全满足引汉至京津的规划要求。

在渠首建设中,长江水利委员会和河南省水利厅的技术力量,分别承担了闸前及闸后至彭桥段的勘测设计。南阳地区水利局的技术力量,主要承担渠首闸等重点建筑物施工。

邓县农村大部分劳动力参加过工程建设。全县投入资金 1 亿多元、粮食 9000 多万斤。为工程建设牺牲 141 人,伤残 2280 余人。邓县人民贡献巨大,功绩卓著。

时值南水北调中线工程全面开工之际,谨向参加过渠首工程建设的广大民工、工人、知识分子和干部致敬!

为陶岔渠首建设牺牲的乡亲永垂不朽!

清泉沟

当年修建老渠首,主要是为了引丹灌溉:河南是刁河灌区,湖北是襄阳灌区。 老渠首建设期间,两项引水工程也开始上马。 刁河灌区也称刁南灌区,工程自陶岔渠首引丹江水,让邓县、新野等地得丹江灌溉之利。 1969 年 5 月,湖北襄阳地区的引丹灌溉工程动工兴建,1974 年 7 月建成通水,1979 年全面竣工,灌溉面积 210 万亩。 其引水口同样在老渠首。 主体工程有:库内引渠、清泉沟泵站、6700 米长的清泉沟隧洞、总干渠和排子河渡槽等大型水利设施,以及干渠、支渠等。 随着国家南水北调中线工程的实施,清泉沟隧洞成为鄂北引水工程、襄阳引丹灌区共用的取水口。 当年,湖北省襄阳地委组织数万民工在艰苦条件下施工建设,60 多名民工牺牲。

2015 年 12 月 26 日,在河南省漯河市沙河港工地,杨光显就谈到了清泉沟隧洞施工时发生的一次事故。

过去，湖北襄北、光北、枣北的"三北"地区，也是严重缺水。 几乎和河南人修建陶岔渠首和刁南灌区的同时，湖北人也要引丹。 丹江口水库快蓄水的时候，襄樊也开始建引丹灌区，并首先受益。 他们才开始想从陶岔引水，后来在湖北省老河口市杨湾镇自己地界上的清泉沟挖山洞引丹江水，结果死好多人。

1972 年 7 月 1 日早晨，湖北 2000 多民工、知青进入隧洞施工现场。 当时湖北人在清泉沟钻山洞，为省工，从半山腰上打个立洞，出石碴。 上午 8 点 30 分，突然大雨倾盆，50 分钟时间内，当地降水高达 150 多毫米。 瞬间，洪水涌入隧洞。 水一下子把洞灌满了，淹死 60 余人，女性居多。

渠首开的口子原来论证的是三个地方，一个在贾沟，一个在王岗，一个在陶岔。 经过反复论证，又经过地质钻探，定在陶岔。 湖北不想和河南搅到一起，决定在丹江口大坝左岸的石碑岭开口引水，从石碑岭到孟桥川水库修建一条长 40 公里的引水渠道。 在邓县没开工时，湖北就干起来了。 钱花到 400 多万，结果发现开口的地方石头是破碎的，挖不成，一挖就塌。 工程技术人员发现，石碑岭一带属砂石层，存不住水，即使挖通了引水渠，引水过程中也会出现极为严重的"水损"。 湖北省组织专家论证后叫停石碑岭工程，拐过来，到 1969 年 10 月的时候，又来跟河南合作，用河南一段引渠，在清泉沟那儿挖山洞走，搞襄阳引丹灌区，灌溉湖北襄阳地区。 邓县给长江委、省水利厅要求，湖北的渠得比河南高 3 米。 如果他们比河南低或者一般高，他们在上游，水就被他们引完了。 湖北就从那里，把邓县原来挖的引渠，一边又扩 25米，把渠道挖宽，渠底抬高。 湖北从清泉沟引丹江水，引了几年，受益要早，后来水库水位下降，渠就废了。

新渠首

不管老建设者们怎么遗憾，老渠首必将被新渠首取代。

2015 年国庆节，我们来到陶岔新渠首。 路旁一块高大的巨石上，刻着"中线渠首"的字样。 早在通水之前的 2014 年秋，我们已随河南省诗歌学会、邓州有关部门组织的诗人采风团到此采风，并聆听了老渠首建设者和新渠首工地负责人对新老渠首的介绍。

如今，当再次瞭望已经建成的副坝和引水闸、电站，以及不远处的丹江口水库，我们知道，北京、天津、河北、河南的几千万人，从 2014 年 12 月中旬开始，已经喝上了纯净、甘甜的丹汉之水。

作为南水北调中线一期工程输水总干渠的引水渠首，陶岔渠首枢纽工程担负着向北京、天津、河北、河南输水的任务。 整个工程批复总投资 8.5717 亿元，2009 年 12 月开工，监测数据显示，丹江口水库的水源常年保持Ⅰ、Ⅱ类水质，可达直饮标准。

整个工程包括上游引渠护坡、引水闸及电站。 上游引渠段全长约 4.4 公里。 陶岔渠首坝顶高程 176.6 米，轴线长 265 米。 引水闸底部高程 140 米，分 3 孔，孔口尺寸宽 7 米、高 6.5 米，设计流量每秒 350 立方米，加大流量可达每秒 420 立方米。 新渠首闸建成后，老渠首闸予以拆除。

新渠首集引水、灌溉、发电、旅游、休闲度假于一体，是南水北调中线工程的标志性建筑。 渠首电站装机 2 台，单机容量 25 兆瓦，总装机容量 50 兆瓦，建成后由河南电网统一管理调度。 工程已批复总投资 8 亿多元人民币，其中电站投资约 3.7 亿元人民币。 2014 年 9 月 24 日，陶岔渠首枢纽工程通过了蓄水验收和通水验收。

在陶岔渠首枢纽工程的施工过程中，同样面临了重重困难。 陶岔渠首枢纽工程，不但要利用原有的渠道进行修整，同时还要将老坝拆除。 在施工过程中，在保证下游继续具备用水条件的同时，更要保证工程的如期进行。 而且施工中，水下面是岩石，地基十分坚硬，为施工带来了很大的困难。 所不同的是，新渠首建设再也见不到当年的"红旗招展，人山人海"。 先进的设计和机械化操作代替了原始的人工劳动。在建设过程中，当年参加过老渠首建设的许多白发老者都来参观过，无不感慨万千。

就在我们前往采风之前，陶岔渠首枢纽工程还迎来了一次临时"大考"。

2014 年入夏以来，平顶山市遭受了严重的旱情。 南水北调中线总干渠从丹江口水库向平顶山市实施了应急调水，使平顶山人民喝上了清凉甘甜的丹江水。 这次临时应急调水，缓解了平顶山市的旱情，也让平顶山市成为南水北调中线段的第一个受益城市。 到 2014 年 12 月，总干渠全线通水，润泽北方。

如今，这一切已成为现实，而现实也回应了网上的一些负面声音。

一个浩大的工程，一条 1432 公里长的总干渠，已经成功运行了两年。

我们，将沿着总干渠，和一渠清流一起北上。

江河握手

南水北调工程，通俗地理解，就是将南方的水调往北方，供人们生活所用。 而从中国水利建设的总体布局来说，南水北调长远的规划是要完成"三纵四横"的中华大水网，实现水资源的南北互济和东西调配，因而是优化水资源配置、促进区域协调发展的基础性工程、战略性工程。"三纵四横"简单说就是用南水北调的东、中、西三条线路将长江、淮河、黄河、海河四大流域沟通起来，总体安排使用。 这无疑是一项人类历史上前所未有的宏大工程，金字塔、巴比伦空中花园等古代奇迹，长城等中古奇迹，巴拿马运河等现代工程奇迹，与之相比都难免逊色。

南水北调中线工程，起于烟波浩渺的丹江口水库，经 1432 公里的中线总干渠，将一江清水送往京津。

2003 年 12 月 30 日，南水北调中线工程开工。"是时代给了我们这样的机遇。"长江勘测规划设计研究院院长、中国工程院院士钮新强说，"正是因为国家发展了、强大了，有能力来做这些事情了，我们才有了展示自己的机会。 我们赶上了好时代，那就要把所有本事都拿出来！"

11 年后，全长 1432 公里的南水北调中线工程总干渠，起于汉江、丹江，沟通淮河、黄河、漳河、海河、滹沱河等诸多江河，沿途还要穿越无数山丘、峡谷，无数城市、乡村，无数道路、桥梁，需要建设布置各种隧洞、渡槽、桥梁、倒虹吸等建筑物。 以河南境内731公里长的总干渠为例，就需要建设布置各类建筑物1211座，平均每公里1.7座。 而到了河北省徐水县，分流北京、天津的渠水，还要通过暗渠输送。

这一切，技术程度之高、施工难度之巨，冠绝中外。

2014年12月12日，总干渠从丹江口大坝加高后扩容的丹江口水库南阳市淅川县陶岔渠首闸引水，穿越南阳盆地，过长江流域与淮河流域的分水岭方城垭口后，进入中原地区，再经河南省西部伏牛山脉边缘，在郑州以西孤柏嘴处穿过黄河，继续沿京广铁路、京港高铁、京港澳高速西侧南太行山脉东麓北上，基本自流到达河南、河北、北京、天津4个省市。 其中，最末端通过圆明园团城湖节制闸，流入北京市千家万户。

千里干渠第一跨

南阳山水形胜，钟灵毓秀，自古人文鼎盛。 北部伏牛山脉、西部秦巴山脉、东南部桐柏山脉合围，形成了南阳盆地，其中拥有众多江河，并分属长江流域、淮河流域、黄河流域，在中国版图内是一个很奇特的风水宝地。 南阳盆地西南有丹江，西北有洛河、鹳河，北有鸭河，中有白河、梅溪河、温凉河，东有赵河、唐河、泌水，东南有淮河，南有刁河，西南有湍河。

这纵横交织的河道，像一条条蛟龙横亘在南水北调中线总干渠前行的途中。 要让一渠清流走出南阳盆地，设计者和建设者面临的第一道难题是排除湍河河道的阻扰。

江水向北，是舒缓的；湍河向东南，是湍急的。

南水北调中线总干渠从渠首出发后，将穿越南阳盆地，首先要跨越湍河。 湍河全长 216 公里，古称湍水，《水经注》称之为淯水，源出南阳市内乡县翼望山，自西北向东南流经内乡县、邓州市，至新野县城郊乡湍口村注入白河。 因上游多山，多穿峡，水流湍急，故得"湍河"之名。

如今，曾经湍急奔涌的湍河，因为南水北调，开始改变它的容颜。

南水北调倡导者毛泽东生日后的两天，2010 年 12 月 28 日，湍河渡槽工程正式开工。

2013 年 11 月中旬，吴元成在邓州出差期间，曾前往邓州市十林镇张坡村和赵集镇冀寨村之间的湍河边，探访湍河渡槽施工工地。虽然现场还有许多后续土方工程未及完工，但高大威猛的混凝土渡槽主体已初具规模。渡槽之下就是湍河，因为上游来水量减少和施工影响，已经看不到它湍急的身姿。

湍河渡槽是南水北调的重要工程，丹江清流自陶岔渠首引出后，经明渠在此跨越湍河。水渠跨河通常有两种方式：一种是倒虹吸，如过白河和黄河就采取的倒虹吸方式；一种就是渡槽。总干渠过湍河，工程师们就选择了渡槽方式。湍河渡槽由三条平行渡槽构成，至2012年6月已经建成了三跨，我们看到时已基本完工。

在现场，我们看到，在深扎湍河河床的桥墩之上，三台造槽机几乎齐头并进，就像三条张着大口的红色巨龙，包裹着钢筋、水泥，缓缓向前移动。每向前移动一段，其身后就伸出一段已经成型的灰色U形渡槽。工地上，重型载重车辆来往穿梭。管理人员、技术人员、施工人员头戴红色安全头盔，忙上忙下，其中就有湍河渡槽工程项目经理陈谋建。

陈谋建2005年从四川农业大学农水专业毕业后，就一直奋战在南水北调工地，先后参加了南水北调中线京石段漕河渡槽、石家庄滹沱河生态环境修复、天津干线保定二段和湍河渡槽工程的建设。

湍河渡槽开工前夕，陈谋建被调到湍河渡槽工程项目部，一开始是让他担任总工程师。摆在眼前的是目前世界上跨度最大的U形薄壁双向预应力混凝土渡槽，是国务院南水北调办公室以及中线建设管理局的主要控制性工程之一。工程运用造槽机现浇施工，因无工程实例可以借鉴，技术难度高，施工难度大。湍河渡槽项目部成立之初，几位项目经理候选人都不愿接手，曾经一度上任的项目经理也因精神压力过大而辞职。领导经过慎重考虑，找到了陈谋建，说他曾参加过漕河渡槽施工，非让他出任项目经理不可。推辞不掉，他只好临危受命。

湍河渡槽是南水北调中线干线控制性工程，无论内径、单跨跨度、流量都是世界第一。 工程全长 1030 米, 共 18 跨, 单跨重量达 1600 吨。 主要建筑物由右岸渠道连接段、进口渐变段、进口闸室段、进口连接段、槽身段、出口连接段、出口闸室段、出口渐变段、左岸渠道连接段 9 段组成, 在右岸渠道连接段右侧设有退水闸一座。 槽身为相互独立的 3 槽预应力混凝土 U 形结构, 单槽内空尺寸为 7.23 米×9.0 米。 设计流量为每秒 350 立方米, 最大流量为每秒 420 立方米。 工程总投资约 2.6 亿元, 防洪标准按 100 年一遇洪水设计, 300 年一遇洪水校核。

湍河河面宽度仅 100 多米, 但周边地形复杂, 建设单跨 40 米、3 槽预应力混凝土 U 形结构的渡槽具有相当大的风险。 为了对工程负责, 湍河工程项目部预先建造 1∶1 仿真试验槽, 模拟水流水速, 测算分析一年中 U 形渡槽的预应力变化, 并针对收集到的研究数据, 对渡槽设计进行更改和优化, 然后再进行真正的施工建设。 在南水北调中线工程中, 湍河渡槽工程是唯一建造 1∶1 仿真试验槽的。

尽管施工难度大, 但项目部上下齐心, 克服种种困难, 施工进度迅速。 工程由葛洲坝工程局一公司负责施工。 建设中, 湍河渡槽采用造槽机施工。 造槽机其实就是巨大的钢结构移动模板, 三个造槽机价值 3000 多万元, 是专为湍河渡槽设计制造的, 工程结束后即宣告报废。

2011 年, 计划一年完成的 342 根渡槽基础灌注桩提前半年完工, 57 个槽墩浇筑完成三分之二。 3 台大型造槽机, 不仅顺利安装就位, 年底前还浇筑了 2 跨槽身, 施工质量满足要求。 2012 年, 湍河渡槽工程进入了施工关键期, 要浇筑槽身 30 跨。 当看到这个数字时, 陈谋建着实发愁, 因为当时造槽机浇筑一跨槽身还在 45 天徘徊。 他和项目部的同事们开始钻研如何提高造槽机施工效率, 寻找缩短工期的途径。 同时, 迅速增加资源投入, 保证每天 24 小时持续作业, 并开展劳动竞赛, 实行严格的考核奖罚制度, 奖励完成任务出色的有功人员。 结果, 浇筑时间由原来的 45 天缩减到平均每 32 天完成一跨槽身。 2012 年, 项目部硬是完成了 30 跨槽身浇筑任务。

与矩形、方形渡槽相比，U 形渡槽代表着更为先进的水利工程技术，不仅更加美观，且更节省土地和成本，更经久耐用，过流能力更强。 此前，U 形渡槽工程的常见单跨长度为 20 米，湍河渡槽尝试创新为 40 米。 湍河渡槽施工工艺先进、技术含量高，在国内首次引入造槽机"原位现浇"技术，结构设计新颖，施工工艺和设备制造史无前例。而造槽机的研发被国家列入"十二五"技术装备重点攻关项目，也是国务院南水北调办公室重大科技攻关项目。 我们实地看到，湍河渡槽、造槽机气势恢宏，堪称"千里干渠第一跨"。

2014 年夏，为缓解平顶山市 63 年以来遭遇的特大旱情，南水北调中线建管局按照国家防汛抗旱总指挥部和国务院南水北调办公室的安排，在未完成充水试验的前提下，通过多方协调，提前利用中线总干渠，从丹江口水库向平顶山市白龟山水库输水，调水规模为 2400 万立方米。 输水时，湍河渡槽中水深大概有 2 米，流量每秒达 40 立方米。

膨胀土难题

总干渠跨越湍河渡槽之后，就逐步深入南阳盆地。 总干渠一路过邓州市、内乡县、镇平县，穿绕过南阳市宛城区、卧龙区，向东北方向进入方城县地界，再经过方城垭口，才能完全走出盆地。

南水北调中线总干渠线路北行过程中，要通过不同的地质单元，而膨胀土是工程要解决的最主要工程地质问题之一。 膨胀土是一种具有特殊性质的岩土，遇水膨胀，失水收缩。 膨胀土所在的渠段容易引起滑坡、变形、冲刷垮塌。 为了确保总干渠顺利施工，建设者们要在不同的渠段先期进行膨胀土试验段的施工。 南水北调中线工程总干渠全长1432 公里，穿越膨胀土渠段累计长约 387 公里，约占总渠长的 27%。这种特殊的土层涉及渠段长度大，处理技术难度高，制约因素多，成为工程建设关键技术问题之一。

2008年9月26日，南水北调中线总干渠膨胀土试验段工程南阳段开工建设。时任国务院南水北调办副主任宁远，河南省人大常委会副主任铁代生等出席开工仪式。河南省省长助理何东成主持开工仪式。

南阳膨胀土试验段起点位于南阳市卧龙区靳岗街道办事处孙庄东，终点位于靳岗街道办事处武庄西南，全长2.05公里。需完成土方开挖166万立方米，土方填筑48万立方米，混凝土3万立方米，钢筋制安934吨，铺设复合土工膜24万平方米，计划总工期24个月，工程静态投资约1.8亿元。

国务院南水北调办副主任宁远在开工仪式上指出："南阳膨胀土试验段工程开工，标志着南水北调中线工程进入了一个全新的实施阶段。南阳膨胀土试验段的试验结果，对解决膨胀土渠段的渠坡处理这一重大技术难题具有重要意义。"

南阳膨胀土试验段由河南省南水北调中线建设管理局负责建设管理，河南省水利第二工程局负责施工，长江勘测规划设计研究院承担工程设计。工程于2008年9月26日开工动员后，11月28日正式破土动工。截至2009年5月，弱膨胀土试验区、中膨胀土试验区土方开挖和回填等已全部完成，并分别于4月12日和20日开始进行大气环境影响模拟试验。5月底，试验段一期工程基本完成，接着转入试验和公路桥建设。6月下旬后，南水北调南阳膨胀土试验段陆续进入试验阶段，利用天然降雨和人工模拟降雨，使用不同手段试验各种天气、水位处理高边坡膨胀土方案。试验由长江设计院牵头进行。试验选中的弱、中膨胀土处理方案作为陶岔至黄河南段工程施工的依据。挖方段的各种工程建设均服务于高坡边坡膨胀土试验。

但在具体试验施工阶段，设计者和建设者都遇到了不少的难题。在南水北调总干渠南阳膨胀土试验段试验期间，渠道衬砌面板出现了较多混凝土裂缝，需要对其展开性状分析以制定适宜的补救措施。通过对各试验区衬砌面板裂缝长期的观察、量测，选取代表性的试验区分析渠段充水试验前、后裂缝的发生、发展规律，终于总结出齿槽结构等设计优化成果，并提出相应的处理措施，改进了渠道衬砌技术。

2009 年 6 月，长江勘测规划设计研究院设计师万会兵就曾以《攻坚世界难题》为题，对此进行了专门的解读：

20 世纪 50 年代末期至 70 年代初期，在南水北调中线陶岔渠首工程地质勘察、设计和施工中，勘察人就认识到这种裂缝黏土"湿时塑性很强，干燥时裂隙发育，裂面光滑，边坡极易塌滑"。经过数十年的勘察和研究，长江委技术人员已经了解了中线工程膨胀土的分布特征与基本性质，取得了膨胀土改性等多项研究成果。近年，国家"十一五"科技支撑计划重大项目"南水北调工程若干关键技术研究与应用"，把"膨胀土地段渠道破坏机理及处理技术研究"列入课题之一。长江勘测规划设计研究院作为该课题膨胀土现场试验研究牵头单位，联合长江科学院、河海大学，又一次开展了世界最大的膨胀土渠道工程原型试验研究。

南阳试验段工程分两个阶段进行，一期工程从施工开始至试验结束。主要是按试验方案进行试验段施工和进行现场试验。二期工程是从拆除试验段隔离堤等到最终建筑物施工完成，也就是按试验结果比选出来的最佳处理方案和施工工艺等完成最终断面的施工。最后建成的渠道将成为南水北调中线一期工程陶岔至沙河南渠段的一部分。试验的主要目的是解决膨胀土渠道施工重大技术难题，推荐安全可靠、经济合理、施工便捷、生态环保的处理措施和施工方法，并建立相应的设计标准和施工工艺，指导中线膨胀土渠道的施工，确保渠道建成后安全运行。

长江勘测规划设计研究院高度重视南阳段的试验，院领导亲自领衔，组成精干的技术科研团队。抽调各专业技术骨干成立现场设计代表处，两位博士直接参与试验。半年过去了，工程施工、膨胀土试验已取得了阶段性成果，但也历经了艰辛和挑战，从中更多的是彰显了长江设计人攻难克坚的信心和勇气。

科学选线，搭建丰富的试验平台。 膨胀土分"强、中、弱"三类，中膨胀土胀缩性较强，是渠道工程重点防治对象；弱膨胀土胀缩性相对较弱，对工程的危害相对较小。 弱、中两类膨胀土在中线一期总干渠沿线分布均较长，都是试验研究的重点。 虽然强膨胀土工程问题较为复杂，但在总干渠中所占比例相对较小，试验安排在室内进行。

为了使试验取得预期效果，选择具有代表性的膨胀土地段尤为重要。 通过大量的勘察、分析、论证工作，长江勘测规划设计研究院提出了将中线干渠河南南阳市境内的一段，作为试验地段。"南阳试验段"的选位是否合理曾遭遇许多质疑。 现在从开挖结果看，试验段地质情况与先前勘察的结果基本吻合，所选地段的膨胀土极具"代表性"，膨胀土"问题"突出，有些"问题"比预想的还严重，这些都为试验研究提供了丰富的素材。 现在，这片露天黄泥舞台上长江勘测规划设计研究院的技术人员正在上演紧张的试验攻坚战。

一个数据，一份艰辛。"数据"是试验的生命，没有"数据"，试验就失去意义。 南阳膨胀土试验是室内试验与现场试验相结合，主要是现场试验。 2公里试验段分填方试验区、弱膨胀土试验区、中膨胀土试验区三个试验大区，各试验大区按不同的试验目的又分了2个、4个、7个试验区。 各试验区根据膨胀性和膨胀土处理方法有针对性地进行不同的试验，例如，中膨胀土的7个试验区分别进行非膨胀土、水泥改性、土工袋、土工格栅、砂石垫层加土工膜等试验，还有膨胀土的裸坡试验。

众多的试验，数不清的试验数据，凝聚了研究人员多少心血。 南阳试验段开工初期，试验人员为了工作及时、方便，就租住在离工地不远的农民家里，农村水电供应经常没保障，有一次一连几天都没有水，一身泥土的试验人员盼来了水，也只能几个人共用一盆水。

试验初期正逢严冬，地段空旷，北风一吹，即使不见雪飘，也是寒冷透骨。 监测专业人员安装测斜管时，管材与手套都冻在了一起。 施工专业人员为了获得碾压试验数据，在现场一蹲就是一天，冷风像刀子一样刮着他们的脸，鼻子好像被刮掉一样。 地质人员为了及时完成开挖面地质编录，在现场啃冷馒头、喝凉开水充饥解渴。 试验室的几位女技术员为了取得标准的土样，在工地一干就是一天。 试验技术负责人、院副总工蔡耀军每月都要来工地两三次检查试验，与现场技术人员探讨解决试验中遇到的问题、完善试验方案，叮嘱现场人员要把试验的各环节做到位。

　　在边施工边试验的特殊试验环境下，往往一组试验过去了就没有再来的机会。 例如碾压试验，碾压第一层土试验完成以后，碾压第二层时第一层的试验就不能再做了。 为了保证获取数据的准确性，现场设计研究人员紧紧盯住每个试验过程，丝毫不敢马虎。 有时为了试验结果更准确还要增加试验组数。 白天下来精疲力竭，晚上还要整理数据，提出第二天施工工序及要求，挑灯夜战是常有的事。 现场设计代表处副处长陈尚法一次赶写报告加班到凌晨4点多钟，天亮后，又赶到工地，他们只有一个心愿，就是不能让数据从自己手中出错。

　　现场设计代表处是长江勘测规划设计研究院服务工程的"窗口"。长江勘测规划设计研究院南阳试验段设计代表处为了让"窗口"更耀眼，在做好服务的同时，开展了多项特色工作。 一是管理制度增加"试验"部分。 南阳试验段包括工程施工和试验两大任务，长江勘测规划设计研究院是工程设计单位和试验牵头单位，南阳设代处《管理办法》除了保留院有关设代管理制度外，还增补了"现场试验"协调管理内容。《管理办法》经过多次协商，几易其稿，颁布实施后有效地促进了设代工作正常运行。 尤其是对各单位提交试验结果格式的统一规定，分清和规范了工作责任。 二是坚持以工作大局为重，实现各方工作协调开展。设代处处长倪锦初感慨，工程虽小，但协调工作比大工程大。 膨胀土工

命脉

程建设和试验，对于施工单位和试验单位都是全新的工作，怎样保证施工和试验的有效结合以及各类试验有序进行，设代处做了有益尝试。首先要求现场各专业技术人员，一切工作要服从工程建设大局，尽量让因工作产生的问题在现场得到及时消除。 其次是工作人员自身廉洁、勤奋、严谨，要用优秀的人品赢得各方的尊重、信任。 现在，南阳设代处的各项工作进展有序，实现了零事故工作目标。 三是后勤保障有力，展示了企业规范严谨的工作精神。 施工和试验高峰期，设代处现场工作人员最多达 30 人，5 部越野车。 设代处办公室人员不辞辛苦，尽心尽职。 接待服务周到仔细，文件收发及时，资料归档规范，南阳设代处充满温馨和谐，受到业主及建设管理单位的好评，也折射出长江勘测规划设计研究院一流企业形象。

2011 年 7 月 5 日，南水北调中线工程南阳膨胀土试验段现场试验全部结束。 根据试验取得的数据分析，"水泥改性土换填"和"非膨胀土换填"两种工艺获相关专家组初步审定，将在南水北调中线工程膨胀土渠段建设施工中大规模推广采用。

南阳市移民局副局长刘贵献曾在接受我们采访时说："当时修干渠的时候，南阳辖区内有个试验段，就在卧龙区的靳岗乡。"

事实证明，穿越膨胀土地段的南阳段总干渠，以其高超的施工质量，保证了浩荡渠水的平稳通过。

为确保南阳段工程顺利实施，地方政府和沿线群众也做出了许多牺牲。 河南省南阳市卧龙区蒲山镇的陈安民，从 2004 年、2005 年长江委到这里搞地表调查、统计土地容量起，就参与了。 那时候他还是副镇长。 后来南水北调中线干渠在这儿施工，他又参与调地。

南水北调中线干渠东边到白河，就是蒲山、丰山那里，建有倒虹吸工程。 过去倒虹吸就不是南阳市区的地方了。 干渠西边接镇平县辖区。 围绕着南阳市区的南水北调中线干渠一共 32 公里，卧龙区境内占 27 公里，其中蒲山镇就占 10.6 公里。 外加个倒虹吸工程，2012 年春天开工的，上面和焦柳铁路、二广高速交叉互通。 最下面是鸭河口水库往南阳市区第四水厂输送的管道，那管道的直径是一两米。 中间是干渠，干渠上面是铁路，铁路上面是高速公路，还有条省道。 等于是5条线在那儿交叉，会到一起了。 地下2条：输送水道、干渠。 地上3条：铁路、高速公路、省道。 这是干渠施工最复杂的地区。

建设用地调地难。 南水北调中线总干渠在蒲山镇长10.6公里，涉及24个村民小组。 干渠建设要占这24个村民小组的地，涉及2万多亩。 要给老百姓调地，20多个村民小组，有些组20多年没有调过地，矛盾非常集中！ 这个组对出来，划拨过来，可能15亩地、20亩地，都得调整，一调整就涉及200亩地、300亩地。

过垭口而通江淮

生活在郑州，老家在南阳，加上这两年在淅川"深扎"，我们经常在郑州、南阳间往返。 每次经许平南高速公路过方城县境时，都能在导航里听到：前方是南水北调大桥，请减速慢行。 有一次，我们还把车子停靠在安全区域，对着桥下的南水北调总干渠拍照。 远处，就是被历史和现实交织起来的垭口。

方城一带，是南阳盆地的北部边缘，是长江流域和淮河流域的分水岭，也是亚热带气候和暖温带气候的分界线。 实现跨流域调水，必须穿过分水岭。 而方城垭口，似乎是大自然在这道分水岭上留下的一个天然缺口，让水从这里穿过即可实现跨流域调水。 自古以来，历代都有人打这个算盘，期望由此沟通长江与淮河。 特别是宋代，一次次施工，最终也没能成功。

《宋史·河渠志·白河》记载："太平兴国三年(公元978年，时宋太宗赵光义在位)正月，京西南路转运使程能献议，请今南阳下向口(今南阳市宛城区新店乡夏响铺村）置堰，回水入石塘、沙河，合蔡河达于京师（汴梁，今开封市），以通湘潭之漕。 诏发唐、邓、汝、颍、许、蔡、陈、郑丁夫及诸州兵凡数万人，以弓箭库使王文宝、六宅使李继隆、内作坊副使李神祐、刘承珪等护其役。 錾山陮谷，历博望、罗渠、少柘山，凡百余里，月余，抵方城。 地势高，水不能至，能献复多役人以致水，然不可通漕运。 会山水暴涨，石堰坏，河不克就，卒堙废焉。"

南水北调工程要将长江流域的水引向黄河流域、海河流域，必须跨越一道道分水岭。 南水北调的东线、西线工程通过筑高坝、开挖长隧道、建泵站提水等方式跨越分水岭，唯有中线工程全程自流，必须利用天然的通道以减小工程难度。

喇叭形的方城垭口是中国地理九大垭口之一，位于方城县东北部，是伏牛山、桐柏山交接形成的地堑，是中国南北方分界线的标志性转折点，是古代北通郑洛、南连襄汉、西进秦巴的必经之地，是南北交通的天然通道。 垭口东西长15公里，南北宽20公里，地势平坦，两侧地面高程达200米以上，垭口处仅为145米，被形象地比喻为南阳盆地边沿上的天然"缺口"。 正是这种独特的地形，才使历代水利设计者都在动它的脑筋。 南水北调中线工程顺利流出南阳盆地，实现全程自流，同样要利用这个"缺口"。

方城垭口看起来很平坦，地势也低，但实际上作为分水岭它仍然有相当的高度，相对陶岔渠首而言，这里要高出20米。 这也是历代人修渠没能成功的原因。 正因如此，方城垭口与陶岔渠首、郑州穿黄、进京水道一起，并称中线工程四个关键工程环节。

方城县城东南4公里处有一条东西走向的长沟，当地俗称为"始皇沟"，说是秦始皇修筑的运河遗迹。 其实这就是北宋初年开挖的襄汉槽渠的一段，现存遗迹宽约40米、深约8米、长约800米。 南水北调中线干渠和宋太宗的襄汉槽渠走的是同样的路线。

宋太宗搞的工程最终没能成功。因为方城垭口虽说是伏牛山、桐柏山两大山系之间的缺口，但相对于两边地面来说，仍然有几十米高。要想让渠水从南阳盆地中顺利自流出来，必须向下挖出一条深达20米以上的渠道。在南水北调中线干渠的这段渠道处就可以看到，它深陷在地下，宽度有100多米。而且，在水位线以上，全是红色岩体，都是坚硬的火山岩。施工时必须先爆破再挖掘，以宋时的施工能力，当然无法挖出这么深的渠道来。

方城县境内渠线穿越8个乡镇51个行政村，总长60.794公里，占南阳段总长度的1/3，占南水北调中线渠线总长的近1/20，使方城县成为整个工程过境渠线最长的县份。为确保工程顺利实施，方城县集中精力，解决取土、弃土、石料场地28个，工程永久和临时用地24606.1亩；拆迁房屋12934.7平方米，迁建单位4个，改建电力、通信、广电线路336条；绿化13949.9亩；安置5368人。一个个枯燥的数字背后，凝结着方城县人民对南水北调中线工程的无私奉献和全力支持。

有奉献，就有牺牲。建设者们用自己的实际行动诠释了奉献的意义。因为垭口并不是个施工的好地方：7.5公里的渠道有5.5公里是膨胀土，有3公里是高渗水地层，1公里是淤泥带，流沙层、软岩、硬岩、砂层……令建设者们头痛的难题，这里"应有尽有"。河南省南水北调办干部鲁肃近年深入方城垭口工地，采写出版了长篇报告文学，其中写到了南水北调英雄群体代表、候选"感动中国"人物、背着老父上工地的陈建国。

2016年8月23日，河南省社科院联合河南省南水北调办、河南省移民办等单位在郑州召开南水北调精神研讨会。我们在会上见到了传奇人物陈建国和《南水北调过垭口》[1]的作者鲁肃，对陈建国的事迹有了深入的了解。

───────────

① 鲁肃著《南水北调过垭口》，河南文艺出版社2016年5月第1版。

自古"忠孝不能两全",这句古话陈建国体会最深。他放弃了家的温暖,选择了孤独的坚守。他所带领的方城六标开工晚、地质条件最复杂,却最终成为南水北调河南段的标杆。

2011年2月初,河南省水利第一工程局任命陈建国为南水北调中线方城段六标项目经理。几乎在陈建国到工地的同时,他的大哥因为糖尿病住院。从小与大哥感情深厚的陈建国早打算去看看大哥,却无奈项目刚开工,千头万绪,事情一件接一件,探望时间一拖再拖。直到49天后大哥去世,陈建国还在忙于项目部的工作,他始终没能回去见大哥最后一面。得知消息后,陈建国大哭一场,办完丧事,他又匆匆赶回工地。然而,噩运还没有结束。陈建国70多岁的母亲同样也是疾病缠身,糖尿病、心脏病、类风湿,还患有白内障,虽然做过手术,但效果并不理想,双目几近失明。2012年4月份,母亲病重住院治疗,家人多次打电话催他回去探望。此时,正是工程汛前大干的施工高峰期,面对巨大的施工压力,陈建国做出了一个让他日后痛心不已的决定:等到下雨工地不能施工时,再回母亲病床前侍奉汤药。3天后,陈建国得到了母亲心肌梗死病逝的消息。悲伤和悔恨一瞬间击垮了他,想到母亲含辛茹苦供养自己上学,自己却常年在外,少尽孝道,他悲恸欲绝。行前,他把项目部班子成员和中层骨干叫到一起,安排眼前紧急工作,签批工人工资结算单,对夜间施工巡查、安全生产、质量控制、施工进度等事宜一再叮嘱,从早晨7点,唠唠叨叨安排到中午12点,才踏上回家的路。

遭到亲人相继去世的打击后,陈建国父亲的身体也是每况愈下。无法兼顾的陈建国干脆把老父亲接到工地,带着他一起修渠。

陈建国说:"这是个没有办法的办法。这么大的工程,进度不能耽误,我不想再在工程和家人身上选择,再有一次,我不知道怎么原谅自己。作为一个家人,我是不够格的。我们做水利的,对家庭都亏欠太多。这辈子欠他们的,只有下辈子再还了。"陈建国是个认真做事的人，抓质量从不含糊。 鲁肃在他的《南水北调过垭口》中就记录了这样一件事：

2013 年 7 月的一天夜里，陈建国按照惯例到改性土回填施工现场巡查，刚好碰上质检员通知一个作业队进行返工处理。 原来这个作业队在第 15 层改性土的回填施工中，经测验压实度为 97.9%，与规范要求的 98% 相差 0.1%。 虽经反复碾轧，仍达不到要求。 按照规定，这一层土料要推掉拉走，重新摊铺新料碾轧，直到合格为止。 作业队负责人对陈建国说，不就差个 0.1% 吗？ 不至于造成渠道塌方吧。 再说，工期要求那么紧，如果重新做，肯定影响工期，希望陈建国通融过关。 陈建国说："不行！ 必须推掉重来！ 我们的工程不是一般的工程，要经过千百年时间的检验。 因此质量问题没有商量的余地，就按规定办。 如果都像你这样，你差个 0.1%，他差个 0.1%，南水北调工程的质量怎么能保证？"在陈建国的坚持和监督下，这个作业队的第 15 层旧土料被推掉，重新摊铺新料进行碾轧，直到检验合格，陈建国才离开工地。

正是在像陈建国一样的建设大军的辛勤劳动和严格把关下，南水北调中线总干渠才得以牢不可破，携带着一渠清水走出了南阳盆地。

世界第一渡槽

千里干渠告别南阳盆地，进入中原腹地。

南水北调中线工程流经鲁山县，地势骤降，从伏牛山深处奔涌而出的沙河、大浪河，横陈在建设者面前。 想要南水北流，工程过垭口得深挖渠道，而进入中原后由于地势骤然降低，需要架起高高的渡槽，否则水头一下子降得太低，再向北地势升高就难以保证自流。

沙河渡槽设计单元渠段起点亦为南水北调中线沙河南—黄河南大段的起点，位于鲁山县马楼乡薛寨村，终点为辛集乡鲁山坡村。 渡槽长

11.9381公里,跨沙河、大浪河、将相河三条大河。其中明渠长2.8881公里,建筑物长9.05公里,段内有各类建筑物8座[1],其中河渠交叉建筑物1座;左岸排水建筑物5座;控制建筑物2座[2]。渠段起点设计水位125.37米,终点设计水位123.489米,总设计水头差1.881米,其中渠道占用水头0.111米,建筑物占用水头1.77米。本段渠道设计流量320立方米/秒、加大流量380立方米/秒。

沙河段工程主体统称沙河渡槽,建筑物主体全长9050米,由沙河梁式渡槽、沙河—大浪河箱基渡槽、大浪河梁式渡槽、大浪河—鲁山坡箱基渡槽和鲁山坡落地槽五部分组成。其中沙河梁式渡槽长1666米[3],双线4槽,槽身为预应力钢筋混凝土U形槽结构,单槽直径8米,U形段跨径30米,共47跨。沙河—大浪河箱基渡槽3534米,双线双槽,单槽净宽12.5米,钢筋混凝土结构。大浪河梁式渡槽包括进出口渐变段长500米,跨径及结构形式同沙河梁式渡槽。大浪河—鲁山坡箱基渡槽1820米,结构形式同沙河—大浪河箱基渡槽。鲁山坡落地槽长1530米,矩形单槽形式,槽净宽22.2米,钢筋混凝土结构。沙河渡槽前设节制闸,开敞式钢筋混凝土结构,横向共4孔2联,单孔净宽8米,闸室长25米,采用弧形钢闸门控制,液压启闭机启闭。进口渐变段前右岸设退水闸,开敞式钢筋混凝土结构,1孔,单孔净宽6米,孔高4.5米,闸室长15米,采用平板钢闸门控制。沙河渡槽设计单元段工程静态投资为25.848亿元,建设期利息0.7224亿元,工程总投资26.5704亿元,工期41个月。

2009年12月30日,沙河渡槽工程开工动员大会在平顶山市鲁山县举行。大会宣布:"沙河渡槽是南水北调中线规模最大、技术难度最复杂的控制性工程之一。沙河梁式渡槽槽身采用U形双向预应力结构,

---

① 不含公路桥、生产桥。
② 节制闸、退水闸各1座。
③ 包括进出口渐变段。

现场预制架槽机架设施工方法。据分析资料显示，沙河渡槽综合指标排名世界第一，将填补国内外水利行业大流量渡槽设计及施工的技术空白。作为国内最重的架设预制渡槽，它在架设时采取'槽上运槽'的方式，每跨渡槽重达 1200 吨，壁厚仅 35 厘米，通水后每榀渡槽将承载2000 多吨水，渡槽的混凝土防渗、抗裂、抗冻等耐久性、稳定性要求十分严格，其施工难度与复杂性在国际水利行业屈指可数。沙河渡槽上有四条 U 形的槽渠，U 形结构的槽身，最大高度 9.6 米，远大于一般桥梁的箱梁高度。同时，大跨度薄壁双向预应力结构的槽身空间，受力复杂，架设难度极大，因多项工程指标排名世界第一而被誉为'世界第一渡槽'。"

随即，建设大军开进沙河两岸，掀起了建设热潮。

除了架槽外，整个工程的难点还在于槽片之间的连接处容易渗水。为了防止渗水并容易维修更换，工作人员采用橡胶止水的方法，使用橡胶、混凝土、钢板、特制胶黏结缝隙。沙河渡槽主体完工后，施工单位已经完成两次试充水，槽片无一变形。从 2014 年 9 月 20 日开始，中线全线试充水，渡槽中的水流达到每秒 90 立方米，水深 2.5 米，也未有一滴水漏出，各项监测数据正常。

最终经过建设者艰苦的劳动，南水北调中线工程中规模最大的渡槽工程——沙河渡槽，高悬于大河之上。

鲁山县政协副主席邢春瑜从 2002 年开始在鲁山县辛集乡先后担任乡长、乡党委书记，见证了南水北调中线工程淅川移民搬迁安置和沙河渡槽建设征地之难。2016 年 11 月 5 日，他在接受我们的采访时说，南水北调中线干渠从辛集乡过。全鲁山县是 40 多公里长，辛集乡就有 13公里。拆迁后靠 800 多人，其中一个小自然村李村就牵涉 400 多人，要给他们规划、补偿、建新村，压力很大。干渠上 12 公里长的沙河渡槽，是亚洲最大的跨河渡槽。辛集乡占 5 公里多，经过辛集的万亩葡萄园，要占压 200 多亩。施工的时候，几十户果农种植的巨峰葡萄正挂果，果农很不愿意。 他们不理解渠道为什么一定要从这里走，不知道渠道是按照等高线以实现渠水自流的目的设计的。 他们还说，一亩地葡萄一年要收入两万多元，这个损失咋算？ 占地补偿比移民的补偿标准要低些，相差 1000 多块钱。 经咨询省政府有关部门，工程建设用地和移民生产用地的征地补偿标准是国家规定的。 好在经过宣讲政策，当地干部群众都明白南水北调是大局，应该支持。 更何况自己也在受益地区，2014 年，平顶山大旱，白龟山水库见底，就是靠南水北调中线干渠的水救的急。

亚洲第一顶

干渠过沙河，是高架渡槽。 再向北经过汝河时，却需要采用倒虹吸方式。

位于平顶山市宝丰县石桥镇境内的北汝河倒虹吸工程，与沙河渡槽同时开工。 该工程是帮助"南水"从河底穿越北汝河的水利设施，渠段全长 1482 米，其中倒虹吸工程本身长 1282 米，工程批复总投资 6 亿元，计划总工期 37 个月。 这两项工程的开工，表明南水北调中线干线工程的建设，继穿漳工程、黄河北至漳河段工程全面开工之后，又将中线干线工程建设进一步推进到了郑州以南。

总干渠继续向北，接近平顶山市区。

平顶山西铁路暗渠工程和湍河渡槽及沙河渡槽一样，也属"高精尖"工程。 平顶山西铁路暗渠工程位于平顶山市宝丰县境内，2011 年12 月开始由中铁一局集团有限公司施工。 该项工程是南水北调中线工程的重点控制性工程，需从地下穿越繁忙的焦柳铁路线，巨大的压力仅靠土层难以支撑，只能采用双层涵洞顶进施工，这在铁路涵洞施工中属首次使用。 其难处主要有两点，一是在焦柳铁路上施工，施工时间紧张。 焦柳铁路运输繁忙，每天有 260 多列列车运行，平均行车间隔 7 分钟。 施工首先要在铁路上将铁轨架空，施工只能抓住零星的间隔时间，高峰时 300 多人集中在只有 86 米的架空范围内作业。 一旦发生意外，后果不堪设想。 二是采用上下两层双层顶进施工，技术要求非常高，不能有丝毫偏差。 上层顶进要先预制一座 52.2 米长、35 米宽、8.5 米高、重达 8678 吨的一座 6 孔连续框架式格构梁作为上层结构，一次顶入铁路线下。 下层结构采用 6 节 11.6 米高、23 米长的预制分离式框架桥作为南水北调的过水通道，分 3 列在上层结构下部顶进。 顶推的结构物宽度及吨位接近目前国内同类工程最大值，特别是中线位置控制、梁体水平姿态调整，操控精度以毫米来计算。 经过精确计算、周密施工，2012 年 9 月 25 日，工程上部结构以零误差顶进就位。 2013 年 7 月 26 日，工程下部三孔顶进精准完成。 2014 年 5 月竣工。

平顶山西铁路暗渠工程的上下两层框架结构，分别是上层的 6 孔连续框架式格构梁，架起焦柳铁路的铁轨、枕木，稳定支撑起铁路上方的全部重量，然后再在下面挖出通水的 3 孔 9 米分离式框架桥，作为南水北调工程的通水涵洞。 这个工程不仅工艺复杂，而且顶推的建筑物宽度及吨位接近目前国内同类工程最大值。 所以，从工程结构、施工工艺方面，该顶进工程当之无愧被誉为"亚洲第一顶"。

穿越黄河

总干渠随后进入许昌市，再抵达郑州市，终于来到了黄河边。

2005 年 9 月，河南省最早开工的南水北调中线穿黄工程，将让世人看到一次全新的"穿黄"。

2016 年 4 月 9 日，是农历丙申年三月初三。

三月三，拜轩辕。 河南正在新郑市举行祭拜黄帝的拜祖大典。 这

命脉

个和炎帝一起在大河上下缔造了炎黄文明的先祖，理应得到这样的尊崇。

按照约定，我和吴元成分别自市区出发，在郑州北郊的邙山脚下，与黄委会黄河规划勘测设计院工程师苏东喜、郝枫楠会合，前去参访南水北调穿黄工程。

这也是一次朝圣之旅——

2005 年 9 月，和中华文明有着深远关系的黄河，和建设大军一起见证了南水北调中线穿黄工程的开工典礼。

2014 年 2 月 22 日上午 10 点，穿黄工程两条隧洞开始充水试验；

2014 年 9 月 15 日，穿黄工程上游线隧洞充水水位达到设计要求高程，标志着穿黄隧洞工程充水试验成功；

2014 年 12 月 12 日下午，南水北调中线工程正式通水。

我们沿着连霍高速公路西行，苏东喜、郝枫楠把我们带到了荥阳市王村镇孤柏嘴，先至南水北调中线穿黄隧洞工程南岸入口，复西行经巩义过黄河，到黄河北岸温县、荥阳交界地带，参观出口节制闸。上午尚有薄雾，下午阳光灿烂，蓝天白云。黄河如带，游人如织。站在南岸的邙山上，你似乎能听到丹江在大河的涛声里，在黄河古老河床 27 米以下的心跳。在北岸出水口，能够近距离感受丹江碧波汹涌而出的景象，也能看到喜鹊、鸽子、鸥鸟择水而居，巢于闸门之上的缝隙里，并不时扑向渠水，捕捞随丹江水而来的小鱼。

历史的河流不曾断绝。在前往荥阳市王村镇穿黄工程的途中，我们还看到了路边的"中国大运河"纪念碑和通济渠遗址。

当曾经穿黄的济水消失后，长江和黄河在这儿握手、拥抱、亲吻。

今年 50 岁的苏东喜，曾是 20 世纪 80 年代中后期的校园诗人。大学毕业后先在基层从事水利工程设计，后调入黄河水利委员会黄河规划勘测设计院工作，参与了部分穿黄工程设计。2016 年 4 月 9 日，在前往郑州市荥阳市王村镇孤柏嘴途中，从穿黄工程的选址到工程设计与施工，他的解读是专业的，是令人振奋的，话语间透着中国水利工作者的自豪。

搞南水北调，搞穿黄，少不了黄委会这一块，少不了"黄河人"。苏东喜说他们这个公司，搞设计也很先进。中线的好几个标段都是黄河规划勘测设计院设计的，像穿黄工程黄河南边的郑州一段、黄河北岸的三段，还有鲁山县的一段。新蟒河倒虹吸工程也是他们设计的，在黄河北温县境内。

南水北调中线工程的线路布局，大的走向就是沿着高山到平原的过渡区北上，从伏牛山，到邙山，到太行山，到燕山，基本就是沿着山根儿走。引水就是从高到低，利用水头，几乎没有选择地走这样的线路。但中间有很多地形的变化，就要绕一点，偏一下。还要结合供水点的需要，比如说，当时过郑州的时候，穿孤柏嘴，走上游，西边高些，东边低些；如果走直线，走新乡，辉县那边是山区，就不好走。所以就走焦作。当然还有另外的因素。因为移民的问题，焦作市政府态度积极，比较好。焦作的领导说，河南省内就焦作市区不靠河，想让中线干渠穿市区而过。所以干渠穿过孤柏嘴，走温县，走焦作，再转新乡市辉县。南水北调中线工程基本全部都从城市边绕过，就焦作穿城而过，加大了城市管理、水质保障的难度。但是大的方向是没有变的，基本是一条直线。

穿黄工程是南水北调中线总干渠穿越黄河的关键性工程，也是南水北调中线干渠工程总工期中的控制性项目。总干渠在黄河流域桃花峪水库库区穿过黄河，穿黄工程规模大，问题复杂，投资多，是总干渠上最关键的建筑物。经多方案综合研究比较认为，渡槽和隧道倒虹吸两种形式技术上均可行。由于隧道方案可避免与黄河河势、黄河规划的矛盾，盾构法施工技术国内外都有成功经验可借鉴，因此结合两岸渠线布置，最终采用孤柏嘴，也就是荥阳市王村镇隧道方案。

把穿黄工程选在这儿，是因为这里的黄河走势、河床最稳定。这个地名叫孤柏嘴，据说隋唐大运河的渠首也在这儿附近。 孤柏嘴渡口，据说因李世民曾在这儿打过仗，在一棵柏树下待过而得名。 从这里往上游几公里，就是虎牢关古战场遗址。

选这个地方，主要是由高程决定，这里海拔较高，从淅川，到郑州，到北京拉一条线的话，基本上就只能选这个位置，在这个位置上下浮动。 具体就要看黄河的情况，看看黄河哪一段相对比较窄，窄就说明它河床稳定。 再加上这块是邙山的一部分，黄河在这儿摆不动，说明地质结构相对稳定、简单，没什么泥沙沉淀。 在黄河游览区以下，黄河的摆动才比较大。 相当于邙山是大自然给黄河修的堤坝。 邙山头是黄土高原最后插入中原的一截。

穿黄工程从 2005 年 9 月 27 日开工建设，到 2014 年通水，9 年间，水利建设者们铸就了伟大而关键的穿黄工程。 工程全长 19.3 公里，其中，隧洞段长 4.25 公里，双洞线布置，单洞输水直径 7 米，最小埋深 23 米，采用泥水平衡盾构工艺施工成洞。 设计流量每秒 265 立方米，加大流量每秒 320 立方米。

整个工程由南北岸渠道、南岸退水建筑物、进口建筑物、穿黄隧洞、出口建筑物、北岸新老蟒河交叉工程，以及孤柏嘴控导工程等组成。 其任务是将中线调来的丹江水从黄河南岸输送到黄河北岸，向黄河以北地区供水，同时在水量丰沛时可向黄河相机补水。 其中的穿黄隧洞是南水北调工程中规模最大、单项工期最长、技术含量最高、施工难度最复杂的交叉建筑物。

穿黄工程是南水北调中线的咽喉工程。 在穿越大江大河的隧道施工中，穿黄工程是国内盾构领域在高地下水，大埋深，充满泥沙、淤泥等复合沉积地层中的第一次穿越，是国内第一条穿越黄河的输水隧道，也是国内在饱和水位下埋深最大的一次盾构穿越，堪称人类历史上最宏大的穿越大江大河工程。 如何让丹江水、汉江水顺利穿越黄河？ 如何从黄河底下复杂的地层中开凿数千米的隧洞？ 如何保证隧洞能承受黄河河水和河床的沉重压力而不漏水？ 这些巨大的难题，不仅在国内水利工程建设中无先例可循，在国际水利工程界也难求借鉴。 穿黄工程建设者通过自力更生、锐意创新、顽强拼搏，先后攻克了 7 项在国内外具有挑战性的技术难题：76.6 米超深地连墙施工技术、50.5 米超深竖井逆作法施工技术、复合地层大埋深盾构机始发技术、复合地层盾构机长距离掘进姿态控制与导向技术、大埋深盾构机常压进仓修复和带压进仓检修技术、隧洞预应力薄内衬混凝土浇筑与施工控制技术、长距离输水隧洞混凝土开裂及防渗技术。

工程北岸调水竖井为大型圆筒结构，建于黄河河滩地中细砂强透水地层中，内径 16.4 米，井深 50.5 米。 设计流量为每秒 265 立方米，加大流量为每秒 320 立方米，井壁为双层结构，外层为地下连续墙形式，厚 1.5 米，深 76.6 米；内层为 0.8 米厚钢筋混凝土现浇衬砌，采用逆作法施工。 基坑工程规模之大、开挖之深、地质条件之复杂、工作难度之高，均居国内之最。 南水北调中线工程特别是穿黄这块，很多是开创性的。 其他像湍河渡槽和沙河渡槽的 U 形渡槽、北京段的输水隧洞等都颇具开拓性质。

穿黄工程施工使用的盾构技术是德国的，现在郑州的一家公司也掌握了这项技术，能够生产大型盾构机。 盾构就像蝉的幼虫打洞一样，没在外面堆土，而是通过唾液，把泥浆渗到土缝隙里，一方面稳固了洞穴，一方面也有利于掘进。

那天上午 10 时许，我们驶出连霍高速上街站，向荥阳市王村镇孤柏嘴方向前行。 不久，进入南水北调中线干线工程建设管理局河南局的穿黄工程管理处管辖范围。 沿着一条崭新整洁的柏油路，绿色的铁丝网内就是总干渠渠岸和清澈的江水。 铁丝网之外可见邙山的黄土高坡、窑洞、麦田、刚开的樱花次第闪现，以及新开发的丰乐樱花园风景区。 车上，郝枫楠工程师不停地打手机，和管理处的熟人联系。 腼腆的郝枫楠 2012 年四川大学水电专业硕士研究生毕业，进入黄河规划勘测设计院工作，参与了部分穿黄工程设计。 后来我们知道，他联系的是管理处的祝亚平工程师。 管理处门卫似乎已经接到里边的电话，且认识郝枫楠，为我们打开了进入管理处的大门。

在黄河南岸，深挖方、入洞干渠、回水洞，都是黄河规划勘测设计院设计的，施工的是驻扎在三门峡市的中国水电十一局。 从入洞干渠下去，是个 800 米的斜洞，然后到河底，丹江水平着过去，到北岸出来。

精英团队

祝亚平工程师正在穿黄工程管理处院子里接电话。 我们一行就在院子里的橱窗上看穿黄工程图片展示，看到了穿黄工程的各个设计、建设环节，也看到了黄河北新蟒河的倒虹吸工程图片和南水北调中线工程的标识图案。

中线建管局下设北京局、天津局、河北局、河南局、渠首局 5 个分局。 其中渠首局管辖的是渠首至南阳、平顶山分界线那一段，再往北到河南、河北分界线这一段归河南局。

穿黄工程管理处是河南局下属的一个机构，有正式职工 31 人，还有一些外聘人员、借调人员，做高压维护之类的工作。

在黄河南岸穿黄工程入水口不远处，河滩上有两个长满青草的大圆圈，那是建设好回填的施工竖井。 南水北调中线干渠穿黄工程有两个过水隧洞，但掘进的时候，盾构机是从黄河北岸向南岸打过来的，不是双向掘进。 因为造价高，一台盾构机就 1 个亿。 盾构机是从德国海瑞克公司进口的，当时还签有协议，约定设备只能在穿黄工程这里使用，不能在其他地方用。 产权期限 5 年，5 年以后才能在其他工程上用。

11 时许，穿黄工程管理处副处长胡靖宇终于抽出时间，赶到南岸明渠和进口附近与我们相见。 这是一个文质彬彬的年轻人。

穿黄工程是整个中线工程中设计难度和施工难度最高的。 穿黄工程前期从 2003 年开始，历时 10 余年，光盾构就干了好几年。 穿黄隧洞也是个技术难度很高的工程，有四大难点：大断面超深地下连续墙施工、长距离泥水盾构机施工、有粘结环锚预应力薄壁混凝土施工、高地下水黄土地层隧洞施工，世所罕见，都被一一攻克。 其间国家各类与水利有关的院士、专家，都到过穿黄工程来指导、研究、培训。

穿黄的两条隧洞，渠地板距离地面是 30 米。 前期，在做地质层勘测研究的时候，发现是砂质土壤。 盾构机是从北岸下到施工竖井里边的，包括南岸发现地下水非常丰富，水量大，就在外面做些大型灌浆，做些封闭。 做 50 米深的大竖井，这在当时的国内也是少见的。 盾构机放下去后，掘进三四公里。 边掘进，后面边拼装。 拼装之后，再采取灌浆形式，形成了一层"保护膜"。 通水后，两条隧洞的各项指标、各项数据，时刻监测着。 主要监测变形、渗漏、应力等。 浇筑时候，很多检测设施都预埋好了，给后期监测提供便利。 所有指标都反映，两条隧洞的运行非常正常、非常优良，满足所有设计要求。

当时施工时，盾构机挖掘到一半，挖不动了，掘进的速度降低了。从出来的泥浆里发现有刀片的碎片、钢渣，才知道刀盘坏了，需要下去看刀盘。

河床大部分是粉砂层，另外也有木头，过去的枯木，当时就发现一个土层里有枯木。 当时请外国专家来看一次，需要二三十万元。 去别的地方找国内的专家，也要 10 万块钱。 后来训练自己的工人，进去一次 100 块钱。 盾构机里边是高压舱，缺氧，进去时候要减压、增压，舱门才能打开，进去换刀盘。

穿黄工程是整个中线工程最先开工的，2004 年 12 月已经进场了，2005 年 9 月 27 日正式开工。 那时候荥阳段、温县段都还没有开工。

南岸进口有两个建筑物——两个洞口，还有 4 座桥梁。 穿黄隧洞的长度一共是 4250 米。 其中，河床隧洞的长度是 3450 米，坡降比较小，是 1‰到 2‰；底下的邙山隧洞是 800 米，是 5%的坡降。 隧洞之外，南岸连接渠道 5000 米长，北岸连接渠道是 1 万米。 连隧洞加起来穿黄工程总长 19250 米。 隧洞是长江水利委员会设计的，两岸的 15 公里渠道是黄河规划勘测设计院设计的。 一标是中国水利水电十一局施工的，二标是中隧集团葛洲坝集团联合体、中铁十六局水电七局联合体施工的……这个联合体中标，只有在南水北调中线工程穿黄工程才有。 他们在这儿的施工管理非常好——

项目法人：南水北调中线工程建设管理局

建管单位：河南直管项目建设管理局郑焦项目部

运管单位：南水北调中线穿黄管理处

设计单位：长江勘测规划设计研究有限责任公司

　　　　　黄河勘测规划设计有限公司

监理单位：小浪底水利水电工程有限公司

施工单位：中国水利水电第十一工程局有限公司（Ⅰ标）

　　　　　中隧集团葛洲坝集团联合体（ⅡA 标）

　　　　　中铁十六局集团水电七局联合体（ⅡB 标）

　　　　　中国水利水电第四工程局有限公司（Ⅲ标）

　　　　　黄河养护集团有限公司（Ⅳ标）

　　　　　中国水电顾问集团西北勘测设计研究院（安全监测）

这些设计、监理、施工单位，都是水利水电行业的精英。 搞精品工程，就需要这样的精英团队。

丹江水就是从南岸穿过黄河河底，从北岸温县境内出来的，从南到北高低落差 10 米。 南水北调中线工程是自流式的，不需要泵站，不需要提速。 从南阳淅川渠首到北京的团城湖，都是自流。 理论高度，从渠首出发是 146 米高程，到团城湖是 46 米高程，100 米的水头损失。 丹江口大坝的高度是 170 米，丹江口水库蓄水高程是 146 米。 中线全程

100 米的水头损失，穿黄工程就占了 10 米。 南岸渠道高程是 120 米，到北岸渠道高程是 110 米，刚好 10 米的水头损失。 南岸比北岸高，水才能流过去。 北岸有个节制闸闸门，水从那里出来。

为使黄河南岸的河滩稳定，河床不受侵蚀，南岸建有 4 公里长的控导桩工程。 因为黄河是游荡性河水，借此控制河流的方向，保护邙山，保护穿黄工程。

黄河滩上距离竖井位置东边不远，有个拐角的地方是退水洞口。丹江水多的时候，会把丹江水从这儿退到黄河里，补充黄河水。 这里才是长江与黄河交汇、握手的地方。 穿黄工程是丹江水、长江水与黄河水的立体交叉，而通过退水洞口，可以实现真正的融合、交流，相当于中线干渠成了黄河的一条支流。

样板工程

在南岸的孤柏嘴渡口黄河渔家的船上草草吃过午饭，我们驱车向西至巩义东，过焦温黄河大桥，辗转来到穿黄工程管理处下属的北岸出口节制闸监测站。 这里的负责人舒仁轩工程师也是一位 30 多岁的年轻人，思路清晰，显得十分干练。 他坐上我们的车子，带我们前往出口节制闸所在地。

舒仁轩是 2012 年来这儿工作的。 当时，穿黄隧洞已经贯通，还正在搞内衬，等于是在搞内部装修。

北岸这条明渠，与南岸的深挖沟不同，主要是高填方建设起来的，因为河滩地势低。 土是从附近专门的取土处挖来的。

一道明渠，春风鼓荡，浪花翻涌；两岸麦田青翠，只见黄土的是当地特产铁棍山药的种植地块。

明渠尽头的高大建筑，就是出口节制闸了。

这块是填出来的，两边开阔，节制闸显得特别高大、雄伟。

隧洞共两个出口，中间是汇流区。 洞口设有闸门，如果南岸水位提高，防止水压过大，所以设置这个闸门，以便调节。 流量小的时候，闸门抬高了，就流得不太好。 那边设置有溢流的管道，从旁边能够溢流出来，都汇合到汇流区。 流量大的时候，这个闸门就抬起来，那边就干了。

我们去的时候只开了右边的一个隧洞，左边的隧洞暂时没开。 当时只有60多个流量，因为各地使用水量小。 总流量是265个，试运行的时候，最大的开过100个流量。 后来再没超过。

1立方米/秒是1个流量。 这个断面，在一秒钟之内通过多少立方米，就是多少个流量。

南水北调中线工程设计的总调水量是90多亿立方米，但2015年一年才21亿立方米。

渠边有个标志杆，上写着483公里+510米数字，是从渠首到这里的干渠总长度。 说明丹江水已经走了这么远。

登上闸顶，耳边听到哗哗的流水声，看到两道雄伟的闸门高耸在天地之间，南望滔滔奔流的黄河、逶迤的邙山，往北瞭望如带的明渠，一时忘了这是穿黄的节制闸，还以为是一处绝美的风景。 同行的人不禁发出了赞叹之声。

我们看的这段工程是全线的样板工程，渠道是沿线最好的。 国务院南水北调办鄂竟平主任2011年三四月份来的时候，把这儿定成样板工程。 那时候，正在搞衬砌。

穿黄隧洞2005年就已经开工建设了，比较早。 整个南水北调中线穿黄工程开工最早，主要因为，第一个是施工难度大，第二个是施工周期长。 隧洞不是在山上开凿，山上是岩石结构，最起码它不会塌，岩石的重量完全能把那个洞压住；而穿黄隧洞要从河床底下穿过来，洞的上方堆积的都是河沙，都是黏土，在河床底下开凿隧洞，会塌，所以说技术难度非常大。用盾构机掘进后，马上用预制好的混凝土管片把它衬砌起来。这是第一层。另外，再分几个断面，衬砌第二层。洞子搞好以后，干渠渠道的施工要慢一点，河南各个标段多数是 2012 年、2013 年施工的。

穿黄工程闸门外的明渠渠道施工，早在 2006 年就动工了。这个渠道最关键的工序是衬砌板的浇筑，是在 2011 年到 2013 年这个时间段完成的。这个渠道板的设计主要是为了降噪，让水流得快。要是不加这个的话，水就会把渠岸冲得坑坑洼洼，就流得慢。

混凝土渠道板是 10 厘米厚，这么厚的水泥板是非常难浇的，浇出来后容易裂。它里边没有任何东西，就是混凝土，没有钢筋。经过多次试验，主要是从工艺上进行改进，解决了问题。而混凝土的强度主要是通过配合比来实现。这里的混凝土用的是 C30 的水泥，一般工程使用的是 C25 的水泥。C25 就是说，能在 1 立方厘米上承受 2.5 吨的压力。

C30 的水泥是用从太行山拉来的石料烧制的。施工时候，就地建有搅拌站。配比都是微机控制的。

这里的渠道板外观上非常漂亮，15 米一块，半米厚的钢筋水泥，不是衬砌机浇筑的，是现浇的。远处的渠道板是 10 厘米厚的，是衬砌机浇筑的。

鄂竟平主任把这个工程称为样板，主要是施工工艺科学合理。衬砌板下面第一层是个泡沫板，再往下面才是土工布——土工布与泡沫板之间有层塑料薄膜，这个土工布拿来后是一卷一卷的，衬砌后中间需要焊接。

焊接时弄了个漏斗一样的东西，因为塑料薄膜要和土工布搭接，中间有缝隙，用气枪打压，把中间的缝隙给焊接住。只要不漏气，就不会漏水。

鄂竟平主任沿线检查，从南到北整个走下来，发现其他施工渠道连接位置气压达不到，没有一个达到的。这里说他们达到了，鄂竟平不信，就让带班经理丁兆升现场打给他看，一焊接完，压力一上去，保持在一定时间内，达到了设计要求。 这个工艺就使这里的混凝土渠道板浇筑后非常漂亮。 鄂竟平主任就把这儿定成样板工程。

丁兆升是中国水利水电四局的，中国水利水电有十几个分局，特级单位就 4 个，有四局、七局、八局和十四局，施工质量是最好的。 刘家峡水库就是四局干的工程。 四局从不把活儿外包给包工队，都是自己干，积累了大量的经验，所以能够保证质量。

随后，国务院南水北调工程建设委员会办公室组织很多家施工单位的施工设计监理还有现场监管人员，都到这边来参观学习，最多的一次接待了十几辆大巴的人。

北上京津

丹江水穿过黄河，进入华北，沿太行山东麓北上，到达北京、天津，这才算走完全部的旅程。

实际上，穿黄工程因施工难度大等特殊原因，开工时间早一些，在整个南水北调中线工程的所有工段中，开工早的并不是上游的黄河以南地区，恰恰是位于下游的黄河以北地区。按说，先修通上游工程，建好部分即可先期投入使用，尽早发挥效益。一般工程都是这么干的。但南水北调中线工程主要是为了解决北京的用水缺口问题，特别是 2008 年奥运会在北京举办，为保证供水，黄河以北的工程即先期开工，以备紧急时先从黄河或河北的水库调水。所以，南水北调中线工程的正式开工，是以 2003 年 12 月 30 日南水北调中线京石段应急供水工程的永定河倒虹吸、滹沱河倒虹吸工程开工建设为标志的。从 2009 年开始，京石段已开始向北京调水。

焦作有"河"了

2006 年 9 月 28 日，作为南水北调中线工程在河南境内的首个主体项目，南水北调中线工程安阳段工程的开工，标志着河南省南水北调中线工程从前期准备工作进入了实质性建设阶段。

2007 年 1 月，国务院南水北调办和河南省委、省政府提出，要加快"黄河北连线建设、黄河南布点建设，尽快掀起河南境内南水北调建设热潮"，其中就包括安阳、鹤壁、新乡、焦作段，全长 237 公里，包含各类建筑物 355 座，投资概算 187 亿元。

南水北调中线总干渠穿过黄河后，将首先进入河南焦作市。

焦作古称山阳、怀州，北靠南太行，南临黄河，境内沁河、丹河、蟒河、大沙河、山门河、蒋沟河诸流奔泻，在太行之南、黄河之北，形成一片富饶而美丽的土地。

但，焦作市最大的缺憾是：河南 18 个省辖市中，它是唯一一个中心城区内没有河流经过的市。

焦作人迫切地想借助南水北调中线工程改变这一现状。

南水北调总干渠穿越黄河后，从温县赵堡东平滩进入焦作市温县，经南张羌、北冷、武德等乡镇，在沁河徐堡桥东穿越沁河；经博爱县的金城、苏家作、阳庙三乡镇，于博爱聂村穿过大沙河；经中站区朱村、解放区王褚、山阳区恩村、马村城区及待王、安阳城、演马、九里山，于修武县方庄镇的丁村进入新乡市辉县，线路总长 76.67 公里。

命脉

专家告诉我们，整个焦作段总干渠的宽度为 70 米至 280 米，最大挖深为位于马村区境内的 32 米，最大堤高为位于山阳区境内的 10.25 米。沿线共布置各类交叉建筑物 91 座，其中河渠交叉建筑物 15 座，左岸排水 7 座，渠渠交叉建筑物 2 座，节制闸 3 座，退水闸 2 座，分水口门 5 座，公路桥 44 座，铁路桥 13 座。另有生产生活便桥 18 座。涵盖超大型隧洞、膨胀土处理、铁路交叉和城市跨渠桥梁等众多技术难题。工程概算静态总投资为 65.31 亿元。

2008 年年底，焦作段开工建设进入倒计时。12 月 24 日，中国南水北调网发布南水北调中线一期工程总干渠黄河北—羑河北焦作 2 段及石门河倒虹吸工程施工评标结果公示及建设监理 1、3 标评标结果公示。同一天，国家发改委重大项目稽查办稽查组，到河南督查南水北调中线黄河北至漳河段工程。12 月 26 日，河南省南水北调中线工程黄河北连线建设誓师动员大会在焦作市举行，标志着黄河以北干线工程进入全面实施阶段。

2009 年 1 月 1 日，焦作 2 段开工。该段工程地质条件复杂，部分地段地层结构变化大，地下水位深浅不一，容易造成坍塌和滑坡；还有部分渠段穿过市区，人车流量大，都给施工单位带来了极大的挑战。在建设中，焦作建管处坚持"小业主，大监理"的管理模式和严格落实质量责任制，加强对工程关键部位、重点工序的巡视检查，发现问题限期整改，使得整个工程有序高效推进。当年，就完成土石方开挖 1275 万立方米，土石方填筑 73 万立方米，混凝土浇筑 2.15 万立方米。

2010 年 3 月 18 日，南水北调中线一期工程焦作 2-2 标山门河暗渠开始施工。山门河暗渠为河渠交叉建筑物，自上游到下游依次下穿焦作市银河大道、山门河和马村区水彩社区。暗渠为无压隧洞，洞身为两孔独立布置，长 550 米，两孔间净距 24 米。山门河河底与暗渠之间覆盖层薄，最小埋深约 18 米。由于山门河地质条件差，加上银河大道为马村主要交通要道，大、重型车辆 24 小时不间断通过，加大了施工难度。但建设者历经712天的艰苦奋战，克服种种困难，于2012年2月28日，胜利贯通山门河暗渠右洞，为后续工程的开展打下了良好的基础。

焦作煤炭资源丰富，在广袤的土地之下，几乎到处都是采空区。总干渠焦作段不仅要绕过煤矿采空区，还要穿越城市中心区，是河南省工程及移民任务都比较重的城市之一。特别是要让总干渠从焦作市中心城区穿过，既给焦作经济发展带来了难得的历史机遇，也面临巨大的挑战：建设这样的城市"悬河"，涉及的困难和问题是多方面的。时任国务院南水北调办主任鄂竟平曾为此忧心忡忡。总干渠穿越焦作市区，虽然给城区增加了一个水面，但是13公里长的渠段几乎都是填方，最高处达13米，渠道内将常年通过300个流量的水体。如此规模的"城市悬河"之下，是70万常住人口的生命，稍有闪失，后果是不可想象的。经过设计者和建设者反复磋商、研究，最终决定，在具体施工中对渠道做认真、科学的处理：加宽渠道顶，加大渠道断面，加厚衬砌，后坡加压重。为确保干渠固若金汤，施工单位还为渠道6米以上的高填方都加了一道防渗墙，深20米左右，厚度达40厘米。

2012年3月21日，南水北调中线工程焦作城区段建设指挥部召开第四十六次联席会议。会议指出，南水北调中线工程焦作城区段建设已经进入攻坚阶段，为确保南水北调中线工程2014年汛期后通水，焦作城区段工程必须于2013年年底建成。同时，郑焦城际铁路、新月铁路改线工程与南水北调中线工程焦作城区段交叉施工，也加重了征迁和建设任务。以南水北调城区段新月铁路改线工程为例，该段工程全长4.53公里，征迁共涉及永久用地201.9亩，要拆除房屋5.28万平方米。实践证明，焦作市赢得了这次征迁与建设同步进行的"大考"。

2012年8月6日至10日，国务院南水北调办副主任蒋旭光率队调研督导南水北调中线干线焦作、郑州段工程建设，先后深入中线焦作2段工程、温博段工程、沁河倒虹吸工程、焦作1段工程等29个施工标段。 在肯定前一阶段中线焦作段和郑州段工程建设各项工作取得积极进展的同时，也严厉指出，部分标段进度滞后，制约工程进度的一些问题仍有待破解；随着工程建设不断推进，征迁和施工环境方面还有新问题出现；部分标段的现场施工组织还有待加强，资源投入还需加大；一些保障措施如资金、技术方案变更等还有待落实到位。 面对艰巨任务和日益临近通水的严峻形势，参建各方要进一步发挥主观能动性，全力以赴，主动攻坚克难，加快建设。

2013 年 11 月 30 日，南水北调中线工程焦作段提前竣工。 但其背后的付出，也许只有亲历者才最清楚。 焦作市阳光大厦的东半部第七层，是焦作市南水北调办工作的地方。 很多市民都看到，每到夜里，整个大楼最后熄灯甚至彻夜亮灯的一定是第七层。《焦作日报》曾经报道，从焦作市南水北调办成立的 2005 年到焦作段竣工的 8 年间，市南水北调办的同志一直是处在"白+黑"的工作模式之中。 2009 年春节过后的 10 个月里，焦作市南水北调办主任段承欣的体重从 80 公斤减到 70 公斤。 负责 68 座公路桥及生产桥和 11 座铁路桥征迁工作的市南水北调办副主任吕德水，天天奔波在施工现场，照顾老人孩子、料理家务都落在了妻子身上。 长年劳累和精神高度紧张，他患上了高血压病，每天靠吃药降压。 山阳区南水北调办主任孔德荣的汽车里常备一个小马扎，他经常手提小马扎奔波在田间地头和群众家中，研究政策、商量对策，现场解决问题，群众亲切地称他是"小马扎局长"。 马村区委书记林宪振腿患疾病，医生让他取钢板的时候，正好赶上马村区上万人大征迁。 直到 2009 年 10 月 26 日，征迁工作基本结束，他才到洛阳做了手术。 马村区南水北调办的梁晨红、张凝振、张国胜，既是征迁工作人员，又是征迁户，他们整天奔走在征迁工地和群众家中，根本顾不上自己的家。 属于他仁的一辆小面包车一年跑了 4 万公里，磨坏了 4 条轮胎。 温县南街村饲养小区的 12 家鸡场、猪场因工程需要，要赶在 2009 年冬的大雪到来前搬迁。 温县南水北调办的同志经过一天的努力，做通了饲养户的思想工作，并帮他们找了一处报废厂房做临时饲养场。 第二天，当鹅毛大雪降临时，征迁部门提前将土地交给了施工方。 南水北调中线工程在焦作市中站区涉及府城街道办事处。 2009年6月，远在新乡市的家人多次打电话给时任街道党工委书记的李长玉，告诉他身患胃癌的老父亲病情急剧恶化，急需就诊。 可因为征迁工作太忙，李长玉一直没能抽出时间回去探望。 直到134户征迁任务只剩下10户时，他才请假回新乡看望病重的父亲。 三天后，他的父亲离开了人世。 李长玉跪在父亲的灵堂前号啕大哭："都是孩儿不孝，孩儿对不起你呀！"

有好干部，就有好百姓。 为了世纪工程，焦作市南水北调总干渠沿线上万群众毅然决然地选择了搬迁。 为了让山门河暗渠如期开工，四世同堂的刘体花一家告别了自家的四合院，儿女们住进了过渡房，老两口住进了一间废弃的厂房里。 苏家作乡苏家作村饲养户张明亮为了搬走自己的养猪场，一咬牙把半大的猪全卖了，加上搬运时吓死4头猪，损失了3万多元。 正是因为老百姓的理解和支持，到2010年6月底，焦作市完成搬迁群众4302户1.76万人，拆迁企事业单位和副业285家，迁建水、电、气、通信等专业设施602条，实现了总干渠沿线居民搬迁100%、移交工程用地100%、搬迁居民安置100%，未发生一起强行拆迁，未发生一起行政诉讼，未发生一起群众集体上访事件。 15个月搬迁1.76万人，这不能不说是一个奇迹。

如今，南水北调中线总干渠已经从焦作市中心城区平安通行两年，与焦作段同时实施的引黄入焦高陶涝河开挖工程、博爱县幸福河治理工程等构成了焦作全新的水系新貌，这一切看得见的新景观和背后承载的奉献精神，都成为宜居焦作的宝贵财富。

但是，后期城市渠道管理仍然是个难题，持之以恒地确保渠道安全和水质安全仍然需要焦作人坚持不懈地付出努力。

走过南太行

新乡曾是新中国成立之初平原省的省会，历史文化悠久。

公元前 1046 年，周武王率八百诸侯组成的联军，在今天的新乡卫辉市境内与殷商王朝发生了一场决定生死的大决战——牧野之战，导致商灭周兴。 新乡北郊还有一座潞王坟。 早年在新乡采访期间，我们曾经到陵区一探究竟。 当地群众认为潞王坟风水极好，"头枕凤凰山，脚蹬老龙潭，左手揣着金灯寺，右手托着峙儿山"。 潞王坟即明万历皇帝朱翊钧唯一同母弟、潞简王朱翊镠的陵寝，依山据岭，泉壑幽深，景色秀丽，是中国目前保存现状最好、占地面积最大的一座明代藩王陵墓。

但我们当时并不知道，这里周围地质属于膨胀土地段，并给即将开工的南水北调中线工程新乡段带来了难题。

2007 年 6 月 29 日，南水北调中线一期工程总干渠新乡段正式开工建设。 当日上午，在南水北调中线一期工程总干渠潞王坟段工地举行了盛大的开工动员大会。 新乡段工程渠线长度 77.73 公里，将经过辉县市、凤泉区、卫辉市的 14 个乡镇，占地 3.5 万亩。 沿线将修建各类建筑物 109 座，工程量 9109.02 万立方米，静态总投资 62.46 亿元。 新乡段是河南省黄河北段线路最长、建筑物最多、地质最复杂的工程项目。新乡段的开工建设，标志着我省南水北调工作进入了一个新时期、新阶段，标志着我省南水北调工程建设的热潮即将到来。

当日开工的是位于新乡市凤泉区潞王坟乡的膨胀岩试验段，是中线总干渠沿线分布膨胀岩的代表性渠段。 渠段总长 1500 米，其中用于膨胀岩试验的区段总长 548 米，将选取 5 个试验区开展不同项目的试验。潞王坟段工程总干渠渠道及公路交叉建筑物为 1 级建筑物，附属建筑物为 3 级建筑物；总干渠洪水标准与所在渠段左岸排水建筑物洪水标准相同。 工程总工期为 30 个月，工程总投资 2.6758 亿元。

膨胀土的问题，在写到南阳段的工程时我们曾专门介绍过，在新乡，这个问题同样存在。 膨胀土被土工界专家称为"癌症"。 南水北调中线工程穿越膨胀土渠段累计长约 340 公里，其中大部分在河南境内。 膨胀土遇雨水膨胀，晴天收缩，极易造成渠道边坡失稳，对工程的安全运行产生严重危害。 河南南水北调办通过新乡潞王坟膨胀岩试验段以及南阳膨胀土试验段现场原型试验，提出了安全可靠、经济合理的处理措施及施工方法，采取改性土换填、抗滑桩等措施，全面完成膨胀土渠段处理，获得了良好效果。

紧接着，南水北调中线总干渠辉县段也适时开工。 总干渠辉县段西接焦作市修武县，东连新乡市凤泉区。 有人说，南太行最美的风景都在辉县市。 从苏门山到百泉湖，从八里沟到万仙山、九莲山，刀劈斧削的奇峰，潺潺奔流的涧溪，铁画银钩的天书，让人们流连忘返。 而总干渠的到来，将为辉县增添一道新的风景线。

2009 年，国家南水北调办面向全国举办了一个征文活动，河南省水利厅所属的河南省水利建筑工程有限公司想用一首诗来歌颂建设者们。当时，公司正在南水北调中线总干渠辉县段和安阳段的几个标段施工，公司副总经理瞿媛媛女士邀请吴元成到两地的工地现场采风，实地感受一下，便于创作。 11 月 8 日上午，元成来到河南省水利工程公司所在的辉县施工标段。 瞿媛媛介绍说，他们公司先后参加了南水北调中线工程京石段、安阳段、辉县段、新郑段等多个渠段的开挖建设。 辉县段全长 48.99 公里，工程涉及该市 11 个乡镇 77 个行政村，永久性占地 9807 亩，临时用地 15254 亩，需拆迁移民房屋 422 户，动迁有关单位、企业 11 家，农副业 67 家，改建通信、电力、输水管道等各类专业管线 173 条。 在有关部门做好永久性占地和临时用地勘界、占地实物指标及受影响情况调查、移民征迁、土地移交和资金拨付、配套工程选址定案、灌溉影响处理工程之后，他们公司开始进场施工。

辉县境内的渠段以石门河倒虹吸工程进口为界分为辉县前段和辉县后段。 其中，辉县后段共有各类建筑物 38 座，包括 6 个河渠交叉建筑物①、1 座节制闸、1 座分水闸、1 座退水闸、2 个左岸排水倒虹吸、3 座左岸排水渡槽、1 座左岸排水暗渠、1 个渠渠交叉渡槽、19 座公路桥梁、3 座生产桥。 他们公司承建了部分标段。 自从入驻以来，他们的技术人员和施工人员就没有离开过工地，牺牲了所有节假日和星期天，克服了种种困难，要确保工程如期完工。

在辉县段工地采访的时候，我们还看到了一段渠道上露出的几个规模很小的葬坑，文物工作者正在小心翼翼地清理。 他们告诉我们，那只是宋元之间的平民墓葬，随葬品少，且多是普通的日用粗陶。 6 年后，当我们先后两次前往辉县市常村镇所属的淅川移民村采访时，看到穿越辉县市的南水北调中线工程干渠已蓄满清流，仿佛仍能想见当年火热的施工场面。

从辉县到凤泉区，再到卫辉市，总干渠告别新乡市进入鹤壁市境内。 2009 年 11 月 8 日下午，元成跟随瞿媛媛离开辉县，沿着京港澳高速北行，前往安阳段工地。

相会红旗渠

南阳在河南的最南端，安阳在河南的最北段。 在南阳人与湖北人热火朝天修建南水北调中线渠首丹江口水库大坝的时候，最北端的安阳林县人在热火朝天地修建红旗渠。 相对于规模宏大的南水北调中线工程来说，红旗渠只是一个小小的地方引水工程，但它早已成为林县人民、河南人民、中国人民战天斗地的精神丰碑。

---

① 石门河倒虹吸、黄水河渠倒虹吸、黄水河支渠倒虹吸、刘店干河暗渠、小蒲河渠倒虹吸及孟坟河渠倒虹吸。

南水北调中线工程一路向北，终于来到了红旗渠的家乡，来到了安阳。

相对干渠安阳段，安阳以南的鹤壁段开工晚了3年。

2009年5月15日开工的南水北调中线工程鹤壁段，南起沧河倒虹吸出口末端，终点接汤阴段起点，全长30公里，规划工程建设用地14159亩。涉及该市的淇县、淇滨区、开发区3个县（区），9个乡（镇、办事处），36个行政村。鹤壁段沿线共有各类建筑物49座，其中河渠倒虹吸4座，左岸排水建筑物14座，渠渠交叉建筑物4座，路渠交叉建筑物22座，控制建筑物5座。另有生产桥14座。鹤壁段以明渠为主，明渠与河流全部采用立交。2012年11月28日，南水北调鹤壁市配套工程开工。2013年年底，鹤壁段主体工程完工。

总干渠继续北上，进入安阳市。因为殷商文明和甲骨文、易经文化、精忠文化、红旗渠精神，安阳就像是一部大书，需要后人阅读。尤其是战天斗地、艰苦奋斗的红旗渠精神，在新一代水利工作者身上得到了完美的体现。

从2006年9月28日安阳段工程开工，到2014年2月26日至3月1日举行的南水北调中线穿漳河工程、安阳段、汤阴段、鹤壁段、潞王坟试验段等五个设计单元工程的通水验收，安阳段建设取得了骄人的成绩。

丹江碧水向北流，洞穿黄河跨江头。

为解北国万民渴，黄河长江来聚首。

一渠清水润华夏，恰似江南绣娘柔。

琼浆玉液何处来，首尾千里神龙游。

龙鳞熠熠映日月，浪花朵朵缀神州。

严寒酷暑春和秋，铁志浓情融波流。

抛家舍业铸梦来，背井离乡已白首。

南水北调好儿女,共洒青春为神州!

这是南水北调中线建管局河南分局安阳管理处秦晓庆创作的《南水北调颂歌》。的确,整条总干渠就像是一首恢宏的长诗,又像一曲奔流的欢歌。它有自己的语言,有自己的韵味,有自己的节奏,有自己动人心魄的旋律。

跟随瞿媛媛,吴元成来到总干渠安阳段工地采访。因为常到各个标段巡查,瞿媛媛对安阳段的进展情况了然于胸。

南水北调中线工程总干渠安阳段是河南省率先开工的建设项目,各级领导对此高度重视。省委书记、省长两个月内多次检查指导南水北调工作,三次做出批示,要求河南安阳段要"建成一流工程,提供一流服务,创造一流环境",把安阳段建成中线工作样板工程。2006年上半年,国家发改委对南水北调中线工程总干渠安阳羑河北至漳河南40.32公里渠段初步设计报告进行了批复。2006年6月7日,河南省移民办在安阳召开了南水北调总干渠羑河北至漳河南段征地移民实施规划工作动员会,并对有关人员进行了培训,要求省辖市主管部门负责具体协调工作,省水利设计院负责实施规划的编制工作,8月底完成年内开工项目——安阳河倒虹吸—洪河倒虹吸14.88公里渠段的征地移民实施规划,9月底完成安阳羑河北至漳河南40.32公里渠段的征地移民实施规划,其实,早在2005年9月份,省里已经开始对安阳河渠道倒虹吸"四通一平"工程进行建设,建成了2.7公里的进场道路、10千伏供电线路。

2006年9月8日,南水北调中线工程安阳段开标,中标的不仅有瞿媛媛他们公司,还有武警水电一总队、中国水电十一局等单位。2006年9月28日正式开工以来,河南省水利建筑工程有限公司派出了强大的技术团队和项目管理人员,工程进展迅速。

南水北调中线工程总干渠工程,在安阳市境内全长66公里,穿越安阳县、汤阴县、殷都区、龙安区、文峰区、开发区 6 个县区 14 个乡镇 85 个行政村。 由于工程设计单位、建管模式、建设时间不同，南水北调中线工程在安阳市境内分为三部分。 其中，羑河北至漳河南段的安阳段全长 40.3 公里，总投资 20.6 亿元，有 4 个标段，有安阳河倒虹吸、洪河倒虹吸、张北河暗渠 3 个标志性建筑。 河南省水利建筑工程有限公司承建的这个标段，就位于安阳县安丰乡境内。

说到安丰乡，项目部经理老陈颇有点神秘地说："安丰乡西高穴村附近发现了一座大墓，可能是曹操墓，文物部门正在发掘，不准外人进入，也不让对外说是曹操墓。"老陈还从储物间拿出一只残破的黄釉碗给我们看，说是挖掘机挖到了一个小墓葬发现的。 文物部门嫌其不具备文物价值，被他当成宝贝收藏了起来。

离开这个标段，我们沿着衬砌机正在铺设衬砌渠道的干渠边临时道路前行，来到了漳河边。 此时的漳河已被截流，钻探机、打桩机轰隆作响。 正在施工的是武警水电一总队南水北调穿漳项目部。 穿漳工程是南水北调中线干渠河南境内的最后一个"超级工程"。 南水北调干渠将从此处穿越漳河进入河北境内，告别河南。 从当年林县人 10 万大军战太行、引漳河水灌溉，到今天的南水北调建设者要让干渠穿越漳河，人们正在继续创造征服河流、造福人类的奇迹。

瞿媛媛说，穿漳工程所在地位于安阳县安丰乡与河北省邯郸市讲武乡之间，由钢筋混凝土质地的倒虹吸、进口检修闸、退水排冰闸、出口节制闸和两岸连接渠等部分组成。 轴线全长 1081.81 米，其中倒虹吸段长 619.18 米。 普通的倒虹吸工程，河床深处是泥土，相对便于排水施工。 而穿漳工程最大的技术难点就在于河床下 70 余米深的砂卵石冲积层，像个漏斗，一个点抽水，四面八方的地下水都汇集而来。 如何防渗防水？ 在反复论证后，建设者们最终选定了采用防渗帷幕与井点降水相结合的施工方案，在施工区域的一周，像梅花桩一样，在其周边钻下七八十米深的孔，然后灌入水泥泥浆形成防渗墙。

我们看到，十几台大功率水泵在不停地排水。瞿媛媛说，相当于漳河上游岳城水库放水的流量，一秒钟三四十个流量。目前国内对这种较深的砂卵石层采用帷幕灌浆方式防渗的工程实例不多，穿漳工程成功的经验为今后类似工程施工积累了经验。

在安阳采访期间，我们还了解到，安阳段有一位专家型的项目经理。南水北调中线工程安阳段五标项目经理陈学才是中国水电十一局有限公司第四分局副局长兼总工，也是国务院南水北调工程专家库专家。他从 2006 年出任安阳段五标项目经理以来，因工作业绩突出，先后荣获 2006、2007 年度国务院南水北调办"文明工地建设先进个人"，2008、2009、2010 年度国务院南水北调办"质量管理先进个人"，2007 年度河南省工程建设"优秀项目经理"，2007、2008 年度河南省南水北调安阳段工程"建设优秀项目经理"等荣誉称号。陈学才是干技术出身，先后参与过故县水库、黄河小浪底水库、尼泊尔伊拉姆·苏沙里水电站、四川锦屏水电站等多个工程建设，但进入南水北调施工领域还是首次。上任后，他每天都要到工地仔细查看每个施工作业面及工程进展情况，深入了解各个层次的作业动态，不断优化施工方案，合理安排施工工序，抓关键线路和关键节点，确保工程目标如期实现。在他的带领下，五标创造了安阳段多个第一：第一家开始大桥灌注桩的施工，第一家开始大型桥梁预制和吊装，第一家开始渠道边坡混凝土衬砌，第一家进行渠道底板混凝土衬砌，第一家进行分部工程验收并投入运行，为安阳段工程建设树立了典范。要想干好南水北调工程，质量必须是第一位的。渠道混凝土浇筑是南水北调工程建设的关键环节，夏季由于白天气温高，渠道混凝土浇筑通常在下午 5 点后才能进行。浇筑期间，陈学才几乎每天晚上都要到工作面查看浇筑情况，天刚亮就又到工作面查看收面情况，严格把关混凝土浇筑质量，有时候在工地一站就是大半夜。

正是因为像陈学才这样的大批建设者克难攻坚，创新技术工艺，加强质量监管，才确保了安阳段工程如期完工。 2013 年 11 月 13 日，安阳段在河南省建设渠段中率先完成主体工程施工。

2014 年 3 月，在国务院南水北调办组织的通水验收中，安阳段率先通过验收，已基本具备通水条件，为顺利实现汛后通水目标奠定了坚实基础。 在仔细查阅相关资料、检查工程现场后，验收委员会认为安阳段已按批准的初步设计内容基本完成，已完工项目的设计、施工和制作安装质量符合国家和行业有关技术标准的规定，工程形象面貌满足通水验收要求，同意安阳段通过通水验收。

为顺利实现 2014 年汛后全线通水目标，按照国务院南水北调办的要求，2014 年 6 月 5 日到 8 月 23 日，南水北调中线工程黄河以北段总干渠进行充水试验。 6 月 11 日 8 时 30 分，南水北调中线工程安阳段最南端的汤阴县宜沟镇王老屯村处迎来了缓缓清流。 这次黄河以北段总干渠充水试验的渠道是从河南省焦作市温县的济河节制闸起，到河北省石家庄市古运河节制闸止，全长近 500 公里，其中安阳境内干渠总长 66 公里。 充水试验分为准备期、充水期、观察期、评价及完善期 4 个阶段。充水试验采用自下而上、多水源连续充水方式进行。 随着清水缓缓流入安阳市，南水北调中线工程安阳段所有节制闸、检修闸完全开启，退水闸关闭，逐步向渠道充水，当充水渠段最后一级节制闸闸前水位达到或接近目标水位时，关闭上一级节制闸，进入观察期、维护期。 此后按相同方法，自下而上逐级关闭所有节制闸至本段充水结束。 试验结束后，通过退水闸将水放入下游河渠道。 充水试验所用的 9000 余万立方米水分别来自沁河河口村水库、盘石头水库、岳城水库。 经过严格检验检查，充水试验验证，干渠具有过硬的质量标准。

与总干渠几乎同时竣工的还有安阳市南水北调配套工程。 这项工程涉及安阳设计单元和濮阳设计单元，分别从总干渠 35 号、37 号、38 号和 39 号 4 个分水口门引水，输水管线总长约 120 公里。 安阳市所属的滑县、内黄、汤阴、文峰区、殷都区、龙安区、开发区和安东新区 8

个县区的 23 个乡（镇、办事处）91 个行政村都成为受益区。

龙行燕赵

20 多年前，与安阳接壤的邯郸市磁县，接纳了一批来岳城水库做水库大坝加高工程的淅川乡亲。 吴元成的四叔、在水电系统工作的赵星科是牵线人。 暑假期间，吴元成护送高考落榜的二弟前去和乡亲们会合，在那里短期打工。 这也是元成第一次真切地踏上燕赵大地。 这座1959 年开工、1960 年拦洪、1961 年蓄水、1970 年建成的水库是海河流域漳河上的一个控制工程。 当时，水利部门正在对岳城水库大坝进行加高扩建，坝顶高程由原来的 157 米加高到 159.5 米，大坝加高采用沙砾料在下游断面压坡。 正是这座水库，在南水北调中线干渠河北段充水试验中担当了重要的供水角色。

燕赵大地，自古就是慷慨悲歌之地。 2016 年 6 月，我们到河北省会城市石家庄实地采访南水北调中线工程建设者，对这块土地有了更深更具体的感悟，也才了解到南水北调中线工程河北段、京石段的一些建设情况——

2003 年 12 月 30 日，南水北调中线工程京石段应急供水工程的永定河倒虹吸、滹沱河倒虹吸工程开工建设，标志着南水北调中线工程的开工建设。

2009 年 1 月 5 日，南水北调中线工程京石段应急供水工程建成通水表彰大会在北京召开，全面总结京石段工程建设经验，对工程建设中涌现出的先进集体和先进个人进行表彰。 5 月 26 日，南水北调中线工程京石段应急供水工程圆满完成国务院确定的应急供水任务，对缓解首都北京的缺水状况，确保北京供水安全起到重要作用。

2009 年 12 月 19 日，河北省南水北调工程建设委员会第三次全体会议召开，强调要高标准、高质量完成工程建设各项任务，努力建设一流的精品工程、阳光工程、民心工程。

2010 年 4 月 13 日，南水北调中线一期工程邯郸至石家庄段开工建设，标志着中线一期工程河北境内所有项目全部开工建设。 4 月 14 日，国务院南水北调办在河北石家庄召开南水北调工程建设管理工作座谈会，进一步贯彻国务院南水北调建委会第四次全体会议，研究部署工程建设管理工作。

2011 年 7 月 21 日，河北省黄壁庄水库开闸向南水北调中线工程京石段应急供水工程总干渠放水。 10 月 14 日，河北省南水北调办在石家庄市组织召开南水北调配套工程前期工作汇报会议。 10 月 27 日至 28 日，国务院南水北调办在河北省石家庄市组织召开南水北调工程建设进度协调会。

2012 年 3 月 14 日至 16 日，国务院南水北调办在河北邯郸组织召开膨胀土、高填方技术交流会和培训会。 6 月 19 日至 21 日，国务院南水北调办在河北省石家庄市举办南水北调工程渠道运行管理规程培训。 6 月 27 日，国务院南水北调办主任鄂竟平检查南水北调中线工程京石段工程防汛工作。 11 月 21 日，河北省黄壁庄水库开始放水，标志着南水北调中线工程京石段工程开始第四次向北京供水。 11 月 20 日至 23 日，国务院南水北调办副主任蒋旭光率领质量专项检查组，深入南水北调中线工程河北省境内邯石段①工程建设一线检查工程质量。 11 月 27 日，南水北调中线工程京石段工程自动化调度系统正式启用。 12 月 25 日至 26 日，国务院南水北调办主任鄂竟平调研中线工程河北段工程建设情况。

2013 年 2 月 26 日至 28 日，国务院南水北调办张野副主任率队检查南水北调中线工程邯石段交叉工程建设，并召开座谈会。 4 月 12 日，

---

① 邯郸至石家庄。

国务院南水北调办主任鄂竟平一行六人赴南水北调中线工程洺河渡槽、南水北调总干渠与青兰高速连接线交叉工程及SG1-2标邯钢公路桥工程施工现场，进行工程质量检查。 5月3日，国务院南水北调办、河北省政府在河北省石家庄市召开南水北调中线工程河北段工程建设进度第一次联席会议。 5月7日，国务院南水北调办主任鄂竟平一行六人到南水北调中线总干渠与青兰高速连接线交叉工程、磁县2标、磁县3标施工现场进行质量检查。 5月17日，国务院南水北调办蒋旭光副主任带领质量检查组到南水北调中线工程穿石太铁路暗涵工程、元氏段桥梁6标、石家庄市区段桥梁4标、SG12标、SG13标、SG14标等施工现场进行飞检式质量检查。 7月25日，国务院南水北调办张野副主任深入基层一线调研南水北调中线工程邯石段工程建设情况。 7月30日，国务院南水北调办副主任蒋旭光一行六人对南水北调中线工程河北段铁路和公路交叉工程进行飞检式质量检查。 9月25日至26日，国务院南水北调办张野副主任率队检查督导南水北调中线工程邯石段工程建设。 11月21日，国务院南水北调办副主任蒋旭光对南水北调中线工程河北段工程进行飞检式质量检查。

2013年12月9日，随着南水北调石家庄至邯郸段工程主体完工，南水北调中线干线河北段主体工程全线贯通。

倒虹吸过滹沱河

在田庄分水口和古运河暗渠进口徘徊良久，我们告别古运河枢纽工作人员武江波，离开古运河枢纽，驱车前往位于正定县西柏棠乡新村村北的滹沱河倒虹吸工程。 因为长期从事水利工程测量，参加过南水北调中线京石段S12标段建设，李富强对滹沱河倒虹吸工程的情况十分熟悉。

2003 年 12 月 30 日，南水北调中线工程京石段应急供水工程永定河倒虹吸、滹沱河倒虹吸工程开工，正式拉开了中线工程建设帷幕。

滹沱河倒虹吸工程是京石段最早开工的项目。 它的上游距黄壁庄水库 25.5 公里，下游距京广铁路 4.6 公里，为一级建筑物。 工程总长 2993.64 米，其中进出口连接渠道长 768.64 米，倒虹吸部分长 2225 米。 管身采用三孔一联钢筋混凝土箱形结构，单孔过水断面尺寸为 6.0 米×6.2 米。 工程设计输水量每秒 170 立方米，加大流量每秒 200 立方米。 在施工中，开挖土方 371.94 万立方米，回填土方 326.34 万立方米，砌石 8.23 万立方米，制安钢筋 2.56 万吨。 工程总投资 5.47 亿元，工期是 34 个月。

倒虹吸是两边高、中间低，水利用自身的压强，自己流过去。 为了确保滹沱河倒虹吸工程建设取得圆满成功，我们还派人到印度、日本、美国等国参观研究国外成功的调水工程和先进技术。 为了确定滹沱河倒虹吸工程的最终设计，郑德明亲自率队，邀请清华大学的专家和技术人员做滹沱河倒虹吸试验，通过实验，最终决定做 8.5 米深埋。

滹沱河倒虹吸工程附近还有滹沱河码头，一条小一点的是当地的灌溉渠，与总干渠并行。 工程的后面，同样建有滹沱河退水闸，以便必要时将渠水从这里退入滹沱河。

S12 标和 S13 标、S14 标项目部都在石家庄新乐市。 施工最紧张的时候，天很热，施工场地像蒸笼一样。 离水工局坐车只要一个多小时就能到，但很多人三过家门而不入。 当时项目部的负责人就说："还真想家，哪怕回去给家里坏了的灯换个灯泡就回来也行。 我长年不在家，家里大小事都要媳妇管，你说一个女人家，换保险丝、换灯泡、修车子、通下水道，本该男的干的她都会了，真够苦了她。"

李富强 2006 年进场，2008 年完工。 他在那儿也没少吃苦，搞测量也很累人。 冬天施工的时候，下大雪，戴着棉帽子，也得照样干，不能停。 过年都不放假。 测量吧，从前期施工到后期验收，都需要测量。

完工了，还有沉降点的数据，一直弄到甲方过来接收。 因为有沉降，每天都得测。 渠岸每天都在沉降。 比方说，每 500 米一个沉降点，都得测数据。 8 公里长的标段，光测量组就有十几个人。 倒虹吸，桥也有沉降。 如果测到 5 毫米的沉降数据，那就说明地下肯定有事儿了，塌方了什么的，马上就得处理。 干渠下面都铺有泡沫板，都是防渗漏的。不能让渠水往下漏，除了蒸发一点儿。

干渠施工，渠底、渠岸最底下先铺 30 厘米的沙砾，碾压完了，上面铺 5 厘米的泡沫板，泡沫板上面是防渗布，防渗布是 0.5 毫米的，上面再打 15 厘米的混凝土，也有 20 厘米的混凝土。 每 5 米留置一个分缝，上面再打一层防渗胶。 这都是衬砌机做的，快，匀实。

衬砌机上面有个送料机、铺衬机，带着震动棒。 施工的时候，泡沫板铺上后，因为地下有"地气"，"地气"出不来的话，都能把混凝土拱起来。 铺 30 厘米的沙砾、5 厘米的泡沫板，就是为了让"地气"跑出来。 一开始，就没有那个沙砾层。 做试验段的时候，发现了这个问题，才采用了沙砾层。 实际上，这也是创新。 古代修运河，因为全是土石，没有混凝土，不用考虑这个问题。 做倒虹吸内部管道的时候，先铺设壳子板，然后浇筑混凝土，也有讲究，中间加密封条，也是为了"出气"的，不能出现麻面。

河北省水利工程局的吴振海工程师是李富强的同事，也参与过南水北调中线工程京石段应急供水工程 S12 标段建设。

2000 年 6 月，吴振海从华北水利水电学院毕业，被分配到河北省水利工程局二处工作，参加了甘肃省疏勒河昌马西干渠电站工程、黄壁庄水库除险加固主坝下游环境治理工程、黄壁庄水库除险加固西柏坡电厂补给水系管道工程、石家庄市西北生态环境治理工程的施工。 2005 年经考试取得了助理工程师资格，2016 年参加了南水北调中线工程京石段应急供水工程 S12 标段工程的施工。

这些年，他一直从事施工测量工作。 施工测量工作贯穿整个水利工程的全过程，充当着"先行官"的角色，是工程建设的前哨。 准确、周密的测量工作不但关系到一个工程是否能顺利按图施工，而且还给施工质量提供重要的技术保证，为质量检查等工作提供方法和手段，必须把所有的工作做到最准确、最细致、最优良、最前面。

南水北调工程规模宏大，是世界瞩目的水利工程，凝聚着几代人的心愿。 2006年，吴振海第一批进入南水北调S12标工地。 在工程施工过程中，施工测量工作尤为重要，该工程又采用等级施工控制网测设，施测过程必须严格按照规范要求执行。 施工控制网分为平面控制网和高程控制网。 平面控制网采用全站仪水平角观测法和光电测距法进行施测，高程控制网采用电子测微水准仪，配合因瓦尺进行基辅读数往返观测法。 为了提高测量精度，减少除人为因素导致的误差以外，尽量选择温度低、湿度小、光线不强烈、噪声小的环境进行施测。 每个测站严格执行操作程序，认真做好每项工作，保证观测成果的精度和可靠性。认真检查外业观测成果资料，绘制计算略图，抄录已知和观测数据，计算路线闭合差相关数据。 采用监理工程师认可的平差计算程序，认真进行各项平差工作，对计算成果和精度进行评定。 在确定观测成果精度符合《水利水电工程施工测量规范》要求的前提下，整理测量成果，报送监理部，经审批后作为施工放样的依据。

S12标沿线全长4226米，建筑物4座，在进行断面测量时，横断面设置间距为20米，地形复杂的地段另行加密。 纵断面根据水准点的高程，施测中线桩位的现有地面高程。 白天在工地进行施测，无论工作条件多么恶劣，吴振海都坚守在工作现场，像士兵一样，守护在仪器旁，进行测量、测绘工作。 在对各测站进行施测行进时，必须抱着几十公斤重的测量仪器步行到下一测站，在对前、后视点进行观测过程中，眼睛一眨都不能眨，直至此测站观测完毕，天气有风时吹得眼睛更是难受。白天观测完毕后，晚上还要对测量结果进行整理，绘制断面，计算工程量，保证工程进度按期进行。

南水北调工程是吴振海参加工作以来接触到的规模最大的工程，他非常珍惜这次机会。2007年春节刚过，渠道工程、渠道建筑物工程全面展开施工，到处都是轰轰烈烈的工作场面。渠道开挖、回填①、削坡、衬砌，倒虹吸基础，桥梁桩基同时进行施工，随着工作面的增多，测量任务也随之加重了。为了满足施工现场的需要，他们组成四个小组负责现场测量工作，吴振海以测量内业工作为主，辅助外业工作，认真阅图，及时掌握施工现场的进度信息，整理各组所需放样数据，对施测不便的地方及时做施工控制网点加密，整理资料，上报监理部验收，保证工程进度顺利进行。同时监理部要求，工程施工的各个工序必须要整理《施工测量放样报验单》上报监理部，经监理现场验收后，才能进行下一步工序的施工。内业工作看似简单，其实复杂，必须遵循规范，符合实际，必须保证资料整理得及时、准确。在对桥梁引道施工放样数据计算时，涉及的路面超高和缓和曲线问题对他来说是两个难点，是参加工作以来首次接触，这更让他产生了学习的兴趣。在路面超高问题上，他潜心钻研，抽象思考，分析超高变化路段，计算超高变化量，再根据变化路段的长度及变化路段起点、终点的设计高程，计算出路面待求点的高程。在缓和曲线问题上，细心查阅相关书籍，了解缓和曲线的各个要素，利用公式分段计算，将计算结果输入计算机的CAD（计算辅助设计）程序，绘制成图，再将所绘图形进行分析。通过对这两个难点的解决，吴振海在业务水平上有了很大提高，计算的放样数据得到了监理的认可。

2007年11月，吴振海被派到南水北调中线工程京石段应急供水工程生产桥项目SCQ-1标上担任测量组长，同时还负责渠道项目的测量工作。由于工期紧迫，他们的工作就是在和时间赛跑。首先勘察施工现场，拟定施工方案，与监理单位、施工单位相沟通，经监理单位同意，

---

① 沙砾料回填、堤坝回填。

生产桥施工控制网可以在其他施工单位已布设好的施工控制网的基础上，进行次级加密。认真阅图，根据图纸的有关资料，准备好各个生产桥的放样资料。对需要测量报验的工程部位，及时整理《施工测量放样报验单》，联系监理人员对施工部位进行验收，使工程的每一项工作保质保量顺利完成。生产桥梁体施工采用的是现浇预应力张拉法，梁底采用土地模支护，要对土地模进行预压，在预压部位设置沉降观测点，对观测点每隔3天观测一次，确定土地模没有沉陷变化后，铺设5厘米碎石和10厘米混凝土垫层，使基面达到梁底设计高程，满足施工要求，保证了工程质量，确保了应急供水工程按期通水。

润泽首都

2014年12月27日，甘甜的丹江水一路北上，经过1277公里①的奔流，终于抵达长渠的终点——北京颐和园团城湖。

长期以来，我国北方水资源短缺，北京市已经成为极度缺水的特大城市。1997年以来，北京市人均水资源占有量仅100立方米，远远低于人均1000立方米的国际公认缺水下限。水资源紧缺已成为制约首都经济社会发展的第一瓶颈。

为保证北京供水安全，国务院南水北调工程建设委员会第一、二次会议决定先期开工建设京石段应急调水工程。2003年12月30日，京石段应急调水工程开工。2004年7月，北京市政府组建北京市南水北调办公室，作为市南水北调建委会的办事机构。开工以来，从征地拆迁中的主动动迁祖坟，到工程建设中的维护施工环境，从工程保护中的自觉遵法、拆违，到水质监测中的自觉防污、控污，首都百姓的理解和支

---

① 不含天津段。

持成为首都南水北调工程顺利实施最有力的保障。

北京位于南水北调中线工程末端，是南水北调工程最早的受益城市。 北京市内南水北调建设任务主要包括中线干线北京段工程和市内配套工程。 京石段应急调水工程竣工后的 2008 年 9 月 18 日，河北水库开始放水入渠，9 月 28 日冀水入京。 至 2014 年 3 月，北京累计接收河北岗南、黄壁庄、王快、安格庄 4 座水库来水近 16 亿立方米。 为充分发挥调水效益，北京市提前启动配套工程建设，主要建设内容包括输水工程、调蓄系统工程、自来水厂新建扩建与改造工程以及管理设施建设等，以确保通水初期具备接纳年调水 10.5 亿立方米的能力。

南水北调中线工程总干渠北京段全长约 80 公里，由西南到东北方向，分 9 个单项工程，分别为北拒马河暗涵工程、惠南庄泵站工程、惠南庄—大宁段 PCCP（预应力铜筒混凝管）管道工程、大宁调蓄池工程、永定河倒虹吸工程、卢沟桥暗涵工程、西四环暗涵工程、团城湖明渠工程和下穿铁路专项工程。 其中，PCCP 管道工程全长 56 公里，系国内首次采用直径 4 米的超大口径 PCCP 输水技术，其设计、制造、安装及安全评估技术均处于国际领先水平。

2012 年 6 月 8 日，北京市南水北调配套工程东干渠工程开工。东、南干渠工程是西四环下的干线工程，和环北、东、西五环下的配套东干渠、南干渠工程，共同组成了一条首都输水动脉环路，南来之水通过这条环路流入各个水厂，流入首都的千家万户。 2014 年 3 月，这条首都的"新环路"被全线打通。 而其中的西四环暗涵工程，具有两条内径 4 米的有压输水隧洞，穿越北京市五棵松地铁站。 这是世界上第一次大管径浅埋暗挖有压输水隧洞从正在运营的地下车站下部穿越，创暗涵结构顶部与地铁结构距离仅 3.67 米、地铁结构最大沉降值不到 3 毫米的纪录。

2012 年 10 月 26 日，北京市南水北调配套工程团城湖、亦庄调节池工程开工。 团城湖调节池是距天安门直线距离最近的一座小型水库，连接南水北调和密云水库两大水源，具备调蓄、分水和水量匹配等功能，蝙蝠状的池形与颐和园内昆明湖的桃形，构成"福寿双全"的寓意。全长 885 米的团城湖明渠与调节池相邻，是北京段唯一一段明渠。

在到达石家庄寻访南水北调中线工程之前，我们先到北京颐和园南，去实地察看南水北调团城湖管理处。虽然也略费周折，但我们还是被允许进入其中，得以观赏总干渠末端的真容。

一渠清流入首都，需要建设者们全力以赴：北京市南水北调配套工程东干渠亦庄调节池扩建工程施工第五标段，中标单位是中铁五局集团有限公司；南水北调配套工程东干渠亦庄调节池扩建工程监理第二标段，中标单位是北京燕波工程管理有限公司；南水北调配套工程东干渠亦庄调节池扩建工程施工第三标段，中标单位是北京京水建设集团有限公司；南水北调配套工程东干渠亦庄调节池扩建工程施工第二标段，中标单位是北京通成达水务建设有限公司；南水北调配套工程东干渠亦庄调节池扩建工程杂填土清运施工第一标段，中标单位是北京金河水务建设集团有限公司……

新华社 2014 年 5 月 18 日以《京城"驭水人"——走近南水北调中线北京段工程建设者》为题发表了记者魏梦佳的报道：

南水北调中线工程开工 12 周年，2014 年 12 月 27 日上午 10 点 30 分，南水北调中线总干渠末端北京团城湖明渠取水口正式开闸。清亮的江水奔涌而出，沿着 885 米长的明渠，涌向颐和园团城湖，流向首都千百万居民的家中。

北京人的水缸

北京市南水北调团城湖管理处大门紧闭，不得随意进入。门卫不让进，让联系管理处。管理处接电话的人也明确说，得有北京市南水北调办的指令。 正在通过北京市公安局的朋友沟通协调的时候，从大院里走出来一个小伙子，后来知道他是管理处综合科科长葛辉。 他在问明情况、查验了我们的证件后，破例允许进入采访，并让工作人员王济胜踏着一台崭新的体感车陪同。 年轻帅气的王济胜带着我们，进了管理处大门，穿过南水北调团城湖明渠广场，一路向出水口走去。

团城湖是北京城的水源地，属一级水源保护区。 20世纪60年代京密引水渠建成后，将密云水库的水引入团城湖，然后分流到城区，日供水120万立方米，占城区日供水量的一半以上。

1994年以前，南水北调中线工程终点曾确定在北京玉渊潭，后经有关部门多次进行现场考察和研究，最终将终点北移4公里，调整至颐和园团城湖。 因为玉渊潭是永定河引水渠的终点，除承担供水任务外，还承担着北京西部南旱河的排洪泄水、调蓄洪水的任务。 如果把南水北调的终点设在这里，供水和防洪将在汛期发生矛盾，尤其是水质难以保证。

团城湖地处北京市区西北部，居高临下，利于水质的保护，这里为京密引水渠的终点，一直是北京市水源和供水的重要枢纽。 把南水北调中线干渠的终点设在这里，两大水源汇合到一处，更有助于城市供水安全。 南水北调中线工程终点确定在团城湖后，它的蓄水量便有限了。所以，2012年10月在团城湖南侧，即颐和园南墙外又破土开挖了一处湖泊。 因其北邻团城湖，且有水道与之相通，所以叫"团城湖调节池"，也泛称"团城湖"，它连接密云水库和丹江水两大水源，采取联合调蓄的方式，是对南水北调来水和密云水库来水进行切换的枢纽。 正常供水时，满足南水北调来水与各用水户之间的水量分配；南水北调干渠一旦发生事故，满足各用水户由南水北调水源向密云水库水源切换时间内所需的调蓄水量。

管理处的上级是北京市南水北调办，到这里参观需要预约。 原本随时可以参观，周一到周五都开放，允许参观。 因快进入汛期，北京市南水北调办下文件，改为每周二对外开放。

王济胜的老家是河南卫辉市顿坊店乡的，原来在派出所做协警，等于是借调到这儿的。 在派出所之前呢，当武警。 转业参加工作，到这儿，守着北京人的水缸。

出水口的水通过 800 多米长的明渠，汇到调节池那儿。 调节池能够调蓄库容 127 万立方米，总占地面积 76 公顷，水面面积 33 公顷。

明渠广场中间有个铜雕塑，平铺着，展示的是南水北调中线工程路线和重点工程、主要城市示意，数据都在上面标示着。

北京的东干渠工程，担负着南水进京后向北京第八水厂、第十水厂、通州水厂、亦庄水厂输水的重要任务。 东干渠输水隧洞建设之地交通复杂，9 条高速公路、15 座特一级桥梁、9 条轨道交通、4 条铁路、几十条等级公路以及 600 多条地下管线成为隧洞必须"冒险"穿越的最大障碍。 经过周密设计、反复试验、科学施工，项目部与施工单位圆满完成了建设任务。

北京是个缺水的城市，多年来以年均 21 亿立方米的水资源量维持着 36 亿立方米的用水需求，所以说，不搞南水北调不行。 经过长期跟踪监测，丹江口水库水质优良，与密云水库水质相似，水质指标符合《地表水环境质量标准》Ⅱ类标准，满足饮用水水源水质要求。 南水进京后，一期工程年均为北京送水 10.5 亿立方米，供给 15 个区县，供水范围达 6000 平方公里，覆盖平原区 90% 的区域。 来水占城市生活、工业新水比例将达 50% 以上。 这就是，北京一年将增加 500 多个昆明湖的水量，全市人均水资源量可增加 50 多立方米，有效缓解了北京水资源压力，提高了首都供水安全保障度。 北京自来水集团所属的郭公庄水厂、第三水厂、第九水厂、田村山净水厂、门头沟城子水厂、长辛店水厂等都接纳南水北调丹江口水库水源，每天都有 70 万立方米到 170 万立方米南水进入千家万户。 老百姓都说，水压比以前提升了许多。

离开团城湖管理处，我们打车到北京市科怡花园小区和提前约好的朋友崔志强见面。 崔志强 1988 年毕业于河南大学中文系，在浚县和安阳执教多年后，从 2004 年开始"北漂"，现今是一个图书策划公司的经理。

崔志强的老家浚县那儿就是黄河故道，是大运河兴建时候的黎阳仓所在地。 前些年，浚县还发现了大禹治水时期的黄河古堤遗迹。 一部人类史，其实就是人类利用水、改造水的历史。

崔志强说，来北京这些年，现在感受最深，水碱少了。

现在北京新建成的郭公庄水厂，100%用上"南水"，自来水硬度由以前的每升 380 毫克，降为每升 120 到 130 毫克，降低约三分之二，变化自然明显。 其他主城区大部分用第九水厂的水，"南水"和本地水的比例为 4∶1。 7 个城区用上了"南水"，占比达到 60%。 水价也基本合理。 南水北调实行"两部制水价"：基本水价和计量水价。 基本水价是为还贷付息、工程维护，地方即便不用水，也要按分配的指标交钱；计量水价是实际用多少水，交多少钱。 按国家发改委定的价，"南水"由近到远分六个价：河南南阳段 0.18 元，黄河以南 0.34 元，河南黄河北 0.58 元，河北 0.97 元，天津 2.16 元，北京 2.33 元。

崔志强因为搞图书策划，天南海北到处跑。 他说，南水北调中线工程总干渠不仅是一条"清水长廊"，也是一条"绿色长廊"。 总干渠不经过崇山峻岭，施工条件优越，对环境的影响小。 沿线河流均与总干渠立体交叉，可保证水质。 同时，在丹江口水库水量充沛的时候，可以方便地将水放入当地河流中，以改善河道的水环境。 此外，中线工程正在带动绿化、生态农业和绿色农业的发展，改善当地的生态环境。 中线工程受水区现状年均缺水量在 60 亿立方米以上，经济社会的发展不得不靠大量超采地下水维持，从而造成地下水大范围、大幅度下降，甚至部分地区的含水层已呈疏干状态。 "南水"来了，肯定会改变北京的地下水状况。

天津不再渴了

我的大学生涯是在天津度过的，那是我人生重要的成长期。从某种意义上说，天津是我的第二故乡。我在天津的时候，引滦入津工程刚刚开通，我们喝的是滦河水，尽管还是有些咸咸的，但比之前的苦咸水已经好多了。没想到，我离开天津这么多年之后，天津开始喝上了来自我家乡的水。

2015年4月28日，国务院同意撤销徐水县，设立保定市徐水区。此时，距离南水北调中线工程通水已经过去5个月。

南水北调中线总干渠从河北满城县白堡村东北进入河北保定市徐水区，先后穿越义联庄、大王店、东釜山3个乡镇13个行政村，渠线长13公里。总干渠采用明渠输水形式，在渠道两侧有8米宽的防护林带。

南水北调中线天津干渠即从徐水区西黑山村西分水向东至天津市外环河。2009年6月26日，南水北调中线天津干线天津市1段卫河倒虹吸箱涵主体工程完工。2009年7月29日，南水北调中线天津干线河北境内工程开工建设，标志着中线一期工程天津干线天津、河北两省市境内工程全面开工建设。2011年1月18日，南水北调中线天津干线天津段工程主要施工难点——京沪铁路穿越工程顺利完成支护框构贯通，这标志着天津干线天津段工程进入收尾攻坚阶段。

大海很宽阔，海水很咸涩，天津很干渴。从2014年12月27日开始，渤海湾内的天津也终于喝上了甘甜的"南水"。12月27日上午，天津市南水北调中线一期工程通水活动在曹庄泵站举行，国务院南水北调办副主任张野出席活动并讲话。

天津中心城区市民从此喝上了期盼已久的"南水"。天津水务局防汛抗旱管理处水调科科长刘战友见证了令人激动的通水时刻。

　　　　　　　　　　　　　　　命脉

上午 9 点 30 分，经过 15 天的奔流，来自南水北调中线的丹江水终于抵达天津的曹庄泵站，这里是南水北调中线工程天津干线的终点，同时也是其向天津城区及滨海新区供水的起点，随着泵站闸门的打开，泵站巨大的调节池内逐渐蓄满了 3 米多深的水量，在这里经过增压后，丹江水将进入各大水厂。引江水进入天津后，为保障各水厂切换平稳过渡，将按照逐个水厂分阶段、分步骤地实施水源切换。第一部分先供的是滨海新区的津滨水厂，从 1 月初南水北调的水进入中心城区芥园、凌庄子、新开河水厂，到 1 月底 2 月初，基本上中心城区的老百姓全部能喝上丹江水。

为让居民喝上安全的"南水"，天津市采取了多项保障措施。如从南水北调中线西黑山分水口到天津的天津干线全部采用地下箱涵的方式供水，这样就最大程度保证了水质安全。在曹庄泵站调节池，这里专门设置有一处取水设施，自动检测设备每 6 小时就对水质进行检测，并将检测数据实时上传。自动监测站设置有一个报警预警值，如果超过了这个预警值，监测设备将自动报警，并且将这个数据实时传到北京。目前从各项数据看，丹江水的水质完全符合二类水的标准。

长期以来，天津是一个严重缺水的地区，居民饮水主要靠引自滦河的水解决，水资源短缺、单一、脆弱问题始终是经济社会发展的制约性因素。通水后，天津将逐渐形成引滦、引江双水源保障的城市供水新格局，有效缓解天津水资源短缺局面，天津基本上不会再喊渴了。

中心城区的 6 区加上环城 4 区的部分地区，以及滨海新区的一部分地区以丹江水为主，其他区域还是以引滦水为主，随着丹江水供水范围的扩大，引滦水用量将会逐步减少，因此从规划上来说，暂时永定新河以南地区是要用丹江水，永定新河以北地区是要用引滦水。一半城市居民可以喝上"南水"。"滦河水+丹江水"双保障，天津再不担心"自来水腌咸菜"了。

清流

2016 年 12 月 12 日，南水北调中线一期工程正式通水。 中共中央总书记、国家主席、中央军委主席习近平做出重要指示，强调南水北调工程是实现我国水资源优化配置、促进经济社会可持续发展、保障和改善民生的重大战略性基础设施。 经过几十万建设大军的艰苦奋斗，南水北调工程实现了中线一期工程正式通水，标志着东、中线一期工程建设目标全面实现。 这是我国改革开放和社会主义现代化建设的一件大事，成果来之不易。 习近平对工程建设取得的成就表示祝贺，向全体建设者和为工程建设做出贡献的广大干部群众表示慰问。 习近平同时指出，南水北调工程功在当代、利在千秋。 希望继续坚持先节水后调水、先治污后通水、先环保后用水的原则，加强运行管理，深化水质保护，强抓节约用水，保障移民发展，做好后续工程筹划，使之不断造福民族、造福人民。

　　早在 2012 年 11 月 6 日，国家就成立了南水北调中线水质保护中心。 没有对自然的保护，就没有好的生存环境。 只有持之以恒地对水源地和总干渠沿线的"严防死守"，滋润京津的渠水才能长期保持可饮用标准。

　　水源工程是南水北调中线工程建设中的首要任务。

如今，千里长渠已经通水两周年，对水源地的保护就显得尤为重要。 丹江口水库大坝加高后，坝顶高程176.6米，正常蓄水位提高至170米，水域面积超过1000平方公里，水源地涉及河南省南阳、洛阳、三门峡3市所属的淅川、西峡、内乡、邓州、栾川、卢氏6个县（市、区），湖北省十堰市所属的丹江口市、郧县（现郧阳区）、郧西县、武当山特区等县（市），陕西省汉中、安康、商洛3市所属的多个县（市），管理、治污和保护任务严峻而重大。 早在2009年，全国人大、国务院等就多次组织调研组，对水源地保护工作展开一系列的调研、督导。 3月16日至22日，全国人大常委会副委员长、九三学社中央主席韩启德就率领由九三学社中央和国务院八部委组成的调研组，深入河南省南阳市、湖北省十堰市、陕西省商洛市等中线工程水源地9个县（区），实地查看水源保护工作。 6月16日至17日，全国人大常委、环资委主任委员汪光焘率领调研组，实地考察丹江口水库水质状况。 9月16日，中共中央政治局委员、第九届全国人大常委会副委员长姜春云一行到湖北省丹江口市就中线丹江口库区经济发展以及环境保护、水污染防治进行调研。 11月3日至10日，国务院南水北调办、财政部等单位组成调研组，赴丹江口库区及上游河南、湖北、陕西三省有关市县，检查生态补偿资金安排使用情况，研究完善生态补偿工作机制的措施。 11月28日至30日，南水北调工程水资源保护培训研讨班在广东省深圳市举办。 12月25日，丹江口库区及上游水污染防治和水土保持部际联席会议办公室召开《丹江口库区及上游水污染防治和水土保持规划》（下称《规划》）修编大纲起草工作讨论会议，标志着《规划》修编工作全面启动。 2012年10月29日至31日，国务院南水北调办主任鄂竟平赴陕西调研南水北调中线水源区水质保护工作。

南水北调中线总干渠沿线环境保护也迅速启动。2011年2月28日，北京市人民政府公布《北京市南水北调工程保护办法》，并自公布之日起施行，划定南水北调工程①7处保护范围，明确禁止在保护范围内倾倒垃圾、废渣等固体废物，排放污水、废液等有毒有害化学物品等6类行为。 2013年1月4日至8日，国务院南水北调办会同国家发展改革委、财政部、环境保护部、住房和城乡建设部与水利部组成考核组，对河南、湖北两省2012年度《丹江口库区及上游水污染防治和水土保持"十二五"规划》实施情况进行考核。 2013年3月30日至4月2日，环境保护司、南水北调中线水质保护中心负责同志，赴河南、湖北两省督导《丹江口库区及上游水污染防治和水土保持"十二五"规划》实施工作。 4月17日至20日，国务院南水北调办副主任蒋旭光深入湖北省丹江口库区检查督导库底清理工作。 5月13日至17日，中共中央书记处书记、全国政协副主席杜青林率领全国政协特邀常委视察团先后到河南、湖北考察丹江口水源地资源保护和利用情况。 6月21日，经国务院同意，国务院南水北调办、发展改革委、环境保护部、住房和城乡建设部、水利部联合印发《丹江口库区及上游水污染防治和水土保持"十二五"规划实施

① 惠南庄至团城湖段。

考核办法》。 7 月 16 日至 18 日，国务院南水北调办副主任蒋旭光赴湖北十堰丹江口、郧县等地，调研丹江口水库库底清理、验收和高切坡治理工作。

通水两年来，相关省市县在库区、水源地、干渠已实施多重保护措施，丹江水水质长期稳定在 Ⅱ 类标准，其中多项指标达到 Ⅰ 类标准。 实践证明，通水前所做的这一切是完全必要的，成效也是显著的：沿线省市地下水水位持续回升。

效益初显

国务院南水北调办公室发布信息显示，截至 2016 年 10 月 31 日，南水北调中线工程第二个水量调度年顺利结束，丹江口水库已累计向北方输水 58.5 亿立方米，惠及京、津、冀、豫四省市沿线 4000 万人。

甘甜纯净的丹江水，成了总干渠沿线群众的"福利"。河南省南阳市镇平县是南水北调中线工程受益县之一。两年前，县城的用水全靠辖区赵湾水库供水，该水库紧临生产生活区，水质较差。老百姓吃水困难，只能自己挖井或者购买桶装水。镇平县自来水公司的统计数据显示，自当地百姓用上丹江水以后，公司桶装水业务直线下降，销售量连当初的一半都不到。

河北省 7 个设区市建成南水北调地表水厂 104 座，沿线市县陆续用上了达到或优于地表水 Ⅱ 类指标的丹江水，居民用水水质明显改善，受益人口达到 1140 万。

截至 2016 年 12 月 6 日，北京市累计收水 19 亿立方米，惠及 1100 万余市民，用户普遍反映"南水"水碱减少、口感变甜。据检测，自来水硬度由以前的 380 毫克/升降为 120~130 毫克/升。北京市自来水集团发布的数据显示，目前北京 70％的生活用水都是来自南水北调的丹江水，城区 13 座水厂有 7 座接收"南水"，其中郭公庄水厂全部使用"南水"，服务人群高达 400 万人。南水北调的水已经成为北京最重要的水源。按照"喝、存、补"的用水原则，近两年来 19 亿立方米的进京

"南水"，有12.8亿立方米用于自来水厂供水，2.92亿立方米存入大中型水库，3.28亿立方米用于回补地下水和中心城区河湖环境。而南水北调配套工程所建成的南干渠、东干渠、团城湖至第九水厂输水管线工程，已形成第一道输水环路，为中心城区及城市副中心、房山、大兴、门头沟等新城打通了新的水源输送通道，接纳南水北调来水的水厂总规模超过300万立方米，中心城区供水保证率由1.0提高到1.2。同时，随着通州支线、通州水厂的建成和大兴支线、新机场水厂等项目前期工作的推进，将为城市副中心、新机场等功能区提供水资源保障，有力促进非首都功能的疏解。

中国网2016年12月9日报道，南水北调中线一期工程通水两周年，京津水质明显改善。72岁的崔桂兰家住天津市河西区，自2015年春节起，家中的自来水龙头涌出了清洌甘甜的江水。她告诉记者："20世纪80年代，天津水很不好喝，养鱼都会死。南水北调的水来了以后，水质好了，口味不同了，水碱也少了。"北京丰台区星河苑小区居民李文兰也有同样的感受："现在水质特别好，彻底没有水碱了。"

不仅如此，南水北调中线工程通水两年来，河南、河北、北京的地下水水位持续回升，彰显了中线工程强大的"造血"补水功能。随着南水北调水进京，北京地下水开采量逐步减少，地下水生态环境得到有效改善。北京累计压采地下水2.5亿立方米，平原区地下水位由年均下降1.0米减为下降0.46米。2015年年底平原区地下水埋深与2014年年末基本持平，仅下降0.09米。同时，利用南水北调来水向密怀顺等水源地试验性补水1.03亿立方米，补水区域地下水位明显上升。

多年来，河南省南水北调中线工程受水区为维系经济社会的快速发展，地下水超采严重，超采总量为5.73亿立方米，形成了大面积的地下水漏斗区。南水北调中线工程通水后，河南省制定了受水区2015—2020年地下水压采方案，到2020年将减少开采地下水2.7亿立方米，各受水区不断加快自备井封停步伐。曾经超采严重的许昌市目前已关停自备井 400 多口，地下水水位回升 2 米多。 北汝河曾经是许昌城市供水的主要水源，南水北调中线工程通水后北汝河水被置换出来，用于生态修复、水系连通和农业灌溉。 原本缺水之地做起了水文章，实施了水系连通工程、水生态文明建设。

不仅仅水生态环境得到改善，沿线林业生态也在发生变化。 为保护干渠水质，河南省开展了总干渠两岸生态带建设，总长度约 631 公里，面积 23 万亩。 目前建设任务已完成九成多，中原新增一条纵贯南北的绿色长廊，将有效改善沿线的生态环境。 南阳全境 3.7 万亩的生态廊道绿化工程，让两岸百米以内郁郁葱葱，各色树种相映生辉。

封闭运行

为保证水质，南水北调中线干渠全程封闭运行，有人专门在渠道沿线负责，目的就是要绝对保证水质达到标准。

为了保证南水北调穿越焦作市城区段的水质安全，2015 年 8 月 26 日，焦作市出台了《焦作市南水北调农村段绿化工程实施方案》，要在南水北调总干渠中心城区段两侧分别规划建设 100 米宽绿化带。 2010 年 12 月 4 日，焦作市规划局局长杨永昌在接受《焦作日报》访谈时说，南水北调工程是生态带、景观带、产业带，更是一条生机勃发的经济带。 作为南水北调唯一一个穿城而过的城市，焦作市将按照国家要求，在南水北调总干渠中心城区段两侧分别建设 100 米宽的绿化带以及各 35 米宽的滨河道路。 这条长 15 公里、宽 100 米的河道，犹如一条玉带舞山阳，将为焦作经济社会的持续发展带来无限的生机和活力。 南水北调中线工程将在焦作市区形成 50 多万平方米的水域面积和 180 余万平方米的绿地，无异于一道绿色生态屏障。 这一生态屏障，对沿线生态环境、对局部气候的改善、对城区空气的净化，将产生积极的影响。 目前，焦作人均水资源占有量仅为 225 立方米，是全国平均水平的八分之一，是全省平均水平的五分之一。 南水北调中线工程建成后，将每年分配给焦作市水量 2.82 亿立方米（市区年可用 2.148 亿立方米）。 据此，南水北调工程将极大延缓焦作市地下水资源超采、地下水位大幅度下降和漏斗面积进一步扩大等倾向，对生态环境建设具有重要意义。

为确保一渠清水永续北送，中线建管局河南分局穿黄工程管理处的工作人员更是不敢懈怠。 2016 年 4 月 9 日，穿黄工程管理处副处长胡靖宇在接受我们的采访时说，保证水质，保证安全，压力大，责任重。中线干渠设计流量是 625 立方米/秒，现在是流量的四分之一。 因为现在各分水口没有全部开放，不需要那么多水。 现在正在研究方案，进一步扩大流量。 现在各大城市用上丹江水后，依赖性非常强。 包括郑州、石家庄，水质得到明显改善。 大家已经明显感觉到，丹江水对生活是必不可缺的。 郑州原来喝的是黄河水，比较"硬"。 现在很多群众反映，烧完水，没有水垢了。 这证明，这个工程还是非常有必要的。网上有一些不负责任的说法，说这个工程花很多钱，只有中国能干得出来什么的。 其实从调水的距离来看，南水北调中线工程是 1432 公里，在世界上不是最长的。 南水北调从建设期到运行期，对水质的要求非常高。 现在各管理单位每天都要给上面汇报水质情况。 现在的水质是正常的 II 类水，检测到的指标非常正常。 前段他们还进行了大型水质环境保障演练，模拟各种污染源进到干渠后采取的应对措施。 中线局对此非常重视。 各种情况都要进行模拟。 比如说，一旦油罐车在桥上翻落，怎么应急，怎么处置，怎么拦截，怎么吸油，都要有预案。

管理处现在每天都要巡视一遍，对干渠里的各种漂浮物进行打捞。这么长的渠道，难免有些塑料袋、塑料瓶进入渠里。 但实际到渠边看一天，很难看到有异物漂在上面。

从 2014 年 12 月 12 日正式通水开始，从保证调水规模到保护水质，从国务院南水北调办到中线局一直很重视。 一年多来，他们通过规范

命脉

化、标准化管理和调度运行，着力保水质、保安全，包括栅栏安全、应急安全等。 在前期的三四个月，他们尽量去设想可能发生的情况，以有的放矢地应对。 2016 年上半年，他们还开展调度安全行动，以实现常态化的调度安全。

目前南水北调中线工程管理部门对水质的保护非常重视。 一旦下雨，马上派人过来排查，看有没有坡面水进入渠道。 即使桥面上的雨水也不允许排入干渠的明渠。 桥上的雨水和坡面的雨水，都通过各级排水沟排走。 总之，外水不能进到干渠里面。

明渠上面的坡面，进行了绿化、美化，树木都是不落叶的。 以后还要跟地方合作，建生态走廊。 最起码不准搞养殖，不允许种植落叶植物，不能让落叶飘到干渠里，要种常绿树木。

丹江口水库里的小鱼也能沿着江水过来。 淅川渠首那儿做了一张很大的拦鱼网，大鱼一般过不来，但是小鱼还是会顺水北上的。 加上全线禁止捕捞、钓鱼，偶尔会见到一尺来长的鱼。 全线人工巡视与自动化监测结合在一起，环境保护是很有效的。

路边白色的高杆上有太阳能电池板供电，安装有监控摄像头和大喇叭，将实施 24 小时无缝监控。 这是新增加的设施。 一旦发现有人越网进来，这边有监视器，就可以发现和喊话、叫停。 现在沿线都在这样监测和保护。 有些地方的围网已经做成电子网，更有利于管护。

这么大的工程，可能会有这样那样的管护问题。 但是，时间长了以后，人们对它的好奇会慢慢淡化，就会觉得很正常了，就会觉得南水北调中线工程就在自己的身旁，不会那么特别关注了。 这样管理的压力就会慢慢变小。 目前还是安全的压力大，涉及人身安全和调度安全。毕竟，工作刚刚开始。 全线那么多管控点，那么多闸门，北京有总调度，各地的节制闸运行等，都由北京那边全程监控。 人工管控要配合北京那边的总的调度系统。 比如说，水位要上升一米，往上所有的闸门都要由调度调整，全部要进行调节，来维护设计要求。

这么大的工程，这么大的工作量，非常依赖调度运行。调度室24小时三班倒，一个人值班8小时，然后倒班。

当日，穿黄工程管理处北岸出口节制闸监测站负责人舒仁轩，谈起水质管护，也是很有感慨。黄河北岸闸门正中间有个铁丝网，是防鸟的。当时这个闸门开了以后，鸟儿一见水就特别高兴，就往里边钻，这个桥底下全成了鸟儿的家了。这些鸟进去以后，把这里弄得非常脏。后来，他们也是集思广益，弄了一个这么样的东西，鸟就进不去了。不然，它到渠里逮鱼吃，在闸门里吃吃拉拉。现在偶尔还有一两只在里边做巢，只好人工往外赶。

我们看到水渠岸边竖立着一根水泥柱，这是水质监测站点标志牌，每个月取样一次，是由中线局专业的人员来这里取样。除此之外，管理处每天还要在闸门口取样，寄送到河南局去。

为了保证水质，管理处专门设立了水质专员，专门负责管水质。一旦发现有污染啊，还是什么漂浮物，都要管。

目前看来，南水北调中线工程应该是一项安全可靠的生态工程。为解决丹江调水对汉水产生的影响，国家正在推进实施对汉江中下游水环境的保护工作。目前已经规划在汉江流域兴建的四大工程——汉江干流上的兴隆枢纽、从沙市到沙洋的引江济汉工程、对航运受影响的河段实施整治工程、对引水受影响的涵闸和泵站实施改造工程，不但将调水的影响减小到最低限度，而且"引江济汉"工程使得兴隆以下河段枯水期流量显著加大，预计可以基本消除汉江发生曾严重威胁武汉等城市供水安全的春季"水华"现象。

2016年6月17日，在河北省石家庄市田庄分水口和石津干渠节制闸旁，南水北调中线工程古运河枢纽工作人员武江波告诉我们，自己命中注定要来守护这一江碧水。

武江波28岁。他自己解释说，江是丹江的江，汉江的江，波浪的波。好像命中注定要来守护这一江碧水。他转业前在兰州当兵，来的时间不长，才几个月。 武江波守护的地方是有代表性的枢纽，南水北调中线总干渠在这儿分个岔儿，向北去北京，向东进市区，也往天津分水。 武江波平常就是对设备进行维护、监控、报水位。 除了维护设备正常运转，还要确保水质安全。 目前，管理处只有三个人，都是自动化，不需要那么多人。

作为最大受益区，北京市早在 2011 年 2 月就率先颁布了《北京市南水北调工程保护办法》，并组建了临时巡查执法队伍。 2010 年，北京市南水北调办公室组建水环境监测实验室，对来水水质进行省市界、人城区前、人水厂前三道关口监测。 2011 年 12 月，该实验室通过国家计量认证，成为全国南水北调系统首家经国家资质认定的实验室。 目前，北京市南水北调水质监测工作采用了实验室监测、自动化监测及应急移动监测相结合的方式，对水质进行严格监控，模拟水质变化趋势，进行水污染预警。 同时，与国务院南水北调办公室，北京环保、水务、自来水等部门的水质监测系统对接，建立信息共享机制，建成全面覆盖、快速反应的水质监测预警体系。 此外，为应对上游渠道可能发生的突发性污染事件，北京市专门设立人京、人城、入厂三道防线以妥善应对。 北京南水北调规划的总体目标是实现"五有"，即外部调水有通道，水源储备有空间，供水安全有保障，水系河网有连通，决策调度有系统，坚持基础设施规划适度超前、留有余地，最终实现支撑首都供水安全和生态安全。

水源保护

水源保护，在南水北调运行过程中，是一项特别重要的工作。

作为重要水源地的湖北率先行动。 早在通水两个月之后的 2015 年 2 月，湖北省政府批准印发了《南水北调中线工程丹江口水库饮用水水源保护区（湖北辖区）划分方案》（以下简称《划分方案》）。 至此，经过两年多时间的技术论证和行政协调，湖北省丹江口水库饮用水水源保护区范围最终划定，并先于库区其他省份对外发布并施行。

这个《划分方案》的划分范围包括南水北调中线工程丹江口水源及南水北调中线工程丹江口水源保护区范围内十堰市县级以上集中式饮用水水源。 该方案将湖北省南水北调中线工程丹江口水源按照一级、二级和准保护区进行了划分。 并规定，如饮用水水源保护区重叠，重叠部分按高一级保护区要求管理。《划分方案》规定，在饮用水水源保护区内，禁止设置排污口，禁止在饮用水水源保护区内堆放、贮存可能造成水体污染的固体废弃物和其他污染物。 同时对饮用水水源一级、二级和准保护区类禁止从事的活动进行了明确。《划分方案》要求，各有关市、县人民政府对本辖区内饮用水水源的环境质量负责；环境保护行政主管部门负责对本辖区内饮用水水源污染防治工作实施统一监督管理；水利、南水北调、国土资源、卫计、住建等行政主管部门，按照有关规定和各自职责做好饮用水水源污染防治工作。

在《划分方案》论证、研究的两年间，按照国务院南水北调办、环保部、水利部的要求，湖北省南水北调办会同湖北省环保厅、水利厅扎实开展划分工作，委托科研单位现场调研、编制划分方案研究报告，并聘请专家进行咨询；多次征求十堰市政府和省直相关部门意见，得到了理解，达成了一致。 水源保护区的划定，有利于规范水源保护区涉水建设活动，有利于加强环境管理，有利于开展水污染防治，确保一库清水永续北送；也有利于库区转变经济发展方式，走上科学发展轨道，促进库区经济社会生态可持续发展。

目前，湖北省十堰市郧阳区已有30座乡镇污水处理厂投入运行，有效地保障了南水北调中线工程水源区的洁净和北送。 其中，叶大乡污水处理厂设计日处理生活污水400吨。

从2016年12月1日起，河南省人民政府公布的《河南省南水北调

　　　　　　　　　　命脉

配套工程供用水和设施保护管理办法》正式施行。 渠首所在地的南阳市治污、富民两手抓，一边严守 1630 万亩林地"绿线"、400 万亩水域湿地"蓝线"，一边关停 800 多家企业，取缔 4 万多个养鱼网箱，否决 73 个大中型项目，加速产业转型。 在淅川县，一家年产值 2.5 亿元的化肥厂，所排废水化学需氧量虽然只有每升 15 毫克，远低于国家排放标准，但依然被叫停。 企业转产汽车减震器，与数十家同行一起，形成年产值 1000 多亿元的"减震器矩阵"。 距离库区不足 1 公里的万亩金银花基地，坚决执行不施化肥，不打农药，不污染库区。

国务院南水北调办、南水北调中线工程建管局专门设立了高规格的渠首监管机构——渠首建管局，与河南局、河北局平级。 早在 2014 年 11 月，淅川陶岔渠首环境监测应急中心就已经建成投入运营。 该中心配备先进的环境监测、信息、应急仪器设备等，在环库区及河流入库处建成了 12 个水质自动监测站和 1 个水质监测浮标站，实现对库区及上游 3 条河流入库河流水质的 16 项监测因子全天候实时监测监控。 2015 年 12 月 23 日，位于淅川陶岔渠首的水质自动监测站开始调试运营，全天候监控丹江水水质。 新建成的渠首水质自动监测站可监测氨氮、重金属等 89 个参数，发现异常即会自动报警。 水质自动监测站使用国内首台半挥发性有机物水质自动监测设备，可对苯系物、有机磷农药、有机氯农药等物质进行预警监测，弥补了传统实验室监测方法存在的费时、费力、溶剂用量大、监测频次低等缺陷。

2013 年，淅川县成立了 2000 人的专业护水队伍。 三年多来，这支队伍在呵护"生命之井"的同时，还身体力行感染教育着身边人，在全社会形成了人人护水的文明新风。 老渠首建设者吴杰岑说起当年的战友李进群，还是心怀景仰。

1970 年，20 岁的李进群响应号召，加入修建老渠首闸的民工队伍中。 5 月 10 日那天，他正在拉车运土，附近一台机器突然失控，高速旋转的钢丝打断了他的右臂。 养好伤后，他又回到工地上。 丹江口水库建成后，他义务做一个守护渠首的"环卫工"，46年如一日栽树、捡拾垃圾。虽然没有报酬，但他认准了一个理儿，丹江口水库一头连着渠首淅川，另一头连着首都北京，水干净，心畅快，不能丢河南人的脸。

现在对于淅川等南阳西部的四县市来说，做好生态保护工作，保证一库清水送到北京，是他们一切工作的出发点，也是重中之重。在过去的岁月里，淅川人民已经为丹江口水库的建设做出了巨大牺牲，南水北调中线工程上马后，淅川库区的工农业生产全部停下来，各项直接损失在40亿元以上。为保证水质，淅川原有的很多企业需要改造甚至关停，一些不符合生态环境要求的项目包括高达数十亿的投资项目都被拒于门外。多年来，淅川取缔库区水上餐饮船及4万余箱养鱼网箱后，又投资5亿多元在库区15个乡镇建立了完善的污水及垃圾处理设施，在农村建成人工湿地12处；推进户用沼气"一池三改"，已建设3万座，每年将200万吨的人畜粪便转化为有机肥，有效控制了粪便污染。自2014年起，淅川县人大常委会连续3年对城乡垃圾填埋场、污水处理厂建设运行情况进行视察。针对农村面源污染日渐突出的问题，2014年5月，对土壤污染防治工作进行了专项视察，并从推广生物治虫、降膜新技术，加大生物肥、有机肥的推广使用等方面提出建议。2012年、2016年先后两次对产业集聚区进行视察，建议把集聚区建设成为"绿色产业"的集聚地，从源头上控制工业污染问题。在淅川县人大常委会的监督推动下，县政府建立起护水清漂长效机制，深化千人护水行动，充分发挥库区保洁、清漂等队伍作用，实现库区水质巡查常态化、制度化。为治理农村面源污染，大力推广"渠首神"生物有机肥，减少化肥和农药使用量。在农村点源治理上，打响畜禽养殖污染专项整治攻坚战，累计关停规模畜禽养殖场200余家。在工业污染防治工作上，累计否决大型建设项目40多个，关停并转企业380多家，努力实现淅川工业企业零污染、零排放。围绕渠首，淅川县正在推进绿色旅游。曾经的渠首会战之地、今天的陶岔村正发生着翻天覆地的变化。2013年5月

　　　　　　　　　命脉

18 日，陶岔村启动了安居乐业新民居改造项目，打造宜居宜业宜旅的绿色文明"风情小镇"。 一个集旅游、商贸、餐饮、住宿于一体的"风情小镇"，将与丹江上下的荆紫关明清古街、丹江小三峡、丹江大观园、武当山、丹江口大坝等一起，装点更加美丽的水源地风光。

水源地人民的这些努力，换来了丹江口水库的水质纯净、清澈甘甜。 在如今的丹江口水库，水质除总氮指标为国家地表水二类外，其他 24 项指标全部达到国家地表水环境质量一类标准，随手捧水就可直接饮用。

应该说，保护生态、保证丹江口水质与发展经济之间是存在着矛盾冲突的。 淅川县领导所做的，就是带着这副枷锁舞蹈，而且要跳出花样，舞出水平。 其实，由于淅川人民为南水北调做出了巨大的牺牲与贡献，他们完全有理由坐等国家给予补偿。 但是，现在的淅川领导与淅川人民，不等、不靠、不要，在全县营造了良好的环境保护氛围，在抓水污染治理和水土保持的同时，大力发展生态农业、生态旅游等生态经济，把生态环境保护与经济、社会发展紧密结合起来，推进产业结构调整，实现生态效益与经济效益的协调发展，走上了环保型、资源型的工业化道路。

合作发展

作为最大受益区，北京市和水源地河南积极开展合作。 同为水源地的河南、湖北也开展了广泛的合作。

2013 年，国务院下发文件，确立北京、南阳对口协作。 北京市每年拿出 2.5 亿元支援河南，其中 1.6 亿元投向南阳。 两地区县、乡村、学校"结亲"，建立定期协商、双向挂职、项目合作机制。 南阳大宛农联合社和首农集团、北京电商联手，把 48 家会员的 130 种农产品送进北京。 为进一步加强京宛对口协作，推动和实施南阳生态环境保护建设，2015 年 11 月 16 日，北京市属国有企业首创集团与南阳市政府签署战略合作协议，在水环境治理、城乡垃圾固废处理、城市综合建设、环保设备制造等领域开展深度合作。

2015 年 12 月，南阳首创环境公司成立，负责淅川、西峡、内乡三县南水北调汇水区乡镇的垃圾收集、转运、处理，接收 24 座垃圾填埋场和 5 个中转站。 2016 年 1 月，南阳首创水务公司成立，负责上述三县乡镇的污水处理，接收 26 座污水处理厂。 在随后不到一个月的时间里，首创集团筹资并拨付 2 亿元资金帮助三县政府解决资金缺口问题，厂区设施修缮和设备维护得以快速展开。 同时，为加强技术和管理力量，各地分公司抽调骨干奔赴南阳。 南阳市也给予大力支持，市住建委专门成立项目移交办公室，三县成立"专办"，从乡镇抽调专人协调督办，确保移交顺利。 截至 2016 年 7 月中旬，已建设支线管网近 40 公里，进水量明显提高，实现日均处理污水 4.1 万吨，通过改进技术，水质全部达到国家一级 A 标准。 8 月，南阳顺利通过中央环保督查组的巡检督查和环保部华北督查中心的环保验收。 据媒体报道，首创和南阳的合作正在向更广阔的领域深入。 其中，首创环境与南阳市住建委签订了三县生活垃圾焚烧发电特许经营项目，设计总规模为日处理生活垃圾 1800 吨，烟气排放全面执行欧盟 2010 标准，预计年均提供绿色电力 1.8 亿千瓦时，相当于节约标煤 8 万吨，实现年减排二氧化碳总量 21 万吨。

为促进湖北、河南两地经济社会互动发展，2016 年 4 月 28 日，河南、湖北工作交流座谈会达成了两省战略合作协议。 5 月 20 日，在湖北省十堰市丹江口市，河南淅川县代表团与丹江口签署战略合作协议，双方还就合作事项进行了深入交流对接。

两个同处南水北调中线工程核心水源区的县市签署战略合作协议，旨在建立长期、稳定、全面的战略合作关系，共同推动核心水源区水质保护和经济社会全面发展。 这标志着相互毗邻的豫鄂两县市正式携

命脉

手，加强区域联动合作，谋求行政有区划、发展无界限的共赢。 根据战略合作协议，双方重点加强水质保护、基础设施建设、旅游开发、产业发展等方面合作，主要涵盖开展库区环境联防联控联治、强化护水执法，增强库区水质保护能力建设；共同优化库区路网结构，打造互联互通的便捷交通网络；融合两地旅游规划，在主题塑造、旅游推介、市场开发等方面，合力打造环丹江口水库生态旅游品牌；在汽车零部件产业、高效生态农业、现代服务业等领域，形成优势互补、互动发展、协作配套的合作格局，共同提高区域产业水平。 同时，双方还要建立高层互访沟通机制、部门协作联动机制、定期交流机制等。

精神丰碑

跋涉 1432 公里，南水北调中线工程已经将丹江口水库的一江清水送到北京、天津及沿线的一些重要城市，近 5000 万人直接喝上了丹江水。

南水北调中线工程从丹江口大坝 1958 年 9 月 1 日动工，到 2014 年 12 月 12 日正式通水，前后历时长达 56 年。 其间，为修筑大坝、修筑渠首工程，河南、湖北人民在极为艰苦的条件下，主要靠人力完成了两项宏大的工程，很多人为此献出了自己的生命。 参与丹江口大坝工程建设的民工大都来自库区及其周围，他们用自己亲手修建的水库淹没了自己的家园，淅川、均县、郧县三座老县城被库水淹没，库区人民为此开始了一次又一次的搬迁，总数有近百万之众。 为解决移民问题，大量移民地干部呕心沥血，更有不少优秀干部累死在移民一线。 而移民接收地的人民，在自己土地并不富裕的情况下，把自己的土地转让给移民，常常是为安置一个移民村，要通过方圆几十里的"滚地"才能完成。 在引水干渠工程建设中，每个标段都涌现出了像陈建国这样舍小家为大家的优秀建设者。 为保护水质，水源地人民下马了一系列项目，宁可使自己的发展速度降低也决不上污染项目，宁可自己受穷也决不让首都人民喝不上优质的水……

走近南水北调中线建设，深入了解移民工作，无法不为工程建设者、移民、移民干部的牺牲和奉献精神深深感动。2016年8月23日河南省社会科学院、河南省南水北调办公室联合召开"南水北调精神研讨会"，我应邀参会，与各方人士就南水北调精神进行研讨，大家认为，当年，林县人民在极为艰苦的情况下，自力更生，艰苦奋斗，修建了举世瞩目的红旗渠，形成了伟大的红旗渠精神，鼓舞河南人民、中国人民在社会主义建设中不断取得新成就。今天，历时超过半个世纪的南水北调工程，更是人类历史上一项伟大的工程，其精神内涵更加丰富，对其认真加以总结，将成为中华民族又一笔巨大的精神财富。

南水北调精神是一种舍小家成大家的牺牲爱国精神。多年来，我们接触了从丹江口大坝建设开始的一批批移民、众多移民干部、移民接收地的人民，接触了大坝建设者、渠首建设者和干渠工程建设者，他们都表现出了一种崇高的舍小家顾大家的牺牲精神。水源地人民，为工程建设，让自己最好的土地和家园淹入水中；为保证水质优良，主动放弃了很多产业发展的机遇。这是一种可贵的舍小局以成大局的奉献精神。与南水北调相关的方方面面人员的牺牲奉献，从根本上讲，是他们爱国精神的体现。对他们来说，当他们知道自己的牺牲和奉献是为了国家时，他们无怨无悔，自觉担当。

南水北调精神是一种敢为天下先的责任担当精神。南水北调是人类历史上少有的跨多流域远程调水的宏大工程。建设这样的工程，需要有敢为天下先的勇气和担当。工程建设中，建设者们解决了一个又一个前所未有的难题，最终使工程得以良好运行。对于这样一个极大改变自然的工程，认为其只有利没有弊是不实事求是的。但面对中国水资源分布极不平衡的局面，建设这样一个工程又是十分必要的。这就需要一种责任感和担当精神。可以说，南水北调工程能够建设，本身

命脉

就体现了这样一种精神。

南水北调精神是一种吃苦耐劳的拼搏实干精神。 南水北调中线工程，可远溯至丹江口大坝的建设。 当时正是我们处于特殊的困难时期，建设者们在极为艰苦的条件下，吃大苦、耐大劳，自力更生，艰苦奋斗，大胆拼搏，实干苦干，为后来工程的全面建设奠定了坚实的基础。这种拼搏实干精神对于今天的社会现实来说，值得大力提倡弘扬。

南水北调精神是一种重管理求质量的科学精神。 南水北调中线干渠建设，面临着许许多多的世界性难题，比如膨胀土的施工问题、长距离大跨度渡槽问题、穿黄隧洞施工问题、长距离暗渠建设问题，等等。对这些问题，必须以科学的精神认真对待，单靠蛮干苦干是解决不了问题的。 工程建设中，建设者们刻苦攻关，使这些难题均得以科学解决。同时，整个中线工程，等于人工建设了一条大河，为满足自流要求，很多渠段以渡槽方式架高运行，一旦出现问题将引发巨大灾难。 因此施工过程中，严格管理、注重质量，成为所有施工者的基本遵循，保证了工程的高质量完成。 在干渠的运行中，为保证水质、保证渠道不出事故，严格管理也落实在了具体的工作中。

南水北调精神是一种多方协同合作的协作精神。 南水北调是一个庞大而复杂的系统工程，涉及移民、征地、拆迁、工程建设、水源保护、水质保护、工程维护等许多方面，涉及湖北、河南、河北、天津、北京等多个省市、多级政府，需要铁路、公路、水利、电力、通信等许许多多的部门和单位的协作。 据统计，中线干渠共穿越了 27 处铁路、400 多条河流，有 6000 多条电力、通信线路改迁。 这样一个工程，参与其中的任何一个人、一个部门、一个单位，如果都是单打独斗，缺乏协调合作精神的话，根本无法完成。 应该说，南水北调工程能够建设完成，本身就是这种协作精神的体现，是协作精神的胜利。

几年来，随着对南水北调相关情况了解得更加全面和深入，我深切地感到，南水北调精神的的确确是中华民族时代精神的体现，这个宏大的工程不只是把南方的水调到北方解决首都等城市用水困难那么简单，它送去的是一渠清水，更是时代精神的一股清流，是一座精神丰碑。 我们期待着水源地长蓄碧波，总干渠永续清流，期待南水北调精神能在中华民族实现伟大复兴中国梦的征途中发挥积极的激励作用！

后记

　　我小的时候就常常听到一些有关淅川移民的传说。而元成，更是从小就亲历了移民生活。南水北调中线工程启动后，丹江口大坝加高，淹没区进一步扩大，又有大量库区群众需要外迁。这时，有关丹江口库区自 20 世纪 50 年代末就开始的移民的一些真相才渐渐被报道出来，被大家所了解。

　　丹江口水库移民涉及长达半个世纪的历史，地域涉及湖北、河南、青海等省份。而南水北调中线工程建设，虽然相关情况各新闻媒体有着广泛的报道，大家了解得相对多一些，但对于丹江口大坝建设和陶岔渠首建设，由于年代久远，大家了解得相对要少一些。无论如何，作为这样一个工程来说，虽然其中面临着许许多多的难题，很多专家谈起来滔滔不绝，兴致极高，但对于大量普通读者来说，这些专业的内容可能不是他们读这本书想读到的。因此，我们在尽可能通俗化地把这些问题传递给大家的同时，更多的是想把其中普通建设者的故事讲述给大家，把他们切实的感受和精神传递给大家。于是，我们从南到北，寻访从 1958 年开始参与这项工程的历代建设者们，听他们讲述修渠的故事。

　　应该说，一个南水北调中线工程，其实是一座漂浮在大海上的冰山，水面之下的体量是如此巨大，堪称从 20 世纪下半叶至今整个中国政治、经济、文化、社会、生态方方面面发展变化的缩影。为完成《命脉》的创作，我们需要全面、准确、深入地把握这项工程和移民情况，因此结合河南省委宣传部组织的"深入生活、扎根人民"主题实践活动，我把点定在了淅川，以深入挖掘与这项工程和移民相关的方方面面、点点滴滴。 因为工作关系，我无法长时间离开工作岗位，就利用国庆长假及其他节假日，和吴元成一起开车向南一路从淅川到丹江口、襄阳、荆门、荆州、宜昌等地，寻访移民，考察工程；向北走过了河南全境，从淅川一直走到最北的移民点辉县常村镇。 其间重点采访了上百位移民和工程建设者。 他们中有移民到青海、湖北的，还有多次迁移的；有 20 世纪 50 年代即参加大坝建设的，也有最后中线干渠的建设者；有 20 世纪 60 年代的移民老干部，也有现在的新干部，还有移民接收地的干部和群众。

一路行走、采访，我的一些看法也在发生变化。 以前总觉得移民离开故土远走他乡是一种巨大牺牲，深入了解后发现，接收移民的地方把有限的土地中最好的部分拿出来给移民，为一个移民点，需要周围村庄、乡镇一个接一个"滚地"，最终牵涉的村庄会绵延很远。 这些接收移民的地方又何尝不是做出了巨大牺牲？ 那些移民干部，为做好这项工作有累死在现场的，有亲人离世都无法去看一眼的，他们何尝不是在做出牺牲？ 经历了这么多的牺牲后，南水北调中线工程终于通水了。但我们听到的是各种各样质疑的声音，有从生态角度提出批评的，有从经济角度提出批评的，等等。 那么，究竟应该怎样看待这项世纪工程呢？ 这就真的需要我们深入其中，进行深入的观察和思考，从而对这个工程的方方面面有全面准确的反映，让这种牺牲精神能对社会大众产生震撼和鼓舞。

关于丹江口库区与南水北调中线工程和移民，这些年来有不少作品进行反映，比如梅洁 2007 年在北京十月文艺出版社出版了《大江北去》、裴建军 2011 年在作家出版社出版的《世纪大移民》、杨德堂 2012年在中国文联出版社出版的《穰原浩歌》、赵学儒 2012 年在江苏文艺出版社出版的《向人民报告》、全淅林 2014 年在湖北人民出版社出版的

《移民大柴湖》、刘锡海和朱俊奇 2014 年在中国文化出版社出版的《潮涌大柴湖》、欧阳彬 2014 年在河南文艺出版社出版的《历史的见证》、明新胜 2014 年在中州古籍出版社出版的《淅川移民与民俗》等，都对移民情况做了不同的反映，给我们提供了有益的帮助。 此外，各地的有关志书，特别是移民志以及大量的媒体报道更为我们提供了翔实的资料。

我的合作者吴元成，早在中线干渠施工的过程中，就曾一次次跟踪采访，并留下了大量宝贵的资料。 这次采访从南方长江边的宜昌开始，再从河南到河北，然后从北京到天津，同时大量的后期采访和资料整理还是由他完成。 而且元成的几个弟弟和朋友也参与其中，驾车联系，不辞辛苦。 后期的录音整理等工作，也基本都是元成熬夜完成的。 没有元成的辛勤工作，就不可能有本书的及时完成。 谢谢元成，我的好搭档！

许许多多工程参与者及南水北调办、移民办、有关媒体等相关人员，或接受采访，或提供资料和便利，使我们得以完成本书的写作。 其中一些人已在正文中有所提及和交代，在此不再一一列出；更有许多人给我们提供了很多帮助，正文中并没有体现。 因涉及人员太多，不便在此罗列，谨向他们致以诚挚的感谢！

本书从开始采访起，作为中国作家协会定点深入生活项目、中共河南省委宣传部中原人文精神精品工程重点项目、国家"十三五"出版规划重点选题，得到了有关方面的大力支持，向他们表示衷心的感谢！ 同时向为本书的出版提供支持的中原出版传媒集团和河南文艺出版社表示衷心的感谢！

阅读了大量的资料，采访了那么多生动的个体，我们觉得，单纯表现移民的过程和一些动人的事例，是别人已经做过的工作，再重复一次，并没有太大的意义。 而且，仅仅做到这些是远远不够的。 为此，我们觉得把移民最原始、最真实的东西保留下来，不假雕饰地还原移民的场景、过程以及最真实的心理感受，并由此把中国半个多世纪以来政治的变迁、经济的变迁、社会的变迁、文化的变迁表现出来，才会更有意义。 我们希望由此看到中国社会各方面的发展进步，这种进步不只体现在经济发展上，还在于实现了从片面强调政治利益、集体利益到在对个体的尊重中实现集体利益的观念转变，从过度强调集体利益、经济利益到兼顾个人利益、社会利益等各方面利益的观念转变。 这种转变最重要的表现即在于完成了从注重集体、压制个体到以人为本、和谐发展的跨越。 也正因此，才有了新世纪以来南水北调中线工程移民工作相对完善的解决。 而在移民过程中，无论是移民、移民干部还是安置地干部群众，共同表现出了舍己爱国、大义担当的移民精神，正是这种精神才使在世界范围内一些看似不可能的问题得到了圆满的解决。 这种精神也已成为一笔宝贵的精神财富，将在实现中华民族伟大复兴中国梦的进程中发挥积极的作用。

工程建设部分，丹江口大坝建设和陶岔渠首建设的内容要多一些，而干渠修建的内容相对要简单得多。 其实，就工程建设的难度和广度来说，干渠建设要更为复杂、难度更大、牵涉面更广。 但是，干渠建设过程中，工地上再也见不到当年那种热火朝天的场面，专业技术人员的参与和机械化的施工，使工作效率和质量有了更大的保证。 于是在采访中，我们发现，采访那些当年参与大坝和渠首建设的民工，总是不断讲述他们经历的种种事件，绘声绘色，甚至有不少夸张和想当然；而参与干渠建设的专业人员则更多在讲技术难题如何解决，工程进度和质量管理如何进行，故事性明显不如民工广泛参与的前期大坝建设工程。这样也好，一是通过那些参与大坝建设的民工对亲身经历和感受的讲述，我们不仅了解了那些被尘封的往事，对南水北调建设有了更全面的了解，同时也对那样一个时代有了更深入的认识；二是这样一种对比，其实明显体现出了一种时代的进步，看到了中国的工业化、现代化在短短几十年当中已经取得了如此大的成就，明白中国的工程建设者们已经有能力承担世界上最复杂的工程，从而更加坚定对中华民族的伟大复兴的信心。

命脉

从水源地丹江口水库出发，一渠清流润泽京津，更滋润了我的心田。 这次采访和写作，让我一次次被那些普通人的牺牲和奉献而感动，让我接受了一次次庄严洗礼。 这才是我最大的收获。 我愿意为南水北调精神的发扬光大尽自己的一份心力，让更多的人看到这座不朽的精神丰碑。

再版后记

　　2017 年，《命脉》单卷本出版，第二年初，我因工作变动来到北京生活。回顾 50 多年的人生旅程，17 岁之前我在南阳出生、成长，17 岁到天津度过了 4 年大学生活，21 岁到郑州参加工作，在这里生活了整整 30 年，之后又到北京工作。转了这么一大圈，仔细一看，今天这些地方都是在丹江水的滋润下而生机勃勃的。

　　今年 3 月 14 日，天津屈家店枢纽开闸，永定河 865 公里河道全线通水。这是自 2021 年断流 26 年的永定河实现历史性全线通水以来，连续 5 年实现全线流动，通水时间逐年提前，永定河涅槃重生。

　　如今，雄安新区已经拔地而起，正朝着建设创新、绿色、智慧的"未来之城"稳步推进。截至 2025 年 5 月，新区累计完成投资超 6700 亿元，吸引北京疏解企业 3000 余家，并构建了地下综合管廊、数字孪生城市等全球领先的基础设施体系。雄安新区依白洋淀而建，成为华北新型的生态城市。而在二十世纪八九十年代，白洋淀面积大幅缩小，形成一个个接近干涸的臭水塘。如果这种状况不加以改变，当地水资源仅维持当时人口的基本生存都成问题，雄安新区建设根本无从谈起。正是因为南水北调，正是因为来自丹江口水库的一渠清泉，一切得以改变，雄安新区这个千年大计成为现实。

　　南水北调工程构建了"四横三纵、南北调配、东西互济"的水网格局，改变了北方长期依赖地下水的供水模式，实现外调水与当地水双保障，有效提高供水保证率。 截至 2025 年，南水北调东线、中线一期工程累计调水超 530 亿立方米，相当于近 4000 个西湖的水量，直接受益人口超 1.5 亿，覆盖华北、黄淮海平原 40 余个大中城市。 中线工程成为北京城区七成以上供水、天津主城区几乎全部供水的水源，河北省 500 多万人告别高氟水、苦咸水，河南郑州 90% 以上居民生活用水来自南水。 通过生态补水超 118 亿立方米，华北地区 50 余条河流恢复流动，永定河、滹沱河等断流数十年的河流重现生机。 北京地下水位自 2016 年累计回升超 3 米，京津冀浅层地下水回升面积占比达 92%。 随着丹江口水库清泉的引入，白洋淀重新复活，目前水域面积已达 366 平方公里，奠定了雄安新区发展的生态基础。

南水北调是人类水利史的奇迹。 作为国家水网主骨架，它打破地理限制，串联能源、粮食、矿产资源，优化南北生产要素配置，重塑国人水资源观念，体现"人与自然和谐共生"的生态文明思想，其成就与价值已超越工程本身，成为国家水安全与可持续发展的生命线、中华民族治水智慧的象征。

从 2014 年 12 月 12 日南水北调中线工程通水，至今已经 10 年，距离《命脉》的出版也过去了 8 年多的时间。 今天，看到南水北调的效益日益显现，为民族复兴伟业发挥着重要的基础保障作用，我深为能和吴元成一起完成《命脉》的创作而感到荣幸和骄傲。

10 年以前，我和吴元成一起走遍河南和湖北许许多多的移民村落，与前后延续 50 多年的不同移民促膝长谈。 今天，很多早期的移民已经离开人世，埋葬在异乡的土地上。 这让我想起 2015 年农历十月初一晚上和移民马祥瑞见面时的情形，想起他看着十字路口烧过的纸灰发出的感慨："这些都是给远处的亲人烧纸的，没办法上坟，只能找个十字路口，画个圈烧。"这些背井离乡的移民，为南水北调工程的建设牺牲和奉献，他们的精神让我感动，我庆幸能够记下他们，让他们能够在我的文字里长存，让他们因此而不朽。 当然还有许许多多的移民干部，还有无数的工程建设者，他们的功绩同样值得铭记。 南水北调建成的不只是一条水渠，更是树起了一座精神丰碑。 我们应该永远记住这些为工程建设做出牺牲和奉献的人，我们应该让这座精神丰碑的光芒照耀世人。

在南水北调中线工程通水 10 年的时候，《命脉》再版，当此之际，写下这些话，是要表达我对曾经采访过和更多未曾采访到的移民、移民干部和工程建设者的感动、崇敬和思念。 然而，他们的牺牲与奉献并非广为人知，甚至许多被南水北调的渠水滋润的年轻人对此一无所知。我期望每一个移民、每一个移民干部、每一个工程建设者都能被永远铭记，我期望南水北调精神能够进一步为强国建设和民族复兴提供强大的精神力量。 能够亲自用文字记下他们，我与有荣焉。

2025 年 5 月 28 日